Matthias J. Diaz

Das Erbe des Hexenjägers

Impressum

Umschlaggestaltung, Illustration: Hans Binder Knott
Korrektorat: Doris Eichhorn-Zeller
Foto: Isabel Dahlke
ISBN Taschenbuch: 9781798552285

Für Theodor.

Von seinem seltsamen Onkel.

Inhaltsverzeichnis

Kapitel 1 – Erbschaft

„Haben Sie das alles verstanden?“ Der Notar blickte ihn aus milchigen Augen über den Rand seiner dicken runden Brillengläser an.

Robert kaute auf seiner Lippe herum und ließ die Finger über die Armlehne des breiten Ledersessels trommeln. „Ich bin mir nicht sicher. Das war gerade alles etwas viel.“

Der Mann auf der anderen Seite des schweren Eichenschreibtischs seufzte und lehnte sich zurück. Er schob die Brille nach oben und wischte sich über die Augenlider. Es war bereits spät am Nachmittag. Goldener Lampenschein erleuchtete die massiven Möbel und schweren Teppiche des altmodisch eingerichteten Büros. Die Dämmerung des fortgeschrittenen Oktobertages war im Laufe ihrer Unterredung zu Dunkelheit geworden. Obwohl: Allzu viel von einer Unterredung war es ohnehin nicht gewesen. Robert hatte den größten Teil davon in ungläubigem Schweigen verbracht und zugehört, was der Notar aus seinen Unterlagen vorgelesen hatte.

„Ihr Onkel Alois war ein ungewöhnlicher Mann, Herr Terwin“, fuhr der hagere Alte hinter dem Schreibtisch weiter fort. In seiner Strickweste mit Hemd sah er aus wie jemand, der vermutlich auch in seiner Freizeit Dokumente ordentlich alphabetisch und nach Papierfarbe sortiert. „Ich bin versucht zu sagen: Er wurde in den letzten Monaten vor seinem bedauernswerten Hinscheiden sogar noch wunderlicher. Seit Jahren hatten wir nur noch schriftlichen Kontakt. Doch seine Anweisungen sind eindeutig. Sie haben es ja gehört.“

„Darf ich?“

Der Notar bedeutete ihm mit der Hand, sich bei den Papieren auf der Tischplatte zu bedienen. Wohl nicht ganz zufällig ging der Blick des Alten für einen Augenblick zur Standuhr, die zwischen den Bücherregalen und dem Fenster stumm die Sekunden heruntertickte. Vermutlich hatte selbst er Besseres zu tun, als den ganzen Abend im Büro zu verbringen.

Robert ergriff die wenigen vergilbten Papierseiten und überflog den Schreibmaschinentext. Die vielen Streichungen und händischen Ergänzungen in krakeliger Sütterlinschrift machten die Entzifferung nicht gerade einfach.

„Ich, Alois Burmantel“, stand in der ersten Zeile. *„Venator Maleficorum zu Berlin ...*“ Er brach ab und blickte auf. „Und Sie sind sich sicher ...“

Der Alte nickte geduldig. „Hexenjäger“, erklärte er geduldig. „Es besteht überhaupt kein Zweifel. Der Begriff bedeutet Hexenjäger“.

Noch einmal schüttelte er den Kopf, wie schon zu oft im Verlauf der letzten Stunde. Wie hatte es nur so weit kommen können? Der Mann hier hätte Hilfe gebraucht. Es war traurig und schockierend, zu sehen, wie jemand abgeschieden und alleine den Verstand verloren hatte. Kein Wunder, dass Vater nie von seinem Bruder hatte sprechen wollen. Die ganze väterliche Seite der Familie war ein einziges Geheimnis. Wohl nicht von ungefähr hatte die Seite seiner Mutter den Nachnamen mit in die Ehe eingebracht.

Der Notar nestelte umständlich eine goldene Taschenuhr hervor, betrachtete das Zifferblatt und hob die Brauen; ein deutliches Zeichen, dass sie an die Grenzen seiner Geduld und Entlohnung gestoßen waren. „Leider habe ich heute auch noch einen weiteren Termin. Wenn wir diese Angelegenheit also ...“

„Ich mache es.“

Der Alte hob den Blick und sah ihn stumm über die Brillengläser an. „Gut“, erklärte er. Beinahe war hinter aller angeübten Professionalität so etwas wie Erleichterung zu vernehmen. „Es erscheint mir in der Tat als keine allzu große Belastung.“

„Eine Nacht.“ Es war besser, noch einmal sicherzugehen, dass es tatsächlich keine versteckten Fallstricke gab. „Ich verbringe eine Nacht in seinem alten Haus. Danach gehört es mir.“

„Es ist ein schönes Haus“, erklärte der Notar. „Geräumig und in äußerst guter Lage, nach allem, was die Pläne und das Grundbuch uns verraten.“

„Keine versteckten Hypotheken. Sie sind ganz sicher?“

Der Mann blickte nicht einmal auf und arrangierte den Dokumentenstapel mit den Zeigefingern rechtwinklig auf dem Schreibtisch. „Junger Mann. Ich verrichte diese Arbeit seit über dreißig Jahren.“

„Und ich darf das Haus und alles darin behalten, wenn ich dort übernachte?“

Dem Notar entfuhr ein leises Seufzen. „So hat er es verfügt, junger Herr. Die einzige Bedingung besteht darin, dass es *diese* Nacht sein muss. Die Nacht vor Allerheiligen. Bitte sehr.“ Eines der Blätter wurde von den feingliedrigen Fingern um 180 Grad herumgedreht. „Die Linie ganz unten auf der letzten Seite. Mit Vorname, Ort und Datum, wenn ich bitten darf.“ Der Mann nahm einen teuer aussehenden Füllfederhalter aus einem passenden Ständer und hielt ihm das Schreibwerkzeug entgegen. Das Licht der Schreibtischlampe mit dem grünen Glasschirm spiegelte sich in glänzendem Klavierlack mit Goldringen.

Er zögerte, die Finger bereits in der Luft. „Glauben Sie, er war gefährlich? Ich meine, was, wenn er verrückt war und in allen Zimmern Fallen aufgebaut hat?"

Die kurze Pause vor der Antwort war das akustische Äquivalent von demonstrativem, entnervtem Augenrollen. „Davon steht hier nichts", erklärte der Notar kühl. „Auf der gepunkteten Linie. Bitte." Das Schreibgerät schwebte weiter auffordernd vor ihm in der Luft. Der Blick seines Gegenübers war eindringlich.

Er ließ die Luft entfahren. „Also gut. *No risk, no fun*, was?"

„No was?"

„Schon gut." Er ergriff den Füller und krakelte seine Unterschrift auf die Seite. „Welches Datum haben wir?"

„Die Nacht vor Allerheiligen", wiederholte der Notar mit der Geduld von vier Dekaden Amtsausübung. „Den 31.10.2019."

„Ah. Richtig. Halloween!" Bedeutsam hob er beide Brauen. „So. Bitte sehr." Er reichte das Schreibgerät zurück. Der Notar nahm den Füller würdig entgegen und verstaute ihn an seinem Platz.

„Feiern Sie heute Abend?"

Der Alte schlug nur kurz die Augen zu ihm auf. „Feiern? Aus welchem Anlass?"

„Na ... Halloween?"

Der Notar stieß ein kurzes Schnaufen aus. Seine Aufmerksamkeit galt wieder ganz dem Dokument. „Nein", erklärte er vornehm und mit beinahe erfolgreich verdeckter Abneigung. „Ich feiere kein Halloween. Genauso wenig wie die Wintersonnenwende oder den Welt-Konfetti-Tag. Scheint alles korrekt zu sein. Bitte warten Sie einen Augenblick." Der Arbeitsstuhl des Mannes knarzte, als er sich daraus erhob. In gebückter Haltung verschwand er durch eine Tür zur Linken.

Robert lehnte sich zurück und blickte aus dem Fenster. Kleine Regentropfen hatten begonnen, gegen das Glas zu prasseln. Der Heimweg würde alles andere als angenehm werden. Verglichen mit der bevorstehenden Rückfahrt nach Berlin-Mitte war es hier drinnen geradezu heimelig.

„So." Der Alte kehrte durch den Türrahmen zurück und reichte ihm eine dünne Aktenmappe aus Karton. Dazu einen gepolsterten Umschlag in DIN-A5, der beim Betasten einen Inhalt von mehreren Schlüsseln preisgab.

„Was ist das noch alles?"

„Weitere Konvolute, die ich Ihnen überreichen soll. Für den Fall, dass Sie zusagen. Was Sie bereits getan haben. Bitte noch einmal hier den Empfang quittieren."

Robert kritzelte seine Unterschrift auf ein weiteres Blatt. Er riss den Polsterumschlag auf, während der Notar auch diese Quittung archivierte. Drei moderne Sicherheitsschlüssel. Er hatte eigentlich mit ordentlich angelaufenem, massivem Eisen gerechnet wie in einem anständigen Gruselfilm.

Der Notar brummte zufrieden und ließ den Beleg in einem Aktenordner im Regal verschwinden. „Bestens", befand er. „Ich bedanke mich. Den Weg nach draußen finden Sie alleine?"

„Ja. Danke."

Eine bleiche Hand wurde ihm dargeboten. Er ergriff und schüttelte sie. „Wegen der Überschreibung und Besitzurkunde ..."

„Rufen Sie morgen im Laufe des Tages an", kam ihm der Mann zuvor. „Dann vereinbaren wir einen entsprechenden Termin." Der Alte zog ihn an der ausgestreckten Hand durchs Zimmer in den kurzen Flur. „Vielen Dank, Herr Terwin. Und ein schönes *Halloween*."

Die schwere Etagentür schloss sich hinter ihm. Er stand auf einem roten Läufer in einem mit Stuck verzierten Treppenhaus, das geräumiger war als seine ganze Wohnung. Noch einmal blickte er zurück. „H. M. Wilmswedel" stand auf dem polierten Messingschild neben der Tür. „Notar."

Robert hoppelte die Stufen herab, durchquerte das geflieste Erdgeschoss und stieß die Haustür auf. Regentropfen wehten ihm entgegen. Er schlug den Kragen seines Mantels hoch und stapfte hinaus in die Neuköllner Dunkelheit. Es war doch immer wieder erstaunlich, was es hier draußen an pompöser Bausubstanz mit verschwenderischer Raumausnutzung gab, die sich heutzutage keine Sau mehr leisten konnte.

Noch widersetzte sich der Spätherbst dem Herannähern des Winters. Der Wind hatte ringsum braune Blattgruppen zerzaust. Der Regen fiel in einen Matsch aus kleinen Zweigen und zertretenem Grünzeug. Nun ärgerte er sich, dass er entgegen seiner sonstigen Gewohnheit keinen Rucksack mitgenommen hatte. Er klemmte sich die Dokumentenmappe, so gut es ging, unter den Arm, um sie vor dem Regen zu schützen. Eine Hand in seiner Manteltasche spielte mit den kühlen Schlüsseln. Drei Schlüssel für *ein* Haus? Das konnte ja spannend werden. Zum Glück war es nicht mehr allzu weit bis zur nächsten U-Bahn-Station.

Inzwischen mischten sich die üblichen Spätis, Kleingastronomie und Teestuben in die Aneinanderreihung von Wohngebäuden. Dies alles hier musste einmal eine privilegierte Gegend gewesen sein. Vor dem Krieg, der Teilung und dem ganzen Müll. Nun aber war auch hier alles voller Spielhallen, geschlossener, aufgegebener Geschäftsräume mit verklebten Fenstern, Handygeschäfte und Solarien, die mit Kampfpreisen warben. Er wich einer jungen Mutter aus, die ihren Sohn aus einem Ein-Euro-Laden zerrte. Die Auslagen hinter dem Schaufenster waren angefüllt mit orangefarbenen Plastik-Kürbissen in sämtlichen vorstellbaren Größen, grinsenden Skelettmasken und schwarzen, beinahe durchsichtigen Zauberer-Umhängen und Hexenhüten. Der Kleine an der Hand sah zu ihm auf und grinste. „Garrr“, machte der Miniatur-Vampir und drohte ihm so nachdrücklich mit scharfen Eckzähnen aus Kunststoff, dass das Gebiss aus seinen Kiefern in den Rinnstein fiel. Der Junge bückte sich, wischte mit dem Ärmel über das Objekt und schob es sich zwischen die Lippen, als wäre nichts gewesen. „Komm jetzt!“, schimpfte die Bewacherin des unbeirrten Untoten. „Nächstes Mal kriechse nix mehr, wenne nicht drauf aufpassen kanns!“

Robert hastete die Stufen der Station herab. Mit ein paar langen Schritten schaffte er es gerade noch, durch die sich schließenden Drucklufttüren in die Bahn zu springen. Er fand einen Sitzplatz neben zwei schwer mit Einkaufstüten bepackten Rentnerinnen, die trotz der bollernden Hitze im Inneren des Wagons dicke Anoraks in Pastellfarben und weiße Stoffmützen trugen.

Hexenjäger!

Wieder kehrte die Erinnerung an den Begriff zu ihm zurück. Er tastete unter der Jacke, um sicherzugehen, dass er die dort verstaute Papphülle nicht verbog.

Und gleich die *heutige* Nacht musste es sein. Er hatte eigentlich vorgehabt, den Abend allein zu Hause vor dem Fernseher zu verbringen, mit ein paar Bier und Chips und Horrorfilmen. Nun ja. Dann würde er sich eben mit seinem Laptop und ein paar DVDs behelfen müssen. Eine Nacht würde ja wohl leicht zu überstehen sein. Hoffentlich hatte Onkel Alois daran gedacht, die Stromrechnung zu bezahlen. Eine Nacht in einer Gruselvilla war schon in Ordnung, aber eine Nacht in einer Gruselvilla *mit warmem Bier* war mehr Horror, als er ertragen konnte.

Das Zischen und Rumpeln der Türen riss ihn aus seinen Gedanken. Beinahe hätte er seine Station verpasst. Unter gemurmelten Entschuldigungen drängelte er sich durch die bereits einsteigenden Passagiere.

Rosenthaler Platz. Wie immer war hier, völlig unabhängig von Wetter oder Uhrzeit, mehr los als in den meisten deutschen Fußgängerzonen an einem Samstag. Er erklomm die Treppe und zog sich die Kapuze über den Kopf. Wunderbar. Der Regen war noch heftiger geworden. Die wenigsten Passanten hatten Schirme, was den Wettstreit um den Windschatten der Hauswände noch verschärfte. Mit mahlenden Kiefern stapfte er über die feucht glänzenden Gehwegplatten, vorbei an Bars und Restaurants, bemüht darum, seinen Gedanken keine Zeit dafür zu lassen, sich zu ärgern. Er verabscheute das Gefühl des kalten Regens auf seinen klammen Fingern, als er den Schlüssel hervornestelte und die Tür zum Hausflur aufschloss. Damit war zumindest *dieser* Teil geschafft.

Aufatmend trat er in den Flur des Mehrfamilienhauses und schüttelte den Regen von der Jacke. Eine weitere routinierte Bewegung mit dem anderen Schlüssel. Sein Briefkasten war leer.

„Na, nichts dabei?“ Die Nachbarin aus dem ersten Stock beugte sich über das Metallgeländer. Die Alte war der einzige Mensch, den er kannte, der außerhalb einer Lindenstraßen-Sendung noch geblümte Haushaltskittel trug.

„Alles leer“, gab er zurück. „Aber wenigstens keine Rechnungen, was?“

Die Alte gackerte zustimmend. „Erwarten Sie denn welche? Teure Anschaffungen in letzter Zeit?“

„Nein“, gab er brummend zurück. Da war es wieder. Allzu oft entwickelte sich freundliches Geplänkel zu einem freundlichen Verhör.

„Wo feiern Sie eigentlich heute Abend? Auch mit uns, hier im Haus?“

„Hm? Ach. Nein. Ich habe einen …“ Ja, was eigentlich? „Einen Termin“, setzte er in Ermangelung einer geeigneteren Umschreibung nach.

„Ach? Feiern Sie woanders? Die freundlichen jungen Leute aus der Zweiten haben doch Einladungen verteilt. Es kann wohl lauter werden. Hat man Sie etwa nicht eingeladen?“

Das hättest du wohl gerne, du alte Schachtel. „Ich bin heute Abend nicht im Haus“, brummte er und versuchte, sich auf der Treppe an der Frau vorbeizuschieben.

„Wo feiern Sie denn außerhalb?“

„In Zehlendorf.“

„Zehlendorf?“ Die sorgfältig aufgemalten Augenbrauen im Gesicht der Alten hoben sich anerkennend. „Sieh an. Sie haben wohl sehr reiche Freunde?“

„Sehr reich, ja. Ich bin zum Kaviar-Futtern eingeladen. Aber ich wünsche viel Spaß.“ Schon konnte er die furchtbaren Plastik-Dekorationen in der Zweiten sehen. Vielleicht war es gar nicht schlecht, dass er heute Nacht nicht hier übernachten musste.

„Ich gehe als Hexe“, rief ihm die Frau von unten nach.

Er hatte eine Erwiderung auf den Lippen, doch er verkniff sie sich. Es war besser, der Liste seiner Probleme nicht noch eine hausinterne Todfeindschaft hinzuzufügen.

Einladungen aus der Zweiten enthielten nicht selten Beiklänge einer gewissen … *Vehemenz*. Tatsächlich erwartete ihn an seiner Wohnungstür ein Zettel. Tanzende Skelette, das

Logo irgendeiner Punkband mit wenig aufmerksamen Copyright-Anwälten. „Gruselige Grüße, liebe(r) Hausgenoss(e)/in“ stand darauf. „Sie sind/du bist zum Teufelstanz gebeten, und zwar ...“ Er knüllte das Papier mit einer Hand zusammen, riss es von der Wohnungstür und schloss den Durchgang auf. Mit der Hüfte stieß er die Tür hinter sich zu und warf die Papierkugel mit der Sicherheit eines Dreier-Schützen neben den Papierkorb. Er hängte den durchweichten Mantel auf, warf Mappe und Umschlag auf den Tisch der Wohnküche und verschluckte ein Glas Wasser fast im Ganzen. So. Der Kopf war wieder halbwegs klar. Was brauchte man für eine Übernachtung in einem fremden Haus? Schlafsack. Kissen. Laptop. DVDs. Er zerrte den großen Trekkingrucksack, den er in Vorbereitung auf eine Weltreise angeschafft hatte, die nie stattgefunden hatte, aus der Abstellkammer. In seinen Schränken fand er eine Tüte mit Chips und eine Dose Erdnüsse. Ganz unten in der Schublade mit all dem Urlaubs- und Überlebenskram, den niemand wirklich brauchte, fand er auch die silberne Stabtaschenlampe aus Metall. Silber war gut gegen Werwölfe, das wusste jeder Filmfan. Und Metall war gut gegen alle Lebewesen, die einen Körper hatten. Nur noch ein paar weitere Kleinigkeiten: Ohrenstöpsel, Zahnbürste, Shampoo, etwas Kleidung und Unterwäsche für den nächsten Tag, um nicht wie ein Zombie auszusehen. Dazu noch ... Mehr nützliche und weniger nützliche Gegenstände verschwanden in dem ergiebigen Inneren. Er zog den Rucksack zu und wuchtete ihn auf die Schultern. Hm. Gar nicht mal so leicht. Irgendwie kam doch immer mehr Kram zusammen, als man sich eigentlich vorgenommen hatte. Vielleicht wäre der Trip durch Südostasien doch keine ganz so gute Idee gewesen.

Die Aktenmappe.

Er ließ den Rucksack auf den Boden gleiten und setzte sich an den Küchentisch. Erst hier, im Licht der runden Hängelampe, erkannte er, dass ein Symbol in die Dokumentenmappe eingeprägt war, die der Notar ihm mitgegeben hatte: eine Art Kreuz mit Schwertern, an deren Schnittpunkt sich das Zeichen „Omega“ befand. Mit dem Finger fuhr er über die Prägung in der Pappe. Schöne Scheiße. Ein eigenes, ausgedachtes Wappen. Vermutlich machten sich selbst Reichsbürger über Leute lustig, die auf ihrem Briefpapier Hexenjäger-Wappen führten.

Er löste die elastische Schnur und schlug die Mappe auf. Im Inneren befand sich ein einzelnes loses Schreibmaschinenblatt.

Lieber Robert, stand dort. *Ich grüße Dich herzlich und bedauere, dass wir uns auf diese Weise das erste Mal begegnen.*

Ja, dachte er. Ich ebenfalls. Bestimmt wäre es besser für dich gewesen, ein paar Menschen um dich zu haben.

Wenn Du das hier liest, bedeutet dies mit ziemlicher Sicherheit, dass ich nicht mehr am Leben bin. Es tut mir leid, dass es mir nicht gelungen ist, zu meinen Lebzeiten Kontakt mit Dir aufzunehmen, um Dich auf diesen Tag vorzubereiten. Da ich nicht weiß, zu was für einer Art von Mensch Du Dich entwickelt hast, habe ich mich entschieden, Dich weder mit Warnungen noch mit Bitten in mein Haus zu holen, sondern mit etwas, das über jeden Menschen Macht besitzt, egal wie er geartet ist: die Gier nach Reichtum und Besitz.

„Aha!“ Gespannt rückte er auf seinem Stuhl nach vorn. Endlich kam der Kerl zum Punkt.

Wie der von mir beauftragte Notar Dir bereits mitgeteilt haben dürfte, darfst Du mein Haus in Zehlendorf und alles, was sich darin befindet, behalten, unter der Bedingung, dass Du die Nacht vor Allerheiligen darin verbringst. Dies alles mag Dir seltsam erscheinen ...

Ach was ...

... doch ich bitte Dich, alles, was ich Dir aufgeschrieben haben, sorgfältig zu studieren und auf den Buchstaben genau *zu befolgen.*

Die hervorgehobenen Worte waren doch tatsächlich unterstrichen. Was glaubte dieser Bursche, wen er vor sich hatte? Ein kleines Kind?

Du musst mir glauben, dass dies alles zu Deinem eigenen Besten geschieht und für Angelegenheiten, die weit jenseits deiner Vorstellung liegen, von allergrößter Bedeutung ist. Alles, was ich von Dir verlange, ist dies: dass Du in der Nacht, die Halloween genannt wird, vor Sonnenuntergang, spätestens aber vor acht Uhr abends, die Tür meiner Villa hinter Dir geschlossen und abgeschlossen *hast. Und dass Du niemandem die Tür öffnest, bis am nächsten Tag (Allerheiligen) die Sonne wieder aufgegangen ist. Es ist von höchster Wichtigkeit, dass Du* allein *bist und* niemanden einlässt. *Dort drinnen* und nur dort drinnen *bist Du sicher. Lass niemanden hinein.* Wirklich niemanden, *hörst Du? Das ist alles. Weitere Anweisungen findest Du auf dem Schreibtisch in meinem* Salon *in der ersten Etage.*

Er blickte in die Lampe über dem Küchentisch und lauschte auf das Rauschen des Regens vor dem Fenster. Ein *Salon*. Wer konnte schon von sich behaupten, in seinem Haus über einen *Salon* zu verfügen? Wenigstens dieser Teil der Zeilen klang schon einmal vielversprechend.

Mir ist bewusst, dass all dies hier äußerst seltsam für Dich klingen muss, bemühte sich der Brief erneut, ihn zu beruhigen. *Doch Du musst auf meine Worte hören, auch wenn Du sie jetzt noch nicht verstehen kannst. Du musst wissen: Wir befinden uns in einem Kampf. Unsere Feinde schlafen nie. Sie sind darauf aus, uns zu verwirren und zu töten. In der Nacht vor Allerheiligen ist ihre Macht sehr groß. Doch wenn Du Dich an meine Worte hältst, wird es ihnen nicht gelingen, uns Schaden zuzufügen. Wie Du feststellen wirst, ist meine Villa ein sehr sicherer Ort. Ich habe dort alle zugehörigen Vorbereitungen getroffen.*

Verdammt! Mit einem gequälten Laut schob er die Mappe von sich und lehnte sich zurück. So viel zu der Hoffnung, dass Onkel Alois wenigstens zu den *harmlosen* Verrückten zählte. So wie das hier klang, rief er besser gleich die Polizei, mit schönen Grüßen an den Kampfmittelräumdienst. Das hier klang nicht nur verrückt, sondern gefährlich. So viel zu einem leicht verdienten Vermögen. Warum konnten die Dinge nicht einmal einfach nur *einfach* sein?

Falls Du nun aus irgendeinem Grund darüber nachdenkst, meinen Notar bezüglich Deiner Übernachtung zu belügen und die Nacht in Wirklichkeit an einem anderen Ort zu verbringen, las Onkel Alois aus dem Jenseits seine Gedanken, *so sei versichert, dass ich auch hierfür Vorkehrungen getroffen habe. In dem Fall wirst Du* nichts *bekommen, ganz abgesehen von der Tatsache, dass Du ohnehin nicht mehr in der Lage wärest, dich an irdischen Besitztümern zu erfreuen. Ich verfasse diese Warnung nicht als Drohung. Meine Absicht besteht allein darin, Dir den Ernst der Lage begreiflich zu machen.*

Dieser alte Fuchs! Er hatte sich schon gewundert, dass der Notar kein einziges Wort zu möglichen Betrugsversuchen verloren hatte.

Ich weiß, dass Du das Richtige tun wirst, schloss der Brief zuversichtlich-arrogant. *Wir sehen uns bei mir zu Hause. In Deiner neuen Villa.*

Er knirschte mit den Zähnen und verschränkte die Hände hinter dem Kopf. Der Bursche schien sich seiner Sache ziemlich sicher zu sein. Zumindest aber wusste er wirklich, wie man bedürftige Studenten ködern konnte. „Geld oder Leben", sinnierte er und lachte bitter. So bedrohlich, wie die Anweisungen klangen, lief es wohl darauf hinaus. Aber hatte er überhaupt eine Wahl? Ein solcher Haufen Geld für derart wenig Arbeit lief einem nicht oft im Leben über den Weg.

Er warf einen Blick zur Küchenuhr. Die Mikrowelle zeigte zehn nach sieben. Vor ihm lag eine Reise durch die halbe Stadt. Die Nacht selbst ließ sich schon herumkriegen. Alles eine Frage der Anzahl an Bierflaschen, die noch in den Rucksack passten.

Er überlegte kurz, wem er Bescheid geben konnte. Das Wenigste, was er tun konnte, war, jemanden zu informieren, der im Notfall die Rettungsdienste beziehungsweise den Bestatter informieren konnte. Andererseits: Was genau sollte er sagen?

„Bin in der Villa meines toten Onkels (Hexenjäger), um die Nacht zu überleben. Unbekannter Feind will meinen Tod.“ Er grübelte einige Augenblicke. Schließlich schrieb er die Adresse auf einen Notizzettel. „Gehe dorthin für Halloween“, kritzelte er darunter und legte das Papier unübersehbar mitten auf den Küchentisch. Nicht direkt befriedigend, aber er musste sich beeilen. Er warf sich den noch immer nassen Mantel über, hob den Rucksack auf die Schultern, schaltete das Licht aus und zog die Tür hinter sich zu.

Kapitel 2 – Villa

Über die alten Holzstufen des Mietshauses stapfte Robert nach unten. Die gräuliche Linoleum-Bedeckung war an den Kanten ausgefranst und knirschte unter jedem Schritt. Vom Absatz aus bemerkte er Bewegung. Ein Skelett im schwarzen Ganzkörper-Stoffanzug war gerade dabei, die Tür im zweiten Stock mit falschen Spinnweben zu dekorieren.

„Ah. Herr Terwin!“ Der Nachbar trat zurück und unterband damit seinen Versuch, sich unbemerkt vorbeizudrücken. „Kommen Sie heute Abend auch zu unserer kleinen Feier?“

„Leider nein.“ Unwillig musste er mit ansehen, wie der Knochenmann sich mitten in den angepeilten Fluchtweg stellte. „Hab bereits woanders zugesagt.“

„Donnerwetter“, befand das Skelett mit Blick auf seinen Trekking-Rucksack. „Gehört das etwa alles zum Kostüm? Darf man fragen, was Sie sich für dieses Jahr Tolles ausgedacht haben?“

„Hexenjäger“, entfuhr es ihm. Das Wort war über seine Lippen, bevor sein praktischer Verstand einen Einspruch hatte geltend machen können.

Das Skelett kratzte sich am Kopf. „Sie meinen Kreuze, Holzpflöcke und so ein Zeug?“

„Panzertape, Kabelbinder, Müllsäcke. Ich gehe mit der Zeit.“

„Haha“, machte das Skelett und trat einen Schritt zurück. Der gezwungene Tonfall und die nachfolgende Stille machten deutlich, dass in Zukunft nicht mehr mit Einladungen aus der Zweiten zu rechnen war.

„Ich muss dann auch.“

„Ja.“ Erleichterung klang aus der Stimme des Verkleideten. „Nun denn. Viel Spaß.“

„Danke. Werde ich haben.“ *Nicht*, fügte er in Gedanken hinzu, als er auch die Erste hinter sich brachte. Spaß war eine Sache, mit der an diesem Abend sicher nicht zu rechnen war. Er passierte die Briefkästen und stieß die Glastür auf. Sofort wehte eine Bö herein und trug einige Blätter in den Hausflur.

„Passen se mir auf“, rief eine Frauenstimme aus der ersten Etage. „Ich habe eben erst gefegt!“

„Warum?“, wollte er zurückrufen, bevor die Tür mit einem dumpfen „Wump“ hinter ihm ins Schloss fiel. Grummelnd zog er an den Rucksackriemen. Es war verdammt noch mal Herbst. Die Außenwelt war ein einziger regennasser Sturm. Was zum Henker gab es da zu fegen? Er warf sich die Kapuze über und stapfte die wenigen Meter zum golden leuchtenden Portal der vermutlich einzigen Trinkhalle in ganz Berlin. Spätis gab es hier wie Sand am Meer, aber Walther war der einzige, der das Ruhrgebiets-Konzept der Trinkhalle erfolgreich in den Ostteil Deutschlands exportiert hatte. Von einem richtigen Geschäft konnte eigentlich kaum die Rede sein. Vermutlich hatte Walther einfach nur sein Wohnzimmer um einige Hundert Kilometer nach Osten verlegt und es machte ihm nichts aus, ab und zu ein Bier und eine Schachtel Kippen durch sein Schiebefenster zu reichen.

Er trat vor die Scheibe zwischen den durchsichtigen Kunststoffboxen voller Süßigkeiten und spähte ins Innere. Im kleinen Verkaufsraum war niemand zu erkennen. Zwar forderte ein abgeschabter roter Aufkleber „Bei Nichtbesetzung bitte klingeln“, doch Walther hatte schon vor Ewigkeiten erst das „bitte“ durchgestrichen und anschließend den Klingeldraht entfernt.

Er klopfte an die Scheibe. Bestimmt saß der Alte wieder vor dem Fernseher und hatte den Ton voll aufgedreht, um bloß nichts zu verpassen, über das er sich dann später aufregen konnte.

Er klopfte lauter. Dieses Mal bewirkte das Geräusch Bewegung. Aus dem leuchtenden Türrahmen hinter dem Verkaufsraum kam jemand angewatschelt und zog die Kunststoffscheibe zur Seite.

„Watt gibbet?“

„Moin, Walther.“

„Grüß dich. Watt willse?“

„Mach mir mal drei Bier. Nee, warte. Besser vier. Wird ein langer Abend.“

„Mach ich dir. Ey, sachma.“ Der Alte im Inneren beugte sich vor und kniff die Augen zusammen. „Schon wieder Urlaub?“, wollte er mit Blick auf seinen Rucksack kritisch wissen. „Bisse auch mal am Arbeiten?“

„Nee, du. Ist nur für heute Nacht. Muss auf das Haus von meinem Onkel aufpassen.“

Der Mann knurrte etwas Unverständliches, wandte sich ab und zog vier Flaschen mit einem Klirren aus dem Kühlschrank. „Brauchse sonst noch was?“

„Ersma nich.“

„Dann sind das fünf zwanzich.“

Robert schob die Münzen über die zerkratzte Schale mit der Zigarettenwerbung. „Danke dir. Und mach dir auch `nen schönen Abend, ne? Denk dran: Ist Halloween!“

„Ja, du auch.“ Der Alte winkte unbestimmt in seine Richtung und zog bereits die Scheibe zu. „Machet gut, ne. Und bis die Tage.“

Er wandte sich ab und fand noch Platz in seinem Rucksack, um die Flaschen zu verstauen.

Auf dem Weg zur U-Bahn kamen ihm die ersten Gruppen entgegen: Kinder mit Kostümen, halb gefüllten Plastiktüten und Gespenstermasken, umkreist von schimpfenden Müttern in Fleecejacken und Marienkäfer-Haarreifen, die darum bemüht waren, die kleinen Geister, Teufel und Skelette auseinander- und zugleich zusammenzuhalten. „Ist gut jetzt! Claire! Das habe ich gesehen. Ihr hört jetzt auf damit, sonst nehm ich euch das weg!“

„Bleeeh“, machte ein kleines Skelett und streckte ihm die Zunge raus. Robert erwiderte die Geste und erntete einen strafenden Blick von einer der Begleiterinnen. „Jetzt lass den Obdachlosen. Das macht man nicht.“

Obdachlos? Nicht wenigstens Tourist? Vielleicht musste er bei Gelegenheit mal wieder zum Friseur.

Die Bahn ratterte genau in dem Moment vom Bahnsteig los, als Robert gerade die letzten Treppenstufen zurückgelegt hatte. Mal wieder ganz sein Glück. Er ließ sich auf einem der Metallgittersitze nieder und prüfte noch einmal die Route auf seinem Handy. Zehlendorf. Ein ausgenommen schicker Teil der Stadt, in dem er normalerweise nichts zu suchen hatte. Dort unten sollte es erstaunliche Dinge geben: Platz. Villen. Wohnhäuser mit weniger als sechs Etagen. Teure, alte Bausubstanz von der Jahrhundertwende und wohlhabende Bewohner ähnlicher Baujahre. Altes Westberliner Geld. Er schüttelte den Kopf. Vermutlich eher nicht das Pflaster für WGs und klamme Politikstudenten. Die ganze Sache klang wirklich viel zu gut, um wahr zu sein.

Er blickte sich im Bahnhof um. Im Grunde war ihm *jetzt* schon danach, ein Bier aufzumachen. Diverse Jugendgruppen und die Punks, die hier das meiste Jahr über wohnten, gingen bereits mit gutem Beispiel voran. Klüger wäre es allerdings, zumindest abzuwarten, bis er angekommen war und das Haus betreten hatte. Falls dort weitere Überraschungen bevorstanden, konnte es sich noch als wichtig erweisen, zumindest halbwegs nüchtern zu sein.

Die nächste U-Bahn fuhr laut rasselnd in den Bahnhof ein. Die Türen öffneten sich zischend und spuckten mit dicken Jacken und Mänteln bekleidete Menschenmengen aus. Robert quetschte sich durch den Eingang und fand neben einer Gruppe verkleideter Ü-Dreißiger Platz, die Sektflaschen kreisen ließen und sich laut gegenseitig versicherten, für solche Dinge nicht schon viel zu alt zu sein. Zwei von ihnen trugen Marienkäfer-Haarreifen.

Er zerrte den Rucksack von der Schulter und stellte ihn auf den Boden, wo er Platz wegnahm, den auch andere Passagiere gerne gehabt hätten. Es war mal wieder viel zu heiß hier drinnen. Die Klimaanlage pumpte Tropenluft in den Innenraum, als wollten die Verkehrsbetriebe die Zwei-Grad-Begrenzung der Erderwärmung notfalls ganz alleine reißen. Sein Gepäckstück wirkte wie ein Wellenbrecher und sorgte dafür, dass ihn Blicke trafen, die normalerweise für skrupellose Rad-Mitführer während der Hauptverkehrszeit oder Mitbürger mit leeren Doppelkinderwagen reserviert waren. Im Grunde war es mit dem U-Bahn-Fahren wie mit einem Besuch beim Zahnarzt: Am besten war es, Verstand und Wahrnehmung bis auf die Grundfunktionen abzuschalten und so lange abzuwarten, bis das Schlimmste überstanden war.

Ein Seufzer der Erleichterung entfuhr ihm, als auch die letzte seiner Bahnverbindungen in den Bahnhof einfuhr. Er schaffte es, den Rucksack auf die Schultern zu wuchten, und ließ sich von der Rolltreppe zurück nach oben tragen. Der frische Zug des Windes war nach der zurückliegenden Odyssee beinahe angenehm. Der Regen hatte nachgelassen und war inzwischen fast ganz abgeklungen. Vielleicht konnte man sich in einem solchen Stadtteil auch ganz einfach besseres Wetter leisten. Die Straßenlaternen jedenfalls waren für einen an Müll und Graffiti gewöhnten Innenstadtbewohner überaus beeindruckend. Die Gehäuse enthielten echte, *ganze* Glasscheiben und wiesen schnörkelige Verzierungen auf. Vereinzelt wiesen bronzene Plaketten auf die Schutzbedürftigkeit der historischen Beleuchtungskörper hin. Es fehlten sogar die rituellen Beklebungen der Laternenpfähle mit Hinweisen auf Neuerscheinungen von Rap-Alben von 2013, Start-up-Modemarken und Besuche marodierender Ultra-Gruppen. Kaum Passanten waren auf den Bürgersteigen unterwegs. Die meisten Menschen schienen nicht vom Drang zum Feiern, sondern von den Bedürfnissen ihrer wohlfrisierten Haustiere vor die Tür getrieben worden zu sein. Alte Platanen wiegten sich im Wind. Wo Häuser hinter den hohen Hecken und schmiedeeisernen Toren zu erkennen waren, handelte es sich um zwei- oder dreistöckige Villen, die es sich wie hockende Riesen in der Mitte weitläufiger Grundstücke gemütlich gemacht hatten.

Er blickte auf sein Handy. Viertel vor acht. Noch gut fünf Minuten Fußweg. Alles sah nach einer Punktlandung aus.

„Robert?"

Er hielt inne und wandte sich um.

„Hoppla!"

Das Gewicht des Rucksacks verwandelte seine Drehung fast in eine Pirouette. Beinahe hätte er die Gestalt, die ihn aus der entgegengesetzten Richtung passiert hatte, mit dem Gepäckstück umgeworfen.

Die Unbekannte lachte und zog die Kapuze ihres Anoraks zurück. „Robert. Bist du das?"

„Kathy“, entfuhr es ihm erstaunt.

Die Frau lachte erneut und trat einen Schritt vor. „Na, so ein Zufall. Was machst *du* denn hier?“

„Ich ... besuche jemanden“, brachte er geistesgegenwärtig hervor. „Einen Verwandten. Und du?“

„Zu Halloween?“ Die Frau hob zweifelnd eine Braue. „Du musst interessante Verwandte haben.“

„In der Tat.“ Er brachte ein Grinsen zustande. „Ja. Du ahnst ja nicht, wie recht du hast.“

Kathy schenkte ihm ein Lächeln. Sie sah wie immer viel zu gut aus. Kathy aus der Zwölften. Kathy, auf die nach dem Gymnasium nun auch noch alle im Politik-Studiengang abfuhren. Kathy, die sich nicht für ihn interessierte.

„Und du?“, versuchte er das Gespräch in eine andere Richtung zu lenken. Sie hatten schon viel zu lange hier gestanden und einander angeschwiegen.

„Ach.“ Kathy winkte ab. „Hab nur eine Freundin besucht. Sie wohnt hier ganz in der Nähe.“

„Nicht schlecht, nicht schlecht.“ Er sah sich um und nickte anerkennend. Wieder stellte sich ein Schweigen ein. „Äh“, brachte er hervor. „Schön, dich hier zu treffen. Ich bin nur ... ich muss um acht Uhr da sein und ... er wohnt in einer Villa. Hier ganz in der Nähe. Glaube ich. Aber ich muss sie erst noch finden.“

Der Blick der Frau wanderte interessiert über sein Gesicht. Sie schien einen Augenblick lang nach nachzudenken. In ihren Augen war ein Leuchten. Etwas, das er dort noch nie gesehen hatte. Gab es denn nichts an ihr, was nicht entzückend war?

„Ist doch komisch, oder?“ Kathy sah ihn noch immer seltsam an. Mit einem Finger verbannte sie eine besonders freiheitshungrige Strähne hinter ihr Ohr. „Dass wir uns hier so ...

getroffen haben. Mitten im Nichts. Ich weiß nicht. Ist die Sache mit deinem Verwandten denn so dringend? Vielleicht könnten wir ...“ Die Hand der Frau deutete in die Richtung, aus der er hergekommen war. Ein Stück die Straße hinab versprach ein altmodisches Leuchtschild kühles Bier und etwas Wärme. Einladendes, orangefarbenes Licht fiel durch altmodische Bulleraugen-Fenster auf den feuchten Bürgersteig. „Wollen wir nicht einfach mal ein Bier trinken gehen und ein bisschen quatschen? Ich meine ... ich habe heute eigentlich nichts mehr vor. Irgendwie haben wir uns noch nie so richtig unterhalten, oder?“

„Irgendwie, ja.“ Er versuchte sich an einem Pokerface, das mehrere Jahre erfolgloser Hoffnungen in eben diese Richtung überdecken musste. „Es ist nur ...“ Er biss die Zahnreihen zusammen. Verdammt. Verdammt verdammt verdammt! Warum gerade heute?

Die Frau zuckte verlegen mit den Schultern. „War nur so ein Einfall. Ist aber vielleicht auch blöd. Wenn du schon was anderes vorhast ...“

Sein Blick schoss zu seiner Armbanduhr. Zehn vor acht. Lieber Himmel! Das alles hier durfte wirklich nicht wahr sein!

„Weißt du ...“ Er zog sein Handy hervor. „Ich muss wirklich *dringend* zu meinem Verwandten. Es ist sehr wichtig. Es ... geht ihm nicht besonders gut. Heute ist es wirklich sehr schlecht bei mir. Aber wollen wir nicht einfach ... ich ruf dich später an, okay?“

„Sicher.“ Die Frau senkte den Blick. „Dann eben nicht.“ Monoton gab sie ihm Zahlen durch, die er in sein Handy tippte. Ihr Tonfall ließ erahnen, dass sie niemals rangehen würde.

Er biss sich auf die Lippen. Wozu der ganze Quatsch? Er hatte Bier dabei. Filme. Ein ganzes Haus ... eine *Villa* nur für sich allein. „Vielleicht könnten wir auch ..."

Lass niemanden hinein, meldete sich die Briefzeile aus seiner Erinnerung.

Aber ...

Wirklich niemanden, hörst Du?

Verdammter Mist!

„Na dann." Die Frau schien den Entscheidungsprozess hinter seiner Stirn auch ohne Worte korrekt zu deuten. „Dann eben nicht. Ist schon okay."

„Vielleicht ein anderes Mal", brachte er gepresst hervor.

„Ja", gab sie betrübt zurück. „Vielleicht ein anderes Mal."

„Was machst du heute noch?", setzte er schnell nach. Alles war besser, als sie auf diese Weise ziehen zu lassen.

Wieder nur ein Schulterzucken. „Ich gehe nach Hause, denke ich", kam es wenig motiviert zurück. Die Antwort war knapp und sachlich. Der freundliche Teil des Gesprächs war offenkundig vorbei.

„Na dann." Er räusperte sich „Komm gut heim. War schön mit dir ..."

Die Frau trat vor und umarmte ihn. Ein Hauch von Shampoo. Vielleicht auch ein Parfüm. Dann verbarg die hochgeschlagene Kapuze wieder ihre Züge.

„Machs gut, Robert." Kathy winkte über ihre Schulter. Sie hatte sich bereits wieder abgewandt.

„Ja, du auch." Er winkte ebenfalls, doch der einzige Empfänger war die Rückseite ihres Mantels. „Verfl..."

Er ballte die Fäuste in den Taschen. Verfluchter Alois. Verfluchtes, dummes Testament. Dieses Erbe sollte besser reichhaltig ausfallen. Und dieses Haus erwies sich besser als ein verdammter *Palast*!

Im Eilschritt folgte er der blauen Linie auf dem Handybildschirm. Zur Linken flogen Eisengitterzäune und sorgfältig gestutzte Hecken vorüber. Die Sohlen seiner Halbschuhe spritzten durch Pfützen und über braune Blätterflecken. Von hier aus war es nur noch eine Biegung, bis ...

Beinahe unbewusst verlangsamte er seine Schritte. Er hatte die Ecke des Grundstücks erreicht. Vor ihm öffnete sich ein weitläufiger Platz, um den Pflasterstraßen in der Form eines Rechtecks verliefen. Für einige Augenblicke starrte er mit offenem Mund. Sein Blick ging zurück zum Bildschirm, dann wieder zurück zum Bau, der sich in der Mitte des Karrees erhob. Noch einmal, um ganz sicherzugehen. Nein, kein Zweifel.

„Yesss!“ Er erlaubte sich eine kurze Siegesgeste, ein Pumpen der geballten Faust. So ähnlich musste es sich anfühlen, im Superbowl den entscheidenden Touchdown zu erzielen. Jackpot! Er küsste seine Faust und reckte sie zum Himmel. „Danke, Onkel Alois. Ich glaube, wir können uns wieder vertragen.“

Erneut ging sein Blick zur dunklen Form des eigenartigen Gebäudes. Baulagen wie diese waren üblicherweise Kirchen, Museen oder Opernhäusern vorbehalten. Die umliegenden Villen an den Außenseiten des Karrees umgaben das Gebäude in der Mitte beinahe andächtig. Ein verschnörkelter schwarzer Eisenzaun grenzte das etwa quadratische Grundstück von den umgebenden Bürgersteigen ab. Das Licht der Straßenlaternen fiel auf einen dunklen Garten voller feucht glänzender Sträucher. Die Gebüsche erweckten keineswegs den sorgfältig manikürten Eindruck der Bepflanzungen auf den Nachbargrundstücken. Vielmehr schienen sie vor langer Zeit einmal mit Maß und Plan angelegt, anschließend jedoch nicht mit der gleichen Hingabe gepflegt worden zu sein.

Ein Kieselpfad führte durch den umgebenden Garten empor zu dem erhöht liegenden Holzbau. Das Licht der äußerst schmalen Mondsichel zwischen den Wolkenfetzen glänzte über schwarze, von einem Wetterhahn gekrönte Dächer, Erker und Türme. Ein Architekt mit einer Vorliebe für Vorsprünge und einer offenbaren Abneigung gegen gerade, einheitliche Flächen schien sich in den Entwürfen ausgetobt zu haben. Das Haus schien alt zu sein, vielleicht nicht unbedingt im allerbesten Zustand. Dafür verfügte es über ein weit wichtigeres Merkmal: Es war, zumindest nach den Maßstäben eines langjährigen WG-Bewohners, *riesig*. Drei Stockwerke. Dazu das ausgebaute Dach mit all den Türmchen.

Ein Grinsen überspannte sein Gesicht. Angenehme Vorstellungen wanderten durch seinen Kopf. Thailand. Hongkong. Malibu. Wenn er diese Bude verkaufte, gab es *nichts* mehr, was er sich nicht leisten konnte.

Er schaute auf die Uhr. Drei vor acht. Jetzt aber schnell. Er beschleunigte seinen Schritt. Das Eisentor zum Grundstück war gut zwei Meter hoch. Ohne Zweifel war sein Onkel Alois ein vorsichtiger Mann gewesen. Er nestelte am Schloss herum, bis er den richtigen der drei Schlüssel gefunden hatte. Das Tor ließ sich geräuschlos aufdrücken. Er folgte dem knirschenden Kieselpfad. Vereinzelt hatten sich Unkräuter und kleine Grasinseln zwischen der Steinbedeckung ausgebreitet. Die umliegende Vegetation bestand aus schwarzen Umrissen. Das Licht der Laternen reichte nur bis in die Randbereiche. Dem grauen Mondlicht gelang es lediglich, einzelne Schemen aus der Dunkelheit hervorzuzerren. Ein Bewegungsmelder für Beleuchtung schien zu fehlen. Außer seinem eigenen Atem und dem fernen Hintergrundgeräusch der Großstadt war kein Laut zu vernehmen.

Er polterte drei hölzerne Treppenstufen empor, die unter einem kleinen Vordach mit Veranda hinauf zur Haustür führten. Das Holz des Eingangs war massiv, durchbrochen nur von einer rechteckigen Milchglasscheibe in der Mitte, die geschützt hinter einem Gitter aus schwarzen, leicht nach außen gebogenen Eisenstäben lag. Auch die Fenster an den Seiten waren von dunklen Streben geschützt. Womöglich galt dasselbe für das ganze Erdgeschoss. Ohnehin ließen sich gewisse Gemeinsamkeiten mit einer Festung oder Burg nicht abstreiten. Dies war nicht bloß der Wohnsitz eines Menschen, der Reichtümer besaß und dafür sorgen wollte, dass es auch dabei blieb. Es war das Haus von jemandem, der explizit nicht gestört werden wollte.

Dieses Mal fand er auf Anhieb den richtigen der Schlüssel. Der glänzende Metallstift glitt ohne Widerstand ins Schloss. Er zog. Die Tür bewegte sich kein Stück. Er versuchte es am Schloss, doch der Widerstand verriet, dass der Schlüssel eher abbrechen würde, als sich noch weiter zu bewegen. Getrieben flog sein Blick zur Uhr. Zwei vor acht. Noch einmal rüttelte er am Griff. Was zum ...

Ein seltsames Gefühl überkam ihn. Er wurde sich der Empfindung erst bewusst, als eine Gänsehaut über seine Arme lief. Irgendeine Sensation wie ein Geräusch, das erst nach langem, unbemerktem Anstieg die Grenzen der Hörbarkeit erreicht. Er konnte spüren, wie seine Blicke und Gedanken hektisch wurden. Angst. Irgendeine unbekannte, Blutwallungen verursachende Furcht.

Hektisch stocherte er mit den anderen Schlüsseln in der Eingangsöffnung des unwilligen Metalls herum. Komm schon. Komm schon! Was zum Henker war das hier?

Die irrwitzige Angst in seinem Inneren schien sich noch immer zu verstärken. Raschelten die Büsche hinter ihm mit einem Mal urplötzlich lauter? War dort eine Bewegung hinter seinem Rücken, zwischen diesen Sträuchern, in der Dunkelheit und ...

„Gah!“ Der Schlüssel fiel mit einem Klirren auf den Boden. Erst im Bücken bemerkte er das zweite Schloss, das sich etwa eine Handbreit unter dem ersten in der Tür befand. Natürlich! Warum einfach, wenn auch „kompliziert“ und „hektisch“ möglich war?

Der ausgewählte Schlüssel passte nicht.

Ein frischer Windstoß rauschte durch den Garten. Ein loser Fensterladen im ersten Stock schlug laut gegen die Fassade. Komm schon. Komm schon! Geh auf, verdammter ...

Ein befriedigendes Knirschen. Er drückte. Die Tür schwang auf, trug ihn mit sich, stolpernd, halb durch den aufgesperrten Rahmen fallend. Mit einem Krachen schlug er das schwere Rechteck hinter sich zu und lehnte sich dagegen. Schwer atmend sammelte er seine Gedanken.

Er schnaufte tief und schüttelte den Kopf. Ein leises Glucksen drang aus seiner Kehle. „Was zum Henker, Robert?“ Wohl eine Art von milder Panikattacke. Da hatte er sich aber gerade schön selbst in Angst versetzt. Er versuchte sich an einem trotzigen Grinsen. „Alles in Ordnung“, versicherte er sich murmelnd. „Alles in Ordnung.“

Ein Beben im Massivholz ließ ihn quieken. Die Tür zitterte unter dem Druck eines heftigen Windstoßes. Schnell schob er den Schlüssel ein und schloss von innen ab. Auch ein Riegel ließ sich finden. Er schob die Strebe vor und trat zurück.

„So“, erklärte er dem Flur und hob den Arm. Eine Minute vor acht. Wie die Superhelden in den Filmen. „Puh“, machte er und ließ den Rucksack auf den Boden gleiten. Der Vorflur bestand aus schwarzen und aus weißen Fliesen, angeordnet wie ein Schachbrett. *Der* Teil war schon einmal geschafft. Spätestens jetzt war es *wirklich* an der Zeit für eine Flasche Bier.

Er sah sich um. Auch ohne künstliche Beleuchtung fiel durch das kleine Fenster in der Tür genügend Licht herein, um zumindest Umrisse zu erkennen. Er stand in einem lang gezogenen Flur mit Treppenhaus. Wie es aussah, lagen weiter vorn zur Rechten mehrere Türdurchgänge. Zur Linken führte eine Treppe mit kunstvoll verschnörkeltem Holzgeländer hinauf zu einem Absatz mit Durchgang in den ersten Stock. Er kniff die Augen zusammen. An den Flurwänden hingen mehrere große, in verzierten Goldrahmen befestigte Ölgemälde. Die Motive waren im Halbdunkel nicht zu erkennen. Er sah sich um, um einen Lichtschalter zu finden.

Er zuckte zusammen. Draußen vor dem Milchglasfenster war etwas vorbeigehuscht. Auch die dazugehörige Schattenform war für einen Augenblick über den Boden und die Wände geeilt.

Verdammter Schalter. Wo versteckte sich das Teil? „Ah.“ Endlich berührten seine Finger Kunststoff. Ein Knistern ertönte. Glühlampen in einem kompakten Kronleuchter aus Eisenstreben flackerten. Die Glühdrähte schienen die Erweckung aus dem Tiefschlaf nach einer kurzen Unsicherheit zu überstehen.

„Wooah“, entfuhr es ihm. Das Treppenhaus war groß und herrschaftlich, beinahe eine Halle. Trotz der frisch entflammten Lichtquelle erschien der Korridor ihm finster und beklemmend. Das überall präsente schwere Holz erzeugte ein Gefühl von Ernst und Strenge. Wenn man den Vergleich mit einem Palast bemühen wollte, handelte es sich eher um ein funktionelles Jagdschloss als um ein Feriendomizil.

Die massive Holzgarderobe an der rechten Wand verstärkte noch den Eindruck. Die gebogenen Eisenhaken waren groß genug, um Schweinehälften daran aufzuhängen. Ein dunkler, abgeschabter Ledermantel mit silbernen Schnallen hing daran. Direkt neben der Tür befand sich ein eiserner Schirmständer. Allerdings fiel es schwer, sich darin pastellfarbene Kinderregenschirme auszumalen. Das Objekt schien eher für die feuerheißen Werkzeuge erschöpfter Schmiede oder mittelalterlicher Foltermeister gemacht zu sein. Links von der Garderobe hing ein mannshoher Spiegel. Vermutlich konnte man darin prüfen, ob man seine Ritterrüstung korrekt angelegt hatte.

Draußen knarzte der Wind über die Fassade, während er seinen Blick über die Gemälde wandern ließ. Die meisten zeigten ernst und finster dreinblickende Männer in altertümlicher Kleidung mit langen Mänteln, breiten Hüten und nicht selten auch mit Waffen in den Händen, die in dem Ständer neben der Tür nicht fehlplatziert gewirkt hätten. Seine Blicke fanden Büchsen, Armbrüste und Degen. Er schnaufte amüsiert. Verschroben? Sicherlich. Aber wenn ihn nicht alles täuschte, hing dort oben *exzellentes* Futter für kaufkräftige Antiquariate. Bestimmt ließ sich mit dem alten Krempel noch ein schönes Sümmchen für die Reisekasse hinzuverdienen.

Bedächtig folgte er dem weiteren Verlauf des Flurs. Der erste Raum zur Rechten war eine geräumige Abstellkammer. Der zweite Durchgang führte in eine nicht allzu große Küche. Ein kleiner Tisch, bedeckt von einer einfachen Stoffdecke, dazu eine schmale Bank und zwei Stühle. Er wischte prüfend mit dem Finger über eine Arbeitsplatte. Noch hatte sich keine nennenswerte Staubschicht auf den Armaturen ausgebreitet. Wer hier gelebt hatte, legte offenbar nur wenig Wert auf Luxus, dafür aber umso mehr auf Funktionalität und einen geringen Pflegeaufwand.

Er kehrte zurück in den Flur und schritt weiter durch den Gang. Zur Linken, unterhalb des Treppenaufgangs, führten Stufen hinab in den Keller des Gebäudes. Dahinter befand sich noch ein weiteres, sich in der Dunkelheit verlierendes Flurstück. Blieb nur noch ...

Sein Blick wanderte zu jener Tür, die am Ende des Ganges der Haustür gegenüberlag. Diese hier war anders als die anderen. Sie war massiver. Außerdem verfügte sie, so wie es schien, über ein separates Sicherheitsschloss. Ein Griff zum Knauf bestätigte seinen Verdacht. Das Teil war abgeschlossen. Er ließ die Schlüssel aus dem Umschlag in der Handfläche klimpern. Eins nach dem anderen. Hierfür war später auch noch Zeit. Im Testament hatte etwas von einem *Salon* im oberen Geschoss gestanden. Zumindest für den Anfang schien es ratsam, den Anweisungen des konfusen Alten Folge zu leisten.

Er wandte sich zurück zur Treppe und spähte vorsichtig hinauf. In den Holzpaneelen links der Eingangstür war ein weiterer Lichtschalter eingelassen. Ein zischendes Geräusch erklang, als er ihn drückte. Eine Glühbirne an der Wand neben der Treppe leuchtete kurz auf und erstarb. Er seufzte. Immerhin war dies das erste Mal, dass etwas erkennbar nicht funktionierte. Gewisse Sanierungsarbeiten würden sich bei einer derart alten Bude nicht umgehen lassen.

Er kramte die massive Taschenlampe aus seinem Rucksack hervor, drückte auf den Schalter und richtete den Lichtkegel nach oben. In der Höhe, hinter einem kleinen Absatz, lag der Durchgang, durch den man wohl ...

Das Türklingeln traf ihn so unerwartet, dass er gellend aufschrie. Ein Klöppel hämmerte mit einem rasselnden Geräusch auf eine altmodische Bronzeschelle an der Wand.

„Verdammt!“ Er presste sich die Hand gegen den Brustkorb. Zum Glück schien das Herz hinter den Rippen noch zu schlagen. Er fuhr sich mit der Hand durch die Haare. Mann! Ruhig bleiben. Gewöhn dich dran, dass Dinge knarzen oder rasseln. Das hier ist nur ein altes Haus.

Er wandte sich zum Eingang. Hinter dem halb durchsichtigen Milchglas war ein dunkler Schatten zu erkennen. Seine Hand schwebte bereits über der Klinke, als er sich erinnerte.

Lass niemanden hinein!

Rechts neben dem Türrahmen befand sich ein Lautsprecher neben einem Knopf in einer kupfernen Fassung. Er drückte ihn herab. Ein Knacken ertönte aus dem Gitter. „Hallo?“

Keine Antwort.

„Ja bitte?“, versuchte er es erneut. Seine eigene Stimme erschien ihm krächzend. „Wer ist da?“

Der Schatten hinter dem Glas bewegte sich. Er zuckte zurück, als jemand Stirn und Hände gegen die Gitter vor der Scheibe drückte.

„Hallo?“, knarzte es von draußen durch die Sprechanlage. „Wer sind Sie? Was machen Sie da drinnen?“ Die Stimme einer Frau, anscheinend älteren Semesters. „Ich rufe die Polizei“, erklang es drohend. „Was tun Sie hier? Wie sind Sie dort hereingekommen?“

„Nicht nötig", gab er unwirsch zurück. So also sah die Sache aus. Wachsame Nachbarn. Auch solche Dinge sah man in der Innenstadt nicht oft. „Ich wohne hier", fuhr er erklärend fort. „Ich meine ... das Haus gehört meinem Onkel. Er hat es mir ... er hat mich hergebeten."

Wieder keine Antwort. Ungeduldig lauschte er dem Rauschen von der anderen Seite. Was war das hier? Was ging eigentlich die Nachbarn an, was er mit seinem Erbe machte?

„Ein Neffe?" Die Unsichtbare schien zu überlegen. „Davon hat er nie etwas erzählt. Ich habe Ihren Onkel lange nicht gesehen. Was ist denn mit dem netten Herrn Burmantel?"

„Er ist verstorben", erklärte er mit erzwungener Geduld. Sein Ton war nicht besonders freundlich, doch das Gleiche galt für die Befragung durch die Tür. „Tut mir leid", fügte er hinzu.

„Verstorben?" Stille folgte. Die Besucherin auf der anderen Seite klang ehrlich betroffen. Er wusste nicht, was er erwidern sollte. „Hach", befand die Frau. „Wie furchtbar." Stille. Das Rascheln der Gebüsche klang seltsam verzerrt aus dem Gerät. „Wissen Sie, er war immer so ... wollen Sie nicht aufmachen? Ich finde es nicht angemessen, durch so ein ... *Sprechgerät* über Verstorbene zu reden."

„Das geht nicht", gab er unwirsch zurück. „Ich bin ... indisponiert. Kommen Sie doch morgen wieder. Dann mache ich uns Kaffee."

„Wusste ichs doch!", krächzte es aufgebracht durch die Anlage. Das energische Klopfen eines Knöchels klang durch die Milchglasscheibe. „Sie sind gar nicht sein Neffe! Ein jämmerlicher Einbrecher sind Sie. Und nun versuchen Sie, sich zu verstecken. Das wars! Ich rufe jetzt die Polizei!"

„Tun Sie das!“ Er ließ den Knopf los. Die Lampe an der Treppe zischte und flackerte für einen Moment, bevor sie wieder gleichmäßig brannte. Kopfschüttelnd trat er zurück. Leute gab es ... Er hatte weder Zeit noch Lust für solche Dinge. Wie war die Alte überhaupt bis an die Tür gekommen? Offensichtlich hatte er vergessen, das Eisentor ordentlich ins Schloss zu ziehen.

Der Schatten hinter dem Glas war verschwunden. Er schüttelte sich. Reichlich seltsam, was an diesem Tag schon alles geschehen war. Sollte die Alte ruhig die Polizei anrufen. Am besten auch noch Domian und die Bundeswehr. Wenn das alles hier so weiterging, würde *er* derjenige sein, der an diesem Tag noch einen Rettungseinsatz brauchte.

Er schulterte den Rucksack, trat vor und betrachtete sich gedankenverloren im bodentiefen Spiegel an der Wand. Ruhe. Ein wenig Ruhe war doch alles, was er wollte. War ein kleines bisschen Ruhe denn zu viel verlangt?

Er gefror, als er sich bewusst wurde, dass jemand aus der Höhe auf ihn herabstarrte. Langsam wandte er sich um und hob den Blick zum Treppenabsatz. Ein aufgerichteter Schwanz bewegte sich wie ein tastender Tentakel vor dem Türdurchgang im ersten Stock. Eine Katze! Der Schweif des Tieres sank herab und ringelte sich langsam, so als wisse auch die Fellnase noch nicht ganz, was mit dem Eindringling oder Besucher anzufangen war. Die grünen Augen schimmerten und schienen eine Frage auszudrücken.

Er atmete auf. Von einem Haustier hatte Alois in seinen Dokumenten nichts geschrieben. Wenigstens ein kurzer Hinweis wäre nett gewesen. Was nützten einem dicke Schutztüren, wenn man zu Tode erschrak oder sich bei einem Treppensturz die Knochen brach?

Die Kreatur verharrte regungslos. Offenbar wartete sie darauf, dass er als Erster etwas unternahm. „Miez, miez“, verkündete er und machte sich polternd an den Aufstieg. Er war kein großer Fan von Katzen. Die Biester verfügten über mehr Verstand als gut für einen war. Die Kreatur beschnüffelte sein Bein, als er an ihr vorüber durch den Rahmen trat, bemüht, sie mit dem anderen nicht zu zertreten. Hinter dem Durchgang lag ein schmaler, nach links und rechts verlaufender Flur. Ihm gegenüber lagen drei geschlossene Türen. Eine weitere Tür zur Linken, am Ende des Ganges, stand ein wenig offen. Er marschierte über den knarzenden, mit dickem Läufer abgedeckten Dielenboden. Mit dem Fuß stieß er die Tür auf, um mit der Stablampe ins Innere zu leuchten. Seine Finger fanden einen Lichtschalter. Ein kurzes Klicken, und mehrere verbundene Stehlampen auf diversen Möbeln sprangen an.

„Aha!“ *Das hier* war schon eher seine Kragenweite. Er hatte noch nie in einem *Salon* gestanden, doch das Zimmer, das er betreten hatte, entzog sich eindeutig jedweder Bezeichnung in grobschlächtigen Teutonenzungen. Für die Benennung solcher Räume musste das Französische *erfunden* worden sein. Mehrere Lampen tauchten die Kammer in angenehmes, warmes Licht. Nur auf den ersten Blick schien es sich um ein Arbeitszimmer zu handeln. Die altmodische Bezeichnung „Herrenzimmer“ drängte sich auf. Zur rechten Seite stand ein ausklappbarer Sekretär aus dunkelrotem Holz und davor ein gepolsterter Drehstuhl. Eine antik aussehende Tischlampe mit goldenem Gestänge und grünlichem Glasschirm tauchte die Ecke in behagliches Licht. Einige Aktenordner und ein paar ledergebundene Bücher standen ordentlich aufgereiht auf der schmalen Arbeitsfläche. Auf der gegenüberliegenden Seite des Eingangs war hinter einem breiten, erkerhaft vorstehenden Fenster zwischen schweren grünen Brokatvorhängen der Garten zu erkennen. Auch zur Linken hin öffnete sich das Zimmer in der gleichen Weise zu einer Fensterfront, hinter der im Mondlicht der Kiesweg zum Haus zu sehen war. Vitrinen, Kommoden und mit grünem Polsterstoff bespannte Sessel und Sofas waren offenbar mit Sorgfalt ringsum in der Kammer arrangiert. Dies hier war kein reines Arbeitszimmer. Ohne Zweifel hatte jemand in diesem Zimmer nicht nur arbeiten, sondern sich *wohlfühlen* wollen.

Ein ungläubiges Lachen entfuhr ihm, als er erkannte, was sich in einer niedrigen, von innen beleuchteten Holzvitrine unmittelbar zur Rechten des Schreibtischs hinter den Holztüren mit eingelassenen Glasfenstern befand. Der schwere Teppich dämpfte seine Schritte, als er über den knarzenden Parkettboden an die Ansammlung von Schätzen herantrat. Er ging in die Knie und ließ seinen Blick über die Auswahl hinter den Scheiben wandern. Kaum zu glauben. Offenbar achtete der kultivierte Mann von Welt darauf, dass sich sein Arbeitsplatz nie mehr als eine Armlänge von einer Auswahl erlesener Spirituosen entfernt befand. Whiskys, Cognacs und bunte Kräuterschnäpse lockten in den Auslagen. Der Abend würde besser werden als befürchtet. Es würde *Wochen* dauern, sich durch all das hier zu arbeiten.

Er erhob sich und entschied sich für ein Möbelstück. Erst einmal ein Bier. Etwa mittig in der Kammer stand ein hoher Sessel, massiv, verziert und, wie es aussah, wertvoll. Ein passender Fußschemel stand ebenfalls dabei. Ein herrlicher Ort für einen angeschwipsten Abend. Es war beinahe unmöglich, sich eine einladendere Sitz- und vermutlich später auch noch Schlafgelegenheit vorzustellen.

Die Katze schien derselben Meinung zu sein. Mit einer eleganten Bewegung sprang das Tier auf die Sitzfläche, um sie für sich in Besitz zu nehmen.

„Nichts da!“, protestierte er. „Das ist *mein* Sessel.“

Das Tier betrachtete desinteressiert, wie er seinen Rucksack auf den Boden sinken ließ und eine kühle Flasche Gerstensaft herausfischte. Achtlos schob er das Gepäckstück mit dem Fuß in eine Ecke. „Schusch“, verkündete er. „Hier gibts genug Sitzplätze. Such dir einen anderen!“

Das Tier sah ihn stumm an.

„Schusch!“

Noch immer nichts. Nichts als ein Funkeln zweier aufmerksamer Augen. Eine kurze Zeit lang lieferten sie sich einen Starrwettkampf. Nach einer Weile wurden seine Augen trocken. „Pah!“, verkündete er. „Ich könnte mich auch einfach *auf* dich setzen und du könntest nichts dagegen tun. Aber ich habe heute gute Laune.“

Angesäuert ließ er sich auf einem anderen, nur marginal weniger pompösen Sitzmöbel nieder. Er lehnte sich zurück und fand den Öffner in der Hosentasche. „Na dann!“, verkündete er. „Auf einen angenehmen Abend. Prost, Katze!“

Die Augen des Tieres folgten der Bewegung des Flaschenhalses. Er ließ den Kronkorken zischen und nahm einen tiefen Schluck. „Ah!“, verkündete er der Welt. Endlich. *Das* hier hatte er verdient. Endlich, *endlich* wurde dieser Abend angenehmer.

Kapitel 3 – Besucher

Robert ließ sich tiefer in die Polster sinken und sah sich genauer in der Kammer um. Auch in diesem Raum fehlte es nicht an scheußlichen Ölgemälden in verzierten Rahmen. Einige der Bilder zeigten Jagdszenen. Erst jetzt bemerkte er, dass sich die gewählten Abbildungen von Ölschinken, wie man sie zuhauf in Ausstellungen und Museen sah, unterschieden. An der Wand zur Rechten, über der Kommode mit der Auswahl an Getränken, war eine Gruppe Jäger abgebildet: Männer auf Pferden in einem Wald, ausgerüstet mit Waffen und Trompeten. Auch ein Rudel aufgebrachter Jagdhunde fehlte nicht. Die Beute war bereits gefasst und eingebracht. Ein Seil führte von einem Sattelknauf zu einer alten, grimmig dreinblickenden Vettel. Die Leine endete in einer Galgenschlinge, die ihr um den Hals gebunden war.

Angewidert verzog er das Gesicht. Eine reichlich abstoßende Dekoration für ein Zimmer, in dem sich jemand hatte *entspannen* wollen. Zu sehr durfte man sich wohl nicht darüber wundern, dass Onkel Alois keine Erben hinterlassen hatte.

Die Katze maunzte. Das Tier wandte den Kopf zum Erkerfenster, das einen Blick hinaus zum Kiesweg erlaubte. Er folgte ihrem Blick. Jenseits der Gebüsche spiegelte sich das Licht der Straßenlaternen auf den feuchten Straßen wider. Eine Gestalt auf dem Bürgersteig war ihnen zugewandt und schien sie anzusehen. Es war der Tod, gehüllt in einen dunklen Umhang und gestützt auf eine Sense.

Er ließ ein unwilliges Knurren hören. Gestärkt mit einem frischen Schluck, erhob er sich, trat durch den Raum und zog die Vorhänge zu. Notar Wilmswedel hatte nicht ganz unrecht. Diese ganze Halloween-Geschichte war im Begriff, zu weit zu gehen. Kaum zu glauben, was sich diese Leute an Kostümen alles einfallen ließen. Wehe, dieser Freak fing an, bei ihm zu klingeln oder ihm die Fassade zuzukleistern.

Er griff zur Flasche und genehmigte sich einen weiteren Schluck. Das Gefäß war beinahe leer. Erst jetzt bemerkte er, dass etwas auf der Schreibtischplatte auf ihn wartete. Natürlich! Onkel Alois hatte schließlich bereits angedroht, dass das letzte Wort noch nicht gesprochen war.

Er ließ sich in den hölzernen Drehstuhl mit Lederpolster plumpsen und nahm die Mappe auf. „Aha." Wieder dieses Wappen. Hexenjäger. Klar. Er schlug den Ordner auf. Der Inhalt war überschaubar. Drei, vier Blätter, betippt mit einer alten Schreibmaschine.

Lieber Robert, verkündete die erste Seite.

„Hallo, Onkel!"

Ich bin froh, dass Du gekommen bist, behauptete die grauschwarze Tinte. *Nun, da Du Dich selbst davon überzeugen konntest, dass der Umfang meines Haus- und Grundbesitzes Deine Mühen wert ist, ist es an der Zeit, Dir einige weitere Dinge zu erklären. Ich empfehle Dir, Dir einen angenehmen Sitzplatz zu verschaffen, und bitte bei den nachfolgenden Ausführungen um Deine Geduld.*

Er wandte seinen Blick zur Katze. „Hörst du das hier?", wollte er anklagend wissend. „Einen *angenehmen* Sitzplatz. Er meint bestimmt deinen Sessel."

Vieles von dem, was ich Dir schreibe, mag ungeordnet und verwirrend klingen. Bedauerlicherweise hatte ich nicht ausreichend Zeit, um alles mit der gebotenen Sorgfalt aufzuschreiben, da ich mich zum Zeitpunkt der Verfassung dieser Zeilen in nicht geringer Eile befinde. Ich bin einem bedeutsamen Geheimnis auf der Spur und es gibt Mächte, die alles tun würden, um zu verhindern, dass ich es jemals lüfte.

Er nippte an seinem Bier und nickte. Natürlich. Paranoia. Verfolgungswahn war nicht selten eine Begleiterscheinung von zu viel Einsamkeit.

Um die heutige Nacht in meinem Haus zu überstehen, musst Du auf einige Dinge vorbereitet sein, mahnte ihn der Brief. *Es ist überaus entscheidend, dass Du begreifst und akzeptierst, was ich Dir sage. Auf diese Weise fehlt Dir nachher nicht die Zeit, wenn Dinge Dich befallen, auf die Dein Leben Dich nicht vorbereitet hat. Ich versuche, es Dir so kurz und einleuchtend wie möglich zu erklären.*

Erstens: Hexen existieren wirklich. Es handelt sich um Frauen und Männer, die sich Dämonenkräften ausgeliefert haben, um Unheil und Verderben in die Welt zu bringen.

Er hob eine Braue und nahm einen weiteren Schluck. Der Anfang war schon einmal so bescheuert wie befürchtet.

Zweitens, fuhr das Schreiben fort. *Sie werden kommen ...*

Unerwartet erklang von draußen Kinderlachen. Die Katze wandte den Kopf. Er stöhnte, legte die Mappe auf den Schreibtisch und erhob sich. Das Geräusch war nahe. *Zu* nahe. Er bewegte die Vorhänge ein kleines Stück und linste hinaus.

Tatsächlich. Er *hatte* vergessen, das Gartentor zu schließen. Eine Gruppe Bälger in flatternden Kostümen hatte bereits den halben Weg zur Haustür hinter sich gebracht. Am besten, er ging nach unten und regelte die Sache. Er hatte keine Lust, mit einer von Eiern verklebten Fassade aufzuwachen.

Er wollte sich schon abwenden. Im Vorübergehen war es, als zöge etwas seinen Blick zurück zum Schreibtisch. Er sah hinab auf das getippte Dokument.

Zweitens: Sie werden kommen, mahnte ihn die nächste Zeile. *In dieser Nacht werden sie kommen, um Dich zu holen. Akzeptiere es, damit Du nicht in Angst verfällst, wenn der Moment gekommen ist. Unsere Feinde kennen viele Formen und Verkleidungen. Egal, in welcher Maske sie zu Dir kommen: Öffne ihnen nicht die Tür! Falle nicht auf ihre List herein!*

Er hielt inne und lauschte. Dumpfe Schritte bollerten auf der Veranda. Die Klingel schrillte laut und scheppernd durch das Haus. „Chantal! Lass dem Kemal sein Hanuta los!“

„Maaah!“

Er schnaufte. Viele Formen, was? In diesem Fall hatten sich ihre Feinde bei den Verkleidungen wohl besonders ins Zeug gelegt.

Es klingelte erneut. „Süßes oder Saures“, erschallte es aus einem Chor von Kinderkehlen. „Gib uns was, sonst gibt es was.“

Stumm wartete er weiter ab. Vielleicht, wenn er so tat, als wäre niemand zu Hause ...

„Da kommt keiner.“

„Komm, wir gehen weiter.“

„Voll der Arsch.“

„Du sollst nicht Arschloch sagen vor den anderen!"

Weitere Geräusche wiesen darauf hin, dass sich die Belagerer entfernten. Er war bereits darin begriffen, aufzuatmen, als ein klatschendes Geräusch ertönte, ein dumpfer Aufschlag auf der Holzfassade. Er gab ein Zischen von sich. Verdammte Bälger. Die Meute konnte von Glück reden, dass dort draußen todbringende Feinde auf ihn lauerten und er noch nicht dazu gekommen war, nachzusehen, ob sein paranoider Onkel in irgendeiner Kammer Kriegswaffen eingelagert hatte.

Zur Sicherheit zog er die schweren Vorhänge besonders gründlich zu. Wenn kein Lichtschein mehr nach draußen fiel, ließ man ihn hoffentlich in Ruhe.

Mit einem weiteren Schluck leerte er die Flasche. „Ah ..." Das Erste schmeckte immer ganz besonders gut.

Drittens, verkündete das Schreiben, als er sich in das Sitzmöbel vor dem Schreibtisch fallen ließ. *Du bist wie ich ein Erstgeborener aus dem Stamm der Burmantels. Das Blut von Hexenjägern fließt durch Deine Adern. Es ist besonderes Blut, mit einem ganz besonderen Segen. Da ich nicht mehr am Leben bin, bleibt mir nichts anderes übrig, als die heilige Berufung unserer Familie an Dich weiterzugeben. Du musst sie jagen und vernichten, so wie ich es mein Leben lang getan habe. Überstehe diese Nacht und alles wird sich dir erschließen. Du wirst erkennen, dass ich die Wahrheit spreche. Weitere Anweisungen erwarten Dich in meinem* Refugium *im Erdgeschoss. Es ist das Herz im Hause jedes Hexenjägers. Bis dahin mach es Dir gemütlich und bleib einfach nur am Leben.*
Gezeichnet, Dein Onkel

Alois Burmantel

Venator Maleficorum
Zu Berlin

Eine Gänsehaut lief über seine Arme. Herr im Himmel! Das mit dem Verfolgungswahn wurde wirklich immer schlimmer. Jetzt also auch noch Blut. Allmählich musste man sich ernsthaft Sorgen machen, ob nicht hinter einer dieser Türen ein Regal mit eingelegten Körperteilen auf ihn wartete.

Er grübelte für einen Augenblick. Dem Anschein nach steckte zumindest irgendeine Art von rotem Faden hinter all den Wahnvorstellungen. Am besten, er machte sich Notizen, um einige Sachen später nachzuschlagen. Er tastete nach seiner Jackentasche. Vergeblich suchten seine Finger nach dem Kugelschreiber. Er war sich sicher, einen eingesteckt zu haben. Wie dem auch sei. Er beugte sich vor. Der abgetippte Teil der Nachricht war vorbei. Darunter lagen jedoch noch einige handgeschriebene Zeilen.

Postskriptum. Die letzten Sätze standen in säuberlich geschwungener Handschrift auf dem Zettel. Offenbar hatte sie jemand hinzugefügt, der eigentlich zuvor bereits geglaubt hatte, am Ende angelangt zu sein.

Solltest Du aus irgendeinem leichtsinnigen Grund *meine Ermahnungen missachten und Dich einem Angriff unserer Feinde ausgesetzt sehen, so besteht nur eine einzige Aussicht auf Rettung: Du musst ein Opfer deines Fleisches bringen, um gegen das Zauberwerk der Bösen geschützt zu sein. Ganz unten in meiner Vitrine mit Spirituosen (die Du unzweifelhaft bereits bemerkt hast) befindet sich ein Humidor und darin ein Zigarrenschneider. Ich empfehle dir, die Kuppe eines kleinen Fingers abzutrennen. Es ist zwar schmerzhaft, aber die Beeinträchtigung ist auf lange Sicht nicht besonders groß.*

Er verzog das Gesicht. Wie zur Bekräftigung war ganz unten auf der Seite ein einzelner Fingerabdruck in Tinte angebracht. Der Umriss stimmte, doch statt eines eingängigen Linienmusters war nur eine stumpfe, leicht ovale Fläche zu erkennen.

Er schloss die Augen und massierte seine Schläfen. Damit war die Sache klar, oder nicht? Die Wahrscheinlichkeit, dass sich irgendwo in diesem Haus ein Raum mit abgehackten Gliedmaßen befand, hatte sich soeben auf einhundert Prozent erhöht. Ob die Polizei ihm erlaubte, die Bude zu behalten, nachdem die Spurensicherung mit allem durch war?

Er schüttelte die leere Bierflasche und erhob sich. Die Katze saß noch immer auf dem Sessel, als würde sie dort regelmäßig ihre Abende verbringen. Der Blick der grünen Augen war beinahe menschlich. „Du glaubst wohl, du bist einer von uns, was?“

Er wollte sich zu seinem Rucksack wenden, um ein weiteres Bier daraus hervorzuziehen. Jedoch blieb sein Blick an einem der Gemälde hängen. Etwas fiel ihm auf. Argwöhnisch beugte er sich näher an die Leinwand. Ja, eindeutig. Entweder war der Maler faul oder unversiert in menschlicher Anatomie gewesen oder einem der posierenden Bewaffneten in der dargestellten Männergruppe fehlte an der einen Hand ein kleiner Finger. Fielen die Haare eines anderen nicht recht seltsam über seine Schläfe, so als befinde ich darunter überhaupt kein Ohr?

Er trat zurück. Das fehlte gerade noch. War Alois ein Psychopath aus einer ganzen Reihe von Gestörten, die über Jahrhunderte zurückreichte?

Sein Blick wanderte hinab zum Kabinett. Hm. Er konnte wirklich etwas Stärkeres gebrauchen. Warum eigentlich nur Späti-Bier, wenn Onkel Alois ganz andere Kaliber aufgefahren hatte? Er ging in die Knie und öffnete die kleine Tür. Anerkennend ließ er die Zunge schnalzen. Die Etiketten sahen überaus erlesen aus, was sich schon daran festmachen ließ, dass er keines davon kannte. Nach Gutdünken wählte er einen Whisky und ein dazu passendes Kristallschwenkglas aus. Er goss sich ein und ließ die bernsteinfarbene Flüssigkeit vor seinen Augen kreisen. Nicht schlecht. Wirklich gar nicht schlecht. „Auf dich, Onkel!" Er nahm einen großzügigen Schluck. Das Zeug brannte genauso, wie es brennen sollte. Das goldene Licht. Die schweren, einladenden Möbel. Die holzgetäfelten Wände. Das ganze Umfeld passte *vorzüglich* dazu, sich ordentlich einen hinter die Binde zu gießen. Anlass dazu gab es in jedem Fall genug. Bis zu diesem Tag hatte er noch nicht gewusst, dass ein *Salon* in seinem Leben fehlte, doch man gewöhnte sich so schnell daran, dass einem die Existenz ohne einen plötzlich langweilig und sinnlos vorkam.

Etwas vibrierte in seiner Hosentasche. Er tastete nach seinem Handy.

Kathy, sagte der Bildschirm.

Er schaffte es, aufzuspringen, ohne Whisky auf das teure Polster zu verschütten. Das hier kam mehr als unerwartet. Er presste sich das Smartphone an sein Ohr. „Kathy." Er bemühte sich, lässig und zugleich beschäftigt zu klingen.

„Robert?" Sein Körper spannte sich. Die Stimme der Frau klang verängstigt, beinahe panisch. „Robert, bist du da?"

„Kathy?" Beinahe wäre er über einen Fußschemel gestolpert. „Was hast ... was ist da los bei dir?"

„Robert!“ Sie schien zu schluchzen. Er klang, als wage sie nur unterdrückt zu sprechen. „Robert.“ Ein atemloses Zischen aus dem Hörer. „Ich bin ... ein Mann verfolgt mich. Er ist hinter mir her. Ich glaube, er will mir etwas tun.“

„Was?“ Ziellos taumelte er in Richtung Tür. „Wo bist du?“

„An der U-Bahn-Station“, erklang die zittrige Stimme. „Da, wo wir uns getroffen haben. Ich war alleine mit ihm auf dem Bahnsteig. Die ganze Zeit schon war er mir unheimlich. Ich glaube, er will ... oh nein!“ Hechelnder Atem. Das Geräusch von eiligen Schritten.

„Kathy. Kathy! Was ist da los?“ Er fuhr sich durch die Haare. Seine Schritte führten ihn ziellos durch den Raum. „Kathy! Sag doch was!“

„Er hat ein Messer“, klang es aus dem Handy. „Er ... er ist hinter mir her. Und er hat ein Messer!“

„Kathy!“ Schon war er durch den Türrahmen und polterte über die Treppe nach unten. „Folg der Straße. Hörst du?“ Die Gedanken schienen sich zwischen seinen Schläfen zu überschlagen. „Lauf die Straße entlang. In die Richtung, in die ich gegangen bin. Sie führt zu einem großen Haus. Es steht auf einem offenen Platz. Im ersten Stock brennt Licht. Da ... lauf dorthin!“ Licht! Er stürzte zurück, stolperte beinahe über die blöde Katze und riss den Vorhang zurück. Aus dem Apparat drangen nur ein Knacken und ein Rauschen.

„Kathy! Kathy? Hörst du mich?“

Da! Ein Schatten auf dem Bürgersteig. Jemand rannte weiter vorn um eine Häuserecke. Eine Frau, die sich immer wieder umsah und ihren Mantel mit beiden Armen zusammenhielt. „Kathy!“

Er warf das Handy in den Sessel. Die Katze maunzte protestierend, als er über sie hinwegsprang. Mit einem Satz war er durch den Rahmen, durch das kurze Flurstück, stolperte die Treppe hinunter und hinab zur Haustür. Er drehte den Schlüssel und zog den Sperrriegel zurück. Die freie Hand lag bereits auf dem Griff, als die Erinnerung wie eine scharf mahnende Stimme durch seinen Schädel klang.

Niemanden. Lass niemanden hinein!

„Gargh!“ Seine Finger zitterten über der Klinke. Er schreckte zurück, als von außen jemand gegen das Holz schlug. „Robert! Robert, ich bins! Robert, lass mich rein. Er ... lass mich rein! Er ist ... er ist fast hinter mir!“

„Ich ...“

Idiot, verfluchte ihn die Stimme aus den Briefen. Paranoia schien auch seine Sinne zu befallen. Das Ganze war verdächtig, oder nicht? Ein Messerangriff? Hier, in einem wohlhabenden Viertel?

„Robert. Hilfe! Er ist schon durch das Tor. Er kommt hierher!“ Die Stimme klang inzwischen flehentlich, erfüllt von Todesangst. „Robert! Mach die Tür auf!“

Wirklich niemanden, *hörst Du?*

Er presste sich die Handflächen an die Schläfen. Verdammtes Bier. Verdammter Schnaps. Verdammte Briefe und Gemälde. Denk nach, Robert. Denk nach! Was hiervon war Wahnsinn und was war Wirklichkeit?

„Robert!“

Drauf geschissen! Er riss die Tür auf. Die Frau stürzte durch den Rahmen und fiel an ihm vorbei. Eilig schlug er die schwere Tür zu und schob den Riegel vor.

„Robert." Er wandte sich um. Die Frau war zu Boden gestürzt und berappelte sich nur langsam. Ihre Stimme war erschöpft und angeschlagen. Er stürzte vor, um ihr aufzuhelfen. Halb saß, halb lag sie auf dem Treppenaufgang. Ihre Züge waren außerordentlich bleich.

Hilflos sah er sich um. Die Männer auf den Bildern blickten vorwurfsvoll auf ihn herab. An vielen Händen, die Bücher, Schriftrollen und Waffe umklammert hielten, fehlten Fingerglieder.

Polizei, schoss es ihm durch den Kopf. *Du musst die Polizei anrufen*. Sein Telefon lag oben. So sanft wie möglich ließ er ihren Kopf auf den Läufer sinken. „Ich bin sofort zurück", stieß er hervor. „Das verspreche ich!" Er sprang die Treppe hinauf. Wo war das verdammte Handy? In der Spalte zwischen Sitzfläche und Sessellehne wurde er fündig.

Lass niemanden hinein, schrie das Papier.

Er wählte mit zitternden Fingern. „Polizeinotruf", knackte es am anderen Ende der Leitung. „Wie kann ich Ihnen helfen?"

„Ich ... wir ..." Er taumelte zurück zum Türrahmen und durch den kurzen Flur. „Ein Notfall", brachte er hervor. „Ich habe hier ..."

Er blickte hinab und gefror. Niemand lag mehr am Fuß der Stufen. Das Treppenhaus war leer. Sein Herz machte einen Sprung. „Kathy?" Die Stimme versagte ihm. Der Ausspruch zog die letzte Luft aus seinen Lungen.

Er beugte sich über die Brüstung. Die Lampe an der Wand zischte und flackerte für einen Augenblick. Die verschlossene Tür am Ende des Flurs. Hatte sich dort gerade etwas bewegt?

„Polizeinotruf", ertönte es knackend aus dem Telefon. „Hallo? Sind Sie noch da? Brauchen Sie Hilfe?"

Er öffnete den Mund und schloss ihn wieder. „Kathy?“

Eine weitere Regung in der Dunkelheit. Ein leises Lachen aus dem Flur, das ihn erzittern ließ. „Kathy?“

Eine Bewegung näherte sich. Ein Schatten glitt über die schachbrettartigen Fliesen. Kathy. Etwas aber an ihr war ...

„Robert.“ Die Frau hob den Kopf.

Der Atem versagte ihm. Es war, als werde ihm das Blut zu Eis. Der Spiegel. Der bodentiefe Spiegel an der Wand. Die Frau, die dort unten auf den Fliesen stand, sah immer noch wie Kathy aus. Das Abbild im Glas aber war ein völlig anderes. Die Reflexion war die einer alten Vettel, bleich und ausgezehrt.

Wie in plötzlicher Erkenntnis fuhr die Besucherin herum. Aus ihren Kiefern drang ein Zischen. Die Augen in dem Spiegelbild waren erfüllt von böser Glut, von einem gelben, fieberhaften Leuchten.

„Gah!“ Das Handy entglitt ihm, prallte scheppernd auf den Boden und sprang die Stufen hinunter. Die Katze ließ ein lautes Fauchen hören. Ihr Rücken war ein Buckel, ihr Maul weit aufgerissen.

Die Gestalt im Flur bewegte sich mit unerwarteter Geschwindigkeit. Ohne nachzudenken, fuhr er herum. Schon war er durch den Rahmen in den kurzen Flur gesprungen, über den Gang gesprintet und schlug die Tür zum *Salon* hinter sich zu. Die Katze schafft es noch gerade durch den Spalt, bevor er den Schlüssel umdrehte. Fieberhaft sah er sich um. Er sprang zum Sessel, um ihn vor die Tür zu ziehen, doch das Teil war schwer wie Blei. Er fuhr herum, bekam den Schreibtischstuhl zu fassen und schob ihn unter die Klinke. Das Blut wummerte laut in seinem Schädel. Was bei allen Höllen war hier los? Der Whisky? Der Wahnsinn aus dem Schreiben? Dort unten hatte es so ausgesehen, als ob ...

„Ha!“ Er fuhr zusammen, als ein Klopfen durch das Holz drang. Das Geräusch war sanft und fragend. Die Klinke bewegte sich, als drückte sie jemand auf der anderen Seite probeweise herunter.

„Robert.“

Er hielt den Atem an. Kathys ganz normale Stimme. Nicht der kleinste Anflug von Bedrohung lag darin. Sie klang verängstigt und geschwächt, gerade so wie eben, als er sie hereingelassen hatte. „Robert. Ich fühle mich nicht gut. Warum ... warum hast du abgeschlossen?“

Ungläubig trat er zurück. Mit beiden Händen fuhr er sich durch die Haare. Das Ganze musste eine Wahnvorstellung sein. Alles andere war vollkommen ...

„Robert“, klang es vorwurfsvoll durch das Holz. „Was soll das? Ich brauche Hilfe. Warum lässt du mich nicht rein?“

Unschlüssig, wie gefangen, stand er auf der Stelle. Die grünen Augen der Katze waren auf die Tür gerichtet, so als drängen ihre Blicke geradewegs durch das Holz. Der Schwanz ringelte sich langsam, warnend und erwartungsvoll erhoben.

Er wollte vortreten, doch irgendetwas hielt ihn zurück. Sein Blick ging unschlüssig zum Brief. Nein. Es war eindeutig, dass sein Verstand vernebelt war. Er *kannte* Kathy. Sie saß mit ihm im Uni-Kurs! Was er gesehen hatte, *musste* Einbildung gewesen sein.

Er trat vor, griff nach dem eingeklemmten Stuhl und streckte die Hand zum Schlüssel aus.

Wumm.

Die Tür sprang ihm beinahe entgegen. Das massive Holz erzitterte so heftig, dass er rückwärts auf den Boden stürzte.

Ein weiterer Schlag. Ein Splittern und ein Krachen.

Panik durchflutete seinen Körper und alle seine Sinne. Keine Frau, kein Mensch konnte eine solche Kraft aufbringen. Es war, als werfe jemand Kühlschränke gegen das stabile Holz.

Die Katze ließ ein Zischen hören, das beinahe wie ein Kreischen klang. Wieder splitterte Holz, als eine Macht von außen darauf eindrang. Sein Blick ging zu den Ölgemälden. Zu der Vitrine mit den Schnäpsen. Es war, als übernähmen Urinstinkte seinen Körper und Verstand. Schon war die Glastür aufgerissen, die Finger tastend zwischen den Kristallflaschen, den Gläsern und Dekantern. *Wo*? Wo befand sich das verdammte Ding? Da! Ganz hinten an der Wand fanden seine zitternden Finger das ersehnte Kästchen. Er schlug den Deckel der Zigarrenkiste zurück und wühlte sich durch trockenes Rauchwerk. Unten, ganz am Boden, fand er, was er suchte.

Das Geräusch hinter seinem Rücken schien an Wut noch zuzunehmen. Das Hämmern steigerte sich zu einem Krachen und zu einem Knirschen. Wer immer diese Tür bearbeitete, war beinahe zu ihm durchgebrochen. Er blinzelte angestrengt. Fetzen von Panik und Betrunkenheit verwischten seinen Blick. Dort war sie, seine unschuldige Fingerkuppe, zwischen den erbarmungslosen Klingen des Zigarrenschneiders. Er atmete heftig. Kein Zurück mehr. Wenn er *das* hier durchzog ...

Ein Schmettern und ein Brechen. Die Füße des verklemmten Arbeitsstuhls wurden kreischend über den Boden geschoben.

Er schloss die Augen und drückte zu. „Gaaah!" Der Schmerz war scharf und stechend. Sein Schrei mischte sich in das Splittern des Holzes, das Quietschen nachgebender Angeln aus Metall. Alles schien sich zu verlangsamen, ihn zu umfassen wie in einer Wolke aus dumpfem, betäubendem Schmerz. Fassungslos betrachtete er den blutenden Stumpf, an dem sich bis eben noch seine Fingerspitze befunden hatte. Beinahe wurde ihm bei dem Anblick schwarz vor Augen.

Vage wurde er sich bewusst, dass plötzlich Stille herrschte. Halb betäubt von Schmerzen sank er auf den Rücken. Irgendwie gelang es ihm, sich auf die Seite zu wälzen und zurückzublicken.

Von der Tür war nichts als Trümmer übrig. Holzteile und kleine Splitter von Furnier lagen überall im Raum verteilt. Ein einzelnes Bruchstück hielt sich noch wie eine ausgefranste Flagge windschief in den Angeln.

„Na bitte." Die Frau trat vor. „War das denn so schwer?" Kathy oder was auch immer ihre Stelle eingenommen hatte, trat durch die Trümmerlandschaft. Mit der Fußspitze stieß sie gegen ein noch aufrecht stehendes Türfragment, das scheppernd in den Raum fiel und den Weg freigab.

Er öffnete den Mund, ohne etwas hervorzubringen. Etwas an der Frau, die vor ihm stand, war eindeutig die Kathy, die er kannte. Etwas anderes aber war es keineswegs. Eine böse, fremdartige Präsenz hatte sich in die Substanz gemischt, die Kathy zu *Kathy* machte. In einem Augenblick war ihre Haut normal und menschlich. Im nächsten aber wirkte sie an vielen Stellen wie vernarbt und ausgelaugt, faltig und von einem ungesunden Gelb und Braun, wie bei einem Körper, der Jahrzehnte am Grunde eines Moores zugebracht hatte.

Sein Blick schoss hinauf zum Reiterbild. Die Alte in der Schlinge der Jagdpartie schien ihn anzugrinsen.

„Robert Terwin." Kathys Stimme, aber nicht allein. Ein unheilvoller Nachhall begleitete die Worte. Ein weißer Finger richtete sich auf ihn, anklagend, befehlend. „Steh auf."

Er wusste nicht, wie ihm geschah, doch mit einem Mal stand er schwankend in den Knien.

Ein triumphierendes Lächeln umspielte die Lippen seines Gegenübers. Es gefror, als der Blick der Frau auf seinen kleinen Finger fiel. Ärger, echte Wut blitzten für einen Moment aus ihrem Blick. Die Lippen verzogen sich zu einer Fratze. „Ha!", stieß die Erscheinung aus. „Sieht aus, als sei ich gerade rechtzeitig gekommen. Und jetzt werden wir beide ..."

„Runter, Junge!"

Wieder war es nichts als ein Instinkt, der ihn zu Boden warf. Ein Krachen und ein Donnern hallten durch die Kammer. Gerade noch gelang es ihm, sich herabzuducken, als der Körper der Besucherin über ihn hinweggeschleudert wurde. Einer ihrer Stiefel stieß schmerzhaft gegen seine Schulter, bevor die Kreatur mit einem Poltern gegen einen Sessel prallte und zusammen mit dem Sitzmöbel zu Boden ging.

„Gaaaah!" Schreien. Alles hier war einfach nur zum Schreien. Alles wurde immer nur noch schlimmer. „Gaaah!" Er schrie noch eine ganze Weile, auch dann noch, als bereits wieder Stille herrschte.

Nur langsam wagte er den Kopf zu heben. Er schluckte. Der Anblick hatte sich nicht wesentlich verbessert. Zwei runde schwarze Punkte am Ende von Metallrohren starrten ihm entgegen. Gräulich weißer Rauch drang aus einem davon hervor. Die Röhren endeten in einem hölzernen Schaft, über dem sich wiederum ein grimmiges Gesicht mit silbrig grauem Bart erhob. Der Alte hielt die abgesägte Schrotflinte konzentriert auf ihn gerichtet. Seine breite Form füllte beinahe den ganzen Türrahmen aus. „Und jetzt zu dir", verkündete die Stimme des Eindringlings grollend. „Schön liegen bleiben. Du hast genau zehn Sekunden, um mir ..." Der Kerl verstummte. Der Blick des Angreifers richtete sich verblüfft auf Roberts zum Schutz erhobenen Hände. Für einen Augenblick bewegten sich die Lippen des Mannes. Offenkundig hatte er den abgetrennten Finger bemerkt. Der Blick der grauen Augen richtete sich erneut auf sein Gesicht. Eine Art Erkennen schien sich im Ausdruck seines Gegenübers zu vollziehen. Äußerst langsam trat der Eindringling zurück. Der Doppellauf der Flinte senkte sich nur minimal in Richtung Boden, bereit dazu, jederzeit erneut erhoben zu werden. „Wer zum Henker bist du?"

Er blinzelte. Seine Lippen brauchten einige Momente, um zu seinen Gedankenstürmen aufzuholen. „Wer *ich* bin? *Sie* haben gerade ..." Noch immer halb im Liegen wandte er sich um. Der Körper der Frau lag halb auf, halb hinter einem Sessel. Ihre Beine ragten in die Höhe, während der größte Teil des Torsos irgendwo hinter Lehne und Sitzfläche verborgen lag. „Sie haben ..." Ein Klicken ließ ihn verstummen. Langsam wandte er sich um. Die Mündung der Waffe war erneut auf ihn gerichtet.

„*Ich* stelle hier die Fragen", verkündete der Mann. Sein Bart war altmodisch und gut gepflegt, mit ausladenden Koteletten. Auch der Schnitt des Mantels schien reichlich altbacken, mit verzierten Schnallen und silbernen Verzierungen an den Rändern. Die grauen Augen waren aufmerksam, mit einem Blitzen, das Härte und vielleicht auch Grausamkeit verriet. „Du hast eine *Hexe* in dieses Haus gelassen", erklärte der Mann wie ein Richter, der eine Anklage verliest. „Schon dafür hast du eigentlich den Tod verdient. Wer bist du? Was machst du hier? Und warum hast du dir den Finger abgeschnitten?"

„Onkel Alois ..." Wie hypnotisiert ging sein Blick zum Fingerstumpf. Noch immer troff ein dünner Strom von Blut daraus hervor.

„Onkel, hm?“ Die Waffe senkte sich erneut. „Na, das erklärt schon mal die Ähnlichkeit.“ Die Lederstiefel des Mannes donnerten über den Holzboden, als er den Raum durchquerte, an Kathys Seite in die Hocke ging und einen Schal aus ihrer Manteltasche zog. Er prüfte das Kleidungsstück, lehnte seine Flinte an den Schreibtisch und riss ein Stoffstück ab. „Hier“, forderte er auf und hielt ihm den Fetzen entgegen. „Wickle das hier fest um deine Wunde. Warte. Einen Moment.“ Der nächste Griff des Mannes ging zum Schnapsregal. Die schwielige Hand fand eine Flasche Hochprozentiges. Ohne Frage oder Vorbereitung umfasste der Kerl sein Handgelenk und hob die Flasche. „Jetzt wäre eine gute Zeit, um die Zähne zusammenzubeißen.“

„Arrrrgh!“

Brennend ergoss sich der Inhalt des Gefäßes über seine Wunde. Der Bursche ließ nicht los, obwohl er sich unter Schmerzen wand. Erst nachdem der Alte die durchtrennte Haut aus der Nähe inspiziert und mit einem zufriedenen Nicken bestätigt hatte, dass die Desinfektion zu seiner Zufriedenheit vollzogen war, ließ der Mann seinen Arm los. „Bind die Wunde gut ab“, forderte er, als habe sich sein Gegenüber lediglich an einem Stück Papier geschnitten.

„Gargh.“ Robert war noch zu sehr mit sich selbst und seinem Schmerz beschäftigt, um einen klaren Gedanken fassen zu können. Der Eindringling sah sich weiter in der Kammer um. Er trat bis an den Schreibtisch und ließ den Blick über die Blätter wandern. Die Hand des Burschen wanderte zur Innentasche seiner altmodischen Weste und fischte eine silberne Brille mit runden Gläsern daraus hervor. Mit zusammengekniffenen Augen überflog er die abgetippten Dokumente.

„He!“, protestierte er vom Boden aus. Er verspürte Wut, vor allem aber Widerstand dagegen, wie ein gedankenloser

Gegenstand behandelt zu werden. „Schon mal was von Briefgeheimnis gehört?"

Der Bursche warf ihm einen Blick zu, der nahelegte, dass er bereit war, noch ganz andere Paragrafen des Grundgesetzes geflissentlich zu übergehen. Die Katze schlich an ihm vorüber und schnüffelte an der Toten. Ungläubig schüttelte er den Kopf. Sein Verstand weigerte sich noch immer zu bestätigen, was er soeben erlebt zu haben meinte.

„So, so", erklärte der Eindringling am Schreibtisch, nachdem er sein Studium des Schreibens abgeschlossen hatte. Die Brille verschwand wieder in seiner Tasche. „Na, sieh mal einer an. Robert Burmantel. Der alte Alois ist doch immer wieder für eine Überraschung gut."

„Mein Name ist ..." Ein Keuchen unterbrach seine Erwiderung. Er wischte sich über den Mund. Ihm war abwechselnd warm und kalt.

Der Mann betrachtete ihn abschätzig. „Sieht aus, als hättest du die Prüfung nicht bestanden", verkündete er kühl. Mit dem Fingerknöchel pochte er auf das Dokument. „‚Lass niemanden herein', steht hier. Ein einfaches Gebot, sollte man meinen."

„Sie haben sie *umgebracht!*" Für den Augenblick hatte er ganz andere Sorgen. „Sie! Sie sind der Kerl, der sie verfolgt hat! Sie sind ein ... ein *Psychopath*! Genau wie Alois."

Der Eindringling ließ ein amüsiertes Schnaufen hören. „Du weißt nicht, wovon du redest, Junge. Du kannst von Glück reden, dass nicht nur unsere Feinde ihre Augen offen halten. Und dass dein Onkel vorausgesehen hat, dass du irgendetwas Dummes tun wirst. Hier."

Ein kurzes Nesteln in der Innentasche des Mantels. Ein zerknitterter Zettel landete vor ihm auf dem Boden.

Pass auf den Jungen auf, stand auf dem mitgenommenen Papier. *Es ist sehr wichtig, dass er überlebt. Für unsere Sache oder wenigstens für mich. In Erinnerung an das, was wir früher einmal glaubten.*

„Etwas *Dummes*?" Verächtlich schob er die Nachricht fort. „Sie haben sie *erschossen*! Sie ... Sie ..."

„Ja, das habe ich", verkündete der Bursche mit erzwungener Geduld. „Ein Danke habe ich übrigens noch nicht von dir gehört. Und weißt du auch, was ich als Nächstes tun werde? Ich werde sie verbrennen. So wie es dieser Hexenbrut gebührt."

„*Verbrennen*?" Beinahe überschlug sich seine Stimme.

„Verbrennen, ja", bestätigte der Mann geduldig. „In einem Ofen. Könntest du damit aufhören, jedes einzelne meiner Worte zu wiederholen?"

„Heißt das ..." Er schloss die Augen und hob eine Hand. Langsam, Robert, langsam. Heute Abend dauerte alles zwischen seinen Schläfen etwas länger. „Unten im Flur und als sie durch diese Tür kam, sah es aus, als ob sie ... ich meine ... hat sie eben wirklich ..."

Der Mann schnitt ihm mit einer Bewegung seiner Hand das Wort ab. Der Kerl blickte sich um, so als versuche er, sich ein Gesamtbild ihrer Lage zu verschaffen. „Hör zu", erklärte er. „Wie es aussieht, bist du hier in etwas hineingeraten, auf das dich niemand vorbereitet hat. Ich mache dir einen Vorschlag. Weil du Alois' Junge bist. Ich kümmere mich um die ... Unordnung hier drinnen. Außerdem werde ich aufpassen, dass uns niemand mehr überrascht. In dieser Villa bist du sicher für die Nacht. Wenn du damit aufhörst, hier dein eigenes Ding zu machen und endlich *zuhörst*." Die grauen Augen blitzten warnend. „Leg dich hin", befahl der Kerl. „Da drüben.

Auf dem Sofa. Du bist verwundet und geschwächt. Ich lege deine Fingerspitze kühl. Unten, in der Küche. Morgen früh, wenn du aufwachst, kannst du dich entscheiden. Entweder du gehst ins Krankenhaus und lässt dir deinen Finger wieder annähen. Du kehrst nie mehr in dieses Haus zurück. Du gehst auch nicht zur Polizei. Ansonsten würde sich dein Leben von morgen an *äußerst* unangenehm gestalten. Du kehrst ganz einfach in dein altes, ganz normales Leben zurück und vergisst das alles hier. Ich sorge dafür, dass es keine Spuren gibt. Du hast wieder deine Ruhe und kannst dir einreden, dass nichts hiervon geschehen ist. Oder aber ..."

Mit einem kratzenden Geräusch nahm der Mann seine Flinte vom Boden auf und prüfte beide Rohre. Mit einem Schnappen ließ er die Waffe zuspringen. „*Oder* du lässt den Finger, wie er ist. Du bringst das Opfer deines Fleisches. Du kommst an die Adresse, die ich dir auf diesen Zettel schreibe. Und ich zeige dir Dinge, von denen du dir wirklich sehr gut überlegen solltest, ob du sie wirklich wissen willst. Eines kann ich dir versprechen: *Langweilig* wird dein Leben anschließend bestimmt nie wieder."

Die Schrotflinte verschwand in einem Lederholster unter dem Mantelaufschlag. „Überleg es dir", forderte der Alte. „Aber sei dir auch bewusst, welchen Preis du zahlen musst, falls du dich entscheidest, auf diesem Pfad weiterzugehen. Wenn du zu mir kommst, wirst du ein Teil von einem Kampf, der durch Jahrhunderte zurückreicht. Wer einmal in ihn verwickelt wird, kommt nicht wieder von ihm los. Und wenn Glück und Schicksal uns gewogen sind, finden wir dabei vielleicht auch deinen Onkel."

„Moment ..." Wieder eine Pause. Er musste sich gehörig konzentrieren. „Wir *suchen* meinen Onkel? Soll das heißen, dass er noch am Leben ist?"

„Was soll das heißen?“

„Onkel Alois ... er ist doch tot.“

Die Brauen des Alten zogen sich zusammen. „Woher weißt du das?“

„Na, wegen ...“ Er streckte hilflos einen Arm aus. „All dem hier. Der Notar. Sein Testament. Ich bin doch sein Erbe.“

Der Alte schnaufte. „Unsinn, Junge. Ein Burmantel ist nicht derart leicht zu töten. Dein Onkel Alois wollte nur sicherstellen, dass du wirklich herkommst. Ich kenne Alois. Passt ganz zu diesem alten Fuchs, dich auf diese Weise herzulocken.“

„Aber dann ...“

„Er ist verschwunden“, erläuterte der Eindringling. „Ich bin auf seiner Spur. Jetzt leg dich hin. Ich schreibe dir meine Adresse auf. Denk darüber nach, was ich gesagt habe.“ Der Kerl trat zum Schreibtisch und kritzelte mit einem Füller etwas auf einen Zettel.

„Was ist mit ...“ Er konnte spüren, wie er schwächer wurde. Jede seiner Bewegungen bereitete ihm größte Mühe.

„Leg dich auf das Sofa“, wiederholte der Mann mit ruhiger Stimme.

Gehorsam schleppte er sich in die Ecke und streckte sich auf dem knarzenden Möbelstück aus. Der Mann prüfte noch einmal den behelfsmäßigen Verband an seinem Finger. Das nachfolgende Schulterklopfen musste wohl bedeuten, dass alles seiner Ansicht nach in bester Ordnung war. „Ruh dich aus“, wiederholte er. „Alois wird schon einen Plan damit verfolgen, dich in die Sache mit hineinzuziehen. Wenn du dich entscheidest, mich zu besuchen, erkläre ich dir alles. Heute aber musst du dich erholen. Ich lege dir den Zettel ins *Refugium*. Dort unten wirst du mehr erfahren.“

„Erholen..." Schleier des Dahindämmerns hatten begonnen, ihn zu umfassen. Das Gold der Lampen und das glänzende Braun der schweren Möbel verschwammen zu einem einzigen, angenehmen Glühen. Er vernahm noch, wie der Eindringling sich etwas ächzend auf die Schulter lud und sich durch die zerfetzte Tür entfernte. Durch die Ränder seiner Lider nahm er wahr, wie sich die Katze auf der Sitzfläche des Sessels zusammenrollte.

„Mein ... Sessel", protestierte er schwach. Dann überwältigten ihn Träume.

Kapitel 4 – Refugium

Robert erwachte durch den schwachen Schein von Sonnenstrahlen. Durch den Spalt zwischen den Vorhängen bahnte sich Tageslicht einen Weg ins Innere. Stöhnend richtete er sich auf. Der Himmel hinter den Fenstern war grau und verhangen. Die Katze war bereits wach. Das Tier saß aufrecht auf dem Sessel, wie eine von Ägyptern in Stein gehauene Statue, und blickte ihm erwartungsvoll entgegen.

Mit einem Stöhnen betastete er seinen Schädel. Erst der Verband an seinem Finger ließ ihn halbwegs begreifen, dass die Ereignisse, von denen er geträumt zu haben glaubte, am Vorabend tatsächlich stattgefunden hatten. Ächzend warf er die Beine über den Rand des Sofas. Mit einem Blinzeln sah er sich im Raum um. Wenig erinnerte noch an den Kampf. Kathys Körper war verschwunden. Auch die meisten Türsplitter waren beseitigt worden. Einzig die verbogenen Angeln mit den ausgefransten Holzüberresten und ein leichter Rauchgeruch zeugten noch davon, dass überhaupt irgendetwas Ungewöhnliches vorgefallen war.

Er fasste sich mit beiden Händen an die Schläfen. Wasser. Er brauchte dringend etwas zu trinken, das nicht aus einer Whiskyflasche stammte.

Kopfschüttelnd begutachtete er die Überreste der Tür, als er durch den Rahmen trat. Die Läufer im Flur und auf den Treppenstufen schluckten das Geräusch seiner erschöpften Schritte. Das graue Licht des Vormittags, das durch das Milchglasfenster in der Eingangstür fiel, zeichnete geometrische Formen auf das Schachbrettmuster der Fliesen. Die Gestalten auf den Bildern schienen, bei Licht besehen, schon weitaus weniger bedrohlich. Bei Tag war deutlich zu erkennen, dass einige der Abbildungen schon bessere Zeiten gesehen hatten. An vielen Stellen wellten sich die Leinwände oder hatten Farbschuppen verloren.

Er taumelte durch den Durchgang in die Küche. Auch hier gab es ein kleines Gitterfenster, durch das graues Licht hereinfiel. Der massive Stahlhahn stotterte, bevor er einen Strahl kühlen Wassers in die Spüle schoss. In einem Küchenschrank fand er ein Glas, das er bis an den Rand mit Wasser füllte. Er hob die Flüssigkeit vor die Augen und roch daran. Mit den Rohrleitungen schien alles in Ordnung zu sein. Er trank mit tiefen Schlucken und fuhr sich mit der Hand über den Mund. Schon besser. Vielleicht fand sich hier drinnen sogar irgendwas zu essen.

Seine Hand umfasste schon den Griff des Kühlschranks, als er sich erinnerte. Er schluckte. Besser, er machte sich darauf gefasst, Dinge zu erblicken, die er eigentlich nicht sehen wollte. Langsam öffnete er die Tür. Ein spröder Kanten Käse. Eine Packung Milch, die inzwischen sicher abgelaufen war. Er tastete nach dem Gefrierfach. Tatsächlich. Ein kleiner Beutel, vollgepackt mit Eis. Dazwischen der unscheinbare Stummel seines kleinen Fingers, wie das kümmerliche Ende eines längst vertilgten Würstchens. Schnell verschloss er das Fach, bevor ihm der Appetit vergehen konnte. Er ließ vom Kühlschrank ab und öffnete weitere Schränke. In einer Lage nahe beim Boden befand sich eine Sammlung von Konservendosen, sortiert nach Art und Haltbarkeit.

Aus irgendeinem Grund verspürte er keine Lust auf ein Frühstück aus Gemüse oder Eintopf. In einem Hängeschrank fand er eine Packung trockener Haferflocken, etwas Müsli, haltbare Milch und ein angefangenes Glas mit Honig. Er vermischte alles in einer Schale und begann zu kauen. Jedes Aufeinandertreffen seiner Kiefer sandte Druckgefühle durch den ganzen Schädel. Noch immer hing in seinem Kopf ein beinahe angenehmer Nebel. Der Zustand war fast schon begrüßenswert, wenn man bedachte, welche Arten von Erinnerungen an die Oberfläche kommen würden, sobald es dort drinnen wieder einigermaßen klar wurde.

Nach einer kurzen Zeit erhob er sich. Durch den Türdurchgang spazierte er hinaus in den Flur, um sich im Tageslicht genauer umzusehen. Die verschlossene Tür am Ende des Flurs schien ihn auf seltsame Weise anzuziehen. Der Durchgang war, da war er sicher, am Vortag abgeschlossen gewesen. Nun aber steckte ein Schlüssel im Schloss. Argwöhnisch blickte er sich um. Kathy hatte ihn ganz sicher nicht mitgebracht. Blieb nur der Eindringling vom Vorabend. Vielleicht war die Geste als Einladung zu verstehen. Vielleicht handelte es sich jedoch auch um eine weitere Prüfung.

Er trat vor und schob sich weitere Flocken in die Backen, während er auf den Knauf hinabstarrte. Vermutlich sollte er sich auch diesen Schritt sehr gut überlegen. Mit absoluter Sicherheit aber sollte er sein Mahl beenden, bevor er sich die Dinge antat, die auf der anderen Seite dieses Durchgangs auf ihn lauerten. Dieses Haus hatte so etwas an sich. Ständig musste man damit rechnen, auf etwas zu treffen, das geeignet war, einem den Magen umzudrehen.

Er beeilte sich, einige weitere Bissen hinabzuwürgen, bevor er seine Schale neben die Spüle stellte. Unwillkürlich ging sein Blick zum Kühlschrank. Wenn er den Finger jemals wieder nutzen wollte, wäre dies wohl der Moment, um unverzüglich ins Krankenhaus zu fahren und zu hoffen, dass der Körperteil noch zu retten war. Er hob den Fingerstumpf vor seine Augen und betrachtete den Verband. Ohne Zweifel handelte es sich hierbei um die *vernünftige* Option. Er würde sein Leben zurückbekommen. Seine Ruhe. Das hatte der mörderische Fremde ihm versprochen. Andererseits ...

Er lugte durch den Rahmen. Die unheimliche Tür schien seinen Blick erneut mit eigenartiger Macht anzuziehen. Er trat hinaus und näherte sich dem Durchgang wie ein argwöhnisch schnüffelndes wildes Tier, das einen unvertrauten Gegenstand entdeckt hat. Seine Hand tastete nach der Klinke. Er atmete tief. Also gut. *Ein* Blick konnte wohl nicht schaden, oder?

Die schwere Tür öffnete sich geräuschlos und beinahe wie von selbst. Die Außen- und Innenseiten waren mit Holz verkleidet. Der Kern bestand jedoch, soweit es sich erkennen ließ, aus massivem Stahl. Ein rechteckiges Loch aus Dunkelheit tat sich vor ihm auf. Kühle schlug ihm daraus entgegen, durchmischt mit dem beißenden Geruch von Chemikalien.

Letzte Chance, fuhr es ihm durch den Kopf. Letzte Chance, das Ganze abzubrechen. Gesund im Kopf zu bleiben und nicht zu sehen, was Onkel Alois hier drinnen verborgen hielt.

Seine Hand fand an der linken Seite einen Schalter. Mitten im Raum sprangen zwei Lampen an. Die eine hing im hinteren Teil der Kammer von der Decke, war länglich und erinnerte an die Beleuchtung eines Billardtisches. Ihr warmes Licht fiel auf einen aufgeräumten Schreibtisch mit zwei herangerückten Besucherstühlen. Die andere war rund und hing weiter vorne im Raum. Ihr Lichtkegel fiel senkrecht abwärts auf ein Stehpult, das wie eine Monstranz für Kultobjekte mitten in der Kammer stand.

Sein Blick wanderte über all die übrigen Umrisse und Formen, die das Licht der Lampen aus den Schatten schälte. Unmittelbar zur Linken der Tür befand sich ein altmodischer Kleiderständer, an dem ein nicht minder altmodisch aussehender langer Mantel hing. Entlang der linken Wand zogen sich Regale voller Bücher und sorgfältig aufgereihter Dokumentenmappen. Kleine Schildchen an den Brettern sorgten offenbar für irgendeine Art von Ordnung und verfestigten die Annahme, dass es sich bei dem Bewohner dieses Ortes um einen äußerst sorgfältigen Menschen handelte. Die Wände waren grau gestrichen und anscheinend aus Beton, was dem Ganzen den rohen Eindruck eines Arbeitskellers, ein wenig sogar den eines Bunkers verlieh. An der gegenüberliegenden Wand standen weitere Regale, dazu eine Kommode, über der der ausgestopfte Kopf eines glasäugigen Ebers hing. Eine Karte des Sternenhimmels war neben der Tiertrophäe angebracht. Ein weiterer Apparat schien ein Teleskop zur Beobachtung von Himmelskörpern zu sein.

In der rechten hinteren Ecke wurde es verdächtiger. Eine Ansammlung blauer Plastikfässer mit halb durchsichtigen, von Metallschnallen gehaltenen Kunststoffdeckeln stand dort beieinander. Eine eiserne, angerostete Luke im Boden führte offenbar in irgendeine Art von Schacht hinab. Bei einer kantigen Maschine mit Trichter, Aggregat und Schieberädern schien es sich um einen Standhäcksler zu handeln.

Weiter zur Rechten erstreckte sich eine breite Werkbank mit Schraubstock unter einem Wandpaneel aus Kunststoff, an dem verschiedene Werkzeuge säuberlich aufgereiht waren. Diejenigen ganz zur Linken entsprachen durchaus dem normalen Hausgebrauch: Hämmer, Schraubendreher und Schraubenschlüssel verschiedener Ausführungen und Größen. Diejenigen ganz zur Rechten gaben jedoch Anlass zur Besorgnis. Er hob eine Braue, als sein Blick der Reihe nach über eine gebraucht aussehende Gartenschere mit langen Klingenblättern, eine benzingetriebene Kettensäge und schließlich eine Heugabel in einer eigens dafür vorgesehenen Halterung wanderte.

Ganz rechts im Raum hing das Ölgemälde irgendeines Mannes mit dünnem Ziegenbart und weißem Rüschenkragen, der in der einen Hand ein Kreuz und in der anderen eine antike Zunderbüchse hielt. Das „Kunstwerk“ unterschied sich nicht vom Stil der Dekoration im Flur.

Am auffälligsten von allen Einrichtungsgegenständen aber war das hölzerne Pult in der Mitte des Raumes. Das Objekt hätte als Redner- oder Lesestand fungieren können. Ein großformatiges, in rötlich braunes Leder gebundenes Buch ruhte darauf. Vorsichtig trat er näher. Der Band war aufgeschlagen. Die Seiten waren ausgetrocknet und vergilbt, bedeckt mit Handschrift. Als Lesezeichen diente eine rote, ausgefranste Schnur, an der ein weiterer Schlüssel hing. Keine Ahnung, wozu *dieses* Teil schon wieder gut war.

Er schlug die Seite um und betrachtete den Einband. Wieder dieses Zeichen, dieses Mal eingeprägt in Gold: ein Kreuz, durchzogen von zwei Schwertern. Im Zentrum das Zeichen „Omega“. Er blätterte zurück zur fadenscheinigen Markierung. Offenkundig handelte es sich um eine Art von Geschäfts- oder Tagebuch, ähnlich dem Logbuch eines Schiffes. Der letzte Eintrag war etwas über zwei Wochen alt.

15. Oktober 2019 a. d.

Die Antwort liegt im Osten. Welch eine Ironie: In eben jener Weltenrichtung, aus der unsere größte Feindin stammt, liegt auch die Waffe, um sie zu besiegen. Inzwischen bin ich sicher, dass das Blut der Burmantels der Schlüssel ist. Nur das gesegnete Blut *wird in der Lage sein, unsere Feindin wirklich zu vernichten. Ich bin auf eine Spur gekommen, die zurückgeht bis zur Gründung unseres Ordens. Bis zum allerersten*

Burmantel, der den Segen unseres Blutes in sich trug. Allein die Art, in der es wirken soll, ist mir noch unbekannt.
Ein alter Freund in Ungarn scheint in den Archiven der Societas Iesu auf eine Spur gestoßen zu sein. Im Osten, in der Geburts- und Wirkungsstätte meiner Vorväter, liegt also die Lösung dieses Rätsels. Ich hoffe, bei den Padres in einer kleinen Stadt bei Ofen mehr in Erfahrung bringen zu können. Der Allmächtige möge mich beschützen. Die Feindin weiß, dass ich ihr auf den Fersen bin. Mit Sicherheit sind ihre Häscher bereits auf meiner Spur. Ich habe keine Zeit, um irgendjemanden zu unterrichten. Die meisten meiner alten Kameraden sind tot oder haben unserem schweren Ruf den Rücken gekehrt. Ich muss also alleine gehen. Hoffentlich ist es noch nicht zu spät. Die nächste Merkurpassage steht bevor. Alles ist umsonst, wenn unsere Feindin dieses Mal erfolgreich ist. Nicht auszudenken, was sie anzurichten in der Lage ist, wenn ihr Wissen um die Kanalisierung der zerstörerischen Sternenmacht beim nächsten Versuch gelingt.
Mir bleibt nichts anderes übrig, als den Jungen in die Sache mit hineinzuziehen. All die Jahre habe ich die Übergabe meiner Segensbürde vor mir hergeschoben. Nun aber, da meine Kräfte mich verlassen und ich am dringendsten Verstärkung bräuchte, ist es beinahe schon zu spät. Ich habe Anweisungen hinterlassen, damit er herkommt und im Schutze dieser Mauern die dunkelste der Jahresnächte übersteht. Anschließend bin ich hoffentlich zurück, um mich selbst um ihn zu kümmern. Wir sind einfach zu wenige. Alles muss man selbst machen. Aber genug mit den Beschwerden. Mein Zug geht bald. In Zügen kann ich denken.

A. B.

Er hob den Kopf und blickte gedankenverloren zum Eberkopf auf der anderen Seite des Raumes. Dann war es also wahr. Die ganze Sache mit dem Testament war eine List gewesen, um ihn herzulocken. Womöglich *war* der Alte gar nicht tot. Er verzog das Gesicht. Nicht schlecht gespielt, alter Mann. Die Geschichte mit dem Erbe war nicht dumm. Geld zog immer. Erzählungen von irgendwelchen Hexenjagden in Osteuropa eher weniger. Auf *die* Art hätte es der Bursche nie geschafft, ihn herzulocken.

"Das Blut der Burmantels". Die Sache war und blieb mysteriös. Wer war diese „große Feindin", von der hier überall die Rede war? Was zum Henker war eine Merkurpassage? Und was bitte hatte ausgerechnet *er* mit all dem hier zu tun?

Er nahm einige Seiten zwischen die Finger und blätterte zurück. Mehr Einträge. Aufzeichnungen über Einsätze, Reisen und Auslandsaufenthalte. Das Ganze ging zurück bis in eine Zeit vor seiner Geburt. Die gleiche Handschrift, meistens kurz gehalten in knappen, rein informativen Absätzen. Eine Veränderung ließ ihn stutzen. Mitte der Siebzigerjahre des 20. Jahrhunderts gab es einen Wechsel in der Schrift. Auch die Art der Einträge war anders. Nicht mehr sauber, ordentlich angeordnet, sondern wild und schräg, wie von jemandem, der auf diese Art von Arbeit nicht viel Lust und Aufmerksamkeit verwendet hatte. Er blätterte weiter zurück. Etwa vierzig Jahre früher ein ähnlicher Bruch. 1934: ein Wechsel in der Handschrift. Ungläubig nahm er einen ganzen Stapel Seiten und schlug ihn um. 1866. 1791. Immer weiter gingen die Einträge zurück. Ein Teil kurz vor dem Anfang war versengt wie von Feuer. Schließlich aber hielt er die letzte Seite vor sich. Der erste Eintrag. Die Schrift war krakelig, aber noch lesbar.

13. November anno Domini 1648, anno primo Instrumenti Pacis Monasteriensis et Osnabrugensis

Das Wüten der Reiche, in Raserei und Wahn getrieben von den Mächten des Teufels und der Hölle, hat ein Ende. Es sind Verträge unterzeichnet worden, zu Münster und zu Osnabrück. Der weltliche Frieden ist gesichert. Möge doch die augenblickliche Vernunft der Könige und Fürsten ewig währen, um der Heimat aller Christenmenschen ein Schlachten wie das zurückliegende für alle Zeit zu ersparen! Viel Böses und Verdammenswertes weit jenseits der Notwendigkeit des Krieges ist in den vergangenen Jahrzehnten hemmungsloser Barbarei vollzogen worden, von Einfältigen wie von mit bewusstem Vorsatz Bösen unter dem Einfluss und mit der Hilfe von Dämonen. Die Ketzerei der Hexen ist sehr groß geworden in den Wirren einer Zeit, in der die weltlichen und geistigen Gewalten mehr damit beschäftigt waren, sich gegenseitig zu zerfleischen, als damit, unseren wahren *Feinden Einhalt zu gebieten. Seine Heiligkeit, Papst Innozenz X., hat in Erkenntnis dieser ungeheuerlichen und in ihrer Fülle beispiellosen Verderbnis und Bedrohung allen kriegsführenden Parteien ein geheimes Zusatzprotokoll vorgelegt, welches in seltener Einmut sowohl von den katholisch als auch von den protestantisch zugehörigen Ländern und Reichen unterzeichnet wurde. Demgemäß besteht seit diesem Jahr ein Bund von eigens ausgewählten, im Kampf erprobten und im Leumund tadellosen Soldaten aller Christenreiche, deren einzige Aufgabe darin bestehen wird, der Ausbreitung der Hexenbrut in allen ihren Formen Einhalt zu gebieten, ihre Verderbnis nach bestem Vermögen auszumerzen und zugleich die Barbarei, die verschiedentlich von eigensüchtigen und verdammenswerten Ketzern im Namen unserer Mutter*

Kirche gegen als Hexen bezeichnete Frauen und Männer angestoßen wurde, zu beenden und in Bahnen zu lenken, die den Gesetzen des Himmels und der Erdenreiche gerecht werden. Mein Herzog Karl hat es für gut befunden, auch mich für diese ehrenvolle, wenn auch harte und sehr schwere Aufgabe zu entsenden, bis ans Ende meines Lebens, sei es im Kampf oder durch natürliche Erschlaffung der Leibeskraft.

Soeben bin ich aus Marienburg in Pommern zurückgekehrt, wo mir von Angehörigen des Deutschritterordens, die unsere neu gegründete Gemeinschaft in Kriegs- und Ordnungsdingen unterweisen werden, die Grundsätze des bevorstehenden Kampfes erläutert wurden. Die Schweden haben dort sehr schlimm gewütet, doch der Orden und auch die Könige von Polen scheinen sich der Notwendigkeit, die Hexen entschlossen zu bekämpfen, wohl bewusst zu sein. Ich bete, dass die gegenwärtige, vermutlich äußerst kurze Zeit, in der die Reiche zu erschöpft sind, um miteinander Krieg zu führen, ausreicht, um einen anhaltenden Frieden zu errichten, der allen nachfolgenden Generationen das Durchleben eines derartigen Völkerschlachtens ersparen wird. Ebenso bete ich, dass es mir und meinen eingeschworenen Brüdern gelingen wird, die Macht der Hexen, die in dieser Zeit sehr groß geworden ist, zurückzudrängen und die Brut der Hölle im Namen unseres Herrn aus unseren Ländern zu tilgen.

Auch ist mir, zweifellos durch die Vorsehung des Herrn, für diese Aufgabe ein besonderer Segen zuteilgeworden, von dem ich bisher kaum jemandem zu berichten gewagt habe. So ist mir noch zur Zeit des großen Krieges, und zwar zu Prag im Jahr 1642, von einem Padre der SJ …

Er stieß einen leisen Fluch aus. Der Rest der Seite war bis zur Unkenntlichkeit verkohlt. Auch die nächste war zu einem großen Teil in Mitleidenschaft gezogen worden. Ob jemand die entsprechenden Passagen vorsätzlich vernichtet hatte oder ob ein Unfall dahintersteckte, war nicht zu erkennen. Zu entziffern war lediglich noch die Unterschrift ganz unten auf der Seite:

Iohannes Burmantel
Venator Maleficorum

Er atmete tief durch und starrte an die Decke. Im Inneren seines Kopfes schien sich alles zu drehen. Er schluckte hart, doch seine Kehle blieb trocken. Erneut blätterte er bis ganz nach vorne. Vor der ersten Seite gab es nur noch die aus Karton gefertigte Innenseite des Ledereinbands. Namen und Daten waren dort in einem wohl mit Lineal gezogenen Tintenraster fein säuberlich untereinander aufgeführt. Jahreszahlen. Vor- und Nachnamen von Männern, die seit Jahrhunderten nicht mehr am Leben waren. Nur die Vornamen waren verschieden. Der Nachname war stets der gleiche: Burmantel unter Burmantel. Mit einem Bleistift hatte jemand Zahlen daneben auf den Karton gekritzelt. Aufsteigende Nummerierungen von eins bis zehn. Neun der Felder waren ausgefüllt. Johannes war der Erste. Alois der Letzte. Das allerletzte Feld aber war noch leer und dick mit Bleistift umrandet. „10“ stand daneben, flankiert von einem Ausrufezeichen.

„Zehn“, wiederholte er murmelnd. Warum zehn? Warum endete die Tabelle dort? Die Handschrift schien von Onkel Alois zu stammen. Irgendetwas musste der Bursche herausgefunden haben, für das die Ziffer zehn eine besondere Bedeutung besaß.

Seufzend wandte er sich ab. Falls es sich um einen Streich oder Wahnsinn handelte, so war es ein besonders ausgefuchster. Kaum zu glauben, dass sich jemand all die Mühe machte, bloß um sich etwas einzureden. Das Ganze wirkte fast schon ansteckend. Die Ereignisse vom Vorabend waren in der Beziehung keine große Hilfe. Was die Existenz von Hexen anging, war er noch nicht besonders sicher. Zu viel Alkohol und unheimliches Drumherum waren am gestrigen Tag im Spiel gewesen. Kein Zweifel konnte allerdings daran bestehen, dass es Leute gab, die sich für Hexen*jäger* hielten. Ebenso wenig wie an der Tatsache, dass diese Menschen auch vor der Anwendung extremer Gewalt nicht zurückschreckten.

Seine suchend umherwandernden Blicke gingen zu der Eisenluke, die in der Ecke bei den Fässern in den Boden eingelassen war. Erneut überfiel ihn ein Schauder. Eigentlich wollte er nicht wissen, was sich darunter verbarg, doch eine unerklärliche Neugier zog ihn an. Langsam ging er in die Hocke und formte eine Faust um den kühlen Griff. Er zog die Klappe in die Höhe. Sofort schlug ihm ein Geruch aus Fäulnis und aus Chemikalien entgegen. Der Griff entglitt ihm. Mit einem Scheppern fiel die Abdeckung der Luke zurück an ihren Platz. Unwillkürlich kroch er zurück, presste sich den Arm unter die Nase und hielt die Luft an. Verdammt! Nein, er wollte *überhaupt* nicht wissen, was sich dort unten befand. Was machte er noch hier? Das hier war eine Sache für die verdammte Polizei.

Er erhob sich und wandte sich zur Tür. An der Innenseite erwartete ihn eine Nachricht. Er trat näher. Schon die Art der Übermittlung sprach Bände. In die Holzverkleidung hatte jemand einen Dolch gerammt, dessen Spitze einen Zettel hielt. Vom Griff hing eine Kette aus schwarzer Schnur herab. An ihrem Ende hing ein kleiner Anhänger in Form einer Ikone. Er betrachtete die Waffe und die Klingenlänge. Von wegen „sichere Gegend". Das Teil fiel unverkennbar in die Kategorie „verboten". Wie es aussah, gab es *doch* Gestalten, die auch in Stadtteilen wie diesen mit illegalen Messern durch die Straßen liefen.

Er riss den Zettel ab. Eine Adresse war darauf gekritzelt. Dazu die Worte: *Leg die Kette um, wenn du das Haus verlässt. Wenn du die Wahrheit wissen willst* … Darunter eine Unterschrift: *Sigurd.* Missmutig starrte er auf den Namen und das schwammige Versprechen. „Die Wahrheit", wiederholte er verächtlich. Die Wahrheit. Die verdammte Wahrheit. Sein ganzes Leben lang hatte er nie ein Problem mit der *Wahrheit* gehabt. Allein die letzten 24 Stunden waren ein einziger Irrsinn. Unerwartete Reichtümer. Anweisungen von einem Toten. Erscheinungen von Hexen und Dämonen. Und jetzt auch noch ein Mord. Nicht zu vergessen … Er hob die Hand und starrte auf den verbundenen Stumpf. *Das* hier war die Wahrheit, oder etwa nicht? Wütend knüllte er den Zettel zusammen. Sein Blick ging erneut zum Eberkopf. Die Glasaugen des Tieres starrten unschuldig über ihn hinweg. „Ihr glaubt wohl wirklich, dass ich bei diesem Unsinn mitmache, was?"

„Mau", machte etwas hinter seinem Rücken. Der Kopf der Katze erschien im Türspalt. Mit tastenden Schritten, so als müsse es die Stimmung und Umgebung erst ergründen, schlich das Tier ins Zimmer und sah sich prüfend um. Zielsicher steuerte es auf den Stuhl hinter dem Schreibtisch zu und sprang mit einem Satz auf die Sitzfläche. Einzig die Augen und die Ohren ragten über den Tisch hinaus. Das Tier blickte ihn an, als sei er ein Besucher, der eben das Privileg einer Audienz beim Hausherrn erhalten hatte.

Ein belustigtes Schnaufen entfuhr ihm. „Denkst wohl, du bist hier der Boss, hm?"

Die Katze blieb ihm eine Antwort schuldig. Das Tier verrenkte sich athletisch und begann, sich an Stellen zu lecken, die in der menschlichen Anatomie gnadenvollerweise von derartigem Verhalten ausgenommen waren.

Knurrend blickte er hinab auf seine Faust, die noch immer den zerknüllten Zettel hielt. Mit einem Seufzen öffnete er die Hand und zog das Papier glatt. Noch einmal las er die Adresse. Ein prüfender Blick zum Eber. Das Tier schien unter seinen Hauern beinahe zu grinsen.

„Kreuzberg, hm?" Er zog die Halskette vom Dolchgriff, legte sie sich um und ließ den Anhänger im Halsausschnitt verschwinden. Also gut. *Eine* Chance würde er dem Mann, der ihn gerettet hatte, geben. Am besten aber legte er den Polizeinotruf dafür schon mal auf Schnellwahl.

Kapitel 5 – Sigurd

Hier musste es sein. Noch einmal ging sein Blick zum Bildschirm des Smartphones. Der gewohnte blaue Punkt in Google Maps, wie gewohnt mit dem Sichtkegel in der umgekehrten Richtung von der, in die er *wirklich* lief. Er war ein wenig verwundert darüber, was sich auf der anderen Straßenseite zeigte. Die Adresse, die er suchte, gehörte offenbar zu einem Buchladen. Er zuckte mit den Schultern. Seltsam, aber nicht das Seltsamste, was ihm in den letzten Tagen zugestoßen war.

Er wollte auf die Straße treten, doch sein Schritt fiel eigentümlich taumelnd aus. Er hielt sich eine Hand vor den Mund. Etwas stieß ihm aus dem Magen sauer auf. Wieder dieser Schwindel, begleitet von einem leichten Kopfschmerz. Er beugte sich vornüber. Verdammter Schnaps. Dazu der Schock und Blutverlust. Womöglich waren auch die Haferflocken nicht mehr ganz in Ordnung gewesen. Er schloss die Augen, bis der Moment der Übelkeit vorüber war. Ein Passant warf ihm einen besorgten Blick zu, lief jedoch ohne anzuhalten weiter.

Da. Es ging schon wieder. Mit einem Blick in beide Richtungen versicherte er sich, dass die Straße frei war. Dann machte er sich auf den Weg. Ein unauffälliges weißes Leuchtschild über dem Eingang verkündete „Bücher – Ein Tor in eine andere Welt!“ Rechts von der gläsernen Eingangstür, die hinter einem Aufgang von drei schmalen Treppenstufen lag, erlaubte ein Schaufenster einen Blick auf schwer beladene Bücherregale. Es war nicht zu erkennen, ob der Laden überhaupt geöffnet hatte. Das einzige Licht im Inneren war dasjenige, das von außen durch die Fensterscheibe fiel.

Versuchsweise drückte er gegen die Glastür, die sich tatsächlich öffnen ließ. Ein Klingeln ertönte, als er durch den Durchgang trat. Ein schöner Raum lag vor ihm, mit hohen, stuckverzierten Decken und einem leidlich sauberen Fliesenboden. Alles war bis unter die Decke vollgestopft mit Bücherstapeln und Regalen. Ein wenig wirkte es, als habe sich ein eigenartiger Prozess von Höhlenbildung in dem Geschäft vollzogen. Es schien, als wären Bücher wie Rinnsale eindringender Feuchtigkeit nach und nach herabgetropft, um all die Anhäufungen und stalagmitenartigen Papiertürme zu bilden, die auf allen glatten Flächen in die Höhe wuchsen.

Sein Blick fand einen ausgestopften Raben. Das Tier schien ihn von einem Ast auf einer Holzplatte über einem breiten Türdurchgang im hinteren Bereich aus zu beobachten. Dahinter waren noch mehr Räume zu erkennen, die in der gleichen Weise ausgestattet beziehungsweise vollgestopft waren.

Erst als die Frau den Kopf bewegte, bemerkte er, dass er nicht alleine im Geschäftsraum war. Hinter ihrem Festungswall aus Büchern war sie beinahe unsichtbar geblieben. Sie hatte ihren Schreibtisch an der linken Raumseite, war fortgeschrittenen Alters und trug ein Dach aus langen grauen Haaren von der Beschaffenheit einer Brombeerhecke. Vor ihr flimmerte ein waschmaschinengroßer Röhrenbildschirm, der vermutlich älter war als die meisten Einwohner im Kiez. Die Verkäuferin nickte ihm stumm zu und wandte sich wieder ihrer Arbeit zu.

Er räusperte sich und trat vor. „Ich bin …“ Er tastete nach dem Zettel und las noch einmal das zerknitterte Papier. „Ich suche einen Mann namens Sigurd.“

Die Alte nickte freundlich. Ihr Ausdruck war vollkommen unverbindlich. Ohne aufzuschauen, vollführte sie eine Bewegung mit dem Kopf in Richtung des Bogendurchgangs, über dem der Rabe wachte. Das Tier behielt ihn weiterhin im toten, glänzenden Auge.

„Äh …"

Die Aufmerksamkeit der Frau galt wieder ganz ihrem Bildschirm. Das Klicken ihrer angegilbten Maus war das einzige Geräusch.

„Hm." Also gut. Zögernd trat er durch den Durchgang. Auf der anderen Seite waren mehr Regale. Aufgeklebte Papierbeschriftungen verrieten, welche Schätze sich wo finden ließen. Der größte Teil war offenbar gebraucht. Ein Second-Hand-Laden für Bücher. Gute Idee eigentlich. Zur Linken führte eine schmale Wendeltreppe in ein unteres Geschoss. Geradeaus zeigte sich ein weiterer Durchgang. Vielleicht war dies einmal eine Wohnung gewesen, mit mehreren, durch Schiebetüren getrennten Empfangsräumen. Er wandte sich um. Die Verkäuferin war hinter dem Wall aus Büchern nicht mehr zu erkennen. Nur das Klicken ihrer Maustasten verriet, dass sie geduldig ihrer Arbeit nachging. Noch weiter geradeaus? War *dies* die Richtung, die ihm das Nicken hatte weisen sollen?

Am Ende des Raumes, dem Eingang gegenüberliegend, befand sich eine Holztür in der Wand. Die stumme Wache toter Tiere fehlte hier. Allerdings hing eine Ikone an einem in den Türrahmen getriebenen Nagel. Auch hatte jemand seine Kaution dadurch verspielt, dass er das Holz mit diversen Schnitzzeichen überzogen hatte.

„Hier durch die Tür?" Er wandte sich um und lauschte. Außer dem Klicken der Maus war nichts zu vernehmen. Er schnaufte und zuckte mit den Schultern. Eine schöne Bande Wunderlinge war das, die in diesen Wänden hauste.

Er hob die Hand und klopfte an die Tür. Keine Antwort. Er drückte die Klinke herab. Die Tür glitt geräuschlos auf. Ein dunkler Flur, nur etwa zwei Schritte tief. Dazu eine schmale Treppe, die zur Rechten steil hinauf in den ersten Stock führte. Unten am Absatz stand ein Schirmständer mit einer bunten Ansammlung an Gegenständen: ein Wanderstock mit abgegriffenem Knauf. Papierrollen wie von Postern oder Bauplänen. Ein Besen, zu eingestaubt, um damit irgendetwas zu reinigen. Dazu ein weiterer Stab mit eingeschnitzten Zeichen, vielleicht ein Mitbringsel aus einem Urlaub oder ein zweifelhaftes Kunstobjekt.

„Hallo?" Er beugte sich vor und spähte die Treppe hinauf. Von weiter oben schien graues Tageslicht herab. An der Wand zur Linken hing eine Galerie von Bildern. Vergilbte eingerahmte Fotos, viele davon in schlechter Qualität wie aus den frühen Tagen der Fotografie. Nicht wenige waren in verbleichtem Sepia oder in kontrastreichem Schwarz und Weiß. Dazwischen hingen Postkarten, die sich an den Rändern wellten.

„Ich komme jetzt rauf", erklärte er, reichlich widerwillig. Mit stapfenden Schritten machte er sich an den Aufstieg über die eingestaubten Stufen. Das Holz wummerte und knarzte, was ihm ganz recht war. Er hatte keine Lust, jemandem einen Schrecken einzujagen, der abgesägte Schrotflinten mit sich herumtrug.

Sein Streifblick blieb an einigen der Bilder hängen. Ehepaare in steifer schwarzer Kleidung und mit ernsten Gesichtern, die so verwittert waren wie die Bilder selbst. Vermutlich aus der Zeit, bevor man das Vergnügen erfunden und zum allgemeinen Gebrauch freigegeben hatte. Längst verstorbene Jäger, posierend in Wäldern, über die seit der Entstehung der Aufnahmen vermutlich ganze Staatengrenzen hinweggezogen waren. Was die Postkarten anging, schienen selbst die jüngeren aus einer Zeit zu stammen, die vor seiner Geburt lag. Eine pries die Urlaubsstrände Jugoslawiens. Andere stammten aus Ländern und Reichen, die er nur aus Geschichtsbüchern kannte. Offenbar freute sich die freie Stadt Danzig auf seinen Besuch. Auch die Hauptstadt Österreich-Ungarns schien mit einer ganzen Reihe frisch errichteter Bauten im hippen und angesagten Imperial-Stil Reiselustige zu locken.

Inzwischen hatte er den Absatz erreicht. Er klopfte an den Rahmen. Eine Tür hing nicht darin. Auch dieser Durchgang wies seltsame Schnitzzeichen auf. Zudem hatte jemand die hölzerne Schwelle entfernt und durch einen unschönen Betonguss ersetzt.

Er hob eine Braue. Wer immer hier wohnte, räumte, wie es schien, in etwa so oft auf, wie er neue Urlaubspost bekam. Zur Rechten befanden sich zwei Fenster, durch die etwas von dem hereinfiel, was einem die Jahreszeit als Tageslicht verkaufen wollte. Entlang der linken Wand erstreckten sich Regale, angefüllt mit Büchern jeglicher Couleur. Alte, in Leder eingeschlagene Folianten riesiger Formate waren ebenso zu finden wie Sachliteratur des 20. Jahrhunderts in funktionalen Stoff- und Pappeinbänden. Zwischen all den Bänden steckten Ansammlungen loser Blätter, die dem Anschein nach dort hingeschoben worden waren, wo sie eben gerade passten. Einige ließen an den Rändern Handschriften erahnen, eiliges, kaum lesbares Gekritzel. Andere zeigten die charakteristische blaue und schwarze Blockschrift alter Schreibmaschinen. Bei nicht wenigen der Dokumente musste es sich um aufgerollte Planzeichnungen handeln, Blaupausen, technische Zeichnungen und die Grundrisse verschiedener Gebäude. Mit einem Mal empfand er tiefe Dankbarkeit dafür, dass Onkel Alois die Villa nicht in einem *solchen* Zustand hinterlassen hatte.

„Hallo?" Noch einmal klopfte er mit Nachdruck gegen den Rahmen. Die Belohnung war ein Stöhnen, gefolgt von einem dumpfen Schlag umstürzenden Eisens aus dem Türdurchgang am anderen Ende des schmalen, schlauchförmigen Raumes. Ein Kratzen und ein Rascheln erklangen. Es klang, als erhebe sich jemand schwerfällig aus einem Sessel, wobei diverse Dokumente und auch Bücher von ihm abfielen, die ebenso als Nachtlektüre wie auch als Decke gedient hatten.

Der Schemen eines Mannes rührte sich hinter dem Durchgang. Schwere Stiefel rieben über den Boden, so als bereite es dem Burschen zu viel Mühe, sie weiter anzuheben. Der Alte fuhr sich durch die grauen, wild umherstehenden Haare und blinzelte ihn mürrisch an. „Hm?" Der Ausstoß schien sowohl ein Ausdruck der Verwunderung als auch eine Aufforderung zu unverzüglicher Rechtfertigung zu sein.

„Äh ..."

Die grauen Augen blinzelten schwerfällig. Gute Güte! Die Waffe lag schon wieder in der Hand des Alten. Erinnerte der Kerl sich wirklich nicht an ihn?

„Robert Terw... Robert *Burmantel*", brachte er gezwungen hervor. „Sie sagten ich sollte herkommen. Wenn ich die Wahrheit wissen will. Die Wahrheit über die Hexen. Äh. Und so." Er verstummte. Zum ersten Mal traf ihn die volle Erkenntnis davon, *wie* dumm es gewesen war, unvorbereitet herzukommen. Er stand hier gerade einem Mörder gegenüber, der sich bestimmt über die unerwartete Gelegenheit freute, den einzigen Zeugen seiner Tat aus dem Weg zu räumen. „Äh ..." Etwas Besseres fiel ihm nicht ein. „Ich dachte nur ... vielleicht sollte ich ..."

„Du *dachtest*, hm?" Der Mann wandte sich halb ab. Mit erschreckender Nonchalance warf er die Feuerwaffe auf einen

Dokumentenstapel. „Nun. Zu *denken* ist schon mal ein guter Anfang. Ich schlage vor, dass wir direkt dort weitermachen. Anders als gestern, als du *gedacht* hast, es wäre eine gute Idee, einer Hexendienerin die Tür zu öffnen. Darf ich annehmen, dass noch mehr so tolle Ideen in deinem Schädel herumschwirren? Hm? Hast du heute vielleicht eine Armee von Ghulen, Bluttrinkern und Rachegeistern mitgebracht, als du hierhergekommen bist?"

„Ich ..." Einen Moment lang war er überfordert. „Soll das ... soll das etwa heißen, die gibt es *auch* alle?"

„Trägst du das Amulett?", wollte der Alte barsch wissen, ohne auf seine Frage einzugehen. „Zeig es mir. Die Kette, die ich dir dagelassen habe. Die mit der Ikone."

„Ja, schon ..." Er zupfte an der dünnen Schnur an seinem Hals.

„Gut" verkündete der Alte. „Dann komm hier rüber." Schon war der Mann wieder darin begriffen, sich abzuwenden. Sein Blick war zum Boden gerichtet, so als suche er nach etwas. „Vorsichtig", befahl er. „Sieh zu, dass du nichts anrührst."

Zögerlich leistete er Folge. Vor ihm wurde ein abgeschabter Sessel von einer Last aus Büchern und Papier befreit. „Stimmt", merkte er an. „Wir wollen nicht, dass etwas durcheinanderkommt, nicht wahr?"

Der Alte warf ihm einen finsteren Blick zu. Mit einer auffordernden Geste wies der Mann zum Stuhl. „Kommst du? Oder bist du eingeschlafen?"

„Gleich", gab er zurück. „Ich kämpfe mich noch eben durch das Minenfeld."

Der Kerl grunzte. Offenbar hatten sich zwei Klugscheißer zwar nicht gesucht, aber gefunden.

Gehorsam zwängte er sich zwischen die Büchertürme, darum bemüht, nur ja keinen der fragilen Stapel zu berühren, um nicht den Anstoß zu einer fatalen Kettenreaktion zu liefern, an deren Ende Berg- und Grubenrettungskräfte standen. Die Kammer verfügte auch noch über andere Ablageflächen, die vor ihrer Zweckentfremdung einmal Sitzmöbel und Tische gewesen sein mussten. Sein Blick fiel auf ein aufgeschlagenes Buch. Die Doppelseite zeigte geometrische Formationen und händisch hinzugefügte Formeln und Kommentare. Außerdem erhielt die ausklappbare Seite deutlich mehr braune und gelbe Kreise, als der Autor bei der Veröffentlichung vorgesehen haben konnte. Eine widerspenstige, im Aufrollen befindliche Ecke war mit einem leeren Whiskyglas beschwert.

Der Alte legte den Kopf zurück. Ein gurgelndes Geräusch ertönte aus seiner Kehle. Falls bei dem Hygieneritual Mundwasser zum Einsatz kam, so musste es sich um eine Variante handeln, die bedenkenlos heruntergeschluckt werden konnte. Der Mann räusperte sich und sah ihn an. Die Ränder seiner Augen waren gerötet. Der Kerl schien langsam wieder mehr er selbst zu werden, wobei fraglich blieb, inwiefern solche Dinge bei wahnsinnigen Mördern in zugemüllten Dachböden begrüßenswert sein konnten.

„Gut“, verkündete Sigurd und warf sich in den Ecksessel zur Rechten, der dabei erstaunlicherweise nicht zu einer Wolke aus Staub und Holzsplittern zerbarst. Metallfedern im Polster quietschten protestierend. Ein fleckiger Mantel lag an seiner Seite auf den Bohlen. Offenkundig hatte sich jemand in der Ecke über Nacht so gut wie möglich ausgestreckt und eingerichtet.

Der Mann blinzelte ihn an, was gewisse Anstrengungen erkennen ließ. „Da bist du also“, erklärte er. Die Stimme klang ein wenig lallend. Fast hatte er den Eindruck, dass der Alte sich auf die Art lediglich Zeit verschaffen wollte, um sich zu erinnern, wer der junge Bursche war und was er hier wollte. „Du bist also gekommen, um ... um ...“

Er stöhnte. Das hier konnte ja heiter werden. „Um zu hören, was gestern Abend eigentlich passiert ist. Sie wissen schon.“ Er hob eine unsichtbare Feuerwaffe vor sein Gesicht, kniff zum Zielen ein Auge zu und imitierte das Geräusch einer sich entladenden Schrotflinte. *„Du hast die Prüfung nicht bestanden, Junge“*, brummte er mit verstellter Stimme. *„Aber komm morgen bei mir vorbei, dann erkläre ich dir alles über Hexen.“*

Er verstummte. Der Alte starrte ihn düster an und schüttelte den Kopf. Es sah so aus, als bereue er *jetzt* schon, jemals ein entsprechendes Angebot gemacht zu haben. „Weißt du, Junge ... ich glaube, ich bereue *jetzt* schon, ein solches Angebot gemacht zu haben.“

„Was Sie nicht sagen. Aber wenn ich mich recht erinnere, sind *Sie* derjenige, der *mir* eine Erklärung schuldet. Was ist mit meinem Onkel? Mit dieser ganzen Sache mit den Hexen? Mit Kathy! Und warum muss ich ...“

„Langsam, Junge. Langsam.“ Sigurd hob eine Hand, um ihn zu unterbrechen. Sein Gastgeber kniff die Augen zusammen, so als leide er unter Kopfschmerzen, die sich durch die Fragerei nur noch verstärkten. „Eins nach dem anderen. Überfall mich nicht mit diesem ganzen ...“ Die Hand des Alten tastete über einen kleinen Beistelltisch, so als suche er dort instinktiv nach etwas, das ihm Beruhigung verschaffen konnte. Der Hals einer angebrochenen Whiskyflasche ragte aus einigen Papieren hervor. Mit einem Mal schien er sich jedoch bewusst zu werden, dass ein Besucher vor ihm saß. Die

Hand hielt inne. Ihre Blicke trafen sich für einen Sekundenbruchteil. Der Bursche gab ein Brummen von sich und zog die Hand zurück.

Ja. So etwas hatte er sich schon gedacht. *Überall* in dieser Wohnung standen Schnapsflaschen herum. Die Gefäße schienen die einzigen Objekte zu sein, auf denen sich noch keine Staubschicht hatte bilden können.

Der Alte räusperte sich. „Nun denn", erklärte er. „Ich nehme an, du verdienst die eine oder andere Erklärung." Der Herr des Hauses lehnte sich zurück, sodass der Sessel bedenklich knarzte. Mit beiden Händen fuhr er sich über sein Gesicht. „Was weißt du über Hexen, Junge?"

Die Frage kam nicht völlig unerwartet. Er dachte zurück an Alois' Unterlagen. „Böse Männer und Frauen", rezitierte er aus dem Gedächtnis. „Unter dem Einfluss von Dämonen. Stehen voll auf Unheil und Verderbnis."

„Korrekt. Und weiter?"

„Weiter?" Er wedelte hilflos mit der Hand. „Nur was man in Filmen sieht. Sie verzaubern Leute. Fliegen auf Besen durch die Gegend. Stehen mit dem Teufel im Bunde, wenn ich mich nicht irre ..." Er brach ab. Für einen kurzen Augenblick ging erneut ein Schuss von Übelkeit durch seine Eingeweide. Ein abnehmendes Fiepen verklang in seinem Schädel. Es dauerte einige Momente, bis das Gefühl abgeklungen war.

Er schlug die Augen auf. Sein Gegenüber starrte ihn stumm an. „Alles in Ordnung mit dir, Junge?"

„Nein", gab er scharf zurück. „Meine ganze verdammte Welt ist in den letzten Stunden zu Bruch gegangen. Und jetzt sitzen wir hier und ich soll *Ihnen* etwas über Hexen erzählen. Nein, lautet die Antwort. Es geht mir nicht besonders gut."

„Hexen", gab sein Gastgeber zurück, ohne auf seinen Tonfall einzugehen. „Das meiste, was du schon gesagt hast, stimmt. Nun. Die meisten sind nicht im eigentlichen Sinne *böse*. Sie alle waren einmal ganz normale Menschen. Viele waren einfach unvorsichtig. Gierig. Wütend. Bereit, Verwerfliches zu tun, um ihren Willen zu bekommen. Nur: Wer einmal mit Dämonenkräften einen Pakt angeht, kommt so gut wie nie mehr davon los." Der Alte sah ihn an. Vielleicht starrten die grauen Augen auch durch ihn hindurch. „Das mit dem Verhexen stimmt", fuhr er düster fort. „Sie sind sehr gut darin, den Menschen ihren Willen aufzuzwingen. Die Wahrnehmung von Menschen so zu verändern, dass sie nur noch sehen können, was sie sehen *sollen*. Und, ja: Manche können sogar fliegen. Für den Anfang gar nicht einmal schlecht. Aber es gibt noch deutlich mehr."

Der Mann stützte sich auf die Armlehnen und richtete sich ächzend auf. Sein Blick ging zu den Regalen an der linken Wand. „Hexen sind Menschen", erklärte er, den Blick zu den Beschriftungen der Buchrücken gewandt. „Das ist die gute Nachricht. Menschen kann man töten. Bei Dämonen sieht es schon schwieriger aus. Und beim großen Feind ... nun, da kann man die Sache ganz vergessen."

„Ach?" Er erlaubte seiner Frage eine Prise von Sarkasmus. Der Alte sprach von solchen Dingen, als unterhielten sich zwei Klempnermeister über die korrekte Wahl von Rohrendstücken. „Der Teufel?", wollte er irritiert wissen. „Hat wirklich schon mal jemand versucht, den *Teufel* umzubringen?"

Sigurd bedachte ihn mit einem nachdenklichen Blick. „Die Fragen, die du stellst, sind hier", erklärte er schließlich und imitierte mit der ausgestreckten Handfläche eine Messlatte, die sich auf Höhe seiner Stirn befand. „Deine Kenntnisse und Fähigkeiten hingegen befinden sich ..." Die Hand wanderte so weit hinab, wie es dem Burschen möglich war, ohne in die Knie zu gehen. „Hier", verkündete er. „Also. Eines nach dem anderen. Man beginnt ja auch nicht im Kindergarten mit Quantentheorie."

„Aber mit Chinesisch", warf er ein. „Habe ich gehört. So stellt man sicher, dass der eigene Nachwuchs alle anderen im Kampf um die Arbeitsplätze der Zukunft absolut plattmacht. Aber ich bin schon still", setzte er schnell nach. Der Blick seines Gastgebers verriet, dass er keineswegs zu Scherzen aufgelegt war. „Bitte sehr", schob er nach. „Ich höre. Ich nehme an, ich fange damit an, bunte Bauklötzchen in die richtigen Formausschnitte einzuwerfen?"

Der Alte schnaufte, so als stände durchaus noch die Möglichkeit im Raum, dass ihn schon *diese* Aufgabe überforderte. Sein Gastgeber streckte die Hand vor und zog ein Buch aus dem Regal. „Da ist es ja", verkündete er. „Panolinis *Kleines Kompendium für Hexenjäger* von 1844. Bitte sehr. Hier drin steht so gut wie alles, was du wissen musst."

Zweifelnd nahm er den kompakten Lederband entgegen. „Neuster Stand der Technik, wie ich sehe."

„Ich schlage vor, du fängst an, mehr die Augen und die kleinen grauen Zellen zu bewegen und weniger die Lippen." Die Stimme und der Blick des Alten waren ernst. „Mag sein, dass du das alles hier für einen großen Scherz und Zirkus hältst. Aber du kannst von Glück reden, dass du noch am Leben bist. Die Feindin, die du in Alois' Haus gelassen hast, war erst auf dem Kenntnisstand einer Novizin. Hätte eine *Vollhexe* bei dir vorbeigeschaut, wäre die Sache für dich nicht so glimpflich ausgegangen."

Er nahm den Band entgegen und blätterte darin herum. „Du hältst das hier für einen großen Unsinn?" Der Alte schien im Begriff, sich ernsthaft aufzuregen. „Nun, ich habe Neuigkeiten für dich, Junge. Du hast es vielleicht noch nicht begriffen, aber du hast gestern Abend eine schöne große Zielscheibe auf deinen Rücken gemalt. Als du die Hexendienerin zu Alois‘ Haus geführt hast. Als du dich als sein Neffe zu erkennen gegeben hast. Weißt du, warum wir die Ikonen tragen?“ Sigurd zerrte an der Schnur, die unter seinem dunklen Hemd um seinen Hals lag. „Schutzamulette“, verkündete er hitzig. „Damit die Feinde uns mit ihrer Zauberei nicht aufspüren und verfolgen können. Ein Hexenjäger geht niemals ohne Schutzamulett vor die Tür. Auch unsere Häuser sind mit Segenssprüchen vor Entdeckung und vor Eindringlingen geschützt. Du aber hast eine Feindin zu Alois‘ Haus geführt. Wir müssen beten, dass sie nicht mehr in der Lage war, ihre Verbündeten zu informieren.

Hm? Ist etwas? Du bist ein bisschen bleich geworden. Habe ich noch was vergessen? Ach ja! Du hast das Opfer deines Fleisches gebracht. Was die Hexen angeht, bist du jetzt einer von uns. Na? Freust du dich? Meinst du, du kommst von hier an gut allein zurecht? Auf einmal nicht mehr ganz so klug und lustig, was? Du kannst solange Scherze machen, wie du willst. Entweder du setzt dich jetzt dort hin, hältst die Backen und hörst mir genau zu. Oder du verschwindest wieder und findest heraus, wie gut du ohne mich zurechtkommst. Na, was darf es sein? Entscheide dich. Ich habe weder Lust noch Zeit, mir deine Spielchen anzuschauen.“ Die Augen seines Gastgebers glühten. Erwartungsvolle Stille machte sich zwischen ihnen breit.

Er pustete die Backen auf. Wenn man ihn schon *derart* freundlich fragte ... „Ich höre ja“, gestand er widerstrebend zu. „Entschuldigen Sie bitte, dass ich ...“ Er unterbrach einen weiteren sarkastischen Kommentar. Ah. Das war also diese Sache mit dem „Mund halten“. Offenkundig erforderte das Ganze einiges an Übung.

Der Mann wartete noch einige Augenblicke ab, bevor er nickte, offenbar zufrieden. „Also“, erklärte er. „Ich gebe dir den Schnelldurchlauf. Alles andere kannst du dir selbst anlesen. Dafür sind Bücher schließlich da.“ Sein Gastgeber fuhr sich mit beiden Händen über sein Gesicht. Der Bursche wirkte übernächtigt. Nicht unwahrscheinlich, dass die Whiskyflasche auf dem Tisch am Vorabend noch voll gewesen war. „Hexen“, erklärte er, so als bereite es ihm Mühe, einen geeigneten Anfang zu finden. „Es gibt sie schon so lange, wie es Menschen gibt. Ich erspare dir den Ritt durch die Geschichte. Mesopotamien. Ägypten. China. Indien. In allen Überlieferungen und Kulturen gibt es Erzählungen von Menschen, die mit der Hilfe unbekannter Kräfte in der Lage waren, scheinbare Wunderwerke zu vollbringen. Heiler, Schamanen, Zauberer, Beschwörer ... Sie tragen viele Namen. Nicht alle stehen auch im Bund mit den Dämonen. Manche sind einfach nur ... *empfindsam* für das Wirken von Natur und Umwelt. Für die Veränderung von Sternen und Gezeiten. Bei den Hexen aber ist es anders. Die Hexen rufen dunkle, gestaltlose Kräfte an, die sich nach Gestalt und Körperlichkeit sehnen. Diese Dämonen kennen nur ein Ziel: uns Menschen Schaden zuzufügen und uns zu verderben. Zwar mag es manchmal so erscheinen, als gäben sie den Hexen Macht, um *gute* Dinge zu vollbringen. In Wahrheit aber tun sie alles nur, solange sich hierdurch im Geheimen etwas noch viel Schlimmeres bewirken lässt.“

Sigurd schien einen Augenblick zu überlegen. Wieder sah es aus, als ordne er seine Gedanken. „Die mächtigsten der Hexen leben lange“, verkündete er schließlich. „Sehr lange. Je größer ihre Kunst und ihre Hingabe an die Dämonen, desto weniger haben sie mit sterblichen Menschen gemein. Die Allerschlimmsten leben beinahe ewig. Sie können sich *jahrhun-*

dertelang verstecken, um uns von ihrer Spur abzubringen." Der Alte trat mit gesenktem Kopf zurück in seine Ecke. Er ließ sich wieder in den Sessel sinken. „Einst gab es vier von ihnen", fuhr er fort. „Großhexen. *Maleficae Magnae.* Ihre Macht ebbt auf und ab mit den Bewegungen der Sterne. In jeder Himmelsrichtung gab es eine Herrscherin, der alle Zirkel und Konvente unterstanden. Erst äußerst spät und um einen hohen Preis von Blut haben wir überhaupt davon erfahren. Erst nach der Neuordnung und Sammlung unserer Kräfte im Rahmen des Westfälischen Friedens von 1648." Der Alte hob den Kopf und sah ihn an. „Sein Jagdverzeichnis. Das große Buch auf dem Pult in Alois' *Refugium.* Hast du einen Blick hineingeworfen? Gut." Sein Gastgeber nickte. „Dann weißt du über das Wichtigste bereits Bescheid. Bestimmt hast du gelesen, dass Alois von einer großen Feindin schreibt. Nun. Berlin zählt zum Revier Zentral- und Osteuropa. Einst verliefen in diesem Teil der Welt die Grenzen zwischen den Hexenreichen des Nordens und des Ostens. Der Kampf gegen die Großhexe des Nordens ist einer der größten Erfolge unseres Ordens. Es gelang uns, sie im Großen Nordischen Krieg von 1712 aufzuspüren und zu töten. Die Helden, die sie damals in die Enge trieben, zahlten einen hohen Preis. Noch jahrelang wütete die Pest in Skandinavien. Viele von uns kamen durch die Seuche um. Das war ihre Rache. Die übrigen Großhexen sind seit dieser Niederlage noch vorsichtiger geworden."

Der Mann seufzte tief. Er hatte eine Faust gebildet und betrachtete das Öffnen und das Schließen seiner breiten, schwieligen Finger. „Wir waren sehr erfolgreich in den letzten Hunderten von Jahren", verkündete er wehmütig. „Die Struktur der Zirkel und Konvente unserer Feinde ist zersplittert. Über eine lange Zeit hinweg hatten wir beste Beziehungen zu Herrschern, Kirchen und Orden. Deutschritter. Johanniter.

Jesuiten. Alles Gesellschaften mit ausgezeichneten Kontakten und Stützpunkten in der ganzen Welt, die unsere Arbeit gefördert und begleitet haben. In Europa zerschmetterten wir Zirkel um Zirkel. Ohne angeben zu wollen: Das Zurückdrängen der Hexenpest machte den Aufstieg dieses Kontinents zur vorherrschenden Region der Erde überhaupt erst möglich. Aufklärung. Renaissance. Der gesamte Siegeszug der Herrschaft der Vernunft wäre überhaupt nicht möglich gewesen, hätten wir nicht die Präsenz der dunklen Kräfte nach und nach zurückgedrängt."

Schweigen schloss sich an. Der Blick des Mannes war auf eine Wand gerichtet. „Das neunzehnte Jahrhundert war ein erster Höhepunkt unserer Triumphe", fuhr der Alte weiter fort. „Seit der Vernichtung der Großhexe des Nordens war die Herrscherin des Ostens unser Ziel. Zwischenzeitig glaubten wir sogar, sie unbemerkt vernichtet zu haben, so lange war nichts mehr von ihr zu hören. Erst 1812, als Napoleon nach Russland zog, erfuhren unsere Kontakte, dass tief im Osten, in den Weiten Sibiriens, eine mächtige Zauberin ihr Unwesen trieb."

Unversehens erhob sich sein Gastgeber erneut. Er trat zum übervollen Regal an der linken Raumseite und zog ein Buch hervor. Nach einigen Augenblicken des Blätterns fand er offenbar, wonach er gesucht hatte. Der Kerl drehte den Band herum und ließ ihn eine vergilbte Doppelseite sehen. Auf der rechten Seite war ein Holzschnitt abgebildet. Er zeigte eine alte Frau, gebeugt und dürr, mit tiefen Falten, bedrohlich vorgestreckten, spindeldürren Händen und einem eingefallenen Gesicht, in dessen Höhlen schwarze Augen blitzten.

„Kaliyaga", erklärte der Alte. Fast meinte er, in der Stimme des Hünen einen Schauer zu vernehmen. „Die Großhexe des Ostens. Dein Onkel Alois hat sein ganzes Leben auf der Jagd nach ihr verbracht. So wie alle Burmantels der letzten zweihundert Jahre. Für euren Blutstamm scheint diese Sache beinahe etwas *Persönliches* zu sein. Und wie du im *Refugium* gelesen hast: Alois glaubte stets, es stecke noch mehr dahinter. Irgendein Geheimnis. Eine Art besonderer *Berufung*." Sigurd klappte das Buch zu. Das schauerliche Bild verschwand. Etwas aber schien in seinem Schädel, einem bösen Schatten gleich, zu überdauern.

Der Alte stellte den Band zurück. „Ich erspare dir ihre Geschichte in ihrer ganzen Länge", verkündete er knapp. „Kaliyaga ist die älteste und vielleicht die mächtigste aller unserer Feinde. Ihre Geburt fällt in die Zeiten des Mongolensturms vor fast 800 Jahren. Als wilde Reitervölker aus dem Osten kamen, um alle Christenreiche zu vernichten. Ein glücklicher Umstand, der unerwartete Tod ihres großen Khans und die Tüchtigkeit der Ungarn, hielt sie damals davon ab, ganz Europa zu überrennen. Dein Onkel Alois war überzeugt, dass Kaliyaga ihre Heerführer beriet. Nicht umsonst berichten Chronisten dieser Zeit, dass sich das Mongolenheer oft wie durch Geisterkraft von einem Ort zum anderen bewegte. Mit einer Raffinesse und Geschwindigkeit, die anderweitig kaum zu erklären ist. Nun. Zu unserem Glück sind sie gescheitert. Dein Onkel war jedoch überzeugt, dass Kaliyaga all die Zeit damit verbracht hat, ihre Künste zu verfeinern. Dass ihr Ziel immer noch darin besteht, Europa den Todesstoß zu versetzen." Erneut fixierten ihn die grauen Augen. „Hast du jemals vom Tunguska-Ereignis gehört?"

Er zuckte mit den Schultern. Er verspürte keine Lust, die Erklärungen mit Ratespielchen zu unterbrechen.

„1908", fuhr sein Gastgeber emotionslos fort. „*Bestimmt* hast du davon gehört. Es gab damals in Russland eine Explosion, tief in Sibirien. Millionen Bäume wurden umgeknickt.

Auf Tausenden Quadratkilometern. Die Erschütterung war Hunderte von Kilometern weit zu spüren. Das Leuchten am Himmel war bis in die Hauptstädte Europas zu sehen. Die Ursache dahinter wurde nie geklärt. Nun. Zumindest nicht von der *Wissenschaft*. Ein Kometeneinschlag. Ein Erdbeben. Ein schwarzes Loch ... keine der Erklärungen hat es geschafft, vollends zu überzeugen."

Stille folgte. Anscheinend testete der Mann, ob er noch immer zuhörte und mitdachte. „Sie meinen doch nicht ...?"

„Ich bin ein Skeptiker", kam ihm der Alte zuvor und wandte sich zum Fenster im hinteren Teil des Raums. „Dein Onkel aber war der festen Überzeugung, dass Kaliyagas Zauberkunst dahintersteckt. Irgendeine Kanalisation von großer Macht, die ihr entglitten ist. Tatsächlich fanden unsere Expeditionen dort verkohlte Überreste, wohl von Hexen niedriger Ränge. Wieder hofften wir, dass auch Kaliyaga unter ihnen war. Dein Onkel war überzeugt, dass sie entkommen konnte. Dass sie aus dem Fehlschlag lernen würde, um ihre Künste weiter zu verfeinern. Er glaubte, die Bewegungen der Sterne, das Eintreten bestimmter Konstellationen erlaubten ihr, Zauberei von ungeahnten Ausmaßen zu kanalisieren."

Wieder sah ihn Sigurd prüfend an.

Robert nickte langsam. Das Teleskop im *Refugium* kam ihm wieder in den Sinn. „Und?", wollte er wissen. „*Hat* Kaliyaga überlebt?"

Sein Gastgeber nickte düster. „So sieht es leider aus. Dein Onkel war von seiner Sternen-Theorie regelrecht besessen. Er meinte, einem Muster auf der Spur zu sein, mit dem er voraussagen konnte, wann und wo Kaliyaga als Nächstes zuschlägt. Er war sich sicher, dass sie sich zurückgezogen hat, um beim nächsten Mal noch schlimmer wüten zu können. Um das Werk zu vollenden, das den Mongolen nicht gelungen ist."

Er schnaufte. „Ganz schön harter Tobak.“

Der Alte nickte. „Mangelnden Einfallsreichtum kann man deinem Onkel nicht vorwerfen. Mangelnde Fähigkeiten noch viel weniger. Kaliyagas nächstes Auftreten lieferte uns dafür den Beweis.“ Wieder wandte sich der Mann ihm zu. „26. April 1986“, fuhr der Bursche weiter fort. „Na? Klingelt was?“

„Nur meine Ohren“, brachte er unwirsch hervor. „Zählt das? Das hier ist gerade alles etwas viel.“

Sigurd schnaufte verächtlich. „Vor über dreißig Jahren“, fuhr er düster fort. „Dein Onkel war im Osten unterwegs. In der Ukraine. Man bekam ihn kaum noch zu Gesicht. Er war überzeugt, den Code geknackt zu haben, der Kaliyaga ihre Macht verleiht. Irgendetwas mit der Passage des Planeten Merkur, die es unserer Feindin erlauben würde, ihre Zauberkraft an einem ganz bestimmten Längen- und Breitengrad zu kanalisieren. Zum Glück hielt unser Netzwerk in den Staaten Osteuropas den Wirren und Katastrophen des gesamten 20. Jahrhunderts stand. Wir unterhielten damals noch gute Beziehungen zu den Kirchen und den Militärs im Gebiet des Ostblocks. Eine Reise in die Ukraine war trotz allem keine Kleinigkeit. Vor allem nicht in Sperrgebiet.“

Der Blick des Mannes ruhte stumm auf ihm. Ukraine. 1986. Sperrgebiet. Er schüttelte den Kopf. Beinahe hatte er wirklich begonnen, dem Kerl zu glauben. Das hier aber ging eindeutig zu weit. „Tschernobyl?“, stieß er aus. „Ich hoffe doch, ich habe mich verhört.“

Der Ausdruck im Gesicht des Alten war Antwort genug.

„Ach, kommen Sie.“ Verächtlich warf er die Hände empor. „Was kommt als Nächstes? Pearl Harbor? 9/11? Gibt es irgendetwas, hinter dem nach eurer Ansicht *keine* Hexen stecken?“

Sein Gastgeber bedachte ihn mit einem kühlen Blick. Die Finger des Mannes wanderten über die Lederrücken eines

Bücherstapels. Zielgerichtet zog er einen Band daraus hervor. Dem Anschein nach handelte es sich um ein altes Fotoalbum. Halb durchsichtige Schutzseiten knisterten, bis er offenbar gefunden hatte, wonach er suchte. Der Mann drehte das Album um.

Ausgebleichte Farbfotos in schlechter Qualität waren auf den Kartonseiten aufgeklebt und säuberlich mit einer ordentlichen Handschrift versehen. Einige davon wiesen schwarze Flecken auf wie von Schimmel oder Pilzbefall. Die meisten der Abbildungen zeigten Männer in Tarnanzügen, bewaffnet mit Flinten und Sturmgewehren russischer Bauart. Mischwälder. Einfache Baracken mit dem Hoheitszeichen von Hammer und Sichel. Im Hintergrund waren die charakteristischen grauen Wohnblöcke des Ostsozialismus auszumachen. „Und was soll ich ...?“ Er stutzte und verstummte. Jetzt sah er es. Dort, im Hintergrund, vor einem grauen Himmel. Zwei runde Türme, umgeben von dünnen Metallringen. Er kannte die Bilder. Aus dem Fernsehen und aus dem Geschichtsunterricht.

„Reaktor Nr. 4“, erklärte ihm sein Gegenüber. Ein Anflug von Genugtuung klang aus seiner Stimme. Sigurd tippte auf ein anderes Foto. „Siehst du das hier? Der ‚Sarkophag‘. Die Betonhülle, mit der wir alles eingeschlossen haben. Damals war die Sowjet-Regierung noch verdammt auf Zack. Das hier ist er. Dein Onkel Alois. Ich glaube, es ist das einzige Foto, auf dem man deinen Onkel *lächeln* sieht.“

Er starrte auf die kleine Gruppe Männer in graugrünen Tarnanzügen, die einige Kilometer vor dem schicksalhaften Kraftwerk in die Kamera grinste. Einige hatten Kalaschnikows in ihre Seiten gestemmt, so als posierten sie für einen Actionfilm. Die meisten der Männer waren jung. Soldaten oder Angehörige unbekannter Sicherheitsorgane, mit Fellmützen und slawischen Gesichtszügen. Einer der im Vordergrund Knienden musste Sigurd sein, sein Gastgeber, nur jünger und mit einigen Kilo weniger auf den Hüften. Ein weiterer Mann hockte an seiner Seite und hatte einen Arm um ihn gelegt. Das Ganze erweckte beinahe den Eindruck einer Jugendmannschaft, die ein wichtiges Turnier gewonnen hat.

„Ist er das?" Er bemerkte, dass seine Stimme belegt war. Die Ähnlichkeit mit seinem eigenen Vater war tatsächlich nicht zu übersehen.

„Alois." Der Zeigefinger seines Gastgebers tippte auf die entsprechende Stelle. „Er hatte recht gehabt. Er hat gewusst, wo wir sie finden würden. Er hat sie ganz allein in Schach gehalten, bis wir ihm zu Hilfe kommen konnten. Es war sein großer Moment. Der größte Erfolg in seinem ... im Leben *irgendeines* Hexenjägers der letzten 250 Jahre."

Robert kniff die Augen zusammen. „Ist das eine *Armbrust* da vor ihm auf den Boden?"

„Ha!" Es war das erste Mal, dass er seinen Gastgeber lachen hörte. „Ja. So ist es, Junge. Alois wäre nicht Alois ohne seine verdammte Armbrust. Dein Onkel *liebte* dieses Teil." Sigurd schüttelte den Kopf. Seine Augen leuchteten, so als wärme ihn eine angenehme Erinnerung. „Immer wollte er mich zu irgendeiner Jagd mitnehmen. Wölfe. Bären. Wildschweine. Alles Mögliche. Er meinte, wenn man sowieso schon ständig in der Wildnis unterwegs ist, müsse man auch die Vorteile ..." Der Mann brach ab. Sein Ausdruck wurde wieder ernst. Fast schien es ihm unangenehm zu sein, eine Gefühlsregung gezeigt zu haben. Einige Augenblicke lang starrten sie gemeinsam auf die fleckigen Erinnerungen aus längst vergangener Zeit.

„Die Reaktorkatastrophe." Seine Stimme war belegt. „Die Kernschmelze. Heißt das, dahinter steckte Hexenkraft?"

Sigurd zuckte mit den Schultern. „Vielleicht nicht nur. Doch offenbar hat Kaliyaga es geschafft, die Vernichtungskraft der Kernspaltung mit derjenigen der Sterne zu verbinden. Dein Onkel Alois hat es vorausgesagt. Er traf *beinahe* rechtzeitig ein. Fast wäre es ihm gelungen, die Kernschmelze zu verhindern. Die Weltgeschichte wäre eine andere gewesen. Doch immerhin: Durch sein furchtloses Eingreifen hat er verhindert, dass es noch weitaus schlimmer kommen konnte."

Sein Gastgeber schlug das Buch zu. Eine kleine Staubwolke schoss durch die Luft wie Pulverdampf aus einer altmodischen Pistole. „Dein Onkel hat sie überrascht", erklärte der Alte mit Anerkennung in der Stimme. „Eine *Großhexe*. Solche Wesen überrascht man nicht. Sie *wissen* und sie *sehen* Dinge. Dein Onkel war ... er *ist* besonders. Er wagte es, sich Kaliyaga in den Weg zu stellen. Es gelang ihm sogar, sie zu verwunden. Er hatte sie studiert. Sein ganzes Leben hat er darauf verwandt, ihre Listen zu studieren, um in ihren Kopf zu kommen. Um zu begreifen, wie sie denkt. Dort hatte er sie nun also festgenagelt. Doch Kaliyaga ist ein wilder, arglistiger Feind. Sie rief ein Heer von Hexendienern zu sich, um sie zu befreien. Es war ein harter Kampf. Wir brauchten alle Macht des Sowjet-Militärs und der orthodoxen Kirche, um dem Ansturm unserer Feinde standzuhalten. Anschließend gossen wir den Steinsarg, um sie einzuschließen. Dein Onkel warnte uns schon damals, dass Kaliyaga mit normalen Waffen nicht zu töten war. Das Beste, was wir tun konnten, war, sie mit Hunderten von Tonnen aus verstärktem Stahlbeton zu umschließen. Belegt mit den mächtigsten der Segens- und Bannsprüche aus den Archiven der orthodoxen Kirche. Und es funktionierte. Für beinahe 30 Jahre hatten wir Ruhe. Die Großhexe des Ostens war unsere Gefangene."

Schweigen schloss sich an. Es war bereits zu ahnen, dass es nicht dabei geblieben war. „30 Jahre", wiederholte Sigurd schwermütig. „Eine Zeit, die einschneidende Veränderungen mit sich brachte. Der Zusammenbruch des Ostblocks. Der Mauerfall. Vorher gab es in den Ostblockstaaten Geld. Funktionierende Regierungen. Wissenschaftler von Weltrang. Gut ausgestattete Armeen. Nach dem Umbruch ging das alles vor die Hunde. Regierungen und Militärs sind nicht mehr das, was sie mal waren. Auch wir selbst tragen ohne Zweifel einen Teil der Schuld. Wir ließen zu, dass unsere alten Netzwerke verfielen. Der Erfolg machte uns träge und bequem. Von Jahr zu Jahr wurde es schwieriger, auch nur die Mittel aufzutreiben, um Patrouillengänge und Messungen durchzuführen. Den Steinsarg zu erneuern und instand zu halten. Dein Onkel Alois war der Einzige, der niemals Ruhe gab. Er hat uns die ganze Zeit davor gewarnt, dass der Kampf noch nicht vorüber war."

Das nachfolgende Schweigen lastete schwer. Unverkennbar lag eine Spur von Schmerz, vielleicht auch Reue in dem trüben Sinnen seines Gegenübers. „Winter 2013", brachte Sigurd hervor. „Eine Last von Schneemassen, die niemand weggeräumt hatte, drückte einen Teil des Steinsargs ein. Keine nuklearen Stoffe wurden freigesetzt. Keine Gefahr für die Bevölkerung. So wie es immer heißt, wenn etwas Derartiges geschieht. Dafür ist etwas viel Schlimmeres aus dem Reaktorbau entkommen."

Es bedurfte keiner weiteren Erklärungen. Betrübt starrte er auf die schmutzigen Dielen zwischen seinen Füßen.

„Danach ging es wieder los“, fuhr der Alte fort. „Dein Onkel raste vor Wut. Er warf uns Untätigkeit und Versagen vor. Die Großhexe floh wieder nach Sibirien. In ein Land, so groß, dass es beinahe unmöglich ist, dort jemanden zu finden. Dein Onkel überwarf sich mit einem Großteil unserer Zunft. Auch er und ich …“ Der Mann verstummte. „Die letzten Jahre war er fast nur noch alleine unterwegs“, fuhr er schließlich fort. „Schon während der Zeit ihrer Gefangenschaft war er getrieben von dem Vorsatz, Kaliyaga endgültig zu vernichten. Unsere Waffen hatten sich als untauglich erwiesen. Alois war überzeugt davon, einem alten Geheimnis auf der Spur zu sein. Etwas, mit dem sich Kaliyaga ganz zerstören ließ. Du hast die Einträge in seinem Buch ja gelesen. Irgendetwas mit dem Blut der Burmantels. Demselben Blut, dass auch durch *deine* Adern fließt.“ Der Alte schüttelte unwirsch den Kopf. „Dummerweise hat der alte Sturkopf niemanden mehr an sich herangelassen. Alle seine Aufzeichnungen hat er für sich behalten. Aus Argwohn und aus Eile. Alles, was wir taten, war ihm zu langsam. Zu *unentschlossen*. Ich muss zugeben: Oft hatte er damit recht. Alles, was ich über all die letzten Jahre von ihm mitbekam, war eine Textnachricht pro Woche. Jeder Hexenjäger hat einen solchen Totmannschalter eingerichtet. Jeder von uns sendet wöchentlich zu einer festen Zeit seinen Aufenthaltsort und seine nächsten Ziele an mehrere Kontakte. So stellen wir sicher, dass niemand unbemerkt verschwinden kann. Hier.“ Der Hüne nestelte ein Handy aus seiner Hosentasche. Es handelte sich um ein zerkratztes Nokia-Modell der Bauausführung „unzerstörbar“. Es dauerte einige Augenblicke, bis es dem Alten gelungen war, die gewünschte Nachricht auf den Schirm zu rufen. Das Datum war der 18.10.2019. Vor beinahe 2 Wochen.

„Budapest", las Robert laut vom Bildschirm vor. Der Alte nickte und ließ das Telefon wieder in der Tasche verschwinden. „In seinem Jagdverzeichnis war von „Ofen" die Rede. Dem alten Namen Budas. Dahin also war er unterwegs", bestätigte er. „Nach Ungarn. Er muss dort Kaliyaga oder seinem Blutgeheimnis auf der Spur gewesen sein. Offenbar hat er damit gerechnet, dass es gefährlich werden könnte. Dass ihm etwas zustoßen könnte. Deshalb hat er dich in seine Villa beordert. Um dich zu schützen. Am Montag bekam ich ein Schreiben. Von einem Notar. Ein Umschlag mit nur einer relevanten Zeile: ‚31.10.2019. 20 Uhr. In meiner Villa. Pass auf den Jungen auf.'"

Gemeinsam starrten sie ins Nichts. „Nun", befand er, um Auflockerung bemüht. „Wenigstens *das* hat schon mal funktionicrt."

Der Alte nickte. „Ich habe bereits Anfragen nach Budapest geschickt. Unser dortiges Revier wusste nichts von Alois' Ankunft. Ich vermute daher, dass er dort mit der Vertretung der SJ Kontakt aufgenommen hat. *Societas Jesu*. Mit den Jesuiten. Dein Onkel war recht ... konservativ. Anders als die meisten von uns hat er über all die Jahre gute Beziehungen zu den *Padres* der Jesuiten aufrechterhalten. Was mich angeht ... nun. Wahrscheinlich würden sich die meisten Brüder eher einen Arm abschneiden, als Sigurd Sprengler eine Auskunft zu erteilen. Ich bin in diesen Kreisen nicht besonders ... sagen wir, es gibt gewisse *Differenzen* zwischen uns. Leider fehlen uns auch, was andere Ressourcen angeht, die Mannstärke und Feuerkraft, um eine anständige Aufspür- und Rettungsmission für Alois zu starten. Zum Glück habe ich noch ein paar alte Gefallen offen. Ich habe bereits Verstärkung angefordert. Darunter ist auch jemand, der bei den *Padres* sicherlich auf mehr Gehör und Kooperationsbereitschaft hoffen darf. Vielleicht hat Alois in Ungarn Aufzeichnungen hinterlassen. Wir brauchen alles, was wir finden können, um ihm auf die Spur zu kommen. Auch du bist jetzt ein Teil von dieser Suche. Du musst in seiner Villa, besonders in seinem *Refugium*, die Augen offen halten. Vielleicht lässt sich dort etwas finden, das uns nützlich sein kann."

Der Blick seines Gastgebers ruhte auf ihm. Offenkundig wartete der Mann auf irgendeine Art von Bestätigung.

„Okay", erklärte er schulterzuckend. Eine reichlich banale Erklärung von Einverständnis für ein Unterfangen dieser Größenordnung. „In Ordnung. Ich habe sowieso Semesterferien."

„Gut." Der Hexenjäger nickte entschlossen. „Nimm Panolinis *Kompendium* mit. Lies darin, so viel du kannst. Du musst wissen, gegen wen wir kämpfen. Es liegt viel Arbeit vor uns. Zum Glück sind wir nicht ganz auf uns allein gestellt." Etwas wie ein Ausdruck von Triumph, beinahe von Vorfreude wanderte über das bärtige Gesicht.

„Was ist das für Verstärkung, die Sie angefordert haben?"

Ein Blitzen trat in die Augen seines Gastgebers. „Die Treuesten und Besten, die es gibt. Erfahrene Hexenjäger aus allen Teilen der Welt. Morgen schon kommen sie hierher. Es wird mal wieder Zeit für eine echte Jagd. Ganz wie in den alten Zeiten."

„Wie schön."

Der Blick des Alten wandte sich ihm zu. „Morgen um 14 Uhr erwarte ich dich hier", verkündete er streng. „Dann können wir gemeinsam planen, wie es weitergeht. Hast du das alles verstanden, Aspirant?"

„*Aspirant*? Was soll das jetzt wieder heißen?"

Der Alte nickte grob in Richtung seiner bandagierten Hand. „Du hast das Opfer deines Fleisches gebracht. Und ich habe dich, man mag es glauben oder nicht, für würdig befunden, den Lehrweg eines Hexenjägers einzuschlagen."

„*Ach*?" Die Überraschungen nahmen wirklich kein Ende. „Heißt das etwa, ich muss von nun an ‚Meister' sagen?"

Ein amüsiertes Schnaufen drang aus dem Mund seines Gastgebers. „So verlangt es wohl die Tradition. Aber ‚Sigurd' reicht mir."

„Wie großzügig."

Der Alte winkte ab. „Geh nach Hause. Lies das Buch. Und halte dieses Mal die Tür geschlossen."

„Versteht sich. Was ist mit meinem Rückweg? Bin ich einigermaßen sicher oder muss ich damit rechnen ..."

Der Alte schüttelte den Kopf. „Trag das Amulett. Die Ikone verhindert, dass sie dich finden können. Ab morgen wird alles einfacher. Wenn unsere Verstärkung hier ist. Für heute haben wir genug geredet. Meine Kehle ist ganz trocken und ich habe ausschließlich *schlechte* Ideen, wie ich sie wieder geschmiert bekomme. Zieh unten die Tür hinter dir zu, wenn du rausgehst."

Damit war das Gespräch offenkundig beendet. Der alte Hexenjäger verschwand durch einen Durchgang in einer kleinen Küche im hinteren Teil des Raumes. Angelaufene Kachelwände, schmutzige Handtücher und Stapel dreckigen Geschirrs waren durch den Rahmen zu erkennen.

„Gut", brachte er mulmig hervor. Nach all den finsteren Erzählungen sehnte er sich nur bedingt danach, allein durch die Dämmerung zu reisen. „Also. Dann bis morgen. Um 14 Uhr. Ja. Ich komme schon zurecht. Ist überhaupt nicht nötig, dass Sie sich Sorgen um mich machen."

Aus der kleinen Küche ertönte das schmatzende Geräusch einer Kühlschranktür. Ein Klirren wie von Tassen, die ein unachtsamer Ellenbogen umgestoßen hatte, gefolgt von einer nicht zu kurzen Abfolge unterdrückter Flüche.

Es war wirklich an der Zeit, dass er verschwand. Für heute hatte er mehr als genug erfahren.

Kapitel 6 – Recherche

Die Alte hinter dem Computerbildschirm schenkte ihm auch beim Verlassen des Buchladens keinerlei Beachtung. Erst, nachdem Robert die Außentür mit einem Klingeln hinter sich zugezogen hatte, wurde er sich bewusst, dass er vergessen hatte nachzufragen, was der Kerl eigentlich mit Kathy angestellt hatte. Vielleicht war es auch besser so. Vielleicht *wollte* er es gar nicht wissen.

Er schlang die Jacke enger um sich, während er sich auf den Weg zur U-Bahn machte. Immer diese Wintertage. Gerade war man aufgestanden, da wurde es schon wieder dunkel. Das Buch, das Sigurd ihm gegeben hatte, drückte von der Innenseite gegen den Stoff. Ihm war kalt. Auch das Grundgefühl von Übelkeit war noch immer nicht ganz verflogen. Womöglich hatte er sich eine Erkältung eingefangen. Kein Wunder bei allem, was seine Nerven hatten mitmachen müssen.

Er überlegte kurz, ob er zuerst in seine Etagenwohnung fahren sollte, um noch mehr Kleidung und Proviant zu holen. Schließlich entschied er sich dagegen. Im Grunde hatte er in Alois' Villa alles, was er brauchte. Was der Alte dort nicht eingelagert hatte, fand sich sicherlich in seinem vollgestopften Rucksack.

Er sprang die Stufen zur Station hinab und ließ sich auf die Gitterbänke fallen. Ein wenig war ihm danach, das K*ompendium* schon hier hervorzuziehen und darin zu blättern. Vermutlich gab es jedoch bessere Ideen, als sich damit in der Öffentlichkeit zu zeigen. Verstohlen blickte er sich um. Offenbar war Paranoia ansteckend. Eine Frau im grünen Bundeswehr-Parka stand ein wenig abseits und starrte auf ihr Handy. Ein älteres Ehepaar in dunklen Mänteln blickte schweigend auf die Gleise. Vielleicht hätte er den Alten doch gründlicher ausfragen sollen. Wie verbreitet waren Hexen eigentlich in Berlin? Musste man sich überall in Acht nehmen, um sich nicht den Feinden zu verraten?

Der Zug kam pünktlich. Mit Mühe fand er einen freien Sitzplatz. In Alois' Viertel sah die Sache besser aus. Dort fuhren die Bewohner vermutlich Bentley statt Bahn oder *ließen* sich kutschieren. Schon erstaunlich, dass Alois in einer Villa wohnte und Sigurd in einer abgerockten Miet-Kaschemme ...

Beinahe hätte er seine Station verpasst. Noch zu ungewohnt waren die Verbindung und der neue Bahnhof. Dazu kam der anhaltende Schwindel. Unter Mühen erklomm er die Stufen. Herbstlaub wehte ihm entgegen, als der Wind ihm kühle Zehlendorfer Luft entgegentrieb.

Er bog um das Stationsgeländer und erschauerte, als sein Blick auf die feuchten Gehwegplatten fiel. Genau hier war es geschehen. Dort drüben hatte er Kathy gestern beinahe umgerannt. Vor nicht einmal 24 Stunden. *Bevor* seine gesamte Welt von der Erkenntnis aufgewirbelt worden war, dass es zwischen Himmel und Erde Dinge gab ...

Er schüttelte die düsteren Gedanken ab und schlug seine Kapuze hoch. Er schob die Fäuste in die Taschen und stapfte entlang der schwarzen Eisengitterzäune in Richtung Villa. Trotz der Versicherungen seines Lehrmeisters ließen ihn die Gedanken daran, was wohl ihre Feinde gerade machten, nicht ganz los. Der alte Sigurd hatte die Sache ganz entspannt gesehen. Offenkundig vertraute dieser Kerl völlig auf den Schutz der Amulette. Falls irgendeine dringende Gefahr bestand, hätte ihn der Bursche sicherlich gewarnt. Andererseits ... wie viel Umsicht und Vorausschau waren von jemandem zu erwarten, der ganz offensichtlich unter Alkoholproblemen litt?

Der Platz inmitten des Karrees aus Pflasterstraßen tauchte vor ihm auf. Er sah sich um. Abgesehen von einigen Spaziergängern mit Hunden war niemand zu sehen. Nicht ganz auszuschließen war, dass die anstrengende Nachbarin vom Vortag irgendwo mit fertig eingetippter Notrufnummer hinter einer Gardine saß und darauf lauerte, dass er irgendwelche Gesetze brach.

Wieder fand er erst beim zweiten Versuch den Schlüssel für das eiserne Außengitter. Dieses Mal stellte er sicher, dass er den Zugang zum Garten hinter sich abschloss. Wie war gestern eigentlich Sigurd hier hereingekommen? Vielleicht besaß der Bursche Zweitschlüssel zum Haus oder es gab sogar einen geheimen Zugang. So wie es aussah, waren er und Alois einmal gute Kameraden gewesen.

Er stapfte die Treppenstufen hinauf und machte sich an der Haustür zu schaffen. Verdammte Kopfschmerzen! Da waren sie wieder. Beinahe war es, also wolle die Villa ihm verständlich machen, dass sie ihn hier nicht haben wollte. Halb vom Schmerz geblendet, trat er ein und schloss die Tür hinter sich. Der Flur empfing ihn kühl und dunkel. Die Männer auf den Bildern musterten ihn ungerührt. Missmutig betätigte er den Lichtschalter. Der archaische Eisenleuchter flammte auf. Er konnte froh sein, dass so gut wie alles in dem alten Bau noch funktionierte. Bestimmt brachte es gewisse Schwierigkeiten mit sich, einen Elektriker zu finden, wenn man niemanden hereinlassen durfte, jede Menge zu verbergen hatte und noch nicht einmal der Eigentümer war.

Ein Niesen ließ ihn sich zusammenkrümmen. Mit dem Lernen sah es heute Abend nicht besonders gut aus. Er gehörte eindeutig ins Bett. Es brachte wenig, heute im *Refugium* herumzustöbern, wenn er dafür morgen vollends außer Gefecht war. Er schlurfte in die Küche und setzte einen Topf mit

Wasser auf. In den Küchenschränken fand sich loser Tee. Mit einer dampfenden Kanne ausgestattet, machte er sich nach einer erneuten Prüfung, dass die Haustür sicher verschlossen war, auf nach oben in den ersten Stock. Heute Nacht musste es schon ein richtiges Bett sein und nicht bloß ein Polstersessel. Vermutlich verbargen sich hinter einigen dieser Türen Gästezimmer, in denen er sich richtig für die Nacht einrichten konnte.

Die Katze hob den Kopf. Das Tier lag zusammengerollt oben auf dem Absatz. Zweifellos ein exzellenter Aussichtspunkt, von dem aus man die Vorgänge im Haus im Auge behalten konnte, ohne selbst entdeckt zu werden. Die Kreatur blickte ihm nach, ohne sich zu erheben. Vielleicht spürte sie, dass er heute nicht gekommen war, um ihr den Ehrenplatz im Prunksessel streitig zu machen.

Anstatt nach links zu biegen, in Richtung des *Salons*, versuchte er es bei einer der Türen gegenüber dem Treppenaufgang. Ein kleines Badezimmer lag dahinter. Er öffnete den nächsten Durchgang an der linken Seite. Bingo! Ein kleines, aber sauberes Gästezimmer. Ein Einzelbett mit grüner Tagesdecke stand unter einem Fenster mit Stoffvorhängen in derselben Farbe. An der rechten Seite stand ein schmaler Schreibtisch unter einigen ausgebleichten Bildern in Schwarz-Weiß. Kurz überlegte er, in den *Salon* zurückzukehren, um etwas hochprozentige Verstärkung für den Tee zu holen. Dann aber entschied er sich dagegen. Die positive Wirkung alkoholischer Substanzen hielt erfahrungsgemäß nicht lange an. Es ging ihm bereits dreckig genug.

Er streifte seine Sachen ab und kroch ins Bett. Vom Nachttisch fischte er sich das *Kompendium*, das Sigurd ihm gegeben hatte. Der blaue Einband war schon reichlich abgegriffen.

Ein Handbuch eben. Nichts für die Regalwand, sondern Anweisungen für den regelmäßigen Gebrauch. *Kleines Kompendium für Hexenjäger*, stand darauf. Ein Titel, den er bis vor Kurzem noch belächelt hätte. Er schlug den Band auf und überflog das Inhaltsverzeichnis. *Über die Natur der Hexen*, stand dort. *Über ihre Kunst. Über den Weg der Hexenjäger. Über die Arten, die Hexen zu bekämpfen*. Na dann. Eine wunderbare Bettlektüre. Gerade richtig, wenn man befürchten musste, ohne fremde Hilfe keine anständigen Albträume zu entwickeln.

Er begann, im Band herumzublättern. Die Druckschrift war ein wenig altmodisch, aber gut zu lesen. Schon die ersten Seiten enthielten Perlen, die ihn die Brauen heben ließen.

Frauen sind nach Ansicht vieler für Dämonenkräfte anfälliger als Männer, hieß es dort. *Nach* Institoris *liegt es in der Natur des Weibes, alle Arten von Spaltungen in die Gemeinschaft einzubringen.*

Er verzog das Gesicht. Na, herzlichen Glückwunsch. Zu einer Neuauflage für das 21. Jahrhundert hatte es offenbar noch nicht gereicht. Es folgten Verweise auf die Ereignisse im Garten Eden, auf Helena, den Anstoß für Trojas Untergang, und auf Kleopatra, „die letzte freie Herrscherin Ägyptens, bevor es an die Römer fiel". Der Verfasser selbst schien zu dem Thema eine ausgewogenere Meinung zu besitzen.

Entschieden zu verneinen ist, dass Frauen zu Hexenwerken unter dem Einfluss von Dämonen qua Natur geneigter sind als Männer. Es handelt sich bei dieser Ansicht um ein weitverbreitetes Missverständnis, das seine Wurzeln in einer unterschiedlichen Klassifizierung und Bezeichnung hat. So ist in Aufzeichnungen, die Fälle verbotener Zauberei behandeln, im Fall von Frauen fast immer von Hexen *die Rede, während bei Männern, die verbotene Zauberwerke tun, von* Beschwörern *oder* Zauberern *die Rede ist. Zwar halten sich die Hexen und die Zauberer, wie erwiesen ist, in den allermeisten Fällen voneinander fern und suchen die Gemeinschaft ihresgleichen. Im Werk und in der Schadenswirkung sind beide jedoch gleichermaßen schändlich und verdammenswert. Der Hexenjäger weiß, dass ihm der Feind als Mann und als auch Frau begegnen kann, und wappnet sich entsprechend.*

Er gähnte. Vermutlich reichte es, sich erst mal einen Überblick zu verschaffen. Er stöberte durch das Kapitel *Über ihre Kunst.* Zumindest sollte man wohl wissen, mit welchen Arten von Angriffen man zu rechnen hatte.

Vier Dinge sind erforderlich, damit ein Hexenwerk gelingt, hieß es auf der Seite. *Jedwede Zauberei erfordert den Verbund von Hexe, Stern, Dämon und Zeichen. Die Hexe wirkt als Medium, um den Zauber zu beschwören. Der Stand der Himmelskörper bestimmt, welche Art und Ausprägung von Mächten ihr zur Verfügung steht. Der Dämon bringt, wenn angerufen, den Samen aus der Welt der Wirkungskräfte ein, die jenseits alles Irdischen liegt und die den Sterblichen seit jeher verboten und verschlossen ist. Das Zeichen schließlich, auch Artefakt genannt, ist ein von der Hexe aus verschiedenen belebten und unbelebten Dingen zusammengefügter Gegenstand, an dem die Zauberkraft gebündelt und in die sachliche Welt eingebracht wird.*

Er konnte spüren, wie er müde wurde. Benommen blätterte er durch die Auflistung der Kräfte, die ihren Feinden vom Verfasser zugeschrieben wurden.

... Menschen, Tiere und Feldfrüchte zu verderben ... Hagel und Sturm heraufzubeschwören ... durch die Luft zu fliegen ... die Zukunft vorauszusagen ... wilden Tieren ihren Willen aufzuzwingen ... Rosse unter Reitern scheu machen ... Hände und Herzen zum Zittern bringen ...

Es folgten verschiedentliche Ausführungen über *Incubi* und *Succubi*, verfasst von Männern, die zu viel Zeit alleine in dunklen Kammern verbracht hatten. Nacheinander hatten Feldgeister, Waldmenschen und Gestaltwandler ihren Auftritt. Er seufzte und ließ das Buch sinken. Allzu lange konnte man sich diesen Kram nicht anschauen. Er befühlte seine Stirn. Reichlich warm dort oben. Hoffentlich musste er morgen keinen Arzt aufsuchen.

Er schob das Buch beiseite und fischte nach seinem Handy. 18:37. Noch nicht mal richtig Abend. Eine Bewegung ließ ihn den Kopf wenden. Die Katze schob sich durch den Türspalt. Das Tier bedachte ihn vom Läufer aus mit einem prüfenden Blick. Anschließend sprang es mit einem langen Satz auf die Bettdecke und rollte sich darauf zusammen. Mit einem Ächzen ließ er sich zurücksinken. Der Schmerz in seiner abgetrennten Fingerspitze pochte. Genug mit diesem Tag und seinen Sorgen. Er rollte sich auf die Seite und zog ein Kissen über seinen Kopf.

Kapitel 7 – Verstärkung

Robert erwachte so zerknittert, wie er eingeschlafen war. Die Katze lag noch immer auf der Decke. Das Tier war bereits wach und leckte sich ausgiebig. Tageslicht fiel durch den grünen Vorhang vor dem Fenster. Es schien zu regnen. Wie spät war es? Er griff nach dem Handy. Schon kurz nach 12! Zum Glück noch nicht zu spät für den Termin bei Sigurd. 14 Uhr, hatte der alte Mann gesagt. Die neuen Hexenjäger mussten inzwischen eingetroffen sein.

Vorsichtig, um die Katze nicht vom Bett zu werfen, schlug er die Decke zurück und schwang die Beine über die Kante. Er richtete sich auf und fuhr sich durch die Haare. *Etwas* besser fühlte er sich tatsächlich. Eine gewisse Benommenheit aber verspürte er noch immer. Er streckte sich und zog sich an. Die Katze sprang vom Bett und folgte ihm, als er sich das *Kompendium* vom Nachttisch fischte, durch den Flur schlurfte und die Treppe hinabstieg. Er rieb sich durchs Gesicht. Bestimmt sah er furchtbar aus. Hoffentlich hielten ihn die neuen Hexenjäger nicht direkt für eine Ausgeburt der Hölle.

Vor dem Flurspiegel hielt er an. Verwirrt blinzelte er sich den Schlaf aus den Augen. Anstatt, wie erhofft, einen Blick auf seine eigene, übernächtigte Reflexion zu werfen, blickte er in eine trübe Fläche. Das Rechteck an der Wand hatte mit altem Silberbesteck mehr gemein als mit einem anständigen Spiegel. Er schüttelte den Kopf und schlurfte in die Küche. Diese Villa war und blieb ein äußerst seltsames Gemäuer. Man brauchte lediglich ein Schild mit „Gruselkabinett – Eintritt 5 Euro" in den Garten zu stellen, und schon hatte man ein nettes Grundeinkommen.

Sein Frühstück bestand mangels Auswahl in den Schränken aus genau den gleichen Ingredienzien wie am Vortag. Trockene Flocken, durchmischt mit Milch. Lustlos schaufelte er sich die daraus resultierende graue Pampe zwischen die Kiefer. Mit der freien Hand schlug er das kleine blaue Buch auf. Mal sehen. Vielleicht ließ sich vor der Begegnung mit der eingetroffenen Verstärkung noch das Eine oder Andere lernen.

Eine Bewegung lenkte seinen Blick zum Türrahmen. Die Katze ließ sich auf den Fliesen nieder und ringelte den Schwanz. Etwas wie Vorwurf lag in ihrem Blick.

Er kaute und überlegte. Hunger vielleicht? Wovon *ernährte* sich das Viech eigentlich? Katzen waren findige Tiere. Vielleicht gab es im Keller dieses Haus genügend Mäuse und Ungeziefer … Er erschauderte bei dem Gedanken daran, dass diese Villa auch noch einen Keller besaß. Was sich dort unten wohl befand? Eine weitere Frage, auf die er möglicherweise keine Antwort haben wollte.

Er schluckte einen weiteren Bissen. Das Tier legte den Kopf schief. Auf unerfindliche Weise schaffte es die Kreatur, ihm Schuldgefühle zu vermitteln. Mit einem Mal kam er sich vor wie ein schlemmender, korrupter Lehensherr, der einen treuen Vasallen auf den kalten Fliesen vor dem Thron stehen und darben lässt.

„Hm“, wollte er wissen. „Bist du hungrig?“

„Mau“, sagte die Katze würdevoll, was ohne jeden Zweifel als „ja“ zu verstehen war.

Er stöhnte und erhob sich. Der permanente Ausdruck unverdienter Ehrverletzung im Ausdruck der Mieze war ja nicht mit anzusehen. Er zog eine Schranktür nach der nächsten auf. Dosen gab es reichlich. Haltbare Fertigmahlzeiten jeglicher

Couleur. Katzenfutter war allerdings nicht darunter. Vertrugen Katzenmägen eigentlich Menschenessen?

Er zog eine Dose Hühnereintopf hervor und zeigte sie dem Tier. „Kein Katzenfutter, tut mir leid", gab er bekannt. „Wie wäre es hiermit?"

Auf irgendeine Weise schaffte es das Wesen, beleidigt auszusehen. Es erhob sich, wandte sich um und verschwand im Flur.

Er zuckte mit den Schultern. „Wählerisch, was?" Bitte sehr. Dann eben nicht. Er kehrte zurück zum Küchentisch, nahm Platz und blätterte nach dem Kapitel, das ihm zuletzt ins Auge gefallen war.

Wie man sie erkennt, stand recht weit vorne in dem Schinken. *Der Bund mit den Dämonen, den sowohl die Hexen als auch die Zauberer eingehen, verdirbt nicht nur den Geist, sondern verändert auch den Körper. Sehr häufig wird ihre Gestalt vom Umgang mit Dämonen ausgezehrt, sodass sie kränklich aussieht, darbend, ausgehungert und weit jenseits ihrer Jahre. Veränderungen treten langsam auf und werden immer stärker mit fortschreitender Dauer, in der die Hexe sich Dämonenkräften aussetzt. Sehr häufig wenden Praktizierende daher Salben und auch Zauber an, um ihre Form zu erhalten, zu schützen und in einer Weise zu verändern, dass ihr wahres Aussehen insbesondere den Unkundigen verborgen bleibt.*

Von besonderer Bedeutung für die Erkennung aller Praktizierenden von Zaubern ist das Schandmal. *So hat es sich erwiesen, dass Hexen und auch Zauberer beim Umgang mit den Dämonen mit einem „Mal" in ihrem Fleische als Siegel ihres ketzerischen Bundes gezeichnet werden. Nicht selten gestaltet sich das „Mal“ wie eine Brandwunde aus Feuer, in anderen Fällen wie von scharfer Flüssigkeit verätzte Haut. In seiner Gestalt hat es die Form einer herabstoßenden Klinge, flankiert zur Linken von zwei Tropfen vergossenen Blutes.*

Einen Augenblick lang starrte er auf die Abbildung. Irgendetwas schien sich bei dem Anblick in seinem Inneren zu regen. Mit einem Schauder blätterte er um und überflog die nachfolgenden Seiten. Mehr Ausführungen, von hier an eher anekdotenhaft und wenig hilfreich. Er wollte das *Kompendium* bereits zuklappen und sich erheben, als sein Blick an einer Zeile hängen blieb.

... berichten von noch weiteren Erkennungszeichen, wie von üblen, verbrannt erscheinenden Gerüchen, Unruhe bei Vieh und Haustieren sowie der Trübung von Spiegeln, in die das Abbild einer Hexe gefallen ist.

„Verdammt“, entfuhr es ihm. Er starrte aus dem Fenster. Der Tag war grau und würde es vermutlich bleiben, bis die Dunkelheit auch noch die letzte Hoffnung auf einige Sonnenstrahlen zunichtemachte. Vermutlich war dies hier genau die Art, in der man den Verstand verlor. Am Anfang lachte man darüber. Irgendwann aber verdichteten sich die ganzen Seltsamkeiten zu einem überzeugenden System, in dem all die kleinen Puzzleteile ineinanderpassten, bis man gar keine andere *Wahl* mehr hatte, als an das zu glauben, was durch die neu geschaffenen Verbindungen plötzlich einen *Sinn* ergab.

Er erhob sich und stellte sein Geschirr neben die Spüle. Allmählich war es an der Zeit, um aufzubrechen. Er ergriff das Büchlein und trat in den Flur. Im Vorübergehen warf er einen missmutigen Blick zum Spiegel. Trüb wie ein Berliner Januar. So wie es aussah, würde Alois sich einen neuen kaufen müssen.

Nachdem er sich vergewissert hatte, dass er alles dabeihatte, trat er durch die Haustür und schloss hinter sich ab. Wenigstens der Regen hatte aufgehört, allerdings nicht, ohne vorher das gesamte Grundstück gründlich zu durchtränken. Die nassen Büsche glänzten schwer und dunkelgrün, wie Unterwasserpflanzen am Grunde eines Aquariums. Beim Betreten des Rasens wäre man vermutlich bis an die Knie eingesunken. Erst jetzt, bei Tageslicht, wurde er sich eines kleinen Schuppens bewusst, halb von Pflanzen zugewuchert, der sich zur Linken an die Eisengitter des Gartenzauns drückte.

Nachdem er das Tor passiert und hinter sich verschlossen hatte, stapfte er mit in die Taschen gestemmten Fäusten in Richtung U-Bahn. Verdammt, da war es wieder. Das unterschwellige Gefühl von Übelkeit. Hoffentlich entwickelte sich daraus nichts Ernsthaftes.

Er blickte auf die Uhr. Eigentlich war bis zum vereinbarten Termin noch genügend Zeit. Andererseits war es vermutlich nicht besonders ratsam, zu einer Versammlung von Hexenjägern verspätet zu erscheinen.

Die Fahrt im Nahverkehr verlief ereignislos. Über die inzwischen schon vertrauteren Stufen in der Kreuzberger Station sprang er hinauf. Auch dieser Teil der Stadt empfing ihn feucht und kühl. Nicht nur aufgrund der Witterung trieben sich nicht allzu viele Menschen auf den Straßen herum. Kurz vor 14 Uhr an einem Samstag ging in den meisten Kiezen als früher Morgen durch. Allenfalls die Frühaufsteher rangen sich um diese Zeit zum Brötchenholen durch.

Der Empfang im Buchladen beschränkte sich wie schon am Vortag auf das Klirren der Eingangsschelle. Die Glasaugen des Raben musterten ihn abschätzend. Die Frau hinter dem Röhrenmonitor sah nur kurz von ihrem Bildschirm auf und bedachte ihn mit einem Nicken. Allmählich fragte er sich, was es mit der Sache auf sich hatte. War sie die Vermieterin? Eine unbeteiligte Verkäuferin? Oder eine Art Miss Moneypenny zu Sigurds James Bond, die bei Bedarf scharf schoss und launige Bemerkungen fallen ließ?

Zwischen den vollgepackten Bücherregalen steuerte er zum Durchgang mit den Schnitzereien. Frische Wassertropfen auf den Bohlen verrieten, dass er nicht der Erste war, der an diesem Tag den Weg zu Sigurds Eingangstür gegangen war. Der Verkaufsraum selbst war wie schon am Vortag leer. Ein wenig fragte man sich schon, wie sich der Laden eigentlich über Wasser hielt.

Die verzierte Holztür war nur angelehnt. Von oben her ertönten Stimmen, die verstummten, als er begann, die Treppe hinaufzustapfen. Im Vorraum sah es aus, als hätte jemand aufgeräumt, zumindest ein bisschen, bis der entsprechende Jemand die Lust daran verloren hatte. Einige der Sitzmöbel waren wieder annähernd benutzbar. Vereinzelt waren sogar Tischoberflächen unter den Dokumenten und Bücherstapeln zu erkennen.

Sigurd stand im Türdurchgang am Zimmerende. Der Mann nickte ihm zu. „Da ist er ja!“

Er trat durch den Rahmen. Zwei Gesichter wandten sich ihm zu.

Sigurd hob ein Glas mit Leitungswasser und prostete ihm zu. „Darf ich vorstellen: Robert Burmantel. Alois‘ Neffe.“

Er nickte in die Runde. Das waren sie also. Aus den frei geräumten Sesseln blickten zwei Männer prüfend zu ihm auf. Die beiden hätten unterschiedlicher kaum sein können.

Der zur Linken sah aus, als sei er direkt aus einem Werbeprospekt für Südsee-Reisen getreten. Der Bursche war dem Anschein nach Südamerikaner, irgendwo in seinen Dreißigern und durchtrainiert wie eine Mischung aus Kommandosoldat und Fitnesstrainer. Er trug ein blütenweißes T-Shirt unter einem offenen schwarzen Hemd. Auf seiner Brust glitzerte ein großes, mit glänzenden Steinen besetztes Kreuz am Ende einer Kette. Das schwarze Haar des Kerls war mit reichlich Gel zurückgekämmt und an den Seiten ausrasiert. Seinen linken Unterarm bedeckten Tätowierungen, die ihn an Maya- und Azteken-Tempel denken ließen. Der Latino ließ ein leises Pfeifen hören und schenkte ihm ein strahlend weißes Lächeln aus Zahnreihen, die zu perfekt waren, um je für die Zerkleinerung irgendwelcher Nahrungsmittel eingesetzt worden zu sein. Wie es aussah, ernährte sich der Mann allein von Sonnenlicht und Super-Smoothies.

Der andere Besucher hing schlaff im Ecksessel zur Rechten und blickte ihn aus milchig-blauen Augen an. Vermutlich war er nicht einmal viel älter sein als sein Kamerad. Sein Aussehen und seine Kleidungswahl ließen es jedoch erscheinen, als sei er geradewegs aus einem altmodischen Schwarz-Weiß-Foto hervorgetreten. Der Mann war schlaksig, trug ein schwarzgraues, etwas unförmiges Mönchsgewand und einen zurückgehenden Kranz aus krausem, grauem Haar. Mit seinem langen Kinnbart, den traurigen, ernsten Augen und seinem Ausdruck stiller Würde hätte er auf einer verblichenen Aufnahme aus dem Russland der 1920er-Jahre nicht deplatziert gewirkt. Der Kerl erinnerte an orthodoxe Heiligenikonen oder an die Poster von Kosakenchören, die zu dieser Jahreszeit wieder vermehrt an Berliner Stromkästen zu erscheinen pflegten.

„Robert“, unterbrach Sigurd die Stille. „Das hier ist unsere Verstärkung. Iván“, erklärte er und schwenkte sein Glas in Richtung des Südländers, dessen Zahnpasta-Lächeln ihn noch immer blendete. „Aus Mexiko. Revier Zentralamerika. Ex-Militär. Spezialkräfte. Scharfschütze und Experte für Feuerwaffen.“

„Robert!“ Der Ausstoß des Latino klang, als freue sich der Mann *tatsächlich*, ihn zu sehen. „*Un placer*. Wir haben viel von dir gehört.“ Die Lichtgestalt streckte ihm eine perfekt manikürte Hand entgegen. Er ergriff den Körperteil mit größter Vorsicht, um nur ja nichts zu beschmutzen oder in Unordnung zu bringen. Wenig überraschend wies der Druck hinter der Grußgeste genau das richtige Maß an gutmütiger Wertschätzung und unaufdringlichem Selbstbewusstsein auf.

„Freut mich ebenfalls“, brachte er hervor. „Scharfschütze, was?“

„*Francotirador*“, bestätigte der Amerikaner fröhlich. Der Mann kniff ein Auge zusammen, zielte und schoss ihm mit einer Fingerpistole ein Loch in den Bauch. Anschließend lachte er herzhaft und schlug ihm bekräftigend in die Seite. „*Chido*. Sehr gut. Willkommen bei den Hexenjägern, *Beto*.“

„Äh. Ja. Danke.“ Erst jetzt entließ ihn der Kerl aus seinem Griff. Man konnte jemanden auch *zu* willkommen heißen. Die Zahnreihen strahlten so hell, dass ihm die Augen tränten. Hoffentlich hatte Sigurd irgendwo noch eine Tube Sonnencreme mit Lichtschutzfaktor 40.

„Das in der Ecke ist Sergei“, machte sein Mentor sich bemerkbar und deutete zum anderen Burschen in der Ecke, der ihn ohne jede Regung ansah.

„Sergei ist einer unserer besten Forscher und Archivare“, fuhr der Alte mit so etwas wie Stolz in seiner Stimme fort. „Er war zuletzt in einem Kloster in Sibirien. Er kennt sich aus in Russland. Vermutlich gibt es niemanden, der mehr über Kaliyaga weiß als er. Außer vielleicht deinem Onkel Alois. Sergei wird dir dabei helfen, die Aufzeichnungen in Alois‘ Villa nach Spuren zu durchsuchen.“

Die Lippen des Angesprochenen teilten sich. Eine Rauchfahne stieß daraus hervor wie Dampf aus einem Rohrbruch. Ungläubig wurde er sich bewusst, dass eine Hand des Burschen eine E-Zigarette hielt, verziert mit Kreuzen und goldenen Ziersymbolen. Der Kerl musste den Rauch die ganze Zeit über, seit er hereingetreten war, in seinen Lungen behalten haben. „*Dobro pozhalovat'*“, begrüßte ihn der Mann mit einer Gelassenheit, die er wohl auch einem Hausbrand, Flugzeugabsturz oder dem Erschallen der Posaunen der Apokalypse entgegengebracht hätte. Aus seiner Sicht schien die Begrüßung damit abgeschlossen.

Robert nickte in die Runde und wandte sich an ihren Gastgeber. „So, so“, befand er. „Die versprochene Verstärkung.“

„Noch nicht ganz.“

Hinter seinem Rücken erklang das Geräusch einer Toilettenspülung. Eine Tür hinter dem Durchgang wurde kratzend aufgedrückt. Eine Frau mit dunklem Pferdeschwanz trat in den Raum und rückte den Funktionsgürtel ihrer olivgrünen Tarnhose zurecht. Die Unbekannte trug ein Khaki-T-Shirt und musterte ihn mit mäßigem Interesse. Sie schien etwa in seinem eigenen Alter zu sein. Unter ihrem Shirt waren die Umrisse einer Erkennungsmarke am Ende einer Halskette auszumachen.

„Salena“, stellte Sigurd vor. Die Angesprochene blickte ihn noch immer äußerst kritisch an. Der übrige Teil ihrer Aufmerksamkeit schien darauf konzentriert, mit ihrer Zungenspitze etwas in den Lücken ihrer Zähne zu finden. „Aus Israel. IDF. Elektronik-Spezialistin. Kennt sich mit Computern aus.“

Die Frau ließ ein Nicken sehen, das wohl zu bedeuten hatte, dass sie ihn inventarisiert und in der Kategorie „harmlos“ abgelegt hatte.

„Angenehm“, brachte er hervor. „Robert. Politikstudent.“

Das Ganze war als Scherz gedacht, um die Stimmung etwas aufzulockern. Salena war die Einzige, die reagierte. Die Israeli ließ ein wenig amüsiertes Schnaufen hören. Die Soldatin drängte sich an ihm vorüber. Sie hatte eine Whiskyflasche ausgemacht, die Sigurd wohl im Buchregal vergessen hatte. Die Frau griff nach dem Gefäß, schraubte den Deckel ab und roch daran. Anerkennend hob sie beide Brauen. Ihre Finger fanden ein dazugehöriges Glas, in das sie sich großzügig eingoss, bevor sie sich auf einer alten Kiste zwischen ihren Kameraden niederließ und ihre volle Aufmerksamkeit der bernsteinfarbenen Flüssigkeit zuwandte.

„Damit sind wir vollzählig.“ Sigurd strahlte und rieb sich erwartungsfroh die Hände.

Zweifelnd blickte er sich um. *Das* hier war die Verstärkung? Die Treuesten und die Besten? Die Soldatin ließ gurgelnd und mit abwesendem Blick Schnaps durch ihre Zahnreihen fließen. Der Latino zwinkerte ihm zu, mit der zuvorkommenden Verbindlichkeit eines Filmstars, der in seiner Freizeit in einem Kinderkrankenhaus *High fives* verteilt. Der Russe schwieg und widmete sich auch weiterhin dem Doppelforschungsfeld Nikotinvergiftung/Überleben ohne Sauerstoff.

Sein Mentor aber nickte ein weiteres Mal dankbar in die Runde. „Ich bin sehr froh, dass ihr gekommen seid, liebe Kameradinnen und Kameraden. Hexenjäger aus dem Westen, dem Süden und Osten: Ich heiße euch willkommen. Es ist mir eine echte Ehre, erfahrene Mitstreiter von einem solchen Format an meiner Seite zu wissen. Jeder Einzelne ein unbestrittener Experte auf seinem Feld. Und auch dich, Robert."

„Oh", brachte er hervor. „Danke. Sehr freundlicher Vergleich. Politikwissenschaft ist übrigens *auch* eine richtige Wissenschaft. Wusstet ihr das?"

„Mein *Aspirant*", fügte der Alte geduldig hinzu. „Er ist Alois Burmantels Neffe. Er hat beschlossen, in die Fußstapfen seiner Vorfahren zu treten und sich uns anzuschließen."

„Ahem. Nicht so schnell. Ich weiß noch immer nicht ..."

Er sah sich um. Die Blicke der anderen waren auf ihn gerichtet. Nicht unbedingt die beste Runde, um einen Rückzieher zu machen.

„Er sieht ein wenig blass aus." Die Frau nahm einen Schluck aus ihrem Glas, der eher auf „kurz vor Barschluss" als auf „kurz nach 2 am Nachmittag" schließen ließ. „Besitzt er irgendwelche Fähigkeiten, die wir gebrauchen können?" Der Blick, mit dem sie ihren Gastgeber bedachte, erinnerte an den eines skeptischen Hundehalters, der von einem Hundezüchter eine Promenadenmischung vorgeführt bekommt.

Sigurd blickte ihn ernst an. „Er hat das Opfer seines Fleisches gebracht, als eine Hexe ihn bedrängte", verkündete er ein wenig stolz. „Ganz ohne Zögern. Ohne jede Anweisung und Hilfe."

Die Blicke der Versammelten richteten sich auf den Verband an seinem Finger. So etwas wie Anerkennung schien in die Ausdrücke der Männer zu treten. Selbst die Frau hob eine Braue.

„Insigne ordinis?“ Der Mönch ließ sein Rauchgerät sinken und warf ihrem Gastgeber einen zweifelnden Blick zu. „Das Zeichen unseres Ordens. Hast du ihn etwa ohne Prüfung bei uns aufgenommen?“

„Er hat sich selbst markiert.“ Sigurds Blick ging in seine Richtung. Sein Ausdruck war bestärkend. „Er war in Alois‘ Haus und ist von einer Hexe angegriffen worden. Vielleicht war es sein Schicksal, auf diese Weise zu uns zu stoßen. Auf jeden Fall hat er nicht gezögert, das *Zeichen* auf sich zu nehmen, als er begriff, in welcher Lage er sich befand.“

„Con huevos“, befand der Amerikaner und bedachte ihn mit einem anerkennenden Nicken. „Entschlossenheit. Sehr gut!“

„Der Verlust der Fingerspitze macht ihn noch nicht zu einem Mitglied unseres Ordens“, warf die Frau scharf ein. „Ansonsten hätten wir jede Menge Holzfäller und Stahlarbeiter in unseren Reihen. Eigentlich gar keine schlechte Idee ... aber ihr wisst schon, was ich meine.“

„Du hast ganz recht.“ Sigurd nickte. „Er ist kein Hexenjäger. *Noch* nicht. Doch er ist Alois‘ Neffe. Ich habe beschlossen, ihn als *Examinandus*, als Prüfling bei mir aufzunehmen. Der Junge hat zumindest Potenzial.“

Die Frau betrachtete ihn noch immer zweifelnd. Sie war offensichtlich alles andere als überzeugt. „Kann er sonst noch irgendwas? Ich meine, außer *Potenzial*?“

Sigurd zuckte mit den Schultern. „Ich glaube, Sprüche klopfen kann er auch ganz gut.“

Die Frau hielt sich das Glas vor ihre Augen und starrte in die Flüssigkeit. „Ich dachte eigentlich, auf dem Gebiet sind wir bedient.“

„Stimmt“, schloss sich der Amerikaner grinsend an. „Sergei hier redet wie ein Wasserfall. Man kriegt ihn kaum zum Schweigen.“

Der Mönch blickte verwundert drein. Vermutlich lohnte es sich nicht, neumodische Erfindungen wie Humor bis in den tiefen Osten Russlands zu exportieren.

„Ich kann auch andere Sachen“, fügte Robert halbherzig hinzu, um nicht endgültig als nutzloser Ballast abgestempelt zu werden. „Auch in der Uni lernt man ... *Dinge*. Falls jemand wissen möchte, wie die Europäische Union ihre Fischereipolitik beschließt und welche Faktoren bei der italienischen Staatengründung im 19. Jahrhundert ...“

„Das Blut der Burmantels fließt durch seine Adern“, unterbrach ihn Sigurd. „Außerdem wisst ihr selbst: Wir können alle Hilfe gebrauchen, die wir kriegen können.“

„Danke.“ Missmutig blickte er sich um. Sehr freundlich, wirklich. Eine echte Empfehlung. Klang ganz so, als würden sie in ihrer Runde auch einen dressierten Affen akzeptieren, solange nur das richtige *Blut* in seinen Adern floss.

Die Soldatin zuckte mit den Schultern. Offenbar hielt sie es für müßig, in der Sache weiter zu diskutieren. „Von mir aus“, erklärte sie. „Hauptsache, er steht uns nicht im Weg.“

Der Blick des Alten ging zum Mönch in der Ecke. Auch der Russe gab mit einem Schulterzucken seine Zustimmung.

„Iván?“

„*¡Siii. Claro!*“ Der Amerikaner klang erneut, als habe man ihnen eben *den* Experten für die Hexenjagd angeboten. Der ermutigende Ausdruck in den braun gebrannten Zügen hätte eine ganze kriminelle Straßengang dazu bewegt, sich kollektiv zur Abendschule einzuschreiben.

„Wunderbar“, verkündete die Frau. „Dann kann ja nichts mehr schiefgehen. Und jetzt kommt hoffentlich der Teil, in dem du uns deinen Plan erklärst.“

Sigurd nickte. Er stieß sich vom Regal ab und schaute in die Runde. „Nun. Wie ihr bereits wisst, ist Alois Burmantel verschwunden. Sein letztes Lebenszeichen stammt aus Budapest. Auf dem Weg dorthin hat er vor gut zwei Wochen seine letzte Nachricht abgesetzt. Seitdem nichts mehr. Wie es aussieht, hat er damit gerechnet, dass ihm etwas zustoßen könnte. Er hat dafür gesorgt, dass Robert in der Nacht vor Halloween in seine Villa kommt. Auch ich habe eine Nachricht erhalten, um dort auf Robert aufzupassen. Zu Recht, wie sich herausgestellt hat. Eine Novizin unserer Feinde war auf Roberts Spur. Zum Glück gelang es uns, sie aufzuhalten. Die Beseitigung der Überreste steht noch aus.“

„Gack.“ Ein Brechreiz ließ ihn für einen kurzen Augenblick nach Fassung ringen. Die anderen im Raum nahmen die Information ohne jede Regung auf.

„Dies ist meine Stadt“, fuhr Sigurd weiter fort. „Ich hätte davon Wind bekommen, wenn es in Berlin ein starkes Hexennetzwerk gäbe. In den letzten Monaten war alles ruhig. Und nun das hier.“

„Einen Moment.“ Er hob eine Hand, um seinen Mentor zu unterbrechen. Der Schwindel und die Übelkeit ließen nur langsam wieder nach. „Sind wir *sicher*?“, wollte er mit schwacher Stimme wissen. „Ich meine, ich kenne Kathy schon seit einer ganzen Weile. Sind wir wirklich sicher, dass sie eine Hexe war?“

Der Alte hob die Brauen und zog etwas aus der Innentasche seiner Weste. Ein rechteckiges Stück Papier mit weißem Rahmen, das sich als Sofort-Fotografie erwies. Es zeigte eine misslungene Tätowierung, vielleicht auch ein eigenartig gestaltetes Muttermal.

„Was bitte soll das sein?"

„Das, Junge, ist der Beweis. Das Zeichen. Das Schandmal, das der Körper unserer Feindin trug."

„Wurgs!"

„Das Bad ist da drüben."

„Geht schon", brachte er ächzend hervor, die Übelkeit mit einem Wedeln seiner Hand vertreibend. „Ja. Danke. Es geht schon wieder. Keine ... keine weiteren Fragen."

Der Alte hielt ihm weiter das Foto hin. „Nimm", forderte er.

„Was? Nein! Warum?"

„Damit du nicht *vergisst*, was du gesehen hast. Für den Fall, dass dir noch einmal Zweifel kommen." Erneut folgte ein aufforderndes Schütteln des gruseligen Bildes.

Widerwillig nahm er das Foto entgegen. Er faltete den Gegenstand und verstaute ihn so tief wie möglich im Portemonnaie. „Da", brachte er hervor. „Zufrieden?"

Der Alte wandte sich wieder zu den anderen. Die Hexenjäger hatten das gesamte Schauspiel ungerührt verfolgt. „Also", fuhr Sigurd weiter fort. „Wir waren gerade bei der Frage: Was trieb diese Novizin in der Nähe von Alois' Villa? Kaum auszudenken, dass sie aus reinem Zufall in der Gegend war. Ihr kennt den Schutz der Segenssprüche und der Ikonen-Amulette. Es sollte unseren Feindinnen eigentlich nicht möglich sein, uns aufzuspüren. Entweder es handelt sich um einen äußerst unwahrscheinlichen Zufall oder unsere Feindin hat bewusst nach Alois' Haus gesucht. Mit Zauberkraft sollte es möglich sein, zumindest seine ungefähre Lage zu bestimmen. Auch muss sie auf irgendeine Art erkannt haben, dass sie

Alois‘ Neffen vor sich hatte. Im besten Fall hat sie allein gehandelt und hatte keine Zeit mehr, um Verbündete von ihrem Fund zu informieren. Doch wie immer ist es sicherer, vom Schlimmsten auszugehen. So wie es aussieht, hängt all das hier mit Alois‘ Verschwinden zusammen.“

Die anderen Hexenjäger nickten stumm. Vermutlich dachten alle an das Gleiche. *Eine* naheliegende Möglichkeit gab es, wie ihre Feindinnen den Ort der Villa ausfindig gemacht haben könnten.

„Alois würde niemals brechen“, erklärte die Soldatin fest. „Nicht unter Folter und auch nicht unter Zauberei. Er würde eher sterben, als irgendetwas preiszugeben.“

Der Amerikaner nickte zur Bestätigung. „So ist es, Sigurd. Es gibt zwei Möglichkeiten. Entweder unsere Feinde wissen selbst nicht, wo Alois sich aufhält und die Novizin suchte dort nach ihm. Oder aber ...“ Iván verstummte und blickte ihn an. „Oder aber der Junge war das Ziel.“

Auch die anderen wandten sich ihm zu. Man konnte förmlich sehen, wie es hinter ihren Stirnen arbeitete.

„Denkt darüber nach“, fuhr der Latino fort. „Der Junge war in relativer Sicherheit. Er lebt unter anderem Namen und war als Burmantel nicht ohne Weiteres zu erkennen. Warum sollte Alois ihn gerade jetzt in seine Villa locken wollen, wo er nicht einmal selbst hier ist, um ihn einzuführen und zu schützen? Warum ausgerechnet in derjenigen Nacht des Jahres, in der unsere Feindinnen am mächtigsten sind? Es gibt nur eine Möglichkeit. Der Junge *war* bereits in Gefahr. Das hier war Alois‘ beste Möglichkeit, um ihn in Sicherheit zu bringen.“

Noch immer waren stumme Blicke auf ihn gerichtet. Der Mönch musterte ihn gründlich von Kopf bis Fuß. Auch die Frau schien zu grübeln.

Er räusperte sich. Es war an der Zeit, selbst einmal etwas beizutragen. „Im Jagdverzeichnis in seinem *Refugium* hat er geschrieben, das Blut der Burmantels sei eine Art Schlüssel“, warf er ein. „Etwas, das benötigt wird, um Kaliyaga zu besiegen. Vielleicht …“ Er verstummte, als ihm die Bedeutung seines eigenen Gedankengangs vollends bewusst wurde. „Vielleicht wissen auch die Feinde von der Sache mit dem Blut. Vielleicht wollte er sicherstellen …“

„Dass dein Blut in deinem Körper bleibt“, half die Israeli aus. „Dass es den Hexen nicht gelingen kann, den jüngsten Burmantel aufzuspüren und auszulöschen.“

„Den *zehnten* Burmantel“, korrigierte Sigurd. Der Mann trat vor und warf einen ernsten Blick in die Runde. „Ich habe Alois‘ Jagdverzeichnis studiert. Neun Generationen von Burmantel-Hexenjägern sind dort eingetragen. Ein Feld ist noch frei. Danach endet die Aufstellung.“

„Sie endet?“ Die Frau hob eine Braue. „Warum? Was geschieht danach?“

Der Alte zuckte mit den Schultern. „Das geht aus dem Verzeichnis nicht hervor. Ich wünschte, er hätte umfangreichere Aufzeichnungen hinterlassen.“

„Hätte, hätte, Erbsensuppe“, meldete sich der Amerikaner nicht ganz fehlerfrei. „Wir müssen mit dem arbeiten, was wir wissen. Vielleicht hat das Ganze ja auch irgendeine … *symbolische* Bedeutung.“

Einige Augenblicke lang schien jeder in der Runde darüber nachzusinnen, was mit dieser neuen Richtung anzufangen war. Nach und nach richteten sich die Blicke der Versammelten auf ihren schweigsamen Verbündeten aus dem Osten.

Der Mönch im Sessel wurde sich der plötzlichen Aufmerksamkeit bewusst. Er stieß eine Rauchfahne aus, schob die Knie vor und lehnte sich zurück, sodass sein Gesicht beinahe zur Decke zeigte. Offenbar handelte es sich um eine Haltung, in der er besser denken konnte. „Blut“, wiederholte er nachdenklich. „Blut kann vieles sein. Es ist der Saft des Lebens. Früher glaubte man, dass die Seele darin wohnt. Blut ist sehr mächtig. Besonders für die Zwecke der Zauberei.“

Robert horchte auf. Ein plötzlicher Geistesblitz durchfuhr ihn. „Zauberei!“ Die anderen sahen ihn verwundert an. „Vielleicht ist das die Lösung. Vielleicht wollte Alois damit irgendeinen Zauber beschwören, um die Oberhexe zu besiegen.“

Er merkte gleich, dass er etwas Unkluges gesagt hatte. Die Blicke, die in seine Richtung gingen, sprachen in dieser Beziehung eine deutliche Sprache. Er konnte hören, wie Sigurd leise seufzte, wohl bemüht darum, nicht zu enttäuscht zu klingen. „Hexenjäger beschwören *niemals* Zauberei“, erklärte der alte Mann bestimmt. „Niemals. Unter keinen Umständen. Nicht einmal, wenn unser Leben davon abhängt. Zauberei ist die Domäne böser Mächte. Schon der kleinste Umgang damit prägt dich mit dem Schandmal. Einmal eingesetzt, kommt man nicht mehr davon los. Hast du Panolinis *Kompendium* denn nicht gelesen?“

„Der Junge kann davon nichts wissen, Sigurd“, schaltete sich der Mexikaner beschwichtigend ein. „Das alles hier ist neu für ihn.“

„Außerdem ist es eine *Großhexe* und keine *Oberhexe*“, bemängelte der Alte murrend. „Als *Examinandus* solltest du anfangen, deine Hausaufgaben zu machen, wenn du in dieser Sache von irgendeinem Nutzen sein willst.“

„Er lernt schon noch“, verteidigte ihn der Amerikaner und schenkte ihm ein bekräftigendes Nicken. „Dein Onkel Alois war in jeder Beziehung ein Vorbild für uns alle, *Beto*“, fuhr der Mann, an ihn gewandt, weiter fort. „Es ist *unvorstellbar*, dass er Zauberei überhaupt nur in Betracht gezogen hätte. Um keinen Preis. Nicht einmal, um Kaliyaga zu besiegen."

„Du hast Glück, Robert." Der Ausdruck seines Lehrers war noch immer ernst. „Du hast noch viel zu lernen. Doch in diesem Raum befinden sich die besten Lehrer, die du dir nur wünschen kannst. Präg dir genau ein, was sie tun und wie. Selten hatte jemand bessere Voraussetzungen, um die Besten ihres Fachs bei der Arbeit zu beobachten."

Er bemühte sich, nicht zu viel Zweifel in den Blick zu legen. Die Frau spielte mit ihrem leeren Whiskyglas. Der Mönch atmete mehr Tabakrauch als Sauerstoff. Wenn *dies* die Besten waren, wollte er nicht wissen, wie es um den Rest des Hexenjäger-Ordens stand.

„Sergei wird dich begleiten", bestimmte Sigurd. „Vielleicht enthalten Alois' übrige Aufzeichnungen im *Refugium* einen Hinweis darauf, wo er steckt oder was es mit dem Blutgeheimnis auf sich hat. Morgen gegen Mittag schicke ich Iván zu dir. Sagen wir Punkt zwölf. Er bringt dir bei, wie man mit Feuerwaffen umgeht."

Der Amerikaner zwinkerte ihm zu, als freue er sich bereits auf ein Männerwochenende zwischen zwei alten Freunden. „Der frühe Vogel fängt den Wurz", verkündete der Latino so falsch wie fröhlich. „Je schneller du lernst, dich zu verteidigen, desto besser für uns alle."

„Äh ... okay." Verstohlen warf er einen Blick in Richtung der Soldatin. „Was ist mit Computertraining und so? Ich meine, bestimmt kann ich auch das ganz gut gebrauchen ..."

Salena hatte irgendetwas Essbares gefunden und kaute nun darauf herum. Sie hatte ein Knie aufgestellt und hantierte an einem kompakten Pistolenholster, das sie oberhalb des Knöchels versteckt gehalten hatte. Ihre Blicke drückten, gelinde gesprochen, Skepsis aus. „Verstehst du irgendwas von

Computern?“, wollte sie in einem Tonfall wissen, der in dieser Beziehung gewisse Zweifel erkennen ließ.

„Du meinst ... Excel und so?“

Die Frau hob anerkennend eine Braue und schob ihr Hosenbein zurück über die Waffe. „Sigurd!“, erklärte sie sarkastisch. „Warum hast du nicht gesagt, dass du *zwei* IT-Experten eingeladen hast? Ich fürchte, ich kann dem Jungen nichts mehr beibringen.“

„He!“, wehrte er sich. „Kein Grund, gleich so gemein zu werden. Ich kann auch Makros und so.“

„Verdammt, Sigurd. Der Typ ist gut! Ich fürchte, ich bin hier überflüssig. Besser, ich buche gleich mein Ticket heimwärts.“

Er warf einen finsteren Blick zu seinem Mentor. „Also eher kein Computer-Training?“

„Sieht nicht so aus, was? Macht aber nichts“, erklärte der Alte mit grimmiger Heiterkeit. „Ich glaube, mit Salena sind wir, was die Technik angeht, voll und ganz bedient. Es ist weitaus wichtiger, dass du lernst, wie herum man eine Waffe hält.“

„Glaubt ihr, ich werde eine benutzen müssen?“

Die Blicke der anderen gingen zum Amerikaner. Der Latino zuckte mit den Schultern, was dicke Muskelstränge unter seinem T-Shirt tanzen ließ. „Ich war noch nie in einem Einsatz, in dem *nicht* irgendwann geschossen wurde“, erklärte Iván in einem Tonfall, der deutlich zu viel Vergnügen an dem entsprechenden Umstand erkennen ließ.

Die Frau nickte, als könne sie dies nur vollumfänglich bestätigen. „Ich schon. Aber nie, wenn Iván dabei war.“

„*A huevo.*“ Der Mexikaner nickte zufrieden, so als betrachte er die Anmerkung als Kompliment.

„Gut“, befand Sigurd, obwohl ein normaler Mensch mit Sicherheit zu einem anderen Urteil gekommen wäre. „Dann haben wir die nächsten Schritte. Sergei wird Robert zu Alois‘ Haus begleiten. Wir anderen überlegen derweil weiter, was wir tun können.“

„Was ist mit dem Blut?“, unterbrach die Frau die allgemeine Aufbruchsstimmung. Die Israeli goss sich großzügig Whisky nach. „Dem Blut der Burmantels“, fügte sie hinzu. „Wenn es so wichtig ist, wäre es doch klug, etwas davon abzuzapfen, oder? Ihr wisst schon. Um etwas davon ins Labor zu schicken. Und für den Fall, dass dem Jungen irgendwas zustößt.“

„Dass mir *was* zustößt?“

„Irgendwas.“ Die Frau zuckte mit den Schultern, als bestände in der Beziehung eine reichhaltige Auswahl. „Tod. Wahnsinn. Schwere Verwundung. Verschwinden. Verhexung ...“

„Okay, okay. Ich glaube nicht, dass ich *so* bildhaft Bescheid wissen wollte.“

„ ... oder Schlimmeres“, fügte die Soldatin ominös hinzu.

„Salena hat recht“, stimmte Sigurd ihrer Kameradin zu. „Ich kenne ein Labor, dem wir vertrauen können. Es kann nicht schaden, einen gewissen Vorrat an Burmantel-Blut aufzubauen.“

„Gleich hier?“, hielt er dagegen. Die Blicke seiner Kameraden erinnerten entschieden zu sehr an übermotivierte Milchbauern oder mit Brecheisen bewehrte Imker. „Ich meine, ist es hier ... *steril*?“ Die Frage beantwortete sich eigentlich von selbst. Bei jedem noch so kleinen Eingriff war die Frage lediglich, *wie viele* Krankheiten und Infektionen man sich in diesen Räumlichkeiten zuzog.

„Salena hat eine ausgezeichnete Sanitätsausbildung genossen“, beruhigte ihn Sigurd. „Ihr könnt mein Bad benutzen.“

„Davon würde ich abraten“, verkündete die Frau bedenklich. „Das Fenster ist da drinnen nicht besonders groß.“

Betretenes Schweigen folgte. Sigurd räusperte sich. „Die Küche also“, erklärte er. „Die Küche ist ebenfalls vollkommen steril.“

„Komm mit.“ Die Soldatin erhob sich und ging voraus. Er ließ ein Stöhnen hören. Dennoch folgte er gehorsam.

Die kleine Küche wies, im Gegensatz zum Vorraum, nicht die geringste Spur von Reinigungsbemühungen auf. Spätestens hier war ihrem Gastgeber offenkundig vollends die Lust am Saubermachen vergangen. Die Umgebung war kaum dazu angetan, ohne Blutvergiftung eine Dose *Erbsensuppe* aufzumachen, geschweige denn, spitze Gegenstände in irgendwelche Körperteile zu bohren. Unwohl blickte er sich um, während die Frau eine Plastikspritze nebst durchsichtigem Schlauch aus der kleinen Packtasche an ihrem Funktionsgürtel hervorzog. Es folgte ein Kunststoffpäckchen mit einer Nadel hinter Klarsichtfolie, die ihre Kameradin in die Höhe hielt und gründlich inspizierte. „Rechts oder links?“, wollte sie emotionslos wissen.

Missmutig nahm er auf einem schmalen Hocker Platz und rollte einen Ärmel zurück. „Blut, Blut, immer nur Blut. Kämpfen wir hier gegen Hexen oder gegen Vampire?“

„Es gibt keine Vampire“, verkündete die Frau bestimmt, während sie die Einzelteile ihrer Apparatur zusammenfügte.

„Natürlich nicht“, kommentierte er sarkastisch. „Verzeihung. Ich wollte nicht mit irgendwelchem lächerlichen Aberglauben um die Ecke kommen.“

„Es gibt keine Vampire *mehr*", korrigierte sich die Frau. „Ist außerdem eine ganz andere Abteilung."

„Was? Ist das dein Ernst?"

Der Ausdruck der Soldatin ließ nicht erkennen, ob sie Späße mit ihm trieb. Ihre Aufmerksamkeit war ganz darauf gerichtet, unter seiner Haut nach einladenden Adern Ausschau zu halten.

„Faust", erklang der harsche Befehl.

„Klassiker", brachte er zwischen den Zähnen hervor. „Der alte Goethe. Ging es da nicht auch um die Beschwörung von Dämonen?"

„Du sollst ..."

„Schon gut!" Salena hatte warnend ihren Blick gehoben. Gehorsam bildete er mit seinen Fingern eine Faust.

„Jetzt kommt ein kurzes Jammern."

„Wie bitt ... autsch!"

„Sag ich doch. Faust öffnen."

„Meine Güte."

Die Frau zog langsam eine Spritze auf. Gemeinsam beobachteten sie, wie sich ein dunkler Fluss aus Blut den Weg durch den Schlauch und in den Spritzenkörper bahnte.

„Spitzen-Blut", kommentierte er trocken. „Ja. Sieht echt gesegnet aus. Bestimmt lassen sich damit tolle Dinge anstellen."

Die Soldatin verzichtete auf einen Kommentar. Er sah sich weiter in der Küche um, während sie den Spritzenkörper wechselte und eine weitere Probe nahm. Von wegen *steril*. Hier drinnen sah es aus wie nach einem Bombenanschlag auf ein Schlachthaus. Wahrscheinlich hatte er sich bereits mit Tetanus und drei verschiedenen Arten Ravioli infiziert.

Die Israeli zog die Nadel aus seiner Haut und presste einen Wattebausch auf die Wunde. „Noch kurz drücken."

Grummelnd leistete er Folge. Wenigstens hatte sie ihm kein benutztes Spültuch in die Hand gedrückt. Wahrscheinlich hätte Sigurd den Lappen selbst im blutbeschmierten Zustand noch eine ganze Weile weiterbenutzt.

„So“, erklärte die Frau und wischte sich die Hände an einem Einweg-Feuchttuch ab. „Jetzt sind wir auf der sicheren Seite.“

„Im Jenseits, meinst du?“

Die Israeli brach die Nadel vom Spritzenkörper ab und warf sie in den Biomüll, wo sie mit Sicherheit am wenigsten hingehörte. „Noch nicht“, erklärte sie trocken. „Aber jetzt haben wir wenigstens schon mal dein Blut. Damit bist auch *du* ersetzbar.“

„Juhu“, brachte er freudlos hervor. „Ist das unser Motto? Ich kann es kaum erwarten, unter dieser Flagge in den Kampf zu ziehen.“

Die Frau erhob sich und wandte sich ab. „Wir haben es“, verkündete sie dem Nebenraum und hielt den Behälter mit seinem Lebenssaft in die Höhe. „Sigurd? Ich bin sicher, du findest einen sicheren Platz dafür.“

„Ja, genau“, brachte er hervor, während er den Ärmel zurück über seinen Arm zog. So sicher wie Fort Knox. Vermutlich landete das Teil irgendwo zwischen einer angetauten Tiefkühl-Pizza und einer halb geleerten Coladose.

Er folgte der Soldatin durch den Durchgang. Sigurd und Iván, die in irgendein Gespräch vertieft gewesen waren, wandten sich zu ihnen um. „Gut“, erklärte Sigurd und nahm die Phiolen entgegen. „Ich werde einen Teil einschicken und den anderen sicher irgendwo verstecken. Damit erkläre ich dieses Treffen für beendet. Seht zu, was ihr in Alois‘ Villa finden könnt. Wir melden uns bei euch, sobald es etwas Neues gibt.“

„Ähm." Noch etwas anderes fiel ihm ein. „Nur eine Nebensache, aber: Wisst ihr, wo Alois das Futter für seine Katze aufbewahrt? Das Vieh wird ganz schön penetrant, wenn es nichts zu essen kriegt."

Die Stirn des Alten krauste sich. „Katze?" Die Stimme seines Mentors klang irritiert. Seine Gedanken galten offenbar schon wieder wichtigeren Dingen. „Ich weiß nichts von irgendeiner Katze. Iván. Was hältst du von ..."

Der alte Hexenjäger vertiefte sich in ein Gespräch mit dem Latino. So viel zu *diesem* Thema.

Der Mönch erhob sich aus dem Sessel. Es war ein wenig, als entfalte sich ein ausklappbares Bügelbrett mit zu vielen Scharnieren und Gelenken. Der Besucher aus dem Osten näherte sich ihm und bedachte ihn mit einem durchdringenden Blick. Die grauen Pupillen durchmaßen gründlich sein Gesicht. „Du sieht nicht gut aus", befand der Mann.

„Kann schon sein", gab er missmutig zurück. „Vielleicht das ständige Entsetzen. Und der Blutverlust. Nicht zu vergessen die verdammte Grippe, die ich mir eingefangen habe."

Der Mönch gab keine Antwort. Er ließ ein Nicken sehen, das aussah, als wäre die Angelegenheit damit für ihn noch keinesfalls erledigt. „Fahren wir", forderte er. „Ich möchte Alois' Dokumente mit eigenen Augen sehen."

„Gerne. Falls wir dann hier fertig sind."

„Für heute ja", erklärte Sigurd. „Ruh dich aus, Robert. Lies das Handbuch. Und hör auf alles, was Sergei dir sagt."

„Wir melden uns", erklärte der Russe. Der Mann winkte abwesend in die Runde und übernahm die Führung. Schweigend durchquerten sie den Vorraum und brachten auch die Treppe hinter sich. Die Alte hinter dem Computerbildschirm nickte freundlich hinter ihrer Bildröhre. Der Blick des Russen war fest auf die Außentür gerichtet. Frische Luft. Ja. Frische Luft war ohne Zweifel eine gute Idee.

Kapitel 8 – Sergei

Sergei sprach während der gesamten U-Bahn-Fahrt kein Wort. Aus einer schmalen, abgenutzten Lederaktentasche hatte er ein kleines Buch gezogen. Der Mann schien ganz in seiner Lektüre und in sich selbst versunken, während Station um Station hinter den Fenstern vorüberzog. Zum Glück fiel ein seltsam gekleideter Sonderling mehr oder weniger in einer Stadt wie dieser nicht weiter auf.

Erst als sie an ihrer Station ausgestiegen waren und zu Fuß den Weg zu Alois‘ Villa zurücklegten, wurde sein Begleiter erkennbar aufmerksamer. Zwar rauchte der Kerl noch immer wie ein Schlot, doch schien es sich dabei um eine Art von Ritual zu handeln, das ihm dabei half, sich zu konzentrieren. So wie es aussah, inspizierte er die Gegend und die Nachbarschaft aufs Gründlichste. Jeder der Passanten wurde Gegenstand seiner eindringlichen Prüfung. Ein Paar junger Mädchen senkte eilig die Köpfe, als der Flutscheinwerferblick des hochgewachsenen Sonderlings sie inspizierte. Ein älteres Ehepaar drehte sich pikiert zu ihnen um, nachdem die Augen des Russen allzu lange auf ihnen verharrt hatten. Nur gut, dass sie hier im alten Westen und nicht in Kreuzberg oder Wedding waren. Im falschen Viertel hatte man mit mehr zu rechnen als mit irritierten Blicken, wenn man die Leute zu penetrant anstarrte.

„Hier ist es“, erklärte er, als sie den großen Platz erreichten. „Hatschui!“ Das Niesen machte es nicht einfacher, den Schlüssel in das Tor im Gartenzaun zu schieben. Der Russe ließ den Blick über die schmiedeeisernen Muster wandern. Gedankenverloren hob der Besucher aus dem Osten seine Hand. „Warte.“

Verwundert betrachtete er, wie sein Begleiter vortrat und mit der Spitze seines Lederstiefels im Staub unter dem Gittertor herumkratzte. Nach dem Boden wurden auch die Büsche Gegenstand seiner eingehenden Prüfung. Erst nach einer Weile gab der Mann mit einem Nicken zu verstehen, dass er es für sicher hielt, das Grundstück zu betreten. Seite an Seite legten sie den Gartenweg zurück. Er schniefte und nestelte den Schlüsselbund aus seiner Tasche. Vermutlich gehörte er einfach nur so schnell wie möglich ins Bett.

Die hagere Hand des Mannes traf ihn schmerzhaft vor der Brust. Er hielt inne und wollte etwas Passendes erwidern, doch der Gesichtsausdruck des Russen ließ ihn verstummen. Sergei bedeutete ihm mit einer Geste seiner Hand, zurückzubleiben. Er selbst näherte sich langsam der Veranda, stieg die knarzenden Stufen empor und ging auf dem Absatz in die Hocke. Der Mönch hob seine E-Zigarette an die Lippen, inhalierte tief und pustete Rauch über die Schwelle.

Robert fuhr zusammen. Selbst er meinte, in den Schwaden etwas zu erkennen. Etwas wie eine aufwärts gerichtete Strömung, die seltsame Formen in den weißen Wolken tanzen ließ.

Sergei nickte grimmig. Seine bleichen Finger verschwanden für einen Augenblick in dem schlitzartigen Ausschnitt an der Seite seines Mönchsgewands. Als sie wieder auftauchten, lag in ihnen eine blitzende Klinge.

„Was ...?“ Wieder brach er ab. Sergei hatte begonnen, mit dem Messer im Holz unter der Schwelle herumzustochern. Schließlich schien er einen Ansatz gefunden zu haben. Mit einer kontrollierten Bewegung stemmte er eines der Bretter in die Höhe. Der Mann hielt inne. Etwas unterhalb der Schwelle schien seinen Blick für einige Augenblicke gefangen zu halten. Dann nickte er, so als sehe er bestätigt, was er bereits erwartet hatte. Der Mönch wandte sich zu ihm um. „Blei“, erklärte er.

„Platten. Hast du Bleiplatten? Eisen tut es auch. Irgendetwas, um den Zauber abzuschirmen.“

„Um den ... nein. Nein, ich habe keine Bleiplatten dabei. Auch kein Eisen. Tut mir leid.“

Sergei wandte sich von ihm ab und ließ den Blick wandern. Seine Augen blieben an irgendetwas hängen: dem kleinen hölzernen Schuppen an der Innenseite des Eisenzauns, der unter dem dichten Gestrüpp der Büsche kaum noch zu erkennen war. Der Mönch wies mit einer Bewegung seines Kinns in die entsprechende Richtung. „Sieh nach, ob du einen Spaten findest“, befahl er. „Handschuhe. Und irgendwas zum Abdecken. Aus Metall.“

Er öffnete den Mund, um eine Erklärung einzufordern. Angesichts des ernsten Ausdrucks im Gesicht seines Begleiters besann er sich eines Besseren.

„Warte.“ Er hatte sich schon abwenden wollen, als ihn die Anweisung des Mönches innehalten ließ. Der Mann blickte sich um, als wolle er ganz sichergehen, dass niemand sie beobachtete. Die Hand des Kerls zog etwas aus dem Seitenschlitz seines Gewands hervor. „Hier. Nimm das.“

Es dauerte einen Augenblick, bis er begriff, was sein Begleiter ihm entgegenhielt. Abwehrend hob er beide Hände. „Nicht so schnell. Was soll ich ...?“

Der Russe schwenkte auffordernd die Pistole. „Zur Sicherheit“, erklärte er. Der Daumen seiner Hand bewegte sich und legte einen kleinen Hebel an der Seite um. „Die Sicherung“, verkündete er ungerührt, als verändere er lediglich die Lautstärke an einem Radio. „Augen auf das Ziel. Kimme, Korn, ausatmen, abdrücken. Hast du schon mal geschossen?“

„Nein!“

„Egal.“ Der Gegenstand bewegte sich weiter vor ihm ungeduldig durch die Luft. „Bestimmt wirst du sie gar nicht brauchen. Ziel auf die Tür, wenn du sie aufmachst. Jetzt hol mir einen Spaten und Metall.“

Widerwillig nahm er den schweren Gegenstand entgegen. Jeglicher Protest schien sich zu erübrigen.

„Lass den Finger vom Abzug, außer wenn du schießen willst. Los jetzt!“

Mit starkem Widerwillen, argwöhnische Blicke um sich werfend, machte er sich auf den Weg zum Schuppen. Er bemühte sich, die Waffe vor den Nachbarhäusern zu verbergen. Das fehlte gerade noch: Der neue, unhöfliche Junge, der nicht einmal zum Gruß die Türe öffnete, schlich nun auch noch mit einer Schusswaffe durch sein Gebüsch.

Inzwischen war er bei dem windschiefen Bauwerk angekommen. Etwas in ihm wehrte sich dagegen, die mit einem Querbalken versperrte Tür zu öffnen. Vorher war der Schuppen ihm gewöhnlich vorgekommen. Nun aber war er sich nicht mehr ganz so sicher. Er warf einen Blick zurück zum Haus. Die Antwort des Mönches bestand in einem auffordernden Winken.

„Gut“, murmelte er zu sich selbst. „Gut. Alles in Ordnung.“ Mit beiden Armen streckte er die Waffe vor sich aus, wie er es in Filmen gesehen hatte. Mit der linken Hand versuchte er, den Querbalken anzuheben. Das Teil bewegte sich nicht. Er sicherte die Waffe, schob sie in den Hosenbund und zog mit beiden Händen. Nur langsam und unter protestierendem Quietschen löste sich der feuchte Holm. Mit einem dumpfen Schlag fiel der Balken auf die Wiese. Wieder zückte er die Waffe. Nach einigem Geruckel ließ die Tür sich aufziehen. Er atmete tief, als sich das schwarze Rechteck vor ihm auftat.

Das graue Licht des Nachmittags wanderte langsam über eine eingestaubte Werkbank. Benutzte, angelaufene Werkzeuge hingen an der Wand. In der Ecke schälten sich ein Besen, Rechen und ein Spaten aus den Schatten. Er ließ die Luft entweichen und die Waffe sinken. Auch bei der restlichen Ausstattung schien es sich um harmlose Gegenstände des alltäglichen Gebrauchs zu handeln. Kisten aus Pappe und aus Holz füllten ein einfaches Metallregal zur Rechten. Ein beschmutzter Grill mit Kohle und einer Flasche Grillanzünder stand in einer Ecke. Zaunrollen, Pflanznetze und angebrochene Düngersäcke lehnten an den Wänden. In einer grünen Kunststoff-Regentonne stand ein angerostetes Fass mit Deckel, von dem gelbe Farbe absplitterte. Auf den ersten Blick war in der Hütte nichts zu sehen, was man nicht auch im Gartenhaus eines ganz gewöhnlichen Stadtbewohners gefunden hätte.

Er warf einen Blick zurück zum Russen. Mit einem Nicken gab er zu verstehen, dass die Hütte vorerst sicher war. Er sicherte die Waffe, schob sie in den Bund und trat ins Innere. Zuerst nahm er den Spaten aus der Ecke. Auch ein Paar schmutziger Arbeitshandschuhe ließ sich auf einem Regalbrett finden. Wenig überraschend fehlte es an Sammlungen von Blei- und Eisenplatten. Das Einzige, was zumindest einigermaßen in die geforderte Richtung ging, waren einige Rollen Alufolie, die aus einer mit zerknitterten Plastiktüten vollgestopften Ikea-Tragetasche ragten. Er ergänzte seine Beute um die glänzenden Zylinder und schob sie unter seinen Arm.

Derart ausgestattet, kehrte er zurück zu seinem ungeduldig wartenden Begleiter. Sergei nahm den Ertrag seines Erkundungsgangs kritisch in Augenschein. Er schien über das Fehlen massiverer Metalle nicht sonderlich erfreut. Dennoch gab der Mönch mit einem knappen Nicken zu verstehen, dass sie es wohl damit versuchen mussten. „Hier“, befahl er. „Halt das.“ Der Russe bedeutete ihm, den Messergriff zu nehmen, mit dem er immer noch die Bohle vor der Türschwelle angehoben hielt. Der Mann nahm ihm die Alufolie ab und breitete mehrere Lagen, jeweils etwa von der Länge eines Unterarms, übereinander auf dem Rasen aus. Anschließend zog er sich die Arbeitshandschuhe über und ergriff den Spaten. „Ganz ruhig bleiben“, forderte er. „Der Spalt muss offen bleiben. Und pass auf, dass du es nicht berührst.“

Obwohl er keine Ahnung hatte, von welchem „Es“ der Bursche sprach, bestätigte er mit einem Nicken, dass er die Anweisung verstanden hatte. Der Blick seines Begleiters war konzentriert, als er das Spatenblatt langsam in die dunkle Öffnung schob. Es schien, als nehme er etwas damit auf. Anschließend zog er es mit noch viel größerer Vorsicht wieder aus dem Spalt.

Ein seltsames Objekt lag auf dem Spatenblatt. Ein scharfkantiger, von orangefarbenem Rost überzogener Gegenstand, den jemand mit Draht umwickelt hatte. Federn hingen daran. Lederfetzen und etwas, das aussah wie die Knochen kleiner Tiere. Außerdem noch ...

„He“, entfuhr es ihm. „Das ist mein Kuli!“

Der Mönch hielt das Objekt mit der Schaufel in die Höhe und musterte es kritisch. „Ein persönlicher Gegenstand von dir?“

„*Allerdings*. Ich habe ihn verloren, als ...“ Er verstummte.

Der Russe hob den Blick. „Lass mich raten. Als du die Novizin getroffen hast?“

„Verdammt“, entfuhr es ihm. „Soll das heißen, sie hat mich mit dem Teil *verzaubert*?“

Sein Begleiter verzog das Gesicht. „Sieht ganz so aus. Seit wann fühlst du dich krank?“

„Verdammt“, entfuhr es ihm noch einmal. „Was ist das andere? Sind das da *Knochen*?“

„Das hier, Junge, ist der Grund für deine Kopfschmerzen. Ein Hexen-Artefakt. Nicht schlecht gemacht. Du kannst von Glück reden, dass dir eine Novizin über den Weg gelaufen ist und keine Vollhexe.“ Der Kennerblick des Mönches wanderte über den scharfkantigen Gegenstand. „Sieht aus wie ein Granatsplitter“, befand er. „Vielleicht aus dem Krieg. Ja. Etwas aus der dunklen Geschichte dieses Ortes. So erhöhen sie die Macht des Zaubers.“ Die Stimme des Russen verriet widerwillige Anerkennung. „Sieht aus, als hätte deine Besucherin dir ein ‚Geschenk‘ hinterlassen. Der alte Trick mit dem verhexten Gegenstand unter der Schwelle. Älter als das Mittelalter. Allerdings immer noch sehr wirksam.“ Der Mönch setzte den Splitter vorsichtig auf die ausgebreiteten Schichten aus Alufolie. Der Mann legte den Spaten aus der Hand und begann mit äußerster Vorsicht, Lage um Lage des knisternden Metalls darüber auszubreiten. Anschließend formte er die Umhüllungen zu einer großen Kugel. Unverkennbar verwendete er äußerst große Aufmerksamkeit darauf, den verhexten Gegenstand selbst mit Handschuhen nicht zu berühren. Erst als zwei komplette Rollen Alufolie aufgebraucht und um das Artefakt gewickelt waren, gab er sich mit seinem Werk zufrieden.

Mit dem Spatenblatt nahm er die Kugel auf und transportierte sie, den Grund für seine Schritte sorgsam wählend, hinüber zu dem kleinen Schuppen. Er folgte seinem Kameraden, um sicherzustellen, dass dem Mann nichts in den Weg kam. Die Lippen des Mönches bewegten sich stumm. Es sah aus als formuliere er Beschwörungen oder Segenssprüche, um sich vor dem Gegenstand zu schützen. Der Kerl trat durch den dunklen Türrahmen der Hütte. „Das Fass“, tönte es aus dem Halbdunkel. „Hilf mir mit dem Deckel.“

Schnell sprang er herbei und half dem Mönch, die Kugel in dem rostigen Eisenfass zu versenken. Sein Begleiter legte sorgfältig den Deckel auf. Anschließend zog er ein kleines Fläschchen aus der Tasche, aus dem er einige Tropfen auf die Oberfläche goss. Zuletzt nahm er zwei Schraubendreher von der Wand und legte sie über Kreuz auf den Metalldeckel.

„So", erklärte er halbwegs zufrieden. „Das sollte fürs Erste reichen." Gemeinsam traten sie nach draußen. Der Mann verschloss die Holztür mit dem Balken und bedachte ihn mit einem Nicken.

Schulterzuckend folgte er dem Mönch zurück zur Haustür. Er beschloss, auf Fragen vorerst zu verzichten. Es war schon zu viel Seltsames geschehen, um jedem einzelnen Ereignis auf den Grund zu gehen. Der Russe hielt am Absatz inne und streckte ihm auffordernd die leere Hand entgegen.

„Was?"

„Die Waffe."

„Oh. Ja. Klar." Bereitwillig gab er das Schießeisen zurück. Der Besucher aus dem Osten verstaute den Gegenstand wieder unter seinem Gewand „Der Zauber, der dich krank macht, wird bald nachlassen", verkündete der Russe überzeugt. „Ich koche einen Sud, der dich gesund macht."

Der Bursche sah sich wachsam um, während Robert sich darum bemühte, das Sicherheitsschloss aufzuschließen. Nach einem letzten Knacken ließ sich die Tür geräuschlos aufschieben. Die bekannte Kühle und Stille empfingen sie. Der Russe schloss die Haustür und sah sich in der Halle um. Sein Gesichtsausdruck verriet eine gewisse Vorsicht, vielleicht auch eine Ahnung von Gefahr. Anstatt etwas zu sagen, begann der Mann damit, mit den Fingern über die hölzernen Wandpaneele rechts der Tür zu fahren. Es schien, als taste er nach etwas. Schließlich wies ein Klicken darauf hin, dass er fündig geworden war. „Hier“, befahl der Mönch ihm leise. „Schließ das hier auf.“

Er trat näher. Tatsächlich. In der Wandverkleidung, rechts neben den Lichtschaltern, waren dünne, beinahe unsichtbare Linien zu erkennen. Eine Art Klappe, die in die Verkleidung eingelassen war.

„Ein Briefkasten?“

Der Mönch gab keine Antwort.

Er fand ein Schlüsselloch und öffnete die Luke. Auf der anderen Seite zeigte sich ein dunkler, nur eine Handbreit tiefer Innenraum. Ein dünner Schlitz, der etwas Licht durchließ, bestätigte, dass es sich tatsächlich um ein Postbehältnis handelte. Briefe lagen nicht darin. „Leer“, verkündete er enttäuscht.

Sein Begleiter schob sich sanft an ihm vorbei und griff ins Innere. Für einige Augenblicke schien er in der Dunkelheit umherzutasten. Dann war erneut ein Klicken zu vernehmen. Ein Holzpaneel zur Rechten des Briefkastenbehälters war ein kleines Stückchen vorgesprungen. Ein dunkler Spalt, der sich zu einem Hohlraum öffnen ließ. Der Russe hob bedeutsam eine Braue und öffnete vorsichtig die versteckte Klappe. Das Gegenlicht des Flures fiel auf einen breiten Hebel. Das altmodische Teil bestand aus einem nach oben gerichteten Griff, der nach unten hin in ein breites Klammerscharnier überging. Er fühlte sich an einen Horrorfilm erinnert. Problemlos hätte sich damit ein elektrischer Stuhl oder eine Apparatur von Dr. Frankenstein stilecht ins Leben rufen lassen. Einige leidlich isolierte Plastikkabel führten von dem Schalter in die Dunkelheit. Ansonsten enthielt die Aushöhlung nichts als ein paar graue Staubmäuse.

Der Russe schüttelte den Kopf und ließ ein verärgertes Zischen hören. „Typisch Alois“, befand er leise. „Hat noch nicht mal seine Intrusionsanlage eingeschaltet. Wie es aussieht, schon seit Jahren nicht. Sieht ihm mal wieder ähnlich. Ganz nach dem Motto: ‚Wenn die Hexen kommen wollen, sollen sie nur kommen.' Tritt einen Schritt zurück."

Er hatte sich noch kaum bewegt, als der Kerl den Hebel auch schon entschlossen herabzog. Ein lautes Knacken begleitete die plötzliche Bewegung. Ein Britzeln und ein Zischen, so als verschmore lange nicht benutzte Elektronik. Der Gestank von heißem Kupfer und verkohltem Plastik stieg ihm in die Nase.

Der Russe verzog das Gesicht. „So viel dazu", befand er grimmig und schob die Klappe zu. „Scheint, als müsste sich Salena das Ding mal ansehen. Dann müssen wir solange eben ohne Hexenschutzanlage auskommen. Hast du eine Waffe, mit der du umgehen kannst?"

„Nur meinen Verstand", gab er launig zurück. „Die Feder ist schärfer als das Schwert, habe ich gehört."

Der Mönch starrte ihn an. „Ist er schärfer als Hexenkrallen und die Klauen wilder Tiere?"

„Ich fürchte, nicht."

„Dann brauchst du eine Waffe."

„Bisher bin ich in meinem Leben auch so ganz gut zurechtgekommen."

„Ach? Nun, dieses Leben ist jetzt wohl vorbei. Zeig mir das *Refugium*."

„Moment. Was war das eben mit dem Sud? Mein Kopf tut immer noch ziemlich weh."

„Wenn eine Hexe kommt und dir den Kopf abreißt, *brauchst* du keinen Sud mehr."

„Also gut." Er seufzte ergeben. „Hier entlang."

Das Geräusch ihrer Schritte hallte von den Fliesen und den Holzverkleidungen der Wände wider, als er den Besucher durch die Halle führte. Der Mönch blickte sich aufmerksam um. Sergei schien konzentriert, aber nicht übermäßig besorgt. Hoffentlich war auch das Selbstbewusstsein seines Onkels gerechtfertigt gewesen. Es war zu hoffen, dass es die meisten Hexen besser wussten, als sich ins Heim von Alois Burmantel zu wagen. Er nestelte mit den Schlüsseln. Dann hatte er auch die *Refugiums*-Tür geöffnet.

Der Mönch trat an ihm vorüber und betätigte den Lichtschalter. Wie am Vortag sprang die längliche Leuchte mit dem Kupferschirm verlässlich an und tauchte den schweren Holzschreibtisch in warmes, einladendes Licht. Auch das Stehpult wurde in der gleichen Weise angenehm hervorgehoben. Der Russe verzog skeptisch das Gesicht. Seine Finger tasteten noch weiter. Wieder erklang ein Klacken. Ein helles Blitzen und ein charakteristisches „Plink“-Geräusch ertönten. Zwei bisher unbemerkte Neonröhren an der Decke sprangen flackernd an und tauchten den Raum in steriles weißes Neonlicht. Das bisher heimelige Zimmer versprühte mit einem Mal den Charme einer exzentrisch eingerichteten Doppelgarage. „Besser“, befand der Mönch zufrieden.

„Finden Sie?“ Nur langsam ließ er die Hand sinken, mit der er seine Augen vor der grellen Helligkeit geschützt hatte. Das erbarmungslose Strahlen war nicht gerade dazu angetan, seine Kopfschmerz-Situation zu verbessern.

„Wir sind nicht zum Entspannen hier, sondern um zu arbeiten“, ermahnte ihn der Mönch. Der Mann trat vor ihm durch den Durchgang. In der Art eines Weinkenners, der den gut bestückten Lagerkeller eines Gleichgesinnten in Augenschein nimmt, legte er die Hände zusammen und ließ den Blick durch die Kammer wandern. Es schien, als forme er in seinem Kopf ein Inventar sämtlicher Bücher, Mappen und Aktenordner. Der Besucher aus dem Osten nickte knapp. Beinahe meinte er, den Anflug eines Lächelns in den hageren Zügen zu erkennen. Womöglich war der Kerl an einem Ort wie diesem ganz in seinem Element. „Sieht aus, als hätten wir einiges zu tun." Die Stimme des Mannes klang keineswegs bedauernd.

Robert räusperte sich. „Was den Sud angeht ..."

„Richtig." Es war, als müsse sich der Mönch vom Anblick der Regale losreißen. „Eine Waffe. Du brauchst eine Waffe, um dich zu verteidigen. Ein Hexenjäger trägt *immer* eine Waffe. Keine Sorge. Man gewöhnt sich schnell daran. Es wird für einen so normal, wie einen Mantel anzulegen, bevor man das Haus verlässt. Ich bin mir sicher, Alois hat nichts dagegen, wenn du dir eine von seinen nimmst."

„Ähm."

Der Mönch hatte sich abgewandt, so als sei damit alles Wichtige gesagt. Suchend blickte er sich um. „Und wo genau finde ich hier drinnen eine?"

„Hm? Oh. Hier drinnen. Ja, zweifellos. Sieh es als eine ... erste Übung an."

„Hrmpf." Er ließ den Blick durch die Kammer wandern. Links neben der Tür stand ein Garderobenständer, an dem ein Ledermantel hing. Ein Baseballschläger aus Metall lehnte dahinter in der Ecke.

„Nein", kam ihm der Mönch zuvor, ohne von dem Ordner aufzuschauen, den er aufgeschlagen hatte. „Eine *Feuerwaffe*. Für einen Schläger braucht man Platz. Außerdem fehlt dir dazu die Kraft."

„Oh. Danke." Komplimente über Komplimente. Diese Hexenjäger waren wirklich keine Menschen, die mit ihrer Meinung hinterm Berg hielten.

„Nimm dir die andere."

„Ich suche ja schon!"

Der Mönch legte den Kopf schief, so als habe etwas auf den Seiten seine Aufmerksamkeit erregt. „Hexenjäger", verkündete der Mann, nur halb anwesend. „Du musst anfangen, wie ein Hexenjäger zu denken."

„Ist klar ..." Hexenjäger. Komm schon, Robert. Ganz auf den Kopf gefallen war er schließlich nicht. Bestimmt schon wieder ein versteckter Hohlraum. Ein loses Paneel, das sich verschieben ließ. Ein verstecktes Loch im Boden. Eine doppelte Ebene im Schreibtisch. Er trat zur Werkbank und zog nacheinander die verschiedenen Schubladen auf. Taschenlampen. Batterien. Aber keine Waffen. Er ging in die Knie, um auch die Ober- und die Unterseiten zu betrachten. Er klopfte mit den Fingerknöcheln auf das Holz, um versteckte Stauräume zu finden. Nichts.

Stöhnend erhob er sich. Er wandte sich den übrigen Kommoden zu und untersuchte auch diese Möbelstücke in der gleichen Weise. Wieder nichts. Keine Spur verborgener Verstecke. Die Sucherei trug nicht unbedingt dazu bei, seine Laune zu verbessern. Sein schon zu Beginn nicht gerade überbordender Enthusiasmus für derartige Spielchen war inzwischen ganz verflogen. Er richtete einen missmutigen Blick auf seinen Lehrmeister, der sich auf dem Arbeitssessel hinter dem Schreibtisch niedergelassen hatte. Eine runde Lesebrille war auf dem Nasenrücken des Besuchers erschienen. Die Augen des Mönches folgten aufmerksam der Spitze seines Fingers auf den Seiten.

Robert ließ die Luft entfahren. „Können Sie mir nicht wenigstens einen *Hinweis* geben? Muss ich auf den Buchrücken in den Regalen einen Geheimcode finden? In einer bestimmten Reihenfolge diese Schubladen öffnen, um damit ein zeitversetztes Schloss ...“

Sergei hob den Blick. Er konnte sich des Eindrucks nicht erwehren, etwas länger angestarrt zu werden, als es einem intelligenten Menschen gegenüber höflich war.

„Was?“, schoss er zurück. „Zufällig beherrsche ich kein Kirchenlatein und besitze auch keinen Master-Abschluss in Kryptologie.“

„Die andere“, wiederholte der Mönch geduldig. „Ich sagte doch: Nimm dir die *andere* Waffe.“

„Die andere? Was soll das bitte heißen?“

Der Mann nickte zur Tür. Dann galt sein Blick erneut den Seiten seines Buches.

Mürrisch schlurfte er zum Durchgang. „Hier hängt nur ein alter ...“ Er verstummte und zog das abgenutzte Leder-Kleidungsstück zur Seite. Direkt vor ihm und nicht im Mindesten versteckt hing ein braunes Lederholster an der Garderobenstange. Ein schwarzer Pistolengriff ragte daraus hervor.

Es wird für einen so normal, wie einen Mantel anzulegen, bevor man das Haus verlässt.

„Oh“, entfuhr es ihm. „Ahem.“ Verlegen wandte er sich um. „Das wusste ich“, behauptete er. „Hier hätte ich als Nächstes nachgesehen.“

Sein Besucher schien ihn kaum zu hören. Sergei hatte begonnen, einzelne Blätter aus dem Ordner zu nehmen und in kleinen Stapeln auf der Tischplatte zu ordnen. „Die Waffe“, forderte er abwesend. „Zeig mal her.“

Gehorsam trat er an den Tisch und präsentierte das Holster. Der Russe zog die Pistole daraus hervor, prüfte die Zielvorrichtung, den Schlitten und das Magazin und gab sie ihm mit einem Nicken zurück. „Gut“, befand er. „Eine von Alois‘ Zweitwaffen, nehme ich an. Oft benutzt. Gut gepflegt. Genau das, was du brauchst. Funktioniert genauso, wie ich dir erklärt habe. Zielen, atmen, abdrücken. Sichern und entsichern nicht vergessen. Ich will, dass du sie immer bei dir trägst. Sogar hier drinnen. Überall, soweit es möglich ist.“

Missmutig beäugte er den sperrigen und auch nicht gerade leichten Klotz am Lederriemen. „Sie meinen in der Uni, in der U-Bahn, im Supermarkt, in Bars ...“

„Nein. Denn das sind alles Orte, die du in den nächsten Tagen meiden wirst.“

„Wie bitte?“

Der Mönch blickte ihn über die runden Brillengläser an. „Du hast mich richtig verstanden“, wiederholte er. „Das ‚Draußen‘, das du kennst, existiert für dich nicht mehr. Du gehst *überhaupt* nicht mehr alleine vor die Tür. Nicht nach dem, was wir bisher erfahren haben. Wir wissen nicht, was unsere Feinde planen. Wir wissen nicht, ob sie nicht gerade hinter *dir* her sind. Es ist dort draußen für dich zu gefährlich.“

„Soll das heißen ...?“ Er wandte sich halb ab und warf die Arme in die Luft. „Soll das heißen, ich sitze hier drinnen *fest*? Ich habe ein *Leben*. Termine. Verpflichtungen. Soziale Kontakte. Es wird den Leuten *auffallen*, wenn ich einfach so verschwinde.“

„Wirklich?“

„Natürlich!“

Der Mönch nickte anerkennend, ohne von den Seiten aufzuschauen. Es war nicht zu erkennen, ob sich der Mann über ihn amüsierte. „Hast du dein Handy?“, wollte er wissen. „Ladekabel?“

„Ja, aber ...“

„Na bitte. Dann bist du nicht verschwunden.“

Wortlos ballte er die Fäuste. Die Tatsache, dass der Bursche vermutlich recht hatte, machte die Sache nicht besser. So waren nun einmal die Zeiten. Solange man *erreichbar* blieb, merkte vermutlich wirklich niemand, wenn man verschwunden war.

„Mach dir nichts draus“, bemerkte der Mönch, als könnte er Gedanken lesen. „Ist nichts Persönliches. Liegt nicht an dir. Es ist eure Generation. Ihr macht es euch sehr einfach, für euch allein zu bleiben, solange ihr euch mit diesen ... *Dingern* das Gefühl verschafft, in Wirklichkeit verbunden zu sein.“

„Danke. Danke auch für die Belehrung. Haben Sie noch mehr solche Kalendersprüche auf Lager?“

Sein Besucher ließ das Buch sinken und setzte seine Brille ab. „Vielleicht später“, verkündete er gelassen. „Komm. Wir fangen mit etwas Einfachem an. Ich mache uns einen Tee.“

Immerhin etwas. Er wandte sich zum Ausgang. Der Mönch erhob sich. „Robert?“

„Was?“

Die Augen des Besuchers wanderten zur Waffe, die noch immer in der Ecke des Schreibtisches lag.

„Oh“, brachte er missmutig hervor. „Ja. Schon klar. Immer und überall, was?“

Wenig später saßen sie gemeinsam in der Küche. Das Schulterholster saß noch unbequem, doch Sergei behauptete, dass man sich auch daran gewöhnte. Der Russe hatte einige mysteriöse Zutaten aus kleinen Fläschchen in der Lederaktentasche hervorgeholt und zu einem dampfenden Getränk vermischt. Der Bursche selbst begnügte sich mit Leitungswasser.

„Nichts Warmes für Sie?"

Sergei schüttelte den Kopf. „Gewohnheit", verkündete er und stieß Rauch durch beide Nasenlöcher aus. „Ich habe mir beigebracht, mit wenig auszukommen. So etwas stärkt die Disziplin."

„Aha. Ja. Das sehe ich." Er verzichtete auf Kommentare. Wenn der Mann die Ironie von selbst noch nicht bemerkt hatte, war es vermutlich überflüssig, darauf hinzuweisen, dass sein Schadstoffausstoß den der meisten Industrienationen übertraf.

„Ich glaube, ich fühle mich schon etwas besser", behauptete er, in der Hoffnung, sich damit den restlichen Inhalt seines Bechers ersparen zu können. Das Zeug schmeckte wie ein Aufguss aus gut abgestandenem Komposthaufen mit einer Spur von Weihrauch.

„Trink aus", mahnte ihn der Mönch. „Und dann leg dich ins Bett. Du musst morgen bei Kräften sein, wenn Iván kommt, um dich zum Schießen mitzunehmen."

„Es ist *Nachmittag*", protestierte er. „Ich soll um fünf Uhr nachmittags im Bett?"

„Nimm Panolini mit", befahl der Mönch ihm ungerührt. „Es scheint, als hättest du noch einiges nachzuholen."

„Ich sagte doch bereits: Ich habe die meisten der Kapitel schon gelesen."

„Wirklich?"

„Na ja. Überflogen."

„Ach? Hm. Nun ja. Vielleicht sollten wir dann gleich hier eine kleine Prüfung machen."

„Eine *Prüfung*?"

„Warum nicht?“, wollte der Mönch wissen. Dem Anschein nach hatte er es schon öfter mit aufmüpfigen Schülern zu tun gehabt und ließ sich keineswegs so einfach aus der Ruhe bringen. „Immerhin hilft das Wissen, das wir dir vermitteln, dir dabei, am Leben zu bleiben.“

„Das haben sie in der Schule auch immer behauptet. Mehr als Punkt- und Strichrechnung habe ich seitdem trotzdem nicht mehr benutzt.“

„Dieses Mal stimmt es aber. Trink!“

In Anbetracht der anhaltenden Nötigung blieb ihm kaum eine andere Wahl. Er quälte auch den Rest der Flüssigkeit herunter. Er musste keine Grimasse schneiden, um zu zeigen, was er von der Zubereitung hielt. Die Flüssigkeit bewirkte den Effekt auf seine Gesichtsmuskulatur bereits von ganz allein. „Gargh.“

„Sehr gut. Der Aufguss wirkt bereits.“ Der Russe sah zufrieden aus.

„Und was werden *Sie* tun, während ich mich hinlege?“

Der Mönch streckte sich, wobei seine schlaksigen Gliedmaßen beinahe den gesamten Raum ausfüllten. Sergei schob beide Zeigefinger unter seine Brillengläser und fuhr sich über die Lider. „Das, wofür ich hergekommen bin. Ich werde in Alois‘ Aufzeichnungen nach Spuren suchen. Außerdem muss ich die Segenszeichen auf den Ecksteinen im Garten überprüfen. Wenn eine Novizin bis ins Haus gelangen konnte, kann es gut sein, dass Alois auch seine Schutzmarker zu lange nicht erneuert hat.“

Er nickte. Widerwillig musste er sich eingestehen, dass der Bursche mit der widerlichen Suppe recht zu haben schien. Er fühlte sich *tatsächlich* bereits etwas besser. Seine tiefreichende Erschöpfung war jedoch nicht abzustreiten.

Der Mönch leerte sein Glas und erhob sich. Mehr Geschirr stapelte sich an der Spüle. Gewisse Haushaltsdinge würden nicht mehr allzu lange aufgeschoben werden können.

„Warte", forderte der Mönch, als er sich bereits zum Durchgang wenden wollte. Der Mann trat vor, ergriff die Seiten seines Schädels und bog ihn prüfend hin und her, wie ein Augenarzt den Kopf eines Patienten. Nach einer Weile ließ der Kerl ihn los und nickte. „Die Verhexung lässt bereits nach", erklärte er zufrieden. „Gut so. Leg dich hin. Den Rest wird dein Körper ganz von selbst erledigen."

Er rieb sich den Nacken. Offenkundig war der Kerl als Trankmischer bewandert, aber als Chiropraktiker eine Niete. Er steuerte zur Treppe, während sich der Russe wieder Alois' *Refugium* zuwandte. Nicht ohne Mühe schleppte er sich die Stufen empor.

Die Katze sprang ihm entgegen, sobald er oben durch den Durchgang trat. Anscheinend bevorzugte das Biest die oberen Etagen. Der Stubentiger strich ihm um die Beine, während er ins Schlafzimmer schlurfte, sich auszog und sich ins ungemachte Bettzeug wickelte. Der *Panolini* konnte ihm gestohlen bleiben. Alles, was er wollte, war, zu schlafen. Sollten die anderen ruhig ihre Arbeit machen. *Er* hatte in den letzten 48 Stunden einen Angriff und eine Verhexung überstanden. Ein wenig Ruhe war in Anbetracht der zurückliegenden Kämpfe wohl keineswegs zu viel verlangt.

Kapitel 9 – Verpflichtungen

Mit einem Ruck setzte er sich auf. Einen Augenblick lang wusste er nicht, wo er sich befand. Panisch blickte er sich um. Nur langsam kehrte die Erinnerung zurück. Dunkle nussbraune Möbel. Dicke grüne Stoffvorhänge. Alois. Er war in Onkel Alois‘ Villa. Er ließ sich zurück aufs Kissen fallen. Mit dem Rücken seiner Hand fuhr er sich über die Stirn. Er hatte schlecht geträumt. Wie spät war es? Ein Blick aufs Handy. Kurz nach 19 Uhr. Kurz nach sieben? Der Schlaf hatte sich angefühlt wie eine ganze Nacht! Der Bildschirm zeigte eine neue Nachricht. Noch ganz frisch. Womöglich hatte ihn das Summen aufgeweckt. Sascha. „Dann bis gleich aufm Dach ;)“

Fuck! Wieder fuhr er auf. Er warf die Beine über die Bettkante. Er fühlte sich erstaunlich frisch. Was immer in Sergeis Sud gewesen war, hatte offenbar gewirkt.

Sascha, fuhr es ihm wieder durch den Kopf. Den Termin hatte er komplett verschwitzt. All die Scherereien der letzten Tage hatten ihn beinahe vergessen lassen, dass er auch noch ein Privatleben besaß. Mit Sascha hatte er sich schon seit Monaten treffen wollen. Für heute Abend hatten sie endlich mal einen Termin gefunden, der ihnen beiden passte. Neukölln. Klunkerkranich. Im Sommer war es dort eindeutig schöner, doch in der warmen Jahreszeit hatten sie es nicht geschafft. Ein Blick in den Kalender. 8:30 Uhr. Er war wirklich gerade noch rechtzeitig aufgewacht.

Eilig zog er sich Jeans und T-Shirt über. Er fischte nach der Jacke und wollte schon nach draußen stürmen, als das Holster mit der Waffe polternd aus dem Bündel auf den Boden rutschte. Verdammt! Da war ja was. Der Russe hatte sich, was das Tragen der Pistole anging, äußerst deutlich ausgedrückt. Nicht nur in der Beziehung. Sergei durfte auf keinen

Fall erfahren, dass er im Begriff war, sich aus dem Haus zu schleichen.

Einen Moment erwog er, tatsächlich das nicht gerade kleine Holster anzulegen. Andererseits ... „Ach, Quatsch." Wie stellte sich der Mönch das Ganze vor? Sollte er mit einer Wumme unterm Arm in einer Bar aufkreuzen? Die warme Jacke den gesamten Abend lang nicht ablegen? Er wandte sich zur Tür. Er hatte in den letzten Tagen schon genügend Anweisungen akzeptiert und klaglos über sich ergehen lassen. Außerdem trug er sein Amulett, mit dem sie ihn nicht finden konnten. Bestimmt konnte er es für *einen* Abend darauf ankommen lassen. Er würde ihrem Auftrag kaum einen Gefallen tun, wenn man ihn dort draußen mit einer Waffe aufgriff und er einen Großeinsatz der Polizei auslöste.

Vorsichtig drückte er die Klinke herab und spähte in den Flur. Ein leises Maunzen ließ ihn innehalten. Die Katze auf dem Läufer wandte den Kopf und spitzte die Ohren.

„Shhh!", ermahnte er die Kreatur und hob einen Finger vor die Lippen. Das Tier schien zu gehorchen. Es öffnete das Maul, doch ein Ton drang nicht daraus hervor. Die grünen Augen blieben fragend auf ihn gerichtet.

Auf Zehenspitzen überquerte er die Schwelle und zog die Tür hinter sich zu. Er schlich über die knarrenden Dielen bis zum Durchgang und warf einen Blick hinab ins Treppenhaus. Im Flur war nichts zu sehen oder zu hören. Er biss die Zähne zusammen. Hoffentlich verriet ihn nicht das alte Holz. Langsam nahm er Stufe um Stufe. Er blickte durch die Halle zum *Refugium*. Die Tür der Kammer war geschlossen. Er atmete auf. Bestimmt saß Sergei immer noch versunken über Alois' Plänen. Wenn alles gut ging, würde er zurück sein, bevor der Kerl überhaupt bemerken konnte, dass er jemals fortgewesen war.

Er wandte sich zur Haustür. Hinter dem schmalen Milchglasfenster wankten dunkle Schemen: die Umrisse von Büschen und von Ästen, die im fahlen Mondlicht nach ihm winkten.

Er schüttelte den Kopf und vertrieb den seltsamen Gedanken. Vorsichtig zog er die Haustür einen Spalt weit auf und sah sich um. Der Abend war kühl, aber trocken. Die Himmelssichel hatte zugenommen und hing halb verborgen hinter einigen grauen Wolkenfetzen. Auf dem Grundstück erschien alles in bester Ordnung. Keine unheimlichen Wesen. Keine Augenpaare, die ihm aus den Schatten entgegenblitzten. Schnell schob er sich durch den Spalt und zog die Tür hinter sich zu. Er atmete auf. Der gefährlichste Teil war geschafft.

Er steuerte auf das Tor zu. Der Kiesweg knirschte unter seinen Schritten. Da das *Refugium* keine Fenster hatte, war fast ausgeschlossen, dass der Russe ihn bemerken konnte.

Das „Draußen", das du kennst, existiert für dich nicht mehr.

Missmutig erinnerte er sich an die Mahnung. Der Bursche würde noch lernen, was es bedeutete, einen *Burmantel* einsperren zu wollen. Einige in dieser Stadt verfügten *durchaus* noch über Freunde, die sich nicht einfach mit Textnachrichten ruhigstellen ließen. Das schwere Eisentor fiel mit einem Klacken hinter ihm ins Schloss. Der unheimliche Garten und die Villa blieben hinter ihm zurück. Die Kegel der herrschaftlichen Straßenlaternen tauchten seinen Weg zur U-Bahn-Station in warmes, angenehmes Licht. Jede einzelne schien gut gewartet und instandgehalten, was sicher nicht zuletzt den wohlhabenden Anwohnern zu verdanken war.

Er trabte die Stufen zur Station hinab und lief über den Bahnsteig. Er fummelte bereits nach seinen Kopfhörern, als ihn eine Regung des Instinktes warnte. Kopfhörer waren vermutlich keine gute Idee. *Wenn* er sich schon aus der Villa wagte, sollte er zumindest wachsam sein. Es musste es dem Feind ja auch nicht *zu* leicht machen, sich anzuschleichen und ihn zu überraschen. Prüfend blickte er sich um. Hier unten war er beinahe allein. Lediglich ein älterer Herr saß schweigend auf den Drahtsitzen und starrte an die Fliesenwand.

Er schob die Fäuste in die Taschen. Irgendwann rasselte die Bahn in die Station. Er bestieg den Wagen und stellte sich in eine Ecke. Schon seltsam. Wenn man einmal damit anfing, sich zu fragen, wer in dieser Stadt alles ein Feind sein konnte, fiel es sehr schwer, wieder damit aufzuhören. Was waren noch die Anzeichen, an denen man die Hexen in der Öffentlichkeit erkannte? Vielleicht hätte er das blöde Handbuch *doch* ein wenig gründlicher studieren sollen.

Ohne Musik zog sich die Reise ganz schön hin. Zehlendorf nach Neukölln. Zweimal umsteigen, einmal durch die halbe Stadt. Irgendwann aber war das Ziel erreicht. Rathaus Neukölln. Er sprang die Stufen empor. Zur Vorsicht bog er oben um das Gatter und beobachtete den Strom von Menschen, der sich aus dem U-Bahn-Schacht auf die Verkehrsinsel und von dort aus über beide Ampeln ergoss. Niemand schenkte ihm Beachtung. Niemand schien ihn zu beobachten oder zu verfolgen. Er schüttelte den Kopf über sich selbst. Vermutlich wurde man als Hexenjäger irgendwann paranoid. Bestimmt sah man nach einer Weile *überall* Hexen und Dämonen.

Er wandte sich um und erstarrte. Ein junger Mann stand vor ihm. Der Kerl war nach der neuesten Sportmode gekleidet und nahm ihn von Kopf bis Fuß in Augenschein.

Unwillkürlich hielt er die Luft an. Sein Gehirn war im Reptilienmodus. Erstarrung, Kampf oder Flucht. Sobald sich dieser Bursche regte ...

Der Unbekannte deutete mit dem Kinn auf seine Brust. „Mein Freund. Brauchst du was?“

Er atmete auf. Manchmal konnte man den Alltag in der Stadt beinahe vergessen. „Nee, danke.“

Der Mann zuckte mit den Schultern und gab den Weg frei. Er drückte sich vorbei und hastete bei Dunkelgelb über die Ampel. Auf der anderen Seite prüfte er die Navigation auf seinem Handy. Der Website nach führte der Weg zur Bar hinauf durch das belebte Einkaufszentrum an der Ecke.

Er betrat den Bau durch eine Wand aus Glastüren und mischte sich in das Gewühle. Die Geschäfte waren voll. Die Kundschaft nutzte den schon fortgeschrittenen Samstagabend, um sich für den Rest des Wochenendes einzudecken. Es bedurfte einiger Sucherei und verfehlter Aufzug- und Rolltreppenfahrten, bis er eine Gruppe traf, die ebenfalls der Dach-Bar auf der Spur war. Falls ihn wirklich irgendwer verfolgte, musste der Betreffende inzwischen zu dem Schluss gekommen sein, dass seine Zielperson entweder völlig verpeilt war oder durch allerlei Verwirrspiele versuchte, zu entkommen. Der Weg führte durch ein Parkhaus und schließlich über eine geschwungene Auffahrrampe hinauf aufs Dach. Eine hölzerne Bezahlkabine markierte den Durchgang zur Terrasse. Jemand stand davor und rauchte. Ein bekannter Umriss, gehüllt in eine grüne Daunenjacke, mit beiger Strickmütze und einer Kippe in der Hand. Bartstoppeln bedeckten die Wangen seines alten Kumpels. Sascha musste ihn bemerkt haben. Der Kerl nahm einen tiefen Zug und schnippte seine Zigarette in die Ecke. „Robert. Na. Alles klar bei dir?“

„Muss ja, ne?“ Sie schlugen ein. „Und selber?“

„Läuft, ne? Lass reingehen, oder?"

„Sicher. Bisschen aufwärmen."

Gemeinsam passierten sie das Kassenhäuschen. Die Dachterrasse war, was nicht überraschen konnte, in dieser Jahreszeit zum größten Teil verwaist. Im Sommer konnte man von hier aus bei Bier, Cocktails und Livemusik die ganze Stadt überblicken. Nun aber trotzten lediglich einige besonders Hartgesottene, die ihre Glimmstängelsucht nach draußen an die frische Luft getrieben hatte, der Kälte und der Dunkelheit. Zur Linken gab es ein im Stil einer Berghütte gehaltenes Holzgebäude. Sascha zog die Tür auf. Nacheinander traten sie ins angenehm beheizte Innere. An einer Wand fand sich noch ein freier Einzeltisch. Wenig später hatten zwei Weizenbiere den Weg auf ihre Tischplatte gefunden. Sie prosteten sich zu und tranken.

„Und?" Sascha wischte sich den dünnen Kranz aus Schaum von seinen Stoppeln. „Was gibts Neues bei dir?"

„Puh." Er lehnte sich zurück. „Nicht viel", log er. „Studium. Lernen. Ein bisschen feiern. Das Übliche halt. Und selber?"

„Hm." Sein Freund nahm einen tiefen Schluck. „Hab bei meiner alten Firma in' Sack gehaun. War irgendwie nur noch Stress mit meinem Chef. Jetzt ist besser. Mein neuer Job ist ziemlich cool. Kennst du die Berliner Unterwelten?"

„Klar. Die alten Tunnel da, durch die man Touren buchen kann. Hab auch mal so `ne Führung gemacht. War ziemlich interessant. Und was machste da?"

„Im Moment nicht viel. Im Winter ist geschlossen. Daher vor allem Planung und so. Reparaturen. Kabel legen, Lichter reparieren, solche Sachen. Ist aber ziemlich interessant. Echt spannend, was die da unten alles finden. Erst vor ein paar Wochen haben se wieder was entdeckt. Irgend so ein Tunnel beim Flakbunker im Humboldthain, der bisher verschüttet war. Ist seit dem Krieg niemand mehr drin gewesen. Jetzt gucken erst mal Statiker, ob man das Teil überhaupt betreten kann. Kampfmittelräumdienst ist auch dabei. Man weiß nie, was da unten noch an alter Munition rumliegt."

„Stimmt." Er fuhr sich übers Kinn. „Ja. Hab irgend so was in der Zeitung gelesen. Und? Schon was Spannendes gefunden? Irgendwelche Sachen, die man nicht in der Presse liest?"

Sascha ließ sich in seinem Sitz zurücksinken und zuckte mit den Schultern. „Wir schauen noch. Man muss echt vorsichtig sein da drinnen. Wird auf jeden Fall `ne ganze Weile dauern, bis der Abschnitt irgendwann für Touren freigegeben wird." Wieder gönnte sich sein Kumpel einen Zug. Sein Glas war bereits fast zur Hälfte leer. Er selbst legte ein langsameres Tempo an den Tag. Schließlich war er gerade erst genesen. Kein Grund, sich das neue Wohlbefinden sofort wieder zu ruinieren.

„Siehst `nen bisschen bleich aus, Robert." Sascha zog die Brauen zusammen und musterte ihn kritisch. „Wirklich alles klar bei dir?"

Er ließ die Luft entfahren. „Geht so", erklärte er. Alkohol machte gesprächig. Er musste vorsichtig sein, nichts unabsichtlich preiszugeben. „Hatte etwas Stress in den letzten Tagen. Ein Verwandter von mir ist gestorben. Ich kannte ihn nicht. Aber jetzt soll ich vielleicht was erben."

„Mein Beileid. Und meinen Glückwunsch."

Er hob sein Glas, um die Grußgeste zu erwidern. „Danke. Und danke. Na ja. Das Ganze geht mir etwas nahe. Und einige der Leute, mit denen ich mich in der Sache rumschlagen muss, sind schon ziemlich komisch."

„*Shit.* Rechtsanwälte und so?"

„Schlimmer. Einige von denen ..." Er winkte ab. „Wär eine lange Geschichte."

„Solange am Ende Geld bei rumkommt, wirst dus sicher überstehen."

„Klar. Ich glaub, das krieg ich hin." Er lehnte sich zurück und blickte sich im Schankraum um. Die Atmosphäre in der falschen Berghütte war sehr angenehm. Der Boden und die Wände waren holzbedeckt. Altmodische Lampen mit dunklen Eisenschirmen spendeten warmes, heimeliges Licht. Auf dem Dielenboden lagen abgenutzte Teppiche. Beinahe hätte man tatsächlich glauben können, während einer Bergbesteigung eingekehrt zu sein. „Du, Sascha. Kann ich dich was fragen?"

„Sicher." Sein Kumpel nahm noch einen weiteren Schluck. „Frauen, wa? Keine Sorge. Du hast den Besten hier."

„Nee, was anderes." Er rieb die Hände aneinander. Erst jetzt wurde er sich bewusst, wie dringend er das Bier gebraucht hatte, überhaupt die Unterredung mit jemandem, der bis über beide Ohren in der Wirklichkeit verwurzelt war. „Ist ein bisschen hypothetisch", brachte er entschuldigend hervor. „Wie ich gesagt habe: Einige von den Typen, die ich in den letzten Tagen getroffen habe, sind ziemlich seltsam drauf. Dazu kam noch, dass ich erkältet war. Ich war erschöpft und geistig nicht ganz auf der Höhe. Meinst du, dass man ..." Er zögerte, die Worte auszusprechen. Sein Freund schenkte ihm ohnehin gerade nicht allzu viel Beachtung. Durch irgendein Mysterium waren eine Zigarettenpackung und ein Feuerzeug zwischen ihnen auf dem Tisch erschienen. „Rauchst du?"

„Nein."

„Immer noch nicht?"

„Immer noch nicht."

„Mann, Mann, Mann. Aber kommste mit nach draußen?"

„Sicher."

Sie streiften ihre Jacken über und traten vor die Tür. Die Gesellschaft bestand zum größten Teil aus anderen Rauchern, die ebenfalls die Nikotinsucht in die Dunkelheit getrieben hatte. Das Feuerzeug in Saschas Händen klickte mehrfach und tauchte seine Züge in orangefarbenes Licht, bis irgendwann die Zigarette brannte. Der Mann nahm einen tiefen Zug und stieß den Rauch zwischen den Lippen aus, als habe man ihm Ketten abgenommen und ihn nach langen Kerkerjahren in die Freiheit entlassen. „So", verkündete er. „Jetzt kann ich wieder denken. Also. Was wolltest du wissen?"

Er schob die Hände in die Taschen und ballte sie zu Fäusten. Raucher-Rituale waren nichts für Menschen, die die Kälte scheuten. „Das kann jetzt etwas komisch klingen", warnte er. „Aber hattest du schon mal irgendwelche Erlebnisse mit ... *übernatürlichem* Zeug?"

Sascha ließ ein belustigtes Glucksen hören. „Du meinst Ecstasy und so?"

„Nee. Ich meine ... *richtig* übernatürliches Zeug. Zauberei und so."

Der Mann verzog das Gesicht. „Was sind denn das für Anwälte, mit denen du zu tun hast?"

„Der Tote war mein Onkel", brachte er unwillig hervor. „Der Typ, von dem ich erben soll. Hat viele seltsame Aufzeichnungen hinterlassen. Die ganze Zeit geht es da *nur* um solche Sachen. Außerdem ... in den letzten Tagen habe ich ein paar Dinge gesehen, die ... *seltsam* waren. Hattest du mit so was schon mal zu tun?"

Sascha hob die Brauen und stieß Rauch aus. „*Shit*. Du meinst das sogar ernst."

Er wartete auf eine Antwort. Sein Nachbar schien zu überlegen. Wieder schüttelte Sascha den Kopf. „Was weiß ich? Ich bin nicht sicher. Ich hab schon mal so ... Sachen verloren, von denen ich ganz sicher war, dass ich sie irgendwo abgelegt hatte. Manchmal tauchen die dann ganz woanders wieder auf. Das war schon ziemlich komisch. Meinst du so was?“

Er stöhnte leise. Im Grunde hätte er ahnen müssen, dass die Dinge, die ihm widerfahren waren, in den Leben ganz normaler Menschen keine Rolle spielten. „Etwas in der Art“, brachte er gepresst hervor. „Manches war ein bisschen wie so Voodoo-Zeug. Einer der ... *Anwälte* hat erzählt, ich wäre krank geworden, weil jemand *wollte*, dass ich krank werde.“

„*Shiiit.*“ Wieder hoben sich die Brauen in dem bärtigen Gesicht. „Alter! Das klingt wirklich ziemlich abgefahren. Du solltest echt aufpassen, mit wem du rumhängst. Am Ende sind die Typen noch gefährlich.“

„Ja“, brachte er murmelnd hervor. „Ist nicht auszuschließen.“ Er hob den Blick. „Was würdest du tun, wenn du solche Typen triffst? Ich meine, die solche Sachen sagen? Und wenn du dann auch noch selbst anfängst, solche Sachen zu *erleben*?“

Der Blick seines Nachbarn wurde kritisch. Hoffentlich hatte er es mit der Offenheit nicht übertrieben. Am Ende fing sein Freund noch an, an seinem Verstand zu zweifeln. Ganz verübeln konnte er es ihm nicht.

Sascha schüttelte den Kopf und blickte zu Boden. „Hm. Was soll ich sagen? Ich weiß nicht, was ich tun würde. Hängt wohl ganz vom Erbe ab.“ Ein Grinsen erschien auf dem Gesicht. Der Bursche vollführte eine Geste, als reibe er Geldscheine zwischen seinen Fingern. „Wenn die Kohle stimmt, bin ich bereit, an alles Mögliche zu glauben.“

„Hm.“

„Hey.“ Der Ausdruck wurde wieder ernst. Sein Freund schien zu bemerken, dass er keineswegs im Scherz gesprochen hatte. „Du musst selbst wissen, was du mit dir machen lässt, okay? Aber das hier musst du mir versprechen. Wenns gefährlich oder allzu komisch wird, rufst du die Polizei. Okay?“

„Okay“, brachte er hervor. „Ja. Und danke. Vielleicht bin ich auch nur ... verwirrt. Kann man von Erkältung eigentlich Wahnvorstellungen kriegen?“

„Sicher!“ Sascha deutete mit einer Hand die Bewegung einer Flasche an. „Lecker Hustensaft, wa? Ist mir auch schon mal passiert. Wie sieht es aus: Trinken wir noch einen?“

Er warf einen Blick auf seine Armbanduhr. Kurz nach halb zehn. Welcher Student ging um diese Zeit nach Hause? Und trotzdem ...

Er seufzte. „Sorry, du. War mal wieder schön mit dir, aber ich bin wirklich noch nicht wieder fit.“

„Schon okay.“ Sascha drückte seine Kippe aus. „Ich geh mir noch `nen Döner holen. Kommste mit?“

Zusammen machten sie sich auf den Rückweg. In der Nähe des Einkaufszentrums fand sich eine Imbissbude. Sascha hatte angefangen Geschichten zu erzählen doch er selbst war nur noch halb bei der Sache. Erst durch die Begegnung mit „normalen“ Leuten wurde einem wirklich bewusst, wie einschneidend die Erlebnisse der letzten Tage gewesen waren. Wie ging es weiter, wenn er noch tiefer in den Hasenbau der Hexenjäger-Welt hinabstieg? Was würde passieren, wenn es *wirklich* brenzlig wurde? Wenn man ihn dabei ertappte, wie er im Namen ihrer angeblichen Berufung Gesetze brach? Wenn man ihn dabei erwischte, wie er eine Waffe trug? Sigurd war in dieser Hinsicht ein warnendes Beispiel. Wurde man als Hexenjäger zwangsläufig irgendwann zum Einzelgänger? Bedeutete die weitere Verfolgung dieses Weges, dass man alle übrigen Bekanntschaften und Bindungen nach außen aufgeben und hinter sich lassen musste? Oder lösten sie sich irgendwann von ganz alleine auf, weil man in eine Welt abglitt, in die einem normale Menschen nicht mehr folgen konnten?

„ ... und Kalli meinte dann nur so: ‚Wenn du *dafür* schon `ne Thermojacke brauchst, dann wart mal ab, was dir im Winter und in 50 Metern Tiefe blüht.' Sag mal: Hörst du mir überhaupt noch zu?"

„Sorry." Sein Nebenmann hatte seinen Döner inzwischen ganz verdrückt und nutzte offenbar die neue Freiheit seiner Kiefer, um Anekdoten von der Arbeit zu erzählen. „Sorry", wiederholte er noch einmal. „Ich bin anscheinend noch nicht wieder fit. Ich glaub, ich geh jetzt echt nach Hause. Und von da direkt ins Bett."

„Siehst echt `n bisschen beschissen aus, Alta." Sascha zuckte mit den Schultern und warf sein zusammengeknülltes Papier in einen Mülleimer. „War trotzdem gut, mal wieder zu quatschen. Du nimmst die U 7, oder?"

„Genau."

„Ich muss in die andere Richtung. Komm her." Sie schlugen ein und umarmten sich. Sein frisch gestärkter Kamerad klopfte ihm ermutigend auf die Schulter. „Machen wir mal wieder, oder? Vielleicht irgendwann, wenns wärmer ist."

„Ja, gerne. Ich weiß sowieso nicht, wie ihr Raucher das in dieser Jahreszeit draußen aushaltet."

„Rauchen härtet ab. Aber fang bloß nicht damit an."

„Danke. Kein Bedarf."

„Pass du lieber auf deine eigene Gesundheit auf." Ein mahnender Finger richtete sich auf seine Nase. „Denk dran, was ich dir gesagt habe. Wenn die Sache komisch wird, haust du ab. Aber erst guckst du, um wie viel Geld es geht."

„Schon verstanden. Machs gut, ne?"

Sascha wandte sich ab und winkte über seine Schulter. Er erwiderte den Gruß. Dann zog er seinen Schal enger und trabte die Stufen hinunter zur Station.

Er lehnte mit dem Kopf am Fenster, obwohl die Scheibe mit Sicherheit alles andere als hygienisch sauber war. Er fühlte sich nicht wirklich krank, eigentlich nur erschöpft. Womöglich war eine Verhexung doch keine ganz so leichte Sache. Wie es aussah, hatte sich der Mönch schon etwas dabei gedacht, ihn über Nacht ins Bett zu beordern.

Zweimal umsteigen, dann hatte ihn die Bahn zurück zu Alois' Residenz geschaukelt. Das Erklimmen der Bahnhofsstufen fiel ihm mit seinen schweren Beinen nicht gerade leicht. Er schleppte sich um die Ecke und folgte den verzierten Hecken und abweisenden Gartenzäunen.

Es dauerte eine ganze Weile, bis sich das Gefühl durchsetzen konnte, dass irgendetwas nicht *stimmte*. Ein vager Anflug von Bedrohung. Etwas wie ein kühler Luftzug, ein plötzlicher Schauer auf der Haut. Er sah sich um. Niemand war ihm aus der Station gefolgt. Trotzdem fühlte er sich auf unerklärliche Weise *beobachtet*.

Die Spiegelungen auf den feuchten Gehwegplatten zuckten. Er legte den Kopf in den Nacken. Die Laterne unmittelbar über ihm hatte zu flackern begonnen. Vielleicht war Feuchtigkeit in die alten Kabel eingedrungen. Auf jeden Fall fiel das Leuchtmittel an der Spitze des verzierten Pfahles immer wieder aus und tauchte die Gehwegplatten in unstetes Licht. So viel zum Thema „Bessere Nachbarschaft“. Sein Lobgesang auf Wartung und Funktionsfähigkeit der kunstvollen Laternen war, wie es aussah, voreilig gewesen.

Er hatte bereits ein weiteres Stück zurückgelegt, als etwas ihn erneut innehalten und zurückschauen ließ. Er kniff die

Augen zusammen. War er wirklich derart übermüdet? Eben noch war ihm nur *eine* Leuchte aufgefallen, die nicht mehr richtig funktionierte. Mit einem Mal aber war auch die *davor* tot und dunkel. Das entsprechende Wegstück lag in tiefen Schatten.

Ruhig bleiben. Er zog den Mantel enger um sich. *Nein*, meldete ein Teil seines Verstandes, der sich nicht einfach zum Schweigen bringen ließ. *Du irrst dich nicht.* Wenigstens die zweite Lampe hatte bis vor Kurzem ganz sicher noch funktioniert.

Ein unbeherrschtes Ächzen entfuhr ihm, als der Lampenmast zu seiner Rechten unverhofft zu schwanken begann. Der Ständer aus Metall erzitterte wie eine Dachantenne, von der sich eben ein besonders schwerer Vogel in den Nachthimmel erhoben hatte. Unwirsch schüttelte er den Kopf und beschleunigte seine Schritte. Etwas drängte ihn, zum dunklen Himmel aufzuschauen. Nach einem Schatten, einem dunklen Federkleid Ausschau zu halten, das vor den silbrigen Wolkenfetzen dahinzog. Eine kaum geringere Macht allerdings mahnte ihn dazu, die Blicke auf den Weg zu richten und so schnell wie möglich die verdammte Villa zu erreichen.

Mit einem Mal zog eine Windbö durch die leere Straße. Die Hecken hinter den abweisenden Eisen-Gartenzäunen raschelten und wogten hinter ihren Gittern wie eingesperrte wilde Tiere. Ein Haufen brauner Blätter, der bisher leblos im Rinnstein gelegen hatte, erhob sich langsam, wie von einem launigen Tornado angehoben. Die Windhose schleppte sich wie ein Verwundeter vor ihm auf den Bürgersteig, um direkt vor seinen Augen wieder in sich zusammenzufallen.

„Gargh." Er biss die Zähne zusammen. Aus seinem forschen Stapfen wurde ein leichter Laufschritt. Ein Flattern oberhalb der nächsten Laterne ließ ihn aufschauen und keuchen. Dort oben, vor den wenigen erkennbaren Sternen und den wie Eisbergen dahintreibenden Wolken, bewegte sich ein Schatten, schwärzer als die Dunkelheit. Die genaue Form des Wesens war nicht auszumachen. Er meinte, Gefieder zu erkennen, schmutzig graue Stoffbahnen wie von einem zerfetzten Umhang. Die Kreatur vollführte eine weite, aufsteigende Schleife, bevor sie plötzlich seitlich abkippte und in einen jähen Sinkflug ging,

„Gah!" Kein Laufschritt mehr. Nur noch unbeherrschtes Rennen. Ein Schrei erklang am Nachthimmel, bedrohlich wie der Ausstoß eines Raubvogels, dennoch seltsam maschinenhaft wie die Sirene eines herabstoßenden Jagdflugzeugs.

Das Stampfen seiner Schritte, das Rasseln seiner Lunge und das Wummern des Blutes zwischen seinen Schläfen überdeckten alle übrigen Geräusche.

Die letzte Grundstücksecke flog an ihm vorüber. Schwankend tauchten die Konturen von Alois' Villa vor ihm auf. Die gezackte Form des Gatters und des eisernen Gartenzauns. Noch halb im Taumel riss er den Schlüsselring aus seiner Tasche, rammte erst den ersten, dann den zweiten Schlüssel erfolglos gegen das Schloss des Außengatters. Warum zur Hölle hatte er die Dinger nicht beschriftet?

Der dritte Schlüssel saß. Das Tor schwang quietschend auf und fiel scheppernd hinter ihm ins Schloss. Kies spritzte, als er über den Weg zur Haustür rannte. Das Hecheln seines eigenen Atems verfolgte ihn. Die Gebüsche an beiden Seiten schüttelten und duckten sich wie von einer mächtigen Bewegung in der Luft herabgedrückt.

Er sprang die Stufen der Vortreppe hinauf, wollte den Schlüssel ins Schloss stoßen, doch die Tür schwang ohne sein Zutun vor ihm auf. Der Russe schubste ihn so hart beiseite, dass er von der Veranda taumelte und rückwärts auf den weichen Grasboden der Wiese fiel.

Erneut ein Ruf wie aus einer Adlerkehle. Dieses Mal klang der Ausstoß wütend.

„Hierher, Biest!" Der Russe wedelte mit beiden Armen. „*Crux sacra sit mihi lux.* Komm her! *Non draco sit mihi dux.* Hierher, habe ich gesagt!" Das graue Mönchsgewand verzog und beulte sich, als Sergei mit weiten Schritten durch den Garten und hinüber zum Schuppen sprang. Tatsächlich schien sich die Bewegung in der Luft dem Hexenjäger zuzuwenden, der die Tür zum Gartenhäuschen aufgerissen hatte. „*Parere te iubeo!* Hierher! Hier bin ich!"

Ein Kreischen und ein Flattern in der Luft. Das Wesen tauchte wie ein angriffslustiger Falke herab und nahm den kleinen Holzbau ins Visier. Der Russe war soeben durch den Türrahmen verschwunden. Gerade als die Kreatur sich durch den Durchgang stürzen wollte, kam ihr etwas aus dem dunklen Rechteck entgegen. Das Flugtier flatterte und kreischte, während es mit wilden Schlägen rückwärts auf den Rasen fiel. Ein Flügel ragte aus dem engmaschigen Netz empor und peitschte wie ein wütend tastender Arm über das Gras. Der Rest des Biestes aber schien sich mit jeder neuen wütenden Bewegung tiefer in den Maschen zu verstricken.

„*Cultores sui Deus protegit.*" Der Mönch trat aus der Hütte. Der Kegel seiner Taschenlampe fing die Kreatur in einem unbarmherzigen Schein aus kaltem Licht. Die Strahlen zerrten ein verworrenes, in Panik umherzuckendes Bündel aus Flügeln, Federn und Krallen aus der Dunkelheit. Der Blick des Hexenjägers schoss zu ihm.

„Ich ..."

„Feuer!", fuhr der Mann ihn an. „Wir brauchen Feuer. Hol den Spiritus. Aus der Hütte. *Jetzt!*"

Seine Beine wollten sich zuerst noch weigern zu gehorchen, doch eine überwältigende Autorität in der Stimme des Besuchers rief ihn zur Besinnung. Er lief los, fiel fast durch den Durchgang und schnappte sich die Flasche mit dem Grillanzünder. Der Mönch riss sie ihm aus der Hand und begann mit kräftigen Stößen brennbare Flüssigkeit auf dem kreischenden Federbündel zu verteilen. Der Kampf des Tieres in den Schlingen ging noch immer unvermindert weiter. Die Kreatur schien gegen ihre Fesseln anzukämpfen und zu toben wie im Wahn.

Ein Streichholz flammte auf. Der Mönch hielt sich die Flamme dicht vor sein Gesicht. „*Vade retro Satana*.“ Die Stimme des Mannes war laut und drohend. Für einen Augenblick starrte er hinab auf das Zucken des immer panischer agierenden Feindes. „*Nunquam suade mihi vana, sunt mala, quae libas: Ipse venena bibas*.“

Seine Finger lösten sich von dem glühenden Scheit. Flammen umfassten das Wesen unter dem Netz. Entsetztes Flattern und noch mehr Geschrei. Er meinte, glänzende Pupillen auszumachen. Ein langer grauer Schnabel hackte unablässig nach den Knoten, die das Gefängnis zusammenhielten. Ein Vogel, dem Anschein nach ein Rabe. Das Tier erschien mit einem Mal deutlich kleiner als eben noch am Himmel. Spielten ihm die Sinne einen Streich oder glänzten drei leuchtende Knopfaugen in dem öligen Gefieder?

„Das Fass“, herrschte ihn der Russe an. „Mach es auf. Nimm die Handschuhe. Pass auf deine Hände auf!“

Eingenommen von der Dringlichkeit des Mannes, stürzte er zurück über die Schwelle. Er fand die Handschuhe auf der Arbeitsplatte, streifte sie über und öffnete trotz des starken Zitterns seiner Hände so vorsichtig wie möglich den Deckel.

Er konnte hören, wie der Russe hinter ihm eines der Gartenwerkzeuge aus der Ecke an sich riss. Das Kreischen vor der Tür steigerte sich sogar noch weiter.

„Aus dem Weg!“ Die Stiefel des Mönches donnerten entschlossen über den Dielenboden. Dann war der Mann zurück. Ohne allzu große Vorsicht, wie ein Bauer, der eine Ladung Mist entsorgt, balancierte der Besucher das noch immer schwelende Bündel auf dem Spatenblatt. Mit einem Kratzen wie von Horn auf Eisen verschwand das Flugtier in der Tonne. Der Russe warf den Spaten in die Ecke, ergriff erneut die Plastikflasche und pumpte einen großzügigen Schwall der brennbaren Flüssigkeit ins Innere. Wieder nahm der Mönch den Spaten auf und begann damit, im Fass herumzustochern. Anschließend entriss der Bursche ihm die Handschuhe, platzierte vorsichtig den Deckel auf der Tonne und brachte auch die Werkzeuge auf der Eisenoberfläche wieder in ihre ursprüngliche überkreuzte Position. Noch immer waren krächzende Schreie aus dem Inneren zu vernehmen. Der Widerschein von Flammen drang durch die Spalten und die Rostlöcher des ramponierten Gebindes.

Der Russe packte ihn am Arm und zog ihn hinter sich nach draußen. Dichter schwarzer Rauch quoll aus dem dünnen Spalt zwischen Fass und Deckel. Er konnte hören, wie scharfe Krallen von innen an den Wänden kratzten.

„Was zum ...“, setzte er an, doch sein entschlossener Besucher zerrte ihn noch immer unbarmherzig weiter. Erst ein gutes Stück abseits, schon fast auf der Veranda, ließ der Mönch ihn los. Der stechende Blick des Hexenjägers durchsuchte seine Augen und musterte ihn von Kopf bis Fuß. „Wie geht es dir?“, wollte er mit unerwarteter Besorgnis in der Stimme wissen. Er hatte eigentlich ein Donnerwetter erwartet. „Bist du verletzt? Hat das Wesen dich berührt? Lass deine Arme sehen!“ Ohne Frage nach Erlaubnis ergriff der Russe seine Handgelenke und prüfte beide Arme auf Verletzungen.

„Nein … ich glaube, es geht mir … gut?“ *Die* Beschreibung war ganz sicher nicht die beste. „Gut“ war eigentlich das letzte, mit dem er seinen augenblicklichen Zustand beschrieben hätte. Zum Glück schien der Stoff seines Mantels tatsächlich noch intakt. Das Eingreifen des Mönches war gerade noch zur rechten Zeit gekommen.

Der Russe packte ihn an den Schultern und drehte ihn zurück zum Schuppen. Anscheinend wollte Sergei, dass er mit ansah, was dort drinnen vor sich ging.

„Siehst du das?“, wollte er mit Nachdruck wissen. „Siehst du, was passiert, wenn wir unvorsichtig sind? Siehst du, was die Folgen sind, wenn ein Schüler nicht auf seine Lehrer hört?“

„Was ist das für ein Wesen?“, brachte er hervor. „Ein Vogel? Ich dachte, es wäre … eben auf dem Weg sah er noch … *größer* aus!“

Der Mönch gab keine Antwort. Zusammen betrachteten sie einige Momente lang die Flammen und den Rauch. Noch immer drangen dunkle Schwaden aus dem Durchgang. Das Kratzen aber hatte aufgehört. Mit einem Mal war er froh über das Regenwetter. Sie konnten von Glück reden, dass der Mann mit seinem Eingreifen nicht die Hütte und den ganzen Garten abgefackelt hatte.

„Komm.“ Der Mönch klopfte ihm auf die Schulter. „Ich zeige es dir.“

Zögerlich folgte er dem Mann zum Schuppen. Inzwischen waren im Inneren keine Regung und kein Laut mehr zu vernehmen. Was immer sie darin gefangen hatten, war offenbar nicht mehr am Leben. Der Mönch betrachtete den grauen, beinahe weißen Rauch, der aus dem Behältnis aufstieg. Wieder zog er erst die Handschuhe an, bevor er den Deckel anhob. Mit einer Kopfbewegung forderte Sergei ihn auf, heranzutreten. Er näherte sich widerwillig und warf einen Blick über den Rand. Im Inneren lag ein rußgeschwärztes Skelett, das ihm aus leeren Augenhöhlen entgegenstarrte. Obwohl das Wesen fast komplett verbrannt war, waren der Brustkorb und der Schädel mit dem aufgesperrten Schnabel noch immer in intakter Form verbunden. Es war, als hätte man die Knochen säuberlich aus dem Geschöpf herausseziert.

„Man nennt es einen *Animus*", erklärte der Mönch mit ruhiger und beherrschter Stimme. „Ein durch Dämonenkunst belebter Diener einer Zauberin. Er folgt ihr, hilft ihr und bewacht sie. Die Hexe bindet einen Teil ihrer eigenen Lebenskraft in einer solchen Kreatur. Der Diener wird belebt mit einem Stück von ihrem *Selbst*. Wenn sie sich konzentriert, kann sie ihn übernehmen, um ihn als Augen und als Ohren einzusetzen. Selbst wenn sie stirbt, lebt ein kleiner Teil von ihr in diesem Wesen weiter."

Er starrte auf die Überreste. Von den verkohlten Knochen stieg noch immer Rauch auf. „Kathy", brachte er schwach hervor. „Sie meinen, dieser Vogel ist so was wie eine ... *Drohne*? Eine Art *Sicherheitskopie* von ihrem Geist? Kathy hat in diesem Ding hier noch *gelebt*?"

„Nein." Der Mönch schüttelte den Kopf. „Nein. Das Bewusstsein eines *Animus* ist nicht komplex genug. Es ist kein fühlender und denkender Teil von ihrem Selbst. Mehr etwas wie ihre ... Instinkte. Der autonom agierende Reptilien-Teil in ihrem Selbst, der ohne echte Selbstreflexion, ohne Bewusstsein funktioniert." Auch sein Besucher starrte über den Fassrand in die Tiefe. Der Russe schüttelte ungläubig den Kopf. „Eine Novizin sollte zur Erschaffung und zur Zähmung eines

Animus überhaupt nicht in der Lage sein. Wir haben sie wohl unterschätzt. Die Feindin, die dich angegriffen hat, muss wenigstens eine Adeptin gewesen sein. Du hast *wirklich* großes Glück gehabt. Dies alles hätte sehr viel schlimmer enden können."

„Sie hat ihn nicht dabeigehabt", sinnierte Robert laut. „Ihren ... Vogel. Als sie herkam, meine ich."

„Wahrscheinlich nicht." Der Russe legte mit Bedacht den Deckel auf. „Sie muss das Wesen irgendwo zurückgelassen haben. Jetzt haben seine Instinkte es hierhergetrieben, um nach seiner Meisterin zu suchen." Der Mönch zuckte mit den Schultern. „Ich musste sichergehen, dass der Animus mit ihrem Lebensfunken nicht von hier entkommen kann, um weitere Feinde anzulocken. Feuer ist dafür der sicherste Weg. Es ist die Waffe, die all unsere Feinde fürchten. Verbrennt man einen *Animus*, den eine lebende Hexe übernommen hat, um in seiner Form herumzufliegen, so verbrennt man damit auch den Körper seiner Meisterin, wenn es ihr nicht rechtzeitig gelingt, sich von ihm zu lösen."

Er starrte auf das rauchende Behältnis. Der Mönch folgte seinen Blicken. Besorgnis sprach aus seinen Zügen. „Mir ist nicht wohl dabei, die Überreste und das Hexen-Artefakt dort drinnen einzulagern", verkündete der Russe. Vielleicht haben die Flammen auch den Folienschutz der Aluminiumumhüllung angesengt. Gleich morgen bringen wir sie von hier fort." Der Russe wandte sich zum Ausgang und winkte ihn heran. Sergei stapfte ihm voraus zur Villa. „Zum Glück hatte ich die Segenszeichen schon erneuert", verkündete er mit einem Fingerzeig zu einem frisch geschrubbten Felsen. Markierungen waren darin eingeritzt wie in einen skandinavischen Runenstein. „Die Zeichen haben ihn geschwächt. Vielleicht kam er dir deshalb größer vor, als ihr noch dort draußen wart." Der Mann erklomm die Stufen der Veranda und drehte sich zu ihm um. Er wartete, bis Robert an ihm vorüber und ins Haus getreten war, bevor er die Tür hinter ihnen beiden zuzog. Erst nachdem er das korrekte Einrasten geprüft und Robert mehrfach abgeschlossen hatte, ließ der Mönch ein erleichtertes Nicken sehen.

„Was jetzt?", wollte er erschöpft wissen. Im Grunde wartete er noch immer auf das ausstehende Donnerwetter. „Wollen Sie nicht irgendwas sagen? Wie enttäuscht Sie von mir sind? Wie dumm und unvorsichtig ich gewesen bin?"

„Geh schlafen." Die Stimme des Russen war gelassen. Der Besucher war bereits auf halbem Weg zurück in Alois' *Refugium*. „Ich muss noch arbeiten. Ich bin mir sicher, du lernst aus deinem Fehler."

„Das ist alles?", rief er dem Mann nach, als die Tür des Schutz- und Studienraumes mit einem Klicken zufiel. Beinahe ärgerte ihn die Ruhe seines Kameraden mehr als eine ordentliche Entladung. Je weniger ihm der andere seine Dummheit und Fahrlässigkeit vorwarf, umso dümmlicher kam er sich *vor*. Still schwor er sich, doch wieder gründlicher in *Panolini* einzusteigen. Der gute Vorsatz hielt beinahe bis in die obere Etage. Er schleppte sich zum Bett, entledigte sich seiner Kleidung und ließ sich zum zweiten Mal an diesem Tag in die Federn sinken. Einmal in der Nacht erwachte er. Er meinte, noch den Nachhall eines Vogelschreis zu hören, der ihn aus dem Schlaf gerissen hatte. Er wandte sich auf der Matratze um und drückte sich ein Kissen aufs Ohr. In seinen Träumen zog ein Rabe mit drei Augen und der Spannweite eines Kondors über den Nachthimmel und rief mit Menschenstimme Kathys Namen.

Kapitel 10 – Altlasten

Robert erwachte, weil ein Tier auf seiner Brust saß. Zum Glück handelte es sich um eine vertraute Fellnase. Sanft schob er die Katze beiseite, richtete sich auf und rieb sich den Schlaf aus den Augen. Ein weiteres Erwachen in Alois' Gästezimmer. Ein weiterer Morgen, an dem die Frage blieb, ob sich das, woran er sich zu erinnern meinte, tatsächlich zugetragen hatte.

Er schlurfte zu dem Kleiderstapel auf dem Stuhl. In ein paar Tagen würde es mit frischer Wäsche knapp werden. Noch aber war er einigermaßen gut versorgt. Eher, um sich keinen Rüffel vom Besucher aus dem Osten einzuholen, legte er auch das lederne Schulterholster an. Missmutig wog er das Gewicht mit einer Hand. Es würde eine Weile dauern, bis man sich an *diese* Ausstattung gewöhnte.

Nach dem gewohnten Abstieg über die Treppe suchte er die Küche auf. Inzwischen machte es sich deutlich bemerkbar, dass die aktuellen Hausbesetzer keineswegs die Ordnungsliebe des Eigentümers übernommen hatten. Noch mehr Schalen und vor allem Tassen waren über Nacht hinzugekommen. Diverse runde, braune Abdrücke legten nahe, dass der Russe eine lange Nacht hinter sich hatte.

Er goss sich Milch und Müsli ein und machte sich kauend auf den Weg zum *Refugium*. Er klopfte, bevor er die Tür aufschob und einen Blick ins Innere warf. Der Mönch saß vornübergebeugt hinter dem Schreibtisch und hob den Kopf. Sein schütteres graues Haar war zerzaust, so als habe er grübelnd darin herumgewühlt. Unter seinen Augen lagen dunkle Ringe. Spuren eines Nachtlagers waren nirgends in der Kammer auszumachen. Lediglich das Licht war wieder angenehmer. Die grellen Neonröhren waren dunkel. Lediglich die Kupferlampen spendeten angenehmes, warmes Licht.

„So, so." Er schlurfte durch den Raum und ließ sich in einen der Besuchersessel fallen. „Ich dachte, wir sind hier, um zu *arbeiten* und nicht, um uns wohlzufühlen?"

Der Ausdruck des Mönches veränderte sich nicht. Die Ränder seiner Augen waren leicht gerötet.

Sein Blick fiel auf mehrere sorgfältig geordnete Stapel auf der Schreibtischplatte. So wie es aussah, enthielten viele davon handschriftliche Notizen. In den bleichen Fingern des Besuchers aus dem Osten bewegte sich ein altmodischer schwarzer Füllfederhalter.

Robert nickte zu den Stapeln auf dem Schreibtisch. „Und?", wollte er wissen. „Schon irgendeine Spur?"

Der Mönch lehnte sich zurück, sodass die Lehne knarzte. Wie es aussah, unterbrach der Mann zum ersten Mal seit Langem seine konzentrierte Arbeit. Sergei breitete die Arme aus und ließ die Gelenke knacken. Ein Gähnen teilte seinen grauen Bart. „Dein Onkel Alois war ein sehr ordentlicher Mann", verkündete er anerkennend. „Sehr ordentlich. Er hätte einen guten Archivar abgegeben. Zumindest in den Zeiten, wo er nicht in Eile war. Leider sieht es aus, als seien seine letzten Monate ausgesprochen hektisch ausgefallen." Der Mönch deutete auf die Stapel vor sich auf der Schreibtischplatte. „Ich habe getan, was ich konnte, um etwas Ordnung hier hereinzubringen."

„Irgendetwas Nützliches dabei?"

Sergei beugte sich schnaufend vor. Er fischte nach einem einzelnen Zettel mit Notizen und studierte ihn, so als müsste er sich selbst erst daran erinnern, was er im Verlauf der Nacht herausgefunden hatte. „Das Blut der Burmantels", wiederholte er. „Immer wieder geht es um das Blut. Sieht aus, als hätte Alois das Geheimnis bis zu seinem Aufbruch nicht gelöst bekommen. Hier sind Laborberichte. Reports von Untersuchungen in renommierten Einrichtungen in der ganzen Welt. So wie es aussieht, konnte keiner ihn zufriedenstellen. Vielleicht wusste er auch selbst nicht genau, wonach er eigentlich suchte."

„Schade." Er schob sich einen Löffel Müsli in den Mund und nickte zu den übrigen Stapeln. „Und das da drüben alles?"

Der Mönch ließ ein Seufzen hören und zuckte mit den Schultern. „Alles Mögliche. Nachforschungen über die Ursprünge der Hexenjäger. Familienhistorie. Die Wurzeln der Burmantel-Familie in Böhmen. Dazu noch viel Obskures. Astronomie. Astrologie. Hinduistische Legenden."

Er lehnte sich in seinem Besuchersessel vor. Tatsächlich. Unter den von Sergei auf dem Schreibtisch angesammelten Notizen befanden sich auch Sternenkarten. Viele waren um handgeschriebene Anmerkungen ergänzt. *„Vier Dinge sind erforderlich, damit ein Hexenwerk gelingt"*, zitierte er aus dem Gedächtnis. *„Hexe, Stern, Dämon und Zeichen."*

Der Russe nickte anerkennend. „Sieh an. Dann hast du das *Kompendium* ja doch gelesen."

„Sag ich doch die ganze Zeit. Was ist das hier?", wollte er wissen. Er fischte einen Zeitungsartikel aus dem Stapel. Der Fetzen war an ein Stück Millimeterpapier geheftet, mit händisch eingezeichneten Linien und Punkten. Einer der Himmelskörper war mehrfach mit Bleistift eingekringelt und hervorgehoben. Der Mönch drehte das Papier, sodass Robert es lesen konnte. „Ein Himmelsereignis von vor über 30 Jahren", erklärte er.

Er überflog die Zeilen. *Erdnaher Asteroid entdeckt*, stand auf dem bereits reichlich braun gewordenen Ausschnitt einer

Fachzeitschrift. Datiert war der Artikel auf den August 1986. Daran angehängt war ein Ausdruck neueren Datums.

(4034) Vishnu. Erdnaher Asteroid. Gruppe der erdnahen Objekte. Entdeckt 2. August 1986 am Mount Palomar-Observatorium. Am 15. Juli 2011 nach der hinduistischen Gottheit Vishnu benannt.

Er blickte auf. „Vishnu", wiederholte er. „Was hat es damit auf sich?"

Der Mönch zuckte mit den Schultern und deutete auf eine handgeschriebene Notiz am Rand des Zettels. *1986 = Vishnu & Tschernobyl*, stand dort. *Verbindung mit C/2012 S1 ISON?*

Ein Stöhnen entfuhr ihm. Sein Respekt davor, dass der Mönch sich die ganze Nacht mit diesen kryptischen Notizen herumgeschlagen hatte, wurde zunehmend größer. „Verbindung mit *was*?"

Der Russe musste seine Frage schon vorausgesehen haben. Der Mann schob einen weiteren Zettel über die Tischplatte, der mit einer Büroklammer an einen Ausdruck in DIN-A 4 geheftet war. Mehr händische Aufzeichnungen bedeckten den Notizzettel.

C/2012 S1 (ISON), stand dort. *Komet. Entdeckt 2012. Erdannäherung an Weihnachten 2013 bis auf 60 Mio. km. Zerbrochen/verdampft.* Und dahinter: *Winter 2013 – Dacheinbruch Tschernobyl Steinsarg/Entkommen Kaliyaga!!*

Er warf einen zweifelnden Blick zu seinem Kameraden. Der Mönch bedeutete ihm mit einer Bewegung seines Kinns, auch den angehefteten Ausdruck zu lesen. Er bog den Zettel zurück und ließ seine Augen über das Blatt wandern. Offenkundig handelte es sich um den Ausdruck irgendeiner obskuren Website. Der eingekreiste Teil gab lediglich dieselben Informationen zum Kometen wieder. Der Rest der Seite behandelte noch etwas anderes. *„Theorien und Erklärungen zum Tunguska-Ereignis*“, las er laut vor. *„Meteoritenthese*“. Er ließ den Zettel sinken. Der Mönch hatte sich erneut im Stuhl zurückgelehnt und rieb sich über die Augen.

„Ich verstehe nicht ...“

„Sieht aus, als hätte Alois ein Muster gefunden“, befand der Russe. „Oder zumindest *geglaubt*, eines ausgemacht zu haben. Etwas, das die Kräfte und Bewegungen unserer Feindin mit bestimmten Himmelsereignissen in Verbindung bringt.“

Er nickte. „So viel hat mir Sigurd auch schon gesagt.“

„Auch das hier?“ Der Mönch deutete auf einen weiteren Zettel. Alle vorgenannten Daten waren darauf sauber untereinander aufgestellt.

Datum: 1908; Ort und Wirkung: Russland/Tunguska-Ereignis; Himmelszeichen: unbekannter Meteorit

Datum: 1986; Ort und Wirkung: Ukraine/Reaktorkatastrophe Tschernobyl; Himmelszeichen: (4034) Vishnu

Datum: 2013; Ort und Wirkung: Ukraine/Entkommen Kaliyaga; Himmelszeichen: C/2012 S1 (ISON)

Dann, an letzter Stelle und besonders unterstrichen:

Datum: 11.11.2019; Ort und Wirkung: Deutschland (BERLIN)/ ??; Himmelszeichen: Merkurpassage

Er musste die hervorgehobene Zeile mehrfach lesen, bis er begriff. Er schluckte trocken. Der Russe erwiderte seinen Blick und nickte. „Hier“, erklärte der Mann bedrückt. „In Berlin. Und zwar in ...“ Der Mönch blickte auf seine Uhr, „ ... genau einer Woche.“

Noch einmal blickte er auf das Papier, in der vergeblichen Hoffnung, dass die Zeichen beim nächsten Mal einen anderen Sinn ergeben würden. *Berlin*, verkündete die säuberliche Handschrift weiterhin. *Wirkung: ??*

„Wirkung“, wiederholte er murmelnd. „Was denn für eine verdammte *Wirkung*?“

„Auf jeden Fall nichts Gutes.“ Der Mönch rieb sich mit dem Handrücken über die Augenlider. „Sieht aus, als hätte Alois eine Theorie entwickelt, um auch den nächsten Ort des Auftretens unserer Feindin vorauszusagen.“

Robert schüttelte ungläubig den Kopf. „Vielleicht irrt er sich.“

„Vielleicht“, räumte der Mönch ein. „Aber vielleicht hat er auch recht. Dein Onkel hat schon einmal recht behalten. Damals, 1986 in Tschernobyl.“

„Uff.“ Er ließ das Blatt aus seinen Händen gleiten, lehnte sich zurück und fuhr sich durch die Haare. Die Sache wurde wirklich immer besser. „Wirkung“, wiederholte er mürrisch. „Verdammt, Onkel! Hättest du nicht wenigstens deine *Vermutungen* aufschreiben können? Ist es denn zu viel verlangt, anderen *Bescheid* zu geben, wenn zu befürchten steht, dass sich *Tschernobyl* wiederholt?“ Er wandte sich zurück zum Schreibtisch. „Was war das andere?“, wollte er wissen. „Das mit der Hindu-Mythologie?“

Der Besucher aus dem Osten kramte für einige Augenblicke im Papierstapel herum. Die Geste seiner freien Hand drückte Hilflosigkeit aus. „Geschichten und Legenden“, brachte er hervor. „Spekulationen über Namen und Benennungen. Ich bin noch nicht sehr weit. Hier. *Kali.* Sanskrit für ‚Sorge', ‚Zank'. Name eines Dämons im Hinduismus. Sein Auftreten markiert den Beginn von *Kali-Yuga,* dem ‚Zeitalter des Streites', dem letzten der vier Weltzeitalter, charakterisiert durch Verfall und Verderben."

„Reizend", brachte er hervor. „Ein Dämon, der die Welt beendet. *Kali-Yuga*? Etwa wie in *Kaliyaga*?"

Wieder konnte der Mönch nur mit den Schultern zucken. „Nicht auszuschließen. Hier. Mehr Ausdrucke. Vorhersagen über das Ende von *Kali-Yuga*. ‚Kalki, die zehnte und letzte Inkarnation Vishnus, der die bösen Herren *Kali-Yugas* vernichtet und Gesetz und Tugend wiederherstellt.'"

„Sehr hilfreich", kommentierte er bitter. „Vielleicht sollten wir nach Kalkis Nummer fragen. Oder noch schnell konvertieren, bevor ..." Er unterbrach sich. Ein erneuter Geistesblitz durchfuhr ihn. „Zehn", brach es aus ihm heraus. „Sie sagten gerade zehn. Die zehnte Inkarnation. Zehn Geburten. Zehn Hexenjäger. Zehn Generationen Burmantels!" Er sprang auf, eilte zum beleuchteten Lesepult und blätterte im Jagdverzeichnis ganz nach vorne. „Zehn", wiederholte er und deutete auf die Aufzählung der Hexenjäger aus dem Burmantel-Geschlecht auf der ersten Seite. „Verflixt! Was hat es mit der ganzen Sache auf sich?"

Der Mönch ließ ein Seufzen hören. „Wir fischen immer noch im Trüben", befand er. „Genauso wie dein Onkel. Das alles hier. Vermutungen. Spekulationen. Wenn man lange genug sucht, kann man *alles* miteinander in Verbindung bringen."

„Sie haben selbst gesagt, dass er mit Tschernobyl recht behalten hat!" Er versuchte sich zu konzentrieren. An dieser ganzen Rätselei konnte man sich wirklich den Kopf zerbrechen. „Haben Sie herausgefunden, was Onkel Alois im Osten wollte?"

„Nichts, was wir noch nicht wissen." Der Mönch sortierte die Papiere mit den Händen. „Er wollte wohl in Budapest Verbindung mit den *Padres* der *Societas Jesu* aufnehmen. Es scheint, als hätte er geglaubt, dort das letzte Puzzlestück für seinen ‚Schlüssel' zu finden. Für das Geheimnis eures Blutes."

„Dann sollte dort doch unser erster Anlaufpunkt liegen, oder etwa nicht?"

Der Blick des Mönches wurde nachdenklich. Es war, als lege sich der Mann seine Worte gründlich zurecht. „Dein Onkel Alois ist sehr ... speziell", begann er vorsichtig. „Er ist ein Traditionalist. Manche sagen, er hätte eine etwas *zu* enge Verbindung mit den alten Orden. Das Verhältnis zwischen den Institutionen der Kirche und den Hexenjägern ist ... schwierig. Unsere Ansichten davon, wer die Hexen sind und wie man sie bekämpfen muss, sind ziemlich unterschiedlich. Die meisten Hexenjäger sind Pragmatiker. Religion spielt für uns nur insoweit eine Rolle, wie sie für die Unterstützung unseres Kampfes nötig ist. Wie dem auch sei. Ich habe meine alten Kontakte spielen lassen." Sergei deutete auf einen abgeschabten schwarzen Blackberry auf der Tischplatte. „Die Ordensleute in Budapest haben sich bereit erklärt, mir die Unterlagen zuzusenden, die Alois dort in seinem Zimmer hinterlassen hat. Die SJ behauptet, nicht zu wissen, was genau mit ihm geschehen ist. Er wollte wohl nach Gran. Dort gibt es eine alte Feste, die im 13. Jahrhundert dem Mongolenansturm standgehalten hat. Einer der Mönche meinte, dein Onkel habe dort an irgendeinem Treffen teilnehmen wollen, von dem er nicht zurückgekehrt ist."

„Mongolen." Auch dieses Stichwort klang bekannt. „Sigurd meine, dass Kaliyaga eine Verbündete der Khane aus dem Osten gewesen ist. Damals, als sie fast Europa erobert hätten."

Der Mönch schnaufte. „Wie man es auch dreht", befand er. „Die Himmelszeichen. Die alten Hindu-Schriften. Kaliyaga. Das Blut der Burmantels. Kaliyagas Bündnis mit den Mongolen. Irgendwie muss alles miteinander in Verbindung stehen."

„Gibt es Hexenjäger in Ungarn?", wollte er wissen. „Jemanden, den wir vor Ort um Hilfe bitten könnten?"

Der Mönch schüttelte finster den Kopf. „Nicht mehr. Der letzte ist vor einigen Jahren gestorben, ohne für einen Nachfolger zu sorgen. Wir müssten schon selbst hinfahren."

„Vielleicht sollten wir genau das tun."

„Aber nicht vorschnell", mahnte ihn der Mönch. „Ich habe noch nicht alles durchgelesen. Alois' Aufzeichnungen sind sehr umfangreich. Außerdem: Falls dein Onkel recht behält und am 11.11. etwas in Berlin geschieht, werden wir *hier* gebraucht."

„Und bis dahin?" Die ungerührte Art des Mannes begann ihm auf die Nerven zu gehen. „Wir müssen doch irgendwas *unternehmen* können. Irgendwas anderes, als in alten Aktenordnern rumzustöbern."

„Du könntest zum Beispiel deine Hausaufgaben machen", verkündete der Mönch ruhig. „Vorbereitung zahlt sich immer aus. Außerdem ... wie spät ist es?"

Er sah auf seine Armbanduhr. „Kurz nach 1."

„Gut", befand der Russe. „Punkt zwölf auf Südamerikanisch. Iván müsste jeden Moment hier sein. Eine Waffe halten kannst du ja jetzt schon. Es wäre schön, wenn du auch lernst, damit etwas zu treffen."

„Eine Pistole wird uns wenig helfen, wenn Kaliyaga in Berlin ein zweites Tschernobyl heraufbeschwört!"

„Eines nach dem anderen. Um einen Gipfel zu besteigen, muss man erst mal laufen lernen."

Missmutig starrte er in sein Geschirr. Noch mehr von den Kalendersprüchen.

„Wie fühlst du dich?", wollte sein Besucher wissen. „Hat dir der Sud geholfen?"

„Ja", gestand er ein. „Ich fühle mich schon deutlich besser."

„Lass deinen Finger sehen." Der Mönch schob sich die Brille auf die Stirn. Robert hob die Hand und löste den Verband. Die Spitze seines kleinen Fingers sah noch immer aus, als sei sie unter einen Kleinwagen geraten. Sergei betrachtete die purpurne Verfärbung und die Kruste kritisch. Dann ließ er ein Nicken sehen. „Sieht gut aus", befand er. „Keine Infektion. Tu ein bisschen Salbe drauf. Und einen frischen Verband. Schon manches große Unterfangen ist gescheitert, weil jemand eine Kleinigkeit vernachlässigt hat."

„Alles klar, Konfuzius. Und ich nehme an, jede lange Reise beginnt mit einem ersten Schritt?"

„So ist es." Der Mann schien seine Ironie komplett zu überhören. „So ist es in der Tat. Es ist noch kein Meister vom Himmel gefallen."

„Und in der Ruhe liegt die Kraft."

„Eben."

„Wer zuerst kommt, mahlt zuerst."

Der Mönch verzog die Stirn und hob den Blick. „Was?"

„Schon gut. Ich dachte, das hier wäre ein Wettbewerb. Ich bin dann oben und kümmere mich um meinen Finger."

Das Rasseln der Türklingel erklang, als er gerade die Verarztung abgeschlossen hatte. Er verließ das Gästebadezimmer und machte sich an den Abstieg über die Treppe. Noch einmal klirrte das Geräusch eindringlich durch den Flur.

Sergei näherte sich aus dem *Refugium*. Der Mann hielt seine Schusswaffe in der Hand und bedeutete ihm mit der Hand, zurückzubleiben. „Hallo?“, wollte er mit lauter Stimme wissen. „Wer ist da?“

„Pizzaservice“, erklang es mit starkem südamerikanischem Einschlag durch die Tür. „Zwei *Diablo* mit extra scharf!“

Der Mönch verzog das Gesicht und löste die Riegel.

„Eine Art Code?“, wollte er vom Treppenabsatz wissen.

„Nein“, erwiderte der Russe mürrisch. „Einfach nur Iván.“ Sergei zog die Tür auf. Licht ergoss sich in den Flur. Der Amerikaner stand breitbeinig vor der Schwelle. Er trug eine spiegelnde *Aviator*-Sonnenbrille und eine grüne Fliegerjacke mit Aufnähern. Seine Erscheinung wäre einem Laufsteg angemessener gewesen als einem Schießplatz. Wenig überraschend lag ein breites Grinsen in den braun gebrannten Zügen. *„¿Qué onda?”*, verkündete er, als sei eben der Fahrservice für einen Junggesellenabschied eingetroffen. *„¿Qué tal?* Macht ihr beide euch eine gute Zeit?”

„Nein”, verkündete der Mönch und trat zur Seite, um den Party-Express vorbeizulassen. Der Lateinamerikaner schob sich lässig durch den Rahmen und ergriff die Hand seines Kameraden, bevor dieser sich wehren konnte. Das ausgiebige Schütteln hielt auch dann noch an, als er sich mit der freien Hand die Sonnenbrille von der Nase zog und sie in seiner Brusttasche verschwinden ließ. „Heeey! *Beto*. Siehst gut aus, Junge.” Anerkennend sah Iván sich um, während der Russe sich unter Mühe aus der freundlichen Umklammerung befreite. *„Está chido tu cantón"*, befand er. „Wusste gar nicht, dass Alois so eine schicke Villa hat. Sonst wäre ich schon viel früher mal vorbeigekommen!" Der Latino musterte die Ölgemälde, während der Mönch die Tür hinter ihm abschloss. „Gemütlich", befand er, schob beide Daumen hinter seinen Gürtel und beugte sich zurück, sodass die Nackenwirbel knackten. „Ein bisschen dunkel. Aber gemütlich. Und sonst? Wie läuft es bei euch beiden?"

„Beto hier war verhext", erklärte der Mönch mit einer Grimmigkeit, die durch die Jovialität ihres Besuchers noch hervorgehoben wurde. „Ein Hexenzeichen auf dem Weg. Ich habe es entfernt und ihm einen Sud verabreicht. Ich will, dass ihr das Zeichen mitnehmt und irgendwo im Wald vergrabt."

„Gute Arbeit, Sergei!" Der Amerikaner klopfte dem Russen ermutigend auf die Schulter, trotz dessen katzengleichen Versuchs, der Hand ihres Besuchers auszuweichen. „Und sonst? Wie macht sich unser neuer Kamerad? Ist er schon fließend in Russisch und Latein? Du hast den besten Lehrer, Robert. Einen besseren als Sergei gibt es nicht."

Der Mönch schüttelte den Kopf, wandte sich ab und stapfte durch die Halle zurück zum *Refugium*. „Ein *Animus* war gestern hier", erklärte er über die Schulter. „Wir haben ihn gefangen und verbrannt. Das Hexenzeichen muss von seiner Herrin stammen. Derjenigen, die Sigurd hier erledigt hat."

„Animus?" Der Amerikaner klang verwundert.

„So ist es. Sie muss eine Adeptin gewesen sein und nicht bloß eine Novizin. Wir haben wirklich großes Glück gehabt, dass nichts Schlimmeres passiert ist."

„No hay pedo." Der Amerikaner zuckte mit den Schultern. „Ist ja alles gut gegangen."

„Ich will, dass ihr die Überreste unserer Feindin ebenfalls mitnehmt und vergrabt."

„Klar doch."

„Wie bitte?" Robert gefror in seiner Bewegung. Seine Beine verweigerten ihm den Gehorsam. Die beiden Hexenjäger sahen sich verwundert zu ihm um. Fassungslos blickte er vom einen zum anderen. „Ihre *was*?", schaffte er hervorzubringen. „Heißt das, sie ist noch ..." Die Worte versagten ihm bei dem Gedanken. Die Hexenjäger blickten einander an. „Heißt das, du hast es ihm noch nicht gesagt?", begann der Mexikaner langsam.

„Es gab keinen Grund, ihn noch weiter zu beunruhigen", gab der Mönch mürrisch zurück. „Das alles hier geht ihm sehr nahe."

Der Latino sah ihn zweifelnd an. Dann aber brach sich ein bestärkender Gesichtsausdruck in seinen Zügen seine Bahn, wie Sonnenschein, der durch die Wolken dringt. „Kein Problem, Junge", verkündete er. „Ich mach das schon. Nur beim Graben kannst du mir ein bisschen helfen."

„Moment!"

Wieder drehten sich die anderen zu ihm um. Beide hatten bereits wieder das *Refugium* ansteuern wollen.

„Kathys ... *Überreste* sind noch hier im Haus? Sie sind ... *im Keller?*", entnahm er dem verräterischen Blick des Mönchs zur Treppe hinter dem Geländer. „Ich habe die ganze Zeit im gleichen Haus wie ..." Er schloss die Augen und bemühte sich, tief und ruhig zu atmen. Das Prickeln zwischen seinen Schläfen war eine gesunde Erinnerung daran, dass er für eine kurze Zeit vergessen hatte, dass diese beiden Männer *Psychopathen* waren. Wenigstens ein Teil von ihm war noch genügend mit der Wirklichkeit verbunden, um auf einen Leichenfund mit

Entsetzen zu reagieren. „Wir wollten schießen gehen", erinnerte er den Amerikaner mit schwacher Stimme. „Und jetzt fahren wir eine *Leiche* durch die Stadt?"

Der Latino sah den Russen fragend an. Beide Männer nickten. „Ja", bestätigte der Mönch. „Zwei Dinge auf einmal. Ist doch sehr praktisch."

„Zwei Ziegel mit einer Klappe", bestätigte der Amerikaner aus seinem reichhaltigen Sprichwortschatz. „Wie ich sehe, hast du den Jungen schon bewaffnet", bemerkte der Latino unbekümmert. Er selbst stand noch immer wie angewurzelt auf den Schachbrettfliesen, während beide Hexenjäger durch den Durchgang im *Refugium* verschwanden.

„Ja", klang die Stimme des Russen durch den Spalt. „Alois' alte Seitenwaffe. Walther PPK."

„Ah", verkündete der Amerikaner mit Genuss. „Schön. Sehr schön. Ganz wie unser Alois. Alt, verlässlich und solide."

„Und ausgemustert", fügte der Russe hinzu.

„Ha!" Er brauchte nicht zu sehen, was im Inneren des Raumes vorging, um zu wissen, dass der Latino ein erneutes Schulterklopfen eingeleitet hatte. Vermutlich hatte Sergei sich zum ersten Mal im 21. Jahrhundert einen Scherz erlaubt.

Nach einigen Augenblicken hatte er sich wieder soweit im Griff, dass er sich losreißen und den Hexenjägern in Richtung der Sicherheitskammer folgen konnte. Wieder einmal reichte ein einziger Moment, um ihm den Wahnsinn dieses ganzen Unterfangens vor Augen zu führen. Bisher hatte sich alles im Geheimen, hinter verschlossenen Türen oder zumindest auf Privatgrund abgespielt. Was diese Männer gerade derart beiläufig verkündet hatten, war etwas völlig anderes. Sie würden eine Leiche durch die Gegend fahren. In der Öffentlichkeit. Wo es Polizisten gab, Verkehrskontrollen und diverse weitere staatliche Organe, die sich keineswegs von der Erklärung überzeugen lassen würden, dass sie lediglich die Überreste einer *Hexe* transportieren.

Er bog nach rechts ab, in die Küche, füllte ein Glas mit Wasser und trank. Mit beiden Händen stützte er sich an der Spüle ab. Nach einer Weile ging es wieder. Mit einem tiefen Seufzer trat er in den Flur und folgte seinen Kameraden über die Schwelle ins *Refugium*. Wie es aussah, war der Mönch darin begriffen, den Latino über die bisherigen Erkenntnisse aufzuklären. Die beiden Hexenjäger standen Seite an Seite vor dem Schreibtisch und starrten nachdenklich auf ein Stück Papier hinab. „Der 11. November", wiederholte der Mönch für den Besucher. „In einer Woche. Hier, in Berlin. Ich hoffe sehr, dass in diesen Unterlagen noch mehr darüber steht."

Der Mexikaner nickte und hob den Blick zur Tür. „Gut", befand er, doch selbst seine unbeugsame Fröhlichkeit schien von der Mitteilung für einen Augenblick getrübt. „Brauchst du den Jungen noch oder kann ich ihn entführen? Ist er gesund genug für eine Schießlektion?"

„Oh, er ist gesund", bestätigte der Mönch vieldeutig. „Ob du ihn zum *Lernen* kriegst, ist eine andere Sache."

„Ich bin mir sicher, Robert lernt schnell", verkündete der Amerikaner mit einem aufmunternden Zwinkern. „Zeig mir die Waffe, *Beto*. Wir wollen etwas für dich finden, das wie ein schöner Maßanzug zu dir passt."

Gehorsam griff er nach dem Holster und zog mit einigem Geruckel die Pistole aus der Halterung. Der Mexikaner nahm das Schießeisen entgegen und prüfte es mit Kennerblick. Er nickte ohne echte Begeisterung. „Ordentlich", befand er. „7,65 Millimeter. Altes Modell. Klein genug, um es versteckt zu tragen. Aber geringe Mannstoppwirkung." Der Latino gab ihm die Waffe zurück. „Habt ihr noch mehr hier drinnen gefunden?" Die Frage galt wohl ebenso dem Russen wie ihm selbst.

Der Mönch hatte sich schon wieder ganz den Dokumenten auf dem Schreibtisch zugewendet. Immerhin blieben ihm dadurch womöglich peinliche Berichte über seine Suchaktion am Vortag erspart. „Leider nicht", bedauerte er mit unbewegter Miene.

Der Mexikaner nickte. Der nachdenkliche Blick des Mannes schweifte suchend über die Schränke und Kommoden. Ein jähes Blitzen trat in seine Augen, als er das Bild des Hexenjägers mit der Zunderbuchse an der rechten Wand des Raumes fand. Der Amerikaner trat vor, um das Gemälde aus der Nähe in Augenschein zu nehmen. Ein wissendes Lächeln umspielte seine Mundwinkel. Triumphierend wandte er sich um. „Schlüssel", forderte er.

Schlüssel? Roberts Blick ging zum Besucher aus dem Osten. Der Mönch verweilte längst in einer anderen Welt und stützte seine Stirn mit einer Hand, vertieft in ein Papier.

„Schlüssel", wiederholte er verständnislos. „Schlüssel wofür?"

Der Mexikaner trat wortlos an ihm vorüber. Der Bursche hatte das dünne Stoffband mit dem Eisenschlüssel erspäht, das im Jagdverzeichnis auf dem Pult als Lesezeichen diente. Wie ein Magier, der einen Trick vorbereitet, löste der Mann den Gegenstand aus der Schlaufe, zwinkerte ihm zu und hielt den Eisenstift bedeutungsvoll in die Höhe. Der Latino trat vor und pausierte einen Moment lang vor dem Antlitz des gemalten Hexenjägers. *„Como siempre"*, verkündete er. „Dein Onkel Alois hatte schon immer ein ... *Auge* für Details." Mit einer entschlossenen Bewegung bohrte er der Abbildung den Schlüssel in die Augenhöhle. Ein kaum hörbares Klicken ertönte. Das Bildnis teilte sich. Zwei Türen glitten lautlos auseinander. „Haha!", verkündete der Amerikaner triumphierend und ließ ein Pfeifen hören. *„¡Hola guapa!"*

Er staunte nicht schlecht. Selbst der Russe hatte den Kopf gehoben. Die Verkleidungen gaben einen vertieft liegenden Hohlraum mit einer sorgfältig arrangierten Waffensammlung frei. Ganz oben, aufgespannt wie ein Geweih, hing eine Armbrust aus dunkelbraunem, beinahe schwarzem Holz. Offenbar gehörte noch ein zweites Exemplar zu dem Arrangement, doch die dazugehörige Aufhängung war leer. Darunter waren in zwei nebeneinanderliegenden Eisenhalterungen matt glänzende Pistolen größerer Kaliber angebracht. Unterhalb der beiden Schießeisen ruhte eine schwarze Schrotflinte in einigen Eisenhaken. Der Blick des Mexikaners aber galt der Waffe ganz unten in der kleinen Kammer. Die Augen des Latino glänzten wie die eines Kindes beim Auspacken von Geschenken. Der Mann trat vor, beugte die Knie wie vor einem Heiligenaltar und nahm andächtig die Langwaffe aus ihrer Halterung. Mit einer Umarmung wie ein Tänzer legte er sich die Waffe in den Ellenbogen, richtete den Lauf zur Decke und blickte bewundernd am matt glänzenden Lauf entlang.

Der Russe ließ die Luft entfahren und lehnte sich zurück. „Ich kenne diesen Blick", verkündete er düster.

„*No manches*", hauchte der Amerikaner. „Heckler & Koch PSG Eins. Ich glaube, ich bin verliebt." Der Latino schüttelte ungläubig den Kopf. „Dein Onkel Alois muss Kontakte gehabt haben. Polizei. Militär. Spezialkräfte."

„PSG ...?"

„*Polizeischlafmützengewehr*", verkündete der Amerikaner wissend. „Ein echter Schatz."

„Alois war in den 90ern bei ... *Special Forces*", verkündete der Russe nüchtern. „Wie sagt man auf Deutsch? Bei der Polizei."

„SEK? GSG 9?"

„Ja", erklärte Sergei zufrieden. „Das."

Der Mexikaner ließ das Gewehr sinken und streichelte es wie eine Perserkatze. „Könnte uns sehr nützlich werden", befand er. „Alois wird sicher nichts dagegen haben, wenn ich sie mir ausleihe." Der Blick des Mannes wurde wieder etwas klarer. „Ahem. Die Benelli. Ich glaube, die könnte was für dich sein. Die Schrotflinte", präzisierte der Latino, als er den fragenden Ausdruck auf seinem Gesicht bemerkte.

Robert wandte sich zum Hohlraum und betrachtete das Ungetüm. „Sind Sie sicher?", wollte er zweifelnd wissen. „Reichlich auffällig, oder nicht? Ich hab doch schon die hier ..." Der Mexikaner sah erst das Schießeisen im Holster an und dann ihn. „Hast du schon mal geschossen?"

„Nein."

„Bist du schon mal angegriffen worden?"

„Auch nicht."

Der Latino nickte. „Weißt du, wie gut man mit einer Pistole zielen kann, wenn man nicht an sie gewöhnt ist und dazu noch angegriffen wird? *Die* Waffe da ..." Der Mann deutete auf die Pistole. „So ein Trefferfeld." Der Bursche formte eine Trefferfläche mit der Fingerkuppe. „*Die* Waffe da hingegen ..." Ein Blick zurück zur Flinte. „*So* ein Trefferfeld." Der Latino streckte ihm die ganze Handfläche entgegen. „Weniger zielen. Mehr treffen. *Entendiste?*"

„Alles bis auf *entendiste.*" Widerwillig trat er vor. Nicht nur die bloße Anwesenheit der Mordwerkzeuge ließ ihn zögern. Kaum weniger bedrückend war die Tatsache, dass seine *Fingerabdrücke* auf der Waffe sein würden. Nur der Teufel wusste, was mit dem Teil schon alles angerichtet worden war. Er sah sich weiter in der Nische um. Ganz unten in der Aussparung war eine Versenkung, in der stabile schwarze Taschen aus Textil zu erahnen waren.

„Ich kümmere mich um die Waffen”, verkündete der Mexikaner hinter seinem Rücken. „Geh doch schon mal vor. Mach dich fertig, wenn du sonst noch irgendwas brauchst. Mein Wagen wartet draußen vor der Tür. Ich kümmere mich um die Beladung. Es wäre gut, wenn du ein bisschen Ausschau hältst. Damit nicht gerade eine Parade vorbeimarschiert, wenn ich mit der ... *Ware* komme.”

„Ja”, erklärte er erleichtert. Die Änderung im Plan kam ihm ganz recht. „Tun wir das. Ich bin dann noch ein bisschen oben.” Er wandte sich um. Sein Blick ging erst zum Mexikaner, dann zum Mönch. Die beiden Hexenjäger erwiderten seinen Blick mit verdächtiger Unschuld, so als hätten sie keineswegs vor einem Augenblick noch verschwörerische Blicke ausgetauscht.

„Was?”, wollte er wissen, bis seine Fantasie das Bild ausfüllte, das die beiden Kameraden ihm ersparen wollten. „Oh.” Ein Kloß bildete sich in seinem Hals. Richtig. Kathys ... *Überreste*. „Die ... Ware”, wiederholte er langsam. Beide Hexenjäger starrten geradezu auffällig *nicht* in Richtung der Eisenluke in der Ecke und des darunter liegenden Verschlages.

„Alles klar”, verkündete er gepresst. „Äh. Ja. Tut, was ihr tun müsst. Ich bin dann schon mal ... draußen.”

Er trat durch die Haustür auf die Veranda und holte tief Luft. Vermutlich war es ein gutes Zeichen, wenn einem solche Dinge auf den Magen schlugen, anstatt einen kaltzulassen. Der Anblick der schwarz glänzenden Büsche und die kühle Luft des frühen Nachmittags kamen beinahe schon einer Erholung gleich.

Ein Leuchten hinter dem Eisenzaun zog seine Blicke an. Er stöhnte, als sein mitgenommener Verstand eins und eins zusammenzählte. Natürlich. Warum war er überhaupt noch überrascht? Worin sonst hätte der Latino durch die Straßen fahren sollen als mit dem auffälligsten aller möglichen Gefährte? Vielleicht handelte es sich um ein Manöver umgekehrter Psychologie. Wer zu sehr versuchte, auf keinen Fall bemerkt zu werden, machte sich damit zwangsläufig verdächtig. Wer jedoch in einem knallroten, höher gelegten Dodge Ram mit Chromverzierungen durch die Gegend fuhr, musste sich keine derartigen Unterstellungen gefallen lassen. So wie der Pick-up aussah, bot er den zusätzlichen Vorteil, dass man nie im Stau stand. Die Höhe und die Spurbreite des Fahrzeugs erlaubten es problemlos, über eine Aneinanderreihung umweltfreundlicher Kleinwagen einfach hinwegzurauschen.

Argwöhnisch sah er zu den umliegenden Gebäuden. *Das* hier konnte seinen Nachbarn in den Villen bestimmt nicht entgangen sein. Bestimmt hieß es bereits im ganzen Viertel, in Alois Burmantels alter Villa seien Drogendealer eingezogen. Er trottete über den Kiesweg und trat durchs Gartentor. Der Lack des Pick-up-Trucks glänzte wie frisch poliert. Man konnte sich problemlos in der Seitenwand frisieren, die selbst bei einem Erwachsenen bis auf Augenhöhe reichte. Er betrachtete noch seine eigene, leicht mitgenommen wirkende Reflexion, als er Schritte auf dem Kiesweg vernahm. Der Mexikaner schob das angelehnte Tor mit der Spitze seines Stiefels auf. Er stellte zwei ausgebeulte Textiltaschen auf den Bürgersteig, suchte in der Tasche seiner Fliegerjacke nach dem Schlüssel und fischte einen schwarzen Kunststoffanhänger hervor. Mit einem Klacken und kurzen Aufflackern der Blinker erwachte das polierte Monstrum aus seinem Schlaf und entriegelte die Türen. „Sei so gut und hilf mir mit der Klappe, *Beto*."

Gehorsam stieg er auf das Trittbrett am Heck des Fahrzeuges, fummelte an den Seiten herum, bis er die Hebel gefunden hatte, und ließ die Klappe herunter. Der Amerikaner wuchtete die Funktionstaschen auf die Ladefläche, sodass der Wagen in seinen Federungen schwankte. „Die Box", forderte der Mexikaner und nickte zu einem Metallkasten aus Riffelblech an der Rückseite des Führerhauses. „Mach sie schon mal auf. Aber pack noch nichts hinein."

Schon hatte der Mann sich wieder abgewandt.

Robert ergriff die schweren Kunststofftaschen und zerrte sie über die Ladefläche bis an die Kiste. In der unteren der Ösen hing ein kleines Schloss, doch das Behältnis selbst war nicht verschlossen. Er öffnete den Deckel. Im Inneren lag eine Ansammlung von Werkzeugen: Schaufeln, Seile, ein Wagenheber, Spanngurte und Pannenzeug. Er schob die Gegenstände, so gut es ging, an eine Seite. Argwöhnisch blickte er sich um. Keine Beobachter. Zumindest keine, die sich zu erkennen gaben.

Nach einer Weile erschien der Mexikaner erneut auf der Veranda. Der Latino blickte sich in beide Richtungen um und warf ihm einen fragenden Blick zu. Er nickte angespannt. Der Anblick sorgte dafür, dass er erneut einen Anflug von Übelkeit niederkämpfen musste. Über einer Schulter seines Hexenjäger-Kameraden lag ein grauer, in der Mitte durchgebogener Kunststoffsack. Er starrte auf den Boden und versuchte, an blühende Sommerwiesen, bunte Schmetterlinge und wärmenden Sonnenschein zu denken. Der Mexikaner kam über den Weg heran, trat durch das Tor und stieg mit einem Schütteln des Gefährtes auf die Ladefläche.

Er trat zur Seite, um dem Amerikaner Platz zu machen. Iván versenkte seine unheimliche Last im Inneren der Kiste. Anschließend legte er die Taschen mit den Waffen auf den

Leichensack, als wäre weiter nichts dabei. Mit beiden Händen drückte er den Deckel zu und ließ das Schloss einrasten.

Er wich aus instinktivem Schreck zurück, als ihm der Mexikaner auf die Schulter klopfen wollte.

„Ruhig bleiben, *Beto*", ermahnte ihn der Latino sanft. Der Mann bemerkte zweifellos seine angespannten Blicke zu den Nachbarhäusern. „Alles gut. Was wir hier tun, ist ganz normal. Nur Leute, die etwas zu *verbergen* haben, gucken sich so um, wie du es gerade tust."

„Ich ..."

„Komm. Hilf mir mit dem Fass."

Halb benommen folgte er dem Mann, der vor ihm vom Wagen sprang und ihm voraus zum Schuppen ging. Mit Gartenhandschuhen ergriffen sie das Fass und trugen es zusammen durch das Tor zum Wagen. Nachdem sie das Gefäß auf die Ladefläche gewuchtet hatten, sicherte der Mexikaner die Tonne mit Spanngurten in einer Ecke nah am Führerhaus. „Gut so", befand sein Lehrer. „Gute Arbeit, Robert. Weißt du was? Zum Dank lass ich dich vorne sitzen."

Wieder ein Klaps auf die Schulter. „Haha", brachte er versuchsweise hervor, für den Fall, dass es sich um einen Scherz gehandelt hatte. An diesem Wagen *gab* es Sitzplätze eigentlich nur vorne.

Er kletterte hinab auf den Asphalt und trat zur Beifahrertür, um sich in die Kabine zu schwingen. Die Tür fiel mit einem satten Schmatzen neben ihm ins Schloss. Der Wagen schwankte, als auch der Latino sich in den Fahrersitz fallen ließ. Am Rückspiegel baumelten zwei Stoffwürfel aus weißem Fell. Der Mann beugte sich hinab zum Zündschluss. „Hey."

„Hm?" Der mahnende Tonfall ließ ihn aufschrecken. Verwirrt erwiderte er den Blick des Mannes. Das Gesicht des Mexikaners verzog sich zu einem aufmunternden Grinsen. Der

Bursche zwinkerte ihm zu. „Ganz ruhig bleiben, okay? Ich weiß, wie man so etwas macht. In meinem Land ist überall Polizei und Militär. Ich weiß genau, was ihnen auffällt und was nicht. Auffallen tun nur Leute, die *nervös* sind. Die wissen, dass sie etwas zu verbergen haben. Man sieht es ihnen an. Wir beide?" Iván verzog das Gesicht und zuckte beiläufig mit den Schultern. „*Haben* nichts zu verbergen. Wir sind zwei Freunde, die ein bisschen spazieren fahren. *Entendiste?*"

„Mh, hm." Seine Antwort sah vermutlich mehr nach Schulterzucken als nach einem Nicken aus.

„Gut.“ Der Mann drehte den Zündschlüssel. Der Motor erwachte mit einem lauten und daher vermutlich besonders unauffälligen Brüllen.

„Siehst du", verkündete sein Lehrer weiter, so als hätte eine wichtige Lektion bereits begonnen. „Jemand, der nicht auffallen will, würde zum Beispiel auf keinen Fall *das hier* machen." Mit einer schnellen Bewegung trat der Kerl zugleich das Gas durch und zog die Handbremse an. Ein Jaulen und ein Grollen ertönten, so als habe jemand ein Löwenrudel mit Benzin übergossen und in Brand gesetzt. Der mächtige V 8 spie graue Schwaden in die Luft, sodass die Nachbarschaft hinter der Heckscheibe in grauem Rauch verschwand.

Er umklammerte den Haltegriff der Tür. Der Wagen schüttelte sich wie ein eingesperrtes Raubtier. Die Reifen zitterten und quietschten auf vergeblicher Suche nach Traktion. Kein Zweifel. Bei dem Mexikaner waren wirklich Hopfen und Malz verloren.

„Viel zu auffällig", rief ihm Iván über das Rumoren fröhlich zu. „Was sollen die *Nachbarn* denken? Erst recht von jemandem, der *so* anfährt!" Erneut erklang ein Gurgeln aus den Eingeweiden ihres Trucks. Der Pick-up machte einen Satz nach vorn. Der Amerikaner warf das Steuer herum und zog hart am Griff der Handbremse, sodass das Heck mit einem lauten Kreischen herumschwang. Vermutlich wirbelten Pflastersteine hinter ihnen auf, während die Schwungkraft ihn in die Hartschalenverkleidung der Tür drückte. Ein Wummern aus dem Fond erinnerte an lose Werkzeuge und noch viel schlimmere Dinge, die in einer abgeschlossenen Metallbox herumgeworfen wurden. Nach einer vollen Drehung fing der Mann den Wagen schlingernd ein. Die Räder fanden Halt und das Gefährt schoss dröhnend vor, vorbei an Villen und Zäunen und Gebüschen, bevor es schlingernd auf die breite Hauptstraße bog. Der Mexikaner lachte ausgelassen. Es war das Lachen eines Mannes, der gelegentlich von hohen Klippen springt oder auf wilden Stieren reitet, um herauszufinden, ob solche Dinge in der Lage sind, einen Menschen umzubringen.

Kapitel 11 – Iván

Iván pfiff ein Lied, während das Gefährt sie über die Ausfallstraße in Richtung Stadtrand trug. Der Mann ließ sich auch dann nicht von seiner guten Laune abbringen, als ihnen auf der Landstraße ein Polizeikonvoi mit Blaulicht und Sirenen entgegenkam. Vermutlich hätte der Latino sein Seitenfenster heruntergefahren und einen Ellenbogen hinausgehängt, wenn sich die Außentemperatur nicht langsam, aber sicher dem Nullpunkt angenähert hätte. Er selbst bemerkte erst nach einer ganzen Weile, dass seine Handflächen schweißnass waren und dunkle Spuren auf den Schenkeln seiner Jeanshose hinterließen.

Nach einer kurzen Wegstrecke wechselte der Anblick gut gepflegter Villen zu dem von frei stehenden Häuschen und schließlich dem von herbstlich verlassenen Feldern und brandenburgischen Laub- und Mischwäldern. Der Mexikaner überließ ihn seinen eigenen Gedanken. Nach einer Weile verstummte die gepfiffene Melodie. Iván verzichtete darauf, das Radio einzuschalten. Die spiegelnden Brillengläser verbargen seine Augen. Jedoch war nicht auszuschließen, dass auch der Hexenjäger angespannter war als er sich anmerken lassen wollte.

Beelitz, verkündete ein gelbes Straßenschild irgendwann. Mehr Wälder folgten. Nachdem sie über eine halbe Stunde ruhig dahingezuckelt waren, ohne Unterhaltung außer dem Brummen des kräftigen Motors, bog der Mann von der Asphaltlandstraße in ein Waldstück ab. Die großen Räder rumpelten über einen unbefestigten Pfad, durch Kuhlen und über faustgroße Steine, bis ihnen irgendwann ein roter und weißer Schlagbaum den Weg versperrte. Der Latino ließ den Motor laufen, als er aus der Fahrerkabine auf den Boden sprang, das

Schloss der Handschranke aufschloss und den Schlagbaum anhob. Anschließend kehrte er zurück, zog die Tür an, ohne sie zu schließen, und ließ den Pick-up grummelnd durch den Durchgang kriechen.

Mit mulmigem Gefühl wartete er, während sein Begleiter erneut das Führerhaus verließ und die Schranke hinter ihnen wieder in ihre ursprüngliche Position brachte. Danach ging es im Schritttempo weiter durch den Wald. Die Bäume sahen hier nicht anders aus als zuvor. Ein gewöhnliches Waldstück war jedoch weder mit Schlagbäumen abgegrenzt noch mit verrosteten Warnschildern markiert.

„Das war gerade eine Schranke", bemerkte er trocken.

Der Mexikaner nickte, so als handle es sich bei seiner Bemerkung lediglich um Small-Talk.

„Eine Schranke", wiederholte er dieses Mal nachdrücklicher. „So wie in: Hier nicht durchfahren."

„Korrekt", stimmte ihm der Amerikaner zu. „Dann haben wir wenigstens unsere Ruhe."

Ein Rattern in der Ferne ließ ihn zusammenzucken. Entgeistert blickte er den Mexikaner an. „Was zum Henker war das gerade?"

Der Latino legte den Kopf schief. „7,62 mal 51 mm", verkündete er nach kurzem Überlegen. „NATO-Standard. Alles gut. Erst bei 5,45 mal 39 müssen wir uns Sorgen machen. Dann sind nämlich die Russen da."

„Was?"

„Haha!" Der Bursche lehnte sich über die Mittelkonsole und knuffte ihm kameradschaftlich in die Seite.

Fassungslos verfolgte er, wie ein weißes Metallschild vorüberzog. *Militärischer Sicherheitsbereich*, stand dort. *Schieß- und Übungsbetrieb. Lebensgefahr. Unbefugtes Betreten ist verboten und wird strafrechtlich verfolgt.*

„Äh …" Mit dem Daumen deutete er zurück. „Da stand gerade …"

„Ja", erklärte der Mexikaner. „Schießbetrieb. Also lass besser das Fenster unten."

„Soll das ein Scherz sein? Das hier ist *verboten*. Und außerdem gefährlich!"

„Ich sag dir, was gefährlich ist." Der Hexenjäger lehnte sich zu ihm herüber. „In *öffentlichen* Wäldern herumzuballern. So was geht gar nicht. Bei so was kommt sofort die Polizei. Außerdem könnte man dort jemanden verletzen. Der Stützpunkt hier hat heute Übungsschießen. Ein paar Schuss mehr oder weniger fallen da nicht auf."

„Wir fahren einen drei Meter hohen Pick-up! In Erdbeerrot!"

„Flammenrot", korrigierte ihn der Mexikaner und steuerte das Gefährt durch einen niedrigen Graben auf eine laubbedeckte Matschfläche. „Das hier ist eine Naturgewalt und kein Gemüse."

„Erdbeeren sind auch kein …" Er warf die Hände in die Luft. „Toll. Wirklich. Und ich dachte schon, wir werden heute noch verhaftet. Dabei lassen wir uns bloß *erschießen*."

Der Latino brachte das Gefährt zum Stehen. Er ließ ein Grinsen sehen und beugte sich nach vorn, um einen Blick über die Baumkronen wandern zu lassen. „Ein guter Ort", befand er. „Entspann dich, *Beto*. Heute ist Sonntag. Die armen Schweine, die heute hier draußen schießen müssen, haben irgendwelche Scheiße gebaut. Sie sind zur Strafe hier. Denkst du, ein Mann, dem man das Wochenende gestrichen hat, geht auch nur einen Meter extra, nur weil ab und zu irgendwo was knallt, was vielleicht nicht knallen sollte? Komm. Wir machen uns ein bisschen warm."

Kopfschüttelnd sah er mit an, wie sein Fahrer aus der Kabine auf die feuchten Blätter sprang und ein paar Kniebeugen machte. Der Mexikaner umkreiste das Gefährt und löste die Ladeklappe. Mit argwöhnischen Blicken auf den aufgeweichten Untergrund folgte er dem Mann nach draußen. Der Latino warf sich den Leichensack über die Schulter, trat an die Ladekante und warf ihn mit der Pietät einer Sperrmüllentsorgung auf den Boden.

„He!"

Der Hexenjäger blickte fragend auf.

„Ich *kannte* sie."

„*Disculpa*. Macht der Gewohnheit."

Der Mann sprang von der Ladekante, schnappte sich den Sack und hätte ihn wohl gleich wie einen alten Teppich vor sich her gerollt, als er Roberts Blick bemerkte. Mit einem Schulterzucken warf er sich die Last erneut über die Schulter. Der Mexikaner stapfte zu einigen Sträuchern, ging kurz in die Hocke, um den Boden zu prüfen, und gab ihm dann mit einem Nicken zu verstehen, dass der Ort aus seiner Sicht geeignet war. „Wie wäre es hier drüben?", wollte er versöhnlich wissen, so als überlasse er einem perfektionistisch veranlagten Mitbewohner die Auswahl eines 20-Euro-Läufers für die gemeinsame Studentenbude.

„Äh." Ein Stück anonymer Waldboden war wohl genauso gut oder schlecht wie jedes andere. „Okay. Ja. Warum nicht. Vielleicht unter dem Baum da drüben?"

„Ein schöner Baum", stimmte der Hexenjäger zu, als sei ihm die genaue Lage *nicht* vollkommen gleichgültig. „Holst du die Schaufeln?"

Wirklich nicht zu glauben.

Seite an Seite gruben sie gemeinsam. Wie schnell es doch gehen konnte: vor ein paar Tagen noch ein ganz normales Leben und heute ... „Warten Sie!"

Der Mexikaner hielt inne und sah ihn fragend an. Gerade hatte er sein Spatenblatt erneut ins Erdreich rammen wollen. Etwas Neues war ihm durch den Kopf geschossen. „Das hier ist Sperrgebiet", brachte er atemlos hervor. „Schießgelände. Hier liegt doch bestimmt alles voller alter Blindgänger!"

„Quatsch." Der Mann schüttelte den Kopf und nahm seine Arbeit wieder auf. „Wir sind hier in Deutschland, *Beto*. Ihr führt doch über alles Listen. Ein Soldat muss über jeden Schuss Bericht erstatten. Irgendwelche armen Schweine müssen nachher immer alles saubermachen. Komm schon. Verlass dich mal ein bisschen auf eure deutsche Gründlichkeit."

Widerstrebend schloss er sich der Arbeit an, die sein Kamerad schon wieder aufgenommen hatte. Der Kerl hatte gut reden. Das hier war nicht nur Deutschland, sondern auch das Umland von *Berlin*. Wenn Regeln hier genauso gründlich eingehalten wurden wie innerhalb der Stadtgrenzen, standen sie vermutlich mitten in einem Minenfeld.

Trotz seiner anhaltenden Besorgnis gelang es ihnen, eine flache, etwa körperlange Grube auszuheben. Irgendwann befand der Hexenjäger, dass sie genug gegraben hatten. Der Mann setzte bereits dazu an, das Bündel unzeremoniell über den Rand zu befördern, als er sich zu erinnern schien und fragend aufblickte. „Willst du irgendwelche Worte sprechen, *Beto*?"

Er starrte auf den Stoffsack. „Ich bin nicht sicher ..."

Der Amerikaner richtete sich auf, nahm seine Kreuzkette von der Brust und küsste sie. *„¡Qué Dios la tenga en su santa gloria!"*, verkündete er. „Möge es dir in der nächsten Welt besser ergehen als in dieser hier." Der Latino sah ihn fragend an.

„Genau." Er räusperte sich. „Ja. Das wäre wirklich ... wünschenswert."

„Willst du ...?", wollte sein Nachbar mit einem Nicken zu dem Bündel wissen.

„Nein! Nein, danke."

Der Amerikaner nickte und schob den Sack über den Rand. Mit einem dumpfen Geräusch schlug der schwere Gegenstand im Erdreich auf. Der Latino zog ein kleines Fläschchen aus der Jackentasche und träufelte den Inhalt in die Grube. „Von Sergei", erklärte er. „Um ganz sicherzugehen, dass sie auch wirklich *unten* bleibt."

„Ich frage lieber gar nicht erst, was das bedeuten soll."

Sein Kamerad ergriff die Schaufel und begann wieder damit, Erde in die Grube zu werfen. Eine Zeit lang beobachtete er wie benommen die Arbeit des Latino. Kalter Schweiß stand ihm auf dem Gesicht. Vermutlich setzte irgendwann eine gewisse Abhärtung ein, wenn man sich erst einmal an ein gewisses Niveau von Schrecklichkeit gewöhnt hatte. Er ergriff die Schaufel und begann zu helfen. Nach einer Weile war das Werk vollendet. Der Mexikaner klopfte die Erde mit dem Spaten platt und verteilte Blätter auf dem Grab. Der Mann wandte sich zu ihm um und nickte ernst. „Jetzt das Artefakt und den *Animus*", befahl er. „Ein Stück abseits. Es ist nicht gut, wenn sie zu nah bei der Hexe liegen."

Dieses Mal ging die Arbeit schneller voran. Die Grube, die sie aushoben, war tief, aber nicht besonders breit, sodass sie schon nach kurzer Zeit mit dem Ausheben fertig waren. Der Mexikaner wies ihn an, die Gegenstände nicht zu berühren, als sie das Fass von der Ladefläche nahmen und die Objekte in die Erde kippten.

„So", verkündete Iván, als sie das Loch erneut verschlossen und das Fass auf dem Gefährt verzurrt hatten. Es klang, als hätten sie soeben eine wenig schöne, aber notwendige Gartenarbeit erledigt. Zum ersten Mal seit Langem lag wieder ein Lächeln auf den braungebrannten Zügen. Der Kerl rieb sich erwartungsfroh die Hände. „Das war *das*. Und jetzt zum angenehmen Teil des Tages."

Der Mann schnappte sich die Spaten und sprang auf die federnde Rückfläche des Pick-up. Nachdem er die Werkzeuge in der Kiste hatte verschwinden lassen, zog er die schwarzen Textiltaschen daraus hervor. Mit schweren Schritten überquerte er die Ladefläche und legte die Taschen an der Kante ab. Dann sprang er auf den Boden und machte sich an den Reißverschlüssen zu schaffen.

„Lektion eins", erklärte er. „Du musst deine Waffe immer sauber halten. Ist sie nicht sauber, funktioniert sie nicht, wenn du sie brauchst." Der Latino zog einige etwa handtellergroße Papierrechtecke mit aufgedruckten Zielscheiben hervor. Er sah sich auf der kleinen Lichtung um, stapfte dann über die Schicht aus Blättern und begann, die Scheiben an einigen verschieden weit entfernten Bäumen aufzuhängen. Nachdem er offenbar mit seiner Aufteilung zufrieden war, kehrte er zurück. „Nordosten", verkündete er mit einer Handbewegung in Richtung der Scheiben. „Daher kommt der Wind. Dort und dort sind Siedlungen." Iván zeigte nach Westen und nach Süden. „Das bedeutet, dass man dort unsere Schüsse hören kann. Ist aber nicht so schlimm. Die Nachbarn sind daran gewöhnt. Wichtiger ist *diese* Richtung." Er deutete nach Nordosten. „Von dort kamen die anderen Schussgeräusche. Das heißt, der Wind trägt unseren Lärm von ihnen weg." Iván tippte sich wissend an die Schläfe. „Eine weitere Lektion für dich. Kenne immer das Gelände. Vielleicht kommen wir später noch zu mehr Lektionen. Erst mal musst du wissen, was man mit einer Waffe macht. Zeig mir die Pistole."

Wieder nestelte er die Waffe aus dem Holster unter seinem Arm. Der Latino beobachtete ihn kritisch. „Ganz schön umständlich, was?", befand er im Tonfall einer amerikanischen *Infomercial*. „Hier." Eine schnelle Bewegung, schon lag eine Pistole in der Hand des Mannes. Der Amerikaner grinste, klopfte auf ein flaches Holster an seinem Gürtel und schob die Waffe zurück. „Darüber reden wir noch. Du musst *schnell* an deine Waffe kommen. Ansonsten bringt sie dir nicht viel." Der Latino streckte die Hand vor und nahm Alois' Pistole von ihm entgegen. „Hier", erklärte er, während seine Finger Handgriffe vollführten. „Sicherung. Abzug. Kimme und Korn. Schlitten. Magazin." Der Bursche zog das Magazin hervor und prüfte die Bestückung. „Geladen", verkündete er und schob das schwarze Kästchen mit einem Schnappen zurück in seine Halterung. „Nimm", forderte er, ihm den Griff entgegenhaltend. „Die Mündung zum Boden. Halt die Waffe immer so, als ob sie jederzeit losgehen könnte. Ziel damit nie auf jemanden, den du nicht bereit bist zu erschießen. Verstanden?"

„Ich glaube schon", verkündete er mürrisch. Der Bursche schien stets halb in einem Actionfilm zu leben.

„Hörst du mir richtig zu?", wollte der Amerikaner mahnend wissen. „Das hier ist sehr wichtig."

„Schon. Aber ich mag immer noch keine Waffen."

„Mag schon sein. Aber deine Feinde auch nicht. Und *darauf* kommt es an. Komm." Der Latino dirigierte ihn zu einer Stelle, vielleicht fünf Schritte entfernt von einer Zielscheibe. „Stell dich *so* hin."

Er folgte dem Beispiel des Mannes, der die Beine leicht versetzt hintereinander auf dem Waldboden platziert hatte, die Waffe vor sich ausgestreckt.

„Ist das nicht ein bisschen nah dran?“, wollte er zweifelnd wissen.

„Wir werden sehen. Jetzt konzentrier dich. Atme ganz normal weiter. Die Waffe entsichern. Der kleine Hebel an der Seite. Und dabei *nicht* auf mich zielen. Danke.“

Ein leises Klicken. Der Mexikaner nickte. „Jetzt ganz ruhig. Anlegen. Zielen über Kimme und Korn. Durchatmen. Abdrücken.“

Er folgte den Anweisungen. Die runde Scheibe schwamm vor seiner Zielvorrichtung, bis seine Atmung ruhiger wurde und die Bewegungen der Waffe sich verlangsamten.

Blam.

Die Pistole machte einen Satz. Der scharfe Knall hallte zwischen den Stämmen wider. Er öffnete die Augen und spähte nach der Scheibe. Das Teil war völlig unbeschädigt.

„Du hast die Augen zugemacht“, erklärte der Mexikaner ungerührt, so als habe er das Ritual schon Hunderte von Malen durchgemacht. „Und die Luft angehalten.“

Er ließ die Waffe sinken und richtete den Blick auf seinen Lehrer. Der Latino hatte auf einem umgestürzten Baumstamm Platz genommen, Alois‘ Präzisionsgewehr aus der Tragetasche gezogen und war damit beschäftigt, die Waffe eingehend zu prüfen.

„Sie haben überhaupt nicht hingesehen.“

„Brauche ich auch nicht“, erklärte ihm der Mann, ohne von der Waffe aufzublicken. „Das machen alle beim ersten Mal.“

„Hmpf.“ Er konzentrierte sich und legte wieder an. Er wartete, bis seine Atmung wieder ruhiger ging.

„Ruhig“, ermahnte ihn der Mexikaner von der Seite. „Lass die Waffe zu einem Teil von dir werden.“

Er schloss die Augen. „Das haben Sie gerade nicht wirklich gesagt.“

Iván ließ ein gedämpftes Lachen hören. „Du würdest dich wundern, *Beto*. Die meisten Leute *wollen* so was hören, wenn sie von mir Schießen lernen. Denken dann immer, sie werden irgendwann Karate Kid oder *Chamez* Bond. Du anscheinend nicht. Gut für dich!"

Er ließ die Waffe sinken. „*Chamez* Bond?"

„*Si*. Natürlich. Kennst du nicht? Englischer Agent. Frauenheld. Fährt immer ..."

„Ah. Sicher. *Chamez* Bond. Klar. Dumm von mir. Jetzt fällts mir wieder ein." Er hob die Waffe und konzentrierte sich wieder aufs Zielen. Er bemühte sich, ruhig zu atmen. Einatmen. Ausatmen. Einatmen. Ausatmen ...

Blam.

Ein erneuter Sprung der Waffe. Er kniff die Augen zusammen. Die Scheibe hing noch immer unbeschädigt an dem kleinen Ast. Ein Seufzen entfuhr ihm. „Ist das Ding überhaupt geladen?", wollte er verärgert wissen. „Sind wir sicher, dass das hier keine Platzpatronen sind?"

„Nicht so einfach, wie man denkt, hm?" Der Mexikaner ließ ein Zwinkern sehen, während er mit dem Gewehr auf einen Baum anlegte, die Waffe anwinkelte und anerkennend nickte. Wahrscheinlich war es nicht das erste Mal, dass er einen seiner Schüler seiner Hollywood-Fantasien beraubte. „Versuchs noch mal. Entspann dich. Wir haben jede Menge Zeit."

„Puh." Er ließ die Finger über den Hartschalengriff tanzen. Entspannungs-Ratschläge waren einfach, wenn man sie anderen erteilen konnte. *Ruhig zielen. Ruhig atmen. Entspann dich. Einfach.*

Zielen. Atmen. Warten. Abdrücken.

Blam.

Er blickte auf. „Ha*ha!*“ Triumphierend deutete er auf das in der Brise flatternde Stück Papier. An einer Kante fehlte ein Fetzen.

„Wuu“, machte der Amerikaner, allerdings noch immer, ohne aufzublicken. „Gut gemacht. Du hast gerade einer Hexe den Mantelkragen weggeschossen. Bestimmt hat sie sich ordentlich erschreckt.“

„Das wird ihr hoffentlich eine Warnung sein!“ Er schüttelte die Faust in Richtung des Quadrats. „Sag deiner Brut, dass Stress im Anmarsch ist. *Chamez* Bond ist in der Stadt!“

Er brachte sich erneut in Stellung. Der Mexikaner ließ ihn schießen, bis das Magazin leer war. Das Ergebnis war noch immer nicht dazu angetan, ihn als zukünftigen Revolverhelden aufzubauen. Noch dreimal hatte er Papier erwischt, zweimal außerhalb der Kreise und einmal innerhalb der Linien.

„Nicht schlecht“, kommentierte der Latino, nachdem er das Resultat in Augenschein genommen hatte. „Gar nicht mal so schlecht fürs erste Mal.“

„Sagen Sie das zu jedem, der es schafft, sich beim ersten Mal nicht in den Fuß zu schießen?“

Der Mexikaner hob die Brauen. „Du würdest staunen, was die Leute alles schaffen. Hier.“ Der Hexenjäger trat zurück und deutete zu ihren Taschen. „Das genügt für heute. Pack die Pistole ein.“

„Das wars schon?“, wunderte er sich. „Aber ich habe doch kaum was getroffen!“

„Eben“, bestätigte der Mann. „Das war deine Lektion für heute. Kenne deine Grenzen. Glaub nicht du wärest sicher, nur, weil du eine Waffe trägst. Schau nicht so! Was glaubst du, warum so eine Ausbildung *Jahre* dauert? Der erste Schritt besteht darin, dich in die Wirklichkeit zu holen. Du weißt jetzt, dass es verdammt schwierig ist, mit einer Waffe überhaupt etwas zu treffen. Sogar, wenn es nur wenige Schritte von dir entfernt hängt, sich nicht bewegt und nicht versucht, dir die Augen auszukratzen. Wichtig ist, dass du jetzt wenigstens schon einmal weißt, wie Schießen klingt und wie es sich *anfühlt*. Das ist bereits ein Fortschritt."

„Was ist mit den anderen Scheiben?", protestierte er. „Die anderen sind viel weiter weg. Vielleicht war ich ja nur unterfordert."

„Vielleicht", gab der Mexikaner gutmütig zurück. Der Mann zog eine dünne, gefaltete Decke aus Textil hervor. Er wandte sich ab und entfernte sich vom Wagen, das Scharfschützengewehr in seiner einen, die Decke in der anderen Hand.

„Was jetzt? Waldspaziergang?"

„Ist gut für die Gesundheit." Der Latino entfernte sich noch immer. Nachdem sie fast ein halbes Fußballfeld zurückgelegt hatten, wandte sich der Mexikaner um und prüfte aus zusammengekniffenen Augen die Entfernung. Er breitete die Decke vor sich auf dem Boden aus, nahm das Gewehr und streckte sich der Länge nach auf der Schutzschicht aus.

„Oh." Jetzt begriff er. Kritisch wandte er den Kopf. Der Pick-up zur Rechten war noch gut hinter den Stämmen zu erkennen. Was die Zielscheiben anging, musste man allerdings schon *wissen*, dass sie irgendwo in der Entfernung an den Bäumen hingen.

Der Mexikaner nestelte eine Zeit lang an der Zielvorrichtung herum. Immer wieder peilte er in die Ferne, um dann wieder eine Einstellung an der Waffe vorzunehmen. Schließlich aber lag er völlig still. Eine Weile lang passierte überhaupt nichts. Offenbar gehörte zu solchen Angelegenheiten eine

Menge Geduld. Heimlich warf er einen Blick auf seine Uhr. Schon fast halb 4. So langsam sollten sie vielleicht ...

Pang.

Obwohl er wusste, womit er hätte rechnen sollen, fuhr er zusammen.

Einatmen, ausatmen.

Pang.

Das Echo der Entladung sprang von Stamm zu Stamm.

Pang.

Unruhig blickte er sich um. Das scharfe Bellen des Gewehrs war deutlich auffälliger als die Geräusche der Pistole. Hoffentlich hatte der Mann mit seinen Theorien über Strafkompanien an einem Sonntagnachmittag recht.

Pang.

Der Körper des Mannes schien sich nicht zu rühren, auch wenn sich die Waffe an seiner Schulter bei jeder Entladung schüttelte.

Pang.

Jetzt erst bewegte sich sein Begleiter. Der Mann erhob sich langsam und betrachtete die Flinte von der Seite, wie ein Weinkenner, der einen besonders guten Jahrgang aus dem Regal gezogen hat.

„Und?"

„Anständig!", befand der Mexikaner. „Ja, wirklich. Können wir gebrauchen." Iván nickte zufrieden. „Das ist schon fast genug für heute, Junge. Hol die Zielscheiben. Dann können wir zum Nachtisch übergehen."

Gehorsam trabte er zurück zur kleinen Lichtung. Er riss die vorderste der Zielscheiben von der Rinde. Nicht schlecht. Der Treffer lag zentral im inneren Bereich. Er stapfte weiter durch die Blätterschichten und holte auch die zweite Scheibe.

Hier bot sich das gleiche Bild: ein glatter Durchschuss, beinahe in der Mitte, daneben noch ein weiterer, nur etwa einen Daumenbreit entfernt. Auch die dritte und am weitesten entfernte Scheibe war zentral durchschossen. Der Bursche verstand etwas von seinem Handwerk.

Als er zurückkehrte, erwartete ihn sein Kamerad mit einem breiten Grinsen und dem Schrotgewehr in beiden Händen. „Bevor wir fahren", verkündete er. „Das hier habe ich uns für den Nachtisch aufgehoben." Der Mexikaner präsentierte ihm die Waffe mit dem Stolz eines Verkäufers. „Benelli M4", erklärte er. „Sechs Schuss. Halb automatisch. Hier ziehen, zielen, schießen, schießen, schießen ... und so weiter. Bis sie leer ist. Die Wahrscheinlichkeit, dass du *damit* irgendetwas triffst, ist ziemlich hoch. Auch hier ist es vor allem wichtig, ruhig zu bleiben."

„Alles klar." Er musterte die lang gezogene Form von der Mündung bis zum Schaft. „Ruhig bleiben. Also. Wie genau ..."

Unversehens fuhr der Mann herum. *Ratsch-bumm*, machte die Waffe. Der kleine, unschuldige Baum an ihrer Seite schüttelte sich. *Ratschumm. Ratschumm. Ratschumm. Ratschumm.* Äste flogen durch das Unterholz. Sträucher bogen sich unter dem Schrapnell aus bleichen Stammteilen und Rindensplittern. Was vom Stämmchen übrig blieb, senkte sich mit einem protestierenden Stöhnen und fiel knirschend ins Laub.

„So", kommentierte Iván mit unverhohlener Befriedigung. „Aber wie gesagt: *ruhig* dabei bleiben."

Der Latino hielt inne. Auch er hatte es gehört. Einen Ruf, irgendwo in der Ferne. Das Bellen eines Hundes. Womöglich war *das* hier doch etwas zu viel des Guten gewesen.

„Kacke“, verkündete der Amerikaner sachlich. „Okay. *Apúrate.* Das war genug für heute.“ Ohne Hektik, aber dennoch mit einer gewissen Eile, packte sein Lehrer ihre Waffen zusammen und verstaute alles wieder in den schwarzen Taschen. Mit ein paar kurzen Schritten und einem Satz war er wieder auf der Ladefläche. Die Tragetaschen verschwanden in der Box hinter dem Führerhaus.

Alle beide schwangen sie sich zurück in die Kabine. Der Latino sah ihn an, nickte kurz und ließ den Motor aufheulen. Augenblicke später rauschten sie zwischen aufwirbelnden Blätterwolken davon. Ein Halt noch bei der Schranke. Dann holperten sie über den öffentlichen Waldweg und bogen wieder auf die asphaltierte Landstraße.

Eine Zeit lang trug sie das blubbernde Gefährt schweigend zurück in Richtung Stadt. Er lehnte mit der Schläfe an der Türverkleidung und beobachtete, wie Weiden und kleine Laubwälder am Fenster vorüberzogen.

„Alles okay bei dir, *Beto*?“ Der Mexikaner blickte ihn über die Mittelkonsole an. Aus irgendeinem Grund sah er auch weiterhin so aufgeräumt und sauber aus, als kehrten sie soeben vom Friseur zurück und nicht aus einem feuchten Wald.

„Hm? Ach. Es geht schon. Ist vielleicht nur gerade alles etwas viel.“

Der Mexikaner nickte wissend und richtete den Blick wieder auf die Straße. Der Hexenjäger schien für einige Augenblicke zu überlegen. Die Landstraße hielt nicht allzu viel an Ablenkung bereit. Nur ab und zu kam ihnen ein Fahrzeug entgegen. Noch einmal nahm der Mann ihn abschätzend in Augenschein. „Fühlst du dich bereit, *Beto*?“, wollte er unversehens wissen. „Bist du darauf vorbereitet, unseren Feinden im Kampf entgegenzutreten?“

„Was? Nein! Überhaupt nicht. Genau darin liegt mein Problem.“

„Nein“, verkündete sein Lehrer mit Nachdruck. „Das ist gut. Sehr gut sogar. Dann bist du wenigstens schon mal kein Idiot. Nur ein Idiot könnte glauben, für den Kampf gegen die dunklen Mächte *bereit* zu sein. Ein guter Hexenjäger weiß, dass er niemals ganz bereit ist. Das Wissen um seine Grenzen macht ihn vorsichtig. Macht ihn *gefährlich*. Nur ein vorsichtiger Hexenjäger kann es schaffen, lange genug zu überleben, um irgendwann zu einem *guten* Hexenjäger zu werden und unseren Feinden *richtig* wehzutun. Verstehst du, was ich damit meine?“

Schwerfällig wandte er den Kopf. „Ich bin nicht sicher. Soll das heißen, es ist *gut*, dass ich nicht glaube, dass ich irgendetwas hiervon kann?“

Der Amerikaner schüttelte nachdrücklich den Kopf. „Keiner von uns ist darauf *vorbereitet*, Hexen und Dämonen zu bekämpfen“, fuhr er leidenschaftlich fort. „So wie es dir geht, ging es uns allen. Es gibt keine Hexenjäger-Schulen. Keine Hexenjäger-Universität. Ha! Die meisten Leute glauben ja nicht einmal, dass es Hexen *gibt*. Wir anderen tun auch nur, was wir können, *Beto*. Das Beste, was man finden kann, ist ein guter Lehrer. Der Rest ist reiner *Wille*. Entschlossenheit und das Wissen, dass wir diese Welt mit unserer Arbeit ein kleines bisschen besser machen. Auch wenn es einem meistens keiner dankt.“

Der Mexikaner legte eine Pause ein. Der breite Kühler ihres Wagens fraß Markierung um Markierung. Er beobachtete den Lateinamerikaner von der Seite. „Wer hat *Sie* vorbereitet“, wollte er wissen. „Wie war das damals bei *Ihnen*?“

Der Fahrer ließ ein Schnaufen hören. Erneut schien er zu überlegen, bevor er eine Antwort gab. „In meiner Heimat ist es anders als bei euch“, begann er schließlich. „Wo ich herkomme, haben die Leute nie vergessen, dass es Hexen und Dämonen gibt. Auch nicht, als ihr Europäer kamt, um uns zu ‚entdecken‘. Schon unsere Vorfahren, die *Aztecah* und *Mexitin* …“ Iván zog einen Ärmel hoch und zeigte seinen tätowierten Arm. Geheimnisvolle Schlangenmuster, Menschenformen mit Federschmuck und stilisierte Jaguare zogen sich über die gesamte Haut. „Sie kannten viele Kräfte, dunkle wie auch helle. Weder die Spanier noch die Kirche konnten sie jemals ganz vertreiben. Bei uns gibt es bis heute *brujos* und *brujas*, Beschwörer und Beschwörerinnen, an die man sich wendet, wenn man Hilfe braucht.“ Der Mexikaner schüttelte den Kopf. „Ihr Europäer wollt das nicht verstehen. Nicht alle, die das alte Wissen nutzen, sind auch *böse*. Nicht alle *brujas* tun Dämonenwerk. Viele sind sehr hilfreich bei der Linderung von Leiden. Doch auch bei ihnen gibt es welche, die ihre Macht missbrauchen und die keine Grenzen kennen.“

Erneut ein kurzes Schweigen. „Mein Onkel“, fuhr der Mexikaner unversehens fort. „Er hatte Spielschulden gemacht. Er ging zu einem schlechten *brujo*. Zuerst wollte er nur Räucherzeug und Amulette, um sein Glück beim Kartenspiel ein bisschen … aufzufrischen. Doch irgendwann riet der *brujo* ihm dazu, auch Flüche über seine Mitspieler auszusprechen, um seine Chancen zu verbessern. Es ging nicht gut aus. Zwei von ihnen starben. Einer durch Alkohol. Der andere ging in den Wald und wurde nie wieder gesehen. Meinen Onkel hat das nicht mehr interessiert. Er begann, viel zu gewinnen. Er kaufte eine Wohnung. Der *brujo* zog bei ihm ein. Jeden Tag hat er mit ihm gezaubert." Der Mexikaner fuhr sich mit der Hand durch die Haare. Die Frisur schaffte es auf irgendeine Weise, dadurch *noch* perfekter auszusehen. „Irgendwann stand mein Onkel nachts vor unserer Tür", fuhr der Latino fort. „Er sah aus wie eine Leiche. Er und dieser *brujo* hatten sich gestritten. Es ging um Geld. Um junge Männer, die er zu sich einladen sollte, damit der *brujo* auch sie unter seinen Einfluss bringen konnte. Mein Onkel hatte sich geweigert. Da hat der *brujo* ihn verflucht. Mein Onkel meinte, Schatten mit Flügeln und mit glühenden Augen wären hinter ihm her, um ihn zu töten. Meine Großmutter hat gesagt, er soll verschwinden. Das alles sei die Strafe für seine Gottlosigkeit. Doch mein Großvater hat ihn hereingelassen." Der Mexikaner räusperte sich. Es war das erste Mal, dass er eine Spur von Unsicherheit an seinem Lehrmeister bemerkte. „Wir wurden angegriffen", fuhr er fort. „Noch in derselben Nacht. Zum Glück hatte mir mein Großvater beigebracht zu schießen. Sie gelangten nicht hinein. Mein Onkel aber starb im nächsten Jahr. An einer Krankheit, die niemand kannte oder heilen konnte. Von da an wusste ich, dass es die dunklen Hexenkräfte wirklich gibt. Ich wusste, was ich tun musste. Mein Onkel ist kein schlechter Mann gewesen. Genauso wenig wie die meisten, die unter Hexenkräfte fallen. Ich musste meine Großeltern lange überzeugen, bevor sie mich zu einem Priester brachten, der einen Hexenjäger kannte. Und von da an ..." Iván verstummte. Mit einem Mal war das Lächeln wieder in seinen Zügen, ein weniger schwächer als zuvor. „War ich bereit?", fuhr sein Sitznachbar gelassen weiter fort. „Nein. Aber ich hatte einen guten Lehrer. Von da an ging es einfach immer weiter. Ich habe einfach nie wieder damit aufgehört." Der Mann zog seinen Ärmel zurück und wandte sich wieder der Straße zu. „Bei den anderen war es nicht viel anders", erklärte der Latino. „Bei deinem Onkel.

Bei Sergei und Salena. Jeder hat seine eigenen Gründe dafür, ein ‚normales' Leben aufzugeben und die Jagd nach Hexen aufzunehmen."

Der Motor brummte gleichförmig. Er lehnte sich zurück gegen die Kunststoffsäule und malte mit der Nagelspitze Muster auf die Fensterscheibe. „Was ist mit Sigurd?", wollte er nach einer Weile wissen. „Er wirkt immer so ... *verbissen*. Warum ist er dabei?"

Sein Begleiter starrte stumm für eine Weile auf die Straße. Er schien genau zu überlegen, was er preisgeben konnte oder durfte. „Was hat er dir erzählt?", wollte der Latino vorsichtig wissen.

„Gar nichts! Ich meine ... so gut wie nichts." Er winkte ab. „Es klingt, als wären er und Onkel Alois einmal gute Freunde gewesen. Er hat Schlüssel zu Alois' Villa und kennt sich in den Räumen aus. Er hat mir Fotos gezeigt. Von damals, aus Tschernobyl. Als es ihnen gelungen ist, Kaliyaga im Reaktor einzusperren. Er meinte, dass sie oft zusammen jagen waren. Es klang, als hätten er und Alois sich in der letzten Zeit entfremdet. Eine Textnachricht pro Woche, das wars. Nichts mehr als der Totmannschalter mit den Ortsangaben. Er meinte außerdem, dass die *Padres* aus dem Osten auf ihn nicht besonders gut zu sprechen sind. Das ist alles, was ich weiß."

Der Latino nickte. Eine kurze Zeit des Schweigens folgte. „Ich glaube, du verdienst es, dass ich offen mit dir bin, *Beto*. Es geht hier schließlich um dein Leben." Wieder nur das Motorbrummen.

„Sigurd und Alois waren die Besten", begann der Mexikaner schließlich. „In den 1980er- und frühen 90er-Jahren gab es keine Besseren in ganz Europa. Es war in großen Teilen ihr

Verdienst, dass die Hexenpest in Zentraleuropa beinahe ausgerottet war. Die beiden waren überall. Sie waren wie Brüder. Wo immer es gefährlich wurde, waren Alois und Sigurd zur Stelle. Sigurd mit seinem Van-Helsing-Aufzug, wie aus *Dracula*. Und dein Onkel Alois mit seiner Armbrust. So ein Riesenteil, mit dem man glatt durch jemanden hindurchschießen kann.“ Der Mexikaner schüttelte den Kopf. „Die beiden waren so was wie ihr eigener Hexenjäger-Orden. Dein Onkel Alois liebte all die Regeln und die Traditionen. Es lag in seinem Blut. Sigurd liebte eher die *Action*. Die Gefahr. Das Abenteuer. Und leider auch den Alkohol.“

Der Mexikaner atmete langsam aus. „Es war nach 1986. Nach unserem großen Triumph bei Tschernobyl. Nachdem Kaliyaga eingeschlossen war und die Hexenpest in ganz Europa immer weiter zurückging, zeigte sich, wie unterschiedlich Alois und Sigurd eigentlich waren. Dein Onkel blieb wie immer wachsam. Er wusste, dass die Feindin zwar gefangen, aber nicht getötet war. Er war getrieben von der Suche nach einem Mittel, mit dem man sie vernichten konnte. Sigurd hingegen ...“ Der Mexikaner seufzte. „Er sah die ganze Sache etwas anders“, fuhr er widerwillig fort. „Er glaubte, dass es endlich Zeit zum *Feiern* war. Dazu, etwas von dem Leben nachzuholen, das man als Hexenjäger zu oft gar nicht mitbekommt. Während Alois in Osteuropa in Archiven unterwegs war, in alten Klöstern und in Burgruinen, zog es Sigurd in andere ... *Etablissements*.“ Der Mexikaner rückte sich im Fahrersitz zurecht und veränderte den Griff am Lenkrad. „Die beiden wurden sich immer fremder“, fuhr er düster fort. „Alois warf Sigurd vor, seine Pflichten zu vernachlässigen. Sigurd war der Meinung, Alois sei von seiner Jagd zu sehr besessen und habe vergessen, *wofür* wir eigentlich kämpfen. Die Welt, die wir beschützen. Das Leben, die Menschen und all die guten Dinge, die wir uns entgehen lassen. Sigurd wollte endlich seinen Anteil daran haben.“

Ein erneutes Schweigen folgte. „Trotz allem blieben sie befreundet“, fuhr der Mexikaner irgendwann fort. „Zwar stritten sie sich regelmäßig, aber wer sich streitet, hat sein Gegenüber wenigstens noch nicht aufgegeben. Manchmal gingen sie auch noch zusammen jagen. Aber Sigurds neues Leben machte sich bemerkbar. Es gefiel ihm nicht mehr, in aller Frühe aufzustehen. Er trank zu viel und traf nur noch wenig, nach allem, was ich gehört habe. Bis Alois ihn irgendwann nicht mehr mitnahm. Und ihm sogar die Armbrust wegnahm, die er ihm geschenkt hatte.“

„Das Teil aus Alois‘ *Refugium*?“

Der Mexikaner nickte bestätigend. „Alois meinte, Sigurd wäre irgendwann näher daran gewesen, sich selbst in den Fuß zu schießen als ein Stück Wild zu treffen. Dann kam 2013.“ Der Mann schüttelte den Kopf, so als bedrücke ihn die Erinnerung noch immer. „Der Schneeeinbruch im Dach des Steinsargs in Tschernobyl. Sigurd hatte damals Wachdienst in der Sperrzone. Er war dafür verantwortlich, den Winterdienst mit den örtlichen Behörden zu koordinieren. Es war damals nicht einfach in der Ukraine. Der Maidan. Die Revolution. Die Regierung hatte damals andere Probleme. Doch Sigurd …“ Der Mexikaner zuckte mit den Schultern. „Er spricht nie darüber, was damals *genau* geschehen ist. Alles, was wir wissen, ist: Er war in diesen Tagen nicht, wo er hätte sein sollen. Er war mit anderen Dingen beschäftigt als mit denen, die er hätte tun sollen.“

Sein Begleiter schwieg. Er biss die Zähne zusammen. Verdammt. *Den* Teil hatte Sigurd bei seinen Erzählungen wohl aus gutem Grund außen vor gelassen.

„Kaliyaga entkam", fuhr der Mexikaner fort. „Alle wussten, dass es Sigurds Schuld war, dass es ihr gelingen konnte. Er war unberechenbar geworden. Untragbar. Zum ersten Mal seit langer Zeit hat man den schweren Beschluss gefasst, einen Hexenjäger aus dem Orden auszustoßen." Ein weiterer kurzer Blick in seine Richtung. „So ist es leider, *Beto*. Sigurd ist kein Hexenjäger mehr. Zumindest nicht im Orden. Er ist *excommunicatus*. Ausgeschlossen und geächtet. Darum sind wir nur so wenige. Das hier ist keine offizielle Operation. Es ist ein persönlicher Gefallen. Von Hexenjägern, die seine Verdienste nicht vergessen haben."

Der Amerikaner blickte wieder auf die Straße. „Es kam noch schlimmer", fuhr er betreten fort. „Unsere Feindin war außer sich vor Wut. 25 Jahre war sie eingesperrt gewesen. Ihr Hass auf den Mann, der sie eingeschlossen hatte, kannte keine Grenzen." Der Latino ließ die Luft entfahren und presste die Kiefer zusammen. „Dein Onkel Alois hatte eine Tochter", fuhr er mit beherrschter Stimme fort. „Klara. Er hat fast niemandem von ihr erzählt, um sie nicht zu gefährden. Kaliyaga fand sie trotzdem." Stille trat für einige Momente zwischen sie. Nur das Grummeln des Motors war zu vernehmen. In wenigem Hundert Metern kam ihre Abzweigung. Allerdings war dies ein ausgesprochen schlechter Augenblick, um darauf hinzuweisen.

„Kaliyaga hat sie nicht getötet", fuhr der Amerikaner leise fort. „Nein. Sie tat etwas viel Schlimmeres mit ihr. Sie machte sie zu einer Hexendienerin. Und dann sorgte sie dafür, dass Alois und seine Tochter beim Ausräuchern eines Konvents aufeinandertrafen."

Er schluckte. Auch der Mexikaner schien zu überlegen, welche Worte angemessen waren.

Pling.

Er fuhr zusammen. Sein Begleiter griff nach seinem Handy. Der Blick der Augen hinter der Sonnenbrille ging zum Bildschirm. Der Latino schob das Telefon zurück in seine Tasche, warf einen kurzen Blick über die Schulter und drückte dann das Gaspedal durch, um mit donnerndem Motor über die durchgezogene Linie in der Mitte der Landstraße zu ziehen und in einem riskanten Manöver die beiden vor ihnen dahinzuckelnden Fahrzeuge zu überholen.

„Was ist los?“, wollte er wissen. „Zur Villa geht es dort entlang.“

„Wir fahren nicht zurück zur Villa“, rief ihm der Mann über das Dröhnen der Maschine zu. „Wir fahren zu Sigurd.“

Kapitel 12 – Einsatzplanung

Der schwere Pick-up-Truck schleuderte derart gewagt in die letzte freie Parklücke gegenüber der Buchhandlung, dass sie froh sein konnten, nicht mit dem ausbrechenden Heck über den Bürgersteig zu rutschen. Der Fahrer eines Wagens, der eben an derselben Stelle rückwärts hatte einparken wollen, begann ein wütendes Hupkonzert. Der Mann stieß seine Tür auf, sprang aus seiner Limousine und kam mit weiten Schritten herangestiefelt. Der Enthusiasmus des Geschädigten ließ erkennbar nach, als vor ihm jemand vom Trittbrett auf die Straße sprang, der dem Anschein nach ein Mafioso, Kampfkunstlehrer, Drogenhändler oder auch alles gleichzeitig sein konnte. Der Mann vollführte ein paar aufgebrachte Gesten und rief etwas in ihre Richtung. Der Latino schenkte ihm ein Grinsen und wedelte mit der Hand, so als grüße er einen alten Bekannten. Wütendes Reifenquietschen war hinter ihren Rücken zu vernehmen, als der Mexikaner sie ohne weitere Umschweife zum Eingang führte und die Glastür aufstieß.

Die Frau hinter dem Computerbildschirm hob den Blick und nickte ihnen zu. Sein Begleiter eilte mit schnellem Schritt an ihr vorüber. Beinahe hätten sie Salena übersehen, die hinter dem ersten Durchgang quer in einem breiten Sessel lag und Kaugummi kaute. Es war das erste Mal, dass er *überhaupt* jemanden in diesen Verkaufsräumen sah. Die Soldatin hatte ihre Beine über die Seitenlehne gehängt und zog sich die Stöpsel ihrer *In-Ear*-Kopfhörer aus den Ohren.

„Wo ist Sigurd?“, wollte der Mexikaner kurz angebunden wissen.

Die Frau deutete mit einem Kopfnicken zum beschnitzten Türdurchgang. „Oben“, verkündete sie knapp und ließ ein zerfleddertes Fantasy-Buch sinken.

„Sergei?“

„Ebenfalls schon da.“

Iván verzog eine Braue. „Und du?“

Die Frau wedelte mit ihrem Buch in Richtung der Eingangstür. „Ich passe mit Elfie hier unten auf.“

Er sah den Amerikaner an. War Elfie die Frau oder der ausgestopfte Rabe? Aus irgendeinem Grund erschien es ihm unhöflich, zu fragen.

Die Soldatin erhob sich umständlich und schob das Buch zurück ins Regal. Erst als Salena ihnen folgte, erkannte er, dass sie eine Schusswaffe in der Lücke zwischen Lehne und Sessel verborgen gehalten hatte, die eben mit einer geübten Bewegung in ihrem Rückenholster verschwand. Was war hier los? Herrschte irgendein Bedrohungszustand?

Gemeinsam stapften sie über die Treppe ins obere Geschoss. Sigurd und Sergei empfingen sie im schmalen Vorraum. Einige der Tische unter den Fenstern an der rechten Seite waren leer geräumt. Auf einem davon flimmerte ein alter, noch recht kastenförmiger Laptop. Bei der aufgerufenen Website handelte es sich unverkennbar um eine Instanz von Google Maps in der Satelliten-Ansicht. Sergei saß in ungesunder, vorgebeugter Haltung auf einem einfachen Bürodrehstuhl und starrte auf den Bildschirm. Sigurd stand an seiner Seite und löste seinen Blick vom Monitor, um ihnen zuzunicken.

Der Latino klopfte höflich an den Türrahmen, bevor sie nacheinander durch den Durchgang traten. Auch Sergei riss sich von der Bildschirmansicht los und wandte sich mit einem Quietschen seines Stuhls zu ihnen um.

„Klopf, klopf“, verkündete der Amerikaner. Erst jetzt nahm er die Sonnenbrille ab und verstaute sie in seiner Brusttasche. „Du hast gerufen, Sigurd?“

Der alte Hexenjäger nickte. Der Blick des Kerls verriet Erschöpfung, doch auch noch etwas anderes: Entschlossenheit. Ein konzentriertes, aufmerksames Funkeln. Der Blick des Alten richtete sich auf ihn. „Und?“, wollte er mit einer gewissen Schärfe in der Stimme wissen. „Kann der Junge schießen?“

„Er hat Talent“, behauptete der Amerikaner und schenkte ihm ein Nicken, so als wären sie bewährte Kameraden, die einander jederzeit das eigene Leben anvertrauen würden.

Sigurd ließ ein amüsiertes Schnaufen hören. „Die Wahrheit, bitte. Hat er irgendwas getroffen oder nicht?“

„*Irgendwas* trifft man immer, oder?“, gab der Mexikaner launig zurück.

„Ah.“ Der Alte wandte sich mit verständnisvollem Nicken ab. „Also nein. Nun. Vielleicht liegen seine Fähigkeiten anderswo.“ Sigurds Blick wanderte zum Wandregal. Er nahm etwas daraus hervor. „Wir haben Neuigkeiten“, verkündete er. Seine Stimme ließ nicht erkennen, ob es gute oder schlechte waren. „Hier.“

„Donnerwetter!“, entfuhr es Robert. Der Daumen seines Mentors tippte über eine Handytastatur aus dem vergangenen Jahrtausend. Es handelte sich um ein für seine Unzerstörbarkeit berüchtigtes mintblaues Nokia 3310.

„Ist das Ihr Handy oder eine Waffe aus dem 17. Jahrhundert? Besteht Kaliyagas geheime Schwäche vielleicht in Schlägen mit stumpfen Gegenständen?“

„Es ist mein *Totmannschalter*“, korrigierte ihn der Alte grimmig. „Ich verschicke damit meine Statusmeldungen an die Hexenjäger, die dafür sorgen, dass ich nicht unbemerkt verschwinde. Genauso wie ich die von Alois bekomme.“

Er horchte auf. Die letzten Worte hatten bedeutungsschwer geklungen. Nach einigem mürrischen Herumgeklicke, das erkennen ließ, dass Sigurd und sein Handy keine Freunde waren, zeigte ihm der Mann den Bildschirm. Der Blick des Hexenjägers wanderte erwartungsvoll zwischen ihm und dem Latino hin und her, während sie sich bemühten, auf dem grobkörnigen Display etwas zu erkennen. Er kniff die Augen zusammen. Alles, was zu sehen war, war eine Aneinanderreihung von Buchstaben und Zahlen.

52°31'15.4"N 13°17'50.9"E 031120192030

„Was soll das sein?“, wollte er wissen. „Eine verschlüsselte Botschaft aus den 90ern?“

„Es ist eine Nachricht“, erwiderte der Alte unwirsch und zog das Telefon zurück. „Heute eingetroffen. Und zwar von Alois‘ Handy.“

„*¿Neta?*“ Selbst der Amerikaner schien für einen Augenblick aus der Fassung gebracht.

„Koordinaten.“ Der Russe sah aus einer Wolke aus Tabakdampf zu ihnen auf. Sein alter Blackberry kreiste zwischen seinen Fingern. „Hier.“ Der Mann drehte sich auf seinem Schreibtischstuhl zum Bildschirm. Auch sie traten näher und betrachteten das Satellitenbild. Ein breiter, lang gezogener Bau mit rotem Dach, umgeben von sorgsam manikürten Rasenflächen unterhalb der Windung eines Flusses. „Schlossgarten Charlottenburg“, verkündete eine Schrift mit stilisiertem Bäumchen.

„Das Schloss“, verkündete er verwundert und trat zurück. „Und der Rest?“

„Zeit und Datum“, erklärte der Alte hinter seinem Rücken. „Heute Abend. 20:30 Uhr.“

„Und die Nachricht kommt von ...“

„Von Alois‘ Handy“, bestätigte der Hexenjäger düster.

„Bedeutet das, Alois ist *hier*?“

„Es bedeutet überhaupt nichts“, verkündete ihr Gastgeber mürrisch. „Das hier kann alles Mögliche sein. Eine Täuschung. Eine Falle ...“

„Oder eine Spur“, ergänzte der Amerikaner. Der Mann starrte konzentriert auf den Bildschirm. In seinen spiegelnden Pupillen lagen weiße Rahmen.

„Eine Meldung aus dem Nichts?“, warf die Soldatin hinter ihren Rücken zweifelnd ein. „Nach mehr als zwei Wochen Funkstille? Mehr als seltsam. So etwas passt nicht zu Alois.“

„Wir haben nachgesehen.“ Ihr Gastgeber nickte zum Kameraden aus dem Osten, der daraufhin ein neues Fenster aufrief. Wieder konnte er ein Augenrollen nicht unterdrücken, als er sah, mit welchem Stand der Technik hier gearbeitet wurde. „Internet Explorer *Sieben*? Sie wissen aber schon ...“ Er unterbrach sich seufzend. Für den Augenblick gab es dringendere Probleme. Gemeinsam mit den anderen betrachtete er die Website, die der Mönch im Browser aufgerufen hatte.

„Deutsche Südamerika-Gesellschaft“, las der Latino laut vor. „Mexiko-Symposium zum 250. Geburtstag von Alexander von Humboldt und zum 500. Jahrestag der Landung von Hernán Cortés.“ Iván hob eine Braue. „Schicke Sache! Sind auch Mexikaner eingeladen? Oder bleibt ihr bei der Feier unserer ‚Entdeckung‘ lieber unter euch?“

„Ein Abendempfang“, erklärte Sigurd, ohne auf den Stich seines Besuchers einzugehen. „Wir wissen nicht, was es damit auf sich hat. Die Koordinaten deuten auf den Ostflügel hin. *Der* Teil des Schlosses steht an diesem Abend eigentlich leer. Die Veranstaltung findet im Orangeriesaal und im Westflügel statt.“

Der Latino starrte weiterhin auf das Schema auf dem Bildschirm. Der Mann schüttelte den Kopf. „Es ergibt keinen

Sinn“, befand er. „Jemand, der sich im Geheimen treffen will, wählt dafür kein *Schloss*. Entweder man trifft sich an einem abgelegenen Ort oder direkt in einer Menschenmenge. Das hier ist …“

Sigurd nickte. „Ein ziemliches Rätsel“, stimmte er zu. „Doch wir haben keine Wahl. Das hier ist die einzige Spur, die wir haben. Wir haben bereits angefangen, einen Plan auszuarbeiten. Ich werde als Gast reingehen. Ich habe Verbindungen zur Humboldt-Universität und kann mir eine Einladung besorgen. Sergei hier hat sich bereit erklärt, sich beim Dienstpersonal einzuschleichen.“

Der Blick des Amerikaners ging überrascht zum Mönch. Auch er selbst konnte gewisse Zweifel nicht ganz unterdrücken. Wenn der Russe ein Tablett mit Häppchen und Getränken hielt, benötigte man eine Gartenschere, um durch seinen Bart an die Erfrischungen zu kommen.

Sergei stieß eine Rauchwolke durch die Nase aus. „Guten Abend, meine Dame“, verkündete er mit stoischem Gesichtsausdruck und übertriebenem Akzent. „Noch eine Gewürzgurke in den Saft? Bitte sehr. Lecker, lecker.“

„Du, Iván, sorgst für die Sicherung“, riss Sigurd sie zurück in eine Gegenwart, in der man sich an kettenrauchende Mönchsdiener wohl gewöhnen musste. „Es gibt *hier* eine verborgene Stellung zwischen ein paar Hecken.“ Der Finger des Alten deutete auf ein grünes, baumbestandenes Quadrat an der Frontseite des Schlosses. „Von hier aus hast du eine gute Sicht auf die gesamte Front, einschließlich des Ostflügels.“

Der Amerikaner studierte eingehend die Karte auf dem Bildschirm. Dann nickte er. „Ich nehme meine neue Freundin mit“, verkündete er mit einem bedeutungsvollen Zucken beider Augenbrauen. „Sie ist 1,20, wiegt acht Kilo und … wartet, kann ich noch mal anfangen?“

„Er meint das Scharfschützengewehr", half Robert dem Latino aus der Klemme.

„Salena wird im Umfeld Kameras und Sensoren installieren", fuhr ihr Gastgeber ungerührt fort. „Unten in der Tiefgarage steht ein Einsatzwagen mit Überwachungstechnik. Wenn wir ihn entsprechend ausrüsten kann sie unseren Einsatz aus dem Gefährt heraus steuern."

Die Frau hatte die Arme vor der Brust verschränkt und nickte ihnen zu.

„Was ist mit Robert?" Die Frage kam vom Amerikaner. Auch die Blicke aller anderen richteten sich auf ihn.

„Robert bleibt in Alois' Villa", verkündete Sigurd bestimmt. Der Ausdruck des Latino wurde zweifelnd. Der Alte aber nickte nachdrücklich. „Ich war schon viel zu unvorsichtig. Eigentlich hat mich Alois nur angewiesen, auf ihn aufzupassen. Denkt an die Sache mit dem Blut. Es ist da draußen für ihn zu gefährlich. Wir können niemanden abstellen, um auf ihn aufzupassen. Aber wir können dafür sorgen, dass er sich an einem sicheren Ort befindet."

Nachdenkliches Schweigen breitete sich aus. Der Russe hielt seinen Blick zum Boden gewandt. Salena musterte ihn ausdruckslos. Ihre Wertschätzung ihm gegenüber schien seit ihrer letzten Begegnung nicht erkennbar zugenommen zu haben.

„Er hat sich seinen Finger abgeschnitten, Sigurd", begann der Latino ruhig. „Er hat das *Kompendium* studiert. Gegen eine Adeptin und gegen einen *Animus* gekämpft. Er hat gelernt, zu schießen. Der Junge hat mehr Ausbildung erfahren als die meisten von uns vor unserem ersten Einsatz. Ich finde es nicht richtig, ihn nicht mitkommen zu lassen."

Ihr Gastgeber verzog in einer Geste der Missbilligung das Gesicht. Er hatte offenbar nicht vorgehabt, diesen Punkt zur

Diskussion zu stellen. „Er ist noch nicht bereit“, verkündete er gereizt. „Außerdem hat Alois … ich werde nicht riskieren, dass er …“ Sigurd verstummte und sah sich finster um.

Robert blickte zu Iván. Nach den Erzählungen auf der Rückfahrt erschien ihm die Reaktion des Alten in einem durchaus neuen Licht. Der Hexenjäger hatte offenbar nicht vor, sein Gewissen mit noch einem weiteren Mitglied von Alois‘ Blutsverwandtschaft zu belasten.

„Wir brauchen einen Fahrer.“ Sein Blick ging überrascht zur Frau. Auch für die anderen kam der Einwurf der Soldatin offenkundig unerwartet. Die Israeli zuckte mit den Schultern. „Ich weiß nicht, wie ihr euch das vorstellt. Aber ich kann nicht gleichzeitig die Instrumente überwachen *und* den Wagen steuern. Besonders dann nicht, wenn es brenzlig wird.“

Die anderen Hexenjäger schwiegen. Sigurd wandte sich ihm zu und musterte ihn argwöhnisch von Kopf bis Fuß. „Habt ihr das Fahren überhaupt geübt?“, wollte er vom Mexikaner wissen, ohne den Blick von seinem Lehrling abzuwenden.

„*Por su pollo.*“ Der Mexikaner ließ sein Panzerglas-Grinsen sehen. „Er ist mit *mir* gefahren. Mit brenzligen Situationen kennt er sich jetzt aus.“

Der Ausdruck des Alten blieb auch weiter kritisch. Sein Blick wanderte zum Besucher aus dem Osten. Der Russe zuckte mit den Schultern. „Ich denke, wenn er mit uns in den Kampf ziehen will, hat er es verdient.“

Die Augen der gesamten Runde ruhten nun auf Sigurd. Der Mann senkte den Blick zum Boden. Nach einer ganzen Weile sah der Alte auf und fixierte ihn. „Was ist mit dir, Junge?“, wollte er wissen. „Fühlst du dich *bereit* für einen Einsatz?“

Sein Blick schoss zu Iván. Das Gesicht des Amerikaners ließ nichts erkennen. So war das also. An ihm selbst würde die Entscheidung hängen bleiben. Sein Blick ging zu Salena, die herausfordernd eine Braue hob. Er räusperte sich. „Bereit? Nein. Aber wann ist man schon bereit? Wäre nicht korrekt von mir, euch alleine in die Schlacht ziehen zu lassen. Gut möglich, dass ihr mich da draußen braucht. Ich bin dabei. Sagt mir einfach, was ich tun soll."

Beinahe erschien es ihm, als mache sich Erleichterung in der Runde breit. Der Latino beugte sich vor und schlug ihm auf den Oberarm. Selbst der Russe zwinkerte ihm zu, was jedoch auch an einem Staubkorn liegen konnte. Die Frau hob beide Brauen zu einem Ausdruck von: *Na, dann wollen wir mal sehen.* Einzig Sigurd schien vom Abstimmungsergebnis alles andere als angetan. „Also gut", gestand er dennoch zu. „Aber du bleibst die ganze Zeit bei Salena im Auto, verstanden? Und ihr verschwindet, wenn es brenzlig wird."

„Nein, Sigurd." Die Soldatin hielt dem Blick ihres Gastgebers stand. „Wir *bleiben*, wenn es brenzlig wird. Bis wir *alle* in Sicherheit sind. Wir werden nicht die Regeln ändern, nur weil er Alois' Neffe ist. Wenn Robert Hexenjäger werden will, muss er sich an die gleichen Regeln halten wie wir alle."

„Richtig", sprang er Salena bei. „Ich meine: *was?*"

Der Alte stöhnte. Offenkundig akzeptierte er jedoch, dass er in der Sache überstimmt war. „Also gut", erklärte er. „Aber erinnert euch daran, dass *ihr* ihn mit dabeihaben wolltet. Nicht ich."

„Er meints nicht so", flüsterte ihm der Amerikaner zu, während der Alte sich erhob und abwandte. „In Wirklichkeit freut er sich für dich." Der Latino zwinkerte bestärkend. Er selbst hatte da so seine Zweifel. „Wäre es nicht seine Aufgabe als Mentor, mich zu bestärken und mir Mut zu machen?"

„Es ist meine Aufgabe, dich am *Leben* zu halten“, verkündete der Alte, dessen Gehör anscheinend noch sehr gut funktionierte. „Es hilft uns nicht, wenn du gleich beim ersten Einsatz draufgehst, weil du noch nicht bereit warst.“

„Ich werde mich benehmen“, hielt er dagegen. „Ist gut. Ich denke, mit Salena bin ich sicher.“ Er wagte einen kurzen Blick hinüber zur Soldatin. Die Israeli nickte selbstbewusst. „Dann ist das also geklärt. Wie geht es weiter?“

Sigurds Blick ging musternd durch die Runde. „Salena“, verkündete er. „Ich zeige dir, wo der Überwachungswagen steht und welche Ausrüstung wir haben. Kameras, Sensorik ... du nimmst Bestand auf und verschaffst dir einen Überblick. Ich will, dass ihr vom Van aus alles sehen könnt, um die Aktion zu koordinieren.“

Die Soldatin nickte. „Ich habe mein Bastelzeug dabei. Wollen doch mal sehen, was ich aus dem Kasten rausholen kann.“

„Iván.“ Der Blick des Alten richtete sich auf den Latino.

„Schon klar, *patrón*.“ Der Amerikaner streckte die Arme vor sich aus und ließ die Fingergelenke knacken. „Ich fahre vor und sichte das Gelände. Die Benelli lasse ich dir hier, *Beto*. Ich glaube, ihr beide passt zusammen.“

„Gut.“ Der nachdenkliche Blick des Alten ging zum Mönch. „Sergei.“ Die Pause war dieses Mal länger. „Du findest heraus, welche Dienstleister das Catering und die Betreuung übernehmen. Vielleicht kann ich auch da meine Kontakte spielen lassen. Und vielleicht kannst du dich vorher noch ein bisschen ... *ordentlich* machen.“

Der Mönch zog ungerührt an seiner Zigarette. „Geht klar, *Patrón*.“

Der Amerikaner hob anerkennend eine Braue.

„Robert.“ Der Blick des Alten fand nun ihn.

Bitte keine Hausaufgaben. Bitte keine Hausaufgaben.

„Sieh zu, ob du Salena helfen kannst. Ihr werdet bei der Vorbereitung sicherlich am meisten zu tun haben."

„Geht klar." Nicht schlecht. Elektronik-Zeug war immer gut zu wissen. Vielleicht lernte er dabei sogar noch was.

„Was ist mit dir?" Die Israeli nickte herausfordernd in Richtung ihres Gastgebers. „Was machst *du* bis heute Abend?"

„Austern schlürfen für Anfänger?", schlug der Amerikaner hilfreich vor. „Nachhilfe in Kolonialgeschichte?"

„Ich", hielt Sigurd würdevoll dagegen, „werde meinen Auftritt vorbereiten. Irgendwo hier drinnen habe ich sogar noch einen Frack. Ich habe nur noch ein paar Stunden, um wie ein kultivierter Gentleman der Südamerika-Gesellschaft auszusehen."

„Puh." Die Frau stieß sich vom Türrahmen ab und warf ihm einen vielsagenden Blick zu. „Und da sagt er, *wir* hätten bis heute Abend viel zu tun."

„Ich weiß *durchaus*, wie man sich in gehobener Gesellschaft bewegt", hielt der Alte mit einer Spur von Schärfe dagegen. „Ich hatte meinen ersten Empfang schon, bevor die meisten hier im Raum überhaupt geboren waren."

„Genauso wie dein Handy!"

„*Hey!*" Der Amerikaner nickte Robert anerkennend zu und belohnte ihn mit einem *Fist-bump*.

„Genug jetzt!" Ihr Gastgeber warf einen auffordernden Blick in die Runde. „An die Arbeit. Jetzt weiß ja jeder, was zu tun ist."

Die Anwesenden nickten. Er merkte, dass sein Herz heftiger schlug. Genug mit Übungen und Spielchen. Das hier war kein Training mehr. Spätestens jetzt wurde die Sache ernst.

Sigurd bedeutete ihnen, ihm zu folgen. Der Mann führte ihn und die Soldatin über die knarzende Treppe hinab ins Erdgeschoss. Von dort aus ging es weiter zwischen den Bücherregalen hindurch und schließlich in die kleine Aussparung an der rechten Seite, wo es dem Architekten auf fast schon wundersame Weise gelungen war, den Abgang einer engen Wendeltreppe unterzubringen. Im unteren Geschoss empfing sie ein Kellerraum, der sich wie eine Mischung aus Bastelkeller und mittelalterlichem Verlies ausnahm. Feuchte Kühle schlug ihnen entgegen, dazu der Geruch von altem Papier. Die Decke trugen gemauerte, mehr schlecht als recht mit Putz verkleidete Bögen. Holzregale, auf deren Flächen sich Buchrücken an Buchrücken drückten, bedeckten zur Gänze alle Seitenwände. In der Mitte des Raumes standen zwei lange Holztische, die einfache Stühle säumten. In einer Ecke, auf einem leicht erhöhten Podest, wartete ein einsamer Polstersessel offenbar auf einen Vorleser. Mehrere altmodische Standlampen mit ausgefransten Stoffschirmen und ein spartanisch anmutender Kronleuchter spendeten heimeliges Licht. Dazu brachte eine seltsame Auswahl an Gebrauchsgegenständen einen Eindruck schluderiger Modernität in den klammen Lesekeller. Unter den schmalen Fensterritzen zur Rechten standen Plastikschalen mit leidlich sauberem Besteck. Angebrochene Ciabatta-Brote dienten als Lesezeichen in aufgeschlagenen Büchern. Ganze Ablageflächen waren mit einer Schicht aus Krümeln überzogen.

Ihr Gastgeber bog nach links und führte sie der Länge nach durch die Kammer. An der linken Wand erhoben sich zwei Kühlschränke. Jemand hatte laminierte Preislisten mit abgestoßenen Rändern daran angebracht. Der zur Linken hatte eine Glastür und enthielt Getränke. An dem zur Rechten stand „privat“. Er warf einen Blick zu seiner Kameradin. Die

Israeli verriet durch keine Reaktion, ob ihr die Mischung aus öffentlichem Lesezimmer, unlizenzierter Gastronomie und Wohnhöhle ebenfalls in irgendeiner Weise seltsam vorkam.

Sigurd hatte eine Stahltür am hinteren Ende des Raumes erreicht. Graue Farbe blätterte von ihrer Oberfläche ab. Mit einem Rundschlüssel schloss der Mann den Durchgang auf und tastete an der rechten Seite nach einem Schalter.

Mit einem „Plink" sprangen zwei Neonröhren an der Decke an und erfüllten die dahinterliegende Kammer mit klinisch kühlem Licht. Sigurd bedeutete ihnen, über eine Betontreppe mit drei Stufen einzutreten. Anschließend folgte er ihnen selbst in den Kellerraum.

Erstaunt sah er sich um. Einen Raum von solchen Ausmaßen hatte er in dem Gebäude nicht erwartet. Die Decke war mehr als drei Meter hoch. Die Kammer selbst hatte die Grundfläche von gut und gerne sechs in zwei Reihen angeordneten Garagen und wirkte äußerst aufgeräumt. An den weiß getünchten Wänden standen graue Stahlschränke und Metallregale, die Kunststoffkisten und braune Pappkartons enthielten. Die rechte Wand bestand zum größten Teil aus einem Stahlrollgitter, das sich wohl nach oben ziehen ließ, um einen Weg für das Vehikel frei zu machen, das unter einer schmutzig grauen Textildecke im Zentrum des Garagenkellers stand.

Über einen Boden aus weiß angestrichenem Beton trat ihr Gastgeber an das Gefährt heran und griff nach der Plane. Der Enthüllungsakt erinnerte ein wenig an die Neuwagen-Präsentation auf einer Auto-Messe, auch wenn das verantwortliche Model auffallend bärtig und zum Glück nicht knapp bekleidet war. Auch der Anblick der enthüllten Sensation schrie eher „Gebrauchtwagen Neukölln" als „*Tokyo Motor Show*". Das Objekt der mangelnden Begierde war ein alter, abgerockter

Ami-Van; ein kompakter schwarzer Kleintransporter mit gebraucht aussehender Matt-Lackierung und aufgesetztem Bullenfänger vor dem Kühler. Der Van des *A-Team* hätte im Jahr 2019 genau *so* ausgesehen, wenn seine Besatzung seit den 1980ern jede Woche darin herumgefahren und dabei gelegentlich beschossen worden wäre. Er konnte sich ein Grinsen nicht verkneifen. Fehlten nur noch rote Streifen auf der Seite. „Naaa nana naaa …"

Die anderen wandten sich fragend zu ihm um.

„Das A-Team!", brachte er empört hervor. „Die Titelmelodie? Kennt ihr nicht? Der Alte und der Schöne und der Lustige und … ach!" Entnervt winkte er ab. Ihr Gastgeber war bereits damit beschäftigt, die befleckte Abdeckung mit Fußtritten in eine Ecke zu befördern. Die Frau trat vor und zog am Türgriff. Mit einem Grummeln glitt die Seitentür zurück. Das Innere sah aus wie ein übergroßer, ausgeschlachteter Computertower. Vor einem schmalen, mit Nieten am Boden befestigten Drehstuhl waren Führungen und Schieberahmen für Schraubverbindungen an der Wand befestigt. Drei betagte Flachbild-Monitore waren darin angebracht. Selbst montierte Kabelführungen aus Kunststoffröhren und offene Metallkanäle überzogen die Wände. Wie es schien, führten sie zu allerlei elektronischen Geräten, kleinen Kunststoffkästen mit Reglern, Anzeigen und toten Lämpchen. Kabelenden hingen einzeln oder in ganzen Bündeln in der Luft. Offenkundig hatte Sigurd recht gehabt. An dem Vehikel war bis heute Abend noch so einiges zu tun.

Er warf einen Blick zur Frau. Die Israeli nahm die Ausstattung mit Kennerblick in Augenschein. Anschließend ließ sie ein Nicken sehen. Es legte nahe, dass sie schon mit weniger hatte zurechtkommen müssen. „Wird funktionieren", bemerkte sie knapp. „Wo ist … ah."

Sigurd war vor einen der Stahlschränke getreten und zog zwei quietschende Türen auf. Das Innere war angefüllt mit elektronischen Geräten, die meisten von der Größe einer Faust, eingewickelt, wild umknäuelt oder gebettet wie in Nestern aus Ansammlungen unordentlicher Kabel.

„Nicht schlecht“, kommentierte die Soldatin und trat näher heran. „Schöne Sammlung, Sigurd. Nicht das Neuste. Aber stabiles Zeug, das funktioniert. Kein Schnickschnack. Sehr gut. Wie der Mann, so sein Keller.“

Ihr Gastgeber deutete eine Verbeugung an. „Bedient euch nur“, forderte er. „Nehmt alles, was ihr brauchen könnt. Falls euch sonst noch etwas fehlt ...“ Sigurd deutete auf das Gitter einer Gegensprechanlage an der Wand. „Kein Netzempfang hier unten“, erklärte er. Salena nickte eine Bestätigung. „Gut“, erklärt sie. „Danke. Wir bereiten alles vor.“

Der Hexenjäger wandte sich ab. Er war schon halb durch den Raum, als er sich noch einmal umwandte, so als habe er etwas vergessen. Der Alte öffnete einen Hängeschrank an der linken Wand und entnahm daraus eine durchsichtige Packtasche mit Walkie-Talkies. Aus einer weiteren Schublade fischte er eine Packung frischer Batterien. Er stattete die Geräte entsprechend aus und prüfte sie. Anschließend überreichte er jedem von ihnen ein Exemplar. „Geht damit auf unsere Frequenz“, erklärte er mit ernstem Blick zur Frau. „Codes wie immer“, fuhr er fort. „Spektrometer auf die Signatur von Kaliyaga. Wenn ihr alles vorbereitet habt, bleibt vor Ort und stellt sicher, dass die Luft rein ist. Meldet euch, wenn ihr etwas Auffälliges bemerkt. Du kennst die Einsatzprotokolle. Bedrohungslage: unklar. Feindkontakt: äußerst wahrscheinlich.“

Erneut gab die Frau mit einem Nicken zu verstehen, dass sie wusste, was zu tun war.

Ihr Gastgeber verharrte. Es schien Sigurd zu widerstreben, sie auf diese Weise in den Einsatz zu entlassen. „Du bleibst im Wagen, Robert, hast du verstanden?“, mahnte er. „Halt deine Waffe bereit. Und wenn es Ärger gibt …“

„Wir werden zurechtkommen, Sigurd“, unterbrach die Frau ihn sanft.

„Ja.“ Der Blick des Alten ging zwischen ihnen beiden hin und her. Es war, als durchsuche er sein Gedächtnis nach weiteren Anlässen, die sein fortwährendes Verharren rechtfertigen konnten. „Ja“, wiederholte er dann grummelnd. „Sicher. Das werdet ihr.“ Mit einem Ausdruck der Ergebenheit wandte sich ihr Gastgeber ab. Auf den Treppenstufen drehte sich der Mann noch einmal um. Er deutete auf einen Schalter neben dem Stahlrolltor. „Der Öffner“, erklärte er knapp. „Zeitbasiert. Fahrt einfach durch und das Tor geht hinter euch zu.“

„Ist gut.“ Die Frau wandte sich dem Stahlschrank mit der Elektronik zu. „Komm“, forderte sie in seine Richtung. „Sehen wir mal, was sich aus dem Kleinen alles machen lässt.“

Hinter seinem Rücken erklang das Geräusch der zufallenden Stahltür. Sogar der Rahmen und die Angeln schafften es, besorgt zu klingen. „Alles klar“, verkündete er, vor allem, um sich selbst zu ermuntern. Er rieb die Hände aneinander. „Womit fangen wir an?“

Der Rest des Nachtmittags bestand zum großen Teil darin, die Anweisungen seiner technikversierten Kameradin auszuführen. Nachdem die Israeli in den Fächern und Schränken Werkzeuge aufgetrieben hatte, machte sie sich mit Kabelzange, Lötkolben und Lötzinn über das Innere des Überwachungswagens her. Seine Aufgabe bestand darin, Werkzeuge anzureichen, alle möglichen Material- und Bauteilvariationen in den diversen Stauräumen der Kammer aufzutreiben und sich belehren zu lassen, wenn er einmal mehr das falsche schwarze Plastikdings mit Sowieso-Noppen angereicht hatte.

Er hätte nicht sagen können, wie viel Zeit vergangen war, bevor die Frau wieder aus dem Inneren hervorkroch, sich die Hände an einem Lappen abrieb und mit einem Nicken signalisierte, dass die Umrüstung geschafft war. „So weit, so gut", befand sie. Ihr Gesicht und ihre Kleidung waren voller schwarzer Striemen. „Lächeln!" Verwirrt starrte er in das kleine Kästchen mit aufgesetztem Kreis, das Salena ihm entgegenhielt. Erst jetzt bemerkte er die Linse. Er beugte sich zur Seite. Die Hälfte seines Gesichts war riesenhaft in Schwarz und Grau auf einem Monitor im Wageninneren zu sehen. Fünf weitere, von denen drei neu dazugekommen war, zeigten verschiedene Teile der Garage oder auch die Unterseiten von Regalbrettern, je nachdem, wo die kompakten Kameras von der Soldatin provisorisch abgelegt worden waren. Die letzten beiden Monitore waren kaum weniger interessant. Die Bildhintergründe waren blau und schwarz. Auf dem einen Schirm waren die rotgelben Hitzesignaturen von zwei Personen zu erkennen, die sich neben dem Umriss eines schwarzen kastenförmigen Fahrzeugs gegenüberstanden.

„Nicht schlecht", befand er mit anerkennendem Nicken. „Wärmebild, hm? Wenn wir ..." Er schrak zusammen, als das Licht ausging.

„Funktioniert die Nachtsicht?", erklang die Stimme der Frau aus irgendeiner Ecke. Suchend blickte er sich um. Tatsächlich. Eine leuchtende Hitzesignatur, die sich verwirrt umsah. Dazu ein weißer Umriss auf flimmernd grünem Hintergrund, der sich prüfend zu einem Van umwandte, in dem ein grüner Monitor leuchtete, auf dem sich ein kleiner Robert zu einem kleinen Van umwandte. „Scheint zu funktionieren“, gab er bekannt.

„Gut.“

Er musste die Augen zusammenkneifen, als das grelle Licht der Neonröhren urplötzlich zurückkehrte. Von irgendwoher näherte sich der langsam wieder Form annehmende Umriss seiner Kameradin. „Dann sind wir so weit“, befand die Frau. „Zuerst laden wir die Waffen ein. Dann fahren wir zum Schloss und bringen all die Kameras und Sensoren an. Und danach ... danach wird es *richtig* spannend.“

Er erwiderte das Grinsen im Gesicht der Kameradin. Es war das erste Mal, dass die Frau ihn ansah, ohne dabei Zweifel oder Besorgnis auszudrücken.

Ein Geräusch ließ sie beide herumfahren. Der Mönch hatte die Stahltür aufgedrückt und sah sich in der Kammer um. „Wie sieht es aus?“

„Wir sind so weit“, erklärte die Soldatin und stopfte Werkzeuge und überschüssiges Material in einen Schrank. „Wir fahren gleich los.“

„Hm, hm.“

„Rauchen verboten“, fügte sie vorbeugend hinzu. „Das hier ist ein Arbeitsplatz.“

Der Mönch ließ ausdruckslos die E-Zigarette sinken und verstaute sie in einer Tasche seines Gewandes. Die Aufmerksamkeit des Mannes galt dem mitgenommenen Gefährt. Wie in Gedanken trat er über die Stufen in die Kammer und durchsuchte nach und nach einige Schränke. Schließlich fand er einen angebrochenen Eimer mit dunkelroter Farbe, einen schmalen Pinsel und ein Stück Holz.

„Ha!“, entfuhr es Robert. Triumphierend wandte er sich an die Israeli. „*Sergei* hier weiß, wovon ich rede. Jetzt bekommen wir die Rennstreifen für unseren A-Team-Van.“

Die Frau beachtete ihn nicht. Ihr Blick folgte dem Russen, der bedächtig an den Van herantrat. Der Bursche schien für einen Augenblick zu überlegen. Dann stemmte er den Deckel der Farbdose mit dem Pinselende auf, rührte mit dem Holz darin herum und begann, mit konzentriertem Blick kleine Zeichen an die Seitensäulen des Fahrzeugrahmens zu malen. Nachdem er damit fertig war, trat er ans Heck des Vans, um dort in derselben Weise zu verfahren. In der gleichen Art umrundete der Mann den ganzen Kleintransporter. Anschließend trat er vor die Motorhaube, vollführte Zeichen mit der Hand und murmelte einige Sätze, bei denen es sich wohl um Segenssprüche handeln musste.

Roberts Blick ging zweifelnd zur Soldatin. Die Israeli beobachtete stumm das Ritual. Ohne Eile packte der Mönch Farbdose und Pinsel zusammen, verstaute beides wieder in einem Schrank und hastete dann in beinahe komischer Eile zurück zur Treppe.

„Alles in Ordnung, Sergei?“, rief die Frau ihm nach.

Der Mann überwand die Stufen, sprang durch den Rahmen und wandte sich erst hinter der Schwelle wieder zu ihnen um. Die Zigarette war in seiner Faust erschienen. Der Russe inhalierte Dampf wie ein Ertrinkender rettende Frischluft. Er schloss genussvoll die Augen und stieß zwei Ströme durch die Nasenlöcher aus, bis Wolken ihn umgaben wie Trockennebel einen Magier in einer Zaubershow. „Aah.“ Ein Ausdruck der Entspannung breitete sich auf seinen Zügen aus.

Er konnte hören, wie die Israeli hinter seinem Rücken lachte. „Ausgezeichnet“, befand sie. „Danke für den Segen, Sergei. Hast du deine Anstellung gefunden? Als was werden wir dich heute Abend sehen? Türsteher? Zimmermädchen?“

Der Mönch nahm eine stolze Haltung an und hob bedeutungsvoll die Brauen. „Sergei ist heute Abend Kellner“, verkündete er, erneut mit übertriebenem Akzent. „Noch etwas Kaviar auf Ihr Abendkleid, die Dame? Noch etwas Wodka in den Apfelsaft?“

Ein erneutes Lachen von der Israeli. „Über die Bewirtung würde ich mich nicht beschweren.“

Der Mönch verabschiedete sich mit einer theatralischen Verneigung. Dann fiel die Stahltür hinter dem Besucher zu.

„Also gut.“ Salena schlug ihm mit dem Lappen an den Arm. „Dann los. Du fährst. Aber nicht so wie Iván. Ich möchte gern in einem Stück am Schloss ankommen.“

Kapitel 13 –Schloss

Der Automatikschalter der Garagentür funktionierte problemlos. Ratternd hob sich das eiserne Lamellentor. Mit einem Röhren des Motors ging es die Rampe empor. Der Wagen machte einen Satz in einen schwach beleuchteten Innenhof. Robert wendete das schwere Gefährt, um an der rechten Seite einen Durchgang zu passieren, der hinaus zur Straße führte.

Am Anfang war es gewöhnungsbedürftig, den breiten Wagen durch die zugeparkten Straßen zu steuern. Die Dunkelheit und die spiegelnde Feuchtigkeit der Straßenoberfläche verwandelten einen guten Teil des Navigierens in ein Ratespiel. Insbesondere die abgeklebte Heckscheibe machte das Rangieren nicht besonders einfach. Nach einer Weile aber gewöhnte man sich daran. Auch wenn es vermutlich eine fromme Hoffnung war: In einem gewissen Rahmen musste man sich einfach darauf verlassen können, dass die berüchtigt rabiaten Berliner Radfahrer den Verstand besaßen, gegenüber einem solchen Monstrum eine gewisse Vorsicht an den Tag zu legen.

Ebenfalls hilfreich war, dass ein gehöriger Teil des Weges aus breiten Hauptverkehrsstraßen bestand. Die Frau hatte einige technische Papiere auf ihren Knien ausgebreitet, betrachtete jedoch immer wieder nachdenklich die Bürgersteige. In dicke Mäntel eingeschlagene Passanten mit vollgestopften Einkaufstüten hasteten vor der beleuchteten Geschäftskulisse daher. Zur Linken zog nach einer Weile die Kaiser-Wilhelm-Gedächtniskirche am Wagenfenster vorbei. Wieder einmal war es auf eine schwer beschreibbare Weise verstörend, vertraute Landmarken, Wegstücke und normale Fußgänger zu passieren, in dem Wissen, dass niemand außer ihnen eine Ahnung davon hatte, mit welcher Art von Auftrag sich der schwarze Van durch den hupenden Berufsverkehr schlängelte.

„Da vorne“, verkündete er nach einer ganzen Weile schweigender Fahrt. Er beugte sich über das Lenkrad. Auch die Frau wandte den Kopf und folgte der Richtung seines ausgestreckten Fingers. Ganz in der Ferne, am Ende der breiten Straße mit je drei Fahrspuren in beide Richtungen, erhob sich ein beleuchtetes Rondell. „Die Schlosskuppel“, erklärte er. „Da hinten ist es.“

Die Frau quittierte die touristische Information mit einem Nicken. Außer dem Brummen des Motors, dem Zischen des feuchten Asphalts unter ihren Reifen und dem vorüberziehenden Heulen eines entgegenkommenden Krankenwagens war nichts zu vernehmen. Nach einer langen Zeit der Geradeausfahrt schälten sich Karrees von angestrahlten Parkbäumen vor ihnen aus dem Lichtgewirr der reflektierenden Straßenschilder, Laternen und des mehrspurig abbiegenden Verkehrs. Die breite Straßenachse stieß auf eine Ecke des weitläufigen Schlossparks. Nur Ausschnitte der angestrahlten, golden glühenden Fassade waren hinter den Baumkronen zu erahnen.

„Geradeaus, dann halb links“, forderte die Frau.

Er gehorchte. Der Van zuckelte gemütlich auf der linken Spur. Von hier aus war die lang gezogene gelbe Nordseite des Schlossbaus hinter den gepflegten, aus verborgenen Strahlern beleuchteten Rasenflächen deutlich zu erkennen. Nach einer Weile wichen Wiesen und Bäume einem gepflasterten Vorplatz, der zwischen zwei zu beiden Seiten vorragenden Flügeln bis zum aufragenden, von einer grünen Kuppel gekrönten Schlossturm führte.

Weiße Transporter verschiedener Logistikunternehmen säumten eine Zufahrt zum Gelände. Die Fahrzeuge wurden soeben von Stapeln eingeschweißter Stühle und *Road Cases* voller Veranstaltungstechnik entladen. Die Einfahrt selbst war mit Pylonen zugestellt. Ein einzelner Wachmann in einem eigens aufgestellten Häuschen sorgte offenbar dafür, dass keine Unbefugten aufs Gelände kommen konnten.

„Was nun?“, wollte er wissen.

Die Frau drückte sich in ihrem Sitz empor, um über ihn hinweg und durch die linke Seitenscheibe sehen zu können. „Fahr die Nächste links“, forderte sie. „Vielleicht gibt es gegenüber einen Parkplatz.“

Er nickte stumm. Für ein kurzes Stück verhinderte ein breiter Grünstreifen mit eisernem Geländer eine Wendemöglichkeit. Schließlich aber fand er eine geeignete Stelle für einen U-Turn. Er nahm die Kurve und fuhr im gleichen langsamen Tempo auf der anderen Seite wieder zurück. Der Prachtbau des Schlosses zog seine Blicke auf sich. Ohne Zweifel machte kaum ein Bauwerk in Berlin mehr her als die alte, von einem Meer an Scheinwerfern prachtvoll in Szene gesetzte Residenz. Trotzdem war an dieser Sache etwas faul. Warum sollte jemand gerade *hier* ...

„Hier rechts!“ Der scharfe Befehl der Frau ließ ihn in die Eisen steigen, sodass der ganze Wagen protestierend ächzte. Wütendes Hupen ertönte hinter ihrem Heck, dann das Quietschen von auf Nässe durchdrehenden Reifen. Aufatmend bog er in die kleine Querstraße zur Rechten. Er konnte wirklich froh sein, keinen Auffahrunfall provoziert zu haben.

Tatsächlich befand sich auf der rechten Straßenseite eine Lücke. Das Ding bot eher Platz für einen Kleinwagen als für einen breiten amerikanischen Transporter. „Die hier?“, wollte er zweifelnd wissen.

„Siehst du noch eine andere?“ Die Frau sah in den Außenspiegel zur erleuchteten Kontur des Schlosses. „Wenden“, verlangte sie. „Die Front zum Schloss.“

„Wie soll das gehen?“

Die Soldatin schnaufte ungeduldig. „Du bist der Fahrer. Oder muss ich dir erst zeigen, wie man einparkt?“

„Schon gut!“ Herausforderung angenommen. „Wenn du mich schon *so* anspornst ...“

Nach einigem Rangieren und diversen Kleinstbewegungen standen sie tatsächlich in der Lücke. „Tadaa!“ Er breitete die Arme aus wie ein Magier nach einem erfolgreich ausgeführten Trick. Der Platz hätte besser kaum sein können. Von hier aus hatten sie direkten Sichtkontakt zum Schloss. „Na?“, wollte er herausfordernd wissen. „Wenn *das* kein Kunststück war.“

„Bravo“, verkündete die Frau trocken und klopfte ihm auf die Schulter. Die Israeli verschaffte sich dort einen Halt, wandte sich im Sitz nach hinten und zog ihren schwarzen Rucksack aus dem Fond hervor.

„Zeit für einen Spaziergang.“ Die Soldatin stieß die Tür auf und sprang in die feuchte Dunkelheit. Er tat das Gleiche und ließ sich von der Sitzkante aufs Pflaster gleiten. Nachdem er das Fahrzeug hinter ihnen abgeschlossen hatte, folgte er Salena über die Straße. Hoffentlich half es ihnen, dass vor dem Schloss ein Wachdienst patrouillierte. Ein ungesicherter Transporter voller Elektronik musste so etwas wie ein Jackpot für herumstreunende Autoknacker sein.

Die Israeli folgte dem Verlauf der Verkehrsachse parallel zur Schlossfront, um sich dann nach links zu wenden und die Straße an der Ampel zu überqueren. Die Passanten sahen offenkundig keinen Grund, ihnen Beachtung zu schenken. Die Soldatin nahm gründlich die Bäume, Laternenpfähle und

Straßenschilder in Augenschein. Inzwischen hatten sie die Straße überquert und schritten über einen breiten Bürgersteig. Der Blick der Hexenjägerin war kritisch. Der dunkle Ostflügel des Schlosses war von hier aus hinter der Rasenfläche und den Bäumen gut zu erkennen. Das noch immer volle Blattwerk bereitete jedoch gewisse Schwierigkeiten dabei, das Gebäude komplett einzusehen.

„Halt das." Salena drückte ihm den Rucksack in die Hand. Zur Linken bog ein befestigter Gehweg ab, der parallel zur Schlossfassade verlief. Die Israeli bog dort ein, versicherte sich mit einem schnellen Blick, dass niemand sie beobachtete, und stieg behände über den etwa hüfthohen, mit scharfen Spitzen versehenen Zaun. Schon war sie an einen Baum herangetreten. Wie es aussah, brachte sie ein schwarzes Kästchen auf derjenigen Seite des Stammes an, die zum Schloss gerichtet war. Nach einer kurzen Prüfung kehrte sie auf die gleiche Art zu ihm zurück. „Eins", erklärte sie. „Die Bäume stören."

„Ich könnte Iván anrufen", schlug er vor. „Er hat mir beigebracht, wie man Bäume fällt. War ziemlich beeindruckend."

„Lass mich raten. Es kamen Waffen darin vor?"

„Woher hast du das gewusst?"

„Nur so ein Bauchgefühl." Die Israeli nahm ihm den Rucksack ab. „Die gleiche Antwort gibt er dir, wenn du ihn fragst, wie man einen Garten umgräbt, einen Kuchen backt oder eine Frau auf einen Drink einlädt. Waffen sind seine Lösung für *alles*."

„Nicht, dass ich dabei Hilfe bräuchte."

„Selbstverständlich nicht." Salena deutete geradeaus entlang des Bürgersteigs. Etwas weiter vorn erhoben sich die grünen Stahlbögen einer kurzen Brücke über die Spree. „Da drüben sieht es besser aus."

Die Soldatin hatte recht. Nahe bei der Brücke, wo der Außenzaun des Schlossparks beinahe bis an die Wand des Ostflügels heranreichte, versperrten keine Bäume mehr den Blick. Von hier aus bot sich eine freie Sichtachse entlang der kompletten Fensterfront des Schlosses. Das einzige Problem bestand darin, dass man ziemlich wenig Deckung fand, wenn man versuchte, Kameras hier draußen anzubringen.

„Hilf mir." Die Frau deutete auf einen verzierten Laternenpfahl, der sich am Rand des Bürgersteigs idealerweise genau in der Mitte der Sichtachse befand.

„Hier?" Zweifelnd blickte er sich um. Der Fußweg war beinahe ausgestorben. Allerdings rauschte alle paar Sekunden ein Auto vorbei. „Bisschen auffällig, oder?"

„Auffällig wirds, wenn wir zu lang hier stehen bleiben. Komm." Die Soldatin trat an die Laterne und formte mit den Händen eine Räuberleiter.

„Ich soll klettern?"

„Nein. Du sollst leitern."

„Das ist noch nicht mal ein Wort!"

„Los jetzt."

Widerstrebend trat er vor. Mit der Schulter presste er sich an den kühlen Pfahl und formte mit den Händen eine Trittstufe. Schon presste sich das nasskalte Profil eines schweren Kampfstiefels in die Innenseite seiner Hand. Die Israeli stieß sich mit ihrem vollen Gewicht in die Höhe, streckte sich und brachte ein schwarzes Kästchen an der Schlossseite des Pfahles an. Anschließend begann sie, an der Kamera herumzufummeln.

„Nur keine Eile", brachte er gepresst hervor.

„Bin schon fast so weit."

Das Zischen eines vorüberfahrenden Autos. Ein zweimaliges Hupen. Die Frau hielt sich mit einer Hand an der Laterne fest und winkte mit der anderen dem davonrasenden Fahrzeug nach. „Freundliche Leute hier.“

„Hast dus bald?“

„Schon fertig.“ Die Soldatin stützte sich auf seinem Kopf, dann auf seiner Schulter ab und kletterte zurück auf die Gehwegplatten. Er streckte sich und wischte seine feuchten, strapazierten Hände an der Jacke ab. „Wie viele noch?“

Salena schüttelte demonstrativ den Rucksack, der bedauerlicherweise noch gut gefüllt zu sein schien. „So viele, wie wir hinbekommen. Je mehr wir später sehen können, desto besser.“

Sie waren noch etwa eine halbe Stunde unterwegs. Das Anbringen von Kameras auf der anderen Seite des Kanals stellte sich als nicht durchführbar heraus, da die Rückseite des Schlosses von dichtem Baumbestand verdeckt wurde. Um den Nachteil zu kompensieren, wagte die Frau einen kurzen Abstecher in den Park direkt hinter dem Schloss, wo sie einen der dortigen Bäume mit ihrer Technik bestückte, um sich auf diese Weise ein rückwärtiges Sichtfenster zu eröffnen.

Nachdem die Ost- und Nordseiten ausreichend erschlossen waren, kehrten sie zurück über die mehrspurige Straße. Auch auf dieser Seite brachte die Soldatin einige Kameras mit Zoom- und Weitwinkelobjektiven an, um sowohl die Totale als auch einzelne Geschehnisse im Auge behalten zu können. Als Letztes stattete sie die Straße, in der ihr Van geparkt war, in beide Richtungen mit Überwachungstechnik aus. „Für unsere eigene Sicherheit“, erklärte sie und klopfte mit dem Knöchel gegen die Seitenwand des Fahrzeugs. „Sonst sind wir da drinnen blind.“

„Was ist mit Sensoren? War nicht auch die Rede von Sensoren?“

„Eingebaut“, verkündete die Soldatin stolz. Der technische Aspekt des Ganzen schien ihr Freude zu bereiten. „Diese kleinen Dinger können alles. Sehen, hören *und* fühlen. Das heißt: Ich hoffe es zumindest. Zuerst muss ich noch alles einrichten.“

Er nickte und schaute auf die Uhr. 07:20. Noch mehr als eine Stunde bis zum Empfang. Er schloss die Fahrertür auf und schwang sich in den Sitz. Hinter ihm zog die Frau den Seiteneingang zum Laderaum auf, sprang ins Innere und zog die Tür mit einem Grollen hinter sich zu.

„Kann ich irgendwas tun?“, wollte er über seine Schulter wissen. Die Frau hatte sich auf dem schmalen Drehstuhl eingerichtet und zog sich ein einfaches Headset über. Ihr konzentrierter Blick galt den bunt blinkenden Signalanzeigern und dem Schneegestöber auf den Monitoren. „Wache halten“, erklärte sie kurz angebunden, so als fiele es ihr schwer, ihre Aufmerksamkeit auch nur für einen Augenblick von der Technik abzuwenden. „Halt die Augen offen. Sag Bescheid, wenn du irgendwas Verdächtiges bemerkst.“

Mit einem Schnaufen rückte er sich in seinem Sitz zurecht. *Verdächtiges.* Ein paar mehr Hinweise wären wirklich schön gewesen. Woher sollte er wissen, wie man etwas *Verdächtiges* erkannte? Vermutlich taten ihnen ihre Feinde nicht unbedingt den Gefallen, sich durch spitze Hüte, Flugbesen und Gesichter voller Warzen erkenntlich zu machen. Er löste das sperrige Waffenholster unter seiner Schulter und schob es in die Seitentür. Obwohl er noch immer seine Winterjacke trug, spürte er, wie Feuchtigkeit und Kühle durch seine Haut in seine Knochen drangen. Er beugte sich vor, um mit dem Ärmel an der Scheibe herumzuwischen, die in den Ecken angefangen hatte zu beschlagen. Das hier konnte eine lange

Stunde werden. „Was ist mit den anderen?“, wollte er wissen, größtenteils, um überhaupt irgendetwas zu tun.

„Kommen schon zurecht“, verkündete Salena abwesend. „Wir sind auf Funkstille, bis Iván in Position ist.“

„Verstehe. Nur nicht auffallen, was?“

Aus dem Rückraum kam keine Antwort. Zu vernehmen war lediglich das Klappern einer Tastatur. Er lehnte sich zurück und versuchte, es sich einigermaßen gemütlich zu machen. Die Front des Fahrzeugs war zur Hauptstraße gerichtet. Der Verkehr floss ereignislos dahin. Ein weißer Lieferwagen bog soeben auf der Gegenseite aus der Schlossdurchfahrt und mischte sich in den Strom der Fahrzeuge. Der Wachmann hatte sich in sein mobiles Häuschen zurückgezogen und saß dort Zeitung lesend unter einer Lampe.

Das Dröhnen eines hubraumintensiven Motors ließ ihn den Kopf heben. Der Ursprungsort des donnernden Geräusches war schnell ausgemacht. Fassungslos ließ er die Luft entfahren. Von links preschte ein rot glänzender Pick-up-Truck heran. Das Fahrzeug schlängelte sich in einer Fahrweise durch den abendlichen Verkehr, die selbst nach Berliner Verhältnissen nur als rücksichtslos bezeichnet werden konnte. Es passierte ihre kleine Querstraße, um an der Rechten wieder zu verschwinden. Ungläubig schüttelte er den Kopf. „*Nur nicht auffallen*, was?“

„Hm?“

„Nichts. Iván ist eben eingetroffen. Vielleicht wirft er gleich zur Feier noch ein paar Handgranaten.“

„Gut“, erwiderte die Israeli knapp. „Wird Zeit, dass er seine Position einnimmt.“

Eine lange Zeit des Schweigens folgte. Die Kühle drang durch seine Sohlen bis in seine Füße. Wenigstens sorgte die Temperatur dafür, dass er keinerlei Verlangen danach spürte, einzuschlafen. Aus purer Langeweile prüfte er den Verband an seinem Finger. Kein Blut und keine Nässe. Immerhin. Seufzend ließ er die Hand sinken. Gedankenverloren strichen seine Finger über den angerauten Griff der stählernen Taschenlampe, die zusammen mit der Waffe in der Türhalterung klemmte. „Glaubst du, dass das hier eine Falle ist?“

Stille. Das Klackern von Tasten. „*Verd…*“ Ein Stöhnen. Der Fluch galt offenbar der Technik und nicht ihm. „Ich weiß es nicht“, gab Salena angestrengt zurück. „Kann alles sein. Wir tun, was wir können.“

„Hm.“ Mit der Schläfe lehnte er sich an die kühle Seitenscheibe. „Kaliyaga“, versuchte er. „Glaubst du, dass sie hier ist?“

Tastengehämmer. Konzentriertes Atmen. „Nein. Wa… Ich weiß nicht. Besser nicht. Ich hoffe wirklich, es ist Alois. Mit ihm zusammen sehen unsere Chancen deutlich besser aus. Ich denke … ha! Da ist er ja.“

„Hm?“ Verwundert wandte er sich um. Die Frau breitete triumphierend die Arme aus. *„Ladies and gentlemen“,* verkündete sie mit Blick auf ihre Bildschirme. *„Elvis is in the building*.“

Er hangelte sich, so gut es ging, an der Sitzlehne vorbei und versuchte, auf den Monitoren etwas zu erkennen. Das graugrüne Nachtsichtbild zeigte einen Teil der Frontseite des Ostflügels, die dunklen Schemen von Bäumen, einige niedrige Büsche und im Hintergrund die gelegentlich auftauchenden Scheinwerferpaare von Autos. Der Finger der Frau war auf einen Busch gerichtet. Zwischen den Zweigen war ein weißes Leuchten zu erkennen, wie von Körperteilen, die sich ab und zu bewegten.

„Iván?“

Salena nickte. „Scheint, als macht er es sich im Park gemütlich."

Ein Zischen und ein Knacken bestätigten den Verdacht der Frau. „Elvis an A-Team", erklang es aus dem Walkie-Talkie auf der Arbeitsfläche. „A-Team bitte melden." Die Frau griff mit amüsiertem Ausdruck zum Sprechfunkgerät und drückte den Sprechknopf. „A-Team an Elvis. Wir haben Sichtkontakt. Gemütlich bei dir, oder was?"

„*Roger that*", bestätigte der Amerikaner. Die Stimme des Mannes klang, soweit es sich bei der bescheidenen Klangqualität sagen ließ, entspannt. „Habe gerade schon mal Felle ausgelegt und den Kamin angezündet. Wenn mir also hier draußen jemand Gesellschaft leisten will ..."

„Moment. Ich frage mal." Salena zwinkerte ihm zu. Er selbst war immer noch dabei, die Überraschung zu verdauen. „A-Team?", wollte er ungläubig wissen. „Ihr verwendet *meine* Idee?"

Die Frau zuckte mit den Schultern. „War gar nicht mal so schlecht." Dann, ans Funkgerät gewandt. „*Baby bird* sieht aus, als wäre er an dem Angebot interessiert. Soll ich ihn zu dir rüberschicken?"

„Negativ, A-Team. Irgendwas von Helsing?"

„Negativ", gab die Soldatin zurück. „Das Gleiche gilt für Rasputin. Sie werden sich schon melden, wenn sie so weit sind."

Kurze Stille. Dann: „*Roger*, A-Team." Man hörte fast über den Funk, wie der Mexikaner die Finger knacken ließ. „Meldet euch, wenn irgendetwas ist."

„Keine Sorge", gab die Frau zurück. „Und du sag uns Bescheid, bevor du irgendwelche Bäume fällst."

Ein nachdenkliches Rauschen. Dann ein Knacken. „Hat *baby bird* geplappert?"

„Wie ein Wasserfall." Ein kurzes Grinsen in seine Richtung. „*Roger*, Elvis. Zurück zur Funkstille. Viel Erfolg da draußen. *Over and out*."

Aus dem Funkgerät kam keine Antwort, was wohl als Bestätigung zu verstehen war. Die Frau legte den Apparat zur Seite und wandte sich wieder ihren Monitoren zu.

Erst mit Verspätung formten sich in seinem Hirn Synapsen, die ihn begreifen ließen, was eben abgesprochen worden war. „*Baby bird*?", ereiferte er sich. „Mein Rufname ist *baby bird*? Wieso bin ich ... he! Moment mal. Hallo! Warum bin ich hier der Einzige, der kein *cooles* Rufzeichen bekommt?"

„Du bist noch nicht so weit", erklärte die Frau, inzwischen wieder auf die Schirme fokussiert. „Gedulde dich ein bisschen. Wenn du dich bewährst, denk ich darüber nach."

„Harumpf." Er wandte sich im Vordersitz herum, zurück zur Straße, und blickte durch die Frontscheibe über den glitzernden Asphalt. *Baby bird*! Damit konnte ja wohl nichts mehr schiefgehen. Vor *dem* Kampfnamen *mussten* ihre Feinde ja vor Angst erzittern.

Er bemühte sich, ruhig zu atmen, doch er spürte, wie das Blut in seinen Schläfen pochte. Heimlich warf er einen Blick zurück. Die Pupillen der Frau schienen zu flimmern, wanderten ruhelos von Monitor zu Monitor. Immer wieder bewegte sich ihr Daumen, um den Blickwinkel zu wechseln, eine Feineinstellung vorzunehmen oder das Sichtfeld einer neuen Kamera auf ihre Bildschirme zu holen. Nachtsicht. Wärmesicht. Die ersten Festbesucher hatten begonnen einzutreffen. Die Umrisse der Herrschaften zeigten sich als helle oder bunte Signaturen. Teuer aussehende Designerjacken. Maßgeschneiderte Mäntel mit Fellkragen. Gehobene Gesellschaft, unverkennbar. Trotz des fortgeschrittenen Herbstes war es noch nicht ganz unmöglich, sich für eine Weile draußen aufzuhalten. An Beistelltischen unter glühenden Heizpilzen vor dem Schlosseingang wurde gescherzt, geplaudert und getrunken. Gelegentlich rauchte oder telefonierte jemand etwas abseits oder genoss allein die prächtige Aussicht auf das angestrahlte Schloss. Die rund um die Versammlung verteilten Wächter wirkten aufmerksam. Unverkennbar handelte es sich um ausgebildete Sicherheitsleute, die etwas von ihrem Handwerk verstanden.

„Da ist er!"

Er beugte sich heran, um etwas zu erkennen. Eben durchquerte ein hochgeschossener Mann im schwarzen Mantel das Tor zum abgesperrten Vorplatz, an dessen Seiten sich zwei antike Schildkämpfer aus Stein gegenüberstanden.

„Donnerwetter", bemerkte die Israeli anerkennend. „Sigurd sieht *tatsächlich* wie ein Gentleman aus."

Der alte Hexenjäger wandte sich ihnen auf den Monitoren zu, so als wollte er ganz sichergehen, dass sie seine Annäherung ans Ziel bemerkten. Er hatte seine langen grauen Haare mit Gel gebändigt und säuberlich zurückgekämmt. Auch die silbrigen Bartenden waren gestutzt. Dazu trug er einen dunklen, altmodisch anmutenden Ausgehmantel mit silbernen Verzierungen. Eben passierte er zwei Sicherheitsleute, die ihm keine weitere Beachtung schenkten. Nachdem er Deckung zwischen einigen Besuchergruppen gefunden hatte, die sich auf dem Vorplatz unterhielten, drehte sich Sigurd erneut zu ihnen um und tastete nach seinem Ohr.

Ein Knacken ertönte in dem Funkgerät. „Helsing an ... *A-Team*?" Selbst über den Äther war zu vernehmen, wie der Alte sein Gesicht verzog. „Wie auch immer. Ich bin im Innenhof. Habt ihr Sichtkontakt?"

„Roger that.“ Die Frau hatte das Funkgerät herbeigefischt. „Siehst gut aus, Helsing. Solltest öfter so herumlaufen.“

Knacken. Rauschen. „Danke“, erklang es mürrisch. „Wie sieht es aus?“

„Elvis ist in Position. Bisher keine Anzeichen von Gefahr. Wir haben ...“

Ein Quietschen und ein Rauschen wie von einer Übersteuerung. Die Frau verzog das Gesicht und hielt die Hörmuschel von sich fort.

„Rasputin an ... *A-Team*?“, erklang es aus dem Apparat. Auch der Mönch war bei der Umbenennung offenkundig nicht mit einbezogen worden. „Ich bin drin“, verkündete der Russe. „Keine Spur vom Feind. Sind alle in Position?“

„*Roger*, Rasputin.“ Die Frau starrte gedankenverloren durch ihn hindurch. „A-Team, Helsing und Elvis sind in Position.“

„Ich gehe rein“, erklang Sigurds Stimme ungeduldig aus dem Kanal. Auf dem Monitor war zu sehen, wie sich der Mann durch eine Gruppe drückte. Zwei teuer gekleidete Damen blickten ihm interessiert nach.

Die Israeli setzte das Funkgerät an, wie um etwas zu sagen, ließ den Apparat jedoch wieder sinken. Auf dem Bildschirm war zu sehen, wie Sigurd zwischen zwei weiteren Wächtern durch die beleuchteten Bogentüren unter dem Kuppelturm ins Innere des Prachtbaus trat.

„Helsing ist drin“, verkündete die Israeli der Runde. „Alle auf Bereitschaft. Meldet euch, wenn etwas passiert.“

„Roger.“

„Roger that.“

„A-Team over and out.“ Die Israeli schnaufte und ließ das Walkie-Talkie sinken. Salena schenkte ihm ein kurzes Nicken.

„Und jetzt?“, wollte er wissen.

Die Frau überlegte für einen Augenblick. „Ich schicke Helsing unsere Position. Und dann ... warten wir."

Schnaufend drehte er sich zurück nach vorn. Warten. Immer nur warten. Zum Glück sorgte die Kälte dafür, dass man in diesem Sitz nicht einfach ...

„He!"

Der Schlag der Frau gegen seinen Arm ließ ihn zusammenfahren. Blinzelnd ruckte er im Fahrersitz herum. „Was?" Verdammt! Er musste eingeschlafen sein. Verwirrt nahm er wahr, dass Regentropfen über die Frontscheibe liefen.

„Augen auf", ermahnte ihn die Frau mit einer Rüge in der Stimme. Schwerfällig drehte er sich um. Die Israeli hatte sich von ihrem Drehstuhl erhoben. Sie war, soweit es die geringen Ausmaße des Laderaums zuließen, über die Arbeitsplatte vor den Monitoren gebeugt und schien an der Rückseite eines Bildschirms herumzufühlen, der nur noch graue Schlieren zeigte. Auch auf den angrenzenden Monitoren zeigte sich ein Flimmern, so als drohe das unbekannte Phänomen auch auf diese überzugreifen. Mit einem ärgerlichen Schnaufen ließ die Soldatin von ihren Versuchen ab und schüttelte den Kopf. „Das Problem muss draußen liegen", verkündete sie. „Irgendwas stimmt mit der Antenne nicht. Ich gehe raus. Behalt die Bildschirme im Auge. Sag mir, wenn es besser wird."

„Ähm ..." Unsicher blickte er sich um.

„Keine Sorge", kam ihm die Frau kurz angebunden bevor. Salena prüfte ihre Waffe, bevor sie sie zurück in das Holster schob. „Dauert nur eine Minute. Ich gehe nicht weit."

„Alles klar", brachte er hervor, noch immer nicht ganz wach. Die Frau warf einen letzten Blick auf die Umgebungsmonitore. Im unmittelbaren Umfeld ihres Vans schien alles ruhig zu sein. Die Israeli quetschte sich am Stuhl vorbei und schob die Tür auf. Kühle und vom Wind getriebene Regentropfen nutzten die Gelegenheit, um das Innere des Fahrzeugs zu erkunden. Die Soldatin schlüpfte nach draußen und zog mit einem reibenden und schnappenden Geräusch die Schiebetür hinter sich zu.

Stöhnend und nicht ohne Mühen schob er sich zwischen Fahrer- und Beifahrersitz nach hinten. Er überflog die Monitore. Noch immer trafen Gäste über die Auffahrt zum Schlosspark ein. Die Büsche, in denen sich Iván verbarg, lagen ruhig und unbewegt. Hoffentlich fror der Mann nicht allzu sehr auf seiner dünnen Decke. Draußen war nur Stille zu vernehmen. Wind auf dem Chassis. Das leise Sirren von Kühlventilatoren hinter der Wand aus Monitoren.

Ein Wummern auf der dünnen Außenhaut des Fahrzeugs ließ ihn zusammenfahren. Offenbar kletterte die Frau an der Rückseite auf das Gefährt. Es folgten ein Kratzen und ein Knarzen, so als zerre jemand an Kabeln und Leitungen herum. „Wird es besser?“ Die Stimme seiner Kameradin klang durch die Blechwand dumpf herein.

Er ließ den Blick über die Monitore wandern. Der beeinträchtigte Bildschirm zeigte noch immer graue Statik. Auch das Flimmern auf den angrenzenden Fenstern in die Außenwelt hielt unverändert an. „Nein“, gab er zurück. „Alles noch wie eben.“

Ein mürrisches Gemurmel verriet, dass die erhoffte Antwort eine andere gewesen war. Mehr Gezerre. Ein kratzendes Geräusch wie von Metall auf Metall. „Wie sieht es jetzt aus?“

„Immer noch wie vorher“, gab er schwach zurück. Als Überbringer schlechter Nachrichten fühlte man sich nie besonders gut.

Ein Stöhnen. Ein Moment der Stille. Dann: „Verdammtes altes Zeug. Manchmal wäre es *doch* ganz schön, wenn unser

Sigurd technisch mit der Zeit gegangen wäre.“ Eine weitere Pause. Es klang, als denke jemand angestrengt nach. „Der Regler“, klang es plötzlich vom Dach herab. „Versuch es mit dem Frequenzregler. Vielleicht stört irgendetwas den Empfang.“

„Der Frequenzregler“, wiederholte er murmelnd. „Kein Problem ...“ Er ließ den Blick über die Armaturen wandern. Hier drinnen gab es *Dutzende* von Rädchen und Schiebern. „Wie genau sieht das Teil aus?“

„Ein runder Knopf“, ertönte es ungeduldig durch das Blech. „Irgendwo auf der rechten Seite.“

„Hm.“ Zur Rechten gab es diverse Regler. „Kann ich einfach ausprobieren? Besteht die Gefahr, dass ich irgendwas kaputt mache?“

„Nicht kaputter, als es eh schon ist.“

„Bestens.“ Er streckte die Hand vor. Einige Augenblicke zögerte er. Dann entschied er sich für einen großen runden Drehknopf unter einer Horizontalanzeige. Das Teil war größer als die an den meisten anderen Geräten, angebracht unter einer waagerechten Skala mit regelmäßigen weißen und roten Strichen. Das Teil erinnerte an eine Stereoanlage aus den 70ern oder den Tacho eines amerikanischen Straßenkreuzers. Seine Fingerkuppen fanden den geriffelten Umkreis. Vorsichtig begann er, daran herumzudrehen. Einige Augenblicke passierte überhaupt nichts.

„Und?“, erklang es ungeduldig von draußen.

„Einen Augenblick noch.“ Er spitzte die Ohren. Etwas hatte begonnen, sich zu verändern. Ein leichtes Klicken drang aus einem Paar eingestaubter Lautsprecher. Das Geräusch erinnerte an das eines Geigerzählers, der urplötzlich Spuren von Strahlung meldet. Er drehte den Regler weiter. Die Frequenz des Klickens nahm weiter zu, dann plötzlich wieder ab. Er drehte zurück. Da war es wieder. An einem bestimmten Punkt der Skala gab es eindeutig eine Konzentration.

Das erwartungsvolle Trommeln von Fingern erklang auf der Außenhaut. „Erfindest du da drinnen eine neue Programmiersprache oder so?"

„Hier drinnen britzelt es so komisch", gab er zu seiner Verteidigung zurück. „Ich hab an dem Knopf gedreht. An dem Gerät, das wie ein Geigerzähler klingt."

„Was?" Urplötzliches Rumpeln erklang, so als ob sich jemand eilig vom Dach wälzte. Die Rolltür wurde unwirsch aufgerissen. Die Frau kletterte über die Stufe und drängte ihn vom Stuhl, ohne Rücksicht darauf zu nehmen, dass sie damit kühle Feuchtigkeit in seine Kleidung rieb. Die Augen der Soldatin waren weit und flogen fassungslos über die Armaturen, bis sie die Horizontalanzeige zur Rechten fanden.

„Du hast *was* gemacht?"

„Ich habe nur ..."

Die Israeli beugte sich über ihn hinweg und starrte auf die Anzeige. „Was?", brachte sie erneut hervor. „Aber das ..."

„Hallo?", empörte er sich. Salena lag halb über ihm, während ihre Finger eilig in einer Nische kramten. Sie zog einen gebraucht aussehenden Aktenordner hervor und begann, hektisch in den laminierten Seiten herumzublättern. „Die Frequenz", murmelte sie angespannt. „Du hast das Hexen-Spektrometer verstellt. Was zum ..." Sie verstummte. Seite um Seite wurde eilig umgebogen. Wie ein zielsuchendes Geschoss fuhr ihre Fingerspitze über den Verlauf der Zeilen.

„Was ist los?" Die Unruhe der Soldatin begann auch ihn anzustecken. „Was ist mit dem Geräusch? Was ist das hier für ein Gerät?"

„Die Signatur", verkündete die Frau halb ärgerlich. „Du hast die Einstellung am Hexenspektrometer verändert. Ein ...

die Sensoren nehmen die Signatur von Hexenkräften auf. Ich habe es auf Kaliyaga eingestellt. Auf die Signatur, die Alois damals in Tschernobyl aufgenommen hat. Das hier ist ... es ist etwas anderes. Es ist ... hier!“ Der Finger bohrte sich in eine Seite. Offenkundig handelte es sich um eine Art von Codebuch. „Was?“, entfuhr es der Soldatin atemlos. „Aber das ist ... verdammt!“

„Was? Was denn?“

„*Obeah*“, brachte sie hervor. „Verdammter Mist! Mach Platz!“ Halb erhob er sich, halb schob die Frau ihn aus dem Sitz, während er sich über die Mittelkonsole zurück in den Vordersitz quetschte. „*Obeah*?“, wehrte er sich. „Was zum Henker soll das sein?“

„Nein. Nein.“ Die Israeli schüttelte den Kopf. Ihr Blick wanderte ruhelos über die Bildschirmwand. „Nicht gut. Gar nicht gut. Das Signal ist stark. *Richtig* stark. Jemand ist ...“ Sie verstummte. Ihre Hand war vorgestreckt und prüfte die Einstellungen des Reglers. Mit der anderen presste sie die Hörmuschel des Headsets an ihr Ohr.

„Sprich mit mir, Salena!“

„Das hier ist nicht Sibirien“, gab die Frau unwirsch zurück. „Nicht die Signatur von Kaliyaga. Das hier ist *Obeah*. Aus Westafrika. Eher noch aus der Karibik.“

Es dauerte einen Augenblick, bis er mit den Worten etwas anfangen konnte. „Du meinst so was wie ... Voodoo?“, wollte er ungläubig wissen.

„Nenn es, wie du willst.“ Mit einer unachtsamen Geste warf sie das Headset auf die Arbeitsplatte und griff nach dem Funkgerät. „Jemand ist hier“, verkündete sie unheilschwanger. „Jemand Mächtiges. Eine Hexe oder ... die Kraft ist ganz hier in der Nähe. Ich muss die anderen ...“

„A-Team!“ Sergeis Stimme, gepresst und angespannt. Ein Knarzen und ein Rauschen drangen aus dem Gerät. „Rasputin an A-Team. Ich glaube, Helsing steckt in Schwierigkeiten. Er hat …“

Pam. Pam. Pam.

Das Gesicht der Israeli gefror zu einer Grimasse. Drei kratzende Geräusche aus der Hörmuschel. Ihr Ausdruck war vom Licht der Armaturen geisterhaft beleuchtet. Er riss den Kopf herum und folgte ihrem Blick zur Wand aus Monitoren. Die Israeli öffnete den Mund, um …

KA-ROMMS.

Das Krachen war so laut, dass er nach hinten stürzte. Ein jäher Blitz mit Donnerschlag, hereingebrochen ohne jede Vorankündigung, schüttelte das Fahrzeug in seinen Aufhängungen. Hinter der regennassen Frontscheibe war ein Gleißen aufgeblüht, so als sei der ganze Nachthimmel für einen Augenblick entzweigerissen. Mit einem Grummeln und Krachen verzog sich das Geräusch wie ein fortgelocktes Untier in die Ferne, während der Nachhall der Entladung weiter durch die Gasse tanzte.

Die Soldatin fluchte in einer unbekannten Sprache und rappelte sich zwischen herabgerutschtem Werkzeug und losen Kabelenden auf. Zwei Monitore waren schwarz. Auf einem weiteren …

Zuck. Zuck. Zuck.

Ein Aufblitzen hinter den tiefen Fenstern im leeren Ostflügel des Schlosses. Ein-, zwei-, dreimal. Dieses Mal fehlte das Geräusch. Es bedurfte keiner akustischen Erinnerung, um zu erahnen, was hinter diesen Wänden vor sich ging. Sigurd hatte sicher nicht damit begonnen, Fotos vom Mobiliar zu schießen.

Ein erneutes Britzeln ertönte aus dem Funkgerät. „Elvis an A-Team.“ Die Stimme des Latino klang alarmiert. „Aktivität im Ostflügel. *¡Madres!* Sieht wie Schüsse aus. Sprecht mit mir, A-Team. Was zur Hölle ist da drinnen los?“

„Elvis!“ Die Frau umklammerte das Funkgerät so fest, dass ihre Knöchel weiß hervortraten. „Wir haben eine Signatur im Spektrometer. *Obeah.* Starke Konzentration. Sieht nach einer Leithexe oder höher aus.“

Wieder zerteilte ein Blitz die Nacht, verfolgt von einem Krachen und Donnern, das wie eine Druckwelle ringsum über den Himmel rollte.

Spanische Flüche ertönten aus dem Äther. „Eine Leithexe? *Was* ... warum haben wir nichts davon gewusst? Verd... wartet! Ich sehe was! Sieht aus wie Sigurd. Jemand ist bei ihm. Sergei! Ich glaube, es ist Sergei. Sie sind ... verdammt!“

Das Blitzen, das dem Mexikaner das Wort abschnitt, erschien beinahe zeitgleich auch auf ihren Monitoren. Noch etwas anderes hatte sich dort abgezeichnet. Das Licht des Mündungsfeuers hatte von der Innenseite Schattenformen an die Fensterfront geworfen; die Umrisse von nur halb menschlichen, bedrohlichen Gestalten.

„Iván!“ Salena hielt das Funkgerät mit beiden Händen. „Es ist ein Hinterhalt. Sie sollen rauskommen. Hörst du mich? Rückzug! Wir ziehen uns zurück!“

„Kannst du ihnen Deckung geben?“, versuchte er es drängend aus dem Hintergrund. „Elvis! Wie sieht es mit Feuerschutz aus?“

„*Affirmative*“, erklang es entschlossen aus dem Funkgerät. „Bleibt, wo ihr seid! Die Feinde dürfen euch nicht sehen. Wir brauchen euch, um hier herauszukommen!“

„Gah!“ Die Soldatin wandte sich halb ab. Die Kiefer seiner Kameradin bebten. Es sah aus, als wäre sie am liebsten selbst mit gezückter Waffe in die Nacht gestürmt.

„Sieh nur!“ Er deutete auf einen Monitor. Die Vorgänge im Ostflügel waren auch auf dem Empfang nicht unbemerkt geblieben. Wachleute liefen wild winkend auf dem Innenhof umher. Aus den hell erleuchteten Türen der Orangerie ergoss sich ein Strom aufgebrachter Gäste auf den Vorplatz, während Sicherheitspersonal darum bemüht war, die Fliehenden durch den immer weiter zunehmenden Regen zu dirigieren.

„Verdammt!“

Über das prasselnde Geräusch des Regens auf der Scheibe und der Außenhaut des Fahrzeugs waren gedämpfte Schreie zu vernehmen. Es konnte nicht mehr allzu lange dauern, bis ein ganzes Heer von Polizeifahrzeugen aufkreuzte.

Pang.

Ein scharfer Knall ertönte, heranrollend über die Rasenflächen. Sein Blick schoss zu den Monitoren. Auch die Gestalten vor dem Schloss schienen für einen Augenblick zu gefrieren, um ihre Flucht dann mit noch größerer Eile fortzusetzen. Einige sprangen in wartende Limousinen. Andere scherten sich nicht um ihre *High Heels* und teuren Lederschuhe und flohen zu Fuß in die umliegende Nacht.

Pang.

Eine krachende Entladung. Ein helles Aufblitzen unter dem Busch auf dem Monitor. Iván!

Noch ein weiteres Mal feuerte der Mexikaner. Es fehlte das Geräusch, doch ein Bildschirm zeigte, wie eine der Außenscheiben des Schlosstraktes wie ein abgeschnittener Vorhang funkelnd in sich zusammenfiel.

„Elvis hier“, ertönte es nach einem Knacken atemlos aus dem Funkgerät. „Feindkontakt bestätigt. Ich wiederhole:

Feind ist im Schloss. Rückzug einleiten. Ich wiederhole: Wir müssen evakuieren!"

„Iván!" Der Schrei der Frau verkündete Entsetzen. Eine flatternde Bewegung verdeckte mit einem Mal die Linse einer Kamera. Es war, als habe jemand einen zerschlissenen Mantel über das Objektiv gezogen. Fast gleichzeitig schossen ihre Blicke zu der Einstellung, die den Ostflügel über die Wiese mit den Bäumen hinweg in seiner ganzen Breite zeigte. Mehrere zerrupfte Schatten wie übergroße Vögel stürzten aus dem Nachthimmel herab, hinüber zu den Büschen, in denen sich ihr Kamerad durch sein Unterstützungsfeuer verraten hatte.

„Iván!" Die Israeli schrie nun beinahe in ihr Mikrofon. „Aufpassen, Elvis! Feind ist auf dem Weg zu dir!"

Aus dem Funkgerät ertönten rutschende und knackende Geräusche, so als versuche jemand, sich herumzuwerfen. Sie konnten Stöhnen hören, Flattern, Schreie. Auf dem Monitor taumelte eine Gestalt aus den Büschen hervor. Der Mexikaner hatte seine Seitenwaffe gezogen, zielte kurz und drückte dreimal ab. Einer der Schatten stürzte um sich schlagend auf den Rasen. Die anderen verschmolzen mit dem kämpfenden Latino. Im gleichen Augenblick zog eine rauschende Störung durch das Bild. Die Einstellung auf dem Bildschirm trübte sich und verschwand mit einem letzten Blitzen ganz. Der Monitor war schwarz.

Einen Augenblick lang starrten sie wie betäubt auf die tote Anzeigefläche. Das Funkgerät gab spratzende Geräusche von sich. Die Frau setzte an, um etwas zu sagen, als mit einem Mal eine gepresste Stimme aus dem Äther drang.

„A-Team. Wir kommen raus!" Ein bekannter Klang. Keuchend, angestrengt, mit einem starken slawischen Akzent. „A-Team. Rasputin. Ich habe Helsing. Er ist verletzt." Schritte waren im Hintergrund zu vernehmen. Getrappel und aufgeregte Rufe.

„Rasputin!“ Salena starrte auf das Walkie-Talkie. „Ist er ... wo seid ihr?“

„Haupteingang“, gab die Stimme schwach zurück. „Wir kommen jetzt raus.“

Die Frau fuhr herum und starrte auf die Monitore. Noch immer ergoss sich, je nach Einstellung, ein Strom leuchtend weißer oder bunter Signaturen aus dem Schloss. Die Soldatin ergriff einen der kleinen Steuerknüppel und begann heranzuzoomen. Tatsächlich! Zwischen all den fliehenden Exzellenzen schleppten sich zwei Gestalten über den Platz. Die eine trug die Kleidung eines Kellners. Die andere war auf dessen Schulter abgestützt, mit herabhängendem Haar und gehüllt in einen langen schwarzen Mantel.

„Rasputin. Ich habe euch!“ Die Israeli rang ganz offensichtlich um Beherrschung. Nur für einen Augenblick war Erleichterung in ihrer Stimme zu vernehmen. „Ihr müsst euch beeilen“, brachte sie gepresst ins Funkgerät hervor. „Elvis wird angegriffen.“

„Zurück zum ... gib mir das Ding!“, erklang Sigurds Stimme schimpfend aus dem Hintergrund. „Wir brechen ab, hört ihr?“ Die kratzende Stimme ihres Anführers war zu nah am Mikrofon und hallte blechern durch den Wagen. „Es ist eine Falle. Pass auf den Jungen auf. Wir kommen schon zurecht! Wir mischen uns in die Menge ... seht zu, dass ihr ...“ Der Befehl endete in einem Stöhnen. Es gab Geraschel, als werde das Funkgerät erneut herumgereicht.

„Wir kommen zurecht“, bestätigte der Mönch, doch er klang nicht sehr überzeugt. Auf dem Monitor war zu erkennen, dass der Russe Sigurd mit erheblicher Mühe stützen musste.

„Verschwindet von hier. Bestimmt warten unsere Feinde nur darauf ..."

Fiiiiep.

„Argh!" Salena nahm das Funkgerät vom Ohr. Die Nachricht hatte in einem Hochfrequenzton geendet, der auch in seinen Trommelfellen schmerzte.

„Fuck it", verkündete die Frau und zog ihre Waffe aus dem Rückenholster. „Ich gehe rein", verkündete sie, während sie den Schlitten prüfte. „Du wartest hier."

„Warte!"

Die Hand seiner Kameradin lag bereits am Griff der Schiebetür. Auch ihm saß der Schock noch in den Knochen. Dennoch mussten sie vernünftig bleiben. „Salena! Du hast es selbst gehört. Wir müssen hierbleiben! Die anderen brauchen uns. Wir müssen auf den Van aufpassen, bis sie hier sind."

Die Soldatin schüttelte den Kopf. Sie schien ihn beinahe nicht zu hören. „Ich muss ihnen helfen", beharrte sie und riss die Tür auf. „Halte du die Stellung", verkündete sie mit zurückgewandtem Kopf über das Rauschen des Windes hinweg. Der Regen und die Intensität des heraufgezogenen Gewitters nahmen noch immer weiter zu.

„Ich? Aber wie denn?"

„Irgendwie. Das kriegst du hin."

Ein Krachen. Die Schiebetür war zugeflogen. Hilflos warf er die Hände in die Luft. „Salena!" Verdammt! Sein Ruf ging ins Nichts. Die Soldatin hatte nicht einmal das Walkie-Talkie mitgenommen.

Er beugte sich nach hinten. Auf dem Monitor, der auf den Van gerichtet war, war zu erkennen, wie die Israeli sich geduckt in Richtung Hauptstraße bewegte. Salena versicherte sich mit schnellen Blicken nach links und rechts, dass der

Weg frei war. Dann steuerte sie mitten über die mehrspurige Straße und war aus dem Sichtkreis der Kamera verschwunden.

„Verd..." Er biss sich auf die Zunge. Also gut. Ruhig bleiben. Fahrig blickte er sich um. Die Monitore zeigten, wie Luxusautos Stoßstange an Stoßstange den Schlossvorplatz verließen. Sicherheitspersonal lief eilig zwischen den gut gekleideten Damen und Herren umher, orderte Fahrzeuge herbei und schaffte es bisher recht gut, das Schloss zu räumen.

Seine Hände verkrampften sich am Lenkrad. Verdammt, verdammt, verdammt. Er wandte sich um. Da war das Teil. Die Frau hatte das Funkgerät unbesetzt zurückgelassen. Einen kurzen Augenblick lang überlegte er. Dann beugte er sich zurück und drückte den Sprechknopf. „Elvis. Bitte melden. Elvis. Dies ist A-Team. Elvis, bitte melden."

Rauschen. Frequenzgeräusche. Dann ein Knacken.

„*Beto*." Die Stimme war nur ein Flüstern. „*Beto*, wenn du mich hören kannst: Bringt euch in Sicherheit. Sie sind hinter mir her. Hörst du mich? Ich locke sie von euch weg. In die andere Richtung. Hörst du, *Beto*? Ich komme schon zurecht. Nimm die anderen und ... *¡Madre de Dios!* Flieht!" Es klang, als falle ein schwerer Gegenstand auf weichen Untergrund. Dann Flattern und Gekrächze. Dazwischen Schritte, die sich schnell entfernten.

Fluchend wandte er sich zu den Monitoren. Derjenige, der den Mexikaner hätte zeigen sollen, war noch immer schwarz. Auch von den Einstellungen auf den Vorplatz waren mehrere inzwischen ausgefallen. Die noch funktionierenden zeigten fliehende Partygäste und den Van. Nur der Teufel wusste, was die Frau dort draußen ...

Ein Flattern auf den Monitoren ließ ihn zusammenfahren. Nur einen Moment lang war eine Bewegung zu erkennen gewesen. Oben in der Mitte. Auf demjenigen Schirm, der seinen eigenen Standort überwachte. Für einen Augenblick war er wie gelähmt. Mit steifen Fingern tastete er nach der Pistole in der Seitenverkleidung. Ruhig bleiben. Ruhig bleiben! Bestimmt nur eine Bö, die ein paar Blätter trieb. Irgendein Vogel, der …

Ein Rumpeln ertönte, das den ganzen Wagen schwanken und ihn aufschreien ließ. Die Stoßdämpfer knarzten protestierend. Es war, als sei etwas sehr Schweres kontrolliert auf dem Autodach gelandet.

Er hielt die Luft an. Das Wanken des Chassis hatte nachgelassen. Saß dort oben etwas regungslos auf ihrem Wagen? Seine Finger umklammerten den Griff der Waffe. Jeder einzelne fühlte sich steif und kalt an. Er wagte beinahe nicht zu atmen.

Eine leichte Verlagerung. Wieder bogen sich die Stoßdämpfer, schwankte das Gefährt wie unter einer abwartenden, prüfenden Bewegung. Ein Geräusch mischte sich in die Stille, das Prasseln des Regens und das unterdrückte Jaulen der Kühlventilatoren. Ein leises Kratzen und Quietschen. Es war, als bewegten sich scharfe Krallen über die metallene Außenhaut des Daches. Unwillkürlich zielte er mit der Waffe auf den Wagenhimmel. Noch immer wagte er es kaum, zu atmen. Was sollte er tun? Hier drinnen herumballern? Seine Trommelfelle ruinieren und womöglich Querschläger riskieren, mit denen er sich selbst ins Jenseits schickte?

Er unterdrückte ein Keuchen, als der Wagen erneut erbebte. Ein Knarzen und ein Kreischen. Etwas wie ein Rauschen, eine Veränderung in der Luft, im Geräusch des Regens, so als erhebe sich etwas auf gewaltigen Schwingen vom Autodach. Mit einem Ächzen hob sich das Chassis, wie um ein Gewicht erleichtert. Dann schloss sich Stille an.

Er schluckte schmerzhaft. Seine Kehle war wie ausgetrocknet. Langsam ließ er die Waffe sinken. Sein angespannter Blick ging zu den Monitoren. Nichts war dort zu erkennen. Nichts als die Schlieren des Regens und das Flimmern von Pkw-Scheinwerfern in von Regentropfen aufgewühlten Pfützen.

Er schob sich tiefer in den Fahrersitz und checkte auch die Seitenspiegel. Nichts. Er schloss die Augen. Verdammt. Er war für solche Sachen einfach nicht gemacht.

Er wäre fast vor Schreck gestorben, als unvermittelt hart gegen die Beifahrertür gehämmert wurde. Er war selbst erstaunt darüber, wie schnell seine Instinkte reagierten. Die Waffe lag in seiner Hand, der Finger fest am Abzug, als er die Tür aufstieß und zielte. Hinter Kimme und Korn lag Salenas schweiß- und regenglänzendes Gesicht. Beinahe hätte er die Israeli umgelegt. „Verdammt!“ Der Moment des Aufatmens war nur kurz. Dankbar ließ er die Waffe sinken. „Was soll das? Ich hätte fast …“

Die Frau grinste.

Er grinste zurück. „Mann!“, brachte er halb belustigt hervor. „Das ist nicht komisch! Beinahe hätte ich …“

Die Frau grinste noch immer. Er gefror. Das Blut in seinen Adern wurde kühl wie Eiswasser. Erkenntnis durchschoss sein Innerstes wie Feuersglut. Er wollte die Pistole heben, doch er war zu keiner Regung fähig. Regen fiel in Strömen aus dem dunklen Himmel, rann über den Asphalt und speiste die Pfützen im Rinnstein, in denen sich Laternen, Hauswände und Fahrzeuge spiegelten. Alles, aber nicht die Frau, die noch immer regungslos und mit wie festgefrorenem Gesichtsausdruck die Beifahrertür aufhielt.

Die Erstarrung hatte angefangen, neben seinen Armen auch noch sein Gesicht und seinen Nacken zu befallen. In atemlosem Entsetzen rollte er mit den Pupillen in den Augenhöhlen. Die Gestalt neben dem Rahmen schien sich zu verändern. Die Haut wurde urplötzlich blau und schwarz und spiegelnd. Der Teil, der in den Schatten lag, schien sich zu winden wie die Schuppen einer Schlange. Allerlei erdfarbene, gewickelte Tücher, mit Perlen, Leder und mit Pelz verzierte Lumpen, bildeten die Kleidung. Die vormals glatten Haare wanden sich tentakelartig zu verfilzten, dicken Rastalockensträngen. Es war der Blick des Wesens, der ihn wie in einer Schicht aus Eis gefangen hielt. Die Augen waren weiß und blau wie Seen am Polarkreis. Die grinsenden Zahnreihen wie eine Ansammlung von Perlen in versunkenen Schiffswracks vor einer sturmgepeitschten Küste. Er meinte, ein Lachen zu vernehmen, das nicht den Umweg über seine Ohren nahm, sondern unmittelbar in seinem Inneren erklang.

Blam.

Die Gestalt zuckte zur Seite wie ein Schatten, über den man eine Fackel hält, wie ein schmutziges Stück aufgehängter Wäsche, das von einer Sturmbö abgerissen wird.

Blam. Blam. Blam.

Wie beim Nachlassen einer Narkose fuhr ihm die Erstarrung aus den Gliedern. Die Israeli kam mit vorgestreckter Waffe durch die Gasse. Ihr Gang war aufrecht und entschlossen. Wieder hielt sie inne, legte an und folgte mit der Mündung ihrer Waffe offenkundig einer Bewegung, die über Hauswände und Dächer führte.

Blam. Blam.

Mit einem Satz war die Frau beim Auto. Die Schiebetür flog mit einem Donnern auf. Er hörte knarzende Geräusche, als die Soldatin seine Shotgun aus der Seitenhalterung riss. Die Israeli trat zurück und zielte wieder.

Ratsch-bumm. Rasch-bumm. Ratsch-bumm.

Er meinte, Kreischen zu vernehmen. Nur langsam konnte er sich wieder rühren. Seine Lippen zitterten. Seine Finger waren wie aus Gummi gefertigte, fremde Ausläufer, an deren Bedienung er sich erst wieder gewöhnen musste.

Die Israeli warf einen Blick durch die Beifahrertür ins Innere. Ihre Waffe war gesenkt, jedoch bereit dazu, jederzeit wieder gehoben zu werden. „Bist du okay?"

„Ich ... glaube schon." Selbst Worte hervorzubringen bereitete ihm große Mühe. Es war, als habe jemand seine Zunge und Lippen mehrere Stunden lang in einem Kühlschrank aufbewahrt.

Die Soldatin wandte sich zurück und winkte. Jetzt erst erkannte er, dass sich Sigurd und Sergei über den spiegelnden Asphalt heranschleppten. Der Alte schien zu humpeln. Der Mann hielt sich die Seite, so als wäre er verwundet.

Der Regen peitschte nun mit einer Intensität auf sie herab, als bestände zwischen ihm und dem Boden eine persönliche Rivalität. In der Ferne kündete Sirenengeheul von einer neuen Sorge. Es klang, als nähere sich eine ganze Kolonne von Einsatzfahrzeugen. Die Frau schob ihre Langwaffe auf den Kabinenboden und stürzte zurück, um ihren Anführer zu stützen. Das Haar des Alten war zerzaust. Die silbrigen Strähnen hingen wild in sein Gesicht.

„Weg!" Sigurd vollführte eine rüde, abwehrende Bewegung. „Nimm die Waffe. Pass auf, dass sie nicht wiederkommt!" Der Ausstoß ging in ein Keuchen über. Die Soldatin griff trotz der Proteste zu. Die letzten Meter schien es, als müsse sie zusammen mit dem Russen ihren Führer tragen.

„Sigurd! Was ist mit ihm? Ist er verletzt?"

„Es geht schon“, behauptete der Alte unwirsch und mit einem Rasseln in der Stimme. „Es geht. Lasst mich!“ Der Bursche hielt sich an der A-Säule des Wagens fest. „Salena“, wollte er wissen. „War das … “

„Eine *Caplata*“, bestätigte die Frau. „Robert hat *Obeah*-Signaturen gefunden. Das hier ist Voodoo-Magie.“

Der alte Hexenjäger umfasste den Rahmen mit beiden Händen. Er sah so aus, als halte er sich nur mit Mühe aufrecht. „Herr im Himmel“, brachte er hervor. Dann, mit Härte: „Hast du sie erwischt?“

„Nein.“ Die Frau hatte erneut die Flinte aufgenommen, schob Patronen nach und hielt ihre Blicke auf die Dachränder gerichtet. „Verwundet vielleicht. Aber nicht getötet.“

„Verdammt.“ Mit einem Versuch aus eigener Kraft, jedoch gestützt vom Mönch, schob sich der Hüne ins Fahrzeuginnere und ließ sich schwer in den Beifahrersitz fallen. Er sah nicht gut aus. Blut war in seinen Haaren und auf dem vormals weißen Hemd unter der Weste. Einer der Ärmel war zerrissen wie von Klauen. Rote Spuren durchzogen seine Haut unterhalb des Ellenbogens.

„Iván“, rief die Frau durch die Schiebetür hinein. „Was ist mit ihm? Irgendwas Neues?“

„Er …“ Er schüttelte den Kopf. „Er hat gesagt, er lenkt sie ab. Zur Rückseite des Schlosses. Weg von uns. Er hat gesagt, wir sollen ohne ihn fahren.“

Die Israeli öffnete den Mund, gab jedoch nichts zurück. Der Mönch drückte sich an ihr vorüber in den Fond. Getrampel war aus dem Rückraum zu vernehmen, als der Mann sich dort einigermaßen einrichtete. Das erwartungsvolle Schweigen ihrer Kameraden galt ganz unverkennbar Sigurd.

Der alte Hexenjäger schüttelte den Kopf. Mit der Rückseite seiner Hand fuhr sich der Mann über den Mund. Das Jaulen der Sirenen steigerte sich immer weiter. Die Ordnungshüter mussten beinahe hier sein. Es war allerhöchste Zeit, um zu verschwinden. Kaum möglich, dass selbst das anhaltende Gewitter das Geräusch der Schrotflinte hatte übertönen können.

„Gaah!“ Sein Sitznachbar stieß einen Schrei aus, erfüllt von Schmerz und Frustration. Mit beiden Händen schlug der Alte auf das Armaturenbrett. „Ein Hinterhalt“, stieß er hervor. „Ein verdammter Hinterhalt. Sie haben uns ...“ Sigurd verstummte. Schweigen schloss sich an.

„Wir dürfen ihn nicht zurücklassen“, meldete die Frau sich leise. „Das sind die Regeln. Wir sind Hexenjäger. Wir lassen niemanden zurück.“

„Iván hat eine Entscheidung getroffen“, hielt der Mönch dagegen. „Er hat das Richtige getan. Für die Mission. Das hier ist ein koordinierter Angriff. Es ist ein Wunder, dass wir überhaupt noch leben. Iván hält uns den Rücken frei. Wir müssen die Gelegenheit nutzen, die er uns verschafft. Wir müssen immer noch Kaliyaga stoppen. Wenn wir hierbleiben und den Feinden in die Hände fallen, war das alles hier umsonst.“

Wieder traf die Faust seines Sitznachbarn das Armaturenbrett. Der Alte starrte durch die Scheibe. Mit seiner breiten Hand wischte er sich klebrige Strähnen aus der Stirn. „*Sie*“, stieß er aus. „*Sie* hat das hier vorbereitet. Kaliyaga. Sie hat Verstärkung gerufen, um uns auszuschalten. Aus anderen Ländern. Mit Signaturen, die wir nicht erwartet haben. Warum habe ich nicht daran gedacht?“ Ihr Führer starrte auf den dunklen Kunststoff. Der Mann nahm seinen Kopf in beide Hände. Dann richtete er sich auf. „Sergei hat recht“, brachte er widerwillig hervor. „Wir müssen weg von hier. Hier draußen sind wir ausgeliefert. Wir müssen irgendwohin, wo *wir* im Vorteil sind. Wo wir uns sammeln können, um zurückschlagen. Waffe!“

Es dauerte einen Augenblick, bis er sich bewusst wurde, dass er gemeint war. Ohne nachzudenken, drückte er ihrem Anführer seine Pistole in die Hand. Sigurds Blick ging zum Fenster und zu den Außenspiegeln. Inzwischen war entlang der Hauptstraße das Blitzen einer ganzen Blaulichtkarawane zu erkennen. „Haltet die Augen offen“, befahl sein Lehrmeister. „Ich würde mich sehr wundern, wenn das hier schon vorbei ist. Drück drauf, Junge. Aber schön ordentlich! Ich will nicht, dass jemand auf die Idee kommt, uns zu kontrollieren.“

„Iván ...“, setzte die Frau protestierend an.

„Iván wird tun, was er tun muss“, schnitt ihr Sigurd scharf das Wort ab. „Er ist ein erfahrener Soldat. Das hier ist das, was er will. Hat sich der Junge nicht klar ausgedrückt?“ Ein mürrisches, aufforderndes Nicken des Alten ging in seine Richtung.

Dieses Mal bedurfte es keiner weiteren Ermahnungen. Er beugte sich vor. Das Zündschloss knirschte, als er den Schlüssel herumdrehte. Der alte Motor sprang mit einem befriedigenden Knurren an. Mit einem lang gezogenen Quietschen, wie protestierend, drehten sich die Reifen über den glänzenden Asphalt. Dann aber fanden die Gummioberflächen Traktion. Die Maschine röhrte auf. Mit einem leichten Schlingern schoss der Van nach vorn. Nach einer kurzen Strecke war das Fahrzeug in der Spur und donnerte davon, der Polizei entgegen, deren Fahrzeuge auf der Gegenspur zum Stehen kamen und uniformiertes Personal ausspuckten.

Kapitel 14 – Verteidigung

„... sichern zurzeit den Tatort einer Schießerei in Charlottenburg“, erklang es knarzend aus dem Radio. *„Augenzeugen berichten, dass bei einem Empfang der Deutschen Südamerika-Gesellschaft in der Orangerie des Schlosses Schüsse fielen. Sprecher der Polizei konnten bisher noch nicht bestätigen, ob es bei dem Anschlag Verletzte gab. Auch zu den Motiven der Täter ist zurzeit noch nichts bekannt. Zeugen sprechen von mehreren Angreifern, die ...“*

Sigurd schaltete ärgerlich das Radio aus. Der Mann hatte den Arm im Fensterrahmen angewinkelt und klopfte mit der Unterseite seiner Faust gegen die Beifahrerscheibe. Robert blickte in den Rückspiegel. Das Schloss und das Stakkato-Blinken eines ganzen Meers von Blaulichtern waren inzwischen hinter ihnen zurückgeblieben.

„Salena?“ Der Alte lehnte sich zurück und wandte sich zum Laderaum des Wagens. „Was sagen deine Instrumente?“

Die Israeli zuckte mit den Schultern. Sie hatte sich den Kopfhörer des Headsets an ein Ohr gedrückt. Ihr Blick wanderte über die Monitore. „Ich habe fast alles verloren“, erklärte sie frustriert. „Die Kameras sind tot. Das Spektrometer zeigt noch immer starke Signaturen.“

Der Alte stieß die Luft aus. „Irgendetwas von Iván?“

Ein Rascheln ertönte hinter ihren Rücken. Die Soldatin schien sich vorzubeugen, um Einstellungen an der Technik vorzunehmen. „Scheint, als hätte auch die Funktechnik was abbekommen“, stellte sie fest. „Muss das Gewitter sein. Hier. Ein Teil ist aufgezeichnet worden.“ Einige Augenblicke lang ertönten klackende Geräusche, so als werde ein altmodisches

Kassettenband zurückgespult. Dann ein Klicken. Das Rauschen einer Bandaufnahme. „...imm die anderen und ... *¡Madre de Dios!* Flieht!“ Ein Knacken. Ende der Aufnahme.

Plötzlich eine Wiederholung. „*¡Madre de Dios!* Flieht!“

„Einen Moment ...“

Er warf einen Blick in den Rückspiegel. Die Frau hatte ärgerlich das Gesicht verzogen. Ihre Hand drehte fieberhaft an den Schaltern.

Wieder ein Knacken. „*¡Madre de Dios!* Flieht!“

Der Alte seufzte schwer.

Knack. „*¡Madre de Dios!* Flieht!“

„Ich habs gleich“, verkündete die Soldatin gepresst. „Verdammte Technik!“

„*¡Madre de ...*“ Rauschen. Endlich. Beinahe verspürte er Erleichterung.

Der Alte an seiner Seite blieb stumm. Die Schultern seines Mentors waren eingesunken, der Kopf nach vorn gebeugt und die Brauen zusammengezogen, so als wollten sie ihn vor der Welt beschützen. Es war, als habe man die Luft aus ihm herausgelassen.

Robert ließ den Blick über die Bürgersteige hinter dem Seitenfenster wandern. Zur Rechten erhob sich der Umriss eines Raben von einer Laterne und flatterte in die Nacht.

„Bieg hier rechts ab“, befahl ihm Sigurd düster. „Wir nehmen die Seitengassen. Auf den Hauptstraßen sind wir zu leicht zu verfolgen. Bestimmt hat die *Caplata Familiare* ausgesendet. Tierdiener. Besser gesagt: verdorbene Abwandlungen von Tieren, die ihrem Willen gehorchen. Nützlich, um ... hier links!“

Anscheinend aus dem Gedächtnis wies der Mann ihnen einen Weg durch die zugeparkten Gassen. Der Regen prasselte noch immer unablässig auf das Dach und auf die Motorhaube.

Gelegentliches Donnergrollen und die Spiegelungen von Blitzen auf dem reflektierenden Asphalt sorgten dafür, dass so gut wie niemand auf den Bürgersteigen unterwegs war. Immer wieder ging der Blick des Alten zum Rückspiegel oder er beugte sich im Sitz herab, um den Himmel in Augenschein zu nehmen. Auch Robert meinte, gelegentlich Bewegungen vor der Dunkelheit des Himmels auszumachen. Genauso gut konnte es sich jedoch auch um vom Wind getriebene Blätter handeln, in denen lediglich seine angespannte Fantasie Lebendiges erkennen wollte.

„Wenn sie uns verfolgen wollen, müssen sie sich auf ihre Sicht verlassen", erklärte der Alte an seiner Seite. „Sergei hat an allen Seiten starke Segenszeichen angebracht. Mit Hexenkunst allein ist das Gefährt nicht aufzufinden. Wenn wir es also schaffen können, ihnen zu entkommen ... Salena! Was macht das Spektrometer? Irgendwelche ..."

„Ha!" Die Reifen quietschten. Der Wagen schlingerte wild, als Robert in die Bremsen trat und das Lenkrad herumwarf, um gerade noch der menschlichen Gestalt auszuweichen, die mit ausgebreiteten Armen mitten vor dem Kühler auf der Fahrbahn stand. Ein markerschütterndes Krachen, begleitet von einem heftigen Stoß. Ein Kreischen wie von Stahl auf Stahl erklang, als sie mit dem Heck entlang der Reihe aus geparkten Autos schrammten. Körper und Ausrüstung flogen scheppernd durch den Innenraum des Vans.

„Nein!" Die Stimme seines Sitznachbarn ertönte wie durch einen Nebel. Der Alte zog sich mühsam am Haltegriff empor. „Gas geben. Tritt drauf! Sonst sind wir alle dran!"

„Festhalten!" Adrenalin und Furcht durchfluteten seine Blutbahnen mit neuer Energie. Mehrere Dinge geschahen gleichzeitig, ohne dass seine Aufmerksamkeit darunter litt.

Ein kurzer Blick zurück, während er bereits das Pedal durchtrat. Sergei und Salena rappelten sich stöhnend auf, stolpernd auf der schlingernden Bodenplatte. Aus losen, abgerissenen Kabelenden sprühten Funken. In der Seitenwand des Vans aber klaffte ein mehrere Finger breiter Riss, Abschiedsgruß eines scharfkantigen Baucontainers, der die Blechwand ihres Fahrzeugs aufgeschlitzt hatte wie ein übergroßer Dosenöffner.

Der Motor des Gefährts röhrte, als der Van wie ein angreifendes Raubtier zwischen den geparkten Autos vorschoss. Von ihrer Feindin war nichts mehr zu sehen. Der Wind erzeugte ein gequältes Jaulen in dem frischen Spalt in ihrer Außenhülle. „Alles klar da hinten?", brachte er gepresst hervor.

„Konzentrier dich aufs Fahren!", raunzte ihn der Alte an. „Und nächstes Mal, wenn du eine Hexe vor dir hast: Drück verdammt noch mal aufs Gas!"

Er biss die Zähne zusammen. Nicht die Zeit für Widerworte. Außerdem erforderte das Steuern des dröhnenden Gefährts seine volle Aufmerksamkeit. „Salena ...", begann er.

„Es geht schon", schoss die Frau von hinten zurück. „Das nächste Mal warn uns, bevor du so ein Manöver fährst!"

„Was ist mit den Geräten?", wollte Sigurd wissen.

„Schrott", gab die Frau schlecht gelaunt bekannt und schlug mit der flachen Hand gegen einen Apparat. „Die Verbindungen sind ..."

„Die Segenszeichen sind durchbrochen", fiel der Mönch der Israeli ins Wort. Sigurd warf sich im Sitz herum und blickte in den Rückraum. Der Wind heulte und fauchte durch den Riss in ihrer Außenwand.

„Die Zeichen auf dem Rahmen", bekräftigte der Russe. „Der Aufprall hat ein Loch hineingerissen."

„Kannst du sie reparieren?"

„Nein“, gab Sergei nach einer kurzen Prüfung gequält zurück. „Nicht mit dem, was wir hier haben.“

„Verd…“ Nur für einen Augenblick schoss der Blick des Alten zu ihm. Dann aber schien er sich zu erinnern, dass sie Besseres zu tun hatten, als nach einem Schuldigen zu suchen. „Gut“, verkündete der alte Hexenjäger knapp. „Es ist, wie es ist. Das hier ist Krieg. Wir haben keine Wahl mehr. Meine Unterkunft ist nicht sicher. Wir können nicht riskieren, sie dort hinzuführen.“ Sigurd atmete tief. „Dort vorne links, dann rechts“, befahl er. „Es gibt nur einen Ort, an dem wir uns verschanzen können. Auf die Hauptstraße, Junge. Macht nun auch keinen Unterschied mehr. Zu Alois’ Villa!“

Stille hing drückend zwischen ihnen. Das Zischen der aufspritzenden Nässe unter den Rädern, das stete Prasseln des Regens, das Blubbern des Motors und das Pfeifen der Wunde in der Flanke ihres Gefährts sorgten für eine völlig ausreichende Geräuschkulisse. Stumm folgte er der Route, die sein Nebenmann ihm wies. Zum Denken und zum Reflektieren war es noch zu früh. Im Augenblick ging es allein darum, zu *funktionieren*.

Der Regen fand tatsächlich einen Weg, noch weiter zuzunehmen. Die Scheibenwischer arbeiteten bereits auf höchster Stufe. Die dünnen Kunststoffärmchen hatten jetzt schon Mühe, die Wassermassen zu bewegen, um ihm zumindest einen kleinen Sichtbereich zu schaffen. Auch die Gewalt des Windes hatte zugenommen. Die Böen waren teilweise so stark, dass das gesamte Chassis in seinen Aufhängungen erzitterte, wann immer ein Seitenwind sie traf.

Gefühlt zum hundertsten Mal ging der Blick seines Sitznachbarn besorgt zum Himmel. Auch die Anspannung der anderen war fast mit Händen zu greifen. Offenbar dachte jeder

Einzelne im Fahrzeug still darüber nach, was wohl der nächste Schachzug ihrer Feinde sein würde.

„Sie werden nicht nachlassen, bis sie ihr Ziel erreicht haben", gab Sigurd grimmig bekannt. „Das war ein gut geplanter Hinterhalt, um uns alle auf einmal auszuschalten." Der Mann schüttelte den Kopf. „Das verdammte Wetter macht mir Sorgen. Das Beschwören von Gewittern dieser Größenordnung erfordert mehr als nur ein paar Adeptinnen. Pass gut auf die Straße auf, Junge. Wer weiß, was sie uns als Nächstes in den Weg werfen."

Wie zur Bestätigung verstärkte sich das Trommeln auf dem Wagendach noch weiter. Ein Blitz zerriss die dicht geballten Wolken.

„Verdammt!", entfuhr es seinem Nebenmann.

Auch Robert musste aufpassen, mit dem Fahrzeug nicht ins Schlingern zu geraten. Für einen Augenblick war ein überwältigender Anblick am Himmel hell erleuchtet worden. Hunderte von schwarzen Vögeln, dicht gedrängt wie Fischschwärme im Meer, glänzenden wie die Schuppenflanken eines Drachen, wanden sich dort oben vor dem dunklen Firmament. Das Phänomen war so schnell wieder von der Finsternis verschluckt, wie er hervorgetreten war.

„Was?", wollte die Frau angespannt aus dem Laderaum wissen. „Habt ihr was gesehen?"

„*Familiare*", grunzte Sigurd. „Vögel. Hunderte. Vielleicht Tausende von ihnen. Wir können von Glück reden, wenn ..."

Ein Prasseln entriss dem Mann das Wort. Weiße, runde Kügelchen sprangen plötzlich über die Frontscheibe und erzeugten auf dem Blechdach ein Geräusch, als würde man die Wände ihres Fahrzeugs aus allen Richtungen mit Händen voller Kies bewerfen.

„Hagel“, stellte der Alte beklommen fest. Die Eisperlen rollten über die Motorhaube und sprangen wie Erbsen im Kochtopf auf dem Asphalt umher. Robert sah sich gezwungen, die Fahrgeschwindigkeit zu drosseln, um nicht ungewollt mit irgendetwas zu kollidieren. Die Sicht betrug bestenfalls noch einige Meter. „Was kommt als Nächstes?“, wollte er erschöpft wissen. „Heuschreckenschwärme? Blut und Frösche?“

Das anhaltende Schweigen seiner Kameraden ließ ihn beinahe wünschen, die Frage nicht gestellt zu haben.

„Wir sind fast da“, brachte Sigurd hervor. Der Alte hatte die Pistole vor sich erhoben und starrte auf die Waffe, als handle es sich um den letzten zuverlässigen Haltegriff im gesamten Universum. „Dort vorne rechts!“

Er war so sehr damit beschäftigt gewesen, auf das zu achten, was unmittelbar vor ihnen lag, dass ihm nicht einmal aufgefallen war, dass die Umgebung bekannte Züge angenommen hatte. Die mehrstöckigen Mietshäuser waren großzügigen Grundstücken mit frei stehenden Villen gewichen. Statt bogenförmigen, funktionellen Straßenlaternen erhoben sich an ihren Seiten verzierte Stelen mit altmodischen Glasleuchtkörpern. Schon passierten sie den Ausgang der U-Bahn-Station, durch die er hergekommen war. Ein Stück noch über die von braunen Blätterwolken umwehte Straße, dann tat sich der Freiplatz mit der Villa vor ihnen auf. Ein Blitz erhellte für einen Augenblick die Szenerie und ließ die dunklen Umrisse des Hauses scharf hervortreten. Mangelnde Dramatik konnte man dem heraufbeschworenen Wetterphänomen nicht vorwerfen.

„Fahr bis ganz ans Tor“, befahl ihm Sigurd und winkte mit der Waffe in die entsprechende Richtung. „So nah wie möglich heran.“

Aus dem Laderaum ertönten klackende Geräusche. Ein Blick in den Rückspiegel verriet, dass seine Kameraden ihre Waffen durchluden und prüften. Wieder schüttelte eine Bö den gesamten Van. Das Pfeifen des Risses in der Außenwand steigerte sich zu einem protestierenden Heulen wie von einem verwundeten Tier.

„Robert." Der Alte packte ihn an der Schulter. Der Blick der grauen Augen war durchdringend. „Hier." Beklommen nahm er die Pistole entgegen, die sein Mentor ihm entgegenhielt. „Deine Aufgabe ist es, uns Zugang zu verschaffen", fuhr der alte Hexenjäger eindringlich fort. „Leg dir die Schlüssel zurecht. Lauf direkt zum Eingang und schließ uns auf. Wir geben dir Feuerschutz. Lass dich von nichts ablenken. Der Schutz der Villa ist unsere einzige Hoffnung."

Er nickte stumm. Für Worte war sein Hals zu trocken.

„Pistole", bellte Sigurd nach hinten in den Fond. Jemand reichte ihm eine Schusswaffe, die er ohne Dank entgegennahm. „Funkgerät?" Auch das Walkie-Talkie folgte. „Ihr wisst, was zu tun ist", fuhr der Alte energisch fort. „Ich will nicht sehen, dass *irgendjemand* zögert. Wenn die Feinde meinen, uns mit Blitzen und Gewitter Angst einjagen zu können, haben sie sich gehörig geschnitten. Dort draußen sieht es aus, als ob die verdammte Welt untergeht. Ha! Gut für uns! Dann hört uns niemand schießen. Also: Passt auf den Jungen auf. Gebt ihm Deckung. Wollen doch mal sehen, wie sie *damit* zurechtkommen. Das hier ist *unser* Land. *Unser* Schlachtfeld. Alles bereit?"

Der Russe zog den Schlitten seiner Waffe zurück. Auch die Israeli hatte die Prüfung ihrer Schrotflinte beendet und machte das Gewehr mit einem schnellen Zug am Hebel schussbereit. „Bereit."

„Dann los!“ Wie ein Heerführer aus alter Zeit stieß der Hexenjäger die Beifahrertür auf und sprang als Erster in die Dunkelheit. Mit einem Scheppern und Rasseln flog auch die Schiebetür auf. Blätter und Hagel peitschten ins Innere wie ein Schwarm neugieriger Tiere. Das Heulen des Windes, schon zuvor ein ständiger Begleiter, steigerte sich zu einem infernalischen Angriff auf ihre Trommelfelle.

Der Sturm schien ihn zurückhalten zu wollen, als auch er die Fahrertür aufdrückte. Kühle Feuchtigkeit durchdrang beinahe augenblicklich seine Kleidung. Hagelkörner sandten tausend Nadelstiche durch das Textil in seine Haut. Er warf die Tür zu und versuchte, sich mit erhobenem Arm vor dem Eindringen der Witterung zu schützen. Die Umrisse der Hexenjäger waren umherwirbelnde schwarze Formen. Ein Donnern folgte, begleitet von einer Bö, deren Gewalt das Blätterkleid der Bäume schüttelte und die dunklen Büsche wie nach Deckung suchend auf den Boden drückte.

Halb betäubt, aus allen Richtungen geblendet, sprang er vor das Gartentor. Der glänzende Schlüssel fuhr ins Schloss. Er riss das Eisengitter auf und wandte sich wild winkend in Richtung seiner Kameraden. Sergei drängte sich an ihm vorüber, Blick und Waffe auf den Boden gerichtet. Wasserströme liefen über das Gesicht des Mannes und troffen aus dem Ende seines Bartes. Die Sträucher zu beiden Seiten des Weges wogten wie lebendige Wesen.

Ein erneuter Blitz erleuchtete den Himmel. Für einen Augenblick sank ihm das Herz bis in die Magengrube. Schwärme von Raben kreisten krächzend über ihnen, rund und rund im Kreis, aufsteigend wie eine Windhose, so als ständen sie im Auge eines bis zum Himmel führenden Tornados.

Der Schrei der Frau verklang in einem Krachen. Er sah das Aufleuchten aus dem Augenwinkel, noch bevor ein Blitz das

Firmament zerriss. Die scheppernde Entladung ihrer Flinte wurde vom Grollen eines Donnerschlages fortgerissen wie das Plätschern eines Baches von einer landverschlingenden Flut. Entgegen seiner Anweisungen hielt er an und fuhr herum.

Draußen vor dem Tor, auf der Straße nahe bei ihrem Fahrzeug, schwebte eine Frau über dem spiegelnden Asphalt. Ihre Arme waren ausgebreitet. Ihre Füße hingen unverkennbar mehrere Fußbreit über der Oberfläche in der Luft. Bodenlange Lockenstränge umflogen ihre Form wie lebende Tentakel. Dieses Mal war die *Caplata* nicht allein gekommen. Schwankende, ungelenke Schattenformen näherten sich zielstrebig dem Gartentor. Menschenwesen mit glänzend schwarzer Haut und schimmernden Pupillen, bepackt mit dicken Muskelsträngen. Statt Kleidungsstücken bedeckten fluoreszierende Linienmuster ihre Körper, wie Tätowierungen oder archaische Bemalungen. Von irgendwo schien das Geräusch von Trommeln zu erklingen.

„Zum Haus!“ Das verzerrte Gesicht der Israeli war ihm zugewandt. Die Soldatin winkte hektisch in Richtung Eingang. Wieder riss sie ihre Flinte an die Schulter und feuerte mehrfach in die Richtung der heranstürmenden Wesen. Er sah, wie eine der Kreaturen getroffen zu Boden ging, nur um sich ungelenk wieder zu erheben und ihre Annäherung mit ungebrochener Entschlossenheit fortzusetzen.

„Weiter. Weiter!“ Jemand packte ihn grob an der Schulter. Sigurd zerrte ihn vorwärts. Der Kiesweg blitzte als heller grauer Streifen unter ihren Füßen. Wie betäubt wurde er sich bewusst, dass sie beide keine Schatten warfen. Die Büsche, die Bäume, sämtliche Gewächse der Umgebung: Alles warf das Blitzlicht als scharfkantige Umrisse auf den Untergrund. Ihnen beiden aber fehlte eine Schattenform, so als entzöge ihnen das verzauberte Gewitter das Recht darauf, zu existieren.

„Die Tür!“ Er fing sich wieder. Die Holzstufen zur Veranda sprang er aus eigener Kraft hinauf. Seine Finger zitterten vor Aufregung und von der Betäubung, die die herabstürzende Nässe in alle seine Körperteile trieb. Mehrfach zuckte er zusammen, als Sigurd und der Mönch unmittelbar an seinen Seiten Schuss um Schuss abgaben. Auch das krachende Geräusch der Flinte ertönte unablässig hinter seinem Rücken.

„Ha!“ Endlich hatte er es geschafft. Das dunkle Rechteck tat sich vor ihm ... „Auf“, brüllte er über die Schulter zurück. „Die Tür ist auf.“ Wild ruderte er mit den Armen durch Dunkelheit und Lärm. Wieder ergriff der Alte ihn am Arm. Sein Lehrer drückte ihn über die Schwelle. Sergei kam als Nächster durch den Rahmen gestolpert. Als Letzte sprang Salena in den Flur, durchweicht von Kopf bis Fuß, gehüllt in eine Wolke ätzend-grauen Rauches.

Sigurd warf die Tür hinter ihnen zu und schob den Riegel vor. „Abschließen!“

Er selbst sprang vor, um den Durchgang vollends zu verbarrikadieren. Das Trommeln des Hagels war selbst durch die Holzwände zu vernehmen. Der Sturm ließ die Fassade knarzen.

„Die Hexenschutzanlage!“, bellte Sigurd in den Flur. Der Blick des Mannes schoss zu ihm, dann zu Sergei. „Schaltet die verdammte Hexenschutzanlage ein!“

Sergei öffnete den Mund. Der Mönch sah gleich in mehrfacher Hinsicht wie ein begossener Pudel aus. Noch nie hatte er den Russen derart unglücklich erlebt.

„Was?“, herrschte Sigurd ihren Kameraden an. Inzwischen hatte Salena die Initiative ergriffen. Die Frau hatte die unscheinbare Klappe rechts neben dem Eingang entdeckt. Entschlossen riss sie die dünne Tür auf und griff nach dem Hebel im Inneren. Ein unbefriedigendes Klacken erklang, als die Frau den Schalter umlegte. Die Soldatin legte den Kopf schief und lauschte. Auch ihr Anführer schien die Luft anzuhalten. Die Augen des alten Hexenjägers wurden weit.

„Kaputt", erklärte der Russe schwach. Ein Auge des Mannes zuckte. Einen solchen Lapsus hatte sicher niemand von ihm erwartet. „Ich wollte Bescheid sagen, aber ich habe es vergessen. Wir hatten so viel zu tun ..."

„Ga!" Ihr Anführer schlug mit der flachen Hand gegen die Tür. Von außen kam ein Gegenschlag, der sie alle einen Schritt zurücktreten ließ. Ein erneutes Scheppern. Es klang, als werfe sich ein schwerer Körper gegen das mit Eisengittern verstärkte Holz.

Sigurd wandte sich zu ihnen um. Die Augen des Mannes glühten. An diesem Abend ging auch wirklich *nichts* für sie nach Plan. „Salena!"

„Schon dabei." Die Frau hatte eine kleine Taschenlampe von ihrem Gürtel hervorgeholt und zwischen die Zahnreihen geklemmt, um damit die Öffnung auszuleuchten. Ihre Finger zogen an den Kabeln im Inneren herum. „Eim paar wimb burfgefmorp", verkündete sie und spuckte die Lampe aus. „Durchgeschmort. Den Strang kann ich ersetzen. Aber wie es aussieht, gibt es keinen Saft. Muss irgendwas am Antrieb sein."

„Der Keller", führte Sigurd den Gedanken fort. „Die ganze Technik steht unten!"

Die Israeli ließ die Lampe verschwinden. „Bin schon unterwegs."

„Sergei: Du passt hier oben auf", befahl Sigurd. Wieder erzitterte die Tür unter einem schweren Schlag. „Salena. Gib Sergei dein Gewehr."

„Verschafft mir Zeit", rief ihnen die Soldatin von der Kellertreppe zu und winkte mit dem Funkgerät. „Ich werde sehen, was ich tun kann."

„Wir sind nicht ungeschützt", verkündete der Russe schwach. „Ich habe draußen Segenszeichen angebracht. Es sollte ihnen nicht möglich sein ..."

Ein scharfes Klirren ließ den Mann verstummen. Es klang, als habe jemand in einem der hinteren Räume eine Scheibe eingeschlagen. Der Mönch wandte sich in die entsprechende Richtung, doch ihr Anführer hielt den Mann am Arm zurück. Sigurd hatte den Blick nicht von der Eingangstür abgewendet, wo sich erneut jemand von außen gegen die verstärkte Holzschicht warf. Der Blick des Alten war entschlossen. Die Blutspuren auf seiner Stirn verliehen ihm den Anblick eines Anführers von Stammeskriegern. „Nur eine Ablenkung", verkündete der alte Hexenjäger fest. „Alle Fenster sind vergittert." Der Bursche ließ den Russen los und nickte ihm zu. „Du bleibst genau hier. Ich und der Junge machen oben alles dicht."

Der Mönch schien einen Augenblick zu zögern. Dann aber nickte er ergeben und legte die Flinte an die Schulter. „Geht."

„Komm, Junge!" Sigurd überwand den Absatz und trampelte, gestützt auf das Geländer, die Treppe hinauf. In der zurückliegenden Aufregung war es gewesen, als hätte seine Wunde überhaupt nicht existiert. Nun aber bereitete es dem Burschen unverkennbar Mühe, sich den Aufgang hinaufzuschleppen.

„Ist alles in ... ?"

„Ich komme schon zurecht“, erwiderte der Mann ihm scharf. Der Alte wedelte mit der Pistole zum Treppenabsatz hinauf. „Geh schon mal vor. Halt deine Waffe bereit. Ich ... halte dir den Rücken frei.“

Gehorsam drückte er sich an seinem Mentor vorbei. Ein Knarzen hinter seinem Rücken verkündete, dass der massige Kerl ihm folgte. Die Waffe im Anschlag, trat er in den Vorflur. Die Tür zum *Salon* am anderen Ende des Korridors hing zerrissen in den Angeln. Hinter den halb zugezogenen Vorhängen blitzte das Gewitter und ließ die Möbel als gespenstische Umrisse hervortreten.

„Lass das Licht aus“, mahnte ihn Sigurd von hinten. Der Befehl des Alten war von einem Schnaufen unterbrochen. Der Treppenaufstieg konnte ihm nicht leicht gefallen sein.

Er erschauderte. „Ich glaube, dort draußen ist jemand.“

„Schieß auf alles, was sich bewegt. Aber nicht durch die Scheibe. Es wäre schön, wenn wir dieses Haus so ganz wie möglich lassen könnten.“

Zögernd trat er vor ins Studienzimmer. Nervös umfasste er den Griff mit beiden Händen. Hagel prasselte auf das Dachgestühl. Windstöße ließen die Holzfassade und das Glas der Scheiben knarzen. Er warf einen Blick nach links zum breiten Erkerfenster. Zwischen den umherwirbelnden Blätterwolken waren immer wieder Flügelschläge zu erkennen. Die Belagerung der Vogelschwärme hielt noch immer an. Noch ein anderes Geräusch als das des Sturms und das Krächzen unzähliger Schnäbel war zu vernehmen. Ein Knarzen wie von Holz unter Belastung. Es klang, als hangle jemand ...

„Da!“ Eine bleiche Hand war auf dem kleinen Vordach vor dem Fenster erschienen. Unmittelbar unter ihnen musste die Veranda vor der Haustür liegen. Wie es schien, stieg jemand von dort unten über das Geländer hier herauf. Mit einem Mal war ihm kalt. Gänsehaut wanderte über seine Arme und lief als kalter Schauer über seinen Rücken.

Zu der fremden Hand kam eine zweite. Die Körperteile schienen auf dem gesprungenen, dunklen Holz der Schindeln regelrecht zu glänzen.

„Ist das …" Er schluckte. „Sieht aus wie ein …"

„Ein Hexendiener", fiel ihm der Alte mürrisch ins Wort. Sein Hintermann hatte sich umgewandt. Irgendwo weiter hinten im Flur war noch ein weiteres Geräusch zu vernehmen. Ein hektisches, unmenschlich schnelles Kratzen, so als versuche jemand, sich mit Klauen durch eine Wand zu arbeiten. Der Blick des Hexenjägers fand ihn nur kurz. „Das hier ist deiner", verkündete er knapp und mit einem Nicken in Richtung des *Salons*. „Sorg dafür, dass er nicht hereinkommt. Ich passe auf, dass die anderen Zugänge sicher sind."

„Wa …" Er wandte sich um. Der Alte verschwand bereits um die Flurecke hinter dem Treppenaufgang. Er konnte hören, wie der Mann über die alten Läufer davonpolterte.

„Ich…" Langsam wandte er sich wieder zum Fenster. Er schrak zurück. Inzwischen war auch der Kopf des Hexendieners über dem Vordach erschienen. Die Kreatur war bleich, beinahe durchscheinend, wie blaues Licht auf der Oberfläche des Mondes. Die Haut war fest gespannt, wie ausgebleicht, so als befinde sich in seinem ganzen Körper kein einziger Tropfen Blut.

„Zombie", formulierte er kraftlos. Nein. Unmöglich. Derartige Dinge existierten nicht.

Inzwischen hatte der grobschlächtige Kerl seinen gesamten Körper auf das Dach gezerrt. Er selbst stand noch immer wie erstarrt. Auch dann noch, als der Feind ihm einen kurzen, ausdruckslosen Blick zuwarf und sich über die Kante zurückbeugte. Der Bursche musste einen Augenblick lang balancieren, um das Gleichgewicht zu halten. Offenbar half er soeben einem Artgenossen, ebenfalls aufs Dach zu steigen.

„Verd...“ Gegen alle inneren Instinkte trat er vor. Ein kurzes Zögern nur. Dann hatte er das Fenster aufgerissen. Die schweren grünen Vorhänge bauschten sich nach innen. Regen schlug, erfreut über die unverhoffte Einladung, ins Innere, begleitet von Windböen, die neugierig ihre Kreise zogen. Er konnte hören, wie die Scheiben in den Schnapsregalen klirrten.

Der Angreifer wandte sich ihm zu. Die vorgewölbten Brauen verbargen seine Augenhöhlen in der Dunkelheit. Dann aber setzte er sich langsam in Bewegung.

„Halt“, hörte er sich rufen. Seine Arme waren steif, als er die Waffe hob und zielte. „Zurück.“ Die Worte kosteten ihn beinahe alle Kraft, die er noch in seinen Händen hatte. Sein ganzer Körper sträubte sich dagegen, abzudrücken. Ein menschlicher Umriss war etwas anderes als eine Zielscheibe aus Papier. Immer wieder schlug ein friedliebender Teil in ihm Alarm.

Er schloss die Augen. Nein. Er zwang sich, die Lider zu öffnen. Ruhig atmen. Die Augen auf. Bitte sehr. Du hast es so ge...

Blam.

Die Waffe tat in seinen Händen einen Sprung. Der Bursche zuckte kurz, so als habe er einen elektrischen Zaun berührt. Das Wesen schüttelte sich. Schon war es wieder in Bewegung.

Zielen. Atmen. *Blam.*

Erneut schüttelte sich die Kreatur. Auf ihrer Schulter breitete sich ein schwarzer Fleck aus. Ein Fuß des Burschen schien an einer glatten Fläche auf dem regennassen Vordach abzugleiten, bevor das Wesen sich wieder gefangen hatte.

Blam. Blam.

Jetzt erst schien sein Feind endgültig aus dem Konzept gebracht. Der Körper taumelte zurück. Es schien, als fiele es ihm schwer, das Gleichgewicht zu wahren. Halb sah es so aus, als würde er im nächsten Augenblick von selbst über die Kante und nach unten stürzen. Der Kopf wandte sich ihm zu.

Blam.

Der letzte Treffer saß. Wie ein einstürzendes Kartenhaus sank der Kerl in sich zusammen und fiel rückwärts über die Kante. Blitz und Donner untermalten das Verschwinden. Als er wieder klar sehen konnte, war der Angreifer verschwunden.

„Gaah!" Mit einem Urschrei stieß er Furcht, Erleichterung und wilden Triumph in die Nacht heraus. Ein Gefühl rauschhafter Allmacht schoss durch seine Adern, als er sich schäumend aus dem Fenster beugte. „Sonst noch was?", brüllte er in das Gewitter. Dicke Tropfen schlugen ihm ins Gesicht. „Sonst noch jemand? Hä? Hat sonst noch *irgendjemand* ein Problem?"

Der Garten gab ihm keine Antwort. Unten in den Schatten, im zuckenden Gegenlicht der Blitze, wogten Bäume, Sträucher und geisterhaft verzerrte Gestalten durcheinander. Es waren Dutzende. Hinter allem schwebte die *Caplata*, ihre Feindin, die wie eine Heerführerin den Angriff dirigierte. Er zielte einhändig, kniff ein Auge zu und gab zwei wirkungslose Schüsse ab. „Haaaa!" Sollten sie doch! Sie alle. Sollten sie doch alle herkommen. Er würde ihnen schon zeigen, was ...

„Ruhig, Junge." Er fuhr herum. Kimme, Korn, Sigurd. Der Hexenjäger stand im Türdurchgang und warf ihm einen besorgten Blick zu. „Bleib ganz ruhig." Der Ausdruck des Alten verriet keinerlei Besorgnis angesichts der Tatsache, dass die Mündung einer Pistole mit einem äußerst nervösen Zeigefinger am Abzug auf seine Stirn gerichtet war.

„Gut gemacht“, erklärte der Alte ruhig. „Jetzt nimm die Waffe runter. Es sind zu viele. Wir brauchen einen anderen Plan. Mach das Fenster zu, bevor uns eine Wolke *Familiare* in die Bude flattert.

„Ich ...“

„*Die Waffe runter*. Du zitterst ohnehin zu stark, um damit irgendwas zu treffen. Ein Adrenalinrausch. Ist ganz normal und geht auch gleich wieder vorbei.“ Ohne abzuwarten, trat der Mann an ihm vorüber. Die Hand des Alten ging zum Fenstergriff, um den Rahmen zuzuschlagen. Im letzten Augenblick schien er zu zögern. Die Augen des Hexenjägers weiteten sich fassungslos. „Was zum ....“

Ratsch-bumm. Ratsch-bumm. Ratsch-bumm.

Auch er sprang ans Fenster und starrte hinunter in den Garten. Die Wellen der Angreifer schwankten für einen Augenblick. Jemand stapfte mit entschlossenen Schritten von der Veranda und pumpte weiter Schrot in ihre Reihen.

Ratsch-bumm. Ratsch-bumm.

„Sergei!“ Der Schrei des Alten war mindestens genauso sehr ungläubiger Ausstoß wie eine Warnung an ihren Verbündeten. Der Russe schob Patronen nach und steuerte unbeirrt in Richtung Schuppen. Sie beide sahen zeitgleich, was den Mann aus seiner Deckung getrieben hatte. Der Sturm hatte eine gewaltige Tanne an der linken Gartenseite umgedrückt. Halb unter ihr verborgen lag eine umgestürzte Steinstele. Offenbar war keinesfalls nur die Nachlässigkeit des Mönches daran schuld, dass ihre Feinde auf das Grundstück vorgedrungen waren. Das Unwetter hatte das eigens angebrachte Segenszeichen beschädigt und so den Angriff der *Caplata* auf die Villa überhaupt erst ermöglicht.

„Sergei!“ Der Russe konnte oder wollte sie nicht hören. Der Mann ging in die Knie und versuchte, das Gewehr als Hebel zu benutzen, um die Stele wieder aufzurichten. Der regennasse Brocken rührte sich kein Stück. Sergei fuhr herum, zielte und jagte weitere Entladungen in die Richtung ihrer Feinde. Die Belagerer hatten, zumindest für den Augenblick, von der Villa abgelassen und sich dem ungeschützten Hexenjäger zugewandt.

Ratsch-bumm. Ratsch-bumm.

Wieder warf der Kerl die Flinte ins Gras und machte sich am Stein zu schaffen. Das Ganze hatte offenkundig keinen Zweck. Auch der Mönch musste erkannt haben, dass seine Bemühungen vergeblich waren. Der Mann sprang auf, ergriff die Flinte und versetzte einem besonders nah herangekommenen Hexendiener einen Kolbenstoß, der diesen taumeln und zu Boden stürzen ließ. Der Russe griff in seine Tasche, holte einen kupfern glänzenden Metallsporn daraus hervor und rammte ihn direkt neben der Stele in den Boden. Es schien, als riefe er dabei beschwörerische Worte in die Nacht. Anschließend erhob der Mönch sich taumelnd. So wie es schien, versuchte ihr Verbündeter, zum Haus zurückzukehren.

„Verdammter ... nein!“ Sigurd schob Roberts bereits angelegte Waffe grob zur Seite.

„Er braucht doch Deckung!“

„Von dir? So wie du schießt?“ Der Alte schüttelte energisch den Kopf.

„Aber wir müssen ... da!“ Er streckte den Arm vor. Der Mönch kam auf dem Rasenstück ins Taumeln. Es schien, als habe etwas ihn getroffen. Für einen Augenblick glaubte er, dass ihn seine Augen täuschten. Dann aber bestätigte der Ausdruck seines Nachbarn, dass der alte Mann das Gleiche sah. Die Schatten unter dem Geäst der Sträucher bewegten sich wie Öl auf einer Meeresoberfläche, wie Kriechtiere in einem aufgebrachten Nest von Vipern. Ein weiterer Ausläufer schoss unter einem Ast hervor und versetzte ihrem Kameraden einen Biss. Der Russe stürzte vollends vornüber auf den Rasen. Schon war er ganz von einer dunklen Flut verdeckt.

„Nein!"

„Zurück!" Der Hexenjäger stieß ihn zur Seite und schlug das Fenster zur. Mit einem Krachen prallte eine geflügelte Kreatur dagegen. Der Rabe berappelte sich verwirrt, warf ihnen einen bösen Blick aus drei blinzelnden Augen zu und verschwand dann wieder am dunklen Himmel.

„Auf!"

Er taumelte, als der Mann ihn unsanft in die Höhe zog.

„Sergei!"

„Konzentrier dich!" Der Alte schüttelte ihn. „Das Haus. Wir müssen das Haus verteidigen."

Krz. Das Funkgerät.

„Salena? Sprich mit uns!"

„Sigurd. Könnt ihr mich hören?"

„Klar und deutlich. Was ist ..."

„Wir brauchen Saft", erklang die Stimme der Frau verzerrt aus der Hörmuschel. „Die Anlage ist wieder fit. Die Kabel sind gefixt. Aber die Starterbatterie ist tot. Wir brauchen eine Ladung. Etwas, das sie wieder anwirft. Ich habe alles an den Blitzableiter angeklemmt. Das Teil muss irgendwo auf dem Dach montiert sein. Wenn wir es schaffen ..."

Rauschen. Der Alte schüttelte das Funkgerät. Nichts.

Robert riss sich los. Noch immer schoss Adrenalin durch seine Adern. Blut wummerte zwischen seinen Schläfen. Ein eigentümliches Verlangen regte sich in seiner Brust; etwas, das in vergangenen Zeiten Krieger dazu veranlasst haben mochte, aus der Schlachtreihe zu brechen und eine Keule nach dem größten Kerl im Mob der Feinde zu schwingen.

Er streifte seine Jacke ab und warf sie in den Sessel. Das Teil war nur ein Hindernis, das sich irgendwo verfangen konnte. „Gib mir Deckung", forderte er in Richtung seines Mentors. „Ich gehe raus."

„Was?" Der Mann hielt ihn am Ärmel zurück.

Wütend fuhr er herum. „Sie haben selbst gesagt, wir brauchen einen Plan. Nun. Das hier *ist* der Plan. Salena hat eine Idee. Und *Sie* steigen bestimmt nicht auf das Dach."

Der Alte sah verblüfft aus.

Schon war Roberts Hand am Fenstergriff. Wieder peitschten Wind und Hagelschlag in sein Gesicht, als er den Flügel aufriss. Er schob die Waffe in sein Schulterholster und hatte sich durch den Rahmen geschwungen, bevor der Mann auch nur daran denken konnte, ihn zurückzuhalten. Entschlossen, vom heulenden Sturm herabgedrückt, stakste er über die rutschigen, abschüssigen Schindeln. Er konnte hören, wie Sigurd hinter seinem Rücken fluchte. Mit einer Hand hielt er sich an der durchfurchten Außenfassade fest. Er legte den Kopf in den Nacken. Dort oben, jenseits des vorragenden Erkers des *Salons*, erhob sich eine schwarz glänzende Schrägfläche, die hinauf zum Dachfirst führte. Tatsächlich schien etwas daran herabzuhängen. Ein schmales Metallrohr, das sich aus einer Halterung gelöst hatte und am Ende eines Kabeldrahtes halb über die Dachfläche hing.

„Achtung!"

Sigurds Ausruf kam gerade noch rechtzeitig. Er duckte sich und presste sich gegen die feuchten Schindeln, als drei, vier gefiederte Objekte durch die Luft schossen, wo er eben noch gestanden hatte. Halb kniend versuchte er mit der freien Hand nach den Angreifern zu schlagen, während er sich mit der anderen an verschiedenen Unebenheiten festklammerte und schließlich an einer Reihe Schneegitter auf den nächsten Teil des Daches emporzog. Ein Rabe tat sein Bestes, ihm aus dem Flug heraus die Augen auszuhacken. Ein weiterer hatte seine Krallen in seinem Ärmel vergraben und versuchte, ihn über die Kante und vom Dach zu ziehen.

Pam, pam, pam.

Mit einem Kreischen ließen die gefiederten Schatten von ihm ab. Der an seinem Ärmel löste sich nur widerwillig und glitt in der Dunkelheit davon. Ein Blick zurück. Der Hexenjäger ließ seine Waffe sinken und trieb ihn winkend voran. Er schnaufte. Ach! *Der* Kerl durfte also hier herumballern, wie er lustig war.

Noch ein Stück weiter zog er sich hinauf. Bloß nicht nach unten schauen. So gut es ging, klammerte er sich an einem kleinen Türmchen fest und streckte sich, soweit er konnte. Der herabgestürzte Blitzableiter hing nur wenige Fingerbreit außerhalb der Reichweite seiner Hände. Er blickte zurück und unglücklicherweise auch nach unten.

Pam. Pam.

Ein weiterer bleicher Angreifer stürzte vom Vordach der Veranda und zurück in die Reihen seiner Kameraden. Inzwischen hatte sich ein ganzer Pulk von Feinden unter dem Holzvorbau aufgestaut. Schon griffen zwei weitere der Kreaturen nach dem Vordach und zogen sich daran empor.

Sein Blick schoss zurück zum Blitzableiter. Er hatte keine Wahl. Das Teil hing außer seiner Reichweite und zum Klettern gab es keine weiteren Haltepunkte. Es blieb ihm keine Wahl, als zu springen.

Wahnsinn, meldete sich ein nicht ganz ausgeschalteter Teil seines Verstandes. Was du hier tust, ist *Wahnsinn.*

„Ach ja?“ Hagel, Sturm und beinahe waagerechter Regen prasselten auf ihn herab. Er biss die Zähne zusammen. Wahnsinn? Ja, vielleicht. Aber wenn man schon für etwas leben oder sterben musste ...

„Ha!“ Es war, als habe sein eigener Körper beschlossen, ihn zu überraschen, damit kein furchtsamer Instinkt ihn im letzten Augenblick zurückhalten konnte. Er flog durch die Luft, spürte Leere unter sich und bekam im letzten Moment eine Kante aus Metall zu fassen, die hart in seine Hände schnitt. „Argh!“

Da war sie. Er lebte noch und vor ihm war sie, die verfluchte Blitzableiter-Stange.

Pam. Pam. Pam.

Ein kurzer Blick nach unten. Keine Zeit mehr. Die Lage am Vordach wurde zunehmend bedrohlicher. Mit einem Ächzen robbte er weiter, die eiskalte Metallstange umklammernd, sich mit der anderen Hand emporziehend, bis er den Dachfirst vor sich hatte. Die Wolken ballten sich bis an den Horizont. Dächer, Gärten und die Glutbahnen beleuchteter, ausgestorbener Straßen erstreckten sich in alle Richtungen. Mit einer letzten, ausladenden Bewegung hob er den Blitzableiter in die Höhe und rammte ihn in seine Halterung.

Er sank in sich zusammen. Und jetzt beten.

Statt eines göttlichen Eingriffs mokierte sich das Universum mit einer Lockerung der Schindel. Er rutschte, bevor er wusste, was mit ihm geschah. Schmerzhaft stieß er an einen vorragenden Erker, wurde dadurch nur noch stärker aus der Bahn geworfen, griff um sich und ...

... fiel.

Die Luft wurde zu grauem, klebrigem Sirup. Wie in Zeitlupe schwebte er im sanften, doch erbarmungslosen Griff der Schwerkraft den Schatten entgegen, dem Erdboden in der Tiefe, der dem Brechen aller seiner Knochen emotionslos entgegensah. Ein schmerzhafter Stoß, als er mit einem Knirschen auf das Vordach prallte. Ein Rucken, als Sigurds schwielige Hand die seine fand und ihn gerade noch zu fassen bekam.

Pam, pam.

Zwei Schüsse, direkt an seiner Seite, die seine Ohren klingen ließen. Halb betäubt wurde er sich gewahr, dass ihn der Mann durchs Fenster zerrte. Und dann ...

Licht.

Die prickelnde Entladung von Elektrizität. Ein unbeschreiblich helles Gleißen. Dann nur noch Stille. Stille und Dunkelheit, die ihn umfingen.

Kapitel 15 – Streit

Robert erwachte blinzelnd und verwirrt wie aus einer Vollnarkose. Unsicher versuchte er herauszufinden, wo er sich befand. Grüne Vorhänge. Gedämpftes Licht. Er schrak zusammen, als er die beiden grünen Augen sah, die aus einem umgekehrten Katzenschädel stumm auf ihn herabstarrten. Das Tier hatte auf dem hölzernen Kopfende des Bettes Platz genommen und blickte aus wenigen Handbreit Entfernung ausdruckslos auf ihn herab. Der Teufel mochte wissen, wie lange das Vieh schon so gesessen hatte.

„Argh", verkündete er dem Haustier und der Welt im Allgemeinen. Seine Knochen schmerzten. Alle Muskeln in seinem Rücken und in seinen Armen waren steif. Er fühlte sich, als habe er die Nacht in einem besonders rabiaten Wäschetrockner verbracht.

„Schusch", brachte er kraftlos hervor und wedelte mit den Händen nach dem Tier. Boten aufwachende Traumaopfer wirklich einen derart hohen Unterhaltungswert? „Was soll das? Was machst du da oben?"

„Mau", antwortete die Katze.

„Aha. So, so." Unter Mühen schob er die Decke zurück, richtete sich auf und setzte die Füße auf den Boden. Sein Blick wanderte zu seinen Armen. Eine schöne Ansammlung an Schürfwunden und Prellungen zierte auf beiden Seiten seine Haut. Die Ärmel seines Hemdes waren eingerissen. Auch unterhalb der Brust hing der Stoff des Kleidungsstücks in Fetzen herab.

Ich lebe noch.

Die eigentümliche Erkenntnis traf ihn unvorbereitet. Was war das für ein Leben, in dem man einer derartigen Feststellung nicht mit Selbstverständlichkeit begegnen konnte? Mit der Hand fuhr er sich über die Stirn. Fetzen der Erinnerung krochen widerwillig aus dunklen Ecken seines Hirns hervor. Es war ein wenig, als verweigerten ihm die grauen Zellen die *volle* Konfrontation mit allem, was am Vorabend geschehen war. Sturm. Gewitter. Dunkelheit. Das erdrückende Gefühl einer feindlichen Präsenz, manifestiert in vielen Körpern und dennoch ausgehend von einem einzigen bösen Willen.

Er beugte sich zurück und zog die Stoffbahn des Vorhangs zur Seite. Gräuliches Licht. Irgendwo hinter den dichten Wolken war die Sonne zu erahnen. Von Regen und von Hagel fehlte jede Spur. Das Unwetter oder was immer sie am Vortag heimgesucht hatte, war offenkundig vorübergezogen.

Schwankend, einen leichten Schwindel überwindend, durchquerte er den Raum und zog die Tür auf. Auch auf den Läufer im kleinen Vorflur zeichnete gedämpftes Tageslicht rechteckige Muster. Sein Blick wanderte nach rechts. Die Überreste der Tür zum Arbeitszimmer hingen schräg in ihren Angeln. Aus dem Inneren war leises Schnarchen zu vernehmen.

Er schlich über die knarzenden Bohlen und blickte durch den Rahmen. Die Vorhänge vor den Erkerfenstern waren zugezogen. Sigurd schnarchte in einem Sessel in der rechten Zimmerecke. Die langen grauen Haare des Mannes hingen wild in sein Gesicht. Der Schlafende hatte seinen Ausgehmantel als Decke über sich gezogen. Der am Vorabend noch saubere und gepflegte Stoff war mit Dreck besudelt. Das Gleiche galt für die Teppiche. Das Rot und Blau und Beige der Knüpfmuster war bedeckt mit loser Erde, Fußabdrücken und Flecken dunkler Feuchtigkeit.

Eine abgesägte Flinte lehnte griffbereit an der Kommode. Auch eine Kristallkaraffe mit bernsteinfarbener Flüssigkeit hatte ihren Weg aus dem Glasschrank auf die Abstellfläche aus rötlich-braunem Holz gefunden. Ein Glas stand nicht dabei. Der danebenliegende Verschluss ließ ahnen, dass dieser Umstand dem Genuss keinen Abbruch getan hatte.

Vorsichtig trat er vor zum Fenster und zog die Vorhänge ein Stück zur Seite. Stumm ließ er den Blick durch den Garten wandern. Zerrupft aussehende, von Feuchtigkeit herabgedrückte Vegetation. Schlammige Fußabdrücke, als habe dort unten eine mittelalterliche Feldschlacht stattgefunden. Von Körpern oder Blut aber fehlte jede Spur.

Sein Blick ging zu den Wolken, die sich in der Höhe träge dahinschleppten. Dem Licht nach musste es schon beinahe Mittag sein. Ein leichter Wind ließ die gebeugten Sträucher und die Bäume sanft erzittern. Auf dem Vordach unmittelbar hinter dem Rahmen waren noch Spuren der Belagerung vom Vorabend zu sehen. Mehrere der feucht glänzenden Schindeln waren herausgerissen und verschoben. An den Kanten, wo die Angreifer sich hinaufgezogen hatten, fehlten einige gleich ganz. Die Welt wirkte erschöpft, wie nach einer kürzlich überstandenen Strapaze. Die Szene vor dem Fenster spiegelte damit auf eigentümliche Weise wider, was er in seinem Inneren empfand.

Er erschauderte. Sergei. Die Hexe mit den Zombie-Dienern. Das Ganze war kein Traum gewesen. Die Erdspuren auf dem Mantel seines Mentors wirkten frisch. Unter den Fingernägeln seiner herabhängenden rechten Hand waren dunkle Schmutzränder zu erkennen. Es sah aus, als habe ein erschöpfter Hexenjäger sie nach stundenlanger harter Arbeit nur noch äußerst notdürftig gewaschen.

Er tastete nach seiner Schläfe. Für einen kurzen Augenblick war es, als schösse das Gleißen des Blitzes als verblassende Erinnerung erneut durch seinen Schädel. Salena. Die

Hexenschutzanlage. Was zum Henker war passiert, nachdem er das Bewusstsein verloren hatte?

Kaffee, meldete sich der Reptilienteil seines Verstandes. Viel davon. Und schwarz. Es war besser, dem drängenden Verlangen zeitnah nachzugeben. Ansonsten blieb auch ihm nur noch die Whiskyflasche auf dem Schrank.

Wieder schlich er an dem Schlafenden vorbei. So wie es aussah, brauchte er dabei nicht *zu* viel Vorsicht walten zu lassen. Der Mann musste die halbe Nacht mit der Beseitigung der Spuren ihres Kampfes beschäftigt gewesen sein. Auch der Whisky tat mit Sicherheit sein Übriges. Die Tatsache, dass noch kein Sondereinsatzkommando der Polizei durch die Eingangstür gebrochen war, war wohl als Zeichen zu verstehen, dass die Aufräumarbeiten seiner Kameraden erfolgreich gewesen waren.

Er durchquerte auch den Vorflur und machte sich an den Abstieg über die Treppe. Die schwarzen und weißen Bodenfliesen in der Eingangshalle bestätigten, dass in der Nacht noch einiges geschehen war. Unmittelbar hinter der Schwelle besudelte ein Gewirr von Fußabdrücken das gleichmäßige Kachelmuster. Lehmige Schleifspuren führten von der Tür aus bis zum Kellerabgang und zum Durchgang des *Refugiums*. Noch etwas anderes zog seinen Blick zur Eingangstür. Ein kleines grünes Licht leuchtete in der dunklen Aussparung zur Rechten. Eine einzelne Leuchtdiode war im Hohlraum mit dem Hebel zum Leben erwacht. So wie es aussah, war sein Husarenstück am Blitzableiter von Erfolg gekrönt gewesen. Anscheinend war es der Israeli tatsächlich gelungen, die Intrusionsanlage zu reparieren und in Betrieb zu nehmen.

Er wollte durch den Durchgang in die Küche biegen, hielt jedoch inne. Die Tür zum *Refugium* stand offen. Im Inneren der Kammer brannte Licht. Ein kurzer Blick hinein zeigte, was es damit auf sich hatte. Der Raum war gewisslich nicht zum Schlafen konzipiert und wies noch nicht einmal gemütliches Mobiliar auf. Die Soldatin schien sich nicht daran zu stören. Die Frau hatte die Schreibtischplatte frei geräumt und lag darauf zusammengerollt unter einer dünnen Decke. Sergeis gesammelte Notizen hatten auf den Boden ausweichen müssen. Wie es aussah, diente ihr ein halb in eine Jacke eingeschlagener Aktenordner als Kopfkissen. Vermutlich stimmte, was man sagte: Wer in den Militärdienst eintrat, lernte sehr schnell, *überall* zu schlafen.

Er wandte sich ab und schlurfte in die Küche. Sollten sie ruhig schlafen. Seine Hexenjägerkameraden hatten ihre Ruhe zweifellos verdient. Er fischte eine Dose mit Kaffee aus dem Hängeschrank, befüllte die Maschine und ließ sich am Tisch nieder, um stumm und gedankenverloren zu beobachten, wie ein dünner brauner Strom sich seinen Weg aus dem Filter in die Kanne bahnte.

Er wandte den Kopf, als Bewegung im Türrahmen erschien. Salena rieb sich die Augen, gähnte wie ein Löwe und streckte sich im Flur wie ein erschöpftes Raubtier der Savanne.

„Morgen“, grüßte er. „Kaffee?“

„Ah ha“, brachte die Soldatin schlaftrunken hervor. Sie trug noch immer dieselbe Kombination aus olivgrünem Shirt und Kampfhose, die sie schon bei ihrer ersten Begegnung angehabt hatte. Entweder war sie mit einem ganzen Seesack voller Einheitskleidung angereist oder gewisse Nachlässigkeiten der Feldhygiene waren nur bedingt für das zivile Leben geeignet.

Die Soldatin kratzte sich den Bauch. Er füllte zwei Tassen und stellte die dampfenden Behälter zwischen ihnen auf den Tisch. „Zucker oder ...“

Die Israeli griff entschlossen zu und leerte ihr Gefäß mit einem Schluck, bevor er überhaupt den Satz beendet hatte.

„... Milch“, ergänzte er tonlos.

„Zucker“, forderte Salena und stellte ihre leere Tasse mit einer auffordernden Bewegung zurück auf die Tischplatte. Ihre Aufmerksamkeit galt ganz dem Bildschirm ihres Smartphones. Er ließ ein ungläubiges Zischen hören. Die Frau war wirklich unglaublich. Dennoch erhob er sich gehorsam und fischte ein Paket mit Zucker aus dem Schrank. Er begann einzugießen. In demonstrativem Schweigen beobachtete er, wie zuerst der Tassenboden ganz unter einer Schicht aus glitzernden Körnern verschwand und irgendwann ein kleiner Hügel immer weiter in die Höhe wuchs. „Du sagst mir schon ...?“

„Mehr“, forderte die Frau, ohne aufzublicken und fischte mit dem Nagel ihres kleinen Fingers einen Essensrest aus ihren Zahnreihen. „Mach ruhig voll.“

„Im Ernst?“

„Stopp.“ Die Soldatin blickte auf. „Jetzt Kaffee, bitte. Danke.“

„Kein Problem. Aber wenn ich Zahnarzt wäre ...“

„Bist du Zahnarzt?“

„Wenn ich Zahnarzt *wäre* ...“

„Ah.“ Die Frau nahm einen Schluck und nickte zufrieden. „Sehr gut“, befand sie. „Was wäre, wenn du Zahnarzt wärst?“

„Schon gut.“ Kopfschüttelnd schob er die Kanne zurück in ihre Halterung.

Die Israeli nahm einen weiteren Schluck. Ihr Blick ging zum vergitterten Fenster. Splitterbrüche zogen sich wie dünne Adern durch das Glas.

„Gestern Abend“, begann er schwach. „Habt ihr ...“

„Wirklich gute Arbeit gestern“, kam ihm die Soldatin mit einer gewissen Härte zuvor. „Mit der Hexenschutzanlage? Sigurd hat mir erzählt, was du getan hast. Sehr unvorsichtig. Fast schon tollkühn. Aber genau das, was wir brauchten. Deine Aktion hat uns gerettet. Ohne dich hätten wir es nicht geschafft.“

„Ich habe nur ...“ Er verstummte und blickte in den schwarzen Sud.

Die Soldatin zuckte mit den Schultern. „Nimm mein Lob an oder lass es bleiben. Ist mir egal. Von Sigurd hast du jedenfalls keins zu erwarten. Ist nicht seine Art. Ich fand lediglich, dass du das hier wissen solltest.“

„Ja“, erklärte er. „Danke. Doch. Das hilft. Bisher war ich mir nicht sicher, ob ich *irgendetwas* Sinnvolles beitragen kann.“

„Ja“, erklärte die Frau ernst. „Ich auch nicht.“

Er schnaufte bitter. „Danke auch dafür. Nicht, dass ich noch vor Selbstbewusstsein überschnappe.“

Stille schloss sich an. Beide schlürften sie an ihrem Kaffee.

„Sergei ...“, begann er erneut.

Die Frau senkte den Blick und nickte. „Ein Hexenjäger verdient ein ordentliches Begräbnis“, erklärte sie leise. „Wir werden uns darum kümmern. Eines nach dem anderen.“

Er schluckte schwer. Dann war es also wahr. Dummerweise konnte er nicht einmal jetzt ganz sicher sein, was die Worte der Soldatin zu bedeuten hatten. „Ist er ... tot?“, wollte er widerstrebend wissen. „Oder ... irgendetwas Schlimmeres?“

Die Frau hob den Blick. „Er ist gestorben wie ein Hexenjäger“, verkündete sie fest. „Im Einsatz und im Kampf. Mit einem Sieg über eine mächtige Feindin. So ziemlich das beste Ende, das unsere Profession uns bieten kann.“

Immerhin das. Er ließ den Bodensatz in seiner Tasse wandern. Je weiter die Erkenntnis einsank, umso schlimmer wurde sie. Er schüttelte den Kopf. Erst Iván und jetzt Sergei. Das Ganze wurde immer mehr zu einem Himmelfahrtskommando.

Er hob den Blick und beobachtete, wie die Soldatin mit leerem Ausdruck aus dem Fenster starrte. Gewöhnte man sich irgendwann an die ständigen Verluste? Kaum vorstellbar. Vermutlich war die Israeli lediglich niemand, der andere in ihre Gefühlswelt einließ.

„Er und du", verkündete die Frau unversehens und blickte direkt in seine Augen. „Ihr beide habt dafür gesorgt, dass wir den Sieg davongetragen haben. Die *Caplata* war zu unvorsichtig. Sie glaubte wohl, uns in die Enge getrieben zu haben. Dachte schon, sie könnte einfach hier hereinspazieren, nachdem die Segenssteine und die Intrusionsanlage ausgeschaltet waren. Doch Sergei hatte eine Überraschung für sie vorbereitet." Ein Anflug bitteren Triumphes wanderte über die Züge der Soldatin. „Er hat erkannt, dass er die Segenszeichen nicht mehr reparieren konnte. Stattdessen hat er einen Bannkreis geschlossen. Mit gesegneten Nagelspornen. Wenn er sie schon nicht von Alois' Villa fernhalten konnte, so hat er wenigstens dafür gesorgt, dass sie nicht mehr von hier fortkam. Die Hexe war mit uns auf diesem Grundstück eingeschlossen. Auch dann noch, als wir die Intrusionsanlage wieder eingeschaltet hatten. Als die Lage für sie brenzlig wurde."

Er nickte stumm. „Die *Caplata*", wollte er wissen. „Die ... Zombiewesen. Sind sie ...?"

„Vernichtet", bestätigte die Frau. Die Augen der Soldaten blitzten. „Dem Feuer übergeben und eingeäschert."

„Uff." Er sank in sich zusammen. Er war nicht einmal sicher, wie er reagieren sollte. All der bedenkenlose Umgang mit Gewalt, das Auslöschen von Leben und die pietätlose Entsorgung von Überresten. Vermutlich färbte alles irgendwann auf einen ab.

„Wir hatten Glück“, behauptete die Frau. „Bei dem Gewitter hätten wir auch mit Kanonen hier herumballern können, ohne dass die Nachbarn irgendwas bemerken.“

Nicken. Schweigen. „Was nun?“ Die Frage war unvermeidlich. „Wie geht es weiter? Kaliyaga ist noch immer dort draußen, oder? Was, wenn sie noch mehr Verstärkung holt? Wenn sie wiederkommen? Und Iván! Er ist doch sicher noch am ...“

„Wir kümmern uns darum“, erwiderte die Israeli kühl. „Ich habe gestern Nacht noch etwas gebastelt. Ein Frequenzmesser sucht laufend das gesamte Spektrum nach verdächtigen Signaturen ab. Wenn sich irgendetwas nähert, bekommen wir es mit.“ Die Augen der Soldatin blitzten entschlossen. „Das gestern war nur *eine* Schlacht. Kaliyaga hat den ersten Schlag ausgeführt. Sie hat allerdings einen entscheidenden Fehler gemacht. Sie hat es versäumt, uns *alle* zu vernichten. Willkommen im Krieg, Prüfling. Sich mit den Hexenjägern anzulegen ist ungefähr so klug wie eine Meute Bluthunde zu reizen. Diese Jagd ist erst zu Ende, wenn keiner von uns mehr atmet. Oder wenn wir Kaliyaga aus ihrem Versteck gehetzt und sie zerrissen haben.“

Die Augen der Soldatin glühten. Er nickte langsam. Tolle Aussichten. Es war *immer* bestärkend, wenn der eigene Tod eine nüchterne Erwägung in den Plänen anderer Leute war. „Ich bin dabei“, verkündete er gepresst. „Aber wie wollen wir das Ganze angehen?“

Die Israeli erhob sich von ihrem Küchenstuhl. „Genau darüber reden wir als nächstes“, verkündete sie. „Zeit, den Alten aufzuwecken.“

„Hm.“ Er nickte zustimmend. Stille folgte. Nichts tat sich. „Oh“, stellte er ohne echte Überraschung fest. „Das soll wohl heißen ...“

„Ich räume im *Refugium* ein paar Stühle frei“, verkündete Salena über ihre Schulter. „Sei vorsichtig, wenn du ihn weckst. Sigurd kann sehr schreckhaft sein. Und er ist ein guter Schütze.“

„Danke“, befand er finster. „Danke für die Warnung. Du wirst ja hören, wie es ausgegangen ist.“

Die Soldatin war bereits verschwunden. Seufzend stellte er ihre Tassen in die Spüle und machte sich auf den Weg nach oben.

Er gab sich keine Mühe, auf den Stufen leise zu sein. Je ‚natürlicher‘ der Alte aus dem Schlaf gerissen wurde, desto besser waren seine eigenen Aussichten darauf, nicht als dünner roter Film an den *Salon*-Wänden zu enden. Mit besonders schweren Schritten stapfte er durch den kurzen Vorflur. „Klopf, klopf“, verkündete er vorsorglich und bearbeitete den Türrahmen geräuschvoll mit den Knöcheln.

Er beugte sich vor. Der Alte hing noch immer in seinem Sessel wie ein Sack voll nasser Erde. Mit einem Knurren wandte sich der Mann vom Eingang ab. Die von silbrigen Stoppeln bedeckte Wange drückte sich tief ins Polster. Der Brustkorb der Gestalt unter dem beschmutzten Mantel hob und senkte sich in ruhigen Atemzügen.

„Sigurd!“ Ein erneutes Klopfen auf das Holz. „He! Sigurd.“

Der Alte gab noch immer keine Antwort.

Robert stieß ein Seufzen aus. Sein Blick ging vorsichtig zur Flinte. Vielleicht konnte er wenigstens den Schießprügel in Sicherheit bringen, bevor er den Alten eingehender bearbeitete. Auf den Fußspitzen, jedes Knarzen sorgenvoll zur Kenntnis nehmend, umkreiste er den Sessel und streckte die Hand vor. Sein Blick blieb auf das Gesicht des Schlafenden gerichtet. Wenn er nur ...

Seine Finger stießen gegen kalten Stahl. Panisch registrierte er, wie sich die Flinte langsam neigte und mit einem lauten Scheppern ...

Der Mantel flog beiseite. Verwirrte blaue Augen starrten auf einen Punkt weit hinter seiner Stirn. Die Mündung einer Pistole schwebte nur wenige Zentimeter vor seinem Gesicht.

„Ah", brachte er krächzend hervor. Instinktiv hob er beide Hände. „Sigurd. Ich bins. Robert!" Eine Zweitwaffe. *Natürlich* hatte Sigurd eine Zweitwaffe am Körper.

„Was ...?" Die Stimme des Hexenjägers war belegt. Der Mann räusperte sich, was in einem besorgniserregenden Hustenanfall endete. „Was ... was machst du hier? Wo ...?" Sigurds Mine drückte Verwirrung aus. Die grauen Pupillen wanderten suchend in den Höhlen seines Schädels.

„Wir sind bei Alois", verkündete er so ruhig, wie seine Nerven es zuließen. „Wir haben überlebt. Der Hinterhalt ist überstanden. Die *Caplata* ist vernichtet. Darf ich die Hände runternehmen oder gehört das hier zu meiner Ausbildung?"

Mit einem unbestimmten Grummeln ließ der Mann die Waffe sinken. Mit der freien Hand fuhr er sich durchs Gesicht. „Salena", wollte er wissen. „Wie geht es ihr?"

„Sie ist wach", formulierte er unverbindlich. „Wir wollten gerade planen, wie es weitergeht. Ich nehme an, das sollten wir gemeinsam tun."

Der Alte streifte mit einer mürrischen Geste den Mantel ab und erhob sich knirschend aus dem Sessel. Die Ränder seiner schweren Lederstiefel trugen Krusten aus halb getrockneter Erde. Für einen Augenblick streifte sein Blick die Whiskyflasche und blieb dort sehnsuchtsvoll hängen. Dann aber wandte sich der Mann zur Tür. „Wir sollten sie nicht warten lassen“, verkündete er, als wäre nichts geschehen. Die Stiefel donnerten schwer über die Bodendielen. „Beeilung, Junge. Ist das hier ein Altersheim? Warte! Ist das Kaffee, den ich rieche?“

Wenig später saßen sie zusammen im *Refugium*. Der Alte hatte sich zur Linken des schweren Eichenschreibtischs niedergelassen, saß vornübergebeugt in seinem Besuchersessel und starrte gedankenverloren auf die leere Kaffeetasse, die neben seinem ledernen Pistolenholster vor ihm auf der Tischplatte stand. Die Frau hatte sich mit verschränkten Armen im Arbeitsstuhl hinter dem Schreibtisch zurückgelehnt und starrte finster eine Wand an. Er selbst saß im rechten der Besucherstühle vor dem Schreibtisch und wartete darauf, dass einer seiner Kameraden das Wort ergriff.

„Da hier ist alles meine Schuld.“ Der Alte schnippte düster mit dem Zeigefinger an die Tasse. Er sah verwirrt und übernächtigt aus. „Das alles wäre nicht passiert, wenn ich euch nicht herbeigerufen hätte. Wenn ich doch nur ...“

Die Israeli ließ entnervt die Luft entfahren. Sie beugte sich nach vorn, breitete die Hände auf der Schreibtischplatte aus und versuchte, den Blick des Alten einzufangen. „Hör auf damit, Sigurd“, mahnte sie. „Das hier ist *unser* Einsatz. Nicht nur deiner. Du hast gefragt, ob wir bereit sind herzukommen, um nach Alois zu suchen. Wir haben Ja gesagt. Freiwillig. Jeder von uns kannte das Risiko. Sergei und Iván ...“

„Es war ein Fehler!“

Die Frau verstummte. Zum ersten Mal wirkte sie wirklich vor den Kopf geschlagen. „Wie bitte?“

„Ein Fehler“, wiederholte der Alte nachdrücklich. „Es war ein Fehler, dass ihr hergekommen seid. Das hier ist *meine*

Stadt. *Mein* Territorium. Meine Verantwortung. Ich hätte niemals zulassen sollen, dass ihr ..."

„Die *Welt* ist in Gefahr." Die Stimme der Soldatin war nun offen wütend. „Hast du vergessen, was in Alois' Aufzeichnungen steht? Es geht hier nicht um dich, Sigurd. Es geht hier nicht um deinen Stolz. Wir alle ..."

„Ihr solltet überhaupt nicht hier sein!", setzte der Hexenjäger heftig nach. „Das hier ist meine Schuld. Ich habe euch in diese Sache mit hineingezogen. Der Einsatz in Charlottenburg war *meine* Idee. Wir waren nicht bereit. Ich habe uns nicht richtig vorbereitet. Jetzt sind zwei Hexenjäger tot. Beinahe noch mehr. Ich hätte ..."

„Was zum ... *he!*" Die Israeli schlug hart auf die Schreibtischplatte. Die Frau beugte sich vor und versuchte vergeblich, den Blick ihres Kameraden einzufangen. „Hast du zu viel Blut verloren, alter Mann? Was soll das heißen, *‚zwei Hexenjäger tot'*? Iván ist noch irgendwo da draußen! Du kannst nicht einfach ..."

„Wir waren nicht bereit", hielt der Alte ebenso scharf dagegen. Irrte er sich oder war ein leichtes Lallen in der Stimme zu vernehmen? „Nichts für ungut, Junge", fuhr der Hexenjäger fort, mit einem Mal an ihn gewandt. „Du konntest es nicht besser wissen. Ich hätte niemals zulassen sollen, dass die anderen mich überstimmen. Du solltest wirklich gar nicht hier sein."

„Das ist ...", begann die Frau.

„Er hätte draufhalten sollen!", fiel Sigurd ihr erneut ins Wort. „Als die *Caplata* vor uns auf der Straße stand! Dann wäre das hier alles nicht passiert."

„Robert hat uns *gerettet!*"

„Hat er das?“ Der alte Hexenjäger starrte ihre Kameradin wütend an. „Hat er das?“, wollte er noch einmal wissen. „Was hat er denn gerettet? Iván? Oder vielleicht Sergei?“

„Du ...“ Die Frau griff fassungslos nach ihren Schläfen. „Was zum Henker redest du? Was ist denn los mit dir? Hast du ...“ Die Pause endete in einem scharfen Blick. „Hast du getrunken, Sigurd? Ist es das, was wir hier sehen?“

„Was fällt dir ein!“ Er zuckte zusammen, als der Alte von der Seite laut gegen den Schreibtisch schlug. „Das hier ist ... was *ich* mit meinem Leben mache, ist verdammt noch mal *meine* Sache. Wenn Alois hier wäre ...“

„Ist er aber nicht!“ Auch die Soldatin hatte sich aus ihrem Sitz erhoben. Ihre Augen blitzten wütend. „Ist es das, worum es geht? Sind wir deshalb hier? Um *deine* alten Fehler auszubügeln? Ist das hier ein Rettungseinsatz oder ist es Sigurd-Therapie? Was soll das hier werden? Etwa ein Versuch, etwas von dem wiedergutzumachen, was zwischen dir und Alois zerbrochen ist? Glaubst du, du müsstest hier das Opfer und den Helden spielen, der alles ganz alleine macht? Wach auf, Sigurd! Es geht hier nicht um deine alten Schuldgefühle. Wir müssen ...“

„Das *reicht*!“ Auch der Alte fuhr aus seinem Sitz empor. „Das muss ich mir von *dir* nicht bieten lassen.“ Der Hexenjäger schien zu wanken, bevor er sich wieder gefangen hatte. „Jetzt erinnere ich mich!“, brachte er feindselig hervor. „Mit einem Mal weiß ich wieder, warum ich es mit euch und eurer Zunft nicht ausgehalten habe. Die Regeln. Die Vorwürfe. Die Selbstherrlichkeit! Und das, obwohl du ... ja!“ Der Alte richtete einen anklagenden Zeigefinger auf die Frau. „Vielleicht seid ihr ja *deshalb* hier! Nicht, um mir zu helfen, sondern um mich zu *bewachen*! Ist es das? Hä? Hat man euch *deshalb* hergeschickt? Damit die Welt ganz sichergehen kann, dass Sigurd Sprengler nicht wieder ganz alleine alles in die Scheiße reitet?"

„Hast du ..." Wieder schien die Frau kaum fassen zu können, was der Alte von sich gab. „Hast du den Verstand verloren, Sigurd? Iván hat sich für uns geopfert. Sergei hat ... was soll das alles? Was zum *Teufel* ist nur los mit dir?"

Stille folgte wie ein Donnerhall. Der Blick ihres Anführers war grimmig, verhangen von Schlafmangel und Alkohol. Langsam, mit bitterem Gesichtsausdruck, schüttelte der Mann den Kopf. „So weit ist es also schon gekommen, ja?", befand er leise. „Hexenjäger, die einander im Namen unseres großen Feindes gegenübertreten." Sigurd trat wütend vor und griff mit einem kurzen Blick zur Frau nach seiner Waffe auf der Schreibtischplatte. Er befestigte das Seitenholster ungelenk über dem beschmutzten Hemd. „Ich muss los", verkündete er bestimmt und ohne den Blick zu heben. „Alte Kontakte aktivieren. Nachdenken. Spuren suchen. *In Ruhe*."

„Sigurd ..." Die Stimme der Frau war mühevoll beherrscht. „Denk doch nach! Ich wollte nicht ... wir sind beide übernächtigt, okay? Leg dich etwas hin. Tu, was du tun musst. Aber geh nicht einfach fort. Denk an unseren Auftrag! Unseren Feinden kann doch gar nichts Besseres passieren, als dass wir uns zerstreiten."

„Ich kenne unsere Feinde." Ein kurzer, wütender Blick des Alten traf sie beide. „Besser als jeder andere hier im Raum. Besser als ihr beide zusammen. Ich werde mich schon melden, falls ich eure Hilfe brauche. Ha!" Der Mann wandte sich ab und zog die Anzugjacke über seine Waffe. „Bis dahin bleibt ihr hier", verkündete er, bereits zum Ausgang unterwegs. „Im Schutz der Villa. Wo ihr sicher seid. Oder ... was auch immer.“ Es folgte eine fahrige, beschwipst anmutende Handbewegung. „Wer bin ich schon, euch irgendetwas vorzuschreiben?“, verkündete er bitter. „Tut einfach, was ihr wollt. Das macht ihr ja sowieso. Ich übernehme dafür keine Verantwortung mehr.“

Die Frau setzte an, dem Alten etwas nachzurufen. Bevor sie dazu die Gelegenheit bekam, war der Hexenjäger durch die schwere Panzertür verschwunden. Knirschende Schritte im Flur kündeten von einem zielstrebigen Marsch zum Ausgang. Dann fiel die Haustür scheppernd hinter ihm ins Schloss.

Mit einem tiefen Seufzen ließ sich die Frau zurück in ihren Stuhl fallen. Ihre Hände fuhren über ihr Gesicht, bevor sie einen unglücklichen Kugelschreiber fand und ihn durch die Kammer schleuderte. Mit einem Klappern verschwand das Schreibgerät in einer Ecke. „Verdammt!“, stieß die Soldatin aus. Sie beugte sich nach vorn, stemmte die Ellenbogen auf die Schreibtischplatte und vergrub den Kopf zwischen den Händen. „Verdammter Sturkopf. Verdammter, dickköpfiger ... argh!“ Salena lehnte sich zurück. „Ich hätte nicht ...“ Ein erneutes frustriertes Stöhnen. Dann ein langer, stummer Blick. Die Israeli sah ihn an. Beinahe entschuldigend zuckte sie mit den Schultern. „Nimm das alles nicht so ernst“, forderte sie. „Er meint das alles nicht so. Sigurd ist ein guter Hexenjäger, aber ein schlechter Trinker. Er wird zu einem anderen Menschen, wenn er Schnaps getrunken hat.“

Ganz so sah es tatsächlich aus. Hilflos breitete er die Arme aus. „Schön und gut. Aber wie hilft uns das? Was sollen wir tun, wenn er nichts mit uns zu tun haben will?“

Die Frau schnaufte und starrte auf das Holz. „Bestimmt wieder nur eine seiner Phasen.“ Leider klang sie selbst nicht besonders überzeugt. „Er wird sich schon wieder melden, wenn ihm bewusst wird, was er angerichtet hat. Glaub mir.

Ich kenne genügend Trinker, um zu wissen, wie diese Sache abläuft. Rumschreien, weglaufen, wieder auftauchen, entschuldigen. Und dann wieder von vorn. Willkommen in der wunderbaren Welt des Alkohols."

Ein Augenblick der Stille folgte. Die Israeli erhob sich langsam von ihrem Stuhl. „Komm", forderte sie. „Dann müssen wir wohl erst einmal alleine überlegen, wie wir weitermachen."

Er nickte. „Klingt vernünftig. Womit fangen wir an?"

Die Frau blickte an sich herab. Sie hob einen Arm und schnüffelte an ihrer Achselhöhle. Die Art, in der sie ihr Gesicht verzog, reichte als Antwort völlig aus. „Ich denke, erst einmal mit einer Dusche."

Kapitel 16 – Geheimnis

Robert saß in der Küche und wartete, bis die Kameradin ihr Morgen- beziehungsweise Mittagsritual abgeschlossen hatte. Panolinis *Kompendium* leistete ihm Gesellschaft. Sein Herumgeblätter im Hexenjäger-Handbuch war reichlich ziellos. Methoden, Einstufungen, allgemeine Ratschläge ... seine Augen wanderten über die verschiedenen Passagen und Kapitel, ohne irgendwo hängen zu bleiben. Vermutlich stimmte, was der Amerikaner ihm gesagt hatte, und das Hexenjagen bestand zu einem großen Teil aus *learning by doing*. Die Erfahrungen der letzten Tage sprachen durchaus für diese Theorie. Keine Gebrauchsanweisung der Welt hätte ihn auf die Dinge vorbereiten können, die er gesehen hatte.

Die Israeli war nun schon seit einer ganzen Weile in der oberen Etage beschäftigt. Seufzend schlug er das Buch zu und ließ den Band zwischen den Fingern wippen. Informationen über Informationen. Dazu das, was sie aus Alois' Aufzeichnungen wussten. Hinduistische Prophezeiungen. Sternenkonstellationen. Das Ende der Welt. Wo sollte man überhaupt ansetzen in diesem ganzen Durcheinander?

Er schaltete das Küchenradio ein. Das Teil stammte unverkennbar noch aus den 1980ern. Aus dem Lautsprecher erklang nur Rauschen. Er rollte mit den Augen. Vermutlich war das Ding auf einen Sender eingestellt, der schon seit den Wendejahren nicht mehr existierte. Britzeln. Knacken.

„... am Vorabend für Berlin den Notstand ausgerufen. Noch immer sind Einsatzkräfte der Feuerwehr und des Technischen Hilfswerks damit beschäftigt, die Folgen eines schweren Unwetters zu beseitigen, das in der Nacht zum Montag in weiten Teilen Berlins teils erhebliche Schäden angerichtet

hatte. Besonders schwer betroffen ist nach Aussagen der Polizei der Stadtteil Zehlendorf. Auch der Zugverkehr am Hauptbahnhof verkehrt noch immer unregelmäßig. Auf der Stadtautobahn A 100 kommt es zu anhaltenden Beeinträchtigungen durch Sperrungen zur Beseitigung herabgestürzter Bäume. Meteorologen sprechen von einem äußerst ungewöhnlichen Wetterphänomen. So sei rätselhaft, warum in den Vorhersagen lediglich leichte Schauer …"

„‚Ungewöhnlich', was?"

Er zuckte zusammen, als die Israeli durch den Rahmen trat. Die Soldatin rieb sich mit einem weißen Handtuch durch die nassen Haare. Ihre Haut glänzte. Die Kleidung allerdings war die gleiche wie bei ihrer letzten Begegnung, vermutlich sogar dieselbe. „Nun, mit ‚ungewöhnlich' hat sie recht. Sonst noch irgendwas über uns in den Nachrichten?"

„Bisher nicht." Er blickte auf die rote Digitalanzeige auf der Anlage. 12:07. „Hauptnachrichten sind schon durch", spekulierte er. „Ich nehme an, die Schießerei beim Schloss kam früher dran. Ist vermutlich interessanter als das Wetter."

„Vermutlich." Die Frau bemerkte das *Kompendium* in seiner Hand und deutete mit der Andeutung eines Lächelns in die entsprechende Richtung. „Und?", wollte sie wissen. „Schon etwas gefunden, was uns weiterhilft?"

„Nicht direkt."

„Dann wenigstens in den Schränken?"

„Was?"

„Essen", erklärte die Soldatin nüchtern. „Ich habe Hunger."

„Oh. Ja. *Davon* jede Menge. Ich hoffe allerdings, du magst Konservenfutter."

„Kommt darauf an." Der Ausdruck der Hexenjägerin war nicht sonderlich begeistert. „Was hat uns unser Alois denn hinterlassen?"

„Also hier hätten wir zum Beispiel ..." Er beugte sich herab und durchstöberte den Schrank. „Eintopf", stellte er fest. „Und dort drüben ... Eintopf. Hier unten allerdings ... aha! Noch mehr Eintopf."

„Ravioli?"

„Fehlanzeige. Aber dafür Erbsensuppe, Linsensuppe, Erbsen-Linsen-Suppe ..."

„Schade. In dem Fall nehme ich die Linsensuppe."

Konsterniert wandte er den Kopf. „Ich hatte eigentlich nicht angeboten, das Kochen zu übernehmen."

„Verstehe." Die Soldatin kämmte ihre Haare mit den Fingern. „Dann hattest du wohl eher vor, dir Sergeis Notizen vorzunehmen? Er schreibt übrigens sehr gerne auf Latein. Oder bestand deine Absicht vielleicht darin, die Überreste der Hexendiener einzuäschern, mit denen wir gestern nicht ganz fertig geworden sind? Ich kann dir gerne sagen, wo im Keller der Stapel liegt. Du kannst dann schon mal loslegen, während ich die Suppe zubereite. Die Axt habe ich ...."

„Schon gut. Schon gut! *Ich* mache die Suppe. Jetzt habe ich allerdings keinen Appetit mehr."

„Der kommt schon wieder." Die Frau deutete ein Winken an und wandte sich zur Tür. „Ruf mich, wenn du fertig bist."

„Zu Befehl, mein Kapitän."

„Oh, fang gar nicht erst an." Schon war der Umriss der Soldatin im Flur hinter dem Türrahmen verschwunden.

Missmutig leerte er Dosenfutter in einen Kochtopf und begann, darin herumzurühren. Da sollte noch mal jemand sagen, Robert Burmantel sei zu nichts zu gebrauchen. Die Dame würde sich noch umsehen. Niemand kochte Dosensuppen so gut wie ein klammer Student. Nach einer Weile begann die wenig ansehnliche Masse zu dampfen und zu blubbern. Er schlug scheppernd mit der Kelle an den Deckel. „Essen ist fertig!“

Er war bereits dabei, den Inhalt in zwei tiefe Teller zu kippen, als Salena die Kellertreppe heraufkam. Die Soldatin wischte sich die Hände an der Hose ab. Er bedachte die Geste mit einem besorgten Blick. „Ich hoffe sehr, das war gerade das Abtrocknen nach dem Händewaschen.“

„Die Hoffnung stirbt zuletzt“, kommentierte die Frau. „So sagt man doch, oder?“

„Mh, hm.“

„Was guckst du plötzlich so bedrückt?“

„Iván hat immer deutsche Sprichwörter verhackstückt ...“

„Und er ist damit bestimmt noch nicht fertig“, beendete die Soldatin seinen Satz. Der Blick der Frau heftete sich an die dampfenden Schüsseln wie eine wärmesuchende Rakete an ein Düsentriebwerk. „Wir suchen ihn. Und keine Sorge: Wir werden ihn auch finden.“ Ohne jegliches Ritual drückte sich die Israeli auf einen der Stühle und begann, Paste in sich hineinzulöffeln.

„Guten Appetit“, bemerkte er launig, den Topf unter dem Wasserstrahl aus dem Hahn herumdrehend, um klebrige Linsenreste daraus zu entfernen. „Ich nehme an, in eurem Land wartet man nicht ab, bis alle am Tisch sitzen?“

„Mh.“ Die Frau musste einen Mund voller heißer Suppe trocken fächeln, bevor sie antworten konnte. „In der Armee ganz sicher nicht. Und eine Mahlzeit mit der Familie dauert bei uns *Stunden*. Wenn man da auf jeden warten würde, müsste man verhungern.“

Er wischte sich die Hände ab und gesellte sich dazu. Das Gericht war nicht vorzüglich, aber es war warm und machte satt. Wie seine Kameradin konzentrierte auch er sich darauf, Nährstoffe in seinen Körper zu schaufeln. Unterhaltungen konnten bis später warten. Auf ein paar Minuten kam es nicht mehr an. Vielmehr war es wichtig, über all den Sorgen nicht das Grundsätzliche zu vernachlässigen.

Wenig überraschend war die Frau als Erste am Boden ihres Tellers angelangt. „Fertig“, verkündete sie mit Genugtuung und ließ den Löffel in die Schale scheppern, so als habe sie soeben einen Wettbewerb für sich entschieden.

„Glückwunsch“, brachte er nuschelnd hervor. „Körper zu zerhacken macht wohl hungrig.“

Der Blick der Israeli war keineswegs amüsiert.

„Tschuldigung“, fügte er hinzu. „Ich weiß noch nicht, wie ihr mit all dem hier sonst umgeht.“

Die Soldatin wischte sich die Hände an einem Spültuch ab, das dadurch für seine ursprüngliche Funktion nicht mehr zu gebrauchen war. „Ein Rat“, ergänzte sie ernst. „Ein gewisses Maß an Härte braucht man. Aber fang nicht mit Sarkasmus an. Ansonsten juckt dich irgendwann überhaupt nichts mehr. Und solche Leute nennt man Psychopathen.“

Er nickte unverbindlich in die Reste seines Eintopfs. Kein schlechter Rat. Offen blieb, wie viel davon die Israeli an sich selbst gelernt hatte.

„Hast dus bald?“

Ungläubig hob er den Blick.

Die Soldatin nickte nachdrücklich in Richtung seines Tellers. „Los doch! Wenn du den Rest nicht schaffst, kannst du ihn auch mir geben.“

„Das hättest du wohl gern." Eilig schaufelte er die letzten Happen in sich hinein und schluckte. „So", erklärte er. „Ich nehme an, jetzt kommt der angenehme Teil?"

„Richtig." Die Frau stellte ihren Teller scheppernd in die Spüle. „Retten wir die Welt!"

Vermutlich hätten Scherze darüber, doch bitte erst den Abwasch zu erledigen, schmerzhafte Konsequenzen nach sich gezogen. Behelfsmäßig wusch er die klebrigen Reste von ihrem Essgeschirr, bevor er der Soldatin durch den kühlen Flur ins *Refugium* folgte.

Die Israeli hatte sich in den Arbeitsstuhl hinter dem Schreibtisch fallen lassen. In ihren Händen lag ein Schwung Papiere, zweifellos Notizen aus der Feder ihres Kameraden aus dem Osten. Salena zog die Stirn kraus. Dann ließ sie ein Ächzen hören, schob die Dokumente von sich und lehnte sich zurück, sodass ihre Stirn zur Decke zeigte.

„Was?", wollte er wissen. „So eine Sauklaue?"

Die Frau schüttelte wortlos den Kopf. Für einen Moment schloss sie die Augen. „War er die ganze Zeit hier unten?", wollte sie schwach wissen. „Sergei meine ich. Hast du ihn überhaupt irgendwann mal schlafen sehen?"

„Nein." Er überlegte kurz. „Nein. Eigentlich nicht. Warum? Was ist mit den Notizen?"

Die Soldatin griff nach einer Seite und wedelte lustlos damit in der Luft herum. „Kyrillisch", verkündete sie bitter. „Das meiste ist Latein und kein Problem. Aber der Stapel hier ganz rechts wechselt irgendwann ins Kyrillische. *Ritus*, steht darüber. Scheint wichtig zu sein. War wohl ziemlich übernächtigt, unser Sergei. Du kannst nicht zufällig russische Handschrift lesen?"

„Ich kann noch nicht mal deutsche Handschrift lesen!"

Die Israeli rieb sich Schlaf aus beiden Augen.

„Was nun?“, wollte er wissen. „Ihr habt doch euer Netzwerk. Gibt es in Russland etwa keine Hexenjäger?“

Der Blick der Frau blieb düster. Missmutig schüttelte sie den Kopf. „Vieles ist kaputtgegangen seit dem Kalten Krieg. Außerdem ist das hier ist nicht gerade eine ... *genehmigte* Operation. Wenn wir jetzt aus dem Nichts mit *dieser* Sache um die Ecke kommen ...“

„Ist das Ende der Welt nicht etwas wichtiger als irgendein Verhaltensprotokoll?“

Die Israeli richtete sich in ihrem Sessel auf. „Was wir brauchen, ist Geschwindigkeit“, erklärte sie. „Im Orden laufen viele Dinge heutzutage ... langsam. Kompliziert. Nein. Wir brauchen jemanden, der liefern kann. Und dem wir voll und ganz vertrauen können. Jemanden, den wir *persönlich* kennen.“ Erneut drang ein Seufzen aus ihrer Brust. Die Frau richtete sich langsam auf und legte die Papiere auf den Schreibtisch. Ihr Blick bereitete ihm Sorgen.

„Was?“, wollte er wissen. „Sieht aus, als hättest du bereits eine Idee. Und zwar eine, die dir nicht gefällt.“

Die Israeli nickte zur Bestätigung. „Ich hatte eigentlich gehofft, dass es nicht so weit kommen muss. Doch wie es aussieht, bleibt mir keine Wahl.“ Die Hand der Soldatin ging zu ihrer Tasche. Sie zog ihr Handy hervor und begann darauf herumzutippen. Ihre Schritte führten sie zur Tür. Auf der Schwelle drehte sich Salena zu ihm um. „Ich bin kurz draußen“, erklärte sie. „Hier drinnen ist der Empfang zu schlecht. Ich muss ... *hey, dad!*“ Für einen Augenblick verzog sich ihr Gesicht zu einem aufgesetzten Lächeln. Genauso schnell wurde es wieder ernst. Die Soldatin schoss einen warnenden Blick in seine Richtung. „Gut“, erklärte sie weiter, mit heiterer Stimme. „Ja. *Hakol sababa.* Alles in Ordnung. Hör zu. Ich brauche ...“

Schon war die Frau im Flur verschwunden. Schritte und gedämpfte Unterhaltung ließen erahnen, dass ein Gespräch der Kategorie „Hey, wie gehts, ich brauche was“ begonnen hatte.

Er atmete durch und sah sich um. Seine Neugier führte ihn zum Schreibtisch. Er hob eine Braue, als er seinen Blick über die Papiere wandern ließ. Er begann zu blättern. Meine Güte. Was für ein Durcheinander. Welcher Mensch verfasste seine Notizen in *Latein*? Das Schriftstück erinnerte an eine Kloster-Abschrift aus dem Mittelalter, allerdings an eine, die in einem brennenden Gebäude und während eines Wikinger-Überfalls verfasst worden war. Die Handschrift des Russen, anfangs noch säuberlich und in beinahe maschineller Art, wurde mit fortschreitender Seitenzahl zusehends freier und unordentlicher. An einer Stelle wechselte der Text dann ganz in unlesbares Gekritzel. Irgendwann hatte es ihren erschöpften Kameraden vermutlich nicht mehr interessiert, ob jemand außer ihm diese Papiere würde lesen können. Er fuhr sich mit der Hand über die Augen. Schnitzeljagden. Kryptische Prophezeiungen. Sprachrätsel. War das hier ein verdammter Indiana-Jones-Film?

Er wandte sich um, als Schritte hinter ihm erklangen. Die Frau ließ das Handy zurück in ihre Hosentasche gleiten. Dann aber schien ihr etwas einzufallen. Gedankenverloren strich sie über ihre Tasche und blickte sich nachdenklich um.

„Und?“, wollte er ungeduldig wissen. Das Mindeste, was die Soldatin tun konnte, war, ihn nicht völlig außen vor zu lassen.

„Wir haben Glück“, erklärte die Frau abwesend. „Mein Vater kennt jemanden, der uns weiterhelfen kann.“ Die Israeli zückte ihr Smartphone und begann, darauf herumzutippen.

Er schnaufte. „Geht es etwas ausführlicher? Wir arbeiten in dieser Sache doch *zusammen*, oder?“

Salena nickte, ohne den Blick von ihrem Handybildschirm zu heben. „Alles gut“, erklärte sie kurz angebunden. „Mein Vater ist ...“ Die Frau brach ab und sah ihn an. Instinktive Vorsicht schien in ihren Blick zu treten. „Er ist beim Militär“, erklärte sie mit Bedacht. „Er hat Kontakte. Einen alten Freund. General der Nationalen Volksarmee der DDR im Ruhestand. Studium in Moskau. Exzellentes Russisch. Er ist sich sicher, dass der Mann vertrauenswürdig ist. Er wird sich mit ihm in Verbindung setzen. Sein Freund wird für uns übersetzen, ohne Fragen zu stellen.“

„Klingt gut.“

Die Frau nickte. Ihre Finger tippten auf der Handy-Tastatur herum. Schließlich hob sie erwartungsvoll den Kopf.

Auch er verstummte, um zu lauschen. Im Sitz zur Rechten des Schreibtischs ertönte ein Summen. Die Hexenjägerin trat vor und begann, lose Zettel und Ordner beiseite zu schieben. Er trat hinzu, als sie ihre Hand zwischen die Polster schob. „Aha!“ Mit einem Ausdruck des Triumphes zog sie einen Blackberry hervor. Sergeis altes Telefon, mit abgestoßenen Rändern und zerkratzter Oberfläche. Ihre Blicke trafen sich. Der kurze Ausdruck der Freude verschwand aus dem Gesicht der Frau. Ihm selbst erging es ähnlich. Zu frisch war die Erinnerung an ihren unglücklichen Kameraden. Noch ein anderer Einfall kam ihm beim Anblick des Gerätes. Er deutete auf den abgenutzten Apparat. „Sergei meinte, er hätte eine Anfrage an die *Padres* der SJ in Budapest gerichtet. Er meinte, sie hätten sich bereit erklärt, ihm die Notizen zuzusenden, die Alois dort in seinem Zimmer hinterlassen hat. Diejenigen, die sie Sigurd nicht geben wollten. Wenn wir Glück haben, hat sein Kontakt in Budapest bereits etwas geschickt.“

Die Soldatin nickte stumm. Sie drückte auf dem Telefon herum und verzog dann das Gesicht. „Passwortgeschützt", murmelte sie. „Na schön." Ihr Ausdruck war der eines Kampfsport-Champions, der einem würdigen Gegner gegenübertritt. Die Israeli trat zu ihrem schwarzen Funktionsrucksack und zog einen schlanken Laptop daraus hervor. Mit der freien Hand kramte sie im Inneren der Tasche, bis sie einen Wust von Kabeln gefunden hatte. Derart ausgerüstet, trat sie zum Schreibtisch und breitete die Verbindungen auf der Platte vor sich aus, wie ein Chirurg, der einen komplizierten Eingriff vorbereitet.

Er sah sich um. „Leider kann ich weder Russisch noch Latein", bemerkte er. „Gibt es irgendetwas, was ich tun kann?"

Die Frau hatte ihren Bildschirm aufgeklappt. Weißer Widerschein beleuchtete ihre Züge. „Hm", verkündete sie abwesend. „Ich denke, das Geschirr in der Küche könnte einen Abwasch gut vertragen."

Er verzog das Gesicht. „Ich bin mir beinahe sicher, dass das gerade irgendwie sexistisch war."

Die Soldatin zuckte mit den Schultern. „Vielleicht fällt dir ja auch was anderes ein." Die Frau hantierte mit dem Blackberry, um ihn mit dem Computer zu verbinden. So wie es aussah, hatte sie vor, das Gerät zu knacken. „Du könntest auch anfangen, die Stapel hier zu ordnen", schlug sie vor. Salena zückte ihr Handy und begann, Fotos von Sergeis kyrillischen Notizen zu schießen. „Die Stapel sind ein wenig ... *durcheinander* geraten."

„Nur, weil du darauf geschlafen hast?"

Ein „Pling" ertönte. Salenas Augen wanderten zur Ecke des Computerbildschirms. „Ah!", verkündete sie erfreut. „Da ist sie schon. Nachricht von Papa. Die Kontaktadresse unseres Generals." Ihr Blick wanderte über die Zeilen. Dann kam ein

Grinsen in ihre Züge. Ein verschwörerischer Blick ging über die Bildschirmkante in seine Richtung. „Muss echt sein“, erklärte sie. „Rate mal die E-Mail Endung.“

Er überlegte kurz. Deutscher. Im Ruhestand. „Aol.com?“

„Bingo! Kriegt man doch dazu, wenn man Rentenzahlungen beantragt, oder?“

„Bestimmt hat er noch `nen paar Kisten Gratis-CDs im Keller.“ Er trat an die Notizenstapel auf dem Schreibtisch. Das Ganze war tatsächlich ein wenig durcheinandergeraten. Sergeis Grundordnung war jedoch noch zu erkennen. Wie es aussah, hatte der Russe verschiedene von Alois‘ Aufzeichnungen in Haufen angeordnet und mit kleinen handschriftlichen Zetteln markiert.

Constellatio stand auf dem ganz zur Linken. Die Zeichnungen von Linien und Sternenkörpern ließen erahnen, dass es sich hierbei um Nachforschungen zu den Bewegungen der Sterne handelte.

„Die Konstellation.“ Er tippte auf den Stapel. „Das hier wissen wir bereits. Elfter November 2019. Die Merkurpassage. Alois war sich sicher, dass Kaliyaga an dem Tag etwas in Berlin versuchen wird.“

Die Frau nickte. Sie schien ihm nur halb zuzuhören.

Er ließ den Blick weiter über den Schreibtisch wandern. *„Sanguis“*, las er laut den Zettel vor, der auf dem nächsten Stapel lag.

„Blut“, übersetzte die Israeli, ohne ihren Blick vom Handybildschirm abzuwenden, auf dem sie wohl die Qualität der Aufnahmen überprüfte.

Er überflog die Zeilen und ließ die Blätter durch die Finger wandern. Der Stapel war sehr dünn. Nach allem, was sie wussten, hatte dieses Thema Alois am meisten beschäftigt.

Gut möglich, dass der Mann bei seinem Aufbruch nach Budapest einen guten Teil seiner Notizen mitgenommen hatte. Das Wenige, was hier noch übrig war, war zur Gänze in Latein verfasst. Was ihn anging, hätten die Aufzeichnungen ebenso gut in Klingonisch sein können.

Mythologia stand über dem vorletzten Stapel. Er begann zu blättern. Zeitlinien. Säuberliche Aufzählungen. Grobkörnige Schwarz-Weiß-Kopien aus Sachbüchern. Die Seiten zeigten vielarmige Gottheiten, die wohl der Hindu-Mythologie entstammten. Er erschauderte, als sein Blick auf einen schwarzhäutigen Dämon mit herausgestreckter Zunge fiel, der in der einen Hand ein Schwert und in der anderen ein Bündel abgeschlagener Körperteile hielt. „Kali", las er vor und hob den Blick zur Frau. „Sergei meinte, Alois sei in der Hindu-Mythologie auf eine Spur gestoßen. Der Dämon Kali, der ein Weltzeitalter des Schreckens einleitet und von der zehnten Inkarnation von Dingsbums besiegt wird. Vishnu."

„Kali?" Die Frau verzog die Brauen. Ihr Blick galt dem Computerbildschirm. Ihre Finger flogen über die Tasten. „‚Kali' wie in ‚Kaliyaga'?"

Er zuckte mit den Schultern. „Onkel Alois scheint an eine Verbindung geglaubt zu haben."

„Und Vishnu? Wo kommt der ins Spiel?"

Er ließ ein Schnaufen hören. „Ich weiß es nicht mehr. *Du* bist doch hier diejenige mit den Latein-Skills, oder?"

„Gerade nicht ganz oben auf der Liste meiner Prioritäten", erinnerte ihn die Frau. Die Israeli tippte eine energische Abfolge von Einträgen in die Tastatur und vollendete die Symphonie mit einem Hämmern auf die „Enter"-Taste. „So", erklärte sie, sich zurücklehnend. „Das Programm arbeitet. Wird ein bisschen dauern, bis ich Zugriff habe." Ihr Nicken ging zum Blackberry. „Also. Zeit für andere Dinge. Welcher von den Stapeln hier, glaubst du, ist am wichtigsten?“

„Schwer zu sagen.“ Sein Blick ging zu demjenigen ganz zur Rechten. Es war der, den die Frau eben erst abfotografiert und an ihren Kontakt versendet hatte. *Ritus* stand darüber. „Was hat es mit dem hier auf sich?“, wollte er wissen.

Die Frau zuckte hilflos mit den Schultern. „Es scheint sich um Recherchen zu der *Art* des Rituals zu handeln, das unsere Feindin durchführen muss, sobald die Sterne richtig stehen. Ich hoffe, unser General im Ruhestand arbeitet schnell.“

Betretenes Schweigen folgte. Auch die Soldatin musste sich bewusst sein, dass ihre Chancen nicht besonders gut standen. Nur noch zwei von ihnen waren übrig. Selbst *wenn* es ihnen gelang, ihre Feindin überhaupt zu *finden* ...

„Die Sache mit dem Blut“, unterbrach die Frau seinen Gedankengang. „Das Blut der Burmantels. Alles muss irgendwie mit eurem Blut zusammenhängen.“

Nachdenklich wandte er sich um und ließ seinen Blick durch die Kammer schweifen. Der Anblick des Buches auf dem Pult rief eine Erinnerung hervor. Er trat ans Holzpodest und blätterte im Lederband bis weit nach vorn zu der versengten Eintragung von Johannes Burmantel, dem allerersten Hexenjäger. Noch einmal las er die Passage, in der eine Verkohlung die beinahe 400 Jahre alte Handschrift abgeschnitten hatte.

Auch ist mir ein besonderer Segen zuteilgeworden, von dem ich bisher noch kaum jemandem zu berichten gewagt habe. So ist mir noch zur Zeit des Krieges, und zwar zu Prag im Jahr 1642, von einem Padre der SJ ...

An dieser Stelle endete die Schrift. Nachdenklich hob er den Blick zur Frau. „Wenn wir nur wüssten …"

Ein befriedigendes „Pling" ließ ihn verstummen. Auch die Israeli wandte einen überraschten Blick zum Bildschirm. „Aha!", entfuhr es ihr. „Na, das ging aber schnell. Wird auch Zeit, dass endlich einmal etwas *besser* läuft als erwartet. Wir sind drin!" Die Frau ergriff den Blackberry und begann, auf dem Gerät herumzutippen. „Mal sehen, was wir hier haben", begann sie. „Notizen. Kalendereinträge … hier! Nachrichten." Eine kurze Pause. Die Frau hielt spürbar inne. Sie holte Luft und hob den Blick.

„Was?", wollte er drängend wissen.

„Komm her!" Die Soldatin wirbelte herum und wandte sich dem Laptop zu. So wie es aussah, hatte sie etwas von dem Mobilgerät an den Computer weitergeleitet. Er umkreiste den Tisch und trat an ihre Seite, um mitanzusehen, wie sie eine Mitteilung im Postfach empfing und öffnete. Ungläubig wandte er den Blick zur Frau. Die Betreffzeile und der Inhalt waren in Latein.

„Post aus Budapest!" Die Stimme der Soldatin war erfreut. Ihr Gesicht war angestrahlt vom Weiß des Bildschirms. Sie öffnete die Nachricht und überflog die ersten Zeilen. „Wie Sergei gesagt hat", verkündete sie konzentriert. „Stammt von einem *Padre* der SJ. ‚Lieber Sergei …'" Die Frau schwieg für einige Augenblicke. Ihre Lippen bewegten sich stumm, während sie die Worte übersetzte und dabei anscheinend versuchte, Wichtiges von Unwichtigem zu unterscheiden.

„… ist es mir, wie dir bekannt ist, nicht erlaubt, den Renegaten Sigurd Sprengler in irgendeiner Weise zu unterstützen. In Anbetracht unserer langjährigen Freundschaft will ich jedoch dir, lieber Sergei …"

Erneute Stille. Dann ein kurzes Nicken. „Hier.“

„Persönliche Notizen hat unser gemeinsamer Vertrauter, unser nun leider so tragisch verschollener Gast Alois Burmantel, nicht in seiner Kammer hinterlassen. Jedoch hatte ich erst vor wenigen Tagen auf seine Bitte hin folgende Dokumente aus den Zentralarchiven unseres Hauptsitzes in Rom beschafft, die er kurz vor seinem Verschwinden gründlich studiert haben muss.“

Die Frau verstummte wieder. Der Mauszeiger auf dem Bildschirm wanderte langsam, beinahe andächtig in Richtung des Anhangs. Das Tastenklicken erklang erstaunlich laut in der angespannten Stille. Keiner von ihnen sprach ein Wort. Es dauerte eine Weile, bis der nicht gerade kleine E-Mail-Anhang ganz geladen war. Was sich vor ihnen im Browserfenster öffnete, war ein Scan von hoher Qualität. Das Digitalbild zeigte ein historisch anmutendes Dokument, eine Aufzeichnung in geschwungener Tintenhandschrift auf vergilbtem, möglicherweise viele hundert Jahre alten Papier.

Die Soldatin kniff die Augen zusammen und beugte sich zum Bildschirm. Der Ausdruck seiner Kameradin war aufs Höchste konzentriert. Wie es aussah, stellte dieser Teil der Nachricht eine weitaus größere Herausforderung dar als der abgetippte Begrüßungstext.

Aufzeichnung für das Zentralarchiv der SJ, übersetzte die Soldatin langsam. *Aufgeschrieben in aller Treue, so wie er es empfangen hat, von Padre Vincencio Layan im Jahre unseres Herrn 1682, zu Rom.* Salena leckte sich über die Lippen.

Ihr Ausdruck war respektvoll, aber keineswegs eingeschüchtert. Sie wirkte kampfeslustig. Womöglich sah sie in dem kryptischen Dokument so etwas wie eine persönliche Herausforderung. „Das hier wird eine Weile dauern“, gab sie bekannt. Wie von selbst hatten ihre Finger einige Bögen Schreibpapier und einen Stift herbeigezogen. Es war, als habe sich ein Stahlschott zwischen sie gesenkt. Von einem Augenblick zum anderen schien die Israeli ganz in einer anderen, ihm unbekannten Welt verschwunden.

Der Griffel kratzte über das Papier. Er beobachtete die stumme, konzentrierte Arbeit einige Augenblicke lang, bevor er sich zurückzog. Außer Ablenkung gab es nichts, was er in dieser Sache beizutragen hatte. Mit leisen Schritten entfernte er sich und schob sich durch den Ausgang in den Flur.

Er erlaubte sich ein kurzes Durchatmen. Dann steuerte er in die Küche. Er drehte den Hahn auf, verschloss den Abfluss und beobachtete, wie dampfend heißes Wasser, gemischt mit Schaum, das Becken füllte. Manchmal fühlte es sich gut an, etwas Einfaches zu tun, bei dem man das Gehirn abschalten konnte. Fast meditativ war die Erfahrung, das Geschirr der letzten Tage zu reinigen und abzutrocknen. Er verzichtete darauf, das Radio einzuschalten. Im Grunde war er sogar dankbar für einige Augenblicke der Gedankenlosigkeit.

Als nach einer Weile wieder alles in den Schränken verstaut war, trat er durch den Durchgang in den Flur und steuerte zurück ins *Refugium*. Durch den Türspalt spähte er zum Schreibtisch. Die Israeli war noch immer ganz in ihrer Arbeit versunken. So geräuschlos wie möglich trat er in den Raum und ließ sich im Sessel vor dem Schreibtisch nieder. Er nahm sich einige der Papiere aus den Stapeln und begann, darin herumzublättern. Über den Rand der Dokumente hinweg beobachtete er die Frau, die wie eine Getriebene Zeile um Zeile auf ihr Notizblatt kritzelte. Die Übersetzung schien ihr mit fortschreitender Einarbeitung zunehmend leichter zu fallen. „Ha!“, verkündete sie schließlich und setzte einen entschlossenen Punkt ans Seitenende. Die Frau rammte den Stift zurück in seine altmodische Halterung und lehnte sich zurück, wie eine Kriegerin, die nach getanem Schlachtwerk ihr Schwert zurück in seine Hülle fahren lässt. Der Zettel wurde wortlos in seine Richtung geschoben.

Er nahm das Dokument entgegen. Trotz der Streichungen, Korrekturen und in Eile dazugekritzelten alternativen Übersetzungen las sich das Ganze erstaunlich klar. Ein erneuter Blick der Frau. Ein aufforderndes Nicken. Er begann, laut vorzulesen.

„Aus den Zentralarchiven der SJ. Aufgezeichnet in aller Treue, so wie er es gehört und empfangen hat, von Padre Vincencio Layan im Jahre unseres Herrn 1682, zu Rom.“

Die Israeli sah mit abwesendem Blick an ihm vorbei zur Wand. Er senkte seinen Blick zurück zur Seite.

„Dem Verfasser ist aus einer Quelle, deren ursprüngliche Aufzeichnung verloren ging und deren Wahrheitsgehalt sich daher bedauerlicherweise nicht mehr überprüfen lässt, folgender Bericht betreffend einer vermeintlichen Mission unseres ehrenwerten Bruders Estêvão Cacella aus dem Land der Tibetaner im Jahre unseres Herrn 1628 zugetragen worden.

Dass nämlich ein Mann mit dem Namen Iohannis Burmantel um das Jahr 1650 herum zu Marienburg in Pommern dabei gehört worden sein soll, wie er Folgendes erzählte.

Dass er nämlich im Verlauf des großen Krieges während seines Aufenthaltes in Prag einen namentlich nicht benannten Bruder der SJ bei sich aufgenommen habe, um diesen vor den Nachstellungen seiner Verfolger in Sicherheit zu bringen. Über die Zugehörigkeit und Motive dieser Angreifer sei nichts Weiteres bekannt, als dass sie wohl den Hexen zuzuordnen sind.

Weiterhin soll jener Iohannis Burmantel behauptet haben, dass der von ihm aufgenommene, unbekannte Bruder der SJ auf seiner Flucht vor den Verfolgern derart schlimme Verwundungen davongetragen haben soll, dass er nachfolgend verstarb. Jedoch habe jener unbekannte Bruder der SJ vor seinem Tode dem benannten Iohannis Burmantel gegenüber behauptet, er sei der letzte Überlebende einer Mission, die unser ehrenwerter und überaus bekannter Bruder Estêvão Cacella im Jahre 1628 eigenhändig von den Hochebenen des Himalaya-Gebirges ausgesendet habe, um einen ganz bestimmten Segen aus dem Osten in die Christenwelt zu bringen. So habe nämlich er, der unbekannte Bruder, viele Jahre an der Seite unseres ehrenwerten Bruders Estêvão Cacella an einem Ort verbracht, der unter den Heidenvölkern unter dem Namen Xembala *bekannt ist und der den Menschen aus dem Osten heilig ist.*

Weiterhin soll jener unbekannte Bruder der SJ vor seinem Wundentod behauptet haben, an jenem Orte Xembala *der Empfänger einer heiligen Vision geworden zu sein. So sei ihm dort im Traum ein Mann auf einem weißen Ross und mit einem Schwert aus Flammen erschienen, der ihn mit einer ganz besonderen Gabe, nämlich mit einem Blutsegen, bedacht habe.“*

Er unterbrach sich und hob den Blick. Die Israeli nickte stumm. Ihre Augen waren noch immer auf die Wand gerichtet. „Blutsegen“, bestätigte sie. „So steht es dort.“

Er senkte seine Augen wieder auf das Blatt.

„Jener Blutsegen, so heißt es in den Berichten weiter, sei ein besonderes Geschenk und eine mächtige Waffe, die zum Schutz der Christenreiche in den Westen getragen werden müsse. Es sei nämlich unserem unbekannten Bruder in seiner Vision von jenem Reiter auf dem weißen Ross eröffnet worden, dass ein mächtiger Diener unseres großen Feindes, nämlich ein Dämon, in unsere Welt gekommen sei, um sie zu verderben. Dieser habe bereits zu den Zeiten der Mongolenstürme zugunsten dieser Feinde aller Christenmenschen in die Dinge eingegriffen und sei auch nach ihrem Scheitern noch bestrebt, alle uns bekannten Reiche zu zerstören.

Jener Segen nun sei in der Vision ihm, dem unbekannten Bruder, von jenem Reiter übergeben worden, um ihn in den Westen zu tragen und dort durch das Auflegen der Hände auf einen würdigen, in allen Belangen gefestigten und auch sonst ganz und gar untadeligen Krieger zu übertragen. Dieser Krieger, so heißt es, sei von dem Empfang des Segens an und bis in die zehnte Generation der ersten Söhne seiner Söhne gesegnet und dazu ermächtigt, den schrecklichen Dämon vom Gesicht der Erde auszutilgen. Gelinge es dem Krieger oder seinen Söhnen jedoch nicht, den benannten Feind bis zum Verscheiden der zehnten Generation mit dem Segen ihres Blutes zu vernichten, so kehre jener Segen ungenutzt nach Xembala zurück. In diesem Fall beginne für die Christenreiche, ja für die ganze Welt, eine äußerst lange Zeit des Leides, voller Zerstörung, Schmerz und Dunkelheit.“

Sein Atem ging schwer. Er blickte auf zur Frau. Salenas Blick schien durch ihn hindurchzugehen.

„Nun heißt es in den Erzählungen des benannten Iohannes Burmantel weiter, unser unbekannter Bruder sei auf seinem Weg vom Osten über Prag nach Rom durch die Nachstellungen seiner Verfolger so schwer verwundet worden, dass ihm die Erfüllung seines ursprünglichen Ziels, nämlich die Überbringung des Segens an unseren Heiligen Vater in Rom, auf dass dieser die Auswahl des würdigsten aller Krieger treffen möge, nicht mehr möglich war. Aus reiner Not und in Ahnung seines bevorstehenden Todes habe jener Bruder daher den benannten Segen durch das Auflegen der Hände auf eben jenen Iohannis Burmantel und auf alle seine ersten Nachkommen bis in die zehnte Generation übertragen, auf dass das kostbare Geschenk aus dem Osten nicht ganz verloren gehe.

Aus diesem Grund sei es nun also er, Iohannes Burmantel, der einen Segen seines Blutes in sich trage. Und es erwachse ihm daraus die schwere und auch ehrenvolle Pflicht, dem mächtigen Dämon nachzujagen, bis er ihn vernichtet habe. Und er gedenke, auch alle seine Erstgeborenen in gleicher Weise in die Pflicht zu nehmen und zur Zucht zu bringen, auf dass, wenn es ihm zu seinen Lebzeiten nicht gelänge, dann einer von ihnen das heilige Werk zur Vollendung bringe. Der Dämon aber stünde im Verbund mit einer Hexe aus dem Osten. Und er könnte nur besiegt werden, indem man einen Tropfen des gesegneten Blutes in das Herz der Hexe bringe, auf dass der Dämon aus ihr fortgetrieben werde und ihr Körper sterbe."

Die letzten Sätze waren unterstrichen. Einige Momente lang verharrte er in Stille. Bewegung. Frische Luft. Schnaps. Im Augenblick gab es wohl keine Stärkung, die er zurückgewiesen hätte. Vorsichtig hob er den Blick zur Israeli. „Bin ich hier der Einzige, dem schwindelig ist?"

Die Frau schien ihn nur halb zu hören. Sie war aufgestanden und hatte damit begonnen, in dem Stapel zur hinduistischen Mythologie zu blättern. Ihre Stirn warf Sorgenfalten.

„Die zehnte Generation", brachte er hervor. „Das bin ich! Der zehnte Burmantel. Eine Zeit der Dunkelheit, wenn ich nicht ..." Er verbarg das Gesicht hinter den Händen. „Was?", wollte er ungläubig wissen.

Die Frau schüttelte unwirsch den Kopf. Ihr Blick war noch immer konzentriert. Ihre Finger hatten in dem Stapel offenbar etwas gefunden. „Hier." Ihre Stimme war rau, aber beherrscht. Die Blicke ihrer dunklen Augen flogen über das Papier. „‚Kali'", begann sie. „Der Name des Feindes. Mächtiger Dämon. Sein Auftreten markiert den Beginn von Kali-Yuga, dem ‚Zeitalter des Streites', dem letzten der vier Weltzeitalter." Der Finger der Frau wanderte über die Zeilen. Ein kurzer Augenblick des Suchens. „Kalki", fuhr sie fort. „In der Hindu-Mythologie die zehnte und zugleich die letzte Inkarnation Vishnus, der die bösen Herren Kali-Yugas vernichtet und Gesetz und Tugend wiederherstellt."

Er schnaufte ungeduldig. „Und?", wollte er genervt wissen.

Statt eine Antwort zu geben, winkte die Frau ihn heran. Er blickte auf das Blatt in ihrer Hand. Angeheftet an die handschriftlichen Notizen war eine Farbkopie aus einem Buch. *Illustration aus den Purana-Schriften, 17. Jh.*, stand in trockener Akademiker-Art darunter. *Kalki bringt das Ende Kali-Yugas*. Sein Mund wurde trocken. Das Bild zeigte einen Reiter, ein Schwert aus Feuer hoch erhoben, auf dem Rücken eines weißen Pferdes.

Die Frau hatte sich bereits wieder abgewandt. Ihre Finger klickten auf den Maustasten herum. Das Licht des Monitors spiegelte sich in ihren Augen. „Da“, bestätigte sie schwach. „*Xembala*, auch *Shambhala*. In vielen Übersetzungen als *Shangri-La* bezeichnet. Legendärer Ort in der östlichen Mythologie. Laut den Purana-Schriften Geburtsort Kalkis, der letzten Inkarnation Vishnus, der das Zeitalter des *Kali-Yuga* beendet und das Alter des *Satya Yuga* einleitet.“

Ein Knurren war alles, zu dem er noch imstande war. Er wandte sich ab und rieb sich über die Schläfen. „Kaliyaga. Kali-Yuga. Soll das heißen, unsere Feindin ist von einem ...“ Er brach ab. Vermutlich war es besser, wenn er nicht auch noch selbst anfing, sich diesen Unsinn einzureden.

„Von einem Dämon als irdisches Behältnis ausgewählt“, führte die Frau den Gedanken trocken zu Ende. „Oder zumindest als Verbündete. Ganz so sieht es aus. Gut zu wissen. Immerhin wissen wir jetzt, wie man sie besiegt. *Das* war es, was dein Onkel Alois all die Jahre lang gesucht hat. Euer Blutgeheimnis. Wir müssen also nur dein Blut in Kaliyagas Herz bekommen.“

„*Nur*? Hast du gerade ‚*nur*‘ gesagt?“

„Du hast es doch gehört. Könnte schlimmer sein. Klingt einfach und direkt, oder nicht?“

„Hast du ...?“ Er wedelte mit den Armen. „Hast du gelesen, was da steht? Unsere Feindin soll ein *Dämon* sein. Und in meinem Blut ...“

„Der Segen eines Gottes.“ Die Frau zuckte mit den Schultern. Das hier schien nicht das erste Mal zu sein, dass ihr derartige Dinge unterkamen. „Alte Schriften übertreiben gerne“, bemerkte sie. „Wie dem auch sei. So oder so ähnlich ist das

Ganze wohl zu verstehen. Sieh dir das hier an." Sie zog eine historisch anmutende anatomische Zeichnung aus den Papieren hervor. Ein menschlicher Körper mit zu den Seiten ausgebreiteten Armen war darauf abgebildet. Das Herz war mehrfach umkreist. „Scheint, als hätten wirs gelüftet, euer Blutgeheimnis", erklärte die Soldatin zufrieden. „Aber ich würde gerne sichergehen. Kremple einen Ärmel hoch."

Er war noch zu geschwächt, um wirkungsvoll zu protestieren. Der Eingriff verlief schnell und beinahe schmerzlos. Er rieb sich über den Arm. Welche Art von Mensch hatte ständig Spritzen dabei? Die Frau hatte die Kanüle mit seinem Blut abgezogen und war ohne weitere Erklärungen durch die Tür im Flur verschwunden.

Er ließ sich tiefer in den Sessel sinken. Noch immer schwirrte ihm der Kopf von der zurückliegenden Entdeckung. Ein wenig fühlte es sich an, als drücke ihn die Last ihrer Erkenntnisse noch tiefer in die Polster.

Nach einer Weile kehrte die Frau zurück. Ihr Ausdruck war entschlossen.

„Und?", wollte er erschöpft wissen.

„Hier." Die Soldatin trat zum Schreibtisch. „Sieh dir das an."

Er beugte sich vor. In der einen Hand der Israeli lag eine Phiole mit Blut. *Seinem* Blut. In der anderen ... „Noch mehr Blut?", wollte er wissen.

„Das hier ist von dir." Die Frau schüttelte die Phiole in ihrer linken Hand. „Das hier rechts stammt von einer Hexe."

„Ach? Hast du so was immer dabei?"

Die Soldatin warf ihm einen Blick zu, der einen Mangel an Geduld verriet. „Ich habe gewisse ... Vorräte angelegt, bevor wir unsere Feindin der Entsorgung zugeführt haben."

Er schluckte und nickte schwach. „Verstanden. Keine weiteren Fragen."

Die Israeli hatte begonnen, den Verschluss vom linken Plastikkörper abzuschrauben. Anschließend wiederholte sie das Ganze mit dem Gefäß zur Rechten. Der Blick der Kameradin suchte den seinen. „Bereit?"

„Ich glaube nicht."

Ohne weitere Umstände träufelte Salena etwas von dem Blut im linken Behältnis in das rechte. Sofort begann die Flüssigkeit, sich hektisch zu bewegen, wie Wasser, dessen Zustand sich ohne jeden Übergang von „Raumtemperatur" auf „kochend" verändert hat. Nach einer Weile legte sich das Geblubber. Mit einem Mal war es, als zöge etwas alle Farbe aus der Flüssigkeit. Zurück blieb eine durchsichtige, geleeartige Masse. Sein Blick fand den der Frau. Die Reaktion war ziemlich eindeutig. Es konnte nicht allzu angenehm sein, wenn sich das Blut plötzlich auf diese Art verhielt, während es sich noch in den eigenen Adern befand.

Die Frau nickte bestätigend. „Die Geschichte scheint zu stimmen."

Er lehnte sich zurück und fuhr sich durch die Haare. Wenn *dieser* Aspekt stimmte, was galt dann für den Rest? Den ganzen Quatsch mit Göttern und Dämonen? „Also gut", versuchte er zusammenzufassen. „Wir kennen jetzt das Datum. Wir wissen, wie man sie besiegt. Fehlt nur noch ..."

„Der Ort", ergänzte die Frau. „Ja. Hoffentlich kann unser NVA-General uns helfen. Wenn sich aus Sergeis Aufzeichnung zum Ritual nichts ergibt, weiß ich auch nicht weiter. Außer natürlich ..." Die Israeli kaute auf der Unterlippe. Sie schien zu überlegen. „Wenn wir das Spektrometer auf Kaliyagas Signatur einstellen und durch die Straßen fahren ..."

Er nickte stumm. „Möglich. Aber wenn ich dich daran erinnern darf: Diese Stadt ist ziemlich groß. Wie hoch ist die Reichweite von dem Dingsbums? Spektrometer?“

„Kommt ganz drauf an.“ Die Soldatin schien in ihrem Kopf Berechnungen anzustellen. „Kaliyaga wird kaum auf der Straße oder in einem öffentlichen Park herumlaufen. Je mehr Wände zwischen ihr und dem Empfänger liegen, desto schwächer das Signal.“ Die Frau erhob sich seufzend. „Nun. Wie es aussieht, haben wir keine Wahl. Du fährst“, bestimmte sie. „Ich hole noch schnell was aus dem Keller.“

„Bitte nicht wieder einen Sack mit Menschenteilen.“

„Keine Sorge. Nur ein kleines Bauprojekt von mir.“

Kapitel 17 – Lokalisierung

Wenig später zogen sie das Eisentor zum Grundstück hinter sich zu. Der Garten machte noch immer einen reichlich zerrupften Eindruck. Das Gewitter hatte deutliche Spuren an den Pflanzen hinterlassen, aber die des Kampfes dankenswerterweise mit verdeckt. Dennoch war nicht zu bestreiten, dass Sigurd und Salena bei der Beseitigung der Überreste ihrer Feinde in der Nacht ganze Arbeit geleistet hatten.

Auch der schwarze Van am Bordstein sah einigermaßen mitgenommen aus. Die schweren Hagelkörner hatten Dellen in der Blechverkleidung hinterlassen. Der Schlitz, wo sein Fahrmanöver die Seite des Gefährts aufgerissen hatte, verlieh dem Van den Anblick eines Walkalbs, das dem Tod durch Harpunieren nur knapp entkommen war. Die Frau schien ähnliche Gedanken zu hegen und tätschelte mitfühlend die Karosserie. „Hat ordentlich was mitgemacht, unser Kleiner“, befand sie, während er aufschloss. „Hoffentlich hat wenigstens das Spektrometer deinen Fahrstil überstanden.“ Die Frau stellte den geheimnisvollen Pappkarton in ihren Armen auf die Gehwegplatten und zog etwas aus ihrem Rucksack hervor. „Hier.“ Auffordernd hielt sie eine Rolle schwarzes Panzertape in sein Gesicht und wedelte damit zum Riss in der Fahrzeugflanke. „Sieh zu, dass du ihn etwas präsentabel machst.“ Die Soldatin zog die Rolltür auf, schob kratzend den Karton ins Fahrzeug und schwang sich anschließend selbst ins Innere.

Mit einigen langen Klebestreifen gelang es ihm tatsächlich, das Gefährt wieder in einen halbwegs vorzeigbaren Zustand zu versetzen. Eine TÜV-Prüfung ließ sich damit wohl nicht mehr überstehen. Aber wahrscheinlich sollten sie dankbar sein, dass ihre Feinde sich nicht die Mühe gemacht hatten, das Fahrzeug abzufackeln.

Nachdem er seine Arbeit abgeschlossen hatte, umrundete er das Heck, um von der Seite auf den Fahrersitz zu klettern. Er warf einen Blick zurück. Die Israeli saß zwischen losen Kabelenden und Elektrosplittern auf ihrem Stuhl im Laderaum und nahm Bestand auf. Einer der Bildschirme war in der Mitte eingedrückt. Ein anderer hing schräg aus seiner Fassung. Bunte Kabelbündel und herausgerissene Platinen baumelten vom Himmel. Die Soldatin schien sich daran nicht allzu sehr zu stören. Sie hatte sich das dünne Headset ans Ohr gedrückt und drehte aufmerksam am Regler des Hexenspektrometers. Die Horizontalanzeige flackerte ein wenig, doch nach einem Reparaturschlag mit der flachen Hand begann sie durchgehend zu leuchten. Die Frau nickte zufrieden und gab ein Knurren von sich. Nach einigen weiteren Einstellungen an verschiedenen Reglern nickte sie in seine Richtung. „Alles klar", verkündete sie. „Die Technik läuft. Der Job ist einfach: Wir arbeiten uns von innen nach außen durch die Stadt. Wenn das Gerät eine Signatur aufnimmt, werde ich es hören." Die Soldatin tippte auf ihr Headset. „Ich bin hier hinten noch beschäftigt. Fang im Regierungsviertel an." Der Kopfhörer schnappte zurück. Die Aufmerksamkeit der Kameradin richtete sich auf ihre mitgebrachte Kiste. Nacheinander kamen verschiedene recht kuriose Bauteile daraus hervor: ein mattes Metallrohr wie von einem Staubsauger. Druckluftflaschen wie von einem Wassersprudler. Verschiedenste Räder, Federn, Hebel und Züge.

„Was wird das, wenn ich fragen darf?"

Aus dem Fond kam keine Antwort. Wieder war es, als sei die Israeli in eine Welt eingetreten, in der Robert Burmantel nicht existierte.

Schnaufend wandte er sich im Fahrersitz nach vorn. Dem Anschein nach war für den Augenblick mit weiteren Erklärungen nicht zu rechnen. Er drehte den Schlüssel unter dem Lenkrad. Der Motor stotterte und knurrte wie ein Bär, der von den Stößen eines Stockes widerwillig aus dem Winterschlaf geweckt wird. Schließlich aber sprang der Antrieb mit einem wütenden Brummen an.

„Guter Junge“, lobte er und klopfte besänftigend auf das Armaturenbrett. „Keine Sorge. Wir finden die, die dir das angetan haben.“ Der Motor röhrte Zustimmung. Es klang auf beängstigende Weise hungrig. Mit einem Mal war er froh, sich nicht auf der anderen Seite des Bullenfängers vor dem Kühlergrill zu befinden.

Ein früher Montagnachmittag war nicht die schlimmste Zeit, um im Regierungsviertel unterwegs zu sein. Der Verkehr hielt sich in Grenzen. Allerdings sollten sie wohl nicht zu lange vor dem Kanzleramt und den Büros der Abgeordneten herumkreuzen. Man musste schon Iván sein, um ein derart auffälliges Gefährt zu lenken und dabei durch aggressives Nicht-Verstecken keinerlei Verdacht zu erregen.

Ab und an wagte er einen Blick über die Schulter. Die Israeli würde sich schon melden, wenn das Spektrometer irgendetwas von sich gab. Die Soldatin hatte ihre Eigenkonstruktion der Länge nach auf der behelfsmäßigen Arbeitsplatte vor den Monitoren ausgebreitet. Trotz des beständigen Schaukelns des Gefährts war sie konzentriert damit beschäftigt, neue Teile anzuschrauben und andere neu zu justieren. Der geheimnisvolle Gegenstand nahm allmählich die Form von etwas an, das sich jemand, der Feuerwaffen nur von Bildern kannte, unter einem Gewehr hätte vorstellen können. Die Frau ertrug bisher geduldig seine Lenkmanöver, die ihren feinmechanischen Arbeiten keineswegs zuträglich sein konnten.

Nachdem die Inspektion des Stadtzentrums abgeschlossen war, steuerte er den Van nach Osten. Unter den Linden. Alexanderplatz. Dann über die Schönhauser Allee nach Norden. Mehr bekannte Landmarken zogen vorüber, ohne dass das Messgerät im Fond irgendetwas von sich gab. Er seufzte tief und warf einen Blick zum grauen Himmel. Passend zum Berliner Herbst war einmal wieder kaum zu unterscheiden, ob es sich um ganz normale Witterung handelte oder bereits die Dämmerung einsetzte.

Wieder folgte eine öde Zeitspanne ereignislosen Gezuckels. Danziger Straße. Karl-Marx-Allee. Dann entlang der Spree nach Osten. Ihr Suchkreis hatte längst das Zentrum hinter sich gelassen. Auch die Nadel der Tankanzeige hatte bereits eine beachtliche Wanderung hinter sich gebracht. Vermutlich war es bald an der Zeit, das Monstrum mit frischem Schweröl zu betanken oder was immer es auch war, das dieses Raumschiff aus den 1980ern als Antriebsstoff verbrannte.

Zu ihrer Rechten glitt die East Side Gallery vorüber, die besprühten Überreste der Berliner Mauer, die inzwischen keine Staatsideologien, sondern nur noch Denkmalschützer und Investoren voneinander trennten. Selbst an einem feucht-kalten Tag wie diesem riss der Strom der Touristen nicht ab, die für Fotos vor den bunten Graffiti posierten.

„Richtung Kreuzberg oder Friedrichshain?“, wollte er laut wissen. Vermutlich machte beides keinen Unterschied. Das Unterfangen machte bisher keinen besonders erfolgversprechenden Eindruck. Außerdem hatte die Soldatin seit gefühlten Stunden nicht mit ihm geredet.

Aus dem Heck erklang ein Schnaufen. Die Israeli ließ von ihrer Konstruktion ab und drückte sich die Hörmuscheln des

Headsets konzentriert auf beide Ohren. Mit einem Stöhnen streifte sie den Gegenstand von ihrem Kopf und warf ihn lustlos auf die Arbeitsplatte. „Nichts“, verkündete sie frustriert. „Diese Stadt ist einfach zu groß. Wir könnten wahrscheinlich auch die ganze Woche hier herumfahren, ohne ein Signal zu kriegen.“

„Was baust du da eigentlich?“, wollte er mit einem Blick in den Rückspiegel wissen.

„Ach.“ Die Frau wedelte genervt zu ihrer Konstruktion. „Nur eine Idee. Ich brauche eine *richtig*e Werkbank, um das Teil so hinzukriegen, wie es sein soll.“

Er warf einen erneuten Blick in den Spiegel. „Sieht aus wie eine Art Gewehr.“

„So eine Art.“ Die Frau seufzte tief. „Nichts Ausgereiftes. Die Reichweite wird nicht besonders groß sein. Aber immer noch besser, als Kaliyaga eine Spritze mit deinem Blut *von Hand* direkt ins Herz zu rammen.“

„Oh.“ Noch einmal musterte er die Reflexion des Gegenstandes. „Also eine Art ... Blutgewehr?“

Die Israeli zuckte mit den Schultern. „Meinetwegen. Ja. Von mir aus. Nennen wir es *Blutgewehr*.“

„Hm, hm.“ Bei allem Respekt vor der Leistung seiner Kameradin: So wie es aussah, war der Name ansprechender als das Konstrukt. Er verstand nichts von Ballistik, aber eine Plastikspritze voller Blut herumzuschießen, mit genügend Kraft, um einen Brustkorb zu durchdringen ...

„Es ist nur ein Entwurf, okay?“, verkündete die Frau entnervt, so als könne sie seine Gedanken lesen. „Wenn du eigene Ideen hast, kannst *du* auch gern hier hinten weitermachen.“

„Nein. Danke.“ Kurzes Schweigen. „Gute Idee“, fügte er hinzu. „Ich finde, du machst das ziemlich gut.“

Die Soldatin warf ihm einen prüfenden Blick durch den Spiegel zu. Dann ließ sie die Luft entfahren und nickte. „Sorry“, verkündete sie. „Bin etwas müde.“

„Schon gut. Ich auch.“

Einige Augenblicke lang fuhren sie in Stille dahin, beziehungsweise dem, was das Brummeln mehrerer Liter Hubraum und das Zischen des geheilten Risses davon übrig ließen.

„Vielleicht gibt es noch eine andere Möglichkeit“, begann die Israeli schließlich leise.

Er gab keine Antwort. Es klang, als würde sich hinter seinem Rücken eine Überlegung erst noch formen.

Nach einer Weile hob die Frau den Blick. „Iváns Tätowierungen“, fuhr sie fort. „Es handelt sich dabei um mehr als Eitelkeit. Sie sind so etwas Ähnliches wie Segenszeichen. Eigentlich müssten die Zeichnungen in seiner Haut eine schwache Signatur aufweisen. Wir könnten ...“ Eine weitere Pause folgte. Wieder schien die Frau zu überlegen. Möglicherweise handelte es sich um eine Erwägung, für die man sich nicht leichtfertig entschied.

„Klingt, als gäbe es auch Nachteile“, half er aus.

Von der Israeli kam auch weiterhin nur Schweigen. „Nein“, verkündete sie schließlich. „Vergiss, was ich gesagt habe.“ Die plötzliche Schärfe in ihrem Tonfall überraschte ihn. Der Blick der Frau im Spiegel war entschlossen. „Ich bin nur müde“, verkündete sie mürrisch. „Habe mich vertan. Auf diese Weise geht es nicht. Aber vielleicht gibt es ja inzwischen Neuigkeiten von unserem Freund aus der Armee.“ Die Israeli beugte sich zur Seite, zog ihr Handy aus ihrer Tasche und musterte konzentriert den Bildschirm. „Aha!“, erklärte sie mit grimmiger Befriedigung. „Na, wer sagts denn? Sie haben Post. Grüße von der Nationalen Volksarmee.“

„Grüße zurück", brachte er hervor und lenkte das Gefährt in einen Schlenker. Schon wieder war ihnen ein Tourist beim *Foto-Posing* beinahe auf die Motorhaube gesprungen. „Sag ihnen, ihre bekackte Mauer ist kaputt. Hier ist alles voller Klassenfeinde."

Die Frau gab keine Antwort. Ihr Blick blieb auf den Bildschirm geheftet.

„Und?", wollte er nach einer Weile wissen. „Taugt die Übersetzung was?"

Die Israeli nickte stumm. „Die Sprache ist nicht das Problem. Ich versuche nur ..."

Weitere Momente der Stille.

„Also", begann die Frau, als er schon erneut nachbohren wollte. „Sieht gut aus. Jetzt wissen wir, was Sergei aus Alois' Notizen herausgefunden hat. Bereit? Das hier sind die entscheidenden Punkte zum Ritual. Erstens: Je näher sich die Hexe beim Akt der Beschwörung an dem Ort befindet, an dem der Zauber wirken soll, desto höher ist die Wahrscheinlichkeit, dass das Ritual gelingt."

Er nickte. „Das spricht schon mal dafür, dass Kaliyaga wirklich in Berlin ist."

„Zweitens", fuhr Salena fort. „Je machtvoller der Zauber, desto schwieriger das Ritual. Je schwieriger das Ritual, desto höher die erforderliche Anzahl der Beschwörer und desto länger die Dauer, die zur Kanalisierung benötigt wird. Alois geht anscheinend von bis zu einer Woche aus. Die Hexe ist während dieser Zeit verwundbar, denn das Ritual darf während der Kanalisierung nicht unterbrochen werden."

„Heute ist der Vierte", merkte er nachdenklich an. „Noch etwa eine Woche bis zur Passage. Wenn Onkel Alois recht hat, ist sie also schon dabei."

Die Frau schien hinter seinem Rücken zu überlegen. „Kaliyaga ist sehr vorsichtig“, gab sie zu bedenken. „Wir wissen schon, dass sie Verstärkung gerufen hat. Bestimmt hat sie sich für das Ritual einen Ort ausgesucht, an dem sie sicher sein kann, dass niemand sie entdeckt.“

„Vermutlich.“ Mit unwohlem Gefühl stellte er sich vor, wie eine weitere Begegnung mit den Hexenfeinden aussehen würde. Beim letzten Mal waren sie zu fünft gewesen und schwer bewaffnet. Dieses Mal waren sie zweit, bestenfalls zu dritt, falls Sigurd seine Alkoholprobleme wieder in den Griff bekam, und bewaffnet mit einem aufgebrezelten Wassersprudler.

Er wartete ab. „Sonst noch etwas?“

„Nichts mehr. Alois hat noch angemerkt, dass Kaliyaga sich vermutlich einen Ort aussuchen wird, an dem sie vor den Auswirkungen des Zaubers geschützt ist. Irgendetwas mit sehr dicken Wänden. Vielleicht unter der Erde. Kein Wunder, dass wir keine Signaturen finden konnten. Wenn sie ...“

Geräte schepperten durch den Laderaum, als er abrupt auf die Bremse trat, das Gefährt nach rechts zog und am Straßenrand zum Stehen brachte.

„Argh!“, verkündete eine Stimme aus dem Fond. Gerade noch hatte sich die Frau an einem Türgriff Halt verschaffen können. „Was ist los mit dir? Bis du noch ganz dicht?“

„Sorry“, verkündete er mit Blick in den Außenspiegel. Ein aufgemotzter BMW zog hupend und mit aufbrüllendem Motor an ihm vorüber. „Mir ist da gerade etwas eingefallen.“

„Toll!“ Die Frau rieb sich den Ellenbogen und blitzte ihn im Spiegel an. „Bremst du immer wie ein Irrer, wenn du einen Einfall hast? Kein Wunder, dass wir schon seit Stunden nicht gehalten haben. Scheint ansonsten nicht viel los zu sein in deinem Schädel.“

„Tut mir wirklich leid. Alles okay da hinten?“

„Vielleicht. Aber du kannst froh sein, dass wir dich und dein Blut lebend brauchen.“

Ein schwaches Grinsen wanderte über seine Züge. „Freut mich immer, wenn ich etwas beitragen kann. Vielleicht sogar noch mehr als Körperflüssigkeiten. Festhalten, bitte! Ich kenne einen Ort, zu dem das alles passen könnte.“

Die Ungeduld der Frau war beinahe greifbar, während er das Gefährt durch die einsetzende Dunkelheit entlang des Innenstadtrings zurück nach Westen lenkte. Im Grunde war es nur gerecht, dass auch *sie* nun einmal etwas warten musste, nachdem sie ihn die ganze Zeit über immer wieder mit *ihrem* Wissen auf die Folter gespannt hatte. Das Grummeln des Motors klang gespannt, fast ein wenig vorfreudig, wie bei einem Jagdhund, der endlich Blut gewittert hat. Es dauerte eine Weile, bis sie an der U-Bahn-Station Bernauer Straße nach Norden bogen und irgendwann die Lichter des Gesundbrunnencenters vor der Windschutzscheibe zu erkennen waren. Er bemühte sich, möglichst sanft zu bremsen und rechts abzubiegen. Schließlich brachte er das Gefährt auf einem freien Parkplatz in den Reihen vor dem Einkaufszentrum zum Stehen.

„Ein Einkaufszentrum?“, bemerkte die Frau ungläubig. „Hör mal. Wenn das hier ...“

„Irgendetwas auf dem Spektrometer?“, kam er ihr zuvor.

Unwillig hielt Salena sich den Kopfhörer ans Ohr. Ihr missmutiger Blick wich Überraschung. Die Finger der Soldatin schossen zum Regler und modulierten das Frequenzrad.

Nach einer Weile wanderte der Blick der Frau in seine Richtung. Ihr Ausdruck war misstrauisch. „Ein Signal“, gestand sie zu. „Allerdings ein äußerst schwaches. Wie hast du ...“

Sein Finger deutete durch die Scheibe und nach links. Gegenüber der modernen Rundfassade des Einkaufstempels, auf der anderen Seite der vierspurigen Verkehrsader, erhob sich neben den Bahnschienen ein rechteckiger Quader aus dem Trümmerberg im Park am Humboldthain. Aus Tausenden Tonnen angehäuftem Kriegsschutt, inzwischen ganz verborgen unter einer Schicht aus Bäumen und Gebüsch, ragte die kantige Form des alten Flakbunkers in den dunklen Abendhimmel.

„Was zum Henker ist das?“ Die Israeli drängte sich zwischen den Sitzen nach vorn und betrachtete den Bau aus zusammengekniffenen Augen.

„Ein alter Bunker aus dem Krieg“, erklärte er. „Es gab mal mehrere davon. Das hier ist, soweit ich weiß, der einzige, der noch übrig ist. Sie konnten ihn nicht sprengen, wegen der Bahnlinie, die direkt daran vorbei verläuft. Ich hab da drin mal eine Tour gemacht. War ziemlich interessant.“

Die Frau stieß einen leisen Fluch aus. Auch bei ihr schien die Freude über die erfolgreiche Entdeckung hinter der Erkenntnis zurückzutreten, dass sie einen verdammten *Bunker* vor sich hatten.

„Ein Freund hat mir vor Kurzem erst davon erzählt“, fügte er hinzu. „Er arbeitet für ein Unternehmen, das dort Führungen anbietet. Allerdings nur im Sommer. Jetzt gerade hat man dort drinnen seine Ruhe. Sie haben letztens erst neue Tunnel entdeckt. Ich kann mir keinen besseren Ort vorstellen, um ungestört zu sein. *Und* geschützt von meterdickem Stahlbeton.“

Die Frau überlegte schweigend. „Passt“, gestand sie schließlich zu. Die Soldatin klopfte ihm auf die Schulter und zog sich wieder in den Laderaum zurück. „Gut kombiniert. Gute Arbeit.“

Er nahm das Lob mit einem stummen Nicken an. „Vielleicht kann ich uns Pläne und Schlüssel besorgen“, verkündete er über seine Schulter. „Das würde uns die Planung doch erleichtern, oder?“

„Sicher.“ Die Frau rutschte auf ihrem Sitz im Fond herum. Sie griff wieder nach Hörer und Gerät und suchte die Frequenzen ab. Ihre Stirn warf Falten zwischen Ärger und Besorgnis. „Ich bekomme Kaliyagas Signatur“, verkündete sie. „Aber auch noch etwas anderes. Zu schwach, um es genau zu sagen. Der verdammte Stahlbeton. Ich kann da drinnen nicht sehr viel erkennen. Ich fürchte, bei diesem Einsatz müssen wir vor Ort improvisieren.“ Salena lehnte sich zurück und schob den Hörer auf die Arbeitsplatte. „Also gut“, erklärte sie, sich rekelnd. „Jetzt haben wir auch unseren Ort. Und noch etwa eine Woche Zeit. Vielleicht wird aus alledem hier ja doch noch was.“

„Fragt sich nur, ob auch Iván noch so viel Zeit hat“, gab er zu bedenken. „Dass wir das Hexenritual geortet haben, bedeutet noch nicht, dass auch Iván dort drinnen ist. Er könnte ganz woanders sein. Vielleicht halten sie ihn sogar mit Absicht von hier fern, um uns von ihren eigentlichen Plänen abzulenken. Kannst du vielleicht mit dem Gerät ...“

„Nein.“ Die Hexenjägerin schüttelte den Kopf. „Ich kriege seine Signaturen nicht. Zu viel Beton.“

„Hm.“

Die Soldatin schlug sich auf den Schenkel. Es sah entschlossen aus. „Nun denn. Wir dürfen keine Zeit verlieren. Lass uns die Pläne holen. Und die Schlüssel. Wo wohnt dein Freund? Sobald wir den Kram haben, fahren wir bei Sigurd vorbei. Er geht nicht an sein Handy. Ich habe es schon mehrfach bei ihm probiert. Bestimmt hat er sich eingeschlossen.

Wollen doch mal sehen, ob wir mit *dem* Plan hier nicht in seinen dicken Schädel kommen."

„Alles klar." Er drehte den Schlüssel im Schloss. Der Van schüttelte sich unternehmungslustig. Es war schon eine Weile her, seit er Sascha zuletzt in seiner Wohnung einen Besuch abgestattet hatte. Mit dem Daumen suchte er die Adresse aus dem Kontaktverzeichnis seines Handys. Da war der Eintrag. Südliches Neukölln. Er schob das Telefon in die Tasche und fuhr los. Heute war ein guter Tag zum Hexenjagen, aber kein besonders guter für die Umwelt. Er trat aufs Gas. Der alte Motor spuckte Schadstoffwolken in den Abendhimmel, während sie nach Süden rumpelten, erneut in einen völlig anderen Teil der Stadt.

„Du willst *was*?"

„Ich weiß, dass es bescheuert klingt. Aber ich würde nicht fragen, wenn es nicht super wichtig wäre!"

Sascha schüttelte den Kopf und lehnte sich an die Wand des grauen Hauseingangs. Wie immer, wenn er Rat brauchte, fand er ihn in der Tasche seiner Jacke. Feuerschein erleuchtete für einen Augenblick seine Züge, bevor er sich die Kippe angesteckt und das Streichholz ausgeschüttelt hatte. „Ich glaube, du bist nicht ganz dicht. Ist dir eigentlich klar, dass ich *gefeuert* werde, wenn das hier rauskommt? Mann! Ich hab den Job doch grad erst angefangen!"

„Ich weiß, aber ..."

„Und mein letzter Job war scheiße! Und der davor! Siehst du nicht, wohin das führt? Das hier nennt man eine *Serie*. Mein nächster Job wird *auch* wieder scheiße sein, wenn ich den hier hinschmeiße. Was willst du überhaupt mit ..." Sascha brach ab und rückte seine schwarze Baseballkappe am Schirm zurecht. Offensichtlich hatte er den Van bemerkt. Genauer noch: die Frau, die mit verschränkten Armen an der Motorhaube lehnte und auf das letzte Silber am Abendhimmel starrte. Saschas Blick ging einige Male zwischen ihnen beiden hin und her, so als formten sich in seinem Hirn neue Synapsen. „Nee, oder?“, wollte er ungläubig wissen. „Alles nur, um die da zu beeindrucken? Du willst doch nicht ...?“

„Will ich *nicht*“, kam er der Nachfrage resolut zuvor. „Sie hat mit der Sache nichts zu tun.“

„*Ach*?“ Sascha nahm einen Zug an seiner Kippe. Nur er konnte es schaffen, bei einer solchen Geste anzüglich auszusehen. „Seid ihr beide ...?“

Er rollte mit den Augen. „Nein. Wir ... *arbeiten* zusammen.“

„Aha, aha.“ Noch einmal ging der Blick des Kerls zu der Soldatin. Verschwörerisch beugte sich die Baseballkappe zu ihm vor. „Weißt du zufällig, ob sie gerade irgendwas anderes am Laufen hat? Du weißt schon ...“

„Könntest du mir *bitte* zuhören? Es geht hier um sehr wichtige ...“ Er ruderte mit den Armen. Er wusste nicht einmal, wie man die Wichtigkeit der Dinge ausreichend beschreiben sollte, ohne dabei wie ein Wahnsinniger zu klingen.

„Hm.“ Sascha trat vor und klopfte lässig seine Zigarette ab. „Ich sag dir was. Ich hab einen *Deal* für dich. Weil wir Freunde sind. Schlüssel und Karte hab ich hier. Kriegste von mir. *Wenn* ...“ Der Bursche hob den Zeigefinger. Der Finger senkte sich in Richtung seiner Kameradin. „Wenn du mir die Nummer von der Kleinen da besorgst. Und ein gutes Wort für mich einlegst. Na?“

„Kleine?“, wollte er ungläubig wissen. „*Kleine*? Die ‚Kleine‘ da kann *Krav Maga*. Und vermutlich noch viel Schlimmeres!“

„Ein *Player* kommt damit zurecht“, verkündete der Mann, der tatsächlich einen Weg fand, den Begriff ironiefrei auszusprechen. „Lass das mal meine Sorge sein. Also. *Deal or no deal*?“

Ächzend wandte er sich um. Sein stummer Blick ging zur Soldatin, die noch immer keine Regung zeigte.

„Deine Sache.“ Sascha zuckte mit den Schultern und aschte ab.

„Gargh.“ Als ob sie keine anderen Sorgen hatten. „Bleib hier!“, forderte er entnervt. „Warte einen Moment. Und wenn du siehst, wie ich zu Boden gehe ...“

„ ... nehme ich meine Schlüssel und verschwinde. Sag ihr das, hm?“

Grummelnd wandte er sich ab und trottete zum Wagen. Die Israeli hob den Blick. „Und?“, wollte sie wissen. Ihr Blick verriet Erstaunen über seinen Ausdruck und seine herabhängenden Schultern.

„Äh“, begann er. „Die gute Nachricht lautet: Wir kriegen Schlüssel und Karte. Er will dafür nur, äh.“

Die Frau hob eine Braue.

Ihm blieb auch wirklich nichts erspart. Er zuckte mit den Schultern „Er möchte dafür deine Nummer.“

Der Blick der Israeli wanderte zum Hauseingang, wo Sascha stand und anzüglich rauchte. „Wieso?“, wollte sie wissen. „Hat er keine eigene?“

Wieder entfuhr ihm ein unterdrücktes Stöhnen. „Es würde wirklich helfen“, brachte er hervor. „Er besteht sozusagen darauf, um uns zu geben, was wir brauchen.“

„Hm.“ Die Israeli musterte den Schemen im Hauseingang des Mehrfamilienhauses wie ein Löwe eine unvorsichtige Hyäne. „Hast du ihm gesagt, dass wir uns den Kram auch einfach *nehmen* können?“

„Ich glaube, das wäre wirklich nicht sehr hilfreich."

Die Soldatin schürzte die Lippen. „Ganz wie du meinst." Sie zückte Zettel und Stift aus ihrer Gürteltasche, zog mit den Zähnen die Kappe ab und kritzelte eine Nummer auf den Fetzen. „Hier. Bitte sehr."

Er nahm das Stück Papier entgegen. Mit einem Blick bat er so gut wie möglich um Entschuldigung.

Sascha grinste breit, als er mit der Beute zurückkehrte. Der Kerl musterte die Zahlenkombination und nickte anerkennend. „*Deal*", verkündete er. „Man ist ja schließlich Ehrenmann. Hat sie irgendwas über mich gesagt?"

„Ja", gab er durch die Zähne zurück. „Kann ich jetzt *bitte* Schlüssel und Karte haben?"

„Sicher." Die Kippe wurde an der Hauswand ausgedrückt. „Geschäft ist Geschäft. Aber die Nummer sollte besser stimmen. Ach, und macht mir da unten ja nichts kaputt!"

„Du meinst am Stahlbeton?"

„Das hier gefällt mir trotzdem nicht! Also. Wenn ihr es schaffen könntet, dass ich nicht gefeuert werde: Das wäre wirklich super."

Wenig später lenkte er den Van zurück nach Süden und nach Westen. Aus dem Augenwinkel beobachtete er vorsichtig die Israeli, die auf den Beifahrersitz saß und aus dem Fenster starrte. Sie fuhren jetzt bereits seit einer ganzen Weile und die Frau hatte noch immer nichts gesagt.

„Äh", brachte er hervor. „Tut mir leid wegen ... du weißt schon. Eben. Ich wollte nicht ..."

„Alles gut." Die Stimme der Soldatin war bedenklich jovial. „Netter Kerl, dein Freund", befand sie mit einer Freundlichkeit, die seine Sorgen noch verstärkte.

„Das ist er wirklich“, bemühte er sich, zu versichern. „Eigentlich ist er echt in Ordnung. Ist die Nummer ...“

Ein Summen unterbrach ihn. Die Frau zückte ihr Handy. Weißlicher Schein schimmerte über ihre Züge. „Er schreibt“, verkündete sie mit dem Interesse eines Tropenforschers, der eine bisher unentdeckte Entenart dabei beobachtet, einfachste evolutionäre Funktionen auszuführen, ohne dabei auszusterben. Salena biss sich auf die Unterlippe und begann zu tippen. Ihre anhaltende Lässigkeit bereitete ihm Magenschmerzen.

„Äh“, kommentierte er. „Du bist doch nicht böse, oder?“

„Hm?“ Die Soldatin tippte noch immer konzentriert. „Böse? Nein. Warum denn?“

„Oh. Schon gut“, erklärte er bedrückt. „Bitte bring niemanden um, okay?“, merkte er sicherheitshalber an. „Bitte bring auch niemandem schwere Verwundungen bei. Auch psychologische Kriegsführung wäre unangebracht.“

Die Frau schüttelte den Kopf, ohne vom Bildschirm aufzusehen. „Was du mir alles zutraust ... ich bin nur höflich.“

„Zu Rasputin und Trotzki war man auch sehr höflich, bevor man ihnen die Schädel eingeschlagen hat.“

„Wenn du dich aufs Fahren konzentrieren könntest. Das wäre wirklich toll.“

Kapitel 18 – Vorbereitung

Mit quietschenden Reifen kamen sie vor der Buchhandlung zum Stehen. Salena sprang auf das regennasse Pflaster und warf die Wagentür hinter sich zu. Sigurd ging noch immer nicht ans Telefon, was an sich noch nicht viel zu bedeuten hatte. Vielleicht steckte sein Handy unter irgendeinem Bücherberg oder das Museum, aus dem er es entliehen hatte, hatte sein Ausstellungsstück zurückverlangt.

Die Fensterfront des Geschäfts war dunkel. Der Laden sah geschlossen aus, dabei war es noch nicht einmal 18 Uhr. Die Frau erklomm die Stufen und spähte durch die Scheibe. Mit einer Bewegung ihres Kopfes forderte sie ihn auf, ebenfalls heranzutreten. Schnell schloss er das Vehikel ab und folgte ihr.

Die Israeli drückte die Klinke herab. Ein leises Klingeln ertönte. Die Tür ließ sich problemlos aufdrücken. Die Hand der Hexenjägerin ging zu ihrer Waffe, ohne sie hervorzuziehen. So wie es aussah, prüfte sie die Schwelle auf ein Hexenzeichen. Nichts dergleichen schien sich dort zu zeigen.

Sie trat voran ins dunkle Innere. Er folgte seiner Kameradin in die Kammer. Der Verkaufsraum empfing sie mit dem Geruch von altem, trockenem Papier. Unwillkürlich wanderte sein Blick zum Raben über dem Durchgang. Das Glasauge des Tieres glänzte auf eine Weise, die nur als beklemmend zu beschreiben war.

Ein Klicken ließ sie beide gleichzeitig herumfahren. Jetzt erst bemerkten sie das schwache blaue Glühen des Computermonitors. Eine fahl beleuchtete Gestalt mit langen grauen Haaren verfolgte gelassen, was auch immer auf dem alten Bildschirm vor sich ging. War sie eben auch schon dort gewesen? Sein Blick wanderte zu seiner Kameradin. Die Soldatin schien sich das Gleiche zu fragen. Ihr Ausdruck legte nahe, dass ihr, wie ihm selbst, noch etwas anderes aufgefallen war. Das aktuelle Klappern stammte von geduldigen Fingern auf einer Computertastatur, die schon vor 20 Jahren alt gewesen war. Das erste Geräusch aber hatte anders geklungen. Metallisch. Drohend. Wenn ihn nicht alles täuschte, hatte es sich haargenau so angehört wie ein sich spannender Gewehrhahn.

„Ja bitte?“ Die Stimme der Alten hinter dem Bücherwall klang gelassen. Ihre Augen wanderten noch immer über den Bildschirm, so als hätten eben nicht zwei verdächtige Schleicher, sondern lediglich zwei Kunden auf der Suche nach Fantasy-Lektüre das Lokal betreten.

Die Israeli räusperte sich. Die Hand der Soldatin löste sich wie gegen Widerwillen von ihrem Seitenholster. „Ist Sigurd hier?“, wollte sie mit rauer Stimme wissen.

Die Dame am Empfang löste ihren Blick vom Bildschirm und sah sie über rechteckige Brillengläser an. Der Ausdruck in den milchig-blauen Augen war der eines Menschen, der in seinem Leben schon zu viel gesehen hatte. Man musste kein Psychologe sein, um zu ahnen, dass mit ihr auf keinen Fall zu spaßen war. „Nein“, erklärte sie leise, aber fest.

„Mist!“ Die Israeli wandte sich halb ab, dann wieder zurück zum Schreibtisch. „Irgendeine Ahnung, wo er stecken könnte?“

„Nein.“ Die Antwort war so knapp wie endgültig. Sie lud weder zu Nachfragen ein noch enthielt sie mehr als das absolute Minimum an Höflichkeit.

Die Israeli ließ die Luft entfahren. „*Shit!*“, verkündete sie. Er selbst wäre mit unflätigen Ausbrüchen vorsichtig gewesen. Wenn ihn nicht alles täuschte, glänzten in der Dunkelheit unter der Schreibtischplatte die Doppelläufe einer gut versteckten Flinte.

Die Soldatin schien für einen Augenblick zu überlegen. „Können wir nach oben?", wollte sie wissen. „Vielleicht hat uns Sigurd irgendeinen Hinweis hinterlassen."

„Nein." Der Ausdruck im Gesicht hinter den Burgwällen aus Büchern blieb undurchdringlich. „Niemand darf nach oben."

„Was ist mit einer Nachricht?", setzte er schnell nach, bevor die Israeli die Drohungen in Worte fassen konnte, die ihr Gesicht bereits verkündete. „Können wir ihm eine Nachricht hinterlassen?"

„Keine Nachricht", erwiderte die Alte unnachgiebig.

Die Israeli pustete die Backen auf. Für einen Augenblick sah es so aus, als würde sie die Beherrschung verlieren. Dann aber trat sie vor und richtete drohend einen Finger auf die Empfangsdame. „Sagen Sie ihm, dass er *gebraucht* wird." Die Stimme der Soldatin klang wie das Zücken eines Schwertes. Das Glühen ihrer Augen erinnerte an die Flanken eines aufbrechenden Vulkans. „Dass wir einen *Auftrag* haben, den wir verdammt noch mal zu Ende bringen müssen. *Zusammen*. Damit Sergei und Alois' Tochter Klara nicht umsonst gestorben sind."

Das Gesicht der Alten war so unbewegt wie eine Klippe. Die Soldatin machte auf dem Absatz kehrt und stürmte derart forsch nach draußen, dass die Klingel fast vom Rahmen flog.

Er beeilte sich, der Frau zu folgen. Hilflos wandte er sich über die Schulter zurück zum Schreibtisch. „Eine Nachricht wäre wirklich freundlich. Danke." Schnell folgte er der Israeli hinab auf den Bürgersteig. Die Soldatin stapfte mit wütenden Schritten über die Straße zu ihrem Vehikel. Ungeduldig klapperte sie mit dem Einstiegsgriff. Eilig schloss er auf. Noch bevor er in den Fahrersitz geklettert war, hatte sich Salena ächzend in den Beifahrersitz fallen lassen.

Er zog die Tür hinter sich zu und griff zum Zündschloss. „Äh.“ Er warf einen Blick zur Israeli. „Wohin jetzt? Zurück zur Villa?“

Die Soldatin schien ihn kaum zu hören. Wütend schüttelte die Frau den Kopf. „*Fuck*“, verkündete sie durch die Zähne und mit einer hilflosen Handbewegung zum Wagenhimmel. „Sigurd hat wieder eine seiner Drama-Phasen. Jetzt macht er auch noch einen auf *beleidigt*. Der Himmel weiß, wo er sich rumtreibt. Bestimmt in irgendwelchen Kneipen.“ Salena ließ ein tiefes Seufzen hören. „Nun. *Den* Teil des Plans können wir vergessen“, erklärte sie frustriert. „Wenn jemand sich darauf versteht, von der Bildfläche zu verschwinden, dann ist es Sigurd.“

Eine Zeit lang hing schwere Stille zwischen ihnen. Lediglich das Geräusch von Tropfen auf der Windschutzscheibe war zu vernehmen. Vereinzelt drang ein Knacken aus der alten Karosserie, so als rege sich das Gefährt wie ein lebendiges Wesen.

„... da warens nur noch zwei“, resümierte er bitter.

Die Soldatin nickte. Allerdings sprach wieder mehr Entschlossenheit aus ihrer Geste. „Dann ist es eben so“, erklärte sie und schlug mit der flachen Hand aufs Armaturenbrett. Sie nickte mit dem Kinn zur Zündung. „Los“, forderte sie knapp. „Zurück zur Villa. Wir haben noch zu tun.“

Der dunkle Umriss von Onkel Alois‘ Residenz war inzwischen ein vertrauter Anblick. Wie immer war noch Platz am Bordstein vor dem schmiedeeisernen Gitterzaun. Vermutlich standen all die Bentleys und Jaguare der Nachbarn unter Staubschutzhüllen in alarmgesicherten Garagen.

Die Soldatin warf die Tür auf ihrer Seite zu und stapfte entschlossen zum Gartentor. Er schloss den Wagen ab und öffnete das Gatter. Seite an Seite brachten sie den Kiesweg hinter sich. Der Stiefel der Israeli tappte ungeduldig auf die Bohlen der Veranda, während er die Tür aufschloss.

„Ich bin im Keller“, verkündete sie knapp und drängte sich an ihm vorüber durch den Türrahmen. „Und ich habe Hunger.“ Schon verschwand der wippende Pferdeschwanz hinter dem Abgang der Kellertreppe. Kopfschüttelnd machte er sich auf den Weg zur Küche. Wenigstens die Rollenbilder in ihrer Beziehung waren schon einmal eindeutig verteilt.

Er beugte sich hinunter zu den Schränken und zog die Doppeltüren auf. Eintöpfe. Suppen. An der Zusammensetzung ihrer Vorräte hatte sich seit seiner letzten Überprüfung bedauerlicherweise nichts geändert. „Gulasch?“, wollte er über die Schulter hinweg wissen. „Oder *Chili con Carne*?“

Aus dem Keller kam keine Antwort. Missmutig griff er nach einer beliebigen Dose. Vermutlich war ohnehin dasselbe drin, nur mit unterschiedlichen Etiketten. Er wandte sich um und fuhr zusammen. Die Katze stand auf der Schwelle und starrte ihn an. Nein, korrigierte er sich. Nicht ihn. Die Dose mit dem Essen.

„Du schon wieder!“ Es war erstaunlich, wie Haustiere es doch immer wieder fertigbrachten, selbst über mehrere Etagen hinweg die Veränderung der Luftmoleküle zu vernehmen, die entstehen musste, wenn die Position einer Dose in einem Küchenschrank minimal verändert wurde. „Das hier hatten wir doch schon“, beschwerte er sich. „Ich habe nichts für dich. Irgendwie hast du es die letzten Tage doch auch geschafft …“ Er verstummte. Der Blick der Kreatur war auf einen schmalen Seitenschrank neben der Spüle gerichtet. Gut möglich, dass er dort tatsächlich noch nicht nachgesehen hatte.

„Aha!“ Wer hätte das gedacht? Tatsächlich offenbarte das unscheinbare Möbelstück einen Schatz an aufeinandergestapelten goldenen Schalen mit Abziehdeckeln. Er nahm einen der Behälter aus dem Schrank und musterte kritisch die Verpackung. Premium-Zertifikate. Eingeprägte Goldschrift. Er zog den Deckel ab und schnüffelte. Verstohlen ging sein Blick zum Herd. Das Zeug roch sehr viel besser als die glibbrigen Zylinder, von denen *sie* sich in den letzten Tagen ernährt hatten.

„Mau“, ermahnte ihn die Katze, bevor er einen kleinen Finger in die Masse schieben konnte, um seinen Verdacht zu überprüfen.

„Schon gut.“ Ergeben stellte er das Behältnis auf den Boden. Angeregtes Schmatzen erklang hinter seinem Rücken, als er eine Dose austauschbares Chili-Gulasch öffnete, damit auch die menschlichen Bewohner dieses Hauses nicht verhungern mussten.

Die Katze war mit ihrer Mahlzeit lange vor ihm fertig. Das Tier hatte die Futterdose bis auf den Grund geleert. Der erwartungsvolle Blick der Kreatur konnte durchaus als Forderung nach mehr verstanden werden. „Nichts da“, gab er bekannt. Wahrscheinlich versuchte das Biest gerade, ihn zu einem willenlosen Diener zu erziehen. *Eine* Beziehung dieser Art genügte ihm vollauf. Mit der Kelle füllte er zwei Teller, ergriff das dampfende Geschirr und machte sich balancierend an den Abstieg in den Keller.

Es war das erste Mal, dass er das untere Geschoss betrat. Wie es aussah, hatte die Etage schon seit vielen Jahren keine Renovierung mehr erfahren. Rote und braue Ziegel zeigten sich hinter einer abbröckelnden Schicht aus weißem Putz. Ebenfalls hinter der herabfallenden Verkleidung zu erkennen waren Stützbalken aus uraltem, zerfurchtem Holz. Unterhalb des Treppenabgangs lag unter einer fleckigen Stoffabdeckung ein ganzer Stapel an Gerümpel. Staub und Spinnenweben wiesen darauf hin, dass die Anhäufung lange nicht bewegt worden war.

Der Kellerraum, in dem er die Israeli fand, lag hinter dem zweiten Türdurchgang zur Rechten. Helles blaues Flackern blitzte aus dem Inneren hervor, begleitet von einem Zischen und Prasseln wie von Funkenflug. Vorsichtig beugte er sich vor und spähte durch den Rahmen.

Dem Anschein nach handelte es sich um eine Mischung aus Arbeitskeller und Abstellkammer. Die Frau hatte die Ärmel hochgekrempelt und stand an einer Arbeitsplatte aus Beton. Ihr Gesicht war unter einer grauen Schutzmaske mit getöntem Sichtfenster verborgen. Ihre Unterarme waren voller schwarzer Flecken und in ihren Händen lag ein Schweißgerät. Vor ihr in einer improvisierten Schraubstockhalterung war die Waffe aus dem Fond des Wagens eingespannt, die man mit sehr viel gutem Willen als „Gewehr“ hätte bezeichnen können.

Er kniff die Augen zusammen und wandte sich ab. Nach einigen Augenblicken ließ das Gleißen nach. Die Soldatin legte das Schweißgerät zur Seite, schob ihre Maske hoch und fuhr sich mit dem Arm über die Stirn. Sie bewirkte damit lediglich, dass nun auch ihr Gesicht voller schwarzer Spuren war.

„Wie siehts aus?“, wollte er wissen und schob die beiden Teller auf die Arbeitsfläche.

„Gut“, gab die Israeli knapp zurück. „Aber ich habe heute Nacht noch einiges zu tun.“ Die Frau wandte sich um. Hinter ihr, unter einer Neonröhre, lag noch ein weiteres Gerät auf einer Werkbank. Zwischen allerlei Werkzeugen, bunten Kabeln und Platinen ruhte eine Art Armschiene mit eingefügtem Sichtfenster auf der Arbeitsplatte. Der Gegenstand erinnerte an den Armschutz eines griechischen Hopliten. Allerdings wies das Rüstungsteil deutlich mehr lose Kabelenden auf als sein antikes Gegenstück. Die Israeli beugte sich über das Objekt und musterte kritisch eine ganz bestimmte Stelle. Sie fischte einen Lötkolben aus einer Halterung und begann damit, sich an dem Gegenstand zu schaffen zu machen.

„Cool", befand er anerkennend, ohne damit eine Reaktion hervorzurufen. „Was ist das? Ein mobiles Spektrometer?"

„Auch", verkündete Salena konzentriert. „Nicht nur. Etwas, das mir gestern Nacht noch eingefallen ist. Ich nenne *es intelligente prothetische Augmentation.*"

„Hm. Also ... so eine Art *i-Arm*?"

Die Frau hielt inne. Er meinte zu erkennen, wie ihr Körper sich versteifte. „Nein", erklärte sie frostig. „Und bitte nenn mein Werk nie wieder so."

„Bist du sicher? Ich meine, klingt doch griffig, oder? Marketingtechnisch solltest du vielleicht ... "

„Nein."

„Oh." Er kratzte sich hinter dem Ohr. „Nun. Ich habe Eintopf gemacht."

„Toll. Was denn Schönes?"

„Ich bin mir nicht ganz sicher." Er linste zu den Tellern. „Gulaschsuppe? Chili? Ich erinnere mich nicht genau. Wusstest du eigentlich, dass Alois' Katze sehr viel besser speist als wir?"

„Hm. Was sagt das über deine Kochkünste?"

„Ich bin nun mal kein Zauberer", protestierte er. „Ich kann auch nur mit dem arbeiten, was ich hier finde." Sein Blick ging zu den Wunderwerken auf den Arbeitsbänken. Andere im Raum hatten offensichtlich keinerlei Probleme damit, aus einfachsten Bauteilen Erstaunliches zu schaffen. „Wie auch immer“, brummte er. „Willst du deine Suppe oder nicht?“

„Hm.“ Die Soldatin zuckte mit den Schultern und nahm sich einen der Teller. Ohne weitere Bemerkung zog sie sich auf einen Hocker zurück, winkelte die Beine an und begann schlürfend ihre Mahlzeit einzunehmen.

Er schloss sich schweigend an.

„Hm“, befand die Frau ohne erkennbare Ironie. „Gar nicht mal so schlecht.“

„Danke.“

Die Hexenjägerin wischte sich mit dem Ärmel über den Mund. „Die Katze“, wollte sie wissen. „Wie heißt sie eigentlich?“

„Keine Ahnung“, brachte er kauend hervor. „Ist das für irgendwas wichtig?“

„Natürlich“, erklärte die Soldatin, ohne von ihrer Mahlzeit aufzuschauen. „Ein lebendes Wesen braucht doch einen Namen. Ansonsten ist es nur irgendein Viech.“

„Wenn du meinst. Irgendwelche Vorschläge?“

Die Frau kaute und schien nachzudenken. „Zarathustra“, verkündete sie schließlich. „Ja“, fügte sie hinzu. „Zarathustra ist ein guter Name für eine Katze.“

„Nietzsche?“, wandte er zweifelnd ein. „Bisschen düster, oder?“

„Überhaupt nicht! Alle meinen immer ... wieso? Welchen Namen würdest *du* denn vorschlagen?“

„Na ... irgendetwas Positives. So wie Orang-Utan-Klaus!“

„Sei nicht albern.“

Ein kurzes Summen ertönte. Die Frau tastete zu ihrer Hosentasche und fischte das Handy hervor. Noch immer kauend, betrachtete sie den Bildschirm. Ein kurzes Grinsen wanderte über ihre Züge. Dann verschwand der Apparat wieder in ihrer

Tasche. Stille folgte. Die Soldatin machte keine Anstalten, die Quelle ihres Amüsements mit ihm zu teilen. Er hatte einen eindeutigen Verdacht. Allmählich beschlich ihn das Gefühl, dass er den *Deal* mit Sascha noch bereuen würde.

„Der Arm“, begann er, um das Thema zu wechseln. „Was soll das Teil denn alles können? Außer spektromieren, meine ich?“

„Das ist noch nicht ganz raus.“ Salena schob sich einen weiteren Löffel in den Mund. „Kommt drauf an, wie viel Zeit ich habe. Und was sich hier unten noch so finden lässt.“

„Bestimmt wäre ein Flammenwerfer nützlich.“

Die Soldatin zuckte mit den Schultern, so als fiele der Vorschlag durchaus in den Bereich des Möglichen.

„Echt jetzt? Das war als Scherz gemeint!“

„Vermutlich hast du recht. Wenn du siehst, wie das Teil in Flammen aufgeht, weißt du, dass irgendwas schiefgelaufen ist.“ Die Israeli hatte ihren Teller ausgekratzt. Sie rutschte vom Hocker und trat zurück zur Arbeitsplatte. Ihr unfertiges Werk schien sie mit unerbittlichem Sirenengesang zurückzurufen.

Seufzend wandte er sich den Tellern zu. Er sammelte Geschirr und Besteck ein und wandte sich zur Tür.

„Danke für die Mahlzeit“, erklang es hinter seinem Rücken. „Ich komme auch gleich hoch. Ich muss nur noch eben ...“ Der Rest des Satzes endete in unverständlichem Gemurmel.

Er konnte sich ein schiefes Grinsen nicht verkneifen. Die Israeli befand sich unverkennbar ganz in ihrem Element. Wenn er in ein paar Stunden wiederkam, lagen bestimmt zwei orbitfähige Jetpacks auf der Arbeitsfläche, die sich spontan noch nebenbei ergeben hatten.

Der Abwasch ging ihm dieses Mal schnell von der Hand. Nach getaner Arbeit schob er sich auf die schmale Bank hinter dem Küchentisch. Er lehnte sich zurück. Eine gewisse Müdigkeit ließ sich nicht ganz verleugnen. Die letzten Tage waren anstrengend gewesen und der Schlaf eher spärlich ausgefallen. Es konnte sicherlich nicht schaden, für einige Minuten ...

Ein Schnappen und ein Surren rissen ihn aus seinen Träumen. Zappelnd fing er sich gerade noch, um nicht von der Bank zu fallen. Entsetzt wandte er den Kopf. Neben ihm im Holzpaneel vibrierte ein schmaler Kunststoffzylinder, angefüllt mit klarer Flüssigkeit. Die Soldatin stand im Türrahmen und schenkte ihm ein Grinsen über den gesenkten Lauf der selbst gebauten Waffe. „Funktioniert", stellte sie zufrieden fest. „Ich war mir nicht ganz sicher mit der Präzision."

„Gack", brachte er hervor, noch immer mit erstarrtem Blick zu dem Geschoss.

„Ist nur Kochsalzlösung", beruhigte ihn die Israeli. „Keine Sorge. Selbst *wenn* ich dich getroffen hätte, wäre nichts passiert."

„Das ist nicht komisch!"

„Außerdem habe ich die Waffe schon im Keller eingeschossen."

Er öffnete den Mund und schloss ihn wieder. Weiteres Argumentieren hatte wohl ohnehin keinen Sinn. „Was ist mit dem Arm?", wollte er wissen. „Dem *i-Arm*", setzte er bissig nach. „Deiner glorifizierten *Smart Watch*? Hast du *den* auch schon fertig oder wartest du damit, bis du mich im Bett erschießen kannst?"

„Ein paar Funktionen fehlen noch", verkündete die Frau, ohne auf seine Provokationen einzugehen. „Ich kümmere mich später darum. Der Schutzlack muss noch trocknen. Das verschafft uns etwas Zeit, um über unseren Plan zu sprechen." Die Soldatin winkte mit der Waffe in Richtung Flur.

Knurrend erhob er sich und folgte seiner Kameradin ins *Refugium*.

Die Soldatin hatte sich in einem der Besuchersessel vor dem Schreibtisch niedergelassen und zog ihn kratzend vor zur Tischplatte. Er selbst ließ sich in das Sitzmöbel an ihrer Seite fallen. Die Israeli zog die Dokumente aus dem Rucksack, die Sascha ihnen überlassen hatte. Mit einer forschen Armbewegung schuf sie Platz auf der Tischplatte und breitete die großformatigen Pläne vor ihnen aus.

Gemeinsam studierten sie für einige Augenblicke schweigend das Kartenmaterial. Der Übersichtsplan zeigte die gesamte Anlage um den alten Flakbunker: Tunnel, Durchgänge und Treppenhäuser. Sechs Stockwerke. Stillgelegte Aufzugsschächte und Besonderheiten, ergänzt um händische Markierungen und Hinweise. Nur ein geringer Teil der Anlage war überhaupt erschlossen und ein noch weitaus geringerer war für Touristen zugänglich. Diverse Flächen waren ausschraffiert oder mit Warnhinweisen versehen. An manchen Stellen war zwar die Existenz eines Durchgangs eingezeichnet, aber nicht, was sich dahinter befand. Trotz aller Einschränkungen verblieb ein regelrechtes Labyrinth an Tunneln und halb zugänglichen Etagen, von denen einige viele Dutzend Meter unter dem aufgeschütteten Kriegsschutt liegen mussten, der im Park am Humboldthain seine letzte Ruhestätte gefunden hatte.

„Hier." Die Soldatin tippte auf den Rand des Plans, wo jemand mit Rotstift händische Ergänzungen vorgenommen hatte. In der untersten Etage, angeschlossen an etwas, das als

Kabel- und Leitungskeller ausgewiesen war, war ein zusätzlicher Durchgang eingezeichnet, wo der ursprüngliche Druck nur eine Wand vorgesehen hatte. Es folgte die freihändige Zeichnung eines Ganges mit vereinzelten Türen an beiden Seiten, die jeweils mit einem „X“ und dem Kommentar „verschlossen/blockiert“ versehen waren. Die Striche endeten in einem unbefriedigenden Fragezeichen.

Der Zeigefinger seiner Kameradin tippte auf eben jene Stelle. „Das hier muss der neu entdeckte Keller sein. Schön weit unten. Genau richtig, wenn man möglichst weit von einer Entladung an der Oberfläche entfernt sein will. Schau mal, ob wirklich keine Führungen stattfinden. Ich habe keine Lust, dort unten auf eine Busladung Touristen zu treffen.“

Er trat zum Laptop. Die Israeli musterte weiter mit gerunzelter Stirn die Karte. „Ein verdammter Bunker“, kommentierte sie verdrießlich. „Meinst du, Alois hat hier unten irgendwo Sprengladungen eingelagert, falls wir ein paar Wände knacken müssen?“

„Klar“, kommentierte er abwesend, während seine Augen über den Bildschirm flogen. „Gleich neben der schweren Artillerie und dem Warteraum mit dem Bataillon Gebirgsjäger. Hier. April bis Oktober. Wie Sascha gesagt hat. Im November gibt es keine Führungen.“

„Immerhin.“ Die Soldatin lehnte sich zurück. „Normalerweise würde ich nach einem Hintereingang Ausschau halten. Doch bei *dem* Teil hier ist mir die Sache zu gefährlich. Zu viele versteckte Schächte, Geröllhalden und andere Überraschungen. Wenn wir ohnehin nicht mit Gesellschaft rechnen müssen, können wir genauso gut den Haupteingang benutzen.“

Er beugte sich näher heran. Die Israeli hatte recht. So wie es aussah, befand sich der offizielle Zugang im U-Bahnhof Gesundbrunnen. „Stimmt“, fiel es ihm wieder ein. „Ich glaube, man geht dort einfach nur durch eine ganz normal aussehende Tür und schon steht man im Tunnel." Er betrachtete die Zeichnungen noch etwas länger und versuchte, sich das grundsätzliche Layout einzuprägen. „Was, wenn wir in eine Falle laufen?", gab er zu bedenken. „Kaliyaga muss doch damit rechnen, dass wir nach ihr suchen."

„Vielleicht auch nicht", äußerte die Soldatin hoffnungsvoll. „Man müsste schon sehr lebensmüde sein, um sich dort mit unserer Mannstärke und mit unserem Stand der Vorbereitung einzuschleichen."

Er schnaufte bitter. „Nun. Dann müssen wir wohl hoffen, dass sie das Ausmaß unseres Wahnsinns unterschätzt." Einen Moment lang malte er sich schweigend aus, was eigentlich geschehen würde, falls sie es wirklich bis in diesen Bunker schafften. „Und wenn wir drin sind? Was dann? Was ist Teil B in unserem Plan?"

„Teil A: Zugang verschaffen", gab die Frau zurück. „Teil B: improvisieren."

„Hm. Warum bin ich nicht überrascht?" Er zuckte mit den Schultern. „Nun. Etwas Besseres fällt mir auch nicht ein. Wann geht es los?"

„Ich habe noch zu tun", gab die Soldatin zurück. „Es gibt ein paar Funktionen, die ich noch in die *intelligente prothetische ...*"

„*...i-Arm ...*"

„... die *Armschiene* einbauen will, bevor wir aufbrechen. Ich schlage vor, wir greifen morgen an. Heute sollten wir uns vorbereiten. Ausruhen. Sicherstellen, dass wir an alles gedacht haben."

Er erhob sich aus dem Sessel und streckte sich. Der Vorschlag mit dem Ausruhen klang gar nicht mal so schlecht. „Irgendwas, bei dem ich helfen kann?"

Die Frau legte den Kopf schief und schien für einen Augenblick zu überlegen. „Ja“, erklärte sie schließlich. „Eine Sache gibt es da tatsächlich.“

„Oh. Gut. Ich hoffe mal, sie hat diesmal nichts mit Küchen- oder Hausarbeit zu tun.“

„Nein. Viel einfacher. Du brauchst nur stillzuhalten. Ich brauche mehr von deinem Blut.“

„Schon *wieder*? Wir haben doch schon zweimal ...“

„Für das Gewehr“, erklärte die Israeli ruhig. „Das Blutgewehr. Du erinnerst dich? Wir müssen Kaliyaga ...“

„Ja, ja. Schon gut. Das Blut der Burmantels. Ich habe schon verstanden.“ Ergeben sank er in den Sessel. „Ich dachte nur ...“ Er wedelte mit der Hand. „Ich hatte eigentlich auf irgendwas *Aktiveres* gehofft. Ich meine: Du bastelst da unten irgendwelche Wunderwerke aus Elektroschrott und alles, was ich beisteuern kann, ist Linseneintopf und irgendwelche Flüssigkeiten, die mein Körper von ganz alleine produziert.“

Die Frau bereitete die Spritze vor und hob die Brauen. „Du bist im Hagelsturm aufs Dach geklettert, um die Intrusionsanlage zu reparieren“, erklärte sie ruhig. „Du hast den Ort von Kaliyagas Ritual aufgespürt. In deinen Adern fließt ein Blut mit dem Segen eines *Gotte*s. Ich glaube, was konstruktive Beiträge angeht, musst du dir keine allzu großen Sorgen machen.“

„Danke. Wahrscheinlich hast du ... autsch!“

„Stell dich nicht so an. Die hier müssen alle voll werden.“ Die Frau nickte zu einem Päckchen mit in Klarsichthülle eingeschweißten Spritzenkörpern. „Am besten machst du uns zum Abendessen Linsensuppe“, bemerkte sie trocken. „Hülsenfrüchte sind gut für die Blutproduktion.“

„Nein danke. Lieber bin ich bleich wie ein Vampir, als mir noch mehr von *dem* Fraß reinzuziehen.“

Nachdem die Arbeit abgeschlossen war, zog er den Ärmel zurecht und lehnte sich zurück. Für einen Moment schloss er die Augen, während die Frau die Kunststoff-Spritzenkörper mit seinem Arteriensaft sortierte.

„Alles in Ordnung?“

„Mhhm“, gab er zurück. „Nur etwas müde.“

Die Soldatin klopfte ihm auf die Schulter. „Dann leg dich hin. Morgen ist unser großer Tag. Für heute komme ich allein zurecht.“

„Mhhm.“ Eine gemurmelte Bestätigung war alles, was er noch zustande brachte. Für heute fehlten ihm die Kraft und Konzentration für kreative Beiträge.

„Schaffst du es allein nach oben?“

„Sicher.“

„Gut. Ich bin im Keller.“ Die Israeli verschwand durch den dunklen Türspalt. Auch er selbst erhob sich steif und schlurfte durch die Kammer. Ein wenig Mondlicht fiel durch das Milchglasfenster in der Außentür und ließ die schwarzen und weißen Bodenfliesen strahlen. Gestützt auf das Geländer, stapfte er über die mit Teppich bedeckten Stufen in die obere Etage. Sternenlicht hinter den Überresten der *Salon*-Tür, die noch immer schräg in ihren Angeln hing, zeichnete scharfkantige Muster in den Vorflur. Er schlurfte in sein Schlafzimmer, schloss die Tür hinter sich und zog die Vorhänge zu. Ein langer Tag lag hinter ihnen. Sie hatten einiges erreicht. Das größte und gefährlichste Stück Arbeit aber lag zweifellos noch vor ihnen. Eigentlich ironisch: Falls es ihnen entgegen aller Wahrscheinlichkeit irgendwie gelang, Kaliyaga aufzuhalten, würde niemand in der Stadt jemals davon erfahren. Und wenn sie versagten ... nun, in *dem* Fall mussten sie sich ohnehin nie wieder Sorgen um die Meinungen anderer Leute machen.

Kapitel 19 – Vergangenheit

Robert erwachte im grauen Licht des Vormittags. Anscheinend hatte der November beschlossen, sie den ganzen Monat über mit dieser Art von Wetter zu beglücken. Er schlug die Decke zurück, erhob sich und fischte seine Kleidung vom Stuhl. Allmählich war es wirklich an der Zeit, all das hier zu Ende zu bringen. Noch ein paar Tage mehr in diesen Sachen, und gewisse olfaktorische Begleitumstände würden eine unbemerkte Annäherung an Kaliyagas Ritual ganz und gar unmöglich machen.

Er zog sich an und trat in den Flur. Auf das Holster mit der Waffe konnte er hier drinnen aktuell hoffentlich verzichten. Sein Blick ging zum *Salon*. Einige wenige Sonnenstrahlen schafften es tatsächlich, die dichte Front der Wolken zu durchdringen. Die Katze hatte sich strategisch einen goldenen Flecken oberhalb der Heizung auf dem Fensterbrett gesichert. Schlaues Biest. Vermutlich handelte es sich um den angenehmsten Platz im ganzen Haus.

„Morgen, Zarathustra."

Das Tier wandte ihm träge den Kopf zu. Es antwortete mit einem Gähnen, das ein Paar nadelspitzer Eckzähne und eine rosafarbene Zunge zeigte.

„Keine Sorge. Ich mache dir gleich was zu essen."

Die Katze spitzte ihre Ohren. Er hatte sich kaum abgewandt, als sich die Kreatur mit einem Quantensprung zwischen seinen Beinen manifestierte. Fell strich über sein Hosenbein, bevor das Tier ihn überholte und vor ihm die Treppenstufen herabhoppelte. „Ah", kommentierte er ernüchtert. „So sieht das also aus. Ist das alles, was ich für dich bin? Ein Dosenöffner mit zwei Beinen?"

Er folgte Alois' Haustier in die Küche. Unten im Flur war alles ruhig. Auf dem Küchentisch erwartete ihn ein Zettel.

Pack deine Sachen für heute Abend, stand darauf. *Ich bin spazieren.*

Spazieren? Die Dame hatte wirklich interessante Vorstellungen von einer angemessenen Vorbereitung auf einen Kampfeinsatz. Er wandte sich zum Schrank, fand sein vertrautes Werkzeug und goss mit einem leisen Rasseln Müsli in die Schale.

Pack deine Sachen. Was konnte schon dazugehören? Taschenlampen vermutlich. Waffen. Vielleicht mehr gesegneter Krimskrams. Gut möglich, dass Sergei ihnen etwas in der Richtung hinterlassen hatte.

„Mau", erinnerte ihn die Katze, nachdem er gedankenverloren einen Stuhl herangezogen und sich darauf niedergelassen hatte.

Er grunzte. „*Ich* bin hier der Chef", erklärte er. „Zuerst esse ich. *Dann* du."

„Mau", wiederholte die Katze. Es klang enttäuscht. „Bitte sehr", schien das Tier zu sagen. „Aber betrachte dich anschließend gefälligst nie wieder als anständigen Menschen."

Stöhnend schob er den Stuhl zurück. „Schon gut. Schon *gut.*"

Er nahm einen weiteren Futterbarren vom goldenen Stapel im Eckschrank. Nach einer Weile schmatzen sie gemeinsam. Er wandte den Blick zum Fenster. Draußen hatte ein beharrliches Prasseln eingesetzt. Gut, wenn man hier drinnen war. In einer einfachen, aber trockenen Küche. Sie hatten gerade ihre Stärkung abgeschlossen, als das Klacken des Türschlosses aus dem Flur erklang. Mit einer schnellen Bewegung war die Katze durch den Türrahmen geschossen. Er folgte dem Tier, um gerade noch zu sehen, wie es über die Treppe im ersten Stock verschwand.

Die Haustür wurde aufgestoßen. Die Israeli trat inmitten einer Wolke kleiner Regentropfen in den Flur, drückte die Tür hinter sich zu und schob sich die Kapuze ihres olivfarbenen Army-Parkas in den Nacken. Die Frau entledigte sich ihres durchweichten Kleidungsstücks. Auch das darunterliegende langärmlige Shirt wies diverse dunkle Stellen auf. So wie es aussah, war sie vom Kopf bis Fuß durchnässt.

„Regnet es?", wollte er unschuldig wissen.

Die Soldatin warf ihm einen finsteren Blick zu und strich sich feuchte Strähnen aus der Stirn.

„Interessanter Zeitpunkt zum Spazierengehen."

Die Hexenjägerin würdigte ihn keiner Antwort. Sie warf ihre vom Wasser dunkel gefärbte Jacke in eine Ecke und zog den Ärmel ihres Shirts zurück. Erst jetzt erkannte er, dass sie unter dem Kleidungsstück ihre modifizierte Armschiene trug. Der Blick der Frau war konzentriert auf den kleinen Bildschirm gerichtet. Ihre Finger bedienten einige der Tasten und Regler.

„Ah", bemerkte er. „Eine Art Feldtest, was? Wie ist es gelaufen?"

„Gut", erklärte sie gereizt. „Wenn *ich* etwas in die Hand nehme ..." Er fuhr zusammen. Die Soldatin verzog verärgert das Gesicht und begann auf der Armschiene herumzuhämmern, die mit einem Mal in alarmiertes Piepen ausgebrochen war. „Verdammtes Ding! Hat noch ein paar ..." Ein letzter Schlag beendete den quäkenden Protest. „Hat noch ein paar Macken. Regen und Elektrizität vertragen sich nicht besonders gut. *Anyway*." Die Frau musterte argwöhnisch die Schiene. Sie nickte zufrieden, als das Rüstungsstück auch weiterhin still blieb.

„Bist du hungrig?“, begann er versöhnlich. „Ich könnte einen Eintopf machen …“

„Iván ist noch am Leben.“

Er verstummte. Einige Augenblicke starrten sie einander an. Es dauerte einige Momente, bis sein Gehirn die Information verarbeitet hatte. „Aber das ist …“ Er räusperte sich. „Das ist ja … wunderbar! Wie hast du … ?“

„Wunder der Technik“, gab die Soldatin brüsk zurück. Sie bückte sich und hob ihre Jacke auf, um sie an einen Haken an der Wand zu hängen. „Ich sagte doch, dass die Dinge *funktionieren*, wenn ich sie in die Hand nehme. Iván ist bei unseren Feindinnen im Bunker“, verkündete sie mit einem Schniefen und einer Bewegung des Unterarms über ihr Gesicht.

Er wartete ab, ob noch weitere Erklärungen folgen würden. Offenbar war nichts Derartiges mehr vorgesehen. „Wie geht es ihm?“, wollte er wissen. „Ich meine: Konntest du sehen, wie es um seine Gesundheit steht?“

„Nein.“ Die Frau stapfte entschlossen an ihm vorüber. Ihr Blick war auf den Durchgang zum *Refugium* gerichtet „Er lebt“, wiederholte sie knapp. „Und er ist dort unten. Das ist alles, was ich weiß.“

Er folgte seiner Kameradin in die Kammer. „Macht das unsere Arbeit schwerer oder leichter? Eher schwerer, oder? In dem Fall müssen wir wohl auf die Möglichkeit verzichten, den ganzen Laden einfach in die Luft zu sprengen.“

„Korrekt“, gab die Israeli zurück. Ihr Blick wanderte suchend durch den Raum. Mit unverkennbarer Vehemenz stapfte sie zum Waffenschrank zur Rechten, zog eine Klappe auf und begann, sich schwarze Kästchen in verschiedene Taschen ihres Funktionsgürtels zu stopfen, die sich bei genauer Musterung als Pistolenmagazine herausstellten.

„Äh“, brachte er hervor. „Heißt das, wir brechen gleich auf?“

„Heute Abend“, gab die Frau zurück. Auch in ihrer Stimme lag entschlossene Härte. „Wenn es dunkel ist. Wir werden viel Gepäck dabeihaben, mit dem wir nicht gesehen werden wollen.“

„Richtig“, gab er schwach zurück. „Ja. Das wäre wahrscheinlich gut.“

„Hast du deine Sachen schon gepackt?“

„Ich wollte gerade damit anfangen. Sag mal: Ist alles in Ordnung mit dir?“ Der anhaltend raue Tonfall der Soldatin hatte angefangen, ihn zu verwirren. War auf ihrem Spaziergang irgendetwas vorgefallen, das die Frau ihm vorenthielt?

Die Israeli hielt in ihren Bewegungen inne. Beinahe sah es aus, als halte sie sich an dem eisernen Regalbrett fest. „Ich bin okay“, gab sie zurück. „Ein bisschen erschöpft vielleicht. Habe heute Nacht nicht viel geschlafen. Ich ... schau du schon mal hier unten, was du finden kannst, okay? Ich glaube, ich brauche erst mal eine Dusche.“

„Sicher ...“

Wieder rauschte die Soldatin an ihm vorüber, bevor er weitere Nachfragen stellen konnte. Stumm beobachtete er, wie sie durch den Türdurchgang verschwand. Er zuckte mit den Schultern. Es war schon richtig, dass sie in den letzten Tagen wenig Schlaf bekommen hatten. Dazu kam, dass er selbst schon längst in den Federn gelegen hatte, während seine Kameradin sich die Nächte um die Ohren schlug.

Er wandte sich zur Werkbank. Also gut. Packen für den Einsatz. Wenn er sich richtig erinnerte, gab es hier doch irgendwo ...

Auf Anhieb fand er die korrekte Schublade in der Arbeitsplatte, in der er auf seiner früheren Suche nach einer Waffe zwei schwere langstielige Taschenlampen und dazugehörige Reservebatterien gesehen hatte. Eine dritte, kleinere, passte womöglich in die Halterung an der Seite des Schrotgewehrs. Er testete die Leuchtkörper, nickte zufrieden und arrangierte alles auf der Ablage. Zögerlich trat er zum Waffenschrank. Ganz unten, wo Iván seine neue Liebe gefunden hatte, klaffte eine Lücke. Darüber hatte jemand die Schrotflinte erneut in ihrer Halterung platziert. Er ergriff den Gegenstand und wog ihn in den Händen. Die Berührung des Objekts aus Stahl und Kunststoff fühlte sich noch immer äußerst befremdlich an. Vermutlich handelte es sich um nichts, an das man sich gewöhnen wollte.

Er zog eine schwarze Textiltasche aus dem Staufach an der Unterseite und ließ den Schießprügel darin verschwinden. In einem weiteren Metallschiebefach fanden sich Kartons mit Patronen. Wenn Saschas Karte recht behielt, musste man dort unten in den Gängen sowieso kaum zielen können. Vermutlich konnte eine einzige Schrotladung einen ganzen Gang ausräumen.

Nachdem er alles verstaut hatte, blickte an sich herab. An Schuhwerk und an Kleidung musste reichen, was er am Körper trug. Es war vermutlich Zeitverschwendung, einmal quer durch die ganze Stadt zu fahren, nur um sich daheim neu einzukleiden.

Leicht verloren wandte er sich um. Blieb wohl nur noch abzuwarten, bis auch seine Kameradin ihre Pflegerituale abgeschlossen hatte. Ohne feste Absicht verließ er das *Refugium* und schlurfte in die Küche. Er schob sich auf die Bank und starrte aus dem Fenster. Vereinzelt liefen Tropfen über die Scheibe. Die dahinrollenden Wolken schienen sich ein wenig zu verziehen und den Regen mitzunehmen. Nach einer Weile stand er auf und goss sich ein Glas Wasser ein. Sein Gehirn schaltete in einen angenehmen Leerlauf.

Irgendwann erhob er sich und trat zurück in den Flur. Vermutlich war es angenehmer, im *Salon* zu warten. Von allen Räumen, die er bisher in diesem Haus gesehen hatte, war Alois' Arbeitszimmer mit Abstand der angenehmste. Er erklomm die Treppe und trat auf den kleinen Absatz. Nicht ohne Überraschung sah er, dass Zarathustra ihren Fensterplatz über der Heizung aufgegeben hatte. Das Tier lag, wachend wie die Sphinx von Gizeh, auf einem Läufer mitten auf dem Flur. Sein Blick war auf die Tür des Gästebadezimmers gerichtet, aus dem das Rauschen der Badewannen-Dusche zu vernehmen war.

„Miez, miez", machte er. Die Kreatur wandte nur kurz den Kopf, bevor sich ihre Augen wieder auf den Durchgang hefteten. Die Lefzen zuckten für einen kurzen Augenblick. Aus dem Maul des Biestes aber drang kein Laut.

Er schüttelte den Kopf. Seltsames Vieh. Kein Wunder, dass manche Leute glaubten, Katzen könnten Geister sehen. Es war schon leicht beunruhigend, wenn ein Tier auf diese Weise angespannt auf eine völlig leere Stelle starrte. Er schlurfte in sein Zimmer und ließ sich auf den Stuhl fallen. Das Geräusch der Dusche war verklungen. Er streckte die Arme vor und ließ die Knöchel knacken. Wurde wirklich Zeit, dass es losging. Die ganze Warterei war nicht dazu angetan, seine Anspannung vor dem Einsatz zu verringern.

Er horchte auf. Ein Klacken und ein Knirschen verrieten, dass die Badezimmertür geöffnet wurde. Unvermittelt erklangen ein Zischen und ein Fauchen, gefolgt von einem Schrei. Er sprang auf und stürzte in den Flur. Die Katze duckte sich mit gesträubtem Buckel unter einem Handtuchschlag der

Frau. Das Biest wich zögerlich zurück, wandte sich zum Treppenabsatz und verschwand wie ein geölter Blitz im unteren Geschoss. Die Israeli hob den Blick und funkelte ihn an. Ein Handtuch war um ihren Kopf, ein weiteres um ihren Körper gewickelt. „Verdammtes Vieh", brachte sie scharf hervor. „Hat mich erschreckt."

Für einen Augenblick stand er wie erstarrt.

Die Israeli warf sich das freie Handtuch über die Schulter.

Er schluckte. „Alles in Ordnung?", brachte er hervor. „Bist du verletzt?"

„Nein." Die Hexenjägerin wandte sich ab. „Alles gut. Hast du gepackt?", wollte sie wissen, bereits verschwindend durch den Türrahmen des zweiten Gästezimmers.

„Ja ..." Noch einige weitere Momente stand er wie angewurzelt auf dem abgeschabten Läufer. Er bemühte sich, ruhig zu atmen. Das Blut in seinen Adern hatte sich in einem einzigen Augenblick in Kühlflüssigkeit verwandelt. Langsam, bewusst beherrscht, trat er in sein Zimmer, schloss leise die Tür hinter sich und lehnte sich dagegen. Mit zitternden Händen tastete er nach seinem Portemonnaie. Er zog die Geldbörse hervor und fand das gefaltete, inzwischen leicht zerknüllte Foto. Langsam, in keinster Weise auf Bestätigung erpicht, entfaltete er die Farbkopie, die Sigurd ihm bei seinem ersten Treffen mit den Hexenjägern aufgedrängt hatte. Er prüfte den Umriss mehrere Male, bis keine Zweifel mehr bestehen konnten. Das Zeichen. Das Schandmal, das die Hexendiener ein Leben lang markierte. Das Muttermal, das für einen kurzen Augenblick auf Salenas Schulter zu sehen gewesen war, war ganz genau das gleiche.

Es dauerte eine Weile, bis seine Erstarrung nachließ. Langsam trat er vor zum Schreibtisch an der Wand. Die schwarzweißen Abbilder längst verstorbener Hexenjäger musterten ihn aus stechendenden Augen. Er nickte wie unter einem stummen Befehl. Er nahm das Lederholster auf und zückte die Pistole. In seinem Kopf war nur noch Leere. Nach all den Rückschlägen. All den Prüfungen der letzten Tage. Nun also auch noch *das*. War es das hier, vor dem Alois ihn hatte warnen wollen? Ein Leben, in dem nicht einem einzigen Menschen mehr zu trauen war? Kein Wunder, dass der Alte irgendwann paranoid geworden war.

Einige Augenblicke lang betrachtete er den Gegenstand in seinen Händen wie einen Fremdkörper. Wieder fand sein Blick die Bilder früherer Generationen von Hexenjägern an der Wand. Die Ausdrücke der Männer wirkten abwartend, prüfend. Er selbst war jetzt ein Mitglied dieses Ordens, oder nicht? Seine Pflicht galt ihrem Auftrag, der Berufung seines Blutes. Es lag an ihm, diese Sache zu Ende zu bringen. Vielleicht war das hier die Lektion: Vielleicht hatte er sich viel zu lange darauf verlassen, dass andere für ihn planten und ihm sagten, was zu tun war. Wenn selbst die Israeli eine Hexe war ... nun, in dem Fall konnte es kein Wunder sein, dass bisher so gut wie alles schiefgelaufen war.

Langsam, gegen starken Widerwillen, wandte er sich zur Tür. Er atmete tief durch. Er verspürte nicht die geringste Lust auf die Pflicht, die ihm bevorstand, doch er hatte keine Wahl. Niemand war mehr übrig. Die Verhinderung von Kaliyagas Plänen lag nun einzig und allein an *ihm*.

Er zog die Tür auf und lugte durch den Spalt. Die Katze Zarathustra warf ihm einen kurzen Blick zu. Das Tier lauerte wie ein Tiger auf der Pirsch hinter der obersten Treppenstufe. Nur die Ohren und die Augen waren hinter dem Stoff des Läufers zu erkennen. Er ließ ein kurzes Nicken sehen. Du und ich, Katze. Du und ich.

Achtsam, mit beiden Händen an der Waffe, schlich er, dicht an die Wand gedrückt, durch den Flur zum zweiten Gästezimmer. Er atmete tief, legte die Pistole an und öffnete mit einem schnellen Stoß die Tür.

Die Israeli fuhr herum. Ihre Hände waren eben darin begriffen gewesen, aus den noch feuchten Haaren einen Pferdeschwanz zu formen. Die Augen der Soldatin richteten sich auf die Waffe. Ihr Ausdruck veränderte sich nur geringfügig, als sie den Blick hob und ihn ansah. „Ja bitte?“, wollte sie kühl wissen.

Er leckte sich über die Lippen. Mit *der* Antwort hatte er nicht gerechnet. Er hatte auf verräterisches Schuldbewusstsein gehofft. „Behalt die Hände oben, wo ich sie sehen kann!“

Die Frau ließ demonstrativ die Hände in den Schoß sinken. „Sonst noch irgendwelche Wünsche? Wo ich herkomme, klopft man, bevor man eintritt.“

„Das Zeichen“, brachte er hervor, bevor sich noch mehr von seiner Initiative in Luft auflösen konnte. „Das Schandmal. Ich habe es gesehen. Auf deiner Schulter ist das Hexenzeichen!“

Die Frau gab keine Antwort. Ihre Lippen bildeten einen dünnen Strich. Mit einem Mal aber senkte die Soldatin ihren Blick zum Boden.

Er wartete verwirrt. Salena blickte wieder zu ihm auf. „Okay“, gab sie leise bekannt. „Okay. Ja. Das Zeichen. Blöd. Dann hast du es gesehen.“

Erneute Stille. Ungläubig blinzelte er über Kimme und Korn. „‚Okay‘?“, wiederholte er. „‘*Blöd*‘? Das ist alles? Wie in: ‚Okay, zu dumm, dann bin ich eben eine Hexe?‘“

„Hör zu ...“

„*Okay*‘?“, wiederholte er noch einmal. „So wie in: ‚Okay, da hast du mich dann wohl erwischt?‘“ Die Frau war wirklich unglaublich. Wer hätte gedacht, dass sich die Inquisition des Mittelalters all die Mühen hätte sparen können und Hexen sich durch einfaches *Nachfragen* enttarnen ließen?

„Kannst du die Waffe runternehmen?“ Der Ausdruck der Soldatin war zerknirscht. „Es ist nicht besonders angenehm, sich mit einer Pistolenmündung zu unterhalten.“

„Äh. Lass mich überlegen. Nein?“ Verärgert schielte er über den Lauf. „Nur damit ich folgen kann: ‚Okay, dann bin ich eben eine Hexe. Jetzt nimm bitte die Waffe runter.‘ *Das* ist deine Strategie?“

„Wie lange, glaubst du, brauche ich, um dir die Pistole abzunehmen?“

„Woooah, nicht so schnell!“

Die Soldatin hatte sich mit einer fließenden Bewegung erhoben und war einen Schritt vorgetreten. Er wich nach hinten aus und richtete die Waffe erneut auf ihre Stirn.

„Was willst du tun? Mich erschießen?“

Er schnaufte. „Musstest du das wirklich sagen? Sind wir hier in einem schlechten Film?“

Die Israeli lehnte sich zurück gegen die Schreibtischkante und verschränkte ihre Arme vor der Brust.

Widerwillig ließ er die Zielverrichtung ein kleines Stückchen sinken.

Erneutes Schweigen folgte. Salena ließ sich Zeit. Ihr Blick war wieder auf die Bodendielen gerichtet. „Ich habe Hexerei beschworen“, erklärte sie schließlich. „Heute Morgen. Um Iván zu finden. Um herauszufinden, ob er noch am Leben ist. Und wo sie ihn verstecken.“ Die Israeli hob den Blick. „Ich habe dich belogen“, verkündete sie rundheraus. „Iváns Tätowierungen sind mit Elektronik nicht zu finden. Es sind alte

Azteken-Zeichen. Um sie zu orten, braucht man einen bestimmten ... Schlüssel. Iván hat es mir mal bei einem Bier erklärt. Er wusste nicht, dass ich ...“ Die Frau brach ab. „Wie dem auch sei. Seitdem weiß ich, wie man sie liest. Und wie man sie findet.“

Die enttarnte Hexe schwieg. Vermutlich wollte sie ihm die Gelegenheit verschaffen, über ihre Worte nachzudenken. Der Blick der Israeli ging zum Fenster. Ein Ausdruck wie von amüsierter Bitterkeit umspielte ihre Lippen. „Verdammt“, brachte sie hervor. In ihrem Augenwinkel glänzte Feuchtigkeit. „Fünf Jahre. *Fünf* Jahre wäre es gewesen, in nur noch einem Monat, seit ich zum letzten Mal Magie beschworen habe. Jetzt ist das Zeichen wieder aufgebrochen.“

Erneute Stille. Die Soldatin schüttelte den Kopf und sah ihn an. „Nur zu. Du weißt ja, wie die Regeln lauten. Kein Hexenjäger darf je selbst Zauberei einsetzen. Unter keinen Umständen. Hier bin ich. Melde mich dem Orden. Für sie bin ich ab heute eine Renegatin. Schlimmer noch. Ich bin jetzt wieder eine *Hexe*. Für sie bin ich ein Ziel. Du hättest jedes Recht, mich auszuschalten. Mehr als das: Es ist deine verdammte *Pflicht*.“

Seine Finger wanderten nervös über den Griff der Waffe. Seine Gedanken schienen ihren Ausführungen nur mit einiger Verzögerung zu folgen. Der Blick der dunklen Augen hielt ihn fest.

„Nur zu“, forderte die Soldatin. „Ich habe mich ja selbst in diese Lage gebracht. Ich wusste, was ich tue. Ich wusste, welches Risiko ich auf mich nehme. So bin ich eben. Vielleicht war ich schon immer viel zu sehr wie er. Wie Sigurd. Vielleicht geraten wir deshalb ständig aneinander. Ich werde jedenfalls nicht abwarten, bis Kaliyaga Iván etwas antut. Lieber mache ich mich selbst zu einer Ausgestoßenen.“

„Was ...“ Er schüttelte den Kopf und versuchte, klar zu denken. „Was soll das heißen, ‚seit fünf Jahren‘ und ‚*wieder* eine Hexe‘? *Bist* du eine Hexe oder ... was hat das alles zu bedeuten?“

Die Frau schien ihre Antwort genau zu kalkulieren. Auch ihr konnte inzwischen keineswegs entgangen sein, dass er sich vermutlich niemals dazu bringen würde, den Abzug zu betätigen.

„Meine Mutter.“ Ein Ausdruck wie von Schmerz huschte über die Züge seiner Kameradin. Der Schutzschild, der sie zu jeder Zeit umgab, schien sich für einen Augenblick zu senken. „Sie ist gestorben, als ich noch sehr jung war. Bei einem Hexenritual.“ Ein kurzer Blick traf ihn. Es sah so aus, als durchsuche die Soldatin seinen Ausdruck nach einem Urteil. „Eine Freundin von ihr hat sie mit den Hexen in Kontakt gebracht“, fuhr sie fort. „Kartenlegen. Weissagerei. Harmloser Kram, zumindest ganz am Anfang. Alles, was sie wollte, war, anderen zu helfen. Doch sie haben sie belogen. Belogen und *benutzt*. Sie haben sie in ihre Welt gezogen und zu einem Ritual gelockt. Geopfert wie ein Tier. Um ihre dunklen Beschwörungen zu verstärken.“ Der Ausdruck seiner Kameradin wurde grimmig. „Sie haben versucht es vor uns geheim zu halten“, fuhr sie fort. „Doch ich wusste, was geschehen war. Ich war damals erst 19. Ich dachte, wenn ich mich dem Zirkel anschließe und so *tue*, als wüsste ich nicht, was sie getan haben ... ich dachte, wenn ich mich ihnen anschließe und ihre Kräfte lerne, bin ich irgendwann stark genug, um sie alle zu vernichten. Um mächtiger zu werden als sie alle und meine Mutter zu rächen. Doch der Pfad der Hexen ist wie eine ... eine Art Droge. Er *zeichne*t einen. Du hast das Schandmal ja gesehen. Der Umgang mit Dämonenzauber lässt keinen Menschen unverändert.“

Mit der rechten Hand knetete die Israeli ihren Oberarm. „Wir waren verabredet“, brachte sie zögerlich hervor. „Zu einem Ritual. Dem gleichen, bei dem sie meine Mutter ...“ Die Frau schüttelte den Kopf. „Der ganze Zirkel. Wir waren alle da. Ich wusste, was sie mit mir vorhatten. Ich wusste: Ich war als Nächste dran. Doch ich konnte nichts dagegen tun. Sie hatten mich gebrochen. Ich konnte mich nicht widersetzen.“ Erneute Stille. Der Schatten einer dunklen Erinnerung huschte über ihr Gesicht. „Sie sind nicht vorsichtig genug gewesen“, erklärte die Soldatin monoton. „Ein Hexenjäger hat uns aufgespürt. Einer von den schlimmsten. Die *Fackel.* Sigurd Sprengler. Wo er auftaucht, bleibt nur noch Asche übrig.“

Die Soldatin sah ihn an und nickte. „Ich weiß bis heute nicht, warum er mich damals am Leben ließ. Er muss etwas in mir gesehen haben. Er nahm mich mit und brachte mich zu Nonnen in ein Kloster. Danach auf ein Internat. Meine Familie dachte, ich wäre tot. In Wirklichkeit hat Sigurd mir mein *Leben* zurückgegeben. Mehr noch. Ich kannte bereits meinen *Zweck.* Mir fehlten nur die *Mittel,* um ihn umzusetzen. Sigurd gab mir alles, was ich brauchte. Er gab mir Wissen. Training. Werkzeuge für meine Suche nach Vergeltung. Solange meine Hände Waffen halten können, werde ich mein Leben geben, um die Hexen zu vernichten. Ich werde alles tun, damit niemand mehr jemanden an die Hexenbrut verliert.“

Eine lange Zeit des Schweigens schloss sich an. Die Waffe an seiner Seite zeigte längst zum Boden. „Eine Hexe, die gegen Hexen kämpft“, brachte er irgendwann hervor. „Jetzt habe ich wirklich alles gesehen.“

„Vielleicht bin ich eine Hexe“, gab die Frau zurück. „Aber das heißt nicht ... warst du schon mal bei den Anonymen Alkoholikern?“

„Was? Nein. Ist das jetzt hier die nächste Enthüllung?“

„Bei den Alkoholikern bringen sie dir bei zu akzeptieren, dass du *immer noch* ein Alkoholiker bist, auch wenn du nichts mehr trinkst“, fuhr die Soldatin unbeirrt fort. „Es hilft einem dabei, vorsichtig zu sein. Nie seine Probleme zu verleugnen. So ähnlich sehe ich die ganze Sache mit der Hexerei. Ich kann vielleicht nicht mehr entscheiden, was ich *bin*. Aber ich kann immer noch entscheiden, was ich *tue*.“

„Puh.“ Er ließ die Luft entfahren. „Also gut. Nur damit ich das alles richtig verstanden habe. Unsere Feindin ist eine der mächtigsten Hexen der Welt. Ihre Verbündeten: unbekannt, aber vorhanden. Unsere Stärke: eine Ex-Hexe ... Verzeihung. Eine *trockene* Hexe. Und ein Student, der noch bis vor einer Woche über die Idee gelacht hätte, dass es Hexen oder Hexenjäger gibt. Oh, und wenn wir Glück haben, kommt noch ein *echter* Alkoholiker dazu, der sich wer weiß wo herumtreibt und außerdem vom Hexenjäger-Orden ausgestoßen ist.“

Die Soldatin hatte jede seiner Ausführungen konzentriert verfolgt und nickte bestätigend. „Das trifft es schon ganz gut. Aber du hast Iván vergessen.“

„Richtig“, korrigierte er sich bitter. „Dazu kommt ein gefangener Feuerwaffenspezialist. Ohne Feuerwaffe.“

„Genau. Ich denke, jetzt hast du sie alle. Noch Fragen?“

Amüsiert ließ er die Luft entfahren. „Wissen die anderen von deiner ... *Kondition*?“

Die Frau schüttelte den Kopf. „Nur Sigurd. Er hat in solchen Angelegenheiten seinen eigenen Kopf.“

Er nickte. „Dann nur noch eine.“ Er versuchte sich an einem müden Grinsen. „Wo muss ich unterschreiben?“

„Das hast du bereits. Es ist ein wenig spät für dich, um aus dieser Sache auszusteigen. Apropos ...“ Die Frau blickte auf ihre Armbanduhr. „Schon fast halb vier. Bald wird es dunkel.

Langsam Zeit, dass wir uns aufmachen.“ Die Israeli blickte zu ihm auf. Offenbar wollte sie wissen, ob es von seiner Seite noch irgendwelche Vorbehalte gab.

Er zuckte mit den Schultern. „Von mir aus können wir. Ich habe mir die Flinte eingepackt. Und ein paar Taschenlampen.“

„Gut“, die Soldatin trat an ihm vorüber. „Du hältst uns den Rücken frei, während ich das Blutgewehr bediene.“

Ergeben schob er seine Schusswaffe zurück ins Holster und folgte der Soldatin in den Flur. Die Israeli ging ihm voraus über die Treppe und hinunter in die Eingangshalle. Er folgte seiner Kameradin durch den Durchgang ins *Refugium*.

„Mir ist noch etwas eingefallen“, erklärte sie über ihre Schulter. Salena war bereits damit beschäftigt, sich am versteckten Hohlraum hinter dem Gemälde mit Patronen auszustatten. „Direkt neben dem Schreibtisch liegt Sergeis Aktentasche. Sieh nach, ob er noch mehr Segenszeichen für uns hat. Wir können jeden Schutz gebrauchen, den wir kriegen können.“

Beklommen trat er näher. Tatsächlich lehnte die abgeschabte Ledertasche noch immer am Arbeitstisch. Er beugte sich herab und ließ die beiden Schlösser aufschnappen. Der Verdacht der Frau erwies sich als begründet. An der Innenseite war ein breites Band mit vielen Schlaufen angenäht, in denen eine Vielzahl Amulette hing.

„Und?“

„Auswahl gibt es reichlich“, gab er zurück. „Ich weiß nur nicht, welche wir gebrauchen können.“

„Lass mal sehen.“ Die Israeli ging an seiner Seite in die Knie und betrachtete die Kollektion. Die meisten der Ikonen erinnerten an Mosaike in orthodoxen Kathedralen. Sie zeigten Männer und Frauen mit mahnend erhobenen Fingern, umkränzt mit goldenen Heiligenscheinen.

„Hier." Die Soldatin zog eine der Ketten ab und hielt sie ihm entgegen.

„Wer ist das?"

„Sankt Hubertus. Schutzpatron der Jäger."

„Hm. Könnte passen." Er nahm das Schmuckstück entgegen, hängte sich die Kette um und ließ den Anhänger im Kragen verschwinden.

„Und das?"

Auch die Frau hatte ein Schmuckstück für sich ausgewählt. „Sankt Patrick", erklärte sie. „Hat die Schlangen aus Irland vertrieben."

„Verstehe. Schlangen als Symbol für Hexen."

„Kann sein."

„Moment mal!" Er fischte den Anhänger aus seinem Kragen und betrachtete das Symbol erneut. Das Zeichen mit dem Kreuz im Zentrum eines Hirschgeweihs kam ihm bekannt vor. „Jägermeister", brachte er dumpf hervor. In seinem Hirn schien es zu klicken. „Und St. Patrick. Ist das nicht der Tag, an dem sich alle hart die Kante geben? He, sag mal: Hast du all dein Wissen über Schutzheilige beim Trinken gelernt?"

„Da, und im Lateinunterricht." Die Frau richtete sich auf. „Manchmal beides gleichzeitig. Zufrieden? Jetzt sind wir auch an dieser Front geschützt."

„Die Sache mit den Alkoholikern ..."

„Ich glaube, für heute reicht es mit Geschichten." Die Israeli hielt ihre Pistole in die Höhe, drehte sie zur Inspektion und ließ den Schlitten schnappen. „Ich wäre dann so weit."

„Äh, ja. Ich auch.“ Er sah sich um. Waffen. Taschenlampen. An Wahnsinn grenzende Entschlossenheit. Eigentlich konnte überhaupt nichts mehr schiefgehen.

„Ich gehe vor“, erklärte die Soldatin und schnappte sich die Taschen. „Bevor du das Haus verlässt …“

„Ja?“

„Bitte sei so gut und schalte die Intrusionsanlage wieder ein. Aber warte damit, bis ich das Grundstück verlassen habe.“

Kapitel 20 – Volkspark

Mit einem Scheppern fiel die Wagentür ins Schloss. Salena drehte sich im Beifahrersitz und nickte ihm zu. Er wandte sich um und blickte auf die Ausrüstung im Laderaum. „Wenn uns *damit* die Polizei anhält …“

„… musst du wohl deine Reize spielen lassen“, beendete die Soldatin den Satz. „Los jetzt. Drück drauf.“

Grinsend drehte er den Zündschlüssel im Schloss. Das Biest erwachte und schüttelte sich. „Zeit, um auf die Jagd zu gehen.“

Die Frau drehte am Rückspiegel herum und seufzte. „Ich hatte schon befürchtet, dass du irgendwas Peinliches sagen würdest.“

„Oh, ich werde gerade erst warm. Festhalten!“

„Ich bin *angeschnallt*. Du kannst jetzt wirklich damit aufhören.“

Ihre Fahrt in den Norden der Stadt verlief ereignislos und größtenteils in Schweigen. Der einsetzende Berufsverkehr machte sich bereits deutlich bemerkbar und verlangsamte ihr Fortkommen über die regennassen Straßen. Laternenbögen mit gelb glühenden Leuchten zogen vorüber. Nach einer Weile wichen die frei stehenden Villen Straßenschluchten aus vielstöckigen Mietshäusern, durchmischt mit Dönerbuden, Wettbüros und Supermärkten. Der Gedanke an das, was sich unbemerkt im Humboldthain zusammenbraute, wirkte im Alltagstrubel außerhalb des abgeschotteten *Refugium*s außerordentlich surreal.

Er lenkte das Gefährt auf den Parkplatz vor dem Gesundbrunnen-Center und fand einen Stellplatz beinahe an der gleichen Stelle wie am Vorabend. Er schaltete den Motor ab und das Gefährt verstummte knurrend. Gemeinsam blickten sie über den geschäftigen Verkehrsstrom auf der mehrspurigen Straße und hinüber zum schwarzen Klotz des alten Bunkers, der sich drohend vor dem Nachthimmel erhob.

„Wie spät?“, wollte er wissen.

Die Soldatin blickte auf die Uhr. „Beinahe fünf. Noch ziemlich viel los hier. Vielleicht sollten wir noch etwas warten.“

Er rückte im Fahrersitz umher und ließ den Blick über die umliegenden Autos wandern. „Ich glaube nicht, dass sich daran viel ändern wird.“

„Abwarten.“ Die Israeli wandte sich nach hinten und kletterte zwischen den Sitzen hindurch in den Rückraum. Sie zog ihre Armschiene aus einer der Taschen, legte das Objekt an und begann darauf herumzudrücken.

„Irgendwelche Signaturen?“

Die Frau hob nur kurz den Blick zum schimmernden Spektrometer in der Ecke. Sie schien einen Abgleich mit dem Rüstungsteil vorzunehmen. „Wie vorher“, gab sie knapp zurück. „Die Signale sind sehr schwach. Wenn wir näher dran sind ...“

„Ich habe eine Idee.“

„Ach?“

„Ja.“ Er blickte in den Rückspiegel. „Ich meine: Warum holen wir uns nicht kurz irgendwas zu essen? Wenn wir eh noch etwas Zeit haben ... ich meine, ich würde es *hassen*, mit leerem Magen zu sterben.“

Die Frau schüttelte den Kopf. „Ich glaube kaum, dass wir für solche Dinge Zeit haben.“

„Etwas ohne Erbsen oder Linsen“, versuchte er es lockend. „Das nicht aus einer Dose stammt.“

Die Soldatin hielt inne. Ihr Blick wurde für einen Augenblick verträumt. So ähnlich mussten Menschen aussehen, die man nach einer wochenlangen Suchaktion am Rande einer Wüste fand, wo ihre einzige Nahrung aus vielbeinigen Dingen bestanden hatte, die unter Steinen lebten. „Kein Gulasch oder Chili?“, brachte sie hoffnungsvoll hervor.

„Auf gar keinen Fall. *Außer* natürlich, wir haben wirklich überhaupt keine Zeit für solche...“

„*Let's go!*“ Ein kühler Luftzug fuhr durch den Wagen, als die Frau die Hecktür aufstieß und auf den feuchten Parkplatz sprang.

Mit eingezogenen Köpfen, tief in ihre Jacken gedrückt, überquerten sie die asphaltierte Fläche und betraten den beleuchteten Konsumtempel. Die Gänge waren gut gefüllt. Menschen gingen ihren Einkäufen nach, warteten mit einer Last aus Tüten auf den Bänken oder starrten gedankenverloren auf ihre Telefone. Niemand konnte ahnen, dass sie vermutlich Logenplätze mit Aussicht auf den *ground zero* der nächsten europäischen Apokalypse hatten.

Der *food court* bot eine reichhaltige Auswahl an Gastronomie, deren einzige Gemeinsamkeit darin bestand, Fett als einen äußerst wertvollen Geschmacksträger anzusehen. Nach einer kurzen Kaperfahrt durch das Rondell breiteten sie die herbeigeschaffte Beute vor sich auf dem Rundtisch aus: 1-Euro-Burger. Ein Karton mit Donuts. Zwei Becher voller Zuckerwasser. Dazu ein Eimer mit Frittiertem, das, wenn die Werbung recht behielt, einmal Teil eines echten lebenden Huhns gewesen war.

Die Frau sah ihn erwartungsvoll über den Cholesterinberg an. „Willst du ein paar Worte sprechen?“

„Immer ran an die Buletten!“

„Amen“, bestätigte sie andächtig und schälte einen Burger aus dem Fettpapier.

Er selbst versuchte es mit einem knusprigen Hähnchenteil. „Mh!“

„Gut, oder?“

„Und wie. Wie war das noch? Wollten wir *mit* oder *an* gefülltem Magen sterben?“

„Wir wollen *überhaupt nicht* sterben“, gab die Frau bestimmt zurück und schob sich mit dem kleinen Finger eine Gurkenscheibe in den Mund, die erfolglos zu entkommen versuchte. „Bitte merk dir das. Nicht zu sterben ist ein sehr wichtiger Teil unseres Plans.“

„Verstehe. Tut mir leid. Ich bin neu bei dieser ganzen Hexenjäger-Sache.“

Nachdem sie das Tablett mit dem Müllaufkommen einer Kleinstadt befüllt und im dafür vorgesehenen Wagen untergebracht hatten, schlenderten sie durch die in warmes Licht getauchten Marmorgänge zurück in Richtung Parkplatz.

Sie bestiegen das Gefährt und schlugen die Türen hinter sich zu. Eine Zeit lang beobachteten sie den Menschenstrom, der weiter ungebrochen auf den Bürgersteigen wogte. Er blickte auf die Uhr. Kurz nach halb sechs.

„Ich glaube, du hast recht“, befand die Israeli. „Sieht nicht so aus, als ob es ruhiger wird.“ Wieder presste sie sich zwischen den Sitzen hindurch und in den Fond. „Hast du den Schlüssel und die Karte?“

„Check.“ Er zog die Gegenstände aus der Seitentür.

„Waffe?“

Er klopfte auf die Beule in der Jacke, unter der das Holster an seiner Schulter lag.

„Gut“, verkündete die Frau und zog den Ärmel ihres Army-Parkas über die Armschiene. Der kleine Bildschirm sandte ein mattes Glühen aus. „Ich gebe dir die Tasche hinten raus“, erklärte sie und setzte eine dunkle Beanie-Mütze auf. „Denk dran: Wir sind harmlose Touristen. Versuch einfach, verwirrt und überfordert auszusehen.“

„Keine Ahnung, ob ich *das* hinbekomme.“ Erneut empfingen ihn die Kühle und die Feuchtigkeit des Abends. Er warf die Tür hinter sich zu, ging zum Heck und nahm die schwarze Tasche von der Frau entgegen. Auch die Soldatin sprang auf den Asphalt, zog ihre eigene Tasche hinter sich her und schlug die Doppeltüren zu. „Fertig?“

„Ja.“ Beinahe liebevoll klopfte er auf das verbeulte Blech des Wagens. „Pass auf dich auf, Großer. Wenn wir nicht zurückkommen: Lauf! Lauf in die Freiheit. Zu deinen Artgenossen in den Weiten der Prärie. Da, wo du hingehörst.“

„Aber ansonsten gehts dir gut?“

„Der viele Zucker, nehme ich an. Oder die Panade. Wie dem auch sei. Ich wäre dann so weit.“

Die Frau stapfte voraus. Vor ihnen, zur Rechten des erst kürzlich renovierten Glas- und Stahlbaus des vielspurigen S-Bahnhofes, erhob sich der rechteckige, rote Klinkerbau, der hinab zur U-Bahn führte. Goldenes Licht fiel aus den Doppeltüren auf den feuchten Bürgersteig. Eben ergoss sich ein frischer Schwall von Passagieren in die Dunkelheit: Handwerker mit befleckten Malerhosen, Angestellte mit Mänteln und Laptoptaschen und Jugendliche in dicken Daunenjacken. Die Israeli führte sie in die geräumige, mit grün glänzenden Fliesen verkleidete Eingangshalle. Die Farbwahl entsprach der eines Badezimmers aus den 1970er-Jahren und erinnerte an gefilterte Sonnenstrahlen unter der Oberfläche eines Tümpels.

Für den Moment war die Halle beinahe leer. Die Soldatin steuerte zielgerichtet zu einer Ecke an der linken Seite, wo sich laut Karte die Eingangstür befinden musste. Vielleicht hatten sie Glück und sie waren beim Betreten ungestört, bis unten an den Gleisen die nächste U-Bahn ankam. Sie passierten eine breite Treppe unter abgehängten Neonröhren, die hinab zum Bahnsteig führte. Rechts vom Treppenhaus reichte ein schmaler Steg bis an eine unauffällige grüne Tür. Ein Geländer an der rechten Seite grenzte den Zugang vom schräg absinkenden Tunnel ab, in dem zwei Rolltreppen zum Bahnsteig in der Tiefe führten.

Die Frau hielt zielsicher auf den Durchgang zu. „Schlüssel."

Er fischte den geforderten Gegenstand aus seiner Hosentasche und überreichte ihn der Kameradin. Nervös lugte er über das Geländer zu den Rolltreppen. Noch war kein Mensch zu sehen. In der Tiefe aber ertönte das unverwechselbare Rattern und Kreischen einer einfahrenden U-Bahn. Er wandte seinen Blick zur Frau. Die Israeli war vornübergebeugt und hantierte am Schloss herum. Irgendetwas schien nicht so zu laufen, wie es geplant gewesen war. „Alles klar da vorn?" Die Anspannung in seiner Stimme war nicht zu überhören.

Die Frau murmelte etwas Unverständliches. Es klang nach einem Fluch. Weitere Sekunden vergingen. „Passt nicht", verkündete sie schließlich. „Ist das der einzige Schlüssel, den er dir gegeben hat?"

„Ja." Er schluckte hart. „Nur den hier. Einen anderen haben wir nicht."

Die Hexenjägerin richtete sich schnaufend auf. „Wenn *dies* der richtige Schlüssel ist, dann ist *das* die falsche Tür. Zeig den Plan." Der Ton der Frau war grimmig und entschlossen. Falls sie irgendwelche Unsicherheit verspürte, ließ sie sich jedenfalls nichts anmerken.

„Sollten wir …?“ Er deutete zurück in Richtung Eingangshalle. Hier, direkt vor der verschlossenen Tür, wirkten sie wie zwei Halunken, die einen Einbruch planten.

Die Frau schüttelte ungeduldig den Kopf. Ihr Blick blieb auf den Plan gerichtet.

Stimmen ertönten in der Tunnelröhre. Erste Köpfe erschienen jenseits des Geländers. Manche Passagiere blickten kurz zu ihnen auf, bevor sie ihre Blicke wieder auf die Stufen richteten. In dieser Stadt war es der Gesundheit nicht besonders zuträglich, verdächtige Gestalten allzu lange anzustarren, *insbesondere*, wenn sie sich suspekt verhielten.

„Hier.“ Die Frau tippte auf eine Stelle auf dem Plan. So wie es aussah, lag der ausgewählte Ort im Park, auf der anderen Straßenseite und nahe bei den S-Bahn-Gleisen. *Flakturm III*, stand daran. Der Finger der Soldatin bohrte sich entschlossen in die Stelle. „Dann muss *das* hier unser Eingang sein.“

Missmutig betrachtete er die Markierung auf der Karte. Der Zugang schien sich mitten auf dem Trümmerhügel zu befinden, in der verschütteten Betonstruktur des alten Bunkers. Jede Annäherung bedeutete die Durchquerung dunkler, noch dazu bergauf führender Wälder und Gebüschbestände. Wenn Kaliyagas Schergen nach ihnen Ausschau hielten, waren ihre Feinde auf dem Wegstück sicherlich im Vorteil.

Er hob den Blick zur Frau. Die Israeli starrte noch immer auf die Karte. „Sieht aus, als hätten wir keine Wahl, was?“, stimmte er gezwungenermaßen zu.

Für einen Augenblick ging der Blick der Hexenjägerin zum Türschloss. Dann schüttelte sie den Kopf. Entschlossen raffte sie die Karte, drückte sie ihm gegen die Brust und ergriff energisch ihre Tasche.

Auch er nahm sein Gepäckstück auf. Inzwischen kannte er den „Einsatzmodus“ seiner Kameradin, in den sie immer dann verfiel, wenn für Diskussionen und Höflichkeiten keine Zeit mehr blieb.

Schon hatte die Soldatin die Doppeltür passiert und war auf den Bürgersteig getreten. Mit einem Blick nach links und rechts versicherten sie sich, dass die Fahrbahn frei war. Dann huschten sie mit schnellen Schritten auf die Mittelinsel zwischen beiden Spuren. Pkw und Kleintransporter rauschten vorüber. Feuchtigkeit spritzte zischend unter den vorbeirollenden Reifen auf. Ein Sportwagen wechselte urplötzlich die Spur und bedachte sie mit einem Hupen. Überfahren auf dem Weg zur Rettung der Welt. Wäre ein angemessen ironisches Ende gewesen. Nicht das erste Mal in der Geschichte dieser Welt, dass sich das Schicksal einen bösen Scherz erlaubte.

Zur vermutlichen Enttäuschung des humorbewussten Universums schafften sie es sicher auf die andere Seite. Ein Spaziergänger mit Hund passierte sie, ohne ihnen Beachtung zu schenken. Womöglich kam ihnen ihr Aufzug sogar zugute. Beladen mit den unförmigen Taschen, erweckten sie wahrscheinlich den Eindruck von zwei Obdachlosen, die sich im Volkspark für die Nacht einrichten wollten.

Die Frau schien für einen Augenblick zu zögern. Auch er rief sich die Karte ins Gedächtnis, um ihre Optionen zu erwägen. Zur Rechten, an der nördlichen Außengrenze des Parks, verlief ein breiter, gepflasterter Weg, der entlang einer ansteigenden Böschung parallel zu den mehrspurigen Bahngleisen direkt hinauf zum Bunker führte. Die Alternative war ein Aufstieg über die gewundenen Pfade zur Linken, die zuerst eine Durchquerung des Parks erforderten und sich dann irgendwann serpentinenartig hinauf zum Hügel wanden. Letztere Option war sicherlich die längere und aufwendigere. Womöglich aber war sie auch die sichere. Der breite Pflasterweg zur

Rechten lag sehr exponiert und war somit auch einfacher zu überwachen.

„Was meinst du?“

Es überraschte ihn ein wenig, dass ihn die Frau nach seiner Meinung fragte. Vermutlich war das Ganze als Geste der Verständigung gemeint. Ebenso wenig war zu bezweifeln, dass Salena selbst sich ihre Meinung schon gebildet hatte. Er überlegte kurz. *„Nehmt das enge Tor“*, intonierte er dann. *„Denn breit ist der Weg, der zur Verdammnis führt. Und viele gehen auf ihm.“*

Die Frau hob zweifelnd eine Braue. „Bibelfest, hm? Aber gut. Ich dachte an das Gleiche.“ Die Soldatin wandte sich nach links. Durch die Begrenzung aus hüfthohen Hecken, die zu dieser Jahreszeit einen gerupften und eher traurigen Eindruck machten, betraten sie den Park.

Eine Beleuchtung suchte man in diesen Anlagen vergeblich. Vermutlich wurde aus Kostengründen schon seit Jahren darauf verzichtet. Wer sich im Winter und nach Einbruch der Dunkelheit hier herumtrieb, musste ein gewisses Selbstbewusstsein mitbringen. Oder eben Reisetaschen voller Feuerwaffen.

Entsprechend ausgestorben waren auch die Pfade zwischen den unter einem Halbmond schimmernden Rasenflächen. Schwarze Baumskelette säumten den Verlauf der Wege. Eine Schicht aus altem Laub, bereits im Übergang zum Schlamm begriffen, häufte sich an den knöchelhohen Begrenzungsgittern. Dunkle Pfützen spiegelten den verhangenen Sternenhimmel wider, wo Winterkräfte die Asphaltschicht aufgebrochen und Sammelbecken für Regenwasser geschaffen hatten.

Die Soldatin hatte ihre Schritte verlangsamt und ging vorsichtig voran. Die Frau hatte den Ärmel ihres Mantels zurückgeschoben. Das sanfte Glühen der Armschiene tauchte ihre Züge in gedämpften grünen Schein.

Er selbst blickte besorgt über die Rasenflächen. Ihre Schritte auf den Bruchstücken der Wegdecke erschienen ihm verräterisch und laut. Auch wenn das Rauschen des Verkehrs sowie gelegentliches Hupen noch immer in der Ferne zu vernehmen waren, wirkten sie auf irgendeine Art hervorgehoben. Misstrauisch nahm er die Baumkronen in Augenschein. Halb erwartete er, dort das Blitzen schwarzer Augen und das Glänzen von Gefieder zu erkennen. Auf den ersten Blick aber gab es in der Höhe nichts als herabhängende Blätter, die sich der Jahreszeit noch immer widersetzten und sich standhaft weigerten herabzufallen. Einmal meinte er, in einem Gestrüpp zur Rechten eine Bewegung auszumachen. Dem Geräusch und huschenden Umriss nach handelte es sich um einen Fuchs, vielleicht um einen Waschbären. Ruhig bleiben, erinnerte er sich. Zum Gruseln gab es später sicher noch genug Gelegenheit. Kein Grund, das ganze Pulver gleich am Anfang zu verschießen.

„Irgendwelche Signaturen?“, wollte er leise in Richtung seiner Kameradin wissen.

„Nichts Verwertbares.“ Die Frau hielt einen Augenblick lang inne und studierte den kleinen Monitor. „Da entlang.“ Sie hob den Arm und deutete voran. Am Ende eines weiteren Wegstücks begann der Untergrund vor ihnen anzusteigen. Ein Aufgang mit einem aus Holz gefertigten Geländer führte über eine baumbestandene Böschung wechselseitig mal nach rechts, dann wieder nach links. An vielen Stellen hatte man den Hang mit Anordnungen von Querbalken befestigt, die kleine Terrassen schufen und wohl das Abrutschen von Erdschichten verhindern sollten. Unwillkürlich fühlte er sich an Erdwälle und Schützengräben erinnert, die ein Verteidiger in Erwartung eines Angriffs rund um seine Stellung hatte anlegen lassen. An der Spitze des dicht bewachsenen Trümmerberges aber ragten die kantigen Überreste des Bunkers in den Himmel.

Die Frau führte sie voran und betrat die unterste der Stufen. Er wollte einen Kommentar abgeben, doch die Worte blieben ihm im Hals stecken. Auch die Soldatin fuhr herum. Ein Rascheln war im Unterholz erklungen. Die Pistole lag so schnell in der Hand der Israeli, dass er sich ernsthaft wunderte, ob das Objekt überhaupt den Umweg durch die Luft genommen hatte.

Ein Busch zur Linken zuckte. Gerade noch sah er, wie ein buschiger oranger Schwanz im schwankenden Geäst verschwand. Zwei Schwänze, um genau zu sein. Offenkundig war ein Paar der Tiere gemeinsam unterwegs.

Er ließ die Luft entfahren. „Füchse", stellte er erleichtert fest. „Schon wieder. Muss an dem ganzen Müll liegen, der hier herumliegt. Man könnte meinen, von den Viechern gibt es immer mehr in dieser Stadt."

Er wollte schon weitergehen, doch die Frau bewegte sich kein Stück.

„Ist etwas …?"

„Warte!" Der alarmierte Tonfall in der Stimme seiner Kameradin ließ seine Nackenhaare aufrecht stehen. Unversehens zog die Israeli ihn zur Seite. Die Soldatin ging in die Hocke, halb unter den Überhang des Busches, der wie eine sich brechende, bewegungsfaule Welle über den Weg hing. Mit hektischen Bewegungen begann sie, Einstellungen an ihrem

Armaufsatz vorzunehmen. Ihre Zahnreihen arbeiteten angespannt. Das Ganze erweckte einen alles andere als beruhigenden Eindruck.

„Was?", wollte er drängend wissen.

Die Soldatin schüttelte ärgerlich den Kopf und tippte weiter. Sie schien für einen Augenblick die Luft anzuhalten. Dann richtete sich ihr Blick auf ihn.

„Jetzt sag schon", presste er hervor. „Was ist es? Sind wir in Gefahr?"

Der Ausdruck auf dem Gesicht der Israeli genügte ihm als Antwort. „Hast du das eben auch gesehen?", brachte sie beherrscht hervor. „Einen Fuchs. Aber mit zwei Schwänzen?"

„Ich weiß nicht ... was soll das heißen? Das ergibt doch keinen Sinn."

Die Hexenjägerin schien sich auf ihre Atmung zu konzentrieren. Dann nickte sie entschlossen. „*Kitsune Tsuki*", erklärte sie. „Die Signatur, die ich nicht lesen konnte. Ich bin mir beinahe sicher."

„Kitsune ...?"

„Eine Fuchsherrin", erklärte sie knapp. „Eine Hexe, die Fuchs-*Familiare* einsetzt. Es gibt nur äußerst wenige Meisterinnen dieser alten Kunst. Erbhexen aus japanischen Familien. Für gewöhnlich verlassen sie niemals ihre Heimatinseln. Kein Wunder, dass mir ihre Signaturen nicht geläufig waren."

„Japan." Er unterdrückte ein Stöhnen. „Verbündete von Kaliyaga? Mehr Verstärkung also?"

„Nicht gut. Gar nicht gut", fuhr die Frau wie in Gedanken fort. „Die mächtigsten Beschwörerinnen stehen oft im Bund mit einem ganzen Rudel. Je mehr Schwänze er besitzt, desto älter, mächtiger und weiser ist der *Familiar*. Das ist alles, was ich weiß. Ich habe keinerlei Erfahrung im Kampf gegen diese Art von Hexerei."

Er musterte die Züge seiner Kameradin. Sie sah nicht furchtsam aus, allenfalls leicht besorgt. Das Gesicht eines erfahrenen Bergsteigers mochte einen solchen Ausdruck zeigen, wenn in der Ferne eine Wolkenwand heranzog. Allerdings hingen sie bei *diesem* Aufstieg über einem ganz besonders tiefen Abgrund.

„Was sollen wir tun?", versuchte er, die Frau ins Hier und Jetzt zurückzuholen.

Die Soldatin zuckte mit den Schultern. „Weitermachen, nehme ich an." Sie betrachtete für einen Augenblick ihre Pistole. „Viel anderes bleibt uns ja nicht übrig, oder?" Die Hexenjägerin winkte zum nächsten Treppenaufgang. Wahrscheinlich war es in der Tat zu spät, japanische Geschichtsbücher zu wälzen oder entsprechende Spezialisten einzufliegen.

Die Frau bewegte sich mit noch einmal verstärkter Vorsicht. Maßvollen Schrittes, immer wieder innehaltend und in die Gebüsche spähend, setzten sie den Aufstieg fort. Wenn man darauf achtete, war es *tatsächlich* so, als raschle es verdächtig oft in den Gebüschen. Gut möglich, dass sie bereits entdeckt waren und unter Beobachtung standen. Schlimm genug. Die eigentlichen Sorgen würden dann beginnen, wenn ihre Feinde sich nicht mehr allein auf das *Beobachten* beschränkten.

Nach einer Weile erreichten sie die Kuppe des laubbedeckten Hügels. Die Treppe aus festgetretener Erde stieß an brüchigen Beton. Der massive graue Umriss eines Bunkerturms ragte vor dem Hintergrund der Lichtverschmutzung vor ihnen in den Nachthimmel. Nur vereinzelt waren in der Höhe Sterne oder Kondensstreifen zu erkennen. Die Millionenstadt sandte die gesamte Nacht über ein kränklich gelbes Strahlen in die Atmosphäre.

Die letzten Stufen endeten an einem gegossenen grauen Steg. Das Wegstück führte geradewegs auf den klobigen Flakturm zu und bog dann nach rechts, um die Befestigungen wie der Wehrgang einer mittelalterlichen Festung zu umkränzen. Metallene, gut vier Meter hohe Zäune mit aufgesetzten Spitzen verhinderten, dass jemand Unfug an den Plattformrändern treiben konnte, und verstärkten noch den Eindruck von historischen Befestigungsanlagen.

Sie näherten sich dem ersten Turm. Der grobe, ausgebeulte Stahlbeton der Anlage war mit schmutzigen, herablaufenden Wasserspuren überzogen. Abbröckelnder Putz und Graffiti kündeten von einem Zustand fortschreitender Verwahrlosung.

Sie wandten sich nach rechts und folgten dem Verlauf des Wehrgangs um den ersten Turm herum. Weit unter ihnen, auf dem Gewirr aus Schienensträngen, zog laut quietschend ein hell erleuchteter ICE vorüber. Die Gitterstäbe lagen wie die Stangen eines Käfigs vor dem Ausblick über die erleuchtete Stadt. An einem angenehmen Abend mochte man hier oben Schaulustige treffen. Heute aber machte die gesamte Anlage einen verlassenen und abweisenden Eindruck.

Die Frau hielt abrupt inne und hielt ihn mit der Hand zurück. Jetzt sah er es auch. Ein Pärchen lehnte eng verschlungen an der Zaunvorrichtung. Die Soldatin warf ihm einen warnenden Blick zu. Spaziergänger. Wie es aussah, drohte erst einmal keine Gefahr. Sie traten bereits vor, um die Besucher zu passieren, als das Knäuel aus Körperteilen sich zu ihnen umwandte. Ein Mann und eine Frau. Zu ihren Füßen standen schwarze Taschen aus Textil. Die Unbekannten nahmen ihre Gepäckstücke auf und wandten sich zur Treppe. Wortlos starrten sie, während die beiden vorübergingen. Der männliche Besucher war er selbst. Der Mann ignorierte ihn, als er mit gesenktem Kopf an ihm vorüberging und die ersten Treppenstufen nahm. Das Salena-Spiegelbild allerdings zwinkerte ihm zu, bevor es ebenfalls die Treppe nahm und dem Mann hinab über die Stufen folgte.

Einige Augenblicke lang stand er wie betäubt. Auch die Soldatin rührte sich nicht von der Stelle. Erst als die Umrisse ihrer Ebenbilder ganz verschwunden waren, war es, als fiele irgendeine Art von Zauberei von ihnen ab.

Die Israeli schüttelte sich verärgert. „Fuchs-Magie", stieß sie knurrend aus. „Gestaltwandlung. Ich *hasse* solche Sachen. Sie *spielen* mit uns. Nun. Dann wissen sie also, dass wir hier sind." Die Frau riss ihm die Tragetasche aus der Hand, zog den Reißverschluss auf und nahm das Schrotgewehr daraus hervor. Er konnte gar nicht anders, als die Flinte entgegenzunehmen, als die Soldatin ihm den Schießprügel an die Brust drückte. „Hier." Die Augen der Soldatin blitzten wütend. „Sie wollen spielen? Bitte sehr. Dann spielen wir eben."

„Langsam. He!" Bedächtig nahm er das Gewehr und schob es zurück in die Tasche. „Was, wenn hier oben Zivilisten herumlaufen? Wir müssen vorsichtig sein. Ich passe auf, okay? Was nützt es, wenn wir uns von ihnen provozieren lassen?"

Die Israeli musterte ihn einen Augenblick lang. Dann wandte sie sich grunzend ab. „Gut", befand sie knapp. „Du hast recht. *Beherrschen* wir uns. Hoffentlich kommt dieser Eingang bald. Ich kann es kaum erwarten, nicht mehr herumschleichen zu müssen."

Entschlossen griff die Frau nach ihrer Tasche. Mit wütenden Schritten stapfte sie voran, dem Verlauf der Terrasse folgend. Zur Linken blieb der erste Flakturm hinter ihnen zurück. Das Bauwerk erweckte an seiner der Stadt zugewandten Seite noch mehr den Eindruck eines überdimensionierten mittelalterlichen Wachturms. Ein schmales Beet mit einer kümmerlichen Ansammlung vertrockneter Bäume war vor der pockennarbigen, gewellten Außenverkleidung angelegt worden. Auf das Bauwerk selbst hatten unbekannte Graffiti-Künstler in gespenstischem Blau und Weiß den Umriss eines Mannes gesprüht, dessen Ausstattung zu einer Hälfte aus der Maske eines Pestdoktors und zur anderen aus Uniformteilen des Ersten Weltkriegs bestand.

Die Frau bog um die Ecke und erstarrte. Er selbst sah einen Augenblick später, was sie hatte innehalten lassen. Er blinzelte mehrere Male, um sich zu versichern, dass er wach war.

Zur Linken, direkt im Fundament des Flakturms, lag eine mit Schlössern gesicherte Stahltür. Der Eingang wirkte archaisch und massiv, eher wie der Zugang zu einer in den Fels getriebenen Mine als eine Tür von Menschenhand. Hervorragende, teils überhängende Blöcke aus Stahlbeton beschirmten die Passage von allen Seiten. Von den Wänden stieß sich eine Gruppe von beinahe zehn Personen ab, die anscheinend in Erwartung ihrer Ankunft dort herumgelungert hatte. Der Anblick der Gestalten war unverkennbar dazu ausgelegt, sie zu verstören. Wer immer diese Schergen herbefohlen hatte, war unverkennbar großer Anhänger von Stanley Kubricks *Clockwork Orange*. Baseballschläger kreisten in mit weißen Handschuhen bedeckten Fingern. Anzügliches Grinsen in schwarz und weiß bemalten Gesichtern unter runden Melonen-Hüten verkündete, dass man sie bereits erwartet hatte.

Was immer ihre Feinde mit den seltsamen Verkleidungen bezwecken wollten, schien bei der Hexenjägerin nicht zu funktionieren. Die Frau stand breitbeinig und mit vorgestreckter Waffe auf dem Steg. Ihr Blick wanderte ungerührt über die Versammlung, auf der Suche nach dem ersten Idioten, der den Fehler machen würde, sich zu nähern.

Jedoch ließen auch ihre Widersacher keinerlei Verunsicherung erkennen. Obwohl sie keine Feuerwaffen trugen, schienen sie vom Anblick der Pistole in der Faust der Frau nicht im Mindesten beunruhigt. Einige der Männer traten langsam vor. Andere wippten betont lässig auf den Fußballen, wie in freudiger Erwartung.

Die Tasche fiel zu seinen Füßen auf den Boden, als er das Gewehr daraus hervorzog und es auf die Versammlung richtete. Die Mündung wanderte suchend über die Reihen ihrer Feinde.

„Bitte, bitte", verkündete eine sanfte, abwiegelnde Stimme. „Bitte. Nur keine Gewalt." Eine hoch aufgeschossene Gestalt trat mit beschwichtigend erhobenen Händen zwischen den Schlägern hervor. Das Gesicht des Mannes zeichnete sich durch eingefallene Wangen und dunkle, ernste Augen aus. Der Haaransatz hatte sich bereits gehörig über die hohe Stirn zurückgezogen. Dafür schmückte ein beachtlicher zerzauster Bart die Wangen und das Kinn.

Er spürte, wie sein Kiefer herabsank. Sergei. Wie kam ihr alter Kamerad ...

„Nein", ließ sich die Israeli scharf vernehmen. Ihre Finger wanderten über den Griff ihrer Pistole. „Gestaltwandel", setzte sie nach. „Eine List. Fall nicht darauf herein!"

Die Züge ihres toten Kameraden blieben friedlich. Der Blick des Mannes ging traurig zu den auf ihn gerichteten Waffen. „So viel Feindschaft", verkündete er mit Bedauern. „Und das an einem solchen Abend." Der Blick des Mönches wanderte empor, zum Himmel über der Stadt. „Seid ihr ebenfalls gekommen, um die Aussicht zu genießen?"

Obwohl er wusste, dass man sie aufs Glatteis führen wollte, schaffte er es nicht, dem Blick des Russen *nicht* hinauf zum Firmament zu folgen. Der Atem versagte ihm für einen Augenblick, als er erkannte, was sich über ihren Köpfen am Nachthimmel vollzog. Noch immer war das dunkle All nur undeutlich hinter der Wolkendecke zu erkennen. Unverkennbar aber zogen, gedämpft hinter der grauen Schicht, gleißende Kometenarme durch die Dunkelheit. Es war, als sei in äußerst großer Höhe ein Objekt auf einer Umlaufbahn zur Erde in Dutzende von Teilen zerbrochen, die sich nun als rötlich glänzende Projektile über den Nachthimmel ergossen.

„Augen auf den Feind", ermahnte ihn die Frau.

Widerwillig wandte er seinen Blick zurück zum Mönch, der sich mit einem sanften Lächeln in den Zügen ebenfalls wieder an sie wandte. „Oh, die Omen." Der Körper des Russen schien sich wohlig zu schütteln. „Ich *liebe* Vorzeichen. Der Tod von Königen. Der Untergang von Reichen. Wusstet ihr, dass es bei allen großen Umbrüchen in der Geschichte dieser Welt ..." Der Mann verstummte. Er zog die Stirn kraus und lehnte sich zur Seite, so als suche er hinter ihren Rücken nach etwas, das sich dort vor ihm verbergen mochte. „Ihr seid zu zweit", stellte er fest. Seine Stimme war mit einem Mal frostig. „Es fehlt noch jemand, damit der ganze Wurf vollständig ist, nicht wahr? Wo habt ihr den alten Mann gelassen?"

Die Frau gab keine Antwort. Genauso schnell wie ein Ausdruck von Verärgerung in die Züge ihres Feindes getreten war, war er auch schon wieder verschwunden. „Nun gut." Der Bursche faltete die Hände vor dem Bauch. „Dann eben nur ihr beide." Ein Grinsen spannte sich mit einem Mal über die Züge. Die ursprüngliche Sanftheit war vollständig daraus ausgetilgt.

Robert blinzelte, um sich zu konzentrieren. Wieder schien der Hexenzauber seine Wahrnehmung zu verwirren. Das Gesicht des Mannes schien zu flackern wie eine Maske aus Licht, wie das Bild eines beschädigten Projektors. Die Augen des Russen schienen plötzlich enger zusammenzuliegen, die Nase spitzer und die Wangenknochen schärfer hervorgehoben. Etwas Tierisches schien aus dem Gesicht hervor. Beinahe erwartete er, dass die nächste Öffnung dieser Kiefer zwei Reihen dünner, spitzer Zähne zeigen würde. „Nun denn." Der Mönch hob beide Hände wie ein Zeremonienmeister. „*Kakatte koi yo*. Wollen wir beginnen?"

Ein heiseres Bellen ließ den Mann herumfahren. Sein selbstgefälliger Gesichtsausdruck erstarrte. Auch die übrigen Bewaffneten wandten sich erschreckt zum Wehrgang. Hinter dem zweiten Festungsturm, jenseits der Biegung der Gitter und Terrassen, drängten zwei Hundeschnauzen hinter dem Beton hervor. Gespannte Leinen hielten die gefleckten Beagles gerade noch zurück. Die Beine der Tiere kratzten aufgeregt über den Boden, die Ruten im Jagdfieber aufgerichtet. Ein atemloses Herrchen war am Leinenende hinter der Gebäudeecke nur zu erahnen. Erneut erklang ein Bellen aus den Kehlen, durchmischt mit einem aufgeregten Jaulen, wie von einem Bluthund, der die Beute wittert.

Der Russe stieß ein Zischen aus. Seine Züge waren eine wutverzerrte Fratze. Das Flackern, das zuvor nur sein Gesicht betroffen hatte, befiel mit einem Mal den ganzen Körper. Der gesamte Umriss ihres vermeintlichen Kameraden schien urplötzlich zu verschwimmen wie die Spiegelung auf einer Wasseroberfläche, wie das Bild eines Projektors, dessen Birne stotternd zu versagen drohte. Einige Gehilfen aus der Schlägertruppe reagierten deutlich weniger beherrscht. Die Körper der Männer schienen sich zu winden wie unter Schmerzen. Baseballschläger aus Metall fielen klirrend auf den Boden. Selbst die Verkleidungen der Schemen lösten sich zu Schattenflecken auf. Orangefarbenes Fell bedeckte plötzlich ihre lang gestreckten Rücken. Haare sträubten sich, wo zuvor noch Menschenhaut gewesen war. Spitze Schnauzen wuchsen aus den fremdartig werdenden Gesichtern der vormals menschlichen Gestalten.

Die Ersten hatten bereits wieder die Form von Füchsen angenommen. Die Tiere schüttelten sich, machten einige verwirrte Sätze über den Beton und verschwanden in den umliegenden Gebüschen. Einzig dem Mönch gelang es noch, sein menschliches Erscheinungsbild einige Momente länger aufrechtzuerhalten. Der Mann wandte sich zu ihnen um. Wut loderte aus seinen Augen, bevor ein erneutes Bellen auch seine Form vornüberkrümmte wie ein wildes Tier. Noch halb in Menschenform jagte der Schemen ihnen entgegen. Sie warfen sich zur Seite, während der Fuchsmensch an ihnen vorübersprang. Ein Bündel von vier Schwänzen, lodernd wie Feuerzungen, verschwand hinter der Turmecke, von wo sie hergekommen waren.

Beinahe im gleichen Augenblick erschien hinter dem anderen Flakturm der Umriss eines Mannes. Der Bursche trug einen altmodischen grauen Mantel, eine braune Fellmütze und versuchte fluchend, seine noch immer in Richtung der aufgenommenen Witterung strampelnden Tiere zu beruhigen. Nach einer Weile war das eigentümliche Gespann ganz herangekommen. Der unerwartete Besucher atmete schwer und bedachte sie mit einem prüfenden Blick. Seine Haltung war, angesichts des bereits deutlich fortgeschrittenen Alters, bemerkenswert aufrecht. „'N Abend."

„'N Abend", gaben sie in schuldbewusstem Gehorsam beinahe gleichzeitig zurück.

Der Alte musterte sie aus aufmerksamen blauen Augen. Anschließend ging sein Blick zum Boden. Die Frau war ebenfalls so geistesgegenwärtig gewesen, ihre Schusswaffe verschwinden zu lassen. Die Ansammlung von Kanthölzern und Baseballkeulen vor dem Bunkereingang warf allerdings einige Fragen auf.

Die Hunde ihres Retters hatten sich zumindest teilweise wieder beruhigt. Die Nasen der Tiere schnüffelten über die Ansammlung von Schlagwerkzeugen und über ihre Hosenbeine. Der Besucher stieß einen der Schläger mit dem Fuß an und hob eine Braue. „Ärger gehabt?"

„Eigentlich nicht." Die Antwort der Frau war höflich, jedoch mit einer Spur von Schärfe, die deutlich machte, dass weitere Nachfragen nicht erwünscht waren. „Danke. Aber wir kommen schon zurecht."

Der Alte nickte in scheinbarem Verständnis. „Irgendetwas, was ich wissen sollte?"

„Wie bitte?"

„Weiß dein Vater, dass du nachts in dunklen Parks herumstreifst?" Der Kerl deutete mit dem Kinn in Roberts Richtung. „Noch dazu mit einem jungen Mann?"

Die Israeli öffnete und schloss den Mund.

Der Alte grinste ein grimmiges Clint-Eastwood-Grinsen. Offenkundig freute er sich über die gelungene Überraschung. „Glaubst du wirklich, dein Vater lässt dich einfach so davonkommen, wenn du dich nach einer Ewigkeit mal wieder meldest? Schau nicht so überrascht. Ich war General beim Nachrichtendienst, Mädchen. Glaubst du, ich bin nicht in der Lage, Leute aufzuspüren?"

Auch bei ihm formte sich nur langsam die entsprechende Verbindung. „Der General!“, entfuhr es ihm. „Sie sind der NVA-Kontakt.“

Der Alte zuckte lässig mit der Schulter. „Wollte doch mal sehen, was ihr hier so treibt. Ob es Dimitris Tochter gut geht. Musste sowieso noch mit den Hunden raus.“ Der Mann nickte noch einmal zu den Waffen auf dem Boden. „Ich nehme an, ihr habt nicht vor, mir zu sagen, was hier draußen vorgeht?“

Die Frau atmete auf. Ihre Haltung entspannte sich erkennbar. „Der Gefallen, den Sie uns getan haben“, erklärte sie. „Die Übersetzung aus dem Russischen. Es geht um etwas Wichtiges. Das hier hat damit zu tun.“

Der Alte nickte. „Dachte ich mir schon. Braucht ihr Hilfe? Gibt es noch irgendwas, was ich für Dimitris Tochter tun kann?“

Die Israeli seufzte. Ihr Blick ging zur verschlossenen Bunkertür. Sie trat vor, ließ sich von ihm den Schlüssel reichen und schob das Objekt ins Schloss. Ein Klicken ertönte. Die Flügel ließen sich mit einem leisen Quietschen aufziehen. Salena wandte sich zu ihnen um. Ihr Blick war einen Augenblick lang nachdenklich. „Sie sind gut darin, Leute zu finden, oder?“

Erneut zuckte der Alte mit den Schultern, als handle es sich um das selbstverständlichste Ding der Welt.

„Sigurd Sprengler“, fuhr die Soldatin trocken weiter fort. „Wir brauchen ihn. Hier. Er geht nicht an sein Handy. Ich habe eine Nachricht für ihn hinterlassen. *Mehrere*. Er ist verschwunden. Vermutlich findet man ihn irgendwo, wo Alkohol in rauen Mengen ausgeschenkt wird und die Leute keine Fragen stellen. Wo man mehrere Tage lang in Ruhe trinken kann, ohne dass einen jemand stört.“

Das Gesicht des Alten zeigte ein humorloses Grinsen. „Davon gibt es hier jede Menge, Mädchen."

„Können Sie ihn finden oder nicht?" Die Israeli hatte offenkundig keine Lust auf Spielchen. Salena bückte sich zu ihrer Tragetasche und zog Pistolenmagazine daraus hervor, um sie in ihrem Gürtel zu verstauen. Mit dem Schultergurt legte sie sich das Blutgewehr auf ihrem Rücken. Die Soldatin prüfte auch die Taschenlampe mit einem kurzen Leuchten auf die Bunkerwand. Der Pensionär hob lediglich die Braue, als Robert die Shotgun aus der Tasche nahm, im Mondlicht prüfte und die kleine Taschenlampe in die Halterung am Gewehrlauf schob.

„Sigurd", verkündete er murmelnd. „Oh, ich kenne euren Sigurd. Tschernobyl `86. Ich weiß noch, wie ..." Der Mann verstummte und winkte ab, so als handle es sich um alte Kriegsgeschichten, die niemand hören wollte. „Verstehe schon", brachte er brummend hervor. „Hexen, hm? Ja, ich erinnere mich an die Geschichten. Ist wohl schon wieder so weit, was? Nun. Ich werde sehen, was ich tun kann."

Der alte General betrachtete ungerührt, wie auch er sich einen Gurt mit Schrotpatronen umlegte, als zögen sie zur Entenjagd. Der Bursche schüttelte den Kopf. „Herrlich", befand er. „Wenn ich ein wenig jünger wäre ..."

„Würden Sie wohl mitkommen, was?"

„Red keinen Quatsch, Junge." Der Alte winkte ab. „Wenn ich nicht wüsste, dass sie Dimitris Tochter ist und ich mir die Mühe sparen kann, würde ich versuchen, euch diese Sache auszureden. Nur Idioten stürmen nachts in irgendwelche dunklen Bunker. Ich habe solchen Unsinn lang genug vermieden, um *General* zu werden."

„Können Sie sich um die Taschen kümmern?“, wollte die Soldatin wissen und ließ den Schlitten ihrer Waffe schnappen. „Wäre schön, wenn die Dinger verschwinden könnten.“

„Klar.“ Der Alte starrte nachdenklich auf die schwarzen Säcke. „Kann ich Dimitri irgendwas ausrichten? Bestimmt würde er sich freuen, etwas mehr von dir zu hören.“

„Nein“, entgegnete die Frau entschlossen. „Sag ihm, es geht mir gut. Ich komme schon zurecht.“

Der Alte nickte düster. „Dachte ich mir schon.“ Der Blick des Mannes ging wieder zu seinen Hunden. Eines der Tiere hatte den Kopf gehoben und stand still und aufmerksam. Der Blick der Kreatur ging starr in die Richtung, aus der sie hergekommen waren.

„Jemand kommt“, stellte ihr Besucher gelassen fest. „Ich nehme an, ihr solltet langsam hier verschwinden.“

„Komm.“ Die Frau nickte ihm zu. Sie hatte ihre Waffe in der einen Hand und die Taschenlampe in der anderen. Er hob die Flinte und nickte ihrem Retter dankbar zu.

Der Mann hob eine Braue und wandte sich an die Soldatin. „Wie ein Soldat sieht der hier aber nicht aus“, befand er.

Die Frau verschwand wortlos im dunklen Türumriss. Er empfand ein mulmiges Gefühl, als er dem Lichtkegel der Lampe durch den Bunkereingang folgte.

„Pass auf, dass er dir kein Ohr abschießt!“, hallte die gedämpfte Stimme des Alten hinter ihnen durch den Gang. Dann erklang das Quietschen von Metalltüren. Jemand schob die schweren Flügel hinter ihnen zu. Das letzte Gegenlicht der Stadtbeleuchtung verschwand. Es empfing sie feuchte, schneidend kühle Dunkelheit.

Kapitel 21 – Bunker

Der Lichtkegel der Soldatin wanderte über die Wände. Die Leuchte schälte einen geradeaus verlaufenden Gang aus grauen Quadern aus der Dunkelheit. An der Decke führten schmale Stromleitungen über den Beton zu einem toten Lampenschirm. Ein wenig war es, als betrete man den vom Schutt befreiten Eingang einer Pyramide oder eine Grabhöhle aus längst vergangener Zeit. Faustgroße runde Flecken und Vertiefungen in der Decke wiesen auf Bohrungen hin. Womöglich handelte es sich um die Spuren der französischen Pioniere, die nach dem Krieg die Sprengung dieses Bauwerks vorbereitet hatten.

Mit einer Bewegung ihrer Hand forderte die Frau ihn auf zu folgen. Auch er schaltete die Lampe an der Waffe ein. Steinstaub knirschte unter ihren Schritten, als sie den Vorraum durchquerten und dem Gang zu einer ersten Biegung folgten. Vereinzelt waren Nischen in die Wände eingelassen, dunkle Schächte, durch die vermutlich einmal Kabel oder Leitungen hatten führen sollen. In manchen davon hingen nun stattdessen Hinweisschilder und Erläuterungstafeln zur Geschichte des Gemäuers. Beschriftungen auf Deutsch und Englisch. Schwarz-Weiß-Aufnahmen aus einer Zeit, als der Flakbunker noch nicht unter Tausenden Tonnen Trümmerschutt begraben gewesen war.

Argwöhnisch ließ er den Lichtkegel über die Decke wandern. An vielen Stellen war die Schicht aus Stahlbeton gesplittert und zerrissen wie Sicherheitsglas, das jemand mit einem Hammer bearbeitet hatte. Selbst einige der massiven Querbalken und Stützpfeiler waren angebrochen, sodass die rostenden Stahlskelette im Inneren zum Vorschein kamen. Ein Glück, dass sie hier immer noch in Deutschland waren. Ein achtzig Jahre alter Bau, durch den sich jede Woche Dutzende Touristen drängten, unterlag, wie zu hoffen war, besonders gründlichen Statik-Überprüfungen.

Ihre Lichtkegel fanden einen altmodischen Schriftzug an der von feuchten Querriffeln überzogenen Wand. Die einstmals schwarzen Buchstaben in Sütterlinschrift waren nur noch mit viel Mühe auszumachen. „Treppenhaus vier", las er flüsternd vor. Trotz seiner Vorsicht war der Widerhall seiner Stimme im Gang so scharf, dass er sofort wieder verstummte. Ein weißer Pfeil neben dem Schriftzug deutete nach rechts, in jene Richtung, in die sie sich bewegten. Die Frau führte sie weiter durch die Dunkelheit. Außer dem Geräusch ihrer Schritte und ihres Atems war nichts zu vernehmen. Er zog den Schal enger um sich. Kein Wunder, dass es im November keine Touren gab. Hier drinnen war es *kalt*.

„Hier." Ein einzelnes Wort von seiner Kameradin. Zur Rechten gab es einen Durchgang aus dem weiter geradeaus verlaufenden Gang. Eine aus der Wand ragende Säule wiederholte den Schriftzug: *Treppenhaus*. Ein kleiner stilisierter Pfeil deutete in die dunkle Aussparung zur Rechten. Die Frau trat vor, um der Abzweigung zu folgen. Ein scharfes Zischen erklang, als sie die Luft anhielt. Die freie Hand der Israeli tastete zur Wand und hielt sich an einer hervorragenden Strebe fest. „Komm nicht näher", forderte sie beherrscht. Ihr Blick war auf den Boden gerichtet.

Vorsichtig lugte er über ihre Schulter. Die Beschriftung und der Pfeil hatten nicht gelogen. Abwärts ging es hier tatsächlich. Von einem Treppenhaus hingegen konnte nicht die Rede sein. Eine horizontale Stahlstrebe verhinderte das Weiterkommen. Vor ihnen im Boden klaffte ein rundes, beinahe vier Meter breites Loch. An der Innenseite des Betonzylinders hatte sich vor langer Zeit einmal ein Treppenabgang aus Metall herabgeschraubt. Nun aber waren davon nur noch Befestigungen in den Wänden übrig. Die Stufen waren längst entfernt oder verrostet. Der einzige Weg zum Schutthaufen in der Tiefe führte über beinahe fünfzehn Meter freien Fall.

Die Frau wandte sich zu ihm um. „Das war knapp“, verkündete ihr Blick. Sie zog sich an der Wand entlang zurück zum Hauptgang. Es musste einen anderen Weg hinab in die unteren Etagen geben. Dem Plan nach verfügte dieser Bau über mindestens drei weitere Treppenhäuser. Blieb zu hoffen, dass wenigstens eines davon noch intakt war.

Nach einem kurzen Stück fielen ihre Lichtkegel auf eine aufragende Wand. Der Gang endete an einem Treppenhaus mit Stufen aus Stein, die in die Tiefe führten. Eigenartige, angerostete Stahldreiecke, deren ursprünglicher Zweck sich nicht erschloss, ragten aus der Wand. Die Frau trat auf die oberste der Stufen und bedeutete ihm, die Flinte anzulegen. Die Israeli nahm die ersten Stufen. Er folgte ihr mit angehaltenem Atem. Auch hier erläuterten verwitterte Beschriftungen, welche Einrichtungen der Bunker einst bereitgehalten hatte. *Luftschutzräume*, war dort zu lesen. *Krankenstation*. *Kantine*. Und zuletzt: *Bunkerkommandant*.

Die Frau hatte den unteren Absatz der Treppe erreicht und ließ den Lichtkegel wandern. Sie befanden sich ein Stockwerk tiefer. Ein weiterer, sich geradeaus in der Dunkelheit verlierender Gang lag vor ihnen. Dieser hier enthielt mehrere Türöffnungen zur Rechten und zur Linken. Sie hielten einige Augenblicke inne, um zu lauschen. Nirgends war eine Regung zu vernehmen. Nichts als Stille umfing sie, durchbrochen vom gelegentlichen Plitschen eines Wassertropfens. Die Frau hob ihren Techno-Arm und prüfte die Anzeigen. Nach einer Weile nickte sie. Wieder vollführte die Soldatin eine Bewegung mit der Hand nach vorn.

Der Gang vor ihnen unterschied sich nur sehr wenig von dem in der oberen Etage. An einigen der Wände waren bläuliche Spuren von Schimmelpilzen zu erkennen. Die Durchgänge an beiden Seiten waren entweder mit rostigen Stahltüren verschlossen oder vorsätzlich mit schweren Trümmerstücken verbarrikadiert. Offenbar befanden sie sich auf einer sorgsam ausgearbeiteten Route für Touristenführungen. Er versuchte im Vorübergehen, die Beschriftungen zu lesen. Stube 17, stand in abblätternder Farbe auf dem weiß gestrichenen Metall. Stube 18. Die Bezeichnungen setzten sich in der gleichen Weise fort. Offenkundig hatte es sich zu Kriegszeiten einmal um Schlaf- und Aufenthaltsräume gehandelt.

Wieder endete der Gang an einem Treppenhaus. Dieses allerdings war abgerissen worden und mit einem nachträglich hinzugefügten Metallgitter versperrt. Ein Durchgang auf der rechten Seite war nicht vollständig verschlossen. Die Stahltür war nur angelehnt. Durch einen schmalen Spalt drang ein sanfter Luftstrom, der ein wenig Wärme in die kühle Feuchtigkeit zu bringen schien.

Die Frau streckte die Hand vor und nickte in seine Richtung. Er legte die Flinte an die Schulter und gab mit einem nervösen Nicken zu erkennen, dass er bereit war. Die Soldatin schob die Tür auf. Mit einem leisen Knarren öffnete sich der Durchgang. Auf der anderen Seite lag eine abschüssige Schuttrampe. Der behelfsmäßige Abgang war von einem Halteseil als Handreling gesäumt und führte unter einer quer herabgebrochenen Stahlbetondecke in die Tiefe. Die Israeli leitete den Abstieg. Die Trümmerstücke der Rampe waren kantig und vergleichsweise groß. Womöglich handelte es sich um eine besondere Attraktion für Touristen, um den Eindruck des Besonderen noch zu verstärken. Tatsächlich hatte ihr vorsichtiger Abstieg mehr mit einer alpinen Wanderung gemein als mit der Besichtigung eines Baudenkmals. Man musste schon sehr aufpassen, um sich keinen Knöchel zu verstauchen.

Die Frau erreichte den Untergrund als Erste. Sie streckte ihm die Hand entgegen und half ihm über die Kante auf den Boden. Wieder sondierten sie mit ihren Lampen die Gefahrenlage. Die Israeli prüfte ihren Arm und schüttelte den Kopf. Offenbar lieferte die Technik nichts Verwertbares. Der Ausdruck im Gesicht seiner Verbündeten war nachdenklich, vielleicht sogar besorgt. Kein Widerstand. Keine Fallen. Keine Begegnungen mit Feinden. Das hier lief beinahe schon *zu* glatt. Der Rausch der ersten Anspannung war verflogen. Stattdessen drang ihm die Kälte immer tiefer in die Knochen. Dazu kamen ersten Anflüge von Irritation im Angesicht der fast schon monotonen Wanderung. Gut möglich, dass auch dies zum Plan der Feinde zählte: Die Angreifer durch Kälte und eintönige Passagen zu zermürben, sodass sie unaufmerksam wurden.

Die Frau trat durch einen Durchgang aus dem halb eingestürzten Raum. Drei, erinnerte er sich. Drittes Untergeschoss. Drei von sechs. So stand es auf dem Plan. Die Zerstörungen waren in diesem Teil noch weiter fortgeschritten als in den oberen Etagen. Er war sich ziemlich sicher, dass tragende Säulen üblicherweise 90-Grad-Winkel mit Decken und mit Böden bilden sollten. Hier unten konnte von derart eindeutigen Symmetrien allenfalls in Einzelfällen die Rede sein, was teilweise daran lag, dass auch die Decken schräg herabgesunken waren. Teilweise klafften über ihren Köpfen große Löcher im Beton. Einige der Böden waren derart weit herabgestürzt, dass sie sich bücken mussten, um darunter hinwegzukriechen. Der Beton war an vielen Stellen weitreichend aufgeplatzt, sodass im Inneren die Stahlstreben zu sehen waren. Man bekam den Eindruck, sich entlang der Unterseite eines übergroßen Lattenrostes unter einem Bettgestell zu bewegen.

Wieder ging es nach rechts um eine Ecke. An einigen Stellen waren modern aussehende, orangefarbene Stahlklammern in die Wände der Kammer getrieben, offenbar um zu verhindern, dass sich die strukturelle Integrität der menschgemachten Höhle noch weiter verschlechtern konnte. Immer wieder waren auch noch weitere, offensichtlich nachträglich hinzugefügte Ergänzungen zu erkennen. Graue Kunststoff-Stromkästen, mit Sprühfarbe markierte Kabelverläufe und an dramatischen Positionen platzierte Deckenstrahler, die wohl bei Führungen für eine angemessen gruselige Beleuchtung sorgten.

Ein Türdurchgang. Ein weiteres Treppenhaus. Die ständigen Richtungswechsel, zusammen mit der eintönigen Umgebung, konnten leicht dafür sorgen, dass man nicht nur die Orientierung, sondern auch den Sinn für den Verlauf der Zeit verlor. Wie lange waren sie bereits hier unten unterwegs? Und in welchem Stockwerk? Vier? War dies hier bereits das vierte Untergeschoss, das sie gerade über eine staubbedeckte Steintreppe betraten?

Wieder empfing sie ein Gang mit Stahltüren zu beiden Seiten. Der Tunnel sah haargenau so aus wie der, den sie schon zuvor durchquert hatten. Er konnte ein entnervtes Schnaufen nicht unterdrücken. Auch der Gesichtsausdruck der Frau war gequält. Ein Kribbeln fuhr durch sein Rückenmark. Irgendetwas stimmte nicht.

Auch die Soldatin empfand, so wie es aussah, ein mulmiges Gefühl. Erste Fahrigkeit, dazu ein Anflug von Gereiztheit schien sich in ihre Bewegungen zu schleichen. Dennoch stapfte sie entschlossen vorwärts durch den Gang. Mürrisch ließ er seine Blicke über die angerosteten Türdurchgänge wandern. Stube 16. Stube 17. Ein leises Ächzen entfuhr ihm.

Auch die Hexenjägerin verlangsamte ihre Schritte und hielt inne. Ihr Kopf schien zwischen ihren Schultern herabzusinken.

„Wir ...“, begann er mit trockener Kehle.

„Ich weiß“, gab Salena mit erzwungener Selbstbeherrschung zurück.

„Wie ist das möglich? Wir sind im *Kreis* gegangen?“

Die Israeli wandte sich zu ihm um. Ärger glühte in ihren Augen. Für einen Moment sah es so aus, als würde sie sich dazu hinreißen lassen, eine Ansammlung von Schotter durch den Gang zu treten. „Hexenzauber“, stieß sie zischend aus. „Wir sind in einer Illusion gefangen.“

Er warf einen Blick zurück. Kein Zweifel. Bläuliche Schimmelflecken auf der Wand. Genau den gleichen Gang hatten sie vor mindestens zwei Etagen schon einmal durchquert. Er schüttelte sich. Für eine Illusion war es hier unten ganz schön kühl.

Die Frau starrte auf die Wasserflecken im Beton und schien zu überlegen. Nach einer Weile hob sie ihren Technik-Arm und nahm einige Einstellungen an der Schiene vor. Dann ließ sie ein Schnaufen hören. Bitterkeit lag in dem Ausstoß, aber auch ein Anflug von Genugtuung, so als habe sie den Schlachtplan ihres Feindes aufgedeckt. „Okay“, erklärte sie. „Ich habs. Wir sind nicht verzaubert. Wir befinden uns *in* einer Hexerei.“ Die Soldatin hob den Blick. Offenbar erkannte sie, dass weitere Erklärungen erforderlich waren. „Stell es dir wie eine Blase vor. Eine künstlich geschaffene Instanz. Wir befinden uns in einem Reich, das eine Hexe für uns spinnt. Ja.

So etwas wie ein Spinnennetz. Wir sind darin gefangen. Jede unserer Bewegungen sorgt nur dafür, dass wir uns noch weiter darin verstricken."

Er streckte eine Hand vor und fuhr über die Wand. Der Stein war kühl und hinterließ eine schleimige Spur auf seinen Fingern. „Fühlt sich verdammt echt an."

„Sie kann nicht die gesamte Realität verändern", gab die Frau zurück. „Nur unsere Wahrnehmung davon. Was wir hier sehen, sind nicht direkt Vorspiegelungen. Es sind ... andere *Anordnungen* der Realität. Sie kann nicht einfach einen Abgrund schaffen, wo eigentlich eine Mauer liegt. Es ist ... kompliziert, in Ordnung?"

„Dann hol uns raus", forderte er. „Segenssprüche. Die Ikonen. Irgendwie müssen wir aus diesem Zauber doch entkommen können."

Wieder schüttelte die Israeli mürrisch den Kopf. „Das hier ist fortgeschrittene Magie", erklärte sie. „Ich habe so etwas noch nie erlebt. Unsere Ikonen schützen uns bereits. Sie bewahren uns davor, *vollends* in die Realität unserer Feindin gezogen zu werden. Was Segenssprüche angeht ..." Die Soldatin wedelte hilflos mit der Hand. „Ich wünschte wirklich, Sergei wäre hier. Der *echte* Sergei", fügte sie eilig hinzu. Auch er erschauderte bei der Erinnerung. Manchmal war es besser, vorsichtig zu sein, was man sich wünschte.

„Heißt das, wir könnten *ewig* hier unten herumirren?"

Die Frau zuckte mit den Schultern. „Vielleicht nicht ewig. Vielleicht nur bis wir erfrieren. Oder verhungern. Oder bis das Ritual vollendet ist."

Schweigen breitete sich zwischen ihnen aus. Die Kiefer seiner Kameradin arbeiteten gespannt. Nichts war so frustrierend wie zur Untätigkeit verdammt zu sein.

Nachdenklich ließ er seine Finger über den Vordergriff der Flinte wandern. Etwas fiel ihm ein. „Wir können also nicht aus ihrem Zauber ausbrechen?"

Die Frau zuckte ergeben mit den Schultern. „Genauso gut könnte man versuchen, Nebel mit den Händen zu vertreiben."

Er überlegte weiter. „Du sagtest eben, wir seien in der Realität unserer Feindin. Heißt das, dass sie *ebenfalls* irgendwo hier drinnen ist?"

Der Ausdruck seiner Kameradin veränderte sich. Sie schien für einen Augenblick zu überlegen. „Ja", gab sie schließlich zurück. „Es ist wie mit einem ... mit einem gesponnenen Kokon. Nur, dass er von innen aufrechterhalten werden muss. Die Feindin, die all das hier am Leben hält, muss mit uns irgendwo hier drinnen sein."

Er nickte nachdenklich. Auch der Frau schien sein Gedankengang allmählich aufzugehen.

„Wenn wir sie vernichten ...", fuhr er langsam fort.

„Ja", die Frau nickte. „In diesem Fall löst sich der Zauber auf. Doch das hier ist noch nicht die volle Tiefe ihrer Welt. Wir bewegen uns in einer Art abgeschotteter Kammer, die nur für uns geschaffen wurde. Es ist ein bisschen wie mit einem einzelnen Raum in einem Haus. Um sie zu finden, müssten wir den Raum verlassen und in *ihre* Welt eintauchen. Dorthin, wo ihre Macht am größten ist."

Gedankenverloren tastete er nach seinem Kragen und zog die Kette mit dem Ikonenbild daraus hervor. Die Israeli tat das Gleiche. Besorgnis wanderte beinahe greifbar über ihre Züge. Salena hob den Kopf und sah ihn an. „Es ist ein großes Wagnis", erklärte sie düster. „Die Ikonen schützen uns. Vermutlich *weiß* sie, dass wir ihr nie ohne die Schutzanhänger entgegentreten würden."

Er überlegte nickend. Die ernsten Augen des heiligen Hubertus erwiderten leblos seinen Blick. „Meinst du, sie rechnet damit, dass wir dumm genug sein könnten, diese Dinger abzulegen?"

Die Israeli ließ ein amüsiertes Schnaufen hören. „Vielleicht nicht", gestand sie zu. „Vermutlich hat sie nicht mit *dir* gerechnet."

„Ihr Fehler." Er versuchte sich an einem Grinsen. „Sie hätte mich wohl besser nicht in diese Sache mit hineinziehen sollen." Er griff nach seiner Kette. „Wollen wir?"

„No risk, no fun." Die Frau zog sich den Anhänger vom Hals. Ihre Augen wurden weit. Ihre Kiefer teilten sich wie bei jemandem, der eine plötzliche Erscheinung hat. Ihr Ausdruck war für einen Augenblick verwirrt. Dann schüttelte sie sich heftig. Die Soldatin sah ihn an und nickte auffordernd in seine Richtung.

Auch er zog in der gleichen Weise den Anhänger über seinen Kopf. Ein scharfer Stich von Panik ließ ihn ächzen. Ein wenig war es, als bräche man nach einer langen Tauchpartie durch eine Wasseroberfläche und atme erstmals wieder Luft. Die Wände schienen langsam hin und her zu schwanken. Jemand packte ihn an beiden Schultern und schüttelte ihn sanft. Die Umrisse der Israeli schälten sich aus den Schleiern. Er wandte den Kopf zur Seite und blinzelte. Mit einem Mal war alles wieder klar. Verwundert blickte er sich um. „Sieht aus wie vorher", kommentierte er, ein wenig enttäuscht. Dann aber folgte er dem Blick der Frau. Die Soldatin hatte ihre Waffe und die Taschenlampe angehoben. Auch er bemerkte nun den bläulichen Schein, der am Ende des gewohnten Ganges aus der letzten Aussparung zur Rechten drang.

Er packte seine Flinte fester. Nach einem kurzen Nicken machten sie sich auf den Weg. Gebeugt und mit den Waffen im Anschlag traten sie zum Durchgang. Die rostige Metalltür war nur angelehnt. Gedämpftes blaues Licht drang durch den Spalt. Schon früher war ihm an der Tür ein warmer Luftzug aufgefallen. Dieses Mal trug die feuchte Brise eine Sammlung angenehmer Gerüche heran. Es roch nach ... Pflanzen. Nach Blüten und nach Wasser.

Mit der Spitze ihres Stiefels schob die Frau die Tür auf. Er schluckte trocken. Wo bei ihrem letzten Abstieg eine abschüssige Rampe gelegen hatte, erstreckte sich nun ein kurzer und recht breiter Gang. Das Wegstück hatte mit dem Tunnel eines Bunkers nur noch die ungefähre Form gemein. Zwar ragten vereinzelt verbogene Gitterstäbe aus der Decke, jedoch erinnerte ihn die Passage eher an eine von der Natur hervorgebrachte Höhle als an einen Menschenbau. Zwischen die rostenden Eisenstreben hatten sich herabhängende Wurzelenden gemischt Auch weiße Stalaktiten wuchsen aus den Spalten an der Decke wie herabtropfendes Kerzenwachs. Einige von ihnen drangen aus den wie mit einem Lineal gezogenen Spalten im Beton. Andere schienen ihren Weg durch Ritzen im natürlichen Felsen gefunden zu haben. Der Stahlbeton war mit den ursprünglichen Steinformationen derart eng verwachsen und vermischt, dass nicht zu sagen war, wo das Menschenwerk endete und die Natur begann.

Die Soldatin stieß die Tür vollends auf. Sie schien zu erstarren. Etwa zur gleichen Zeit wie seiner Kameradin eröffnete sich auch ihm der Blick auf das, was die breite Öffnung an der Rückseite des kurzen Höhlenstücks für sie bereithielt.

Kapitel 22 – Kokon

Eine ganze Zeit lang standen sie unbewegt im Türrahmen wie zwei spanische *Conquistadores*, die soeben den geheimen Zugang zur goldenen Stadt *El Dorado* gefunden hatten. Vor ihnen, jenseits des Tunnels im Gestein, führte der Raum an eine Kante. Dahinter tat sich eine weite Höhle auf, so gewaltig wie der Krater eines erloschenen Vulkans. Sanftes blaues Licht, durchmischt mit hellen Strahlen wie dem Widerschein von Sternen, drang aus verborgenen Spalten in der weit entfernten Höhlendecke und bedeckte die gesamte Szenerie mit einer Decke aus glühendem Samt.

Ein japanisches Gehöft wie eine sorgfältig arrangierte Miniatur oder ein kunstvoller Holzschnitt schmiegte sich hinter der abfallenden Felskante in eine von glitzernden Strömen durchzogene Landschaft sanft geschwungener grüner Hügel. Die Holzpfeiler, Papierwände und Ziegeldächer schienen zu strahlen, wie von einem innerlichen Glanz erfüllt. Laternen hingen an ausgewählten Stellen von den Dachfirsten und Querbalken herab und glühten auch an eigens aufgestellten Ziersäulen entlang des Weges, der über eine rot bemalte Bogenbrücke zu der Sammlung von Gebäuden führte. Säuberlich beschnittene, elegant gebogene Bäume mit terrassenförmig angeordneten Zweigen erhoben sich zu beiden Seiten aus den manikürten Rasenflächen. Alles wirkte wie von Künstlerhänden arrangiert. Es war, als träte man geradewegs in ein Gemälde, in die idealisierte Darstellung eines friedlich daliegenden japanischen Anwesens aus dem 18. Jahrhundert.

„*Kitsune Tsuki.*“ Es war die Frau, die als Erste ihre Stimme wiederfand. „Die Fuchsherrin. Das hier ist *ihr* Werk.“

„Es ist …“ Er selbst hatte noch immer größte Schwierigkeiten, seine Empfindungen im Angesicht des überwältigenden Anblicks in Worte zu fassen. „Es ist so *wunderschön*.“

„Lass dich bloß nicht davon einlullen“, warnte ihn die Frau mit scharfer Stimme. „Vergiss nicht: All das hier dient nur dazu, uns zu verwirren. Besonders dich. Das hier ist deine Idee, oder?“

„Was soll das heißen?“

Der Ausdruck der Soldatin war verkniffen. „Eine Fantasie“, erklärte sie. „Irgendeine verdrängte Sehnsucht. Es ist nur logisch, dass unsere Feindin sich auf den *schwächeren* unserer beiden Geister konzentriert.“

Ungläubig schüttelte er den Kopf. „Ich bin nicht sicher. Falls sie mich verwirren will, kann ich nur sagen: Es funktioniert.“ Wie konnte man vom Anblick dieses Ortes *nicht* verzaubert sein? Das hier war nicht bloß *anders* als die Wirklichkeit, aus der sie kamen. Es war eindeutig sehr viel *besser*.

„Nichts hiervon ist echt“, ermahnte ihn die Israeli und trat entschlossen durch den Stahlrahmen der Tür. „Halt die Augen offen und das Gewehr bereit. Wir sind nicht als Touristen hier, sondern um eine Hexe zu töten. Vergiss das nicht.“

Wie aus einer Trance erwachend, folgte er der Kameradin in das kurze Tunnelstück. Anders als die Hexenjägerin hatte er sein ungläubiges Staunen noch keineswegs überwunden. Das harmonische Arrangement der Felsen, Pflanzen und Gebäude. Die makellose Ausführung der Anlagen, die trotz allem die bescheidene, ja demütige Handschrift, ein Bewusstsein menschlicher Unvollkommenheit, in sich trug. All dies stand im krassen Widerspruch zur kruden, funktionalen Kriegsarchitektur der letzten Stunden. Zwar war durchaus zu spüren, dass eine Note der Bedrohung unter allem lag. Eine Art Abwarten, ein Lauern in den Anlagen zwischen Vision und Albtraum. Der Friede aber und die Harmonie wirkten wie ein einnehmender Rausch, wie der Duft eines Parfüms, das die Sorgen und Gedanken des banalen Alltags für einen Augenblick vertreibt und den Geist in Sehnsüchte und Fantasien abschweifen lässt. Die Szenerie erfüllte ihn mit einem Eindruck wohliger Erschütterung. Die Warnungen seiner Kameradin waren zweifellos berechtigt. Allzu leicht verspürte man beim Anblick dieser Illusion den Wunsch, an diesem Ort zu *bleiben*.

Die Soldatin hatte derweil den Absatz des kurzen Höhlenstücks erreicht. Er selbst folgte nur wenig später. Gemeinsam ließen sie die Blicke über die verlockende Gefahrenlage wandern. Silbrige Ströme brachen zu ihrer Rechten aus der Felswand und ergossen sich in wohlgeformten Rinnen in die Tiefe. Außer den tanzenden Spiegelungen auf den dahingurgelnden Bächlein und dem gelegentlichen Flackern einer Kerze in den Körpern der Laternen war keine Bewegung auszumachen. Trotz allem wirkte dieser Ort keineswegs unbelebt. Vielmehr war das Gegenteil der Fall.

„Spürst du es auch?“ Die Stimme der Frau war gedämpft, beinahe andächtig.

„Ja“, gab er zurück. Auch ohne Worte wusste er, was seine Kameradin meinte. Eine Art unhörbares Summen, eine lebendige, verborgene Glut schien aus jedem Pfeiler, Dach und Baum hervorzustrahlen. Natur und Häuser verfügten über eine eigenartige, aus dem Hintergrund hervortretende Präsenz, welche die der tatsächlichen Realität sogar noch übertraf. Es war, als habe jemand das gesamte Areal mit Wirklichkeit wie einen Wasserspeicher angefüllt und aufgeladen. Die Szenerie schien Realität regelrecht zu *atmen*.

„Vergiss nicht“, ermahnte ihn die Frau. Dieses Mal klang selbst ihre Stimme murmelnd und ein wenig abgelenkt. „Das hier ist Feindesland.“ Ein weiterer Moment der Stille folgte. Dann schüttelte die Kameradin ärgerlich den Kopf. „Komm“, forderte sie. „Und pass auf. Das hier ist mit Sicherheit ein Hinterhalt.“

Zur Rechten waren Stufen in den Stein geschlagen, flankiert von einem hölzernen Geländer. Auch hier waren die Kunstfertigkeit und Liebe zum Detail der östlichen Kulturen nicht zu übersehen. Die menschlichen Ergänzungen im natürlich abfallenden Gestein waren behutsam und respektvoll in die Gegebenheiten der Felswand eingefügt, ohne diese zu stören oder übertreffen zu wollen. Steinerne, achteckige Laternenkörper mit geschwungenen Dachaufsätzen waren in natürlichen Nischen im Fels platziert. Die darin flackernden Talgkörper der Kerzen waren noch wie neu, so als habe jemand sie eben erst entzündet.

Die sanfte Rundung der herabführenden Treppe endete an den Ausläufern der saphirgrünen Rasenflächen in einem Fußpfad. Der Weg hinüber zum Gehöft bestand aus flachen, scharfkantigen Schieferplatten, deren ursprüngliche Formen beibehalten und die mit viel Geduld wie Puzzlestücke ineinandergefügt worden waren. Ein sanfter Glanz ging von den Steinfragmenten aus, eine Spiegelung von Feuchtigkeit, durchmischt mit den warmen, orangefarbenen Reflexionen der Laternen in den Holzaufhängungen am Wegesrand.

Die Frau hielt die Pistole mit beiden Händen vor sich ausgestreckt, die Mündung leicht zum Boden gesenkt. Das Rauschen der Gewässer, die alles verschluckende Stille aus dem purpurnen Gewölbe über ihren Köpfen ließen ihn erschauern. Nach einer Weile hatte sie die kleine hölzerne Bogenbrücke erreicht. Die Stiefel der Soldatin erzeugten knarzende Geräusche auf den Bohlen. Er trat an den Rand und warf einen Blick über das Geländer. Unter den Glasschichten des klaren Bächleins, in der von Blasenrändern und Unterströmungen aufgebrochenen Flut, zeigte sich, dass sie nicht ganz alleine waren. Armlange, weiß und rot gefärbte Karpfen mit Anordnungen goldener und silberner Schuppen in den Flanken trieben friedlich über einem Grund aus grauen Kieseln. In einer Windung des Flüsschens etwas abseits, unter einer Insellandschaft aus Seerosenblättern, war die schattenhafte Form eines gewaltigen Welses zu erahnen. Gelegentlich zuckte ein Wasserläufer mit ruckartigen Bewegungen über die gespannte Oberfläche. Auch hier hielt das Gebilde ihrer Feindin gleich mehrere Vorlagen für aufmerksame Innenausstatter von Asia-Restaurants bereit.

Die Soldatin hatte das Ende der Brücke erreicht und winkte ihn ungeduldig voran. So gut wie möglich ignorierte er, dass weiter hinten auf der Wiese ein Rudel fluoreszierender Hirsche graste, von denen einer friedlich kauend zu ihm aufsah. Vor ihnen, unter einem Bogen aus zwei parallelen, rot bemalten Querbalken, öffnete sich das Gehöft zu einer Art von Innenhof. Zur Rechten und zur Linken ragten ihnen Gebäudeflügel wie die Enden eines Hufeisens entgegen. Breite Trittstufen führten hinauf zu einer durchgehenden Veranda mit Geländer, die sich entlang der gesamten Innenseite der aus dunklen Holzsäulen und leuchtenden Papierwänden gefertigten Gebäude zog. Die einstöckigen Bauten krönte eine geschwungene Dachkonstruktion aus schwarzen Ziegeln, auf denen Sternenlicht glänzte.

Die Frau trat unter dem Bogen hindurch und sah sich argwöhnisch im grau gepflasterten Innenhof um. Gemeinsam näherten sie sich dem Hauptgebäude an der Stirnseite des

Platzes. Der Bau war deutlich höher als die anderen, mit einem Umlauf und Balkon in einer weiteren Etage und einem breiten Dach mit spitzen, aufragenden Enden.

Die Soldatin nickte nach rechts. Ein Wandpaneel im Seitenbau war zurückgeschoben und erlaubte einen Blick ins Innere, sogar durch den dahinterliegenden Raum hindurch, da die Wand auch auf der Außenseite aufgeschoben war. Ein von gestutzten Zierbäumen flankiertes Bächlein plätscherte auf der anderen Seite des Flügels dahin. Die Kammer selbst enthielt neben einigen niedrigen Kommoden und einem mit Schriftzeichen bemalten Wandbehang zwei Sitzkissen, die zu beiden Seiten eines niedrigen Tischchens angeordnet waren. Auf der Tischfläche selbst stand eine Teekanne aus Porzellan. Auch für zwei dampfende, mit Flüssigkeit gefüllte Tassen ohne Henkel war gesorgt.

Die Israeli rollte mit den Augen. „So *kitschig*", formulierten ihre Lippen. „Hast du noch mehr so billige Klischees auf Lager?"

„Ich finde das hier wirklich nett", verteidigte er sich zischend.

„Natürlich tust du das", gab die Frau zurück. „Das hier ist *deine* Fantasie. Was kommt als Nächstes? Samurai-Schwerter?"

„Ich weiß überhaupt nicht, wovon du redest", log Robert, stolzer Besitzer von drei Versandhaus-Schwertern, von denen eines einem Experiment mit einer Bambusstange und ein weiteres dem unsachgemäßen Anbringen einer dekorativen Wandhalterung zum Opfer gefallen war.

Die Israeli winkte sie voran zum größten der Gebäude. Auch aus der Nähe hob sich der Prachtbau von den umliegenden Flügeln ab. Kunstvolle Schnitzmuster bedeckten die Säulen und Querbalken. Zudem bewachten zwei Löwen auf rechteckigen Podesten den Eingang. Die Augen der Wesen waren dämonenhaft geweitet, ihre Mäuler aufgerissen. Jedes der Tiere hielt eine Steinkugel unter seiner Pranke.

Die Frau hielt inne. Sie schien zu seufzen, bevor sie sich erneut zu ihm umwandte. „Du weißt schon, dass das hier *chinesische* Löwen sind?“

„Könntest du bitte aufhören, meine Traumvorstellung zu kritisieren? Ich krieche auch nicht in *deinem* Kopf herum und fange an, überall herumzumäkeln.“

Mit einem Kopfschütteln wandte sich die Hexenjägerin nach vorn und überwand die Stufen hinauf zum Vorsteg. Die Doppel-Schiebetür lag vor ihnen. Ein Nicken ging in seine Richtung. „Bereit?“

Er legte das Gewehr an und nickte.

Die Hand der Israeli wanderte zum Griff.

Der schwarze Schemen in seinem Augenwinkel verursachte kein Geräusch. Es war mehr ein Instinkt als eine bewusste Wahrnehmung, der ihn herumfahren ließ. Das Gewehr in seinen Händen entlud sich mit einem Donnern. Die Wolke aus Schrapnell drückte den schwarz gekleideten Angreifer durch eine Hauswand aus Papier.

Noch bevor er atmen oder schlucken konnte, hatte er erneut gefeuert. Mehr Schatten fielen von den Dächern auf den Innenhof, geräuschlos landend, so als ließe jemand dicke Stoffbahnen aus der Höhe auf die Steine sinken. Wieder bäumte sich die Waffe in seinen Armen brüllend auf. Der in schwarzes Tuch gehüllte Angreifer rollte sich geschickt zur Seite, sodass die Schrotladung ihn verfehlte und einen Laternenpfahl umriss. Sichelförmige Klingen glänzten in den Händen ihrer Feinde.

Blam. Blam. Blam.

Er fuhr zusammen, als auch die Frau an seiner Seite zu feuern begann. Einer der vorstürzenden Angreifer überschlug sich in der Vorwärtsbewegung und blieb liegen. Weitere hatten den Hof schon beinahe überwunden.

Eben legte die Israeli wieder an. Mit einem Mal aber lag sie auf dem Boden. Ein Schatten war herabgestürzt, vom Hausdach über ihren Köpfen, und hatte die Soldatin mit sich auf den Holzsteg gerissen.

Blam. Blam. Blam.

Noch bevor er reagieren konnte, ließ eine schnelle Abfolge von Schüssen den Attackierenden erzittern. Der Körper des Schwarzgewandeten taumelte, bis eine Schrotladung aus nächster Nähe ihn quer über den Hof warf. Der Umriss des Mannes schien zu zittern und zu verschwimmen. Für einen kurzen Augenblick war ein Doppelschwanz wie Flammenzungen zu erkennen.

„Pass auf!" Der Schrei der Frau ließ ihn zur Seite tauchen. Mit einem schnarrenden Geräusch fuhr das Klingen-Wurfgeschoss direkt neben seinem Schädel in einen Stützbalken der Veranda. Er hob den Lauf, um den Angreifern zu begegnen, doch drei von ihnen waren bereits auf und über seiner Kameradin. Verzweifelt zielte er vom einen zum anderen, doch ...

Ein scharfes Reißen und Krachen warf ihn um, ebenso wie die verblüfften Ninja-Attentäter. Die Körper ihre Feinde flogen durch die Luft, als sei direkt vor ihnen eine Mine explodiert. Wie Puppen prallten die Vermummten gegen Dachfirste und Geländer und blieben auf den Pflastersteinen liegen. Die gesamte Umgebung schien für einen Augenblick zu flirren und zu zittern. Er meinte, alte Heizungsrohre zu erblicken, wo zuvor anmutige Säulen aus Holz gewesen waren, herabhängende Stahlgitter, wo sich eben noch das Dach befunden hatte.

Dann aber war die Erschütterung vorüber. Der Hof glühte erneut in angenehmem warmen Licht.

Langsam senkte er den Arm. Ein Teil des Stoffs seines Ärmels war versengt. Im Fleisch des Unterarmes zeigten sich blutrote Strähnen, wo ihn die Splitter der Entladung in Mitleidenschaft gezogen hatten. Die Frau erhob sich keuchend inmitten einer Wolke grauen Rauches. Sie schien in weiten Teilen noch in einem Stück zu sein. Von ihrem *i-Arm* war das Gleiche nicht mehr zu behaupten. Von der Schiene war nichts mehr als ein angesengtes Halbrohr übrig, aus dem hier und dort verschmorte Kabel hingen.

„Donnerwetter“, kommentierte er. Sein Blick wanderte über den Hof. Die Körper ihre Feinde lagen bewegungslos. Selbst einige der Schiebewände waren in Fetzen eingedrückt oder wiesen schwarze Löcher auf. Von einer Bedrohung war nichts mehr zu erkennen. „Bist du in Ordnung?“

„Verdammtes ...“ Die Hexenjägerin kam taumelnd auf die Beine. Ihr Blick ging fassungslos zu ihrem Arm. „Verdammt!“, wiederholte sie. „Gut, dass ich an der Innenseite nicht am Metall gespart habe.“

Auch er blinzelte verwundert auf die völlig zerstörte Konstruktion unter dem zerrissenen Militärshirt. „Das war knapp“, kommentierte er. „Eine Sprengmine für den Notfall?“

„Bin ich lebensmüde?“, gab die Frau entnervt zurück. „Natürlich nicht! Das Ding sollte nur einen Lichtblitz von sich geben. Nicht in die Luft fliegen!“

„Nun ...“ Sein Blick ging zu den Angreifern. „Wie es aussieht, hat es funktioniert. Bist du verletzt?“

Die Israeli blickte an sich herab. „Ein paar Kratzer“, kommentierte sie. „Sonst alles in Ordnung.“

Er griff in seine Seitentasche und schob Patronen nach. Auch die Frau wischte sich mit der Innenseite ihres Arms übers Gesicht und schob ein neues Magazin in ihre Waffe.

Ein kurzes Nicken. „So“, erklärte sie, als wäre überhaupt nicht viel gewesen. „*Bereit*?“

Er zielte auf die Tür und leckte sich über die Lippen. Es schmeckte nach Chemie und Ruß. „Bereit.“

Die Soldatin trat entschlossen vor und zog das Türelement zur Seite.

Die weite Halle, die sich vor ihnen auftat, bestand zum größten Teil aus einem einzigen Raum. An beiden Seiten reihten sich Sitzkissen und niedrige Tische aneinander, so als sei der Gastgeber es gewohnt, in dem repräsentativen Gebäude Hof zu halten. Am gegenüberliegenden Ende der Kammer, auf einem leicht erhöhten Podest, stand ein vergleichsweise schlichter, aus kastanienbraunem Holz gefertigter Thron. Schriftrollen mit Kanji-Zeichen hingen in schmalen Rahmen an den Seiten. Sorgsam beschnittene Miniatur-Bäumchen standen in grauen Steinschalen an den Wänden. Dazu kamen aufwendige Kostüme aus japanischen Theaterstücken und leere Samurai-Rüstungen, präsentiert auf hölzernen Gestellen. Die Frau warf ihm einen vielsagenden Blick zu. Auf einer Kommode zur Rechten ruhten in einem Ständer drei verzierte, horizontal übereinander angeordnete Schwerter.

Er öffnete bereits den Mund für eine Rechtfertigung, als eine Bewegung an der Stirnseite des Raumes ihn verstummen ließ. Auch die Israeli spannte sich und hob die Waffe.

Eine Figur, die er bisher für eine Puppe im Kostüm gehalten hatte, setzte langsam einen Fuß vor den anderen. Die Gestalt bewegte sich gemächlichen Schrittes von ihnen fort. Sie verharrte neben einem der beschnittenen Bonsais. Es schien, als starre die Erscheinung nachdenklich auf das Gewächs herab.

„He!“ Es war seine eigene Stimme, nervös und angespannt, die die Figur dazu bewegte, sich zu ihnen umzuwenden.

Er starrte stumm. Selbst unter all den Zierobjekten dieses Raumes waren die Gewänder ihres Gegenübers ohne Zweifel die vollendetsten. Blütenweiß, an den Umschlägen verziert mit roten Stickereien wie von Flammenzungen, war das Kleid der Frau, die sie durch die dünnen Sehschlitze einer Gesichtsmaske ansah. Ihre Ausstattung wirkte formell, wie zu einem bedeutsamen Empfang oder zur Aufführung eines uralten Theaterstücks. Hände weiß wie Porzellan, hervorragend aus weitläufigen Ärmelenden, legten sich voll Anmut ineinander.

„Ihr seid gekommen“, verkündete die Maske. Auch die Stimme der Verhüllten war sanft und einnehmend. Ihr Gesichtsschutz war durchgehend weiß, abgesehen von einem geschwungenen, wie von einem Kalligrafen quer über das Oval gezogenen Pinselstrich aus leuchtend roter Farbe.

Unsicher legte er die Flinte an. Die Gestalt hatte begonnen, sich in ihre Richtung zu bewegen, hielt jedoch beim Anblick der erhobenen Mündung inne. Einige Augenblicke lang musterte die Frau sie durch die Maske. „So viel Blut“, verkündete sie leise, scheinbar mit Bedauern. Die Worte drangen mitten in sein Herz. Er selbst konnte in seinem Inneren die Trauer ihres Gegenübers spüren. „Meine Diener“, fuhr die Dame fort. „Ihr habt sie getötet.“

„Sie haben uns …“ Er räusperte sich, da seine Stimme zu versagen drohte. „Sie haben uns zuerst angegriffen. Wir haben nur …“

„Rede nicht mit ihr.“ Die Warnung seiner Kameradin war ein scharfes Zischen. Die Pistole der Soldatin schien zu zittern.

In ihren Worten war ein Anflug von Verunsicherung nicht zu überhören.

Ein Seufzen erklang aus der Gesichtspartie der kostümierten Frau. Ihre Hände lösten sich von ihren Seiten. Die Finger wanderten langsam empor.

„Was macht sie da?“ Die Innenseiten seiner Hände, feucht von Schweiß, tanzten angespannt über die Griffpartie seines Gewehrs.

„Bitte, liebe Kinder.“ Die Finger der Frau hatten die Ränder ihrer Maske erreicht. „Keinen Streit mehr.“ Der Schemen senkte leicht den Kopf. Die Maske blieb zurück in ihren Händen, als die Dame ihr Gesicht hob und sie ansah.

Ein lautes Keuchen erklang von der Soldatin. Der Anblick der Verkleideten war anders als erwartet. Die Züge waren keineswegs asiatisch. Vielmehr schien es sich um eine Frau in ihren späten Dreißigern zu handeln, mit sanften blauen Augen und eigentümlich weißem Haar. „Salena“, verkündete die Dame. Ein schwaches Lächeln umspielte ihre Lippen. „Mein Kind. Nach all den Jahren.“

Die Israeli stand an seiner Seite wie erstarrt. Die Pistole in den Händen der Soldatin bebte.

„Meine Tochter.“ Die Frau im Festanzug lächelte noch immer. „Es ist nicht, wie es erscheint“, erklärte sie. „Setzt euch einen Augenblick. Dann erzähle ich euch, was wirklich ...“

Blam.

Er fuhr zusammen, als die Pistole fast direkt neben seinem Ohr losging.

Blam. Blam.

Die Israeli trat vor. Jeder Schritt war kontrolliert, unterbrochen jeweils nur von einer weiteren krachenden Entladung.

Blam. Blam. Blam.

Die Arme der Hexe ruderten wild umher.

Blam. Blam.

Die Soldatin stand inzwischen fast direkt über dem zuckenden Umhang. Ungläubig beobachtete er, wie seine Kameradin weiterfeuerte, bis nur noch ein metallisches Klicken zu hören war.

Verwirrt sah er sich um. Die glühenden Papierwände begannen zu flimmern und sich aufzulösen. Die Frau drehte sich zu ihm um. In ihrem Blick lagen Kälte und Triumph.

„Was ... ?"

Die Soldatin wandte den Blick nicht von ihm ab, als sie das Magazin aus dem Griff gleiten ließ, zu ihrem Gürtel fasste und ein neues nachschob.

Er schluckte hart. „War das gerade ...?"

„Eine Illusion", kam die Israeli ihm entschlossen zuvor. „Übrigens: Dein Sinn für narrative Dramatik geht mir auf die Nerven. Können wir?"

Er nickte stumm. Das asiatische Gebäude war bereits zum größten Teil verschwunden. Augen und Gehirn versuchten damit zurechtzukommen, plötzlich wieder in einem schmutzig dunklen Bunkerkeller voller Geröll zu stehen. Die Soldatin schaltete ihre Taschenlampe ein. Der Kegel durchschnitt die letzten Überreste der Illusion wie ein stählerner Besen eine dünne Schicht aus Sägespänen. Wehmut ergriff für einen Augenblick sein Herz, bevor er das Gefühl verärgert fortschob. Der Hexenzauber wirkte noch immer nach. Beinahe konnte einem das Verschwinden dieses wunderbaren Ortes wie ein Verlust vorkommen.

„Genug mit diesem Unsinn." Die Hexenjägerin atmete tief durch und straffte sich. „Zeit, das hier zu Ende zu bringen."

Kapitel 23 – Konfrontation

Salena setzte sich entschlossen in Bewegung. Er selbst wandte sich um und sah zurück. Hinter ihnen, jenseits eines Aufgangs aus Geröll und alten Stufen, war auf einem Absatz die Stahltür zu erkennen, durch die sie den vermeintlichen Höhlenraum betreten hatten. In Wirklichkeit handelte es sich um eine eingestürzte Bunkerkammer, recht geräumig zwar, doch keineswegs von solchen Ausmaßen, wie sie die Sinnestäuschung ihrer Feindin hatte glauben machen wollen. Der Boden war mit losem Geröll bedeckt, durch das das Tourenunternehmen einen schmalen Pfad geschaffen hatte.

Er folgte seiner Kameradin. Die Lampe an der Seite seiner Waffe schälte schräg herabhängende Decken und pockennarbige Wände aus den Schatten. Die Israeli hatte bereits fast den ganzen Raum durchquert und führte sie in Richtung eines Durchgangs in der gegenüberliegenden Wand.

Er sah sich weiter in der Kammer um, bemüht, den Zeigefinger vom Abzug fernzuhalten, um nicht ungewollt eine Katastrophe auszulösen. Es war schon recht erstaunlich: Obwohl der alte Bunker innerhalb kürzester Zeit aus einer Hand geplant und errichtet worden war, schien sich jede Etage von der jeweils vorangegangenen in einer Weise zu unterscheiden, die beinahe als organisch zu bezeichnen war. Das Ausmaß des Verfalls und der Zerstörung schien mit fortschreitendem Abstieg immer weiter zuzunehmen. Eben duckte sich die Israeli unter einem Dickicht alter Telefonkabel hindurch, die wie die Netze übergroßer Spinnen in die Kammer hingen. Das Licht der Taschenlampen ließ die Schatten des verworrenen Geflechtes beinahe lebendig über die Bunkerwände tanzen.

Er folgte seiner Kameradin durch den Durchgang. Die nächste Kammer enthielt frei stehende Wände, die recht verloren aus einigen Trümmerbergen ragten. Rostige Heizungsrohre verliefen unter der Decke in geheimnisvolle Aussparungen an den Wänden. An einer Seite war die Wand der Kammer aufgeplatzt und zeigte rund herausgebogene Stahlstreben wie von einem angespülten Walgerippe.

„Der Plan", forderte Salena scharf. Das Zischen seiner Kameradin holte ihn zurück ins Hier und Jetzt. Er senkte das Gewehr, griff unter seine Jacke und zog den Lageplan hervor. Die Soldatin nahm das gefaltete Papier von ihm entgegen und breitete es auf der halbwegs flachen Oberseite eines Trümmerstückes aus. Ihre Blicke flogen über das Papier.

„In welcher Etage sind wir überhaupt?"

„Fünftes Untergeschoss", gab die Frau murmelnd zurück. „Glaube ich." Dann nickte sie entschlossen. Die Soldatin deutete zum hinteren Teil der Kammer. „Da entlang", beschloss sie. „Wir müssten schon fast da sein."

Er nahm die Karte und verstaute sie. Unsicher blickte er sich um. Vereinzelt war ein Tropfen in den Schatten zu vernehmen. Auf einigen der Oberflächen glänzte eine feuchte Schleimschicht. An manchen Stellen waren Moospolster zu erkennen. „Hast du auch das Gefühl, dass es hier unten wärmer wird?"

„Möglich." Die Frau rieb sich verärgert über ihre Schulter. Wohl nicht aus Zufall handelte es sich um dieselbe Stelle, an der sich unter ihrem Tarnshirt das aufgebrochene Hexenmal befand. „Es kommt von den Entladungen", erklärte sie. „Ich wünschte, ich hätte noch mein Spektrometer. Es juckt und kribbelt wie ... ich kann *spüren*, dass hier unten jemand starke Hexenzauberei beschwört. Komm." Wieder übernahm die

Hexenjägerin die Führung und wandte sich zum nächsten Durchgang. „Weiter."

Schnaufend folgte er der Kameradin. Die Israeli bog vom frei geräumten Fußweg ab. Der nächste Abschnitt war ganz offensichtlich nicht mehr für Touristentouren ausgelegt. Beinahe wünschte er, doch noch einmal in seine Wohnung zurückgekehrt zu sein, um sich anständiges Schuhwerk zu beschaffen. Die Soldatin führte sie über eine Piste scharfkantiger Bruchstücke, die nicht selten die Ausmaße von Kühlschränken annahmen. Immer größere Geröllbrocken versperrten ihren Weg. Man musste aufpassen, sich nicht den Knöchel zu verstauchen oder sich den Kopf mit einer der herausragenden Metallstangen zu durchbohren.

„Hier!" Ein aufgeregtes Zischen ließ ihn innehalten. Schnell schloss er zu seiner Kameradin auf. Vor ihnen lag ein nur behelfsmäßig frei geräumter Durchgang im Beton. Glänzende rote und weiße Folienstreifen lagen zerrissen davor auf dem Boden. So wie es aussah, hatte bis vor Kurzem Absperrband den Türdurchgang versperrt. Auf der anderen Seite lag eine schattige Kammer mit einer Grundfläche von nur wenigen Quadratmetern. Salena trat vorsichtig durch den Rahmen. Im Boden klaffte ein rundes Loch, das an drei Seiten von einem rostigen Metallgeländer umschlossen war. Eine stählerne, mit sanft in einem Zug schwebenden Spinnweben behangene Leiter führte inmitten eines Schutzgerüsts aus Stahlringen in die finstere Vertiefung. Auch er trat vor und linste in die Tiefe. Der Boden war nicht zu erkennen. Er wagte nicht, hinabzuleuchten. Eindeutig aber stieg ihnen ein warmer, muffig riechender Luftstrom aus dem darunterliegenden Raum entgegen.

Er wandte den Kopf und sah seine Kameradin an. Die Frau erwiderte seinen Blick und nickte. Als er vortreten wollte, um hinabzusteigen, berührte ihn die Israeli an der Schulter. „Die Anhänger“, ermahnte sie ihn flüsternd. Sie zog ihre Ikone mit dem heiligen Patrick aus der Tasche und legte sich den Schmuckgegenstand um. Er begriff und tat das Gleiche mit seiner eigenen Ikonenkette. Zumindest verschaffte einem der Anhänger das *Gefühl*, geschützt zu sein. Die Soldatin stellte sicher, dass das Blutgewehr stabil am Gurt auf ihrem Rücken hing. Dann trat sie vor, ergriff die Handläufe und setzte einen Fuß auf die oberste Stufe. Nach einer kurzen Belastungsprüfung wagte sie einen ersten Schritt in die Tiefe. Dann einen weiteren. Unter dumpf klingenden Geräuschen, so als schlage jemand mit einem Lederstiefel an ein Abflussrohr, verschwand der Körper seiner Kameradin und schließlich auch ihr Scheitel in den Schatten.

Er atmete tief durch und verdrängte die Stimme der Vernunft, die entschieden Einspruch gegen das erhob, was er zu tun im Begriff war. Ein Knirschen aus dem Tunnel ließ erahnen, dass die Frau den Boden erreicht hatte. Er sicherte die Schrotflinte, hängte sie sich um und ergriff die kühlen Handläufe, um selbst den Abstieg anzugehen.

„Shht!“ Ein warnendes Geräusch ertönte unter ihm, noch bevor seine Füße den Beton berührten. Noch auf der Leiter hielt er inne. Er bemühte sich, flach zu atmen. Die Frau hielt ihre Taschenlampe ausgeschaltet. Eine Bewegung vollzog sich in den Schatten. Nachdem sich seine Augen an das schwache Dämmerlicht gewöhnt hatten, erkannte er, dass seine Kameradin halb verborgen hinter einem kleinen Schuttberg hockte. Die Hexenjägerin bedeutete ihm mit winkenden Bewegungen, den Abstieg schnell und möglichst leise fortzusetzen.

Behutsam ließ er sich von der letzten Strebe auf den Boden gleiten. Schnell folgte er dem Beispiel seiner Kameradin und ging an ihrer Seite hinter dem Geröllhaufen in Deckung.

Sie befanden sich in einer nicht zu großen, etwa quadratisch angelegten Kammer. Vor ihnen, auf der anderen Seite des Trümmerhügels, zeigte sich ein wenig erhöht am Ende einer Rampe ein Durchgang in der Wand. Kränklicher roter Schein drang aus dem Türrahmen hervor, in dessen Angeln zwei verbogene Stahltüren hingen. Es sah aus, als habe eine Sprengung oder irgendeine andere große Macht die Flügel auseinandergerissen und wie Papier zerdrückt. Der Boden schien hinter der eisernen Schwelle abzufallen, sodass die Ausstattung des dahinterliegenden Raums nicht zu erkennen war. Jedoch wanderte Licht wie von Spiegelungen auf einer Wasseroberfläche über die hohe Bunkerdecke. Die Leuchtbewegungen wechselten gelegentlich ins Fiebergrüne und schienen zu pulsieren wie die Lichtbögen elektrischer Geräte. Auch ein leichtes Prickeln war zu spüren. Die Luft schien aufgeladen wie vor einem Gewitter. Die Atmosphäre war auf schwer beschreibliche Weise *schmierig*. Er rieb die Fingerkuppen aneinander. Tatsächlich war ein dünner, klebriger Regenbogenfilm darauf zu sehen, so als habe er versehentlich in Öl gefasst.

Auch die Soldatin starrte gebannt auf das Geflacker. Er sah sich um. Hinter ihnen bedeckte eine eigenartige Formation verschieden dicker Rohre die Wand, verworren wie ein Nest von Würmern. Möglicherweise handelte es sich um das Verteilsystem der Heizungsanlage. Zur Rechten, halb verborgen hinter Schutt, lag ein dunkler Türdurchgang. Inzwischen hatten sich seine Augen so weit an die Dunkelheit gewöhnt, dass er das Warnschild an der Wand entziffern konnte. Ein grinsender Totenkopf mit gekreuzten Knochen. Manche Warnhinweise veränderten sich auch über achtzig Jahre nicht. *Achtung*, stand darunter. *Munitionslager!* Ein Kloß wanderte durch seinen Kehlkopf, als seine Blicke Regale aus den Schatten schälten. Sorgfältig aufgereihte zylinderförmige Objekte ruhten in den staubigen Etagen. Vermutlich hatte man die Munition der Flakgeschütze tief in den Eingeweiden des Komplexes eingelagert, um bei direkten Bombentreffern Explosionen zu vermeiden. Wie gut ein Dreivierteljahrhundert in Dunkelheit und Feuchtigkeit den Zündern und dem Sprengstoff wohl getan hatte, stand auf einem völlig anderen Blatt.

Er wurde sich bewusst, dass seine Kameradin das Blutgewehr von ihrem Rücken genommen hatte. Die Soldatin hatte ein Knie aufgestellt, zielte zur Decke und schielte am Lauf entlang, wie um die Einsatzfähigkeit zu prüfen. Die Frau nickte ihm zu. *Sie* war bereit.

Er selbst nahm seine Schrotflinte vom Rücken. Halbwegs verwundert nahm er wahr, dass seine Finger ruhig und seine Griffe sicher waren. „Bereit“, signalisierte er stumm.

Die Soldatin erhob sich und schlich langsam um den Trümmerberg herum, um sich geduckt der Tür zu nähern. Inzwischen meinte er ein leises Summen zu vernehmen, gerade unterhalb der Grenze der Hörbarkeit. Das Prickeln auf seiner Haut hielt noch immer an. Fast rechnete er damit, im Inneren der Kammer einen altmodischen Schwungrad-Generator vorzufinden, ein schnaufendes, antiquiertes Monstrum, womöglich noch mit aufragenden Kathoden, zwischen denen sich ein Lichtbogen spannte. Tatsächlich stach ein scharfer Geruch wie von Öl oder Benzin in seine Nase. Er umklammerte den Griff der Waffe fester und folgte der Soldatin. Die Frau war fast schon an der Schwelle. Sie duckte sich so weit hinab, dass ihr Körper beinahe ausgestreckt auf der leicht ansteigenden Rampe lag. Salena legte das Gewehr zur Seite und hob langsam den Kopf, um über die Schwelle in den Raum zu spähen. Für einen Augenblick zog scharlachroter Widerschein wie Ölbrand über ihre Stirn. Tiefe Schatten füllten ihre Augenhöhlen. Dann senkte sie den Kopf zurück hinter die Kante. Die Israeli lag für einige Momente still. Sie schien ruhig und sehr konzentriert zu atmen. Dann wandte sie den Blick zu ihm.

„*Was*?", signalisierte er mit allen zur Verfügung stehenden Körperteilen.

Die Frau schüttelte den Kopf. Ihr Ausdruck wirkte müde und erschöpft.

Anstatt vergeblich auf eine Antwort zu warten, schob auch er sich vor. Die Israeli machte keine Anstalten, ihn zurückzuhalten, als er den Kopf hob, um über die Kante zu spähen.

Einen Augenblick lang ließ auch er stumm und ungläubig den Blick über die Szene wandern. Nach einer kurzen Zeit sank er zurück hinter die Schwelle. Er wandte sich zur Frau. Die Soldatin presste sich an seiner Seite auf den kühlen Boden und starrte in die Schatten. Er bemühte sich ruhig zu atmen. Klar zu denken.

Salena sah ihn an.

Er erwiderte den Blick. „So *viele*?", formten seine Lippen stumm.

Die Hexenjägerin gab keine Antwort.

Er biss die Zähne zusammen. Das alles hier war himmelschreiend ungerecht. Sie selbst trafen immer wieder auf neue Hindernisse. Ihre Feindin aber schien über alle Ressourcen zu verfügen, die sie sich überhaupt nur wünschen konnte.

Bestimmt ein Dutzend Hexen hielten sich im Raum hinter der Schwelle auf. Die Kammer war zylinderförmig, wie ein Silo oder Gasspeicher, und erstreckte sich im Durchmesser über gut zwanzig Meter. Schutt, rostende Fässer und inaktive Halogenscheinwerfer wie von Ausgrabungen waren an den

Wänden aufgestapelt. Den unebenen Boden bedeckten glänzend rote Pfützen wie von mit Öl verschmutztem Grundwasser. Die Lachen spiegelten den Schein verschmolzener Ansammlungen von roten Kerzen wider, die ohne erkennbares Muster auf allen geraden Oberflächen standen. Der von Verwitterung zersetzte Boden stieg in der Mitte des Raumes zu einer Art flachem Kegel mit abgeschnittener Spitze an. Im Zentrum der Rundfläche erhob sich ein rostendes Rondell aus Strahlträgern wie das Spottbild eines griechischen Ziertempels mit kreisförmigem Aufsatz und gut drei Meter hohen Säulen. Die Konstruktion mochte einst als Aufhängung für irgendeine Art von schwerer Maschinerie vorgesehen gewesen sein. Nur aber waren zwischen den Eisensäulen schwarz glänzende Samttücher aufgehängt. Gelegentlich schienen Entladungen über die Stahlträger zu wandern.

Unter der Kammerdecke war ein kompliziert anmutendes Gewirr von durchhängenden Fäden aufgespannt, ähnlich der Stoffdecke eines Zeltes oder Baldachins, das an einem einzigen Punkt über dem Eisenkreis des neumodischen Tempels zusammenlief. Schnäbel, Fellstücke und Tierknochen hingen von den dünnen Bahnen herab. An der Decke des Raumes, über dem Rondell, hatte man mit weißer Kalkfarbe und schimmerndem Perlmutt Sternenkonstellationen aufgemalt.

Der Zirkel ihrer Feindinnen lagerte wie ein aufmerksames Löwenrudel rund um das verstörende Heiligtum, das unverkennbar im Zentrum ihres Rituales stand. Einige lehnten rastend in erschöpften Posen an den Wänden. Andere standen aufrecht, die Hände zur Decke erhoben, die Blicke auf den leeren Holzthron gerichtet, der im Inneren des Ziertempels zwischen dem Gefangenen und inmitten von diversen Kultobjekten ruhte. Acht Hexen standen rings um das Rondell herum an den Endpunkten eines auf den Untergrund gemalten Mandalas. Auch die Körper der Beschwörerinnen waren in der gleichen Art mit schwarzen Aschezeichnungen verziert.

Er schloss die Augen und atmete flach, bemüht, kein Geräusch zu verursachen. Die Energie im Inneren der Kammer war deutlich spürbar. Das Ritual hatte begonnen. Und im Zentrum der Zeremonie, gefesselt an eine Säule des mit Tüchern abgetrennten Heiligtums ...

„Hast du ihn gesehen?“ Die Soldatin sah ihn an.

Er erwiderte den Blick der Frau und nickte. „Lebt er noch?“, formulierte er, so leise wie nur möglich.

Die Israeli nickte entschlossen. Ihre Stirn und ihre Wangen glänzten. Ein dünner Film aus Schweiß, durchmischt mit jener öligen, schwer zu definierenden Substanz, hatte sich auf ihrer Haut gebildet.

Noch einmal wagte er mit angehaltenem Atem einen kurzen Blick über den Rand, bevor er sich erneut zurücksinken ließ.

Iván sah schlecht aus. Halb zusammengesunken lag der Amerikaner im Inneren des Säulentempels auf dem Boden. Man hatte ihm die Hände über seinem Kopf mit Kettengliedern zusammengebunden, sodass ihn die an den Trägern festgezurrte Fessel halbwegs aufrecht hielt. Der herabgesenkte Kopf des Mexikaners hing auf seiner bloßen Brust. Der rot glühende Oberkörper war mit Striemen und mit blutenden Wunden bedeckt. Die Füße waren schwarz vom Schmutz, vielleicht auch noch von etwas Schlimmerem. Was die anderen Objekte im Rondell anging ...

„Was ist das alles für ein Kram?“

„Was weiß denn ich?“ Die Stimme der Soldatin klang gereizt. „Irgendwas für die Beschwörung.“

Tatsächlich war die Ansammlung von Gegenständen in dem Rundbau reichlich eigenartig. Er hatte eine Art von grau glänzender Haube mit getöntem Sichtfenster ausgemacht, wie das Kopfteil eines Schutzanzuges, das wie der aufgespießte Kopf eines besiegten Feindes am Ende einer Stange ruhte. Daneben hing ein glitzerndes, ungefähr faustgroßes Steinfragment in einer Halterung. Der letzte Gegenstand besaß gewisse Ähnlichkeit mit einer römischen Standarte. Statt aus Holz war der Stab jedoch aus schwarzem Eisen angefertigt. Anstelle eines Adlers krönte ein gehörnter schwarzer Halbmond seine Spitze. Auch fehlte eine Querstange, die ein rechteckiges rotes Stofftuch hielt. Stattdessen prangte oben auf dem Pfahl eine Art runder Vorhang aus langem schwarzen Rosshaar. Er hatte keine Zweifel, aus welcher Weltregion die seltsame Verzierung stammte. Alois' Aufzeichnungen hatten ein Bild davon enthalten. Es handelte sich um einen *Tug*. Eine Art Kriegsbanner, wie sie Dschingis Khans Mongolenhorden bei ihrem Einfall in Europa in ihren Schlachtreihen geführt hatten.

Noch einmal atmete er tief und hielt sich an der Flinte fest. Er konzentrierte sich auf die Festigkeit des Kunststoffs und des Stahls. Auch die Frau schien ihre Sinne und Gedanken langsam wieder beieinanderzuhaben. Also gut. Die Lage sah nicht gerade rosig aus. Wenigstens aber schien es, als läge das Überraschungsmoment auf ihrer Seite. Er wandte sich zur Hexenjägerin. Eine zentrale Frage hatte sich noch nicht erschlossen. „Welche davon ist Kaliyaga?“, brachte er gepresst hervor.

Die Frau schob sich empor und linste noch einmal über die Kante. Die Israeli ließ sich zurückfallen. Ihr Blick war starr. „Keine“, erklärte sie schwach.

Kälte überfiel ihn. Der zur Maske erstarrte Ausdruck seiner Kameradin war noch weitaus schlimmer als Alarm.

„Aber wenn sie nicht *dort drinnen* ist …“

Die Worte erstarben ihm in der Kehle. Etwas hatte sich verändert. Die Vorkammer, in der sie saßen, war beinahe völlig finster. Ein Umriss aber war noch schwärzer als der Rest. Ein Hauch entfuhr ihm, ein Pfeifton, so als sei ein Loch in seiner Lunge.

Die Großhexe trat vor. Aus der verschlungenen Wand aus Leitungsrohren, bestehend scheinbar nur aus Kälte und aus Dunkelheit, schälte sich eine aufragende, schlanke Form.

Die Israeli stand mit einer fließenden Bewegung auf. Verwirrt, zu überrascht für offenes Entsetzen, bemerkte er, dass auch seine Füße, Knie und Beine urplötzlich in Bewegung waren. Wie Marionetten, wie Fische an den Enden zweier Angelhaken, wurden sie von einer unbarmherzigen Macht emporgezogen. Die Frau an seiner Seite streckte sich. Sie stand bereits auf ihren Zehenspitzen, doch etwas zwang sie immer noch weiter in die Höhe. Er merkte kaum, dass eine Kraft ihn in der gleichen Weise emporzwang, bis es ihm genauso ging. Ein harter, schmerzhafter Druck, etwas wie die Spitze eines unsichtbaren Speeres, bohrte sich in die weiche Stelle unter seinem Zungenboden.

Mit Mühe wahrte er das Gleichgewicht auf seinen Fußballen. Die Großhexe betrachtete ohne jede Regung ihren verzweifelten Balanceakt. Die Schatten ersparten ihm den vollen Anblick ihrer Feindin. Einzig ihre Augen schienen in der Dunkelheit zu schimmern wie zwei schwarze Perlen.

Er konnte spüren, wie die Aufmerksamkeit der Großhexe sein Innerstes durchspürte. Unwillkürlich schnappte er nach

Luft. Der Blick der Feindin erzielte eine Wirkung wie ein kalter, starker Wasserstrahl auf einem nackten Körper, der durch seine Haut und seine Knochen drang. Unendliche Erleichterung durchflutete ihn, als der Röntgenblick der Feindin von ihm abließ. Das Brennen wurde schwächer. Die Prüfung war erfolgt. Die Hexe schien bei ihrer Musterung nichts entdeckt zu haben, was sie verwundert hätte.

Eine Bewegung auf seiner Haut ließ ihn zusammenfahren. Etwas rutschte zuckend aufwärts über seinen Hals. Das Band des kleinen Amulettes schabte über seine Ohrmuscheln und landete mit einem Klimpern auf dem Boden. Das Geräusch war hart und grell. Es war, als tauche man aus einem Wasserkörper auf und werde sich erst jetzt bewusst, dass bisher alles stark gedämpft geklungen hatte.

Ein quälendes Echo ließ ihn gewahr werden, dass Worte an sie gerichtet worden waren. Zwar waren keine Töne zu vernehmen, doch etwas wie der Nachhall von Befehlen in einer harten, fremden Sprache kratzte schmerzhaft über seine Trommelfelle.

Ein Klingeln erklang auch vor der Frau an seiner Seite. Mit einem Mal stürzte die Israeli auf den Boden. Es war, als habe jemand die Fäden einer Marionette durchgeschnitten. Die Soldatin reagierte schnell. Sie wälzte sich herum, hatte das Blutgewehr ergriffen und angelegt, bevor er überhaupt begriff, was vor sich ging.

Ptschiu.

Ein erster Schuss in Richtung ihrer Feindin. Etwas zerplatzte klirrend in der Dunkelheit.

Ptschiu. Ptschiu. Ptschiu.

Drei weitere Kanülen zischten durch die Kammer. Jede einzelne zerplatzte wirkungslos im Rohrgestänge an der anderen Raumseite.

Kaliyaga zeigte keine Regung. Das Gesicht der Israeli war verzerrt von ohnmächtiger Wut.

Die anderen auch noch. Die Stimme der Großhexe war gelassen, mit einer unbedingten Erwartung von Gehorsam. Der Befehl schien direkt zwischen seinen Schläfen zu erklingen, auch wenn die Ohren ihm versicherten, ihn nie gehört zu haben. Die Worte waren einfach *da.*

Die Soldatin legte wieder an. Der Lauf der Waffe schien zu zittern. Dieses Mal zielte sie direkt vor ihre eigenen Füße.

Ptschiu.

Blut spritzte, *sein* Blut, die Essenz der wertvollen Hohlkörper, und benetzte wirkungslos die Stiefel seiner Kameradin.

Ptschiu. Klick. Klick

„Gah!" Die Israeli holte aus, um der Feindin ihre Waffe entgegenzuschleudern. Wieder bewegte sich ihr Arm wie unter einem unsichtbaren Zwang. Der Gegenstand prallte direkt vor ihren Füßen auf den Boden und zerbrach dort in zwei Teile.

Kaliyaga schien zu lächeln. Offenkundig ließ der Hexenzauber seiner Kameradin gerade genug Freiheit, um an dem Versuch, sie zu bekämpfen, zu verzweifeln.

Du bist noch immer zu leicht reizbar, Kind.

Der Blick der Feindin richtete sich auf ihn. Sofort zogen seine Finger die Flinte am Schultergurt hervor und warfen sie mit einem Scheppern auf den Boden.

Gut, befand die Hexe. *Kommt jetzt.*

Beide wandten sie sich auf den Hacken um wie Zinnsoldaten. Auch die Soldatin schien nicht zu begreifen, was mit ihr geschah. Es war, als habe ein mechanisches Gewinde sie herumgedreht. Alle seine Muskeln waren fremdbestimmt. Eine Macht bog ihre Köpfe. Jetzt erst erkannten sie die Falle. Halb verborgen unter dem Geröll hatte jemand rötlich braune Linienmuster auf den Untergrund gemalt. Die Zeichnungen umfassten den Bereich rund um die Kante, wo sie sich versteckt gehalten hatte. Womöglich lag hierin der Grund für ihre Paralyse. Sie waren geradewegs in ein Bannzeichen getappt.

Und jetzt: vorwärts.

Entschlossen marschierten seine Füße über Steinbrocken und losen Schotter. Ohne sein Zutun überquerten seine aufrührerischen Körperteile die Schwelle. Alles vollzog sich automatisch, ohne dass er hätte eingreifen können. Seine Beine schienen ihn nicht einmal mehr aus Höflichkeit zu konsultieren. Die im Ritual begriffenen Beschwörerinnen schenkten ihnen keinerlei Beachtung. Niemand in der Kammer würdigte sie auch nur eines Blickes. Die willenlosen Stelzen unter seiner Hüfte führten ihn hinüber zum Rondell.

Iván! Seine Lippen ließen keine Laute zu. Der Kopf ihres angeketteten Kameraden hing noch immer regungslos herab. Hoffentlich hatte Salena recht und der Mexikaner war lediglich bewusstlos.

Seht mich an.

Wieder bewegten sich ihre Körper wie auf Drehtellern. Trotz der Lähmung spürte er, wie Entsetzen sich den Weg durch alle Nervenbahnen und Synapsen bahnte.

Schimmerndes rotes Licht schälte den Umriss ihrer Feindin aus den Schatten. Es war, als zerre jemand einen Leichnam aus einer dunklen Gletscherspalte hervor, in der er Hunderte von Jahren lang gelegen und gerottet hatte. Der Körper ihrer Feindin war über alle Maßen hager, fast wie ein konserviertes, mit wurzelartigen Sehnen überzogenes Skelett. Gräulicher Stoff wie alte Leinenbinden bedeckte Teile ihres Körpers wie den einer Mumie. An einigen Stellen waren die Tuchwickel ganz mit ihr verwachsen. Wo die Haut nicht grau und abgestorben war, glänzte sie gelb und fettig wie ranzige Butter. Alles aber trat zurück hinter dem Anblick ihrer Augen.

Einzelne graue und weiße Haarsträhnen hingen ungezähmt von einer hohen Stirn um ihren beinahe kahlen Schädel. Die Augen aber waren klar und blau wie Eisseen, erfüllt von einem unbeugsamen Willen, den 800 Jahre voller Auszehrungen nicht hatten trüben können. Weisheit und ein Verständnis vieler Dinge lagen in den leuchtenden Zirkeln. Dinge, die nicht gesehen werden *sollten*. Es waren Augen, die Unfassbares gesehen und heraufbeschworen hatten. Die vor nichts verschlossen worden waren. In den runden, giftig blauen Tiefen schwammen Ungeheuer, formlose Wesen, die wahrzunehmen sich die Sinne und der Verstand verbaten. Mächte, die mehr als nur den Leib verzehren konnten. In der Dunkelheit dieser Pupillen wohnten grenzenlose Bosheit und Heimtücke, Niedertracht und eine solch ungestillte Sehnsucht danach, Schaden in die Welt zu bringen, dass es seine Wirbelsäule zu Eis erstarren ließ.

Wieder sprach die Hexe. Zumindest bewegten sich die schmalen Lippen. Signale schossen durch den Raum zwischen seinen Schläfen. Es war eine Stimme, die es gewohnt war, zu befehlen, die Reiterheere in die Schlacht geschickt, Reiche zerschmettert und kriegserprobte Fürsten in ihre eigenen Schwerter gestürzt hatte.

Willenlos folgten ihre Blicke Kaliyaga, während die große Feindin in den Kreis des stählernen Zylinders trat. Majestätisch wandte sich die Frau zu ihnen um, ließ sich auf den Holzthron niedersinken und ruhte mit den langgliedrigen Händen gelassen auf den Armlehnen. Eine Hexendienerin löste sich aus ihrer Wartestellung an der Wand und senkte eine schlichte Eisenkrone auf ihr Haupt.

Sei mir gegrüßt, Sohn eines Burmantels.

Gegen seinen Willen trat er vor und neigte den Kopf zu einer Verbeugung. Die Großhexe zwang seinen Blick empor und musterte ihn. Wieder war der Blick der Feindin wie ein Sonnenbrand auf ungeschützter Haut. Ein kurzes Nicken, und die unsichtbare Fessel löste sich von ihm. Beinahe wäre er gestürzt. Offenkundig arbeiteten die Muskeln seiner Beine plötzlich nicht mehr automatisch, sondern erwarteten wieder, dass *er* die Anweisungen erteilte.

Der Blick der Hexe war kühl. *Zwei Burmantels in zwei Wochen. Wahrlich.* Das *Vergnügen hat man nicht oft in einem einzigen Jahrhundert.*

„Was hast du ...“ Probeweise bewegte er die Kiefer. Auch Zunge und Gelenke gewöhnten sich nur langsam wieder an ihren alten Auftraggeber. „Was hast du mit Onkel Alois gemacht?“

Ich? Der Ausdruck der Hexe war betont ungerührt. *Was hat er* selbst *mit sich gemacht? Er hat mich herausgefordert. Mich zur Wut gereizt. Er kann sehr dankbar sein, dass er sich sein eigenes Leben nahm, bevor ich es tun konnte.*

„Lügen! Er würde nicht ...“

Wirklich?

„Argh.“ Da war sie wieder. Eine plötzliche Macht, die seinen Kopf unsanft herumriss und auf den Thron richtete.

Sieh mich an.

Das Kinn der Hexe war erhoben. Gleichmütig starrte sie auf ihn herab.

Er starb. Durch seine eigene Hand. Durch Feuer. So wie er zu oft andere getötet hat.

Wieder ließ ihn etwas los. Er schüttelte sich verärgert. Er hatte diese Art von Spielereien gründlich satt.

Ein verwunderlicher Laut erklang vom Thron. Die Hexe schien zu seufzen.

Der alte Narr.

Für einen Augenblick war echte Wut in ihrer Stimme zu vernehmen. Der kurze Anflug reichte, um ihn zu Boden stürzen zu lassen. Es war, als habe sich die Tür eines Glutofens direkt vor ihm geöffnet, als sei vor seinen Füßen ein Strom mit heißer Lava aufgebrochen.

Selbst noch im Tod. Selbst damit *wollte er mich kränken.*

Der Ausdruck im Gesicht der Hexe war wieder beherrscht.

Ich gebe zu: Er war als Gegner durchaus würdig. Kühler Triumph klang aus der Stimme ihrer Feindin. *Ich hatte ihn nach Gran gelockt. An die alte Stätte eines … Rückschlags meiner früheren Verbündeten. Ich hatte ihn bereits in meiner Hand. Doch im letzten Augenblick stürzte er sich selbst ins Feuer. Um mir zu entziehen, was ich von ihm wollte. Was ich* noch immer *haben will. Und was ich nun von dir bekommen werde.*

Seine eigenen Arme wanderten mit einem Mal vor ihm empor, die ungeschützten Handgelenke zur Decke gerichtet.

Siehst du das?

Die Hexe lenkte seine Blicke auf die Unterarme.

Siehst du, was dort durch deine Adern fließt? Das Blut der Burmantels. Das letzte Artefakt, das ich noch brauche, um das große Ritual nach Hunderten von Jahren endlich abzuschließen.

„Was soll das heißen?“ Schaum kam über seine Lippen, als er die Worte gegen Widerstand hervorpresste.

Wieder erschütterte etwas seinen Körper bis ins Mark. Kaliyagas Lachen war viel schlimmer als Flüche oder Drohungen es jemals hätten sein können. *Ich weiß, ich weiß. Mein Stolz ist meine Schwäche. Dennoch will ich dir nicht vorenthalten, welche Rolle dein Blut an diesem Abend spielen wird. Tunguska. Tschernobyl. Habt ihr wirklich geglaubt, das alles wären* Fehlschläge *gewesen?*

Wieder dieses Lachen, das furchtbarste Geräusch, das er je hatte vernehmen müssen.

Junger Burmantel. Dir, aus allen Generationen deines Stammes, wird in dieser Nacht die Ehre zuteil, den fehlenden Bestandteil für das große Ritual zu liefern. Mir dabei zu helfen, zu beenden, was Reiterhorden, Sternenfeuer und Kernschmelzen vorbereitet haben. All dies waren nur die Vorstufen dieses einen großen Rituals. Schritte, die zu ihrer Zeit vollzogen werden mussten, um das heute *vorzubereiten. Du bist durch meinen Willen hier. Dein lebendes Blut ist das Letzte, was mir noch gefehlt hat. Glaubt ihr wirklich, ihr wäret einfach hier hereinspaziert, wenn ich es nicht vorausgesehen und erlaubt hätte?*

Aus den Augenwinkeln nahm er wahr, wie eine weitere Hexendienerin herantrat. In ihren Händen lag ein länglicher Gegenstand. Ein *scharf* aussehender, länglicher Gegenstand. Seine Handgelenke waren noch immer vor ihm ausgestreckt.

Nun. Die Hexe schien die angespannte Pause zu genießen. *Als ich vom* lebenden *Blut sprach, meinte ich damit nicht unbedingt ...*

Etwas krachte. Mit einem dumpfen Grollen brach die Mauer hinter seinem Rücken ein und sandte eine aufwirbelnde Staubwolke in den Raum. Die Hexe fuhr von ihrem Thron auf. Er konnte spüren, wie der Zauber, der ihn festhielt, nachließ. Die Lippen ihre Feindin teilten sich wie die Lefzen eines

Raubtiers. Ein Zischen drang aus ihrem Mund, wie Dampf aus einem Rohrbruch.

Geröll bewegte sich knirschend. Jemand trat taumelnd und hustend durch ein frisches, in die Wand gesprengtes Loch. Jemand mit langen grauen Haaren und einem schmutzbedeckten Ledermantel.

„Klopf, klopf", krächzte der Schatten. Der Ausspruch wäre deutlich beeindruckender gewesen, wenn er nicht in einem Hustenanfall geendet hätte. „Sprich ‚Freund' und tritt ein." Sigurd fuhr sich mit einem beschmutzten Handrücken über den Mund. *„Yippie-kay-yeah*, Schweinebacke?", fügte er hinzu. „Das ... wars. Das war alles, was ich vorbereitet habe."

Auch die Israeli war herumgefahren. Ihr alter Kamerad stand schwankend und mit gesenktem Kopf im Tunnel. Die langen grauen Haare hingen wild um seinen Kopf. In seinen Armen schwankte wütend eine große Armbrust. Der Mann schien Schwierigkeiten zu haben, die Waffe anzulegen. Es schien ihm sogar Schwierigkeiten zu bereiten, sich *selbst* aufrecht zu halten. Es konnte überhaupt kein Zweifel daran bestehen, dass ihr Kamerad vollkommen betrunken war.

Kapitel 24 – Blut

Für einen Sekundenbruchteil nur wirkte die Großhexe verunsichert. Dann aber entspannten sich ihre Züge. Die Zirkel ihrer Augen schienen sich zu verändern. In die strahlenden Eisseen kam Bewegung.

„Gargh!“ Ein scharfes Piepen fuhr durch seinen Schädel. Auch die Soldatin presste sich die Hände an die Schläfen. Für einen Augenblick schien Sigurd stärker zu schwanken als zuvor. Dann aber schlug der Mann die Augen auf. Ein gequältes Grinsen trat in seine Züge. „Ah, ah, ah.“ Der Alte hieb sich auf die Brust unter dem Kragen seines Hemdes. Es klirrte wie in einem Eisenwarenladen. Der Mann zog einen Teil des Ausschnitts auf. Sein Hals war dicht behängt mit Amuletten, wie ein Pirat nach erfolgreicher Kaperfahrt. „Nischt so vorschnell, junge Dame.“

Kaliyagas Ausdruck wurde ungläubig. Dann wütend.

Dieses Mal drückte ihn der Schmerz in seinen Schläfen beinahe in die Knie. Auch die Israeli ächzte laut.

„Autsch, autsch, autsch!“ Der Alte schlug sich mit der flachen Hand auf seine Brust und bemühte sich, die herumzüngelnden Flammen zu ersticken. Ikonen lösten sich wie Hagelschlag von den durchgebrannten Ketten und prallten klirrend auf den Boden. Verärgert musterte der Hexenjäger den angesengten Stoff. „Das war mein beschtes ... verflucht! Mein beschtes Hemd.“

Die Großhexe schien sich zu konzentrieren. Der Hüne hob den Kopf und erwiderte ungerührt ihren Blick. Erneut trat Fassungslosigkeit in den Ausdruck ihrer Feindin.

„Überraschung“, erklang es lallend aus der Kehle ihres Kameraden. Der Mann hob einen Finger und tippte sich verschlagen an die Schläfe. „Allesch Teil von meinem ... allesch

Teil von meinem Plan. Hier oben ischt nix mehr. Du kanns mich nischt ... kannst misch nich verzaubern. Der Alkohol hat allesch ... allesch weggewischt. Alles Teil von meinem ... hicks! ... von meinem Plan ... hicks! Verflucht! Hicks! ... ich muss ... “ Der Alte griff in seine Tasche. Die Finger zogen eine kleine Glasflasche daraus hervor, die er zitternd an die Lippen hob.

Verfluchter alter Narr!

Der Hexenjäger stolperte. Die Knie des Mannes schienen unversehens nachzugeben. Gerade noch fing sich ihr Kamerad. Die Flasche aber prallte klirrend auf den Boden und zerbarst in tausend Stücke. Der Alte starrte wehmütig auf die sich ausbreitende Schnapspfütze zwischen seinen Füßen. „Mischt“, befand er. Die breite Armbrust schwang bei jeder seiner Bewegungen achtlos mit. Inzwischen hatte sich so ziemlich jeder Flecken in der Kammer schon einmal vor Visier und Bolzen befunden, mit Ausnahme vielleicht von Kaliyaga.

Ein freudloses Grinsen erschien auf dem Gesicht der Hexe. Auch der Ausdruck seiner Kameradin zeigte offene Verzweiflung. Vermutlich schoss sich der Alte eher selbst ein Bein ab als dass es ihm gelang, ihre Feindin in Gefahr zu bringen.

Einige Augenblicke verharrte Kaliyaga beinahe genüsslich und betrachtete die verwirrten Mühen ihres Feindes.

Was für ein Festtag.

Der Ausspruch klang zufrieden.

Was für ein Beginn für ein Jahrtausend! Zwei tote Burmantels. Und der Tod des Hexenjägers von Berlin. Du bist zu gütig zu mir, Herr der Dunkelheit.

„Sigurd“, erklärte Sigurd murmelnd. „Mein Name ist Sigurd.“

„Sigurd!“ Die Israeli stand noch immer starr und aufrecht. Ihre Lippen aber konnte sie anscheinend wieder bewegen.

„Du kannst sie nicht töten. Es geht nur mit dem Blut. Dem Blut der Burmantels. Das Blut muss in das Herz der …“

Kind. Es ist genug.

Der Mund der Israeli schloss sich.

Die Hexe wartete. Sie wirkte neugierig. Wahrscheinlich empfand sie Freude dabei, ihre Feinde das volle Ausmaß ihrer Niederlage auskosten zu lassen.

Ein ‚Plan' also. Dann lass sehen, was du hast. Was ist der nächste Schritt in deinem ‚Plan', Hexenjäger*?* Das letzte Wort klang wie ein schlimmer Fluch. Selbst die Kerzenflammen flackerten und duckten sich unter dem verächtlichen Ausstoß.

Die Armbrust in der Hand des Alten schwankte unsicher von links nach rechts. Schließlich bewegte sich die Bolzenspitze ungefähr in Richtung einer der Hexendienerinnen. Die Beschwörerinnen standen noch immer ungerührt an den Endpunkten des Mandalas. Es war, als hätten sie das Auftreten des neuen Feindes nicht einmal mitbekommen.

Schlechte Idee, kam Kaliyaga ihm zuvor und schüttelte gelassen den Kopf. *Das große Ritual hat bereits begonnen. Versuch nur, die Beschwörung zu unterbrechen. In dem Fall bleibt von dieser Stadt nichts als ein Krater übrig.*

Stille folgte. Nichts war zu vernehmen außer dem Britzeln purer Energie über die Stahlstreben des modernen Tempels.

Ich erkenne diese Waffe.

Die Stimme der Hexe war sachlich. Dennoch schwang unverkennbar eine Drohung darin mit. Noch tiefer in der Feststellung verborgen war eine kaum vernehmbare Spur von Furcht.

Oh ja. Ich kenne sie sehr gut. Alois Burmantels Armbrust. Und die von seinem Vater. Mögen ihn die Schatten quälen.

Neue Anspannung lag in der Luft. Die Finger der Hexe trommelten über die Armlehne ihres Thrones. Dann ein unerwartetes Geräusch. Die Großhexe seufzte. Einer ihrer Finger winkte in Salenas Richtung.

Nimm seine Armbrust, Kind. Dann erschieß ihn damit.

Die Israeli wandte sich mit einem Schmerzensschrei zu ihrem Kameraden. Die Gesichtshaut der Soldatin zuckte. Ein frischer Brandfleck zeigte sich in dem olivfarbenen Stoff an der Rückseite ihrer Schulter. Dünner Rauch stieg auf, wo das Schandmal unter dem Tarnshirt verborgen gelegen hatte. Eine Art von Kampf schien sich in ihrem Inneren zu vollziehen. Jedem Schritt, mit dem sie ihrem alten Kameraden näherkam, schien großer Widerstand vorauszugehen. „Lass ... mich!"

Du gehörst mir, Kind. Immer schon. Für alle Zeit. So wie schon deine Mutter mir gehörte. Keine Sorge. Auch für deine *Zukunft gibt es Pläne.*

Sigurd rührte sich nicht. Die Israeli war bis auf eine Armlänge an ihn herangetreten. Ihre Hand bewegte sich. Die Soldatin griff nach der Armbrust. Dann aber kam ein verdutzter Ausdruck über ihre Züge. Die Frau blickte verwirrt auf ihre Finger. Versuchsweise probierte sie erneut, die Bogenwaffe zu ergreifen. Wieder hielt das Körperteil mit einem Ruck an, so als hielte eine unsichtbare Seilschlinge sie in der Armbeuge zurück. Die Soldatin starrte herab auf ihre Füße. Die Spitzen ihrer Stiefel berührten Glassplitter und eine kleine Pfütze.

„Upsch", erklärte Sigurd. Ein schelmisches Glitzern lag in seinen Augen. „Musch die Flasche mit dem Weihwascher gewesen sein. Wunderbar! Dann ischt die mit dem Schnaps noch gansch!"

Die Hexe ließ ein wütendes Knurren hören. *Genug mit dem Unsinn.* Ein weiterer Wink mit einem bleichen Finger.

Die Israeli zückte ihre Pistole. Innerhalb eines Augenblicks schwebte die Waffe neben Sigurds Schläfe. Die Lider des Alten bewegten sich schwerfällig. Seine Pupillen aber waren klar wie immer, als er den Kopf wandte und die Israeli fixierte.

„Von hier an ist es einfach, Mädchen." Die Stimme des alten Hexenjägers war fest, ohne jeden Anflug von Verunsicherung. „Gutes Mädchen. Ich weiß, dass du es kannst. So wie damals, als ich dich gerettet habe. Du musst dich um nichts kümmern. Nichts anderes als das hier. Denk an nichts als deinen Körper. An nichts als deinen Zeigefinger. Das ist alles, was du tun musst. Halt einfach deinen Finger still. Mehr brauchst du nicht zu tun."

Der Ausdruck der Soldatin war verkniffen. Die Waffe lag ganz ruhig in ihrer Hand. Nur äußerst langsam, zuerst kaum wahrnehmbar, kam ein Zittern in den vorgereckten Arm.

„Gut so", verkündete der Alte stolz, beinahe väterlich. „Gut so, Mädchen. Du gewinnst. Denk daran. Denk dran, was du gelernt hast. Was du dir selbst *bewiesen* hast. Du bist niemandes Diener. Dein Geist ist stärker als das Hexenmal."

Wieder starrte Kaliyaga fassungslos. Er konnte beinahe spüren, wie eine neue Art von Kälte durch die Gehirngänge der Feindin zog. Jahrhunderte absoluter Autorität und uneingeschränkten Gehorsams mussten ihre Spuren hinterlassen haben. Umso schlimmer musste nun der Schrecken sein, erstmals die Kontrolle zu verlieren.

Sigurd wandte langsam den Blick von seiner Kameradin ab. Die Mündung blieb auf seinen Kopf gerichtet. Es schien ihn nicht im Mindesten zu stören. „Pfützen", verkündete er nachdenklich. „Wasch so eine Pfütze alles anrichten kann. Die Pfützen vor dem Durchgang beischpielsweise waren äuscherst interessant."

Erkenntnis blitzte in den Augen der Großhexe auf. Die Feindin war mit einer schnellen Bewegung hinter ihren Thron getreten, die Rückenlehne wie ein Schild zwischen ihrem Körper und dem Hexenjäger.

Verwirrt blickte auch er zum Armbrustbolzen. Die Blutkanülen. Die Geschosse, die Salena draußen wirkungslos verschossen hatte. Hatte Sigurd sie benutzt? Glänzte dort tatsächlich schwarze Flüssigkeit auf der Eisenspitze seines Bolzens?

Du lügst.

„Oft und gerne." Sigurd hob die schwankende Armbrust und legte an. „Aber diesmal nischt."

Robert öffnete den Mund. Etwas packte ihn. Eine Gewalt wie Stahlseile, wie die Wurzeln alter Bäume. Mit einem Mal stand Kaliyaga hinter ihm. Das Gefühl der Ohnmacht und Verlorenheit war überwältigend. Es war wie das Ertrinken in einem lichtlosen Tümpel, wie schlimmstes Fieber und ewiges Alleinsein in der mitleidslosen Schwärze des Universums.

Der letzte Burmantel. Ist es das hier, was du willst, Sprengler? Ich *kann wiederkommen.* Ich *kann warten. Ich werde überdauern, während ihr zu Staub zerfallt. Ihr habt nur euer kurzes, schwaches Leben. Ich bestehe schon seit Ewigkeiten. Ich habe endlose Versuche.* Ihr *habt nur diesen einen. Ihr habt nur noch ihn. Ich gebe zu: Ihr seid sehr weit gekommen. Doch meine Niederlage ist verschmerzbar. Eure ist final. Sieh zu, wie ich das Blut der Burmantels ein für alle Mal aus der Geschichte tilge.*

Sigurd nickte. Der Blick des Mannes galt jemandem hinter Roberts Rücken. „Stillhalten, Junge."

„*¡Vete al diablo!*"

Der Tritt des Amerikaners traf die Hexe überraschend. Ihr Körper war erstaunlich schwer, als die Feindin von hinten gegen seinen Rücken prallte.

Eine Bogensehne schnappte. Ein harter Stoß warf ihn zurück. Ungläubig blinzelnd öffnete er die Augen und senkte seinen Blick zu seiner Brust. Unter seiner Schulter ragte ein gefiederter Schaft aus seinem Fleisch, der dort zweifellos nicht hingehörte. Er öffnete den Mund und blickte anklagend zum Hexenjäger. Der Alte ließ die Armbrust sinken. Ein dumpfes Wummern erklang zwischen seinen Schläfen. Dunkle, klebrige Wärme breitete sich unter seiner Schulter aus. Noch einmal blickte er ungläubig an sich herab. Kurios. Eigentlich sollte man doch *Schmerz* verspüren, wenn man ...

Die Israeli war quer durch den Raum herangesprungen und fing ihn auf, bevor er auf den Boden prallen konnte. Die Welt hatte begonnen, sich zu drehen.

Kaliyagas Augen aber waren weit. Ein Ausdruck grenzenloser Überraschung schien in die Züge ihrer Feindin eingemeißelt. Blau und weiß glühten die Scheiben in den bleichen Augenhöhlen. Der Blick der Hexe wanderte zu ihrer Brust. Ein dunkler Schaft ragte aus einer Stelle zwischen ihren Rippenbögen. Der Blick der Feindin richtete sich auf Sigurd. Ihre Kiefer gingen auseinander, wie um einen vernichtenden Fluch auszustoßen. Alles, was über ihre Lippen kam, war eine brodelnde, dickflüssige Masse.

Etwas in der Luft schien zu zerreißen. Ein scharfer Knall wie von einer übergroßen Peitsche zuckte durch die Kammer und verwandelte einen großen Teil der Kerzen in rauchende Talgstummel. Selbst die Vorhänge schienen sich zu schütteln.

„Raus hier!“

Panik kam auch über die verwirrten Hexendiener. Die Beschwörerinnen auf dem Mandala lagen am Boden und rührten sich nicht mehr. Die Übrigen stürmten schwankend zu den Löchern in der Wand, wie Passagiere von einem sinkenden Dampfer.

Krampfartige Wellen durchfuhren den Körper ihrer Feindin. Kaliyagas Arme waren zu den Seiten ausgebreitet. Mehr Flüssigkeit wie dampfend schwarzes Pech ergoss sich aus den Kiefern über ihre Brust und über den gesamten Boden.

Die Israeli hatte ihn emporgerissen, bevor er wusste, was mit ihm geschah. Die übrigen Kerzen streckten sich zu gierigen Flammenzungen. Die Samtvorhänge blähten sich wie die Flügel eines lebenden Geschöpfes. Ein Tosen hatte sich erhoben wie von einem Sturm.

„Der Dämon!“ Sigurd ließ die Armbrust fallen. Der Hexenjäger ergriff etwas aus einem Stapel von Gerümpel an der Wand, stürmte durch den Raum und bearbeitete die rostigen Ketten, die den Amerikaner hielten, mit den wuchtigen Schlägen eines großen Schraubenschlüssels. „Er verlässt sie. Er sucht sich einen neuen Körper. Wir müschen ... wir müssen hier raus!“

Mit einem Knirschen gaben die Fesseln ihres Kameraden nach. Der Alte warf sich Arm und Körper des Latino über seine Schulter. „Hier entlang!“

„Wartet.“ Die Stimme der Israeli hallte scharf über den zunehmenden Sturm hinweg. „Geht schon vor ... ich muss noch ...“ Die Hexenjägerin zerrte an ihm. Seine Beine waren schwach und nutzlos. Er hatte größte Mühe, sich in irgendeiner Weise zu bewegen. Die Frau schleppte ihn wie einen Sack hinüber an die Wand zu Sigurds freigesprengtem Eintrittsloch. Dann wandte sie sich um. Es sah so aus, als verschwände sie in Richtung jenes Durchgangs, durch den sie hergekommen waren.

„Blargh." Er sah Dinge. Hörte Dinge. Bestimmt das Fieber. Hitze und Adrenalin. All die Tricks, mit denen sein Körper sich verzweifelt gegen die Erkenntnis wehrte, dass er *starb*. Unter ihm zitterten die Flanken eines Pferdes. Stämmige Streitrösser im vollen Galopp, die über eine Steppe preschten. Hunderte, Tausende von ihnen. Johlende und pfeifende Reiter, Krummschwerter schwingend, kurze Bögen unter schwarzen Rosshaarbannern. Die Freiheit endloser Graswüsten. Der Blutgeruch der Feinde. Sieg, Triumph und Unterwerfung. Der Rausch begann, ihn einzunehmen, mitzureißen. Eine Frau ritt zwischen ihnen. Eine Erscheinung mit blau glühenden Augen, mit wehendem, weißen Haar, das ihr um den Schädel flog. Vorne bei den Generälen ritt sie, an der Spitze, die als Erste in die Schlachtreihen der Feinde einbrechen würde. Wild und schön und böse. Auch unter ihm hob und senkte sich der Sattel unter den pumpenden Bewegungen des Rosses. Muskeln wie dicke Wurzelstränge arbeiteten unter dem struppigen Fell. Sein Platz war in der wilden Horde, mit der Hand am Schwert, vor dem Feind, wo ...

Klatsch.

„Au!" Die Ohrfeige brannte heiß auf seiner Wange. Die Israeli schlug zur Sicherheit noch einmal zu.

Klatsch.

„Ah!"

„Du musst wach bleiben! Nicht das Bewusstsein verlieren!"

Vage wurde er sich bewusst, dass ihn jemand durch das Sprengloch schleppte. Die Soldatin hielt etwas in der Hand. Einen kurzen Stab mit rundem Aufsatz. Eine altmodische Stilhandgranate.

„Geht vor!“ Die Stimme der Israeli hallte von den Wänden wider. Über dem Kreischen und Heulen des Sturms war sie kaum noch zu verstehen.

„Nein.“

Er versuchte sich zu konzentrieren. Sein Bewusstsein äußerte den dringlichen Wunsch, sich verabschieden zu dürfen. Der verschwommene Schemen des Mexikaners trat vor und nahm der Frau den Sprengkörper aus der Hand. „Geht ihr vor“, erklang es hallend. „Ich habe hier noch eine Rechnung offen. Wie es aussieht, haben sie die Rechnung ohne den Hirsch gemacht.“

Er blinzelte. Der Umriss verschwand im Nebel vor dem großen Raum. Erinnerungen. Ein Totenkopf mit gekreuzten Knochen. Eine Kammer voller alter Munition. Wenn *dort* jemand einen Sprengsatz hineinwarf ...

Es war erstaunlich, dass ihn die Explosion nicht weckte. Einmal meinte er, in seinen Träumen Donnergrollen zu vernehmen. Ohnehin waren es recht seltsame Träume. Einmal noch ritt er mit dem schwarzen Heer. Die Spitzen ihres Kriegshaufens hatten beinahe schon die hilflose Versammlung ihrer Feinde erreicht, als mit einem Mal ein Reiter in die Flanke ihres Angriffskeils stieß. Sein Ross war weiß wie Schnee und in seiner Faust brannte ein Schwert aus Flammen. Die schwarzen Reiter teilten sich um den leuchtenden Eindringling wie Fischschwärme um einen Hai.

... silbrige Fischschwärme ...

Ständig hatte er den Eindruck, hin- und hergezerrt zu werden. Manchmal vernahm er Stimmen aus der Dunkelheit. Seltsame Träume, in der Tat. Beinahe hätte er geglaubt, mit einer Gruppe Hexenjäger unterwegs zu sein, die in einem alten Bunker in Berlin ...

Kapitel 25 – Nachglühen

Stöhnend schlug er die Augen auf. Der Raum war ziemlich dunkel. Der Boden bewegte sich. Ein vertrautes Röhren verriet, dass der A-Team-Van mit grimmigem Triumphgeheul durch Berlins Straßen stürmte.

Sigurd sah auf ihn herab. Hart drückte der Untergrund der Ladefläche in seinen Rücken. Eine Art Decke lag auf ihm. Irgendein improvisiertes Lager aus diversen Kleidungsstücken.

„Ruhig bleiben, Junge."

Ein Ächzen entfuhr ihm. Er spähte an sich herab. Halb unter der Decke war ein Verband aus weißen Mullbinden zu erkennen, der seine Brust bedeckte. „Fällt mir etwas schwer, wissen Sie?" Seine eigene Stimme erschien ihm krächzend. „Die letzten beiden Male, als Sie das gesagt haben, haben Sie danach auf mich *geschossen*!"

„Dieses Mal nicht. Versprochen." Die grauen Haare rund um das Gesicht des Hexenjägers tanzten rhythmisch mit den Bewegungen des Vans. Die Augen des Alten waren gerötet und von kleinen Äderchen durchzogen. Offenkundig hatte er seine Betrunkenheit während der Konfrontation erfolgreich unterdrückt. Nun aber verschaffte sich die Kondition ihr Recht auf seinen wachshaft bleichen Zügen.

„Ist Kaliyaga ..."

„Sie hat aufgehört zu existieren."

Er schloss die Augen. Ein Anflug von Übelkeit regte sich in ihm. „Heißt das, wir haben sie vernichtet?"

„Wir haben sie vernichtet." Die Stimme des Alten klang ernst und beruhigend. Das Geräusch des Motors war ein gleichförmiges Brummen.

„Was ist mit dem ... *Wesen*? Dem Dämon oder was es war?“

Der Alte richtete den Blick nach vorn zum Führerhaus. Ob er sich damit vor einer klaren Antwort drücken wollte, war nicht zu erkennen. „Er wird es schwer haben, so ohne Körper. Außerdem hat Iván für eine ordentliche ‚Bestattung‘ gesorgt.“

Trotz der Schmerzen verrenkte er den Kopf, um zum Führerhaus zu blicken. Der Mexikaner saß auf dem Beifahrersitz und rauchte am offenen Fenster, obwohl es so kalt war, dass Schneeflocken durch die Öffnung stoben. Der Mann wandte sich zu ihm um und nickte grinsend. Die frischen Narben auf den bronzefarbenen Wangenknochen hätte ein Porträtmaler nicht schneidiger platzieren können. Die schwarzen Haare waren, vermutlich mit einer einzigen Handbewegung, zu einem perfekten Seitenscheitel geformt. Das Fett von mehreren Tagen ohne Haarwäsche schien sich völlig natürlich zu einem Gel-Effekt zu formen, für den sich Starfriseure die Finger hätten brechen lassen. Selbstverständlich trug der Mexikaner eine Sonnenbrille, um seine Augen vor der Nacht zu schützen. „*¡Mi retoño!*“ Iváns Grinsen fand noch weitere, bisher unerschlossene Gesichtspartien. „Was für eine Party! *Dios mio*. Du hättest dich mal sehen sollen. Cooler als *Blade*. Cooler als *Chamez Bond*!“

„Ja, nee, ist klar.“ Er schloss die Augen. „Vielleicht habe ich ja ein Talent dafür, mich erschießen zu lassen.“

„Nicht mal mit der Braue gezuckt hat er“, fügte der Latino aufgekratzt hinzu. „*So* hat er gemacht: *tscha*!“ Der Amerikaner drosch gegen Salenas Fahrersitz. „*So* hat er den Pfeil genommen. Als wärs ein Streichholz. Als wär es nix!“

„Wirklich, ja?“ Eine Bodenwelle schüttelte den Körper der Frau im Fahrersitz. „Sah aus meiner Perspektive etwas anders aus.“

„Ich schwöre es. Ich habe es genau gesehen!“ Der Mexikaner drehte den Kopf und zwinkerte ihm verschwörerisch zu. Wie immer wollte der Mann nichts als sein Allerbestes.

Der Schmerz im Nacken zwang ihn, sich wieder auszustrecken. „Danke“, brachte er hervor. „Danke. Ihr habt auch alle ganz gut geholfen.“

Sigurd schnaufte. Der alte Hexenjäger saß vorgebeugt an seiner Seite. Der Kopf des Mannes war gesenkt und schaukelte mit den Bewegungen des Fahrzeugs hin und her.

„Wie hast du uns überhaupt gefunden?“

„Hm?“ Der Kerl schien aufzuschrecken wie aus einem Traum. Vermutlich handelte es sich um den Rausch von vielen Tagen. „Ah. So ein Typ. Er kam in meine ... er hat misch gefunden. Hicks! NVA. Hat er gesagt. Dringend, hat er gesagt. Und wo ihr hingegangen seid. Da bin isch eusch gefolgt.“

„Verstehe.“ Er versuchte, sich zu konzentrieren. Das Sammeln seiner Gedanken fiel ihm nicht besonders leicht. „Aber auf einen eigenen Eingangstunnel konntest du wohl nicht verzichten?“

„Rischtisch, Junge. Rischtisch. Man muss die ... muss die Augen offen halten. Verschtehsu? Der andere hatte mir tschu viele ... thschu viele Hekschenzeichen. Siescht du?“ Der Alte tippte sich an die Stirn. „Schturzbetrunken. Und trotschdem noch ein verdammt guter Hekschenjäger. Auscherdem ...“ Der Mann tastete nach seiner Jackentasche. Offenbar enttäuscht musste er feststellen, dass eine Schnapsflasche dort nicht zu finden war. „Auscherdem hatte isch noch C4-Schprengschtoff, und der muschte weg. Das Tscheug bleibt nischt ewig gut, nein, gansch und gar nischt.“

„Ha! Klar.“ Alltagsprobleme eben. Wer kannte sie nicht? Wieder schloss er die Augen. Erneut versuchte er nachzudenken, ohne sich zu übergeben. „Das mit den Pfützen“, wollte er wissen. „Den Pfützen von Salenas Blutgewehr. Wie hast du den Armbrustbolzen in mein Blut getaucht, wenn du gar nicht durch den gleichen Eingang ...“ Er verstummte.

Der Alte starrte glasig auf ihn herab.

„Du hast *geblufft*?“

„Schalena hat davon geflüschtert, als sie bei mir schtand. War eine gute Schache, dasch mit der P...Pischtole.“

„Aber ich meine ... du hast ... du hast ...“

„Genau wie mit dem Ritual“, verkündete der Alte, anscheinend vergnügt. „Niemand konnte *wischen*, ob die Schtadt nischt explodiert, wenn isch die Groschhexe töte. Aber isch dachte mir schon, dasch esch funktionieren könnte. Manschmal musch man eben etwasch wagen.“

„Du hast *Berlin* darauf verwettet, dass du recht hast!“

„Und Brandenburg! Jawoll! So ischt es.“ Der Alte fuhr sich durch die Haare. „Auscherdem habe isch *gewonnen*! Vergisch dasch nischt. Habe schon Rischkanteres versucht, mit noch höherem Einschatsch.“

Salena lachte vorn im Fahrersitz. Zum ersten Mal klang das Geräusch wirklich gelöst. „Das war jetzt aber eine Lüge, Sigurd.“

„Schtimmt genau!“ Der Hexenjäger hob mit Mühe einen Finger und deutete in Richtung ihrer Rückenlehne. „Dasch war gelogen. Aber jetzt darf isch ja auch wieder!“

Mit einem Schaukeln kam der Van zum Stehen. Die Israeli griff zum Zündschloss und schaltete den Motor aus. „So“, erklärte sie. „Da sind wir.“

„Wo genau?“

Die Soldatin ließ erschöpft die Luft entfahren. „Zu Hause“, erklärte sie. „Alois‘ Villa. Wobei ...“ Die Frau wandte sich zu ihm um. „Ich nehme an, jetzt gehört sie wirklich dir.“

Er blinzelte den Gedanken beiseite. Aktuell gab es wichtigere Anliegen. „Sollte ich nicht ... ihr wisst schon. Zu einem Arzt?“

„Du brauchst keinen Arzt“, verkündete die Frau mit fragwürdiger Autorität. „Etwas Ruhe vielleicht. Bettruhe und genügend Trinken.“

„Das macht man bei *Erkältung*. Nicht bei Pfeilwunden!“

„Stell dich nicht so an. Sigurd wird dir helfen ...“ Die Frau verstummte und blickte zu dem still liegenden Körper an der Wagenwand. Die Weste ihres Kameraden war das Einzige, was seinen Oberkörper halbwegs aufrecht hielt. Ein Schnarchen drang aus dem Gewirr von grauen Haaren.

Die Soldatin wandte sich an Iván. Wieder teilten sich die Lippen stumm. Ihr Blick ging zu den Füßen ihres Kameraden. Womöglich war der Mexikaner heftiger geschunden worden als er sich anmerken ließ.

Die Israeli ließ ein Stöhnen hören. „Also gut. *Ich* werde dir helfen, auszusteigen. Offenbar bin ich hier die letzte zurechnungsfähige Erwachsene. Aber vielleicht kann mir wenigstens jemand ein *bisschen* dabei helfen, diesen angeschlagenen Haufen ins Haus zu tragen.“

Es war schon erstaunlich. Mit der richtigen Ermutigung fiel ihm das Gehen nicht einmal besonders schwer. Er und Sigurd stützten sich gegenseitig wie zwei verwundete Frontsoldaten. Kaum weniger schwankend als zuvor die Zombie-Schergen der *Caplata* schleppten sie sich über den Kiesweg. Er hob den Blick zum dunklen Nachthimmel. Der Wind kam aus dem Osten. Wenn man genau hinsah, konnte man meinen, die Spur der dunklen Rauchwolken am Himmel zu erkennen, die weiter nördlich über die Stadt hinwegzogen.

Nach einer Weile stolperten sie erschöpft über die Stufen der Veranda und hinauf zur Haustür. Er fischte seinen Schlüssel aus der Tasche, öffnete das Schloss und stieß die Tür auf. Der Flur empfing sie kühl und dunkel. Dennoch lag so etwas wie Triumph in ihrer Rückkehr. Die Blicke der Hexenjäger in den Bilderrahmen an den Wänden waren nicht mehr die von Fremden. Es waren nicht mehr die von Männern, die in ihren Leben Heldentaten vollbracht hatten und nun maßregelnd und kritisch über nachfolgende Generationen ihre Nasen rümpfen konnten. Der aktuelle Hexenjäger-Jahrgang hatte sich *bewiesen*. Die Blicke aus den Ölgemälden fielen nicht auf Schüler, sondern auf Kollegen.

Er schaltete die Hexenschutzanlage aus und wandte sich um. Auf sein Zeichen hin half die Israeli dem Amerikaner über den Pfad. So wie es aussah, waren die Unterseiten seiner Füße stark verbrannt. Der Alte und Salena mussten den Latino stützen, um ihn über die Vortreppe der Villa hinauf zur Tür zu wuchten.

Wie aus einem einvernehmlichen, unausgesprochenen Impuls heraus wandten sie sich nach links zum Treppenaufgang. Auch seine Kameraden schleppten sich, trotz ihrer Einschränkungen, hinauf ins obere Geschoss. Dies war kein Tag zum Grübeln und zum Planen im *Refugium*. Dies war ein Tag zum Feiern. Und es gab nur einen Raum im ganzen Haus, der für Anlässe wie diesen wie geschaffen war. Schließlich standen dort auch die Getränke.

Nach einer Weile hingen sie alle erschöpft in den zum Kreis gerückten Sesseln des *Salons*. Die Blicke seiner Kameraden gingen ausdruckslos zum Boden oder durch die Fensterfront ins Nichts. Ihre Augen waren glasig, die Ausdrücke entrückt. In unsichtbaren Welten jenseits der Teppichmuster und der

Dunkelheit hinter den Scheiben schien sich im Geiste jedes Einzelnen der Kampf der letzten Tage noch einmal unwillkürlich zu vollziehen.

Er musterte die Hexenjäger der Reihe nach. Sigurds ineinandergesunkene Form schien nur noch aus schwarzem Anzugstoff, grauem Haar und geröteter Haut zu bestehen. Die geborgte Kleidung des Amerikaners konnte die diversen frischen Narben auf seinem Körper keineswegs verdecken. Auch die Frau sah aus, als sei sie durch ein Abflussrohr gekrochen. Ruß und Steinstaub verliehen ihnen allen einen Anblick, als hätten sie ein Grubenunglück überlebt. Offenbar war es an ihm, die Stille zu durchbrechen.

„Sie werden nie erfahren, dass wir sie gerettet haben, oder?“ Er sah sich zwischen seinem Kameraden um. „Die Stadt, meine ich. Dieser ganze Teil der Welt.“

Einzig die Israeli hob den Kopf. „Das ist unser Job“, erklärte sie ruhig. Keine Spur von Bitterkeit war aus ihrer Stimme zu vernehmen. „Wenn wir unsere Arbeit richtig machen, erfährt niemals jemand davon.“

Er schnaufte bitter. Sigurd war inzwischen völlig eingeschlafen. Der Körper des Alten schüttelte sich gelegentlich, wie in einem Traum. Der Mexikaner sah ihn an und zuckte mit den Schultern, so als wollte er sagen: So ist eben der Lauf der Welt.

„Wir waren nicht gerade leise“, gab er zu bedenken. Sie alle hatten die Blaulichter gesehen und die Aufmacher im Radio gehört. Ein Großaufgebot aus Feuerwehr, Polizei und Kampfmittelräumdienst hatte den gesamten Humboldthain großräumig abgesperrt. Ein guter Teil der Stadt lag unter einer Rauch- und Aschewolke, wie sie Berlin seit seiner letzten Bombardierung nicht mehr erlebt hatte. Selbstverständlich bestand zu keiner Zeit Gefahr für die Bevölkerung, die lediglich rein vorsorglich dazu aufgefordert war, Fenster und Türen geschlossen zu halten. Wenn den reißerischen Internet-Schlagzeilen zu glauben war, lag der gesamte Bunkerberg gleich mehrere Meter tiefer. Vielleicht lebten irgendwo in Frankreich noch ein paar alte Pioniere, die beim morgendlichen Zeitunglesen grimmige Genugtuung empfinden durften.

„Zu schade, dass Alois‘ Armbrust dort unten zurückgeblieben ist“, verkündete Sigurd, ein wenig nuschelnd und ohne den Kopf zu heben. „Er hing sehr daran. Es hätte ihm bestimmt gefallen, dass Kaliyaga durch seine Lieblingswaffe ihr Ende gefunden hat.“

„Auf Alois!“ Auf die Veranlassung des Mexikaners hin hoben alle ihre Kristallgläser. Sogar Sigurd fand mit unsicher umhertastenden Fingern sein Trinkgefäß. Bisher hatte niemand, nicht einmal der Alte, den bernsteinfarbenen Inhalt angerührt.

„Und auf Sergei“, fügte der Amerikaner hinzu, als alle schon angesetzt hatten, um zu trinken. Vermutlich hatte der Mann noch nie in seinem Leben einen Menschen ohne ein gutes Wort aus einer Konversation entlassen. „Danke auch an dich, Sigurd. Du hast es beendet. Du hast euer Lebenswerk erfüllt. Nun kann Alois in Frieden ruhen. Jetzt, da Kaliyaga tot ist. Bestimmt wäret ihr heute wieder Freunde.“

Der alte Hexenjäger prostete unverbindlich in Richtung des Latino und leerte seinen Becher. „Vorbei, vorbei“, brachte er murmelnd hervor. „Wann ist es je vorbei? Hast du den Schutthaufen gesehen? Glaub mir, ich kenne mich mit solchen Sachen aus. Einen Dämon kann man einschließen. Aber kann man ihn mit Steinmassen und Sprengstoff auch *vernichten*?“ Der Alte starrte glasig aus dem Fenster. Er schien mit den Gedanken bereits wieder ganz bei seiner Pflicht zu sein.

„Jemand wird auf den verdammten Hügel aufpassen müssen“, sinnierte er. „Messungen anbringen. Patrouillengänge unternehmen. Die alten Netzwerke wieder aufbauen. Neue Verbündete finden ...“

Erwartungsvolles Schweigen schloss sich an. Der Bursche hob den Kopf und sah sich in der Runde um. „Nein“, erklärte er entschieden und verschanzte sich hinter seinem Glas. „Ich habe genug getan. Ich bin zu alt für solchen Kram. Mein Ziel war Kaliyaga. Manchmal ist es mir, als könnte ich sie spüren: die Mühen all der vielen Hundert Jahre, in denen wir ihr auf der Spur gewesen sind. Ich habe meine Schuldigkeit getan. Jetzt ist jemand anderes dran. Jemand Jüngeres soll sich um diese ganze Sache kümmern.“

Erneute Stille folgte. Es dauerte eine Weile, bis Robert sich bewusst wurde, dass alle anderen ihn ansahen. „Äh ...“ Ein unsicheres Grinsen wanderte über sein Gesicht. „Das ist ein Scherz, oder? Ich bin ... ich meine, ich muss ... ihr wisst schon. Studieren. Mein Leben leben. Außerdem kommen nächste Woche meine Eltern aus dem Urlaub wieder.“

„Hm.“ Die Umsitzenden nickten verständnisvoll.

„Studieren“, erklärte der Amerikaner nachdenklich, so als handle es sich um die Vorbereitung einer Mondlandung.

„Eltern anrufen“, sinnierte die Israeli, so als sei der Aufwand dafür allenfalls mit einer Doktorarbeit zu vergleichen.

„Alles Angelegenheiten von epochaler, weltgeschichtlicher Bedeutung“, urteilte auch Sigurd anerkennend. Der Alte nahm die Flasche, um ihnen nachzugießen. „Tja. Schade. Zu dumm für eine Welt, die jederzeit durch Hexenkraft vernichtet werden könnte ...“

„Wie soll ich überhaupt …" Er hätte wütend werden sollen, doch er verstummte. Eine Villa. Erfahrung. Netzwerke. Abenteuer. Reisen. Widerwillig blickte er vom einen zum anderen. „Ich … nehme an, für diese Arbeit wird man gut bezahlt?"

„Pff!" Die Israeli stieß die Luft aus und nippte mit erhobenen Brauen an ihrem Glas. „Schön wärs. Entlohnung und Gefahr stehen in keinerlei Verhältnis. Das hier ist eine heilige Berufung und kein 40-Stunden-Job."

„Und Urlaub?"

„Nur wenn du die Hexen überreden kannst, ebenfalls welchen einzureichen", erklärte Sigurd fröhlich und prostete ihm zu.

„Pension und Ruhestand?"

„Nicht sehr wahrscheinlich." Der Amerikaner lehnte sich zurück und streckte sich knackend. „Dafür hast du äußerst gute Aussichten auf einen vorzeitigen Tod. Aber einen *unterhaltsamen*. Einen solchen Tod bekommt nicht jeder."

Er schnaufte frustriert. „Reizend. Und *dafür* habt ihr alle unterschrieben?" Er ließ den Blick über die Runde wandern. Die Blicke seiner Kameraden waren eindeutig. Knurrend sank er tiefer in den Sessel. „Schon gut. Schon gut. Nachdem ihr euch *so* viel Mühe gegeben habt, mich zu überzeugen …"

„Haha!" Der Amerikaner grinste breit und hob sein Glas. „Ich wusste, dass auf dich Verlass ist, *Beto*. Willkommen bei … ich meine … Sigurd?"

Der alte Hexenjäger schnaufte und wandte sich ihm zu. Die grauen Augen musterten ihn prüfend. Dann zuckte der Hüne ergeben mit den Schultern. „Nun", gestand er zu. „Ich nehme an, die Vernichtung einer Großhexe geht als Gesellenprüfung durch." Ein Zwinkern folgte, dann ein bestätigendes Nicken. „Meinen Glückwunsch, *Examinandus*. Dann ist deine

Lehre hiermit abgeschlossen. Willkommen, *Venator Maleficorum.* Willkommen im Orden. *Semper venationem bonam habeas.*"

„Auf Robert Burmantel", stieß der Amerikaner aus. „Den Hexenjäger von Berlin!"

Auch die Kameraden hoben ihre Gläser. Der alte Mann beugte sich vor und klopfte ihm auf die Schulter. „Ich habe es gewusst, Junge. Ein echter Burmantel. Das Blut von Hexenjägern fließt durch deine Adern."

„Ja", gab er erschöpft zurück und hob sein Glas. „Und für die nächsten Jahre wäre ich sehr froh, wenn es auch dort bleibt."

„So", erklärte der Alte, nachdem er seinen Whisky ausgetrunken hatte. „Sehr schön. Ich fühle mich direkt viel nüchterner. Jetzt muss ich mich erst mal erholen. Ich kann schon fast das Morgengrauen sehen. Und ich erinnere mich gerade wieder, wofür das ‚-grauen' steht. In meinem Alter *spürt* man es, wenn man die Welt gerettet hat. Nicht so wie bei euch jungen Spunden."

„Ja." Zu seiner Verwunderung erhob sich auch der Amerikaner. „Da fällt mir ein: Ich habe morgen noch Termine. Heute? Ist ja auch egal. Vogelstund hat Wurm im Mund."

„So plötzlich?"

Der Alte trat durch den Raum, um den Mexikaner zu stützen, und klopfte ihm im Vorübergehen auf die Schulter. „Ich werde mich bei dir melden, Junge. Dass du jetzt Hexenjäger bist, bedeutet nicht, dass du nichts mehr zu lernen hast. Im Gegenteil. Für dich geht diese ganze Sache jetzt erst *richtig* los."

„Kanns kaum erwarten", brachte er ohne echte Überzeugung hervor.

Der Amerikaner griff nach seiner Jacke und machte sich hinkend an der Seite seines Kameraden auf den Weg zur Tür. Auch der Latino klopfte ihm im Vorübergehen bestärkend auf die Schulter. „Machs gut, *Beto*. In ein paar Tagen bin ich wieder fit. Dann fahre ich mit dir nach Polen. Da drüben gibt es ein paar Waffen, die dir *bestimmt* gefallen werden."

„Äh ... danke."

Sigurds Schritte donnerten hinter seinem Rücken durch den Flur. Das Knarzen der Treppenstufen war zu vernehmen. Dann schließlich das Schlagen der Haustür.

Achselzuckend wandte er sich an die Israeli. Salena erwiderte die Geste. „Komische Vögel", befand sie. „Vermutlich zu viele Kopfverletzungen und Rummgeballer ohne Ohrenschützer. Schnaps?"

„Nur immer her damit."

Helles Sonnenlicht stach in seine Augen, als er erwachte. Hatte er bis zum Sommer durchgeschlafen? Ein wenig fühlte es sich danach an. Während der Wetterkapriolen der letzten Wochen hätte man beinahe vergessen können, dass ein glühender Gasball mit ihnen die Galaxis teilte, der sich gelegentlich dazu bequemte, wärmende Strahlen in Richtung der benachbarten Trabanten auszusenden.

Eine Bewegung an seiner Seite und ließ ihn herumfahren. Ungläubig starrte er auf einen braun gebrannten, von ihm abgewandten Rücken. „Gack."

Die Frau gab ein Gurgeln von sich wie ein Seemann nach einer ausgiebigen Kneipentour. „Schon Tag?" Ihre Stimme war belegt. „Welches Jahr haben wir?"

„Äh." Es dauerte eine Weile, bis er seine Worte wiederfand. Eines, um genau zu sein. Allzu viel Variation war an diesem Morgen oder Mittag nicht von ihm zu erwarten. „Äh?"

Die Frau stieß die Luft aus. „Robert. Bist du das?"

„Ich glaube schon. Ich hoffe es."

„Gut. Ich habe Hunger. Wie wärs, wenn du uns was zu essen machst? Und keine Erbsensuppe! Sonst werfe ich dich höchstpersönlich in den Bunkerschacht und sprenge noch mal alles in die Luft!"

Steif hob er einen Arm und rieb sich durch die Haare. So wie es aussah, war das hier kein Traum. „Ich bin nur ... ich meine. Haben wir ...?"

„Feiern kannst du später. Und bring Kaffee mit."

Er richtete sich auf und blickte hinab auf seinen Verband. Ein wenig braunes Blut war durch die Mullbinden gedrungen. Im Großen und Ganzen aber schien die Wunde ... „Argh!" Doch. Da war der Schmerz. Das Teil hatte sich erst erinnern müssen, dass es ihn eigentlich quälen wollte.

Er öffnete die Augen und blickte hinüber zur Soldatin. „Ist es die Wunde?", wollte er wissen. „Männer mit Narben sind schon sexy, oder?"

„Kommt drauf an, wie viel sie jammern. Was ist jetzt mit dem Kaffee?"

„Jetzt sei doch endlich auch mal nett zu mir. Ich bin der Hexenjäger von Berlin! Ist das etwa nichts?"

Die Frau knurrte in ihr Kissen. „Ich war den ganzen Abend nett zu dir. Jetzt geh mir Kaffee holen. Toast wäre nett. Irgendwas aus Fleisch. Gut angebrannt."

Ein Summen ertönte. Mit ungelenken Schlägen tastete die Frau nach ihrem Handy. Sie fand den Apparat auf ihrem Nachttisch und blickte aus rot geränderten Augen auf den Bildschirm. „Sascha", las sie murmelnd vor. „Soso."

„Geh bloß nicht ran!" Auch er hatte sein Telefon herbeigefischt. „Auf keinen Fall! Ich habe zwölf verpasste Anrufe von ihm. Und mehr Textnachrichten, als ich jemals lesen kann.

Himmel! Ich hab versprochen, nichts kaputt zu machen. Keine Ahnung, wie ich ihm *das* erklären soll."

„Ha", machte die Frau. „Kannst ihm sagen, dass seine Karten nicht mehr stimmen. Und die Schlüssel ... ich glaube, an der Eingangstür sind wir vorbeigefahren. Irgendwo in Wilmersdorf. Oh. Schon wieder von ihm. Aha. Aha. Interessant. Nun. Ich muss los."

„Hey!"

„War nur'n Scherz." Die Israeli schob ihr Handy auf das Tischchen und drehte sich zu ihm herum. Er öffnete den Mund, um etwas zu sagen, doch sein eigenes Handy summte. Er schüttelte den Kopf. „Was ist denn heute Morgen ..." Er starrte auf den Bildschirm. Unterdrückte Nummer. „Hallo?"

Er hörte zu.

Die Frau blickte ihn fragend an. Sie musste gesehen haben, wie sich seine Augen ungläubig weiteten.

„Wer ist da?", wollte sie wissen.

Er hielt den Hörer zu. „Ich bin mir ... nicht ganz sicher. Kennst du einen Sekretär des Vatikans?"

„Möglich. Kommt darauf an. Ist es wichtig?"

„Ein *Sekretär* des *Vatikans*. Klingt ziemlich wichtig, oder?"

„Hm." Die Frau zuckte gelassen mit den Schultern. „Frag ihn, was er will."

Er öffnete den Mund. Dann schüttelte er den Kopf. „Und worum geht es, wenn ich fragen darf?", befragte er das Telefon. „Oh. Tatsächlich? Einen Moment." Erneut hielt er die Muschel zu. Er starrte an die Wand.

„Und?"

Er blinzelte einige Male. Das Gehörte wurde dadurch nicht weniger absurd. „Uns", brachte er hervor. „Er will uns. In Rom. Und zwar schon morgen."

Die Frau warf sich herum und presste sich ein Kissen aufs Ohr. „Schon morgen kostet extra. Sag ihm das. Und frag ihn, was sie zahlen."

„*Zahlen*? Ich dachte, das hier wäre eine heilige Berufung?"

Die Israeli stöhnte, als strapaziere all dies zunehmend ihre Geduld. „Frag ihn!"

„Und wie viel ...", teilte er dem Hörer mit. „*Wie viel*?" Er hörte zu. Er nickte. Dann legte er auf.

„Und?"

„Rom", verkündete er. Die Sonne brach soeben vollends aus den Wolken hervor. Ein Katzenschwanz verschwand zwischen den Büschen durch die Stahlstreben des Gartenzauns. „Rom soll schön sein im November."

Das war das Buch. Ich hoffe, es hat Dir Spaß gemacht. Was nun?

Bewerte „Das Erbe des Hexenjägers“ auf Amazon.

<u>Warum?</u>
Damit würdest du mir wirklich helfen. Nur durch Bewertungen erlangt das Buch Sichtbarkeit für potenzielle Leser. Mehr Leser bedeuten, dass ich weniger Zeit mit anderen Arbeiten verbringen muss und mehr Zeit mit Schreiben verbringen kann. Mehr Schreiben bedeutet wiederum schneller neue Bücher.

Komm auf meine E-Mail-Liste auf www.mjdiaz.com

<u>Damit du mich zuspammen kannst, oder was?</u>
Nee. Aber wenn Du möchtest, schicke ich Dir auf diese Art regelmäßig Neuigkeiten und Hintergrundinfos zur Entstehung der Geschichten. Du kannst mir natürlich auch jederzeit eine E-Mail schreiben, dann nehme ich Dich wieder von der Liste.

Folge mir auf Facebook unter Matthias J. Diaz / @MatthiasJayDiaz

<u>Und was bringt mir das?</u>
Falls Du etwas mehr an meinem Schreiberleben teilhaben möchtest, ist das hier die Gelegenheit.

Du kannst mir auch schreiben an matt@mjdiaz.com

Der Autor

Matthias J. Diaz, geboren 1986 in Duisburg, hat Europastudien und Konfliktforschung in Maastricht, Budapest und Amsterdam studiert. Er wohnt seit 2012 in Berlin. Der Drang zum Schreiben begleitet ihn schon lange und hat in den letzten Jahren langsam aber sicher sein Leben übernommen.

Besonders am Herzen liegen ihm Geschichte, Sagen und Legenden, klassische Literatur sowie Fantasyromane, die ernsthafte Themen mit Humor verbinden. Ansonsten gelten seine Leidenschaften dem Metal und Computerspielen, insbesondere storylastigen Action-RPG.

Mehr von Matthias J. Diaz

In den letzten Jahren habe ich mich auf die Fantasy-Reihe „Das Licht und die Wildnis“ konzentriert. Die Reihe vermischt die Historie einer fiktiven Welt, die unserer eigenen recht ähnlich ist, mit fantastischen Elementen. Sie erzählt die Geschichte von Hauptmann Palter Calgola, der unwillentlich in einen Konflikt zwischen menschlichem Fortschrittsglauben auf der einen und einer Welt der Mythen und Legenden auf der anderen Seite hineingezogen wird, die sich hartnäckig weigert, Vernunft anzunehmen und endlich unterzugehen.

Bisher erschienen sind die Bände:

1) Das Schwarze Feuer
2) Die Zuflucht der Schatten
3) Die Masken der Feinde
4) Die Herrschaft der Monde

Für die Reihe sind insgesamt 5 Bände vorgesehen. Anders als im vorliegenden Band stehen in der Reihe eher Atmosphäre, Sprache und Immersion im Vordergrund, während ich mir Zeit lasse, die Handlung zu entwickeln. Schau gerne einmal rein, falls es etwas für Dich sein könnte.

Leseprobe „Das Schwarze Feuer“

Ein geschäftiger Tag brach an in der großen Stadt Merkesch, wo alle Tage geschäftig waren. In den gepflasterten Straßen ertönten die Schritte und Stimmen der Vorstädter, die man wie an jedem Morgen bei Sonnenaufgang durch die großen Stadttore hineingelassen hatte, damit sie ihren verschiedenen Tätigkeiten im Dienste der Bürger nachgehen konnten. Die betreffenden Bürger lagen, soweit es sich bei ihnen um anständige Menschen handelte, zu einer solchen Zeit noch in den Federn.

Palter Calgola, Hauptmann der Tharsis im Ruhestand, rekelte sich in seinen Laken und bemühte sich, den Geräuschen unter seinem Balkon keine Beachtung zu schenken. Es war nicht gerecht, dass Dienstvolk einen solchen Lärm veranstalten durfte, während anständige Menschen versuchten Schlaf zu finden oder den bereits gefundenen noch für eine Weile zu behalten. Die Tatsache, dass schon Sonnenstrahlen durch die offenen Fenster in seine Wohnung fielen, tat dem gerechten Anspruch auf Nachtruhe keinen Abbruch.

Erst nach einer Weile erreichte ihn die Erkenntnis, dass ein weiteres, sogar noch penetranteres Geräusch versuchte seine Aufmerksamkeit zu erwecken. Es schien sich um den Klang von Fingerknöcheln auf Holz zu handeln, möglicherweise auf dem einer Tür, geradeso wie derjenigen, die den Eingang zu seiner Etagenwohnung versperrte.

„Hrmpf“, brachte er hervor. Es waren schöne Träume gewesen und er ließ sie nur ungern ziehen. „Hmja?“

„Hergemuffe, Herr“, erklärte eine Stimme von der anderen Seite der Tür. „Heute ist der Tag. Ich sollte Euch wecken. Seid Ihr wach?“

„Hrmpf.“

Erneutes Klopfen. „Herr!"
„Ja doch!"
„Verzeiht, Herr. Ihr habt darauf bestanden, dass ich ganz sichergehe."
„Ich bin wach! Verstanden? Wach! Gut gemacht! Hört Ihr, wie ich aufstehe? Ich bin wach! Ihr könnt gehen, Hergemuffe!"
„Danke, Herr." Schritte des Dieners im Treppenhaus beglaubigten, dass seine Versicherungen als überzeugend angenommen worden waren.
„Uff."

Darauf bestanden! Für den Palter von gestern war es leicht gewesen, auf irgendwelchen Dingen zu bestehen. Schließlich war er nicht derjenige, der am nächsten Morgen die Folgen ausbaden musste. Er strampelte seidene Bettdecken zur Seite und schob die Kissen fort, um zu verhindern, dass weniger vertrauenswürdige Körperteile gegen den Beschluss des Verstandes aufbegehren und den Stoff erneut über seinen Kopf ziehen konnten. Mit einer ähnlichen Kraftanstrengung warf er seine Beine über die Bettkante und rieb sich den Schlaf aus den Augen. Auch die Sonne hatte zu werfen begonnen: goldene Rechtecke auf den mit Teppichen verzierten Boden.

Durch das geöffnete Fenster hinter dem Balkon zog eine warme, nach Seeluft riechende Brise herein, die einen angenehmen Spätsommermorgen erahnen ließ. Vom Hafen her war das Krächzen der Möwen zu vernehmen. Vereinzelt trug der Wind noch weitere Geräusche heran: Rufe, Hämmern, das Knirschen von Wagenrädern in den engen Straßen. Erinnerungen daran, dass es Menschen gab, die sich morgens regelmäßig früh erhoben, um einer geregelten Arbeit nachzugehen.

Wenigstens diese Zeiten waren zum Glück vorbei.

Ein zufriedenes Brummen entfuhr ihm, während die Zehen seiner nackten Füße über weiche Teppichfasern tanzten.

Teppich! Warmer, trockener Stoff. Zu lange war die erste Berührung nach dem Aufwachen harter Erdboden gewesen, Schlamm, wenn es schlimm kam, manchmal sogar Pfützen, die bis an die Knöchel reichten. Dreißig Jahre Kriegsdienst waren eine lange Zeit.

Er warf einen Blick in den Glasspiegel an der Wand und fuhr sich mit der Hand durch die Haare. Waren über Nacht etwa schon wieder neue Spitzen von Grau dazugekommen? Er machte ein grimmiges Gesicht und spannte die Muskeln an. Der Mann im Spiegel antwortete mit einem anerkennenden Nicken. Wenigstens sein Körper schien die Umstellung von Feldrationen auf erlesene Häppchen gut überstanden zu haben. Vermutlich dauerte es noch eine ganze Weile, bis das Nahrungsdefizit vergangener Jahrzehnte im Feld aufgearbeitet und nachgeholt war. Merkesch hatte sie dort draußen niemals hungern lassen. Nicht so wie die Führer der Feinde die Ihren. Aber irgendwann kam einfach der Zeitpunkt, an dem ein Mann keine graue Einheitsverpflegung mehr sehen konnte.

Wasser, erinnerte er sich. Wasser wäre gut. Irgendeine Art von alkoholfreier Flüssigkeit. Glieder und Gedanken bewegten sich an diesem Morgen ausgesprochen langsam. Besonders Letztere waren schwieriger zu hüten als ein Bündel junger Katzen, ständig davonkriechend und auf sich allein gestellt drollig, aber nutzlos. Ein leichtes Brummen in seinem Kopf verlangte beharrlich nach Abhilfe und auch der Boden, da war er sicher, sollte nicht in einer solchen Weise schwanken. Weitere Altlasten, die der Palter des Vorabends ihm hinterlassen hatte. Wieder und wieder erwies sich der Mann als ein verantwortungsloser Schuft, dem schlichtweg nicht zu trauen war.

Unerwartete Hilfe kam vom Anblick des Schreibtisches. Das Möbelstück gab sich alle Mühe, der Wirkung eines Eimers kalten Wassers in keiner Weise nachzustehen. Ein Geräusch, das einem Knurren nahekam, entfuhr seiner Kehle. Anständige Albträume hatten mit dem Erwachen zu enden und nicht erst zu beginnen. Von „Papierstapeln" zu sprechen, kam, wollte man für das Debakel auf der Tischplatte angemessene Worte finden, einer nur schwer haltbaren Untertreibung gleich. Ganze Gebirge waren es, Wucherungen eines unförmigen Pilzes aus aufgerissenen Umschlägen, halb ausgefüllten Formblättern und nie gelesenen Briefen, die sich nach Tisch und Arbeitsstuhl nun auch noch erhebliche Teile des Bodens einzuverleiben drohten. Im Nachhinein wäre es wohl klüger gewesen, eingehende Schriftsachen sofort zu bearbeiten oder zumindest abzulegen. Aber im Nachhinein war ohnehin immer alles einfach.

Hergemuffe hatte ihm gleich dazu geraten, einen Schreiber einzustellen. Der alte Diener wusste immer alles besser und war überhaupt der einzige Grund, dass das Stadtleben eines Bürgers ihn noch nicht vollends in den Wahnsinn getrieben hatte. In allen Dingen hatte er gelernt, auf den Rat des Mannes zu hören, doch in dieser einen Sache war es ihm wichtig erschienen, zu beweisen, dass er gut alleine zurechtkam. Insofern waren die Wucherungen in der Zimmerecke neben einem Ärgernis auch ein anklagendes Mahnmal seiner eigenen verfehlten Überheblichkeit.

Erneut ließ er die Zehen durch die Fasern wandern. Nein, er hatte es nicht eilig, aufzustehen. Im Vergleich mit dem beständigen Ringen mit Merkeschs ausgedehnter Verwaltung, den Einladungen und Gegeneinladungen zu diversen Festen und Empfängen, mit Verlautbarungen, Nachrichten-Postillen, Werbeschreiben aufdringlicher Händler und nicht zuletzt Mahnungen seitens einer unnachgiebigen Steuerbehörde war der Kampf mit bewaffneten Feinden auf dem Schlachtfeld beinahe angenehm gewesen.

Mit der Hand fuhr er sich über sein Gesicht. Warum, bei allen Göttern, hatte er darauf bestanden, zu einer derart unmöglichen Zeit geweckt zu werden?

Richtig.

Der Brief.

Hätte er den Umschlag mit dem Tharsis-Siegel nur zwischen all den anderen unberührt gelassen. Hatte er wirklich erwartet, unter dem Zeichen der Kampftruppen könnte irgendetwas Gutes kommen?

Das hatte man also davon. Dreißig Jahre Kriegsdienst und dann, im Ruhestand, fiel ihnen ein, dass sie noch ein paar Fragen hatten, die zu stellen man im zurückliegenden Vierteljahrhundert wohl schlichtweg nicht die Zeit gefunden hatte. Er erhob und streckte sich. Früher, ja. Früher war es auch noch möglich gewesen, das Bett zu verlassen, ohne dabei zu klingen wie ein Topf voller platzender Maiskörner. Der Morgenmantel, leicht wie Federn und weich wie nichts anderes, das er je in seinem Leben hatte tragen dürfen, fand den Weg vom Haken an der Wand um seinen Körper. Ein schönes Stück, mit dem Palmenmuster. Unpraktisch, sicher, aber je weniger nützlich, desto respektabler, wie Hobovese ihm versichert hatte. Bei den Preisen, die der Händler aufrief, war zu hoffen, dass der Mann etwas von seinem Geschäft verstand.

Ein notwendiges Übel, eines von vielen, die der ungewohnte Umgang in gehobener Gesellschaft erforderlich machte.

Der erste Schritt in Richtung Tür ging fehl und hätte beinahe dafür gesorgt, dass er der Länge nach auf dem Boden hinschlug. Gerade noch bekam er die Schreibtischkante zu fassen, um sich abzustützen. Weitere Papiere, die für den Gesamteindruck wirklich keinen Unterschied mehr machten, segelten auf den Steinboden, während er sich ächzend am hölzernen Rand aufrichtete. Der braune Tonkrug aber war in Reichweite. Am Henkel zog er das Gefäß über die Tischplatte zu sich heran. Die Suche nach dem zugehörigen Becher erübrigte sich in Anbetracht des Papierwusts, und so hob er das dickbäuchige Behältnis mit beiden Händen empor und trank mit tiefen, gierigen Schlucken direkt aus der Flasche.

„Ah." Mit der Rückseite der Hand fuhr er sich über den Mund. Schon besser. Nicht gut, nein, weit von gut entfernt. Aber besser.

Etwas auf dem Schreibtisch erweckte seine Aufmerksamkeit. Zwischen den Dokumenten, Umschlägen und Sammelmappen, aufdringlich glänzend, wie um ihn zu verspotten, lag jenes verzierte Messinggefäß in der Morgensonne, dessen Komplizenschaft das ganze Elend erst ermöglicht hatte. Der wenige Rest des Weines, der es aus dem Inneren des Kelches nicht ins Innere von Palter Calgola geschafft hatte, war in Form einer anklagenden Tropfenspur über die Schreibtischplatte gelaufen, hatte unterwegs einige dicht beschriebene Blätter von Pergament in Mitleidenschaft gezogen und bildete nun eine kleine Pfütze auf dem grauadrigen Marmorfußboden.

Er griff nach dem Kelch und stellte ihn aufrecht, was nicht einmal eine geringfügige Verbesserung im weiterhin vernichtenden Gesamteindruck seines Arbeitsplatzes bewirken konnte. Das Gefäß sah teuer aus, geprägt, selbstverständlich, mit Konsul Grauwackes Wappen: Helgaslost, der Götterschmied, der mit hoch erhobenem Hammer dazu ausholte, einen gewaltigen Schlag auf seinem Amboss auszuführen. Was er dabei zu schmieden beabsichtigte, blieb das Geheimnis des Künstlers, dessen Einfallsreichtum oder Bezahlung anscheinend schon zuvor an seine Grenzen geraten war. Der bärtige Gott erweckte jedenfalls den Eindruck, aus reiner Wut auf sein Arbeitsgerät einzudreschen. Auch sein Gesöff, so schien es, hatte der Konsul keiner anständigen Qualitätskontrolle unterzogen. Mit den ersten Bechern war noch alles in Ordnung gewesen. Der letzte aber musste, dem Zustand seines Kopfes nach zu urteilen, eindeutig schlecht gewesen sein.

Wie sein eigener Körper musste auch das Trinkgefäß seinen Weg auf nicht mehr nachvollziehbare Weise von Grauwackes Empfang in seine eigene Räumlichkeit gefunden haben. Vermutlich handelte es sich um ein altes Familienerbstück, das der Konsul gern zurückhaben wollte. Mit Sicherheit aber würde das Teil einen verdammt anständigen Halter für Stifte abgeben, der sich wie durch eine Vorsehung der Götter auch noch bereits am richtigen Platz befand.

Während er damit beschäftigt war, umherliegende Federkiele in seine Neuanschaffung zu stopfen, kehrten die Erinnerungen zurück, in Begleitung ihrer räudigen Saufkumpane, Verlegenheit und Reue.

Er stöhnte. Ja, er erinnerte sich. Er hatte es wieder getan. Wieder einmal hatte er sich zu fortgeschrittener Nachtzeit umgeben gefunden von Damen und Herren der hohen Gesellschaft, mit teuren Kleidern und erwartungsvollen Gesichtern. Wein brachte ihn zum Reden, insbesondere guter Wein, und er hatte viel geredet, denn Grauwackes Wein war der beste.

Ein weiterer Schluck aus dem dickbäuchigen Krug.

Es war keine Absicht gewesen. Beim ersten Mal war es nicht mehr als Gewohnheit. Unter den Soldaten war es eine Art von Therapie, die Erlebnisse auf dem Schlachtfeld nach einigen Bechern Wein mit anderen zu teilen. Es half ungemein, sich die Erinnerungen vom Herzen zu reden, denen man ansonsten in der Nacht alleine ausgeliefert war. Die hohen Herren aber verstanden nichts davon. Ihre Reaktion war eine andere. Wie Süchtige lechzten sie danach, immer mehr zu hören. Immer Neues. Und er tat es. Er gab ihnen, wonach sie verlangten.

Geradezu genötigt hatte ihn die Versammlung, seine Geschichten zu erzählen: von fremden Ländern, fernen Reisen und von rückständigen, grausamen Völkern. Vor allem aber vom Krieg. Immer wieder wollten sie vom Krieg hören. Schlachtengeschichten allein befriedigten den unstillbaren Hunger der erlauchten Damen und Herren nach Sensation. Gewaltige Feldschlachten auf morastigen Äckern, tückische Hinterhalte in engen Schluchten, er führte sie, wohin sie wollten, und erhielt dafür seine Bezahlung in Applaus, in Bewunderung, in den immer exklusiveren Einladungen. Jeder Abendempfang, der seinen Namen verdient hatte, verlangte zu vorgerückter Stunde nach dem alten Helden Calgola, Neubürger, Lebemann, zuverlässiger Lieferant kurioser Abendunterhaltung.

Nicht, dass er sich in der Beziehung Illusionen machte. Er war ein Ausstellungsstück, eine exotische Rarität, nicht viel anders als ein dressiertes wildes Tier. Mit den Geschichten kamen die Einladungen zu neuen, noch wichtigeren Empfängen. Aber auch die Scham. Alte Geister, die sich aus ihren Gräbern erhoben. Die Albträume. Keine in dieser Nacht, soweit er sich erinnern konnte. Und da sagten die Leute, das Trinken sei keine Lösung.

Printed in Poland
by Amazon Fulfillment
Poland Sp. z o.o., Wrocław

65394920R00296